Kathy Reichs

Das Gesicht des Bösen

Thriller

Aus dem Amerikanischen
von Klaus Berr

WILHELM HEYNE VERLAG
MÜNCHEN

Dieses Buch ist auch als E-Book lieferbar.

MIX
Papier aus verantwortungsvollen Quellen
FSC® C014496
FSC www.fsc.org

Penguin Random House Verlagsgruppe FSC® N001967

2. Auflage
Taschenbucherstausgabe 05/2021

Die Originalausgabe erschien 2020 unter dem Titel *A Conspiracy of Bones*
bei Scribner, an Imprint of Simon & Schuster, Inc., New York

Umschlaggestaltung und Motiv:
© Hauptmann & Kompanie Werbeagentur, Zürich
Satz: Uhl + Massopust, Aalen
Druck und Bindung: GGP Media GmbH, Pößneck

Printed in Germany
ISBN 978-3-453-44137-8

www.heyne.de

Für Carolyn Reidy und Kevin Hanson.
Ihr habt immer an mich geglaubt.

»Es ist viel schwerer, ein Phantom zu töten,
als eine Realität.«

Virginia Woolf, *Der Tod des Falters*

1

Freitag, 22. Juni

Jeder reagiert anders auf Druck. Manche Menschen sind geschmeidig, lassen sich verformen. Andere sind spröde, können nicht nachgeben. Physiker sprechen von Stressbelastungskurven. Eines ist sicher: Wenn die Last zu groß ist oder zu schnell aufgeladen wird, kann jeder zerbrechen.

Ich weiß, wovon ich rede. Ich erreichte meine Belastungsgrenze im Sommer nach dem Mord an meinem Chef. *Ich* – das Magmagestein der Emotionen. Und ich rede nicht nur von den Albträumen.

Um ehrlich zu sein, Larabees Tod war nicht der unmittelbare oder einzige Auslöser. Da war auch noch Andrew Ryan, mein langjähriger Geliebter und Polizistenkollege bei Mordermittlungen in Quebec. Ich hatte seinem Drängen nachgegeben und war einverstanden gewesen, sowohl am Montrealer wie am Charlotter Ende unserer geografisch komplexen Beziehung mit ihm zusammenzuziehen. Da war Katys Entsendung nach Afghanistan. Mamas Krebserkrankung. Petes Nachricht über Boyd. Meine Diagnose, dann die Operation. Die Migräneanfälle. Ein ganzer Haufen Stressfaktoren scheuerte an meiner Belastungskurve.

Rückblickend muss ich zugeben, dass ich aus der Umlaufbahn geriet. Vielleicht war ich auf eigene Faust drauflosmarschiert, weil ich unsteuerbare Kräfte eben doch steuern wollte. Dem Älterwerden den Finger zeigen wollte, oder dem rebellierenden Blutgefäß, das in meinem Hirn zu wüten drohte. Vielleicht war es ein Schrei nach Ryans Aufmerksamkeit. Ein unbewusster Versuch, ihn zu verjagen? Oder vielleicht war es einfach nur die verdammte Hitze in Carolina.

Wer weiß? Ich hielt tapfer stand, bis der Mann ohne Gesicht mir den Rest gab. Seine Überreste und die anschließende Ermittlung rissen ein schwarzes Loch in meine gemütliche, kleine Welt.

Meine Mutter bemerkte die Veränderungen, lange bevor die rätselhafte Leiche auftauchte. Die Zerstreutheit, die Erregbarkeit, die Unbeherrschtheit. Sie schob das alles auf das Aneurysma. Vom Augenblick seiner Entdeckung war Mama überzeugt, dass das winzige Gerinnsel platzen und mein eigenes Blut mich umbringen würde. Ich machte mich über ihre Kritik an meinem Verhalten lustig, obwohl ich wusste, dass sie recht hatte. Ich ignorierte E-Mails und Anrufe. Ich lehnte Einladungen ab und zog mir stattdessen einen alten Hollywood-Schinken nach dem anderen rein. Verdammt, *Der Stadtneurotiker,* meinen Lieblingsfilm, hatte ich mir allen Ernstes vier Mal angeschaut.

Von den nächtlichen Heimsuchungen erzählte ich Mama nichts. Verquere Montagen voller dunkler Gestalten und unbestimmter Gefahren. Oder frustrierende Arbeiten, die ich nicht abschließen konnte. Ängste? Hormone? Die Kopfwehtabletten, die ich nehmen musste? Die Wurzel meiner Gereiztheit war unwichtig. Ich schlief nur wenig, war dauernd unruhig und erschöpft.

Man musste nicht Freud sein, um zu erkennen, dass ich in schlechter Verfassung war.

Da lag ich also, hellwach um Mitternacht, und versuchte, mich nach einem Traum über einen Sturm, ein paar Schlangen und Larabee zu beruhigen. Der alte Sigmund hätte dazu sicher etwas zu sagen gehabt.

Ich versuchte es mit tiefer Atmung. Dann mit einer Entspannungsübung, die bei den Zehen anfing.

Keine Chance.

Die Nerven zum Zerreißen gespannt, stand ich auf und ging zum Fenster. Zwei Etagen unter mir lag der Grund um mein Stadthaus herum dunkel und still da, nur ab und zu bewegte sich schlaff ein Blatt in einem gelegentlichen, halbherzigen Windstoß. Ich wollte mich schon wieder abwenden, als ich aus dem Augenwinkel heraus das Flackern einer Bewegung neben der Kiefer im vorderen Garten meines Nachbarn bemerkte.

Ich starrte hin und meinte, eine Silhouette zu erkennen. Stämmig. Männlich?

Auf dem Grund von Sharon Hall um Mitternacht?

Mit schneller schlagendem Herzen kniff ich kurz die Augen zusammen.

Die Silhouette war mit den Schatten verschmolzen.

War da überhaupt jemand gewesen?

Neugierig geworden, zog ich alte Shorts aus der Wäsche, schlüpfte in meine Nikes und ging nach unten. Ich hatte nicht vor, den Kerl zur Rede zu stellen, *falls* es ihn überhaupt gab, ich wollte nur herausfinden, warum er zu dieser Uhrzeit um mein Haus herumschlich.

In der Küche schaltete ich die Alarmanlage aus und trat durch die Hintertür auf meine Terrasse. Das Wetter war mehr als Dixie-warm, die Luft heiß und stickig, das Laub so schlaff und entmutigt, wie es von oben ausgesehen hatte. Da ich keinen Herumtreiber sah, umkreiste ich das Haus. Niemand. Ich ging einen der Pfade entlang, die das Gelände durchkreuzten.

Es hatte geregnet, als ich um zehn meine Mikrowellenpizza gegessen hatte, und die Feuchtigkeit hing noch immer schwer in der Luft. Pfützen glänzten schwarz auf dem Kies und wurden gelb, als mein verschwommener Schatten und ich unter höllisch heimeligen, von der Feuchtigkeit verzerrten Kutschenlaternen hindurchgingen.

Der winzige Teich war ein schwarzes Loch, fransig, wo das Wasser den Rand berührte. Trübe Schatten glitten über die Oberfläche, still, sich ihrer heiklen Lage bewusst. Die Hausbesitzervereinigung führt einen endlosen, oft kreativen Kampf gegen sie, doch wie die Abschreckungsmaßnahmen auch aussehen mögen, diese Gänse kommen immer wieder zurück.

Ich kam an einer Lego-Form vorbei, von der ich wusste, dass es ein kleiner Pavillon war, als ich jemanden hörte, nein, eher spürte. Ich blieb stehen. Spähte ins Dunkel.

Ein Mann stand in dem Schattenfleck im Inneren des Pavillons. Der Kopf war gesenkt, das Gesicht nicht zu sehen. Von mittlerer Größe und Statur. Sonst konnte ich kaum etwas erkennen. Bis auf zwei Dinge.

Erstens, ich kannte ihn nicht. Er war kein Anwohner, und ich hatte ihn auch noch nie als Besucher gesehen.

Zweitens trug der Mann, trotz der erdrückenden Hitze, einen Trenchcoat. Als er einen Arm hob, vielleicht um auf die Uhr zu schauen, leuchtete der Stoff in der Dunkelheit hell auf.

Ich schaute nervös über die Schulter.

Scheiße. Warum hatte ich mein Handy nicht dabei? Ganz einfach. Es hatte keinen Saft. Mal wieder.

Schön. Warum hatte ich nicht wenigstens das Terrassenlicht eingeschaltet? Sollte ich heimgehen und die 311 anrufen, um einen Herumtreiber zu melden? Oder die 911?

Ich drehte mich um. Der Pavillon war leer. Ich schaute den Pfad in beiden Richtungen entlang. Nach links, nach rechts. Der Mann war nicht da.

Aus dem Dunst wurde wieder Regen. Apathische Tropfen suchten Halt auf meinem Gesicht und den Haaren. Zeit, wieder reinzugehen.

Plötzlich sah ich jenseits der runden Einfahrt ein graues Flackern. Erst da, dann verschwunden.

Adrenalin schoss mir durch den Körper. Hatte es Trenchcoat auf mich abgesehen? Kundschaftete er Sharon Hall aus? Wenn nicht, was tat er dann hier im Regen mitten in der Nacht? Und warum so verstohlen?

Oder war mein Argwohn etwa nur ein Produkt der Paranoia, noch ein Geschenk meiner überstrapazierten Stressbelastungskurve? So oder so, ich war froh, dass ich das Pfefferspray von der letzten Joggingrunde noch in der Tasche meiner Shorts hatte.

Unerwünschte Bilder von Larabees letzten Augenblicken blitzten mir in den Kopf. Die grau-grüne Blässe seiner Haut. Das teilnahmslose Piepsen der Monitore, die ihre blutleeren Spitzen und Täler aufzeichneten. Die kreischende Stille, als das Piepsen aufhörte. Später, in einem Verhörzimmer, das nach Schweiß und Angst roch, die lümmelnde Gleichgültigkeit des hirnamputierten Junkies, der meinem Chef die Geschosse in den Bauch gejagt hatte.

Stopp!

Hatte ich das laut gerufen? Oder nur in meinem Kopf?

Meine Schritte wurden schneller, knirschten weich in der Stille.

Eine ganze Minute, dann eine Gestalt im Trenchcoat, weit oben, wo der Pfad in einen Anwohnerparkplatz mündete. Der Mann hatte mir den Rücken zugewandt und bewegte sich mit einem merkwürdig pendelnden Gang.

Plötzlich kamen von überall her Geräusche angeschossen. Das Rascheln von Blättern. Das Knirschen von Ästen. Brechende Zweige. Nächtliche Kreaturen? Trenchcoats durchgeknallte Kumpels auf der Suche nach mehr Meth?

Ich hatte keine Wertgegenstände bei mir – kein Geld, keine Uhr. Würde sie das wütend machen?

Oder waren die Geräusche nur eine Erfindung meiner überreizten Nerven?

Ich tastete nach dem Spray an meiner rechten Hüfte. Spürte die Dose. Pink und fies. Ein Molekül der Summe, die ich dafür hingelegt hatte, ging an die Brustkrebsforschung.

Kurze Unentschlossenheit.

Sollte ich mich nach Hause trollen? Den Pfad weitergehen und den Mann beobachten? Ihn auf dem Parkplatz zur Rede stellen? Dort standen Straßenleuchten, die zwar überfordert waren, aber ihr Bestes gaben.

Ich wurde langsamer. Trenchcoat war nur noch zehn Meter vor mir.

Genau in diesem Augenblick beschloss mein Hirn, ein Blockbuster-Szenario abzuspulen.

Wenn ich dem Mann zu nahe kam, würde er ein Messer ziehen und versuchen, mir die Kehle aufzuschlitzen.

Jesus Christus!

Warum ließ ich mir von diesem Kerl eine solche Angst einjagen? Bei der Arbeit ist mir schon Schlimmeres begegnet als ein Kerl, der sich anzieht wie Bogie in *Casablanca*. Kriminelle Biker, die die Köpfe und Hände ihrer ermordeten Rivalen mit Kettensägen abtrennen. Macho-Arschlöcher, die ihre verängstigten Ex-Frauen verfolgen und erdrosseln. Betrunkene Schläger, die ihre zappeligen Babys gegen die Wand knallen. Dieses Pack bringt mich nicht davon ab, mich auf meine Arbeit zu konzentrieren. Ganz im Gegenteil. Es inspiriert mich zu noch härterer Arbeit.

Warum dann das Drama wegen eines bemäntelten Mannes? Warum dieses Gefühl der Bedrohung? Ich bezweifelte, dass dieser Kerl ein Verrückter war. Eher ein harmloser alter Kauz, der empfindlich auf Feuchtigkeit reagierte.

Wie auch immer, ich war es den Nachbarn schuldig, der Sache auf den Grund zu gehen. Ich würde die Hecke als Deckung benutzen und ihm eine Weile folgen. Wenn er sich verdächtig verhielt, würde ich die Polizei rufen.

Ich zwängte mich durch eine Lücke in den Sträuchern, ging auf der anderen Seite ein paar Meter und blieb dann stehen, um den Parkplatz zu überblicken.

Der Mann stand unter einer der überforderten Laternen. Er hatte das Kinn erhoben, die Gesichtszüge waren nur als dunkle Flecken in einem verschwommenen weißen Rechteck zu erkennen.

Mir stockte der Atem.

Der Kerl starrte mich direkt an.

Oder doch nicht?

Nervös drehte ich mich zu der Öffnung in der Hecke um. Fand sie nicht mehr. Zwängte mich dort hinein, wo die Dunkelheit weniger dicht wirkte. Die Lücke war schmal, kaum vorhanden. Zweige und Blätter streiften meine Arme und Haare, Skelettfinger, die mich festhalten wollten.

Mein Atem klang lauter, verzweifelter, als würde ich mich von der dichten Vegetation eingesperrt fühlen. In der Luft hing schwer der Geruch von nasser Rinde, feuchter Erde und meinem eigenen Schweiß.

Ein letzter Meter, dann war ich frei und eilte zum Teich zurück. Nicht auf dem Weg, den ich gekommen war, sondern eine andere Route, eine schattige, geschützte.

Fast unmerklich schlich sich eine neue Note in die Geruchsmischung. Ein vertrauter Geruch. Einer, der einen neuen Ansturm von Adrenalin auslöste.

Mir stach der Gestank verwesenden Fleischs in die Nase.

Unmöglich.

Und doch war er da. Grell und kalt wie die Bilder meiner Träume.

Nachdem ich mich um ein Gebüsch aus Azaleen und Philodendron herumgekämpft hatte, entdeckte ich in der Dunkelheit vor mir eine Aufhellung. Darin bewegten sich Winkel und Flächen aus Schatten über den Rasen.

Trenchcoats Komplizen, die mir auflauerten?

Ich war schon fast am Ende des Gartens, als ein bösartiges Knurren mich wie erstarrt stehen bleiben ließ. Während mein Verstand nach einer rationalen Erklärung suchte, stellte ein schriller, hoher Schrei mir die Haare auf den Unterarmen und im Nacken auf.

Mit zitternder Hand holte ich das Pfefferspray aus der Tasche und bewegte mich langsam vorwärts.

Hinter dem Gebüsch, wo der Rasen an die östliche Mauer des Anwesens stieß, kämpften zwei Hunde unerbittlich miteinander. Der größere, die zottige Folge einer Labrador-Pitbull-Affäre, schien nur aus aufgestellten Nackenhaaren, gefletschten Zähnen und weißer Augenhaut zu bestehen. Der kleinere, wahrscheinlich ein Terrier, duckte sich ängstlich zu Boden, das Fell eines Hinterlaufs mit Blut und Speichel verklebt. Beide Tiere waren mir unbekannt.

Ohne mich zu beachten, setzte der Pitbull zu einem weiteren Sprung an. Der Terrier jaulte und versuchte, sich noch tiefer zu kauern, um weniger Angriffsfläche zu bieten.

Der Pitbull hielt einen Augenblick inne, und als er dann sicher war, dass die Rangfolge etabliert war, drehte er sich um und trottete zu einer dunklen Wölbung am Fuß der Mauer. Während der Terrier sich mit eingezogenem Schwanz davonschlich, schnupperte der Pitbull seine Umgebung ab und senkte dann den Kopf.

Ich schaute gebannt zu, wollte wissen, was die Ursache dieses Kampfes gewesen war.

Ein kurzes Zerren und Reißen, dann hob der Sieger die Schnauze.

Im Maul des Hundes steckte der abgetrennte Kopf einer Gans, der verwüstete Hals schwarz glänzend, die Wangenpartien weiß grienend wie das Lächeln eines bösen Clowns.

Ich sah, wie Regen auf das blicklose Auge des Vogels fiel.

2

Freitag, 29. Juni

Eine Woche verging. Ziemlich genau. Und es passierte nicht viel. Verstört von den kämpfenden Hunden und der ermordeten Gans, hatte ich den Eindringling nicht gemeldet. Oder Spanner. Oder was auch immer er war. Habe ihn nie wiedergesehen.

In letzter Zeit hatte ich es nicht leicht. Gesundheitlich. Persönlich. Beruflich. Letzteres selbst verursacht. Ich hätte diplomatischer sein können, hätte den Mund halten können. Wer hätte schon ahnen können, dass meine Bemerkungen auf mich zurückfallen würden? Richtig. Tun sie das nicht immer? Vorwiegend beschäftigte ich mich mit diesen Problemen.

Und mal im Ernst: ein Herumtreiber in einem Trenchcoat? War das nicht das älteste Klischee überhaupt? War der Mann überhaupt da gewesen? Oder der ganze Vorfall die Nachwehe meines migräneinduzierten Albtraums?

Zwei unscharfe Kreise geronnen zu Scheinwerfern, die sich in meine Heckscheibe bohrten. Der Innenraum wurde heller, meine Gedanken kehrten in die Gegenwart zurück.

23:10 Uhr. Ich hatte eben Mama in ihrer neuen Unterkunft abgeliefert und musste auf der Sharon Amity an der Kreuzung mit der Providence Road halten. Während ich auf Grün wartete, schaute ich mich im Rückspiegel an.

Die Haare im Nacken zusammengeknotet, nicht toll, aber okay. Reste von Mascara, Rouge und Lipgloss, die versuchten, meine Erschöpfung zu überspielen.

Mama hatte sich nicht mokiert. Oder doch? Ich hatte nicht darauf geachtet.

Eine seidene Tunika, ein bisschen *bohémien*, aber nicht übertrieben. Sie verdeckte die engen, schwarzen Jeans, die dieser Tage ein bisschen schlabberten. Sandalen von Tory Burch. Roter Nagellack von I Stop for Red auf den Zehen.

Die Klamotten, die Schminke, der OPI-Lack: Ich gab mir Mühe. Und zwar damit, wieder in Kontakt mit der Welt zu treten, wie Mama sagen würde. Gesagt hatte. Mehrfach. Wenn sie nicht gerade nachschaute, ob meine Pupillen gleich groß waren.

Heute Abend stand Mahlers Symphonie Nr. 2 in c-Moll auf dem Programm. *Die Auferstehung.*

Ironisch.

Ich konnte kaum erwarten, nach Hause zu kommen.

Man verstehe mich nicht falsch: Ich genieße die Konzerte. Aber der Cocktailklatsch mit Mamas Freundinnen steht für mich auf gleicher Stufe mit einer Darmspiegelung. Wobei man sagen muss, dass der gute alte Getriebeservice wenigstens der Gesundheit zuträglich ist.

Meine Mutter, Katherine Daessee »Daisy« Lee Brennan ist eine Witwe mit Krebs und einem Freund, der unter der Woche ein Trockenreinigungsimperium von seiner Zentrale in Arkansas aus führt. Meine Schwester Harry lebt tausend Meilen entfernt in Texas. Und ist verrückt.

Sie wissen, was ich meine. Üblicherweise bin ich Mamas Notnagel.

Was ja ganz okay ist. Aber warum tue ich mir diese postkonzertanten Zusammenkünfte an? Ganz einfach. Meine Mutter beherrscht die Kunst des Passiv-Aggressiven in zuvor nicht gekannten Höhen. Und ich gebe immer nach.

Die Ampel sprang um. Ich gab Gas. Die Scheinwerfer hinter mir schrumpften, bogen links ab. Aus Sharon Amity wurde übergangslos Sharon Lane. Ohne Grund. Vor mir würde die Sharon Lane an einer T-Kreuzung in die Sharon Road übergehen. Ohne Grund. Vermutlich sind Charlottes verwirrende Straßennamen nur dazu da, Autofahrer von außerhalb zu trollen.

Schatten huschten über die Windschutzscheibe, als ich unter einem Geflecht aus hohen Eichen hindurchfuhr. Fetzen der abendlichen Unterhaltung gingen mir durch den Kopf. Dieselbe müde Unterhaltung wie immer.

»Deine Mutter sieht großartig aus.« Soll heißen, nicht tot.

»Ja, die Chemo läuft gut.«

»Wie geht's Pete?« Ich habe gehört, dein Ex hat was mit einer Yoga-Lehrerin und Erbin einer internationalen Schifffahrtslinie.

»Dem geht's gut, danke.«

»Unsere Gebete sind bei Katy.« Gott sei Dank hockt deine Tochter in einem Kriegsgebiet, nicht die unsere.

»Es geht ihr gut, danke.«

»Mein Neffe hat jetzt seine Scheidung durch und zieht nach Charlotte. Ihr müsst euch mal kennenlernen.« Lass mich dich aus deinem armseligen Leben retten.

»Mir geht's gut, danke.«

Heute waren neue Themen hinzugekommen, inspiriert von meinem gegenwärtigen Fiasko.

»Unterrichtest du noch an der UNCC?« Bist du jetzt etwa gezwungen, wieder nur in deinem Alltagsjob zu arbeiten?

»Ein paar Grundkurse.«

»Dr. Larabees Tod war eine schreckliche Tragödie.«

»Das war er.«

»Wie kommst du mit der neuen ME zurecht?« Es geht das Gerücht, du bist mit deiner neuen Chefin in einen Shitstorm verwickelt.

»Entschuldigt mich, aber ich glaube, Daisy würde jetzt gern fahren.«

Bei diesen Begegnungen wünschte ich mir immer, ich würde noch trinken. Und zwar sehr viel.

Ich überquerte die Wendover. Die Straße verengte sich auf zwei Spuren. Ich überfuhr eine Bodenschwelle, das Auto machte einen Satz, sackte durch.

Mein iPhone leuchtete auf. Kein Klingelton. Ich hatte es während des Konzerts stumm gestellt und danach vergessen, wieder umzuschalten.

Ich schaute zum Handy, das auf dem Beifahrersitz lag. Ein grauer Kasten deutete auf eine eingegangene Nachricht hin. Ich vermutete, es war Mama, die befürchtete, dass meine Embolisation geplatzt war. Oder dass ich von somalischen Piraten entführt wurde.

Als ich Minuten später in der Einfahrt stand, tippte ich auf das Display. Die neue Nachricht war um 20:34 Uhr angekommen.

Ich öffnete die App, dann die Message.

Vier Fotos.

Unter meinem Brustbein kribbelte es.

Mein Stadthaus war dankenswert kühl und roch schwach nach Gips und frischer Farbe.

»Birdie?«, rief ich, während ich die Schlüssel auf die Anrichte warf.

Keine Antwort.

»Ich bin zu Hause, Bird.«

Nichts. Die Katze war noch immer sauer wegen der Renovierung. Gut. Ich hatte meine eigenen Probleme.

Ich verriegelte die Tür, stellte die Alarmanlage aus und durchquerte die Küche, ohne Licht zu machen. Dann marschierte ich durch Ess- und Wohnzimmer und stieg die Treppe hoch.

Besitzurkunden aus dem neunzehnten Jahrhundert bezeichnen den winzigen, zweistöckigen Bau als Annex, als Anbau. Anbau an was? Keine Menschenseele hat eine Ahnung. An das Haupthaus – inzwischen bestehend aus Eigentumswohnungen –, das die Ländereien von Sharon Hall beherrscht? An die umgebaute Remise daneben?

Ist mir schnurzpiepegal. Ich lebe seit über einem Jahrzehnt in den Zimmerchen dieses Annex' – seit meiner Trennung von dem angehenden Gemahl der Schifffahrtslinienerbin. Und seit meinem Einzug habe ich außer Glühbirnen nichts ausgetauscht.

Bis vor Kurzem. Das Verfahren – Bauvorschriften, Genehmigungen, die Hysterie der Eigentümervereinigung – war grauenhaft gewesen. Und der Quell der Probleme wollte nicht versiegen. Klemmende Fenster. Ein durchgedrehter Elektriker. Ein Maler, der nie auftauchte.

Oben auf dem Absatz schaute ich nach rechts zu der Tür, die in das neue Zimmer führte. Wie gewöhnlich wurde mir die Brust eng, nur ein Schluckauf, aber doch so, dass ich es spürte. Wie dieses Zusammenzucken, das Einbruchsopfer spürten?

Ich hatte die Entscheidung getroffen, mit Ryan zusammenzuziehen. Wir hatten vereinbart, zwischen den beiden Städten zu pendeln, wie die Arbeit es verlangte und die Freiheit es gestattete. In Montreal hatten wir eine Eigentumswohnung gekauft. Ich hatte der Erweiterung hier zugestimmt. Genug Platz für einen Mitbewohner.

Warum dann diese Beklemmung? Warum die Weigerung, mich in dem Raum tatsächlich zu bewegen? Hinter der Tür lauerte nichts Schlimmeres als schlechte Verkabelung und die falsche Wandfarbe. Zwei Schreibtische, zwei Bücherregale, zwei Aktenschränke.

Zwei Zahnbürsten im Bad. Zwei Arten von Brot in der Gefriertruhe.

Alles paarweise.

Mein Leben unterteilt. Ich hatte das schon mal gemacht. Hatte nicht funktioniert.

Reiß dich zusammen, Brennan. Ryan ist nicht Pete. Er wird dich nie betrügen. Er ist attraktiv, intelligent, großzügig, nett. Und verdammt sexy. Warum weigerst du dich nur, dich zu binden?

Ich hatte wie immer keine Antwort.

Im Schlafzimmer warf ich meine Handtasche auf die Kommode, ließ mich in den Schaukelstuhl fallen und zog die Sandalen aus. Dann steckte ich mein Handy ein, damit das Ding nicht binnen Sekunden den Geist aufgab.

Ich sehe die ganze Zeit Tatort- und Autopsie-Fotos. Sie sind nie hübsch. Die aschfahle Haut, die leeren Augen, die blutverspritzten Räume oder Autositze. Auch wenn ich daran gewöhnt bin, nehmen diese traurigen Szenen mich immer mit. Die schonungslose Mahnung, dass hier ein menschliches Leben gewaltsam beendet wurde.

Diese jetzt trafen mich härter als die meisten.

Ich schluckte.

Auf dem ersten Foto war ein Mann, der auf dem Rücken

in einem Leichensack lag, die Arme gerade an den Seiten. Der Sack war bis zur Taille geöffnet. Unterhalb seiner aufgekrempelten Ärmel und des Gürtels konnte ich nichts sehen.

Der Mann war in einem blutverkrusteten ecrufarbenen Hemd gestorben. Ein Paar Schuhe stand neben seinem Kopf, gefertigt aus demselben feinen, braunen Leder, das auch seine Hose hielt.

Über dem blutigen Kragen war das Gesicht des Mannes eine Horrorshow aus aufgeweichtem Fleisch und Knochen. Nase und Ohren fehlten, die Augenhöhlen gähnten dunkel und leer.

Blind wie die tote Gans an der Gartenmauer.

Die grausige Rückblende ließ mich wieder erschauern.

Die nächsten beiden Bilder waren Nahaufnahmen von den Händen. Oder wären es gewesen, wenn die beiden nicht auch gefehlt hätten. Die Unterarme waren ab den Ellbogen zerfetzt, Ellen und Speichen endeten in schartigen Spitzen knapp unterhalb der Hemdsärmel, durchtrennte Sehnen glänzten weiß im zerquetschten Fleisch.

Das letzte Foto zeigte die Bauchgegend des Mannes. Das Hemd war auf der einen Seite zurückgeschlagen. Sein Unterbauch klaffte weit aufgerissen unterhalb der Rippen, die den gebleichten Überresten eines Bootsrumpfes ähnelten. Was von seinen Eingeweiden noch zu erkennen war, ließ sich so gut wie nicht mehr identifizieren. Ich sah ein paar Organfetzen von Leber und Milz, nichts mehr an der Stelle, wo es sein sollte.

Die Nachricht wies weder einen Namen noch eine Nummer aus und war offensichtlich über Spam-artige Querverbindungen verschickt worden. Ich wusste, dass es Apps und Websites gab, die einem Absender den Wunsch nach Anonymität erfüllten. Tricks, die eine Identität verschleierten, und Einmal-E-Mail-Accounts. Aber wer würde so etwas tun? Und warum? Und wer könnte Zugang zu einer derart verstümmelten Leiche haben? Und zu meiner Handynummer?

Joe Hawkins vielleicht? Eine solche Missachtung des Protokolls passte nicht zu seinem Charakter. Joe war der älteste Todesermittler im Mecklenburg County Medical Examiner's Office. Hawkins hatte schon Y-Schnitte zugenäht, als das MCME noch einen einzigen Pathologen und einen Assistenten hatte. Wahrscheinlich schon, als Custer am Little Big Horn fiel.

Falls Hawkins diese Fotos geschickt hatte, was war dann sein Motiv? Ja, das Opfer war übel zugerichtet. Aber wir hatten schon Schlimmeres gesehen. Viel Schlimmeres. War Hawkins vielleicht ein Verbündeter in meinem gegenwärtigen Konflikt? Ein stiller Helfer, der Infos an eine Genossin in Gefahr durchsteckte?

Wollte Hawkins mir eine Warnung zukommen lassen? Der Gesichtslose würde schwer zu identifizieren sein, wollte er deshalb andeuten, dass hier Anthropologie gebraucht würde? Jahrelang war ich die einzige Spezialistin in der Region gewesen. Früher wäre diese Aufgabe zweifellos mir zugefallen.

Bis Larabee getötet wurde und Margot Heavner in seine Kluft schlüpfte.

Eine kurze Erklärung. Da North Carolina ein für den ganzen Bundesstaat zuständiges Medical-Examiner-System hat, wurde die Stelle vom obersten ME in Chapel Hill vergeben. Das Büro des Mecklenburg County Medical Examiner, dem ich als Beraterin zur Verfügung stehe, ist eins von mehreren untergeordneten Instituten und zuständig für die fünf Countys in der Umgebung von Charlotte. Dank der laxen Waffengesetze erschießt man sich in den Carolinas mit großer Begeisterung gegenseitig. Deshalb brauchte der Chef nach dem Mord an Larabee sehr schnell einen Ersatz.

Das Gehalt ist nicht gerade astronomisch, deshalb war Heavner eine aus lediglich einer Handvoll Bewerberinnen und Bewerbern gewesen. Was sie überzeugte, war das im Vergleich zu North Dakota berauschende Klima in Charlotte. Was den Staat überzeugte: Sie war bereit, für wenig Geld zu arbeiten und sofort anzufangen.

Bingo! Dr. Margot Heavner, forensische Anthropologin, Autorin und Rampensau par excellence.

Kaum war sie da, fing sie schon an, mich hinauszuekeln. Ohne jede Feinsinnigkeit. Vom ersten Tag an machte sie klar, dass sie lieber mit Charles Manson arbeiten würde als mit mir.

Sie dürften es schon vermuten. Zwischen uns gibt es eine Vorgeschichte.

Vor sechs Jahren veröffentlichte Heavner ein Buch mit dem Titel: *Die Rächerin des Todes: Mein Leben als Ärztin im Leichenschauhaus.* Das für ein breites Publikum gedachte Werk war eine Sammlung von Fallstudien, die meisten ziemlich alltäglich, doch in der Absicht geschrieben, die Verfasserin als die größte Pathologin seit Erfindung des Skalpells darzustellen. Schön und gut. Stelle deinen Beruf vor, sei eine Inspiration für die nächste Generation.

Allerdings stellte sie sich nur selbst vor. Einige Wochen lang war Heavner überall. Talkshows, Printmedien, Onlinewerbung, soziale Medien. Damit konnte ich leben. Bis Frau Doktor Edelstahl einer rechtslastigen Dreckschleuder namens Nick Body eine Reihe von Interviews gab.

In Blogs und Podcasts im Internet und von dort aus auch über eine Reihe von Radiosendern sonderte Body jeden Schund ab, von dem er glaubte, dass er seine Ratings und seine Leserzahlen in die Höhe treiben würde. Impfgegnertum, Bewusstseinskontrolle durch die Regierung, Verwicklung des US-Militärs in die Angriffe auf die Twin Tower und die Kaserne in Beirut – alles war ihm recht, wie verletzend und absurd es auch sein mochte. Ebenso jede Sensationsgeschichte über Gewalttaten und zerstörte Leben.

Heavner hatte ihre Unterhaltungen mit Body nicht auf das Thema ihres Buchs beschränkt. Mehrmals sprach sie über den Fall eines getöteten Kindes. Ein brutaler Mord, für den noch kein Täter verurteilt war.

Damit hatte ich ganz eindeutig Schwierigkeiten.

Als mich ein Journalist nach meiner Meinung zu Heavners Verhalten fragte, kritisierte ich sie ziemlich scharf. Vielleicht stachelte er mich mit Fangfragen an. Vielleicht war es die Tatsache, dass ich drei Kindsmorde bearbeitete und den starken Wunsch hatte, die Opfer zu schützen. Vielleicht war ich müde. Warum auch immer, ich hielt mich nicht zurück.

Heavner war stocksauer. Drohte mit einem Prozess wegen Verleumdung oder Beleidigung oder was auch immer, ließ aber keine Taten folgen. Die Fehde wurde nie öffentlich. Für das Gezänk von Fachidioten interessiert sich kein Mensch. Aber in unserem kleinen Spezialistenkreis köchelte der Klatsch.

In jenem Jahr riet mir beim Jahrestreffen der American Academy of Forensic Science eine Entomologenkollegin namens Paulette Youngman, die Sache auf sich beruhen zu lassen. War das in Dallas gewesen? Baltimore? Die Veranstaltungen verschwimmen alle in meinem Hirn. Paulette und ich hatten eben eine Pause in einem interdisziplinären Workshop über Kindesmissbrauch, als Heavner in einem ihrer unvermeidlichen Desingnerfummel vorbeirauschte.

»Sie haben recht«, sagte Youngman. »Die Frau hat keine Skrupel.«

»Sie hat von einem ungeklärten Mordfall erzählt, um ihr Buch zu pushen.«

»Das ist egal.«

»Es ist nicht egal, wenn sie dadurch den Fall kompromittiert und dem Kind deshalb keine Gerechtigkeit widerfährt. Und der Fall war nicht der einzige. Sie hat über vermisste Kinder gesprochen. Man konnte Body praktisch aus dem Lautsprecher sabbern hören.«

Youngman ließ die Eiswürfel in ihrer Limo kreiseln und stellte den Styroporbecher dann ab. »Schon mal was von *Ophiocordyceps camponoti-balzani* gehört?«

»Ich glaube, ich habe eine Kolonie unter meinem Waschbecken.«

»Das ist ein Pilz, der aus den Köpfen von Ameisen im brasilianischen Regenwald wächst. Man nennt sie Zombie-Ameisen.«

»Klingt wie eine von Bodys hirnrissigen Verschwörungstheorien.«

»Aber die gibt es wirklich. Der Pilz kontrolliert das Verhalten der Ameisen.«

»Damit sie was tun? Die Republikaner wählen?«

»Er übernimmt das Hirn der Ameisen und tötet den Wirt, sobald der an einen Ort gewandert ist, der dem Erfolg des Pilzes förderlich ist.«

»Fies.«

»Es ist ein Pilz.«

Ich wusste nicht, worauf sie hinauswollte. »Soll heißen?«

»Heavners moralischer Kompass wurde gehackt von der Gier nach Rum und öffentlicher Bewunderung.«

»Sie wird zur Zombie-Anthropologin.«

Youngman zuckte die Achseln.

»Und deshalb sollte ich es sein lassen?«

»Am Ende verliert immer die Ameise.« Youngman senkte den Kopf, sodass sich in der unmodernen, schwarzen Brille weit unten auf ihrer Nase das Licht spiegelte.

Lange sagten wir beide nichts. Youngman brach das Schweigen.

»Hat Heavners Buch es auf die Bestsellerliste der *New York Times* geschafft?«

»Nicht mal in die Nähe.«

Youngman grinste.

Ich grinste zurück.

In den Jahren seitdem habe ich oft an diese Unterhaltung gedacht. Und angenommen, dass sie ein Nebenprodukt der Tatsache war, dass ich zu viele Bilder von misshandelten Kindern gesehen hatte.

Doch jetzt, sechs Jahre später, war sie wieder da, und Heavner hatte einen Ort gefunden, an dem sie gedeihen konnte. Doktor Edelstahl leitete das MCME. Ich war Persona non grata, und mein Leben ein Scherbenhaufen.

Ich schaute auf die Uhr. Fast Mitternacht. Sollte ich Hawkins anrufen?

Keine Chance, dass er noch wach sein würde.

Eine Katzenwäsche, dann kroch ich ins Bett.

Natürlich konnte ich nicht schlafen.

Im Dunkeln wirbelten Bilder umher, Bewohner meines Unterbewusstseins, die um Aufmerksamkeit bettelten. Heavner. Hawkins. Der Mann ohne Gesicht. Eine Schädigung in meiner linken *Arteria communicans posterior*, in der jetzt winzige Platinspulen steckten.

Irgendwann kam Birdie und rollte sich neben mir zusammen.

Half nichts. Mein Hirn war eine Gefahrenguthalde aus Zweifel, Kummer und unbeantworteten Fragen.

Zuallererst: Wer war die dem Untergang geweihte Ameise, und wer der Pilz, der eine glänzende Zukunft vor sich hatte?

3

Samstag, 30. Juni

Ich wurde von einer Drossel geweckt, die vor meinem Fenster ein lebhaftes Solo trällerte. Birdie war verschwunden, wahrscheinlich, um weiterzuschmollen.

Der Wecker zeigte 6:27 Uhr an. Der Himmel ging von Zinn- in Perlgrau über. Das Zimmer war eine Kollision von Schatten, deren Ränder langsam schärfer wurden.

Ich versuchte, mich noch einmal umzudrehen.

Eine Unterhaltung schwappte in mein schläfriges Hirn. Eine alte Frau mit zitternder Stimme, als wäre sie nicht sicher, ob sie wirklich ihre Stimme erheben wollte. Oder Angst davor hatte.

Ich kann die Worte der alten Frau noch immer in meinem Kopf hören. *Blutsaugendes Luder. Benutzt den Tod meines süßen Kleinen, um sich aufzuspielen. Gott, der Herr, sieht alles.*

Hardin Symes. So hieß der tote Junge.

Später erfuhr ich, dass die Anruferin Bethyl Symes war, Hardins Großmutter. Von Nick Body, dem hitzigen Provokateur, hatte ich natürlich gehört. Doch ich hatte mir nie seine Sendung angehört oder einen seiner Blogs gelesen.

Aber Bethyl war eine Stammhörerin. Und sie war erbost, weil Heavner aus dem Tod ihres Enkels eine Sensationsgeschichte gemacht hatte. Den Kummer ihrer Familie an die Öffentlichkeit gezerrt hatte.

Wegen Bethyl hörte ich mir das Interview mit Heavner an und schickte danach die Raketen los, die diese Fehde eröffneten.

Von Bethyl Symes habe ich nie wieder etwas gehört.

Genervt stand ich auf, machte mich flüchtig zurecht – Zähneputzen musste reichen – dann ging ich in die Küche. Nachdem ich Kaffee aufgesetzt hatte, füllte ich den Fressnapf meiner vorwurfsvollen Katze auf. Dann holte ich mir den *Observer* von der hinteren Türschwelle und setzte mich an den Tisch, um Geschichten zu überfliegen, die ich bereits im Internet gesehen hatte.

Warum diese dinosauriermäßige Art der Nachrichtenbeschaffung? Solidarität mit dem Jungen, der mir seit drei Jahren die Zeitungen von seinem Rad aus mit NASA-Präzision auf die Schwelle warf – Derek. Derek behauptet, er spart das Geld für Harvard. Vielleicht bin ich naiv. Die Geschichte bringt ihm außerdem ein Riesentrinkgeld vor den Ferien ein.

Ein Auffahrunfall auf der I-77 hatte eine fünfköpfige Familie auf dem Weg in ihre alljährliche Strandwoche das Leben gekostet. Im South End wurden neue Eigentumswohnungen gebaut. Das Justizministerium eröffnete eine Untersuchung der Finanzen eines örtlichen Kongressabgeordneten.

Nichts über den Mann ohne Gesicht. Mein eigentlicher Grund der Lektüre.

Noch ein Kaffee, dann zog ich meinen Laptop aus der Reisetasche und startete eine schnelle Onlinesuche. Keinerlei Erwähnung eines Funds menschlicher Überreste in der Nähe von Charlotte.

Bis acht beschäftigte ich mich mit Geschirr, E-Mails, Wäschewaschen. Dann wählte ich Hawkins' Handynummer, weil ich wusste, dass er Frühaufsteher war. Er meldete sich nach dem ersten Klingeln.

»Schießen Sie los.« Die übliche Begrüßung.

»Ist ein Dankeschön angebracht?«

»Wofür?«

»Haben Sie mir gestern Abend eine Nachricht geschickt?«

»Nee.«

Überrascht berichtete ich ihm von den Fotos. »Irgendeine Ahnung, wer die geschickt haben könnte?«

»Nee.«

»Ist die Leiche im MCME?«

»Yep.« Hawkins, ganz die Quasselstrippe.

»Was ist passiert?«

»Der Kerl ist hungrigen Schweinen begegnet.«

»Ich hatte auf Hunde getippt.« Ein Blick auf die Fotos hatte mir gleich verraten, dass die Verstümmelungen durch Tierfraß entstanden waren.

»Wildschweine.«

»Wo?« Wenn ich mit Hawkins rede, falle ich oft in seinen schroffen Ton mit ein. Keine Absicht, der einsilbige Rhythmus färbt einfach auf einen ab.

»Cleveland County.«

Ich machte eine ermutigende Pause. Wie üblich vergebens.

»Leichenentsorgung?«

»Unklar.«

»Wann kam er rein?«

»Gestern Abend.«

»Die Autopsie ist am Montag?«

»Heute Vormittag. Ich bin dran.«

»Es ist Samstag. Was ist so dringend?«

»Keine Ahnung.«

»Wer schneidet ihn auf?«

»Heavner.«

»Was haben wir bis jetzt?«

»Eine Leiche ohne Gesicht, Bauch und Hände.«

Im Hintergrund hörte ich einen Fernseher. Hawkins war zu Hause, wo das auch sein mochte. In all unseren gemeinsamen Jahren habe ich ihn nie gefragt, wo er wohnt. Und er hat es nie von sich aus erzählt.

»Also keine visuelle Identifikation und nichts im IAFIS.« Ich meinte das Integrated Automated Fingerprint Identification System, eine Datenbank des FBI zur Identifikation von Fingerabdrücken. Manchmal hat man Glück und landet dort einen Treffer.

»Nee.«

»Wenn der Kerl keinen Führerschein in der Tasche hat, braucht Heavner ein Bio-Profil, das sie der Polizei geben kann.«

»Eine Sozialversicherungskarte würde auch reichen.« Metallisches Klappern übertönte den Fernsehdialog. Hawkins kochte oder baute etwas.

»Ich sag Ihnen Bescheid, wenn ich von Heavner was höre.« Als ich das sagte, zog sich mein Bauch zusammen. Ich wusste, dass Dr. Edelstahl nie anrufen würde.

Tat sie auch nicht.

Nicht während der ganzen Autopsie dieses Vormittags.

Um zehn startete ich einen längeren Lauf, powerte mich richtig aus und kam dann schweißgebadet und fast zitternd vor Muskelerschöpfung zurück. Keine Sprachnachricht auf meinem Handy. Kein rotes Blinken auf meinem Anrufbeantworter.

Ich weiß. Noch so eine Dino-Technologie. Und es gibt überhaupt keinen Grund dafür, den Festnetzanschluss zu behalten. Kein edler Lieferjunge. Nur Gewohnheit. Wie meine alten verschreibungspflichtigen Medikamente, längst abgelaufen und nutzlos, aber nie entsorgt.

In den folgenden Stunden sah ich immer wieder die Fotos vor mir. Fragte mich ein ums andere Mal, wer sie geschickt haben könnte. Fand einfach keinen plausiblen Kandidaten. Keine Erklärung.

Heavner rief auch mittags nicht an, als sie und Hawkins wahrscheinlich Pause machten.

Birdie schmollte immer noch. Mama rief nicht an, um zu kontrollieren, ob mein Kopf explodiert war. Oder sprühend vor neuer Reiseideen. Obwohl beide Überlebende von langjährigen Ehen waren, planten sie und der Reinigungszar die Mutter aller Hochzeiten an einem exotischen Ort. Zumindest Mama.

Auch Ryan rief nicht mit Neuigkeiten aus Montreal an.

Es hatte Zeiten gegeben, da konnte ich mir immer vorstellen, wo Ryan sich gerade aufhielt. Der Bereitschaftssaal des *Crime contre la personne,* acht Stockwerke unter meinem Labor im *Édifice Wilfrid-Derome* an der rue Parthenais. Seine Eigentumswohnung im Habitat ’67 – rechte Winkel und Glas und ein grandioser Ausblick auf den St. Lawrence River und *Vieux Montréal* am anderen Ufer. Seit er in den Ruhestand gegangen war – ein weiterer Stressfaktor in meiner Kurve –, wusste ich nie genau, wo er sich rumtrieb.

Auch Slidell hielt Funkstille. Erskine »Skinny« Slidell, eine Mischung aus derben Sprüchen und schlaffer Plautze und billigem Polyester, war jahrzehntelang Detective im Morddezernat des Charlotte Mecklenburg Police Department gewesen, also Ryans Äquivalent in Dixie. Nicht zwischen den Laken, nur bei Mordermittlungen. Wie Ryan war auch Slidell inzwischen im

Ruhestand und arbeitete als Privatdetektiv, obwohl er weiterhin ehrenamtlich in der Altfallabteilung des CMPD mitarbeitete. In letzter Zeit wusste ich auch bei ihm nie genau, wo er sich aufhielt.

Ich hörte von niemandem. Sah nichts von meiner Katze. Im Annex war die Stille so total, dass ich mich fragte, ob die Migräne der vergangenen Woche einen Minischlaganfall samt Hörverlust verursacht hatte.

Um eins war ich so durchtränkt von manischer Energie, dass ich solo den Everest hätte besteigen können.

Okay, Brennan. Showtime.

Ich schnappte mir eine Cola light und den Laptop und rannte, immer zwei Stufen auf einmal, hoch in den schicken neuen Anbau.

Licht fiel streifig durch die Lamellen der Holzjalousie. Das graue Ding sollte eigentlich weiß sein. Ich nahm mir vor, den Bauleiter gleich am Montag in der Früh anzurufen. Fluchte, als mir wieder einfiel, dass er nach Puerto Rico gereist war, um seinem Bruder beim Wiederaufbau nach dem Hurrikan Maria zu helfen. Neue Geistesnotiz: Maler anrufen.

Die Luft war schwer vom süßen Geruch frisch gesägten Holzes. Zugegeben: Das war irgendwie recht angenehm.

Einer der beiden Schreibtische war neu, der Entwurf eines Edeldesigners, der seinen Stil wahrscheinlich Italienisch-Modernen Chic nannte. Dicke Glasplatte, Beine aus Edelstahl. Anfangs fand ich die nüchternen Linien misstönend. Musste allerdings zugeben, dass ich mich langsam daran gewöhnte.

Zwei Fotos hingen über dem glänzenden Glas, knapp unterhalb der Linie, wo die Dachschräge an die Wand stieß. Ryan, der zweite von rechts in der oberen Reihe, größer als die meisten Kollegen aus der Abschlussklasse der Polizeiakademie. Ryan in der Uniform der *Sûreté du Québec,* den Arm um die Schultern seiner Tochter Lily gelegt, die vor einigen Jahren an einer Heroinüberdosis gestorben war.

Auf der Glasplatte stand, beleuchtet von einem schrägen Streifen Sonnenlicht, ein *Canadiens*-Wackelkopf mit einem Autogramm von Guy Lafleur. Neben dem Wackelkopf prangte eine Lampe, die aussah wie ein verbogenes Stück Tragfläche einer Nebulon-Fregatte.

Ich setzte mich an den anderen Schreibtisch, der für mich altvertraut war, ein Flohmarktfund, den der Edeldesigner wahrscheinlich Heilsarmee-Ausschuss genannt hätte.

Kabel hingen von der Decke und ragten aus der Wand über mir, was mich an den Elektriker erinnerte, der so unfähig und unzuverlässig war wie der Maler. An die beiden Telefonate, die meinen Montag erhellen würden.

Auf meiner Schreibtischplatte warteten Diplome, die ich noch aufhängen musste. Magister- und Doktortitel von der Northwestern University. Ein Diplom des American Board of Forensic Sciences.

Neben den Urkunden standen Fotos auf der patinierten Eichenplatte. Mama und Daddy, die lächelnd hinter zwei Mädchen in Trägerkleidchen standen. Pete und ich mit der kleinen Katy auf dem Arm. Ryan und ich vor einer Herberge im ländlichen Quebec. Larabee und ich bei einem Forum der AAFS.

Daddy und Larabee. Beide tot. Pete und ich, zumindest im übertragenen Sinn. Die Chronologie eines gescheiterten Lebens?

Mein Gott, Brennan. Jetzt lass mal gut sein.

Ryan und Slidell, im Ruhestand und als Partner unterwegs. Als Privatdetektive, nicht Polizisten. Heavner an der Spitze des MCME und ich vom Institut verbannt. Die Umgestaltung meines so wohlgeordneten Lebens sprengte mir den arteriell beeinträchtigten Schädel.

Man mag es einen charakterlichen Makel nennen oder eine Folge des Alterns. Diese Schwäche gestand ich mir erst seit ein paar Monaten ein.

Ich mag keine Veränderungen.

Deshalb mein Widerwillen, in dieses neue Zimmer umzuziehen.

Aber jetzt war ich hier. Mit allem, was mit diesem Mann ohne Gesicht zu tun hatte. Eine neue Ermittlung. Eine neue Zeit. Den Rest meiner Akten und Dokumente würde ich Stück für Stück hochbringen.

Angetrieben von meinem Streit mit Heavner, klappte ich den Laptop auf, startete eine Suchmaschine und gab den Namen Hardin Symes ein.

Viel gab's nicht zu lesen. Aber genügend.

Über das Verschwinden des Jungen und die darauffolgende intensive Suche war einiges berichtet worden. Auch über das tragische Ergebnis. In den grundlegenden Fakten stimmten alle Berichte überein.

Der siebenjährige Hardin Symes lebte mit Mutter, Großmutter und zwei Schwestern in einer Wohnung an der East India Avenue in Bismarck, North Dakota. Am 19. August 2012 wurde Hardin verschleppt, als er auf dem Rasen vor dem Wohnblock spielte. Nachbarn berichteten, sie hätten gesehen, wie ein dunkelhaariger Mann ein Kind in ein Auto zerrte. Fünf Tage später fanden Jäger Hardins verwesende Leiche fünfzehn Meilen von seinem Wohnort entfernt.

Ein Artikel in der Bismarcker *Tribune* berichtete vom Prozess gegen Jonathan Fox, den Verdächtigen, dem man den Mord an Hardin zur Last legte. Die Verteidigung argumentierte, sämtliche Beweise seien nur Indizien, und die öffentlichen Äußerungen des ME hätten den Beschuldigten vorverurteilt. Die Jury steckte in einem Patt fest, und der Richter erklärte den Prozess für fehlerhaft geführt.

Von besonderem Interesse war eine Geschichte, die zum dritten Jahrestag von Hardins Tod erschien. Siebzehn Monate vor Hardins Verschleppung verschwand der achtjährige Jack Jaebernin aus seiner Wohngegend im selben Viertel. Jacks

Vater gab an, ein dunkelhaariger Mann habe seinen Sohn eingeladen, mit ihm in einen örtlichen Park zu gehen, um dort Frösche zu fangen. Obwohl man den Jungen gewarnt hatte mitzugehen, tat er es. An diesem Abend fand eine Familie bei einer Wanderung Jacks geschundene Leiche in einem Wald zwölf Meilen entfernt. Die Autopsie ergab, dass er erwürgt oder erstickt worden war.

Die Parallelen waren auffällig. Die beiden Jungs lebten nur einige Blocks entfernt. Beide waren ungefähr im gleichen Alter. Beide wurden in Waldgebieten ungefähr in gleicher Entfernung zu ihren Wohnorten abgelegt. Und vor allem hatte Jonathan Fox eine Wohnung im selben Apartmenthaus wie die Symes gemietet.

Obwohl die Polizei von Bismarck überzeugt war, dass man den Richtigen verhaftet hatte, kam Fox nicht mehr erneut vor Gericht. 2015 begannen Ermittler der Altfallabteilung des Morddezernats damit, in Schachteln zu wühlen, um Beweise aufzutreiben, anhand deren sich der Kerl vielleicht doch noch überführen ließ.

Weitere Berichte über diese Ermittlung fand ich nicht. Anscheinend hatte die Wiedereröffnung des Falls nichts ergeben.

Ich suchte nach Jonathan Fox und erfuhr Folgendes:

Fox hatte in der siebten Klasse die Schule abgebrochen und arbeitete anschließend an der Rezeption eines örtlichen Motels. Nach dem Prozess um den Mord an Hardin Symes zog er nach Baltimore.

2016 wurde Fox für den Mord an Chelsea Keller verurteilt. Chelsea war zehn Jahre alt. Sie verschwand aus dem Vorgarten ihres Zuhauses. Ihre Leiche wurde acht Meilen entfernt in einem Wald gefunden. 2017 wurde Fox im Western Correctional Institute in Cumberland, Maryland, erstochen.

Ich setzte mich auf, weil ich ein Zwicken im Bauch spürte. Dasselbe Zwicken, das ich gespürt hatte, als Heavner bei Body vom Leder gezogen hatte.

Letztendlich war mit Fox abgerechnet worden. Aber ich hatte recht behalten. Heavners Bemerkungen waren vor Gericht von seinem Anwalt benutzt worden. Und die Strategie hatte funktioniert.

Aber hinter dem Bauchzwicken steckte mehr als ein paar unangebrachte Bemerkungen über ein ermordetes Kind.

Nach der Überprüfung einiger alter Notizen in dem Aktenschrank im Arbeits- und Gästezimmer einen Stock tiefer suchte ich nach dem Namen Nick Body und bekam den Link zu seiner Radiosendung *Body Language.* Dort angekommen, klickte ich auf Archiv und gab das Datum ein, das ich eben herausgefunden hatte. 4. September 2013.

Widerwillig löhnte ich die verlangte Gebühr. Beantwortete die nicht optionalen Profilfragen. Dann öffnete ich die Audiodatei.

Das Interview lief genau so ab wie in meiner Erinnerung. Body fragte Heavner nach ihrem Buch und lenkte die Unterhaltung auf die blutigsten, bestürzendsten Fälle. Heavner spielte begeistert mit, ihr nasales Jaulen klang fast so ekelerregend wie Bodys heiser-rollendes Blaffen.

Nach zehn Minuten ging Body auf die Überholspur und fragte nach Hardin Symes. Ein kurzes Zögern, dann stieg Heavner ein und verriet Details, die den Autopsiesaal nie hätten verlassen dürfen. Ließ sich über die Verderbtheit des Täters aus.

Dann der Verrat, der meine Empörung damals durch die Decke gejagt hatte. Und das nach sechs Jahren immer noch tat.

Heavner erzählte der ganzen Welt, dass Hardin Symes Autist war. Diese Enthüllung gestattete Body, zu einem seiner Lieblingsthemen überzuleiten.

Vorher abgestimmt? Egal. Diese Enthüllung war falsch, ein Verstoß gegen jegliche Berufsethik.

Den Rest der Sendung geiferte Body über die schlimmen Gefahren von Schutzimpfungen. Seine Argumentation folgte wie üblich dem Zangengriff der Dummheit. Er bestritt zum einen, dass es wissenschaftliche Beweise für einen ursächlichen Zusammenhang zwischen Impfungen und der Reduzierung oder Ausmerzung von Krankheiten wie Pocken, Kinderlähmung, Masern oder Röteln gab. Zum anderen versprühte er den beliebten Unsinn, wonach Impfungen Autismus auslösen können.

Heavner, eine Ärztin, widersprach ihm nicht.

Heavners Enthüllungen über Hardin Symes waren unangemessen und gefühllos. Sie tat Hardins Familie weh. Sie kompromittierte die Verfolgung seines Mörders.

Dass Heavner es unterließ, Bodys Anti-Impfungs-Tirade zu widersprechen, machte das Lächerliche glaubhaft. Und das Gefährliche.

Das waren Verstöße, die ich nicht hinnehmen konnte.

Ich meldete mich zu Wort.

Um vier noch immer nichts.

Scheiß drauf.

Aufs Äußerste angespannt, schnappte ich mir meine Schlüssel und lief zum Auto.

Das Institut des MCME liegt an der Reno Avenue im Nordwesten der Stadt. Samstagnachmittag, nicht viel Verkehr. Ich war in zehn Minuten dort.

Als ich ankam, sah ich sofort, dass etwas im Busch war. Auf dem Parkplatz standen zu viele Fahrzeuge. Die Logos von lokalen Fernsehsendern grüßten von Transporterwänden.

Während meine Neuronen ein leises Summen aussendeten, zog ich meine Sicherheitskarte durch und fuhr durchs Tor.

4

Margot Heavner stand auf den Stufen des MCME-Gebäudes. Stufen, die ich unzählige Male hinaufgestiegen war. Schockiert, ungläubig schaute ich ihr zu.

Dr. Edelstahl trug aquamarinblaue Institutskluft. Frisch von einer Autopsie? Oder weil sie fürs Fernsehen die Pathologin spielte?

Journalisten hielten ihr Galgen- und Handmikrofone hin. Nicht viele, insgesamt fünf. Sie beendete eben eine vorbereitete Stellungnahme oder beantwortete eine Frage.

»... männlich, eins achtundsiebzig, von mittlerer Statur, möglicherweise Asiate.« Heavners Frisur und Make-up waren verdächtig frisch für jemanden, der gerade von einer Autopsie kam.

»Alter?«, fragte ein gelangweilt aussehender Reporter von WSOC, einem lokalen Ableger von ABC.

»Nicht alt, aber auch kein Jugendlicher mehr.«

»Das beschreibt mehr als die Hälfte der Bevölkerung«, schlaumeierte ein freier Journalist, der aussah wie eine Echse – wenn eine Echse sich in Cargo-Shorts der Größe 40 zwängen könnte. Ich hatte ihn schon mal getroffen. Gerry Irgendwas.

»Die Leiche weist fortgeschrittene Verwesung und starken Tierfraß auf.«

»Von was? Ratten?« Im Gegensatz zu meinem Zeitungsjungen würde Gerry nie nach Harvard gehen.

»Wildschweine, Mr. Breugger.« Dann, als hätte sie Angst, dass man ihr nicht glaubte: »Die sind in North Carolina ein großes Problem.«

»Wildschweine?«, wiederholte Fessie Green, frisch von der Uni und Polizeireporterin des *Observer*. Green klang, als würde sie ihrem Namen alle Ehre machen.

»Auch Schweine müssen fressen. Diese Schweine haben beschlossen, eine Leiche zu fressen.« Heavner deutete zu einer kinnlosen Elfe, die vielleicht sechs Kilo wog.

»Was meinen Sie mit möglicherweise Asiate?«

»Die Merkmale sind nicht eindeutig.«

»Soll heißen?« Die Elfe bohrte nach.

Heavners Finger wanderte zu einem schlauen, jungen Ding von FOX46.

»Wird Dr. Brennan den Fall bearbeiten?«

»Mein Institut steht in Kontakt mit örtlichen, bundesstaatlichen und nationalen Behörden. Zusammen werden wir diesen bedauernswerten Herrn identifizieren und seinen Angehörigen übergeben.«

Das neuronale Summen wich einer Hitze – eine Röte, die meinen Hals hochkroch und sich über die Wangen ausbreitete.

»Wie starb der Kerl?«, fragte Gerry.

»Über die Todesursache darf ich noch nichts sagen.«

»Denken Sie, es war Mord? Selbstmord?«

»Dieselbe Antwort.«

»Sie haben diese Party organisiert. Worüber *können* Sie denn etwas sagen?«

»Mein Büro wird weitere Informationen herausgeben, sobald sie zur Verfügung stehen.« Heavner zögerte, vermutlich der größeren Wirkung wegen. Dann sagte sie ernst und aufrichtig: »Im Interesse der schnellstmöglichen Aufklärung hier noch einige Details, die ich Ihnen nennen kann.«

Meine Finger verkrampften sich um die Autoschlüssel, die ich immer noch in der Hand hatte.

»Merkwürdigkeiten, die für jemanden, der davon liest oder hört, vielleicht etwas aussagen können.«

Gerry versuchte zu unterbrechen. Heavner ignorierte ihn.

»Der Mann hatte keine Kreditkarten, keinen Führerschein und auch sonst keine Form der Identifikation bei sich. Er hatte keine Brieftasche, aber eine Rolle Bargeld im Wert von zweihundert Dollar. Der einzige andere Gegenstand in seinem Besitz war eine Dose mit schwedischem Kautabak der Marke Göteborgs Rapé. Seine Schuhe scheinen europäischer Herkunft zu sein. Seine Kleidung ist hochwertig – das Hemd aus ungebleichtem Leinen mit kleinen Perlmuttknöpfen, die Hose hellbraun, eine Wolle-Kaschmir-Mischung. Die Shorts bestehen aus Qualitätsseide.«

Eine bedeutungsschwere Pause. Ein schweifender Blick.

»Aus allen Kleidungsstücken wurden die Etiketten entfernt. Auf der Tabakdose fand sich kein einziger Fingerabdruck. Die Bargeldrolle enthielt Euros und Dollars.«

Heavner erwartete eifrige Reaktionen. Doch die Reporter starrten sie nur verwirrt an. Dann ließ die Elfe eine lustlose Salve von Fragen vom Stapel. Andere stimmten mit ein.

»Die Etiketten wurden herausgeschnitten?«

»Das scheint der Fall zu sein.«

»Was hat das zu bedeuten?«

»Ich weiß es nicht.«

»Warum keine Abdrücke auf der Dose?«

»Ich weiß es nicht. Die Oberfläche ist glatt, und die Dose war in einer Hosentasche vor Umwelteinflüssen geschützt.«

»Starb der Mann da, wo seine Leiche gefunden wurde?«

»Zu diesem Zeitpunkt kann ich darüber nichts sagen.«

»Warum nicht?«

»Wenn der Kerl ermordet wurde, warum dann die zweihundert Dollar zurücklassen?«

»Ja, das ist die Frage.«

»Wie kam er an diesen Bach?«

»Auch das ist noch ein Rätsel. Vielen Dank für Ihre Geduld.« Heavner winkte kurz, drehte sich um und verschwand durch die Glastür hinter ihr.

Die FOX46-Reporterin sprach in die Kamera, wahrscheinlich gab sie zurück ins Studio.

Meine Schwachsinnsanzeige dröhnte wie eine Kesselpauke.

Heavner hatte eine Pressekonferenz einberufen. Vor meiner Ankunft hatte sie erläutert, wo die Leiche gefunden worden war. Wandte sie sich wirklich an die Medien, weil sie hoffte, dass jemand sich melden würde? War ich schon wieder paranoid? Beurteilte ich ihre Motive falsch?

Oder waren meine Instinkte richtig? Der grausige Hinweis auf Wildschweine und eine gesichtslose Leiche? War hier wieder Dr. Edelstahl am Werk? War ihr Auftritt nur der erste Akt einer Rampenlichtinszenierung gewesen, um für ein neues Buch zu werben?

Drauf gepfiffen.

Obwohl eine Stimme in meinem Kopf kreischte, dass das eine ganz schlechte Idee war, trat ich durch die Vordertür, stellte meine Tasche im Büro ab, warf einen Labormantel über und eilte dann durch weitere Sicherheitsschranken und den Verbindungsgang zur biologischen Abteilung zum großen Autopsiesaal.

Ein Tisch war besetzt. Ich ging hinüber und schlug die blaue Papierabdeckung zurück, die die Leiche verhüllte.

Der Mann ohne Gesicht lag nackt auf dem Edelstahl, sein Fleisch bleich im Neonlicht.

Ohne Zögern zog ich mein Handy heraus und schoss Fotos vom Kopf bis hinunter zu den Füßen. Als ich mit der Leiche fertig war, ging ich zur Arbeitsfläche und fotografierte Kleidung und persönliche Habe des Mannes. Dann legte ich das Handy weg und streifte Latexhandschuhe über.

Hawkins kam herein, als ich eben ein Abstrich-Set aus einer Schublade holte. Er sah aus wie immer – ein großer, skelettaler Zombie mit ölig aus dem Gesicht gekämmten Haaren, das von einer knochigen Nase, eingefallenen Wangen und drahtdünnen Lippen geprägt wurde. Sein Alter konnte ich nicht schätzen. Sechzig? Achtzig? Seit Jahren ging im MCME der Witz, Hawkins sei in den Achtzigern gestorben und niemand habe es bemerkt.

Nur eine Braue fragend gehoben, schaute Hawkins kommentarlos zu, wie ich dem offenen Brustkorb des Mannes ohne Gesicht eine Probe entnahm.

»Sie haben mir wirklich keine Fotos von dem Kerl hier geschickt?«, fragte ich mit leiser Stimme.

»Nee.«

»Eine Ahnung, wer sie geschickt haben könnte?«

Hawkins schüttelte den Kopf.

»Wer hatte Zugang zu ihm?«

»Ein paar Leute.«

Ich wusste, dass das stimmte. Ich war bereits in Gedanken eine Liste der Verdächtigen durchgegangen. Ein Pathologe des MCME. Ein weiterer Todesermittler. Der erste Beamte am Tatort. Ein Techniker, der das Transportfahrzeug begleitet hatte. Die Jungs, die die Leiche entdeckt hatten. Aber von denen kam keiner so richtig infrage. Und der Absender musste jemand sein, der meine Handynummer hatte.

»Wie's aussieht, arbeitet die Chefin an ihrer Fernsehkarriere.« Hawkins sprach ebenfalls *mezza voce.*

»Nicht, wenn ich es verhindern kann.« Ich steckte den Tupfer in ein Röhrchen.

»Vielleicht kann ich Ihren Maulwurf ja aufscheuchen.«

»Fragen Sie herum?«

»Diplomatisch.«

Ich warf Hawkins einen kurzen Blick zu. »Ich will Sie nicht in die Zwickmühle bringen.«

»Wird nicht passieren.«

Ich hatte kaum den Deckel auf das Röhrchen geschraubt, als hinter uns eine hohe, nasale Stimme ertönte. Während ich mir die Probe in die Tasche steckte, nahm Hawkins diskret mein Handy von der Arbeitsfläche.

Wir drehten uns beide langsam um. Ich zwang mich zu einem Lächeln.

»Was treiben Sie hier?« Heavner machte ein Gesicht, als wäre sie mit ihren Guccis in einen Hundehaufen getreten.

»Ich fuhr gerade vorbei und bekam Ihre Pressekonferenz mit.« Ich wollte nicht, dass sie von der anonymen Nachricht erfuhr. »Als ich hörte, dass Sie eine verwesende Leiche untersuchen, habe ich mich dazugesellt.«

»Soweit ich weiß, sind Sie für dieses Institut nur als Gutachterin tätig, wenn Sie explizit mündlich oder schriftlich darum gebeten wurden.«

»Dr. Larabee und ich –«

»Ich bin nicht Dr. Larabee.«

Ich sagte nichts.

»Glauben Sie ernsthaft, dass dieses Institut ohne Sie nicht funktioniert, Dr. Brennan? Dass ich nicht in der Lage bin einzuschätzen, ob Spezialwissen gefragt ist?«

Einen kurzen, kalten Moment lang trafen sich unsere Blicke.

»Sollte ich Ihre Dienste benötigen, werde ich Sie kontaktieren. Und jetzt gehen Sie bitte.«

Ich tat es, mit einem Brennen in der Brust wie nach einem Marathon.

Als ich zum Auto ging, fielen mir Paulette Youngmans Worte wieder ein. Die Ameise verliert immer.

Ich hatte eben den Annex betreten, als mein Festnetz klingelte.

Nachdem ich auf die Anruferkennung geschaut hatte, nahm ich ab.

»Süße, alles okay bei dir?«, fragte Mama, die Vokale breiter und triefender als bei Scarlett auf Tara.

»Natürlich bin ich okay.«

»Warum gehst du nicht an dein Handy?«

»Ich habe Akkuprobleme.« Das stimmte, war aber keine Antwort auf ihre Frage.

»Wo bist du?«

»Zu Hause.«

»Geht's dir nicht gut?«

»Doch, sehr gut sogar. Ich gehe nachher aus.« Ich bedauerte es, kaum dass ich es gesagt hatte.

Überraschenderweise stürzte sie sich nicht sofort darauf. »Sinitch ist heute angekommen.« Mamas Verlobter hieß Clayton Sinitch. Aus irgendeinem Grund benutzte sie nie seinen Vornamen. »Er bleibt bis Mittwoch.«

»Das ist nett.«

»Na, das hoffe ich«, sagte sie ein bisschen wehmütig, als wollte sie, dass ich nachfrage.

Ich tat es nicht. »Habt ihr große Pläne?«

»Ich muss was mit seinen Füßen tun.«

»Seinen Füßen.«

»Sie riechen wie Suppe aus schmutzigen Unterhosen.«

Darauf ging ich lieber nicht näher ein.

»Vielleicht sollte ich eins dieser Fußgeruchprodukte kaufen, die es im Supermarkt gibt. Ein bisschen was in seine Schuhe streuen, während er unter der Dusche ist. Man würde meinen, dass Wasser und Seife das Problem lösen sollten.«

»Mm.«

»Er ist jetzt gerade im Bad und schrubbt sich ab. Ein Vorteil des Duschens ist, dass man ihn so nackt kriegt.«

Ein Bild, das ich wohl nie wieder loswerde.

»Sinitch ist ein wunderbarer Mann, aber manchmal vermisse ich deinen Daddy schon noch.«

»Ich weiß, Mama. Ich auch.«

Meine frühe Kindheit war eine glückliche Zeit gewesen. Ich wurde nicht missbraucht, herumgeschubst oder in ein Korsett aus absurd strengen religiösen Regeln gezwängt. Ich brach mir nie einen Knochen, brauchte keine Operation, musste nie genäht oder psychologisch betreut werden. Meine Schwester Harry und ich kamen einigermaßen gut miteinander aus. Mama litt an etwas, das man heute bipolare Störung nennt. Ab und zu verschwand sie für einige Zeit in einer Klinik, kam aber immer wieder nach Hause. Dann starb mein kleiner Bruder an Leukämie, und alles ging in die Brüche. Mama fiel in ein schwarzes Loch, aus dem sie für Jahre nicht herauskam. Daddy fing an, heftig zu trinken, und kam schließlich im Familien-Buick von der Straße ab und ums Leben. Jahrzehnte später fehlte mir mein Vater immer noch sehr.

»Ich rufe an, weil ich gerade im Bett liege und eine sehr interessante Sendung sehe.« Mama senkte die Stimme zu einem vertraulichen Flüstern. »Bearbeitest du diese Leiche, die von Schweinen angenagt wurde?«

Nur zur Information. Meine zierliche, grauhaarige Mutter hat ein Hirn wie ein Autobahnkreuz mit einem Wirrwarr aus Auf- und Abfahrten. Gespräche mit ihr verzweigen und verästeln sich, kehren manchmal auf die Hauptroute zurück, manchmal auch nicht. Jetzt waren wir also offenbar bei meiner Arbeit gelandet, die sie, aus welchen Gründen auch immer, faszinierte.

Und noch eine Information. Egal auf welcher Abzweigung sie sich gerade befindet, kann meine Mama Ausflüchte aufspüren wie eine Nachtsichtdrohne. Deshalb machte ich mir gar nicht die Mühe, diese Frage abzubiegen.

»Anscheinend nicht«, sagte ich.

»Macht diese schreckliche Frau dir immer noch Kummer? Wie heißt sie gleich wieder?«

»Margot Heavner.«

»Warum um alles in der Welt geht sie mit dir nur so gehässig um?«

»Ich habe sie vor Jahren mal beleidigt.«

»Wie denn? Hast du ihren Papagei vergiftet? Ihr in den Porridge gespuckt?«

»Ist das wichtig?«

»Ja«, sagte sie bestimmt.

Ich erzählte ihr alles. Hardin Symes. Die Interviews mit Body. Die Enthüllung von Hardins Autismus. Heavner, die Bodys Impfgegnertirade nicht widersprach. Dass ich sie unprofessionell genannt hatte.

Während ich sprach, kam Birdie in die Küche und betrachtete mich kontemplativ. Entweder das, oder er hatte Hunger.

Ich beschloss, das Auftauchen der Katze als Geste der Wiederannäherung zu interpretieren, stand auf und füllte seinen Napf auf. Mit dem Zeug aus der Dose, das er mag, nicht mit dem Trockenfutter. Er schnupperte und streckte sich, um seine Gleichgültigkeit zu zeigen. Als ich mich abwandte, ließ er das Theater und machte sich mit Appetit über das Fressen her.

Als ich mit meiner Geschichte fertig war, kam Mamas Reaktion schnell und heftig.

»Ich kann dem Mann seine offensichtliche Dummheit verzeihen. Gott weiß, gegen den IQ, den man ihm zugeteilt hat, kann er nichts machen. Aber Nick Body ist niederträchtig, gewissenlos und hinterhältig wie eine Schlange.«

»Hörst du dir seine Sendung an?«, fragte ich überrascht.

»Ich höre mir alles an.«

»Aber wenn du ihn nicht magst –«

»Ich muss doch wissen, welche Dummheiten in der Welt herumfliegen.«

Ich sagte nichts.

»Ich habe mal gehört, wie Body sich darüber ausließ, dass die Regierung Katzen für Bewusstseinskontrolle abrichtet. Kannst du das glauben?«

Mein Blick wanderte zu Birdie. Ich glaubte es.

»Ein anderes Mal schwadronierte er über einen Genozid an den Weißen und behauptete, Einwanderung, Mischehen, Geburtenkontrolle und Abtreibung würden benutzt, um die Weißen auszurotten.«

»Von wem benutzt?«

»Da blieb er ein bisschen vage. Ganz zu schweigen von der Populationsgenetik. Der Mann ignoriert wissenschaftliche Tatsachen völlig. Er glaubt nicht an den Klimawandel, beharrt darauf, dass die Erderwärmung nur ein teuflischer Schwindel ist. Wie die Mondlandung. Und die Fluorisierung der Wasserversorgung.«

Ich versuchte, das Thema zu wechseln. Doch Mama hatte einen Lauf.

»Hast du gewusst, dass dieses kleine Wiesel sein Gesicht kaum mal in der Öffentlichkeit zeigt? Kein Mensch weiß, wo er lebt oder was er tut, wenn er die Luft nicht mit seinem Geschwafel verpestet.«

»Das habe ich gelesen.«

»Er spuckt sein Gift und versendet die Dateien dann über Server in Bosnien, Borneo und Weißrussland, damit die ursprüngliche IP-Adresse nicht mehr aufzuspüren ist.«

Eine letzte Information. Meine Mutter ist ein verdammtes Genie, was Computer und die Manipulation des World Wide Web angeht. Zum Teil bin ich daran schuld. Als sie mal wieder eine dunkle Phase gehabt und in einer Klinik gelebt hatte, hatte ich ihr einen Laptop gekauft, um sie zu beschäftigen. Zu meiner Überraschung hatte sie sich mit Verve aufs Internet gestürzt und jede Menge Kurse zu diversen Cyber-Skills besucht. Jetzt ist sie nicht mehr zu stoppen.

Ich schaute auf die Uhr. 17:20.

»Mama, ich sollte Schluss machen.«

Ich konnte mir vorstellen, wie sich die Winkel ihrer Dior-getönten Lippen senkten. Dann: »Schätzchen, ein guter Rat, mach damit, was du willst: Du sagst, Heavner hatte keine Skrupel, mit diesem Zirkusclown von einem Wichtigtuer zu plaudern. Du sagst, jetzt hält sie dich von dem Job fern, den du seit Jahrzehnten machst. Mach's trotzdem.«

»Wie bitte?«

»Schlag sie mit ihren eigenen Waffen. Wenn du dich dazu in der Lage fühlst.«

»Mit ihren eigenen Waffen?« Ich hatte keine Ahnung, was sie meinte.

»Mein Gott. Du bist brillant, aber du kannst auch echt langsam sein.« Ein megageduldiges Seufzen. »Identifiziere den Gesichtslosen auf eigene Faust. Wenn du das schaffst, ärgert sich deine neue Chefin schwarz. Und du beeindruckst vielleicht den Oberboss in Chapel Hill.«

»Aber –«

»Und die Ermittlung gibt dir was zu tun, damit du nicht nur den ganzen Tag zu Hause herumsitzt und grübelst. Natürlich nur, solange es deinen Zustand nicht beeinträchtigt.«

Auf keinen Fall. Darauf ging ich nicht ein.

»Bist du noch dran?«

»Ja.«

»Die Dusche ist aus. Sollte selber mal kurz reinsteigen. Überlegst du dir, was ich gesagt habe?«

»Ja.« Alles, um mir nur nicht vorstellen zu müssen, wie Clayton Sinitch meine Mutter befummelt.

Und ich dachte wirklich darüber nach, beleuchtete den Vorschlag von allen Seiten.

Mein Schicksal akzeptieren und meine professionelle Energie auf etwas anderes konzentrieren? Tatsache ist, dass ich jede Menge Anfragen bekomme. Allerdings, um ehrlich zu sein, nicht genug, um das finanzielle Loch zu stopfen, das der Verlust des Einkommens vom MCME gerissen hatte. Ich bekam noch ein Gehalt für meine Lehrtätigkeit an der UNCC und Honorare für meine Beratertätigkeit für das LSJML in Quebec, aber der Kauf der Wohnung in Montreal und die Kosten des Umbaus im Annex hatten meine Finanzdecke ziemlich ausgedünnt.

Ryan würde natürlich helfen, aber ich würde ihm nie gestatten, dass er mehr als seinen Anteil bezahlte. Weitere Stressfaktoren für meine Kurve.

Also. Mamas Vorschlag folgen und mit dem Mann ohne Gesicht auf eigene Faust weitermachen? Ich hatte mich ja bereits engagiert. Warum sonst hatte ich die Fotos geschossen und die Blutprobe genommen?

Neben Hawkins hatte ich noch einen weiteren Verbündeten. Aber wer war der anonyme Absender? Und warum hatte er oder sie mir diese Bilder geschickt?

Ein Alleingang könnte sich als der entscheidende Karrierekiller in meiner Heimat erweisen. Andererseits, was gab es da noch zu killen?

Um zwanzig vor sechs griff ich zum Telefon und wählte Chapel Hill. Das Büro des Chief Medical Examiner hatte bereits Feierabend. Natürlich. Ich hinterließ dem Oberboss eine Nachricht.

Um sechs kribbelten mir die Finger vor Aufregung.

Endlich kam dann der Anruf, den ich erwartet hatte.

Eine Stunde später saß ich in einer hinteren Nische in Sassy's Chili Shack, einem schäbigen Diner im Stil der Fünfziger am Ende einer unkrautüberwucherten Kiesfläche am Wilkinson Boulevard. Das Sassy's wirkte, als hätte es sein Leben als Clubhaus der Hells Angels begonnen. Die Stammgäste sahen aus wie Vollmitglieder oder Aspiranten. Rasierte Schädel. Exotische Gesichtsbehaarung. Ärmellose Jeanshemden, viel Leder, Nieten und baumelnde Schlüsselketten. Das volle Programm.

Ich mag Spelunken, aber Hawkins' Stammladen ist nicht so ganz mein Fall. Es riecht nach Zigarettenrauch und biergetränktem Holz, und die Speisekarte bietet kaum etwas außer Chili und Grillfleisch.

Hawkins saß mir gegenüber und sah aus wie ein aufrechter Kadaver mit Brille. Er arbeitete sich durch eine gemischte Platte mit allerlei totem Getier. Ich nippte an einem Perrier mit Limette. Welches mir eine hochgezogene Augenbraue vom tätowierten, bärtigen Barmann eingebracht hatte.

Eine Einkaufstasche aus Recyclingmaterial lag zwischen uns auf dem Tisch, der papageiengrüne Stoff ein Misston in dem trüben Licht. Ich konnte einen großen, braunen Umschlag darin sehen. Eine rechteckige Wölbung, von der ich hoffte, dass es mein Handy war.

Ich ließ Hawkins fertig essen, bevor ich ihn fragte, ob er sich wegen des mysteriösen Absenders umgehört hatte.

»Muss vorsichtig sein«, sagte er, was »Nein« bedeutete.

»Was ist in der Tasche?«, fragte ich, als ich meine Neugier nicht länger zügeln konnte.

»Eine Kopie von Heavners Akte.«

»Heilige Scheiße. Im Ernst?«

»Beruhigen Sie sich. Sind nur die vorläufigen Ergebnisse. Nichts Endgültiges.«

»Was denken Sie?«

»Ich denke, es war Selbstmord.«

»Warum?«

»Keine Verletzungen, keine Spuren eines Kampfes, das Opfer lag ausgestreckt da. Bis auf die Arbeit der Schweine natürlich.«

»Kein Brief?«

»Nichts.«

»Neigt Heavner auch zu der Ansicht?«

»Sie will einen Mord.«

»Hat sie eine toxikologische Untersuchung gemacht?«, erkundigte ich mich, ohne näher auf die seltsame Bemerkung einzugehen.

»Nur die Standardparameter.«

»Wo wurde die Leiche gefunden?«

»In Cleveland County, in der Nähe von Earl, knapp nördlich der Staatsgrenze.«

»Warum hat Charlotte den Fall bekommen?«

»Schätze, die Ortsansässigen fühlten sich der Herausforderung nicht gewachsen. Kein Gesicht, keine Hände, keine Eingeweide.«

»Ländliche Gegend?«

»Vorwiegend Farmland und Wald.«

»Hat der Sheriff von Cleveland County den Fundort bearbeitet?«

»Was davon übrig war.«

»Wer hat die Leiche gefunden?«

»Paar Jungs, die zum Fischen wollten. Schätze, das hat bei denen vorerst keine Priorität mehr.« Wortreich für Hawkins, vielleicht sogar ein Rekord.

»Wie kam sie dorthin?«

Hawkins zuckte die Schultern und hob beide Hände. Eine Geste, die mich an eine Gottesanbeterin denken ließ.

»War in der Gegend ein Fahrzeug abgestellt? Fahrrad? Motorrad?«

»Soweit ich weiß, nicht.«

Hawkins trank den Rest seines Kaffees aus und deutete mit dem Finger auf die Tasche. »Habe fotokopiert, was ich konnte.«

»Ich kann Ihnen gar nicht genug danken.«

»Ihr Handy ist auch da drin.«

»Ich bin Ihnen was schuldig.«

»Sie müssen den Ball flach halten.«

»Grasnarbenflach.«

Die Kadaveraugen schauten mich an.

»Das kam auf keinen Fall von mir.«

»Auf gar keinen Fall.«

5

Als ich dann wieder hinterm Steuer saß, das Auto noch auf der Kiesfläche, die sonst nichts beherbergte außer Schrottkarren und aufgemotzten Motorrädern, schaute ich auf die Uhr. Die im schräg einfallenden Bernstein-Violett der frühen Dämmerung kaum zu lesen war.

Kurz nach acht. Zu früh für meine Verabredung zum Abendessen, zu spät, um nach Hause zu fahren.

Die Einkaufstasche lag auf dem Beifahrersitz und lockte mich mit ihren entwendeten Informationen. Ich hob einen Henkel und zog mein Handy und den braunen Umschlag heraus, der sich enttäuschend dünn anfühlte. Ich riss die Lasche mit dem Zeigefinger auf, schüttelte die mit einer Büroklammer zusammengehaltenen Seiten heraus und blätterte sie durch.

Fotokopien. Der Vorfallbericht des Cleveland County Sheriff's Department. Das Aufnahmeformular der Leichenhalle, Fallnummer MCME 304-18. Notizen zur vorläufigen Autopsie, sehr kurz. Ein paar Tatortfotos. Ein Überfliegen der Dokumente legte nahe, dass, falls kein braver Bürger sich meldete, die Aussicht auf eine Identifikation sehr trüb war, wie ich befürchtet hatte.

Ich holte das Probenset und einen Stift aus meiner Handtasche und schrieb die Fallnummer auf die Tüte. Durch das klare Plastik sah ich den weißen Baumwolltupfer in seinem Röhrchen. Ich hatte die kleine weiße Kappe des Röhrchens nicht beschriftet, wie es ein Techniker getan hätte, der Proben nahm.

Ich ignorierte das Alarmsignal in meinem Kopf, steckte den Umschlag und das Röhrchen wieder in den Beutel und fuhr los.

Mehrere Postleitzahlen später fuhr ich bei einem Einkaufszentrum in einem sehr viel privilegierteren Teil der Stadt vor. Weinhandlung, Nagelstudio, Makleragentur. Geschmackvolle Laternen verströmten warmes Gelb auf manierliche Flora in Fensterkästen und steinernen Pflanzgefäßen.

Ich parkte vor einem winzigen, ummauerten Hof mit verschnörkelten schmiedeeisernen Tischen und Stühlen. Ein Schild auf den Backsteinen verkündete in dezenter Schrift *Barrington's.* Ich überquerte den Hof und trat durch eine glöckchenbimmelnde Tür.

Die einzige Gemeinsamkeit zwischen Barrington's und Sassy's war das Vorhandensein von Essen. In dem Chili-Laden war die Beleuchtung schwach, weil man Betriebskosten sparen wollte. Bei Barrington's waren die Kerzen und Wandleuchter sorgfältig arrangiert, um ein gastronomisch angemessenes Ambiente zu schaffen.

Meine Mitbürger erstellen gerne Listen von den Besten der Stadt. Die besten Mikrobrauereien. Die besten Fitnessstudios. Die geschmackvollsten Pasta-Läden. Meine Kollegin und Freundin Lizzie Griesser stammt aus Charlotte, lebt aber jetzt in Virginia. Lizzie hält sich über die Lokalnachrichten auf dem Laufenden und nimmt solche Kritiken sehr ernst. Deshalb der

Treffpunkt des heutigen Abends. In der Kategorie Gutes Essen lässt Barrington's die Konkurrenz regelmäßig alt aussehen.

Das Restaurant hat nur vierzehn Tische. Die an fast jedem Abend alle besetzt sind. Als Lizzie sich für einen Termin für ihre alle zwei Monate stattfindende Pilgerfahrt entschieden hatte, hatte sie sofort angerufen. Die Buchung hatte Mitte Mai stattgefunden.

Die Wirtin führte mich zu einem Vierertisch in einer Ecke. Ich hatte eben meinen Taschenriemen und den Einkaufsbeutel über die Rückenlehne gehängt, als Lizzie ankam.

Wie soll man Elizabeth »Lizzie« Griesser beschreiben? Sie erfüllt alle Kategorien, die sie nach westlichen Standards des 21. Jahrhunderts hübsch machen. Strahlende, haselnussbraune Augen. Volle Lippen. Eine Knopfnase, die sich genau im richtigen Augenblick ein wenig nach oben biegt. Doch irgendwie funktioniert die Kombination nicht so recht. Ihre Gesichtszüge wirkten wie auf eine übergroße Leinwand gemalt.

Lizzie ist inzwischen ein wenig älter. Die Lider hängen ein bisschen, die Kieferpartie ist nicht mehr ganz so straff. Aber sie ist nicht unattraktiv. Weit davon entfernt. Sie ist nur, na ja, ein wenig eigentümlich.

Meine Freundin ließ sich auf den Stuhl mir gegenüber fallen. Was sie kürzer wirken ließ als ihre tatsächlichen eins achtzig. Auch ihr Körperbau entspricht nicht ganz den Proportionen, ihre Beine tragen viel mehr zu ihrer Größe bei, als das normalerweise der Fall ist.

»Bin ich zu spät?«

»Bin auch eben erst angekommen.« Ich lächelte, vielleicht ein bisschen zu breit. Die Nerven. Mein Unterbewusstsein, das sich immer wieder meldete. »Was macht deine Mutter?«

»In mir den Wunsch auslösen, ich hätte einen Job in Missoula angenommen.«

»Gibt's in Missoula denn ein Institut?«

»Ich könnte eins aufmachen. Gib mir Hut und Halstuch,

vergiss die Cowboys, die meine Stiefel tragen. Aber warte mal. Ist Montana nicht der Staat, wo sie dieses Arschloch in den Kongress gewählt haben? Den Typen, der Journalisten niederstreckt?«

»Was man dem Staat lassen muss: Da gibt's jede Menge weiten Himmel.«

»Und es dürfte da viel kühler sein als hier. Verdammt.«

»In der Lut-Wüste dürfte es kühler sein als hier.«

»Hör mal, Tempe. Ich will dir ja nicht schmeicheln, aber ich bin dir wirklich dankbar, dass du dich so für meine Mutter interessierst. Deine Besuche sind wirklich das Größte.«

»Ist ja gleich um die Ecke von meinem Stadthaus.« Nicht unbedingt. »Und sie ist eine interessante Dame.«

»Sie ist neunundneunzig und denkt, ich bin noch in der Schule.«

Lizzie machte ihren Doktor in Molekularbiologie im Jahr 1972. Als ich zu der Forensikszene stieß, arbeitete sie in der Serologie des CMPD Crime Lab. Eines Wintertages teilten wir uns einen Thunfischsalat und lachten über die Eigentümlichkeiten von Namen. Lizzies Mutter hieß Temple. Tempe – Temple. Wir fanden diese Ähnlichkeit lustig.

Im Lauf der Jahre waren Lizzie und ich bei Dutzenden von Fällen als Berater tätig. Obwohl sie mindestens zehn Jahre älter war als ich – eine Vermutung, sie sprach nie über ihr Alter –, wurde aus der kollegialen Kameraderie dank gemeinsamer Abendessen, Kinobesuche und geteilter Geschichten über elterliche Leiden schließlich Freundschaft.

Dann starb Lizzies Vater, und ihre Mutter wurde vergesslich. Sie vergaß, wie man sich die Zähne putzt, wo die Apotheke ist, wie man die Fernbedienung benutzt. Temple Griesser wohnte zurzeit in Sharon Tower, Charlottes ältestem Seniorenheim für betreutes Wohnen. Lizzie arbeitete inzwischen für ein privates DNS-Labor in Richmond. Ich schaute bei Temple vorbei, so oft ich konnte.

Die Kellnerin kam und stellte sich als Suzy vor. Suzy fragte, welches Wasser wir wollten, und füllte dann unsere Gläser aus einem Krug voller Zitronenscheiben. Nachdem sie uns Speisekarten von der Größe von Jalousien gegeben hatte, wollte sie noch wissen, was wir uns von der Bar wünschten.

»Mom ist recht zufrieden«, fuhr Lizzie fort, als Suzy gegangen war. »Hat nichts anderes im Kopf als ihre Kakteensammlung.«

»Ich habe eine Menge über Sukkulenten gelernt.«

Wir nahmen uns ein wenig Zeit, um die Angebote des Abends zu studieren. Und an unseren zitronigen Getränken zu nippen.

»Wie sieht's bei dir aus?« Lizzie legte die Karte weg. »Wie ist deine mütterliche Situation?«

»Mama ist verlobt und wird bald heiraten.«

Lizzies Brauen schossen zu ihrem Haaransatz. Der, wie die beiden, silbrig grau war.

»Frag nicht«, sagte ich.

Suzy kehrte mit Lizzies Martini und meinem Perrier zurück. Sie bestellte die Ente, ich hielt mich ans Hühnchen. Wenn es nicht gerade Winter ist – die Saison für Kaninchenpastete –, tue ich das immer. Ich liebe die Stampfkartoffeln mit Knoblauch.

Wir beendeten unser Essen, als ich endlich zur Sache kam. Ich legte die Gabel weg und schnitt das Thema an, das immer wieder für die Alarmmeldung aus meinem Unterbewusstsein sorgte.

»Ich müsste dich mal um deinen Rat bitten.«

»Schieß los.«

»Hier ist erst mal die Lage.« Ich erzählte ihr von meinem Konflikt mit Margot Heavner.

»Das mit Larabee tut mir leid«, sagte sie, als ich fertig war. »Er war ein Guter.«

»Das war er«, pflichtete ich ihr bei.

»Angeblich ist Heavner eine Furie.«

Das war sie. Ich sagte es nicht.

Lizzie wartete, während ich hinter mich griff, den braunen Umschlag und das Röhrchen aus dem Beutel zog und beides auf den Tisch legte. Sie hatte den grünen Beutel schon bei ihrer Ankunft bemerkt, aber nichts gesagt.

»Am Freitag wurde draußen in Cleveland County eine Leiche gefunden. Wildschweine haben Eingeweide, Gesicht und Hände abgefressen.«

»Keine visuelle Identifikation, keine Fingerabdrücke.«

»Genau. Vielleicht macht Heavner einen DNS-Test, aber das heißt dann, dass man Ewigkeiten auf die Ergebnisse warten kann. Und wie stehen die Chancen auf einen Treffer in einer Datenbank?«

»Das Opfer hat keinerlei Ausweis bei sich gehabt?«

»Nein.«

»Klingt nicht gut«, sagte Lizzie vorsichtig. Sie ahnte so langsam, worauf ich hinauswollte.

»Nein, tut es nicht.«

»Ein schiefgegangener Raubüberfall mit anschließender Leichenentsorgung?«

»Der Kerl hatte zweihundert Dollar bei sich.«

Lizzie sagte nichts.

»Einige persönliche Gegenstände deuten darauf hin, dass er nicht aus der Gegend war.« Ich tippte mit dem Finger auf den Umschlag. »Ist alles da drin.«

Lizzie rührte Hawkins' illegale Beute nicht an. »Lass mich raten: Heavner stellt dich kalt.«

»Tut sie.«

»Du bekommst doch jede Menge Fälle. Warum sich schlaflose Nächte wegen dem einen machen?«

Diese Frage hatte ich mir auch schon gestellt. »Ich bin mir nicht sicher. Ich meine, der Kerl könnte Kinder haben, eine Frau, einen ...« Eine Hand stieg ratlos in die Luft. »... Cockerspaniel.«

»Na komm, Tempe. Wir kennen das doch beide. Jeder Tod reißt in irgendjemandes Leben eine Lücke.«

Ich ließ die Hand wieder auf den Tisch sinken. »Okay. Die ganze Geschichte. Ich glaube, Heavner will mal wieder Dr. Edelstahl spielen.«

»Die Situation ausnutzen, um ihr Gesicht ins Fernsehen zu bringen?«

»Sie hat eine Pressekonferenz einberufen, und sie hat das ...« Ich malte Anführungszeichen in die Luft. »... ›Rätselhafte und Mysteriöse‹ des Falls beschworen.«

Lizzie lehnte sich zurück und strich sich mit der Hand über die Wange. Ihre Knöchel waren knotiger, die Haut fleckiger als in meiner Erinnerung.

Einige Augenblicke vergingen. Suzy räumte unsere Teller ab, brachte Tassen und goss sie voll. Ich fügte Milch dazu. Lizzie nicht. Sie rührte trotzdem in ihrer Tasse, während sie darüber nachdachte, was ich eben gesagt hatte.

Ich machte mich auf eine Absage gefasst. Stattdessen: »Wo würdest du es ins Spiel bringen?«

»Ich müsste erst noch herausfinden, wo ich es herumzeigen soll.«

Unsere Blicke trafen sich. Ich konnte fast hören, wie in ihrem Kopf die Rädchen ratterten.

»Ist ein Schuss ins Blaue.«

»Ins Tiefblaue.«

»Vor Gericht keinen Pfifferling wert.«

»Ich weiß.«

»Joe Hawkins?« Sie nickte zum Umschlag.

Ich bestätigte weder, noch leugnete ich.

»Wer hat die Probe entnommen?« Sollte heißen: Wurde sie heimlich entnommen, ist der Abstrich vertrauenswürdig?

»Ich.« Sollte heißen: Ja.

»Wenn du das inoffiziell machst, kannst du für immer aus dem Institut fliegen.«

»Ich kann mir nicht vorstellen, dass Heavner mich je wieder auf einen Dienstplan setzt.«

Bis zu diesem Zeitpunkt hatte diese hässliche Aussicht nur düster am Rand meiner Wahrnehmung gelauert. Es laut auszusprechen machte daraus jedoch eine Realität. Nach Jahrzehnten wäre ich beim MCME endgültig draußen.

»Wir reden dann aber von reinen Hypothesen«, sagte Lizzie leise.

»Ich wäre dir sehr verbunden.«

Lizzie trank ihren Kaffee aus. Verschränkte die Arme und saß dann bewegungslos wie ein Buddha da. Sekunden vergingen. Eine ganze Minute. Dann:

»Du wirst es lieben, mit Mom über Feigenkakteen und Aloe zu plaudern.«

Das klang nach einem zweifelhaften Versprechen.

Ich behielt die Papiere. Lizzie nahm das Röhrchen.

Es war nach elf, als ich wieder im Annex war. Vollgepumpt mit Adrenalin und Koffein, was mein Neurologe mir geraten hatte zu vermeiden, wusste ich, dass Schlaf nicht in Sicht war.

Ich zog mir ein sauberes T-Shirt und Boxershorts an und nahm mir im Bett, ein Kissen im Rücken, das von Hawkins aus dem Büro geschmuggelte Dossier vor.

Ich ging chronologisch an den Inhalt heran und begann mit dem Vorfallbericht des Cleveland County Sheriff's Department. *Fallnummer:* 18-36-4129. *Datum:* 28. Juni 2018. *Zeit:* 11:21 Uhr. *Ort:* Earl, NC. *Leitender Detective:* Ben Spevack, Criminal Investigation Division. *Vorfalltyp:* Todesermittlung. *Name des Verstorbenen:* Leer. *Augenzeugen:* Leer.

Eine handgeschriebene Zusammenfassung gab Folgendes an:

Am 28. Juni gegen 6:45 kamen Ardis Goncalves, Alter 14, und Jaden Fazio, Alter 13, zu einer Stelle, wo der Lick Branch südlich vom Buffalo Creek abzweigt, östlich von

NC-198, knapp nördlich der Staatsgrenze nach South Carolina. Die Jungs hatten diese Stelle aufgesucht mit der Absicht zu fischen. Bei der Ankunft entdeckten sie zwei Wildschweine am Wasserrand, warfen Steine und näherten sich, als die Schweine davonliefen. Als sie die Leiche entdeckten, radelten sie zum Haus der Fazios. Um 7:36 wählte Dodie Fazio 911, um die Behörden zu informieren.

Der Verstorbene wurde vom ersten Beamten vor Ort, Sheriff's Deputy Cory Jenkins, beschrieben als von mittlerer Größe und mit schwarzen Haaren, auf dem Rücken liegend, mit den Füßen nach vorne, den Kopf vom Wasser abgewandt. Keine sichtbaren Verletzungen durch Projektil, scharfen oder stumpfen Gegenstand oder Fahrzeug. Keine Abwehrverletzungen an den Unterarmen. (Hände nicht vorhanden.) Verstümmelung des Gesichts, der Bauchgegend und der Hände. Blutflecken an Kleidung, Erde und Vegetation unter Kopf und Bauch deuten auf massive Blutungen hin. Kein Versuch, Leiche zu bewegen, um Leichenflecken zu untersuchen.

Verstorbener trug cremefarbenes Hemd, braune Hose, schwarze Schuhe, keine Socken. Kein Schmuck, Brieftasche oder Schlüssel in der näheren Umgebung. Keine Drogen oder Waffen. Kein Hinweis auf ein Verbrechen. Verstorbener scheint zu Fuß an die Stelle gelangt zu sein.

Ich lehnte mich zurück, meine Haut kribbelte. Was sagten meine Instinkte mir jetzt?

Ich las die Zusammenfassung noch einmal, diesmal langsamer. Keine Erleuchtung. Aber ich war noch wacher als vorher.

Verblüfft davon, dass Hawkins es geschafft hatte, sie an sich zu bringen, wandte ich mich der Kopie von Heavners vorläufigem Autopsiebericht zu.

VERSTORBENER

Fallnummer: MCME 304-18. *Name:* Unbekannt. *Nächster Angehöriger:* Unbekannt. *Ort der letzten lebenden Sichtung:* Unbekannt. *Beteiligtes Fahrzeug:* Unbekannt. *Zuständige Behörde:* Cleveland County SD. *Falltyp:* Nicht identifizierte, frische Leiche.

ÄUSSERE UNTERSUCHUNG:

Leichenzustand: Intakt bis auf beträchtliche postmortale Schädigungen an Gesicht, Händen und Abdomen, verursacht durch Tierfraß. Vor Ort Sichtung von Wildschweinen. *Leichenstarre:* Voll ausgebildet. *Totenflecke:* Rückseitig, violett, nicht wegdrückbar. *Körperlänge:* 174 Zentimeter. *Gewicht:* 72 Kilogramm. *Haare:* Schwarz und dicht, kurz geschnitten. *Augen:* Nicht vorhanden. *Nasenhöhlen und andere Gesichtsmerkmale:* Nicht vorhanden. *Ohren:* Geronnenes Blut am äußeren Ohr, ansonsten unauffällig. *Zähne:* Frontbereich beschädigt und unvollständig (postmortal), Seitenbereich natürlich, in gutem Erhaltungszustand. *Brille, Kontaktlinsen:* Unbekannt.

Kleines, erhöhtes braunes Muttermal unter der linken Brustwarze.

Kein Hinweis auf Krankheiten, Geburtsfehler oder medizinische Intervention.

INNERE UNTERSUCHUNG:

Heavner stellte fest, dass das Herz des Mannes 270 Gramm wog und extrem unauffällig war. Sein Herzbeutel war frei von Flüssigkeit und Anhaftungen. Seine Herzkranzgefäße waren offen und entsprachen normaler Verteilung, ohne Hinweis auf Arteriosklerose oder Thrombosen. Seine Lunge war normal, seine Atemwege nicht blockiert und frei von Fremdmaterial. Das Gehirn des Mannes wog 1360 Gramm und war extrem unauffällig. Schilddrüsen und Nebennieren,

Immunsystem, Muskel-Skelett-System und Haut waren extrem unauffällig. Ebenso die eine verbliebene Niere. Leber, Milz, Bauchspeicheldrüse, Gallenblase, Blinddarm, Magen, Gedärme und linke Niere konnten nicht untersucht oder gewogen werden, da sie nicht vorhanden waren.

Röntgenaufnahmen wurden angefertigt. Blutproben aus Aorta und unterer Hohlvene wurden für eine toxikologische Untersuchung entnommen. Mikroskopische Analyse folgt.

Heavners Bericht schloss mit:

Die Leiche ist die eines gut entwickelten, gut genährten, erwachsenen, asiatischen (?) Mannes, vereinbar mit einem geschätzten Alter von 25 bis 35 Jahren.

TODESURSACHE/-ART: Unbestimmt.

Fazit: Heavner hatte keine Ahnung, wer der Kerl war oder was ihn getötet hatte. Und doch stellte sie sich hin und redete mit den Medien. Was kam als Nächstes – ein Interview mit Nick Body?

Als ich das Barrington's verlassen hatte, war ich in Hochstimmung gewesen. Überzeugt, dass ich dem Mann ohne Gesicht einen Namen geben konnte. Überzeugt, dass ich, falls er ermordet worden war, die Schuldigen schnappen konnte.

Auf der Fahrt zum Annex, eingehüllt von der dunklen Stille in meinem Auto, hatte Lizzies Frage mich nicht mehr losgelassen.

Warum lag mir so viel an diesem Fall? Trieb mich wirklich der Wunsch an, dem Opfer Gerechtigkeit widerfahren zu lassen? Seine Leiche denjenigen zurückzugeben, die ihn geliebt hatten? Seinen Tod zu sühnen?

Oder war die Wahrheit weniger bewundernswert? War ich

auf einem persönlichen Kreuzzug zur Vernichtung von Margot Heavner? Um sie dafür zu bestrafen, dass sie Nick Body und die Bosheit, die er und seinesgleichen darstellten, unterstützte?

War mein Ziel ein rein selbstsüchtiges? Zerrte ich Kollegen in mein privates Drama, um meine neue Chefin zu ärgern und den Oberboss in Chapel Hill zu beeindrucken?

Ich wandte mich den Fotos auf meinem Handy zu.

Ich scrollte schon eine ganze Weile herum, als ich ein Bild entdeckte, das mich erstarren ließ.

6

Sonntag, 1. Juli

Immer und immer wieder untersuchte ich die Fotos. Dann kopierte ich sie auf meinen Mac und schärfte jedes Bild einzeln mit Photoshop. Ich vergrößerte verschiedene Details. Versuchte es mit Schwarz-Weiß, unterschiedlichen Tönungen, Sättigungen und Kontrastgraden. Verglich, was ich so sah, mit Heavners Bericht.

Um drei Uhr morgens pochte mein Schädel, und die Augen fühlten sich an wie heiße Kiesel hinter den Lidern.

Keine Migräne, aber schmerzhaft genug. Ich wappnete mich für eine schnelle Durchsicht von Kleidung und Habe des Mannes ohne Gesicht, und dann Licht aus.

Doch so kam's nicht. Das vierte dieser Bilder hatte mich aufgeschreckt. Die Nahaufnahme eines zerfledderten Papierfetzens. Verwundert starrte ich ihn an.

Eine Onlinesuche hatte etwas Licht ins Dunkel gebracht. Aber keinen konkreten Hinweis.

Die Bilder stürmten ungehindert durch die drei Stunden Schlaf, die mein überdrehtes Hirn mir erlaubte. Die blutgetränkte Kleidung. Der ausgeweidete Körper. Der Zettel. Als ich aufwachte, schmerzte mir noch immer der Kopf, und ich war erschöpft.

Starke Böen spuckten Blätter und andere Geschosse an das schwarze Rechteck, das mein Fenster war. Die Spottdrossel spielte woanders. Oder wartete im Stillen auf den Sonnenaufgang und mildere Winde.

Ich spielte mit dem Gedanken, den ganzen Tag im Bett zu bleiben. Meinen illegalen Kreuzzug für den Mann ohne Gesicht aufzugeben. Mich bei Heavner einzuschmeicheln, vielleicht am Montag vorbeizuschauen und es mit einer vorsichtigen Annäherung zu versuchen. Dann dachte ich an ihren Tonfall und den Abscheu auf ihrem Gesicht.

Ich stand auf und zog meine Joggingsachen an. Schlüpfte hinaus in die warme, windige Schwärze kurz vor Sonnenaufgang.

Umrisse dümpelten auf der kabbeligen Oberfläche des Teichs, die Köpfe gegen die Böen unter die Flügel gesteckt, die Hälse umgedrehte Us.

Rückblenden, bei denen ich Gänsehaut bekam. Blitzende Zähne. Blutige Federn. Blinde Augen.

Eine Silhouette im Trenchcoat.

Ich verließ Sharon Hall, lief an der Queens University entlang und in den Freedom Park. Das Gelände war verlassen, die nächtlichen Kreaturen lagen noch tief in ihren Nestern, Bauen und Löchern versteckt – die Opossums, Junkies und Füchse. Die einzigen Geräusche waren meine Schritte, die böige Luft, knarrende Äste.

Als ich mich dann auf den Heimweg machte, waren die ersten Fenster erleuchtet, und Scheinwerfer stachen durch die langsam schwindende Dunkelheit. Im Osten trennte ein goldgelber Riss den Himmel von der Erde.

Nach einer ausführlichen Dusche fütterte ich Birdie und kochte dann Kaffee, mit dem man Tote aufwecken konnte. Bewaffnet mit meinen Notizen, rief ich Hawkins an.

Bekam die Bandansage, die ich erwartet hatte.

Hinterließ eine Nachricht.

Als Nächstes schickte ich eine Nachricht an eine andere Ländervorwahl.

Wollen wir reden, wenn du wach bist?

Zehn Minuten später rief Ryan an.

»Bon jour, ma chère.«

»Hey«, sagte ich.

»Geht's dir gut?« Abgesehen von Mama war Ryan der Einzige, der von meiner kürzlichen Diagnose wusste. Manchmal bedauerte ich, ihm davon erzählt zu haben.

»Es ist ein Aneurysma, nicht die Beulenpest.«

»Ich komme sehr gerne früher runter.«

»Mir geht's gut. Hör auf zu fragen.«

»Verstanden. Bist du mit den Hühnern aufgestanden, weil du mich so sehr vermisst?«

»So was in der Richtung.«

»Meine Zehen werden ganz feucht, wenn du so schmalzig redest.«

»Fröhlichen Nationalfeiertag.«

»Merci, Madame.«

»Treibst du irgendwas Spezielles, um zu feiern?« Höflich für: Warum hast du dich so lange nicht gemeldet?

»Gestern war ich im *Fer a Cheval,* einem Jagd- und Angellager am Mont Laurier.«

»Auf der Jagd nach?«

»Zander und Forelle.«

»Was gefangen?«

»Eine Erkältung. Ich bin jetzt zu Hause.«

»Schlechtes Wetter?«

»Kühl und regnerisch.«

»Es ist Juli.«

»Daher die Abwesenheit von Schnee. Egal, ich ersticke in Arbeit.«

»Das Geschäft brummt immer noch?«

»Ich habe einen Bauunternehmer, der überzeugt ist, dass sein Anwalt ihn um Millionen betrügt, eine alleinstehende Mutter, die die gesamte Lebensgeschichte einer Nanny-Bewerbung will, und Eltern, die befürchten, dass ihr Sohn mit seiner früheren Biologielehrerin zusammenzieht.«

»Wie alt ist die Lehrerin?«

»Siebenunddreißig.«

»Und der Junge?«

»Neunzehn.«

»In dem Alter kann er die Großmutter des Vikars vögeln, wenn er will. Vorausgesetzt, sie ist bei klarem Verstand und einverstanden.«

»Das habe ich ihnen auch gesagt. Und ich mache noch ein paar Recherchen für die SQ.«

Da Polizeibeamte Beschränkungen unterliegen, die private Ermittler nicht haben, wendet die Behörde sich manchmal an Privatdetektive, wenn der Fall in einer Sackgasse gelandet ist. Ryan ging nicht näher darauf ein, deshalb fragte ich nicht nach.

»Ich habe LaManche gesehen, als ich am Freitagvormittag hoch in den Bereitschaftssaal fuhr. Er erwähnte irgendein Vergnügen, das in deinem Labor auf dich wartet.«

»Wir haben am Donnerstag telefoniert. Der Fall eilt nicht, wahrscheinlich nur alte Friedhofsüberreste.«

»Wie geht's Daisy?«

»Chemo-könnte-nicht-besser-sein.«

»Lass mich raten. Sie plant eine Hochzeit in Uganda. Vielleicht mit Berggorillas als Kellnern.«

»Einweisern.« Allerdings ist sie im Augenblick zu sehr mit Sinitch beschäftigt, um sich hirnrissige Reiseabenteuer ausdenken zu können. Das behielt ich für mich.

»Pläne für den vierten Juli?«, fragte Ryan.

»Mein Vorrat an Wunderkerzen ist ziemlich beeindruckend.«

»Hast du Valium für das Kätzchen besorgt?«

»Ist nicht gerade Birdies Lieblingsfeiertag. Falls er danach keine Therapie braucht, bringe ich ihn mit, wenn ich in den Norden fliege.«

»Meine Zehen werden ganz feucht, wenn –«

»Meine Beziehung zu Heavner ist inzwischen ziemlich im Graben.«

Ryan kannte unsere Geschichte. »Und?«

»Ich überlege mir gerade etwas, das sie völlig entgleisen lassen könnte.«

In der Leitung zwischen Charlotte und Quebec hörte ich leises Stöhnen.

»Bist du noch dran?«, fragte ich.

»Ich höre zu.«

Ich erzählte ihm die Vollversion, ließ nichts aus. Während ich redete, spürte ich, wie meine Stimme immer angespannter wurde. Ryan unterbrach mich nicht.

Ich fing mit den so mysteriös auf mein Handy geschickten Fotos an und landete bei dem herausgeschmuggelten Dossier und Lizzie Griesser.

»Du kennst die Quelle dieser Fotos nicht?«

»Keine Ahnung. Ich vermute, da wollte mich jemand auf was stoßen.«

»Warum?«

»Wenn ich das wüsste, dann wüsste ich wahrscheinlich auch, wer sie geschickt hat. Wie auch immer, ich habe Stunden mit denen und meinen eigenen Fotos verbracht. Keins davon ist erstklassig. Musste alles sehr schnell gehen. Aber es ist offensichtlich, dass Heavner in einigen Punkten falschliegt.«

»Welchen zum Beispiel?«

»In einer Aufnahme kann ich die linke, obere, hintere Zahnreihe sehen.«

»Die Backenzähne.«

»Ja. Jede Kaufläche ist abgenutzt. Auf einem anderen Foto kann ich den oberen Teil der rechten Schambeinfuge erkennen. Die Schweine rissen die beiden Beckenhälften auseinander, zernagten die eine, ließen die andere zugunsten der Eingeweide in Ruhe.«

»Sehr entgegenkommend.«

»Der Winkel ist nicht perfekt, aber in der Vergrößerung kann ich die Altersindikatoren lesen.«

»Es ist General Custer.«

»Willst du das hören?«

Verlegenes Schweigen.

»Der Mann war älter, als Heavner vermutete. Ich würde sagen, im Bereich zwischen fünfunddreißig und fünfzig, eher am oberen Ende. Und abgesehen von den schwarzen Haaren kann ich mir nicht vorstellen, wie sie zu dem Schluss kam, er sei Asiate. Seine Gesichtszüge waren zerstört, aber die Schweine rissen die Schädelschwarte so weit zurück, dass ein Großteil des Stirnbeins zu sehen ist – seine Stirn, die Brauenwülste und der Bereich über seiner Nase. Die obere Nasenöffnung, der Abstand zwischen den Augenhöhlen und die Augenhöhlenform deuten darauf hin, dass der Mann kaukasischer Abstammung war. Weiß.«

Ryan stieß lange die Luft aus. Desinteressiert? Missbilligend? Egal. Ich machte weiter.

»Außerdem zeigen eine Schulter, eine Hüfte und beide Oberarme dunkle Flecken, bei denen ich drauf wetten würde, dass es Blutergüsse sind.«

»Quetschungen.«

»In unterschiedlichen Stadien des Abheilens.«

»Was heißt, der Kerl ist entweder öfters gestürzt oder wurde bei mehr als einer Gelegenheit geschlagen. Wie konnte Heavner so etwas übersehen?«

»Wer weiß? Zu ihrer Verteidigung, die Leiche war ziemlich verstümmelt, und die Leichenflecken waren spektakulär.« Ich meinte die violetten Verfärbungen, die durch Blutansammlungen an der Unterseite der Leiche verursacht wurden.

Ryan wollte etwas sagen. Ich unterbrach ihn, bevor er die Frage stellen konnte.

»Aber das ist noch nicht alles. Neben dem Geld und dem Kautabak –«

»Snus.« Ausgesprochen mit Ryans Version eines skandinavischen Akzents.

»Was?«

»Du hast gesagt, er hatte eine leere Dose Göteborgs Rapé bei sich, richtig?«

»Ja.«

»Das ist eine Snus-Sorte.« Sehr akzentreich.

»Ich weiß, dass du das gleich erklärst.«

»Ein würziger, rauchloser Tabak. Wird auch in kleinen Papierbeuteln verkauft.«

»Die man sich auf den Gaumen legt.«

»Ja. Aber nicht zum Kauen. Ich glaube, in einigen Teilen Europas ist Snus illegal. Aber die Schweden sind offenbar ganz verrückt nach dem Zeug.«

»Okay.« Ich fragte nicht nach, woher Ryan das wusste. Oder warum irgendjemand an Tabakbeutelchen saugen wollen würde. »Neben dem Snus« – jetzt mit angemessenem Akzent – »und dem Geld war da noch ein Fetzen Papier in einer der Taschen des Mannes. Sah aus wie Teil einer leeren, aus einem Buch gerissenen Seite. Darauf war ein russisches Wort gekritzelt. Ich weiß nicht, wie man das ausspricht, deshalb schicke ich dir das Foto.«

Ich legte Ryan in die Warteschleife, schaltete um und schickte das Bild weg. Sekunden später hörte ich ein Pingen aus Ryans Handy.

Законченный.

Auch Ryan versuchte nicht, es auszusprechen.

»Heißt?«, fragte er.

»Fertig.« Laut drei unterschiedlichen Internetseiten. Eine schlug auch die Bedeutung »Beendet« vor.

»Note d'adieu?« Er benutzte das französische Wort für Abschiedsbrief. Kein Akzent.

Ich zuckte die Achseln. Vergebene Liebesmüh. Ryan konnte mich nicht sehen. »Es könnte sich auch auf das Buch beziehen, aus dem die Seite gerissen wurde. Eine Affäre. Eine Reise. Ein Job. Ein –«

»Schon verstanden.« Pause. »Lief die Schrift seitlich am rechten Rand?«

Auch meine Reaktion. »Ich bin mir nicht sicher. Zu verschmiert und schwach, um das zu sagen. Meinst du, es könnte eine Art Code sein?«

»Oder Blut. Spaghettisauce. Hundekacke. Ein –«

»Touché.«

»Was ist auf der Rückseite?«

»Ich musste schnell machen und habe den Fetzen nicht umgedreht. Ich werde Hawkins bitten, ein Foto zu machen.«

»Wenn Heavner von den Fotokopien erfährt, geht's Hawkins an den Kragen.«

»Nur Lizzie und du wissen Bescheid.«

»Und was passiert, wenn du anfängst herumzustochern?«

»Du bist doch Detective. Oder?«

»Das stand jahrelang auf meiner Marke.«

»Ich hoffe, du kannst mir ein paar Tipps geben, wie man diskret ermittelt.«

»Ist dieser Fall so wichtig für dich?«

»Vielleicht. Ich bin mir nicht sicher.«

Ein langes, leeres Schweigen summte aus Kanada in mein Handy. Dann: »Als Erstes würde ich es mir nicht mit Detective Spevack in Cleveland County verscherzen.«

»Was würdest du denn tun?«

Da der Fetzen aus einer feuchten Tasche stammte, hatte man ihn während der Autopsie auf ein Trockengestell gelegt. Die Rückseite war nicht untersucht worden. Hawkins würde früh am Montagmorgen ins MCME gehen und war bereit, die Rückseite zu untersuchen und zu fotografieren.

Ich fing mit meiner einzelnen Nahaufnahme der Vorderseite an. Spürte wieder, wie aufgeregt ich wurde. Die Flecken sahen eindeutig aus wie Buchstaben.

Kaum atmend, wechselte ich zu Photoshop und vergrößerte das Bild immer und immer wieder. Dachte, ich könnte ein E erkennen, vielleicht eine 8 oder eine 3. Sicher konnte ich mir nicht sein. Die Vergrößerung machte die Ränder unscharf und körnig.

Ich benutzte diverse Tools, um die Ränder zu schärfen und Hintergrundrauschen zu reduzieren. Dann arbeitete ich daran, das Papier weißer und die Schrift dunkler zu machen, indem ich eine Helligkeit/Kontrast-Schichtung erzeugte. Na ja, was ich für Schrift hielt.

Eine Stunde später lehnte ich mich zurück, doch mein Puls raste noch mehr.

Keine Hundekacke. Ohne jeden Zweifel.

AΛG HonΓd NO R48.

Code? Kurzschrift? In Englisch? Einer anderen Sprache?

Ich starrte die Zeichenfolge an und fragte mich, ob sie vollständig war. Waren die Lücken beabsichtigt?

Oder waren Informationen an die Elemente verlorengegangen? An die Tasche?

Ich fütterte die Suchmaschine mit ein paar Buchstabenkombinationen. Erhielt nichts Nützliches. *Honored. Nebraska.*

Wind hämmerte gegen den Annex wie ein wütender Vermieter, der fällige Miete kassieren wollte.

Warum die Unterstreichung von R48? Ich suchte nach der Buchstaben-Ziffern-Kombination. Erhielt Folgendes:

Eine Straße in Südafrika.

Eine Autobahn in Tschechien.

Eine Form der Risikowarnung vor drohenden Gesundheitsschäden bei längerer Exponierung.

Die *HMS Wrangler*, ein britischer Zerstörer der W-Klasse aus dem Zweiten Weltkrieg.

Ein Diagnosecode für Legasthenie und andere, sonst nicht klassifizierte soziale Behinderungen.

Das klärte ja nun alles.

Ich dachte an einen Vorschlag, den Ryan gemacht hatte, bevor er auflegte. Eine Bemerkung. Bis dahin hatte ich nichts von den Reibungen zwischen Slidell und Heavner gewusst. Das musste ich zugeben: Die Erkenntnis missfiel mir ganz und gar nicht. Wobei nicht viel nötig ist, um Skinny zu ärgern, dessen Ego die Größe einer kleineren afrikanischen Nation hat.

Ryans Idee leuchtete ein. Während seiner Zeit beim CMPD hatte Slidell mehr Fälle gelöst als alle seine Kollegen. Und da er freiwillig an Altfällen arbeitete, hatte er Zugang zu Ressourcen, den ich nicht hatte.

Ich griff zum Handy und drückte eine Kurzwahl.

Viermal Klingeln, dann: »Yo.«

»Hier Temperance Brennan.«

»Hall-*oo,* Doc. Ich habe Anruferkennung. Außerdem, wer sonst würde mir an einem Sonntag auf den Sack gehen?« Zu sagen, dass Diplomatie nicht zu Skinnys Stärken gehört, ist, als würde man sagen, dass die Pest im Mittelalter ein leicht enervierendes Gesundheitsproblem darstellte.

»Tut mir leid, wenn ich Sie –«

»Hat Ihnen irgendjemand schon mal gesagt, was Sonntag bedeutet? Zum Beispiel NASCAR-Schauen, vielleicht Angelköder knüpfen oder ein bisschen Matratzensport mit der Lady genießen?«

»Sie angeln?«

Keine Antwort. Im Hintergrund fragte eine Frau, wer anrufe. Verlene, seine Freundin, die bei ihm eingezogen war. Noch eine atemberaubende Entwicklung.

»Ich rufe an wegen einer Situation mit Dr. Heavner.« Ich gab mich cool. »Ryan dachte, das könnte Sie interessieren.«

»Ach ja?« Ich hörte Rascheln, dann wurden die Stimme eines Kommentators und der Motorenlärm leiser. »Wie auch immer, ich wollte mir sowieso gerade ein frisches Bier holen.«

Ich berichtete von dem Mann ohne Gesicht, allerdings weniger detailliert als bei Ryan. Das Dossier, die Fotos, das russische Wort, der Code.

»Sie wollen Heavner fertigmachen«, fasste Slidell zusammen. »Sie als den Rattenschiss entlarven, der sie ist.«

So in etwa. »Ich will, dass dieser Mann identifiziert wird.«

»Und wieso ist das mein Problem?«

»Ryan bewundert Ihre –« Ich suchte nach dem richtigen Wort. »– Fähigkeiten.«

»Sie wollen mich engagieren?«

»Vielleicht.« Wollte ich nicht. Ich hörte eine Kühlschranktür auf- und wieder zugehen. Das Zischen einer Dose. Schluckgeräusche, gefolgt von einem ausdrucksstarken Rülpsen.

»Zuerst einmal würde ich rausfinden, wie das Opfer in Postons Revier gelandet ist.«

»Das ist der Sheriff in Cleveland County?«

»Bill Poston. Ein echter Wichsfetzen.«

Ich hatte keine Ahnung, was das bedeuten sollte.

»Herausfinden, ob Poston seine Leute in der Nachbarschaft herumfragen lässt, nach Zeugen, einem Fahrzeug oder was auch immer sucht.«

»Der Vorfallbericht ist ziemlich dürftig.«

»Weil da draußen die Bauerntölpel am Werk sind. Aber Sie wissen, was ich meine. Finden Sie raus, ob Poston nach einem Fahrer sucht, der einen Tramper mitgenommen hat, nach einem neugierigen Nachbarn, der einen Fremden zu Fuß gesehen hat, ein mysteriöses Fahrzeug, das einen zusammengerollten Teppich abgeladen hat.«

»Wie's aussieht, will Sheriff Poston mit diesem Fall nichts zu tun haben. Mittel- und Personalknappheit, blah-blah-blah.« Das wusste ich von Hawkins.

»Ihr Kerl ist ja wohl kaum an diesen Bach geflogen.«

»Wenn ich anfange, Fragen zu stellen, bekommt Heavner das sicher mit.«

Nach einer weiteren Erfrischungspause: »Schätze, ich könnte ein paar Anrufe machen.«

»Das wäre sehr hilfreich.«

»Aber, meine Meinung? Im Augenblick haben Sie so gut wie gar nichts. Wenn Poston nicht mitmacht und Heavner Spielchen spielt, haben Sie keine Chance.«

Wir warteten beide eine lange statische Störung ab.

»Was zum Teufel war denn das?«

»Mein Handy macht Probleme.«

»Schon mal daran gedacht, ein neues zu besorgen?«

»Die ganze Zeit.«

Nachdem ich aufgelegt hatte, widmete ich mich wieder meinem Foto von dem Fetzen. Hatte aber auch nicht mehr Geistesblitze als bei meiner ersten Betrachtung des russischen Worts und des fast unlesbaren Codes.

Frustriert machte ich mir einen Salat, pickte den Feta und den Truthahn heraus und warf den Rest in den Müll. Alle paar Minuten schaute ich auf die Uhr. Slidell rief nicht an.

Im Verlauf des Nachmittags ließ der Wind nach. Ich konnte nicht genau sagen, wann. Es war die Abwesenheit von Lärm, die schließlich meine Aufmerksamkeit erregte. Die Stille wirkte noch ohrenbetäubender als das Knirschen und Ächzen.

Um sechs war ich immer noch zappelig, und weil mir nichts Besseres einfiel, zog ich die Kopie des Vorfallberichts aus Cleveland County hervor. Nachdem ich die Beschreibung des Leichenfundorts noch einmal gelesen hatte, ging ich online und öffnete Google Earth. Zwischen Vogelperspektive und Straßenansicht hin- und herschaltend sah ich mir die Umgebung genauer an.

Die Gegend bestand größtenteils aus Waldstücken und Feldern. Eine Gleisstrecke verlief knapp westlich der NC-198 parallel zur Straße. Westlich der Gleise befand sich eine weitere, zweispurige Straße.

Konnte der Mann ohne Gesicht mit der Bahn gekommen sein? War er vielleicht ein moderner Landstreicher, der auf Güterzüge sprang? Hatte man seine Leiche aus einem Waggon geworfen? Hatten Züge überhaupt noch Güterwaggons, oder waren die alle durch Container ersetzt worden?

Kleinere Straßen gingen von den größeren Highways ab und endeten meistens vor Farmen oder führten in unbebaute Sackgassen. Manche waren geteert, andere nicht. Manche hatten Namen, andere nicht. Eine Fahrspur führte zu einem größeren, mit Maschendrahtzaun umschlossenen Gelände. Nur ein kleines, baufälliges Gebäude. Der Zaun schien ziemlich sinnlos zu sein.

Mein Blick folgte der sich schlängelnden, braunen Linie mit dem Namen Buffalo Creek. Dem kleineren Strang mit der Bezeichnung Lick Branch. Weiße Striche markierten die Grenze zwischen North und South Carolina.

Ein paar Geschäfte standen links und rechts der Teerstraßen, auch einige Kirchen. Eine Schädlingsbekämpfungsfirma, ein Laden für landwirtschaftlichen Bedarf, eine Autowerkstatt mit Schrottplatz.

Getrieben von einem Impuls, den mein Verstand nicht nachvollziehen konnte, zoomte ich letztere heran. Schaute mir den Namen an. Studierte das Gelände.

Und stieß einen überraschten Seufzer aus.

Ich schnappte mir meine handgeschriebenen Notizen.

Mein Blick sprang zwischen Bildschirm und Seite hin und her.

Hier. Dort. Hier. Dort.

Die Nervenenden unter Strom, drückte ich eine Taste auf meinem Handy.

7

Montag, 2. Juli

»Kommen Sie mir bloß nicht mit irgendwelchen Schnapsideen.«

»Sicher kann ich mir nicht sein, aber alles passt.«

Ich hatte Slidell angerufen, um mit ihm über meine Idee zu sprechen. Er hatte reagiert wie eine Wespe, der man das Nest ausräuchert. Das hatte ich erwartet. Aber er hatte zugehört und sich bereit erklärt, mit mir nach Cleveland County zu fahren. Das hatte ich nicht erwartet.

Wie abzusehen, bestand Slidell aufs Fahren. Er war in einem auf Hochglanz polierten, aufgemotzten Toyota 4Runner aufgekreuzt. Der Innenraum war müllfrei und geschwängert von einer klebrigen Süße, die aus einem Lufterfrischer quoll.

Beim Anschnallen machte ich ihm ein Kompliment zu seinem neuen Untersatz und überspielte meinen Schock einigermaßen erfolgreich. Solange ich ihn kannte, hatte Slidell immer nur über japanische Autos gelästert. Sämtliche seiner Fords und Chevys, sowohl beruflich wie privat, waren rollende Müllkippen gewesen, vollgeramscht mit unvorstellbarem Zeug und nach vergessenem Fastfood, verschwitzten Sportklamotten, schalem Zigarettenrauch und Skinny selbst stinkend.

Es war jetzt acht Uhr zwanzig am Montagmorgen. Wir waren unterwegs auf der I-85, von Charlotte nach Westen. Die Temperatur lag schon jetzt über fünfundzwanzig Grad. Wir tranken lauwarmen Kaffee, von Slidell in einem griechischen Diner gekauft, der die alljährliche Gesundheitsprüfung wohl nur mit einer Drei minus überstand.

»Sie haben es selbst gesagt«, fügte ich hinzu. »Der Kerl ist wohl kaum an diesen Bach geflogen.«

»Gehen wir's noch mal durch.«

»Okay. Stellen Sie sich die Zeichenreihe vor. A – Zeltsymbol – G. Dann HON – Galgensymbol – D. NO R48. Haben Sie's?«

»Bin ja nicht hirntot.«

Nicht völlig, dachte ich.

»Ich glaube, das Zeltsymbol ist ein großes A, dem der Querstrich fehlt. Deshalb AAG. Ungefähr eine halbe Meile vom Leichenfundort entfernt gibt's eine Werkstatt mit Schrottplatz. *Art's Affordable Garage.* Ich glaube, das Galgensymbol ist ein unvollständiges, großes R. Also HonRd. Die Werkstatt liegt an der Honeysuckle Road.«

Slidell wollte etwas sagen, doch ich fiel ihm ins Wort.

»Die Autos stehen dort in vier Gruppen, mit breiteren Zufahrtswegen dazwischen. Ich glaube, der Rest des Codes bezieht sich auf die Gruppe NO, also Nordost, vierte Reihe, achter Stellplatz. Und ja. Dort steht ein Fahrzeug.« Zumindest zu der Zeit, als das Google-Bild geschossen wurde.

Wir bogen vom Expressway auf die SS11-65 ab, eine Staatsstraße, die sich durch den nördlichen Teil des Cherokee County, South Carolina, windet. Ich sah eine Fabrik für Feuerwerkskörper, einen Abschleppdienst, eine ganze Menge Sojabohnen und Kühe an mir vorbeiziehen.

Slidell war still. Dachte über den Code nach. Oder den Mann ohne Gesicht. Oder die Lammkoteletts vom gestrigen Abend. Gelbe Streifen huschten über seine Ray-Bans, dunkle Flecken, wenn wir unter Bäumen hindurchfuhren.

»Also marschiert dieser Trottel in den Wald, um sich umzubringen, hinterlässt aber Hinweise, wie man seine Karre finden kann?«

»Wir wissen nicht, ob es Selbstmord war«, sagte ich. »Das ist Hawkins' Meinung.«

»Ich hab in dem Laden angerufen.« Slidell griff nach seinem Becher. Die Streifen zuckten wild. »Laut Bandansage haben die über den vierten Juli geschlossen. Anscheinend ist dieser Art ein Patriot.«

»Haben Sie das Sheriff's Department angerufen?«

» Die haben nur gesagt, ich kann sie mal.«

»Haben sie nicht.«

»Sie haben gesagt, Art ist ein Trottel, viel Spaß auch. Sie warten auf Nachrichten von Heavner.«

Wieder fuhren wir schweigend, Skinny schlürfte Kaffee, und ich fragte mich, was für Probleme er mit dem Cleveland County Sheriff hatte. Oder ob er es sich mit einem von Postons Deputys verscherzt hatte. Vielleicht mit allen seinen Deputys.

Hin und wieder huschte mein Blick zur Seite, um die Stichhaltigkeit meines ersten Eindrucks zu bestätigen. Skinny war nicht durchtrainiert, weit davon entfernt, aber abgenommen hatte er eindeutig. Und die Säcke unter seinen Augen waren nicht mehr ganz so schwer. Dank der wunderbaren Verlene?

Slidell bog nach Norden auf die NC-198 ab. Wir waren eben wieder zurück in North Carolina, als mein Handy eine neue Nachricht meldete. Ich hob die Sonnenbrille, um das Display besser sehen zu können.

Die Nachricht enthielt ein Foto und drei Wörter. *Rückseite des Fetzens.*

Ich tippte auf das Foto.

Gedruckter Text. Im Gegensatz zum flüchtig hingeworfenen Code erstaunlich scharf. Ich benutzte zwei Finger, um zu vergrößern.

»Von Hawkins«, murmelte ich.

Slidell schob sich die Ray-Bans höher auf die Nase. Sagte nichts.

»Sieht aus, als hätte ich recht damit, dass die Seite aus einem Buch gerissen wurde«, murmelte ich vor allem zu mir selbst.

»Der Fetzen mit den Tipps, wie man Art findet?«

»Hm.«

Obwohl die Buchstaben deutlich lesbar waren, ergaben die Worte keinen Sinn. Das Alphabet war lateinisch, nicht kyrillisch, aber die Sprache war keine, die ich kannte. Weder Englisch noch Spanisch oder Französisch.

Ich spürte, wie der 4Runner um mich herum schnurrte, und wusste, dass wir durch die Landschaft fuhren, die ich am Abend zuvor auf Google Earth gesehen hatte. Ich achtete nicht darauf.

Fremd, doch irgendwie vertraut.

Plötzlich eine Synapse. Dann noch eine. Ein Blizzard.

Mein Gott. Konnte es *das* sein?

Anscheinend hatte Slidell meine plötzliche Anspannung gespürt.

»Was ist?«

Worte prasselten auf mich ein. Symbole.

»Hey, Doc?! Ist Ihnen schlecht? Hier wird nicht auf die neuen Polster gereihert.«

»Das Buch ist nicht auf Englisch.«

»Soll das heißen, dass Ihr Opfer jetzt doch Chinese war?«

»Es ist auf Lettisch.«

»Ist das die Ecke, aus der Ihr Ex stammt? Wie heißt er gleich wieder?«

»Pete. Und ja. Lettland ist eine der baltischen Republiken. Bis '91 gehörte sie zur Sowjetunion.«

»Danke für die Geografiestunde.« Ein Nicken. »Was steht da?«

»Ich erkenne die Sprache, aber ich kann sie nicht lesen. Bis auf ein paar englische Lehnwörter.«

»Na, das ist doch schon mal was.«

»Die NATO wird erwähnt, ein Gulfstream-Privatjet, eine *amerikāņu* Firma, Estland und 27. – 29. *septembri*. Diese Übersetzungen sind offensichtlich.«

Keine Antwort.

Ich scrollte nach unten. Konnte hier und dort ein Wort entziffern.

Meine Finger hielten still, als mir zwei verständliche Teile ins Auge stachen. Ich schluckte.

»Hier geht es um *biologiske un ķīmsko ieroču* und *dekontaminācijas specialisti.*«

»Okay. Schon verstanden. Sie sind zweisprachig.«

»Biologische und chemische Waffen und Dekontaminationsspezialisten.«

Die Ray-Bans schwangen langsam in meine Richtung, mit Slidells Brauen deutlich über den oberen Rändern.

»Was zum Teufel soll das heißen?«

»Biologische –«

»Ich habe gehört, was Sie gesagt haben. Was bedeutet es?«

»Ich weiß es nicht.«

Slidell schaute mir durch die dunklen Gläser in die Augen, bis er sich wieder auf die Straße konzentrieren musste. Als er den Blick wieder nach vorne gerichtet hatte, versuchte ich weiter, im Text etwas zu finden, das ich entziffern konnte.

Nogrimšanas diena uz kufüa…

»Hier ist ein Satz, der sich übersetzen lässt mit ›am Tag des Untergangs, an Bord des Schiffes‹.«

»An Bord welchen Schiffes?«

»Moment.« Ich half meiner Erinnerung auf die Sprünge, indem ich online ging. »Die Passagierfähre *Estonia* sank während der Überquerung der Ostsee am 28. September 1994.« Ich fasste zusammen. »Achthundertzweiundfünfzig Menschen kamen ums Leben.«

Slidell warf mir einen Blick zu. Dann schwang die Brille zurück, und seine Miene verschloss sich wieder.

Ich versuchte, noch mehr aus dem Text herauszuholen, gab dann aber auf. Ich würde lieber Pete um Hilfe bitten. Da er in Riga geboren war, sprach er flüssig Lettisch.

»Ist sie das?«

Ich hob den Kopf. Slidell deutete zu einer ungeteerten Straße, die rechts abging.

»Langsamer.«

Er stieg auf die Bremse.

Das Schild hing schief am Pfosten, war aber noch lesbar. Honeysuckle Road.

»Die Werkstatt ist ein paar Hundert Meter weiter hinten, nach einer Linkskurve.« Ich beschrieb mit dem Arm einen weiten Bogen.

Slidell nahm die Abzweigung.

Die Straße schnitt wie eine stumpfgelbe Narbe durch die niedrige Vegetation, die sich an die Ränder drängte. Stare starrten stumm von Stromleitungen über unseren Köpfen. Unsere Reifen summten über den festgefahrenen Lehm.

Links und rechts der Straße standen die Überreste uralter Holzzäune. Ranken wanden und schlängelten sich über die Querstreben und Pfosten und verwandelten die baufälligen Strukturen in dicke, grüne Wände. Nach dem offenen Highway fühlte sich dieser schmale Korridor beengend an.

Slidell fluchte, als der 4Runner durch Schlaglöcher holperte, die so tief waren, dass man den Erdkern erkennen konnte. Eine Ewigkeit, dann endlich die Kurve – und der enge Tunnel öffnete sich.

Die Lichtung war groß, etwa einen halben Hektar, umgeben von Wald, der sich dunkel und blättrig vor einem unmöglich blauen Sommerhimmel erhob. Die Erde war nackt und von derselben stumpfen Senffarbe wie die Straße.

Der 4Runner kam zum Stehen. Slidell suchte das Gelände mit Polizistenaugen ab. Das taten wir beide. Keine Stimme rief eine Warnung. Kein Köter schoss irgendwo hervor, um uns anzukläffen.

Die Werkstatt lag auf der linken Seite, ein großer Metallkasten mit Flachdach und zwei Schiebetoren auf der Straßenseite. Neben den Toren war ein Kundeneingang mit einem Fenster in der oberen Hälfte, das innen von einer Jalousie bedeckt war.

Pkws und Transporter parkten zwischen uns und der Werkstatt, insgesamt vielleicht vierzig, angeordnet zu Rechtecken. Das nordöstliche war am weitesten entfernt.

Ganz rechts, hinter dem südöstlichen Rechteck, stand ein Wohnanhänger, der wohl irgendwann in den Sechzigern vom Band gerollt war. Zahnpastablau unten, eitergrau oben, war die Außenhülle so ramponiert und rostig wie ein ausgemusterter Panzer. Die Fenster, eins an der Stirnseite und eins an der Flanke, hatten kaputte Scheiben, die kaum noch in den Rahmen hingen. Die Räder waren verschwunden, und unkrautüberwucherte Waschbetonsteine stützten die Ecken.

»Sieht aus, als hätte Affordable Art es nicht so mit der Sicherheit.« Slidells Blick wanderte immer noch umher.

Er hatte wohl recht. Es gab keinen Maschendrahtzaun, kein Tor, keine Barriere irgendeiner Art. Nirgendwo war eine Überwachungskamera zu sehen.

Wir stiegen beide aus und ließen die Türen offen. Die Luft war heiß und still und roch schwach nach Stinktier.

»Yo!«, rief Slidell.

Einige Stare flatterten auf.

Slidell hielt sich die Hände an den Mund und versuchte es noch einmal lauter.

Noch mehr aufgeschreckte Vögel.

Ich ging zum Kundeneingang und drehte den Türknauf. Verschlossen. Ich klopfte. Keine Antwort.

Ich schaute Slidell an. Er zuckte die Achseln. Wir trafen uns am nordöstlichen Rechteck. Die Fahrzeuge standen Scheinwerfer an Scheinwerfer, in langen Reihen wie zwei riesige Tausendfüßler, mit einer Zufahrt zwischen den beiden Doppelreihen.

Stellplatz acht war der letzte in der obersten Reihe. Darauf stand ein schwarzer Hyundai Sonata. Slidell meinte, Baujahr 2014. Das Kennzeichen stammte aus West Virginia.

Slidell probierte die Türen, fand alle vier verschlossen. Dann griff er unter das vordere linke Schutzblech und fuhr mit der Hand über den oberen Teil des Reifens. Zog einen nicht sonderlich gut versteckten Schlüsselbund heraus. Drückte auf den Anhänger, um die Schlösser zu entriegeln.

Ich zog Gummihandschuhe aus meiner Schultertasche und gab Slidell ein Paar. Er verdrehte die Augen, zog sie aber an, bevor er sich hinters Steuer setzte. Ich streifte meine ebenfalls über und setzte mich auf den Beifahrersitz. Der Innenraum des Autos roch nach überhitztem Plastik und Vinyl. Der Sitz fühlte sich an wie ein Rost, der sich in meinen Hintern brannte.

Auf oder unter dem Armaturenbrett fand Slidell nichts, in der Mittelkonsole ebenfalls nichts. Das Handschuhfach war leer, genauso wie die Rückbank.

»Was für ein Clown fährt ohne Papiere durch die Gegend?«, fragte Slidell barsch. »Keine Zulassung, kein Versicherungsnachweis.«

»Glauben Sie, das ist ein Mietwagen?«

»Dazu gibt's auch keine Papiere.«

Mit einem der Schlüssel ließ Slidell den Motor an, überprüfte dann die GPS-Daten des Fahrzeugs. Fand keine Aufzeichnung früherer Fahrten.

Wir stiegen aus und gingen zum Heck. Mit dem zweiten Schlüssel öffnete Slidell den Kofferraum.

Üblicher Wagenheber und serienmäßiger Ersatzreifen. Üblicher faltbarer Sonnenschutz für die Windschutzscheibe. Nicht ganz so übliche neongrüne Reisetasche.

»Komm zu Papa, Baby.«

Slidell packte die Griffe und zog die Tasche näher zu sich. Das Ratschen des Reißverschlusses scheuchte weitere Vögel auf.

Mit einer einladenden Geste trat Slidell beiseite, um mir Platz zu machen. Oder um sich selbst mehr Raum zum Schwitzen zu geben.

Genau in diesem Augenblick landete ein Star auf dem Auto rechts von uns. Leicht nach vorne geneigt, den Kopf gesenkt und den Schwanz in die Höhe, beobachtete er uns mit zwei glänzend schwarzen Augen.

Das Bild der geköpften Gans blitzte vor mir auf.

Die Erinnerung zurückdrängend, beugte ich mich in den Kofferraum und zog einzelne Gegenstände aus der Tasche.

Ich weiß nicht recht, was ich erwartet hatte. Was ich fand, waren ein Schraubenzieher mit isoliertem Griff, ein Buttermesser mit geschärfter Klinge, eine Power Bank, eine Taschenlampe, ein Fernglas, Toilettenpapier, eine leere Plastikflasche mit Schraubverschluss. Ich gab jeden einzelnen Gegenstand an Slidell weiter. Er arrangierte die Sammlung auf dem Boden des Kofferraums. Überlegte und sagte dann:

»Sieht aus wie ein Überwachungs-Set.«

»Wofür?«

»Observierungen, Einbrüche, was auch immer.«

Die Werkzeuge hatten auf einem Stapel ordentlich gefalteter Wäsche gelegen. Slidell sah zu, wie ich die Kleidungsstücke untersuchte. Beige Hose mit Erde im Aufschlag, eine Seidenkrawatte mit Paisley-Muster, zwei langärmelige Baumwollhemden, eins jeansblau, eins weiß, zwei Boxershorts aus schwarzer Seide. Alle Etiketten waren entfernt, mit einer Ausnahme. Aufs Futter der Krawatte waren die Buchstaben I-T-O gestickt. Auch aus der Reisetasche waren die Etiketten entfernt worden.

Unter der Kleidung lag eine gefaltete Ausgabe der *Moskovskij Komsomolets.* Kyrillisch kann ich nicht lesen, aber ich erkannte das Logo und wusste, dass das eine Moskauer Tageszeitung mit großer Auflage war. Ich schaute aufs Datum. Die Ausgabe war zehn Tage alt.

Unter der Zeitung lag ein A5-Spiralnotizblock, wie er oft zur Aufzeichnung von Fallnotizen verwendet wird.

Ein schneller Blick zu Slidell. Seine Brauen waren ebenso hochgezogen wie meine.

Ich hob das Notizbuch heraus und schlug die erste Seite auf. In Handschrift standen am oberen Rand zwei lettische Wörter: *Nogrimšanas traģēdija*. Darunter ein Name: Felix Wodjanow.

»Das heißt ›Untergangstragödie‹.« Ich deutete auf die Überschrift.

»Der Rest ist in Lettisch?«

Ich überflog den Text. Nickte.

»Ist das alles?«

Ich strich mit der Hand über den Boden der Tasche, spürte ein kleines rechteckiges Objekt und zog es heraus. Ein Speicherstick. Auf der einen Seite kyrillische Beschriftung. Медицинские.

»Was steht da?«

»Ich kann kein Russisch.«

Mit meinem Handy fotografierte ich den Stick und die Gegenstände aus der Tasche.

»Könnte es sein, dass Ihr Opfer dieser Felix Wodjanow ist?«

»Viele Letten haben russische Namen.«

»Vielleicht ist der Kerl ein Schnüffler vom KGB.«

Komische Darbietungen sind nicht gerade Slidells Stärke. Ich schaute hoch, um zu sehen, ob er einen Witz gemacht hatte. War mir nicht sicher.

»Der KGB wurde nach dem Zerfall der Sowjetunion aufgelöst.« Ich wies ihn nicht darauf hin, dass das '91 passiert war und den Beginn der lettischen Unabhängigkeit markierte. »Ein in den Staaten platzierter Agent wäre wahrscheinlich vom SVR, Russlands Auslandsgeheimdienst.«

»Glauben Sie ernsthaft, dass der Kerl so eine Art Spion ist?«

»Ich glaube gar nichts. Ich gehe mal online für eine Übersetzung.« Ich nahm den Speicherstick zur Hand. »Können Sie das Nummernschild überprüfen?«

Wir tippten beide Tasten, als uns das *Ratsch-ratsch* einer Pumpgun erstarren ließ.

8

»Eine Bewegung, und Sie haben eine Menge Schrot im Hintern.«

»Ich bin Polizist –«, setzte Slidell an.

»Umdrehen. Aber ganz langsam.«

Wir taten es.

Der Mann hatte buschige Haare und war sehr groß, fast zwei Meter. Der Stummel einer Zigarre steckte in einem Mundwinkel. Eine Remington 870 lag in seinen Händen. Deren Finger lang genug waren, um einen Asteroiden zu umfassen.

Der Mann schaute uns gelassen an. Seine Stoppeln waren dunkel und dicht, die Augen hatten das blasse Blau zu oft gewaschener Jeans. Ich schätzte sein Alter auf vierzig bis fünfzig.

»Ich hab hier kein Fahrzeug, das euresgleichen gehört.« Die Zigarre hüpfte ein wenig.

»Lassen Sie mich raten«, sagte Slidell sehr beherrscht. Mit diesem Kerl würde nicht einmal er einen Streit vom Zaun brechen. »Sie sind Art.«

»Und Sie wären dann?«

»Polizei.«

»Los, geben Sie mir eine Fahne. Dann halten wir eine Parade ab.«

Ich spürte, wie Slidell sich versteifte.

»Detective Slidell und ich würden Ihnen gerne ein paar Fragen stellen.« Um die Spannung zu lockern, griff ich zu einem Klischee.

»Ich red nicht mit Bullen.« Ein verächtliches Starren. Und die Flinte.

»Es dauert auch nur einen Augenblick.«

Der blassblaue Blick wanderte an mir vorbei. Leichtes Stirnrunzeln, als Art den Hyundai mit dem offenen Kofferraum bemerkte. »Ist das Ihr Auto?«

»Nein«, sagte ich.

»Steht nicht auf meiner Bestandsliste.«

»Das ist der Grund, warum wir hier sind.« Ich warf Slidell einen schnellen Seitenblick zu. Seine Aufmerksamkeit wich nie von dem Mann mit der Waffe.

»Wie kommt der auf meinen Abstellplatz?« Art klang ein bisschen weniger souverän.

»Letzten Freitag wurde am Buffalo Creek eine Leiche gefunden, knapp jenseits Ihrer Grundstücksgrenze«, sagte ich.

»Davon weiß ich nichts.«

»Wir kennen den Namen des Mannes nicht. Aber das da könnte sein Sonata sein.«

Art starrte uns an, die Zigarre fest zwischen den Zähnen. Ein anderer Ausdruck in seinen Augen. »Wie ist dieser Kerl ums Leben gekommen?«

»Die Todesursache ist unklar. Der Medical Examiner –«

Die Zigarre wippte ein wenig, als Art schluckte.

»Hören Sie. Entweder Sie lassen mich dieses Auto jetzt durchsuchen, oder ich komme heute Nachmittag mit einem Gerichtsbeschluss zurück. Und während ich darauf warte, schaue ich mir Ihre Geschäftskonzession, Ihre Steuerunterlagen und Ihren Waffenschein genauer an. Leben Sie in diesem Schrotthaufen?« Slidell deutete mit dem Kinn zum Wohnwagen. »Wenn mir richtig langweilig wird, rufe ich ein paar Inspektoren an und lasse überprüfen, ob Ihr kleines Paradies hier allen Brandschutz- und Gesundheitsvorschriften entspricht. Wollen wir das wirklich so handhaben?«

Typischer Slidell-Bluff. Aber Art fiel drauf rein. Er nickte einmal und senkte den Lauf seiner Remington. Fragte nicht einmal nach einer Marke. Slidell hatte sein Handy noch in der Hand. Er deutete damit auf die im Kofferraum ausgebreitete Ansammlung. »Dieses Zeug da nehmen wir mit.«

Während ich die Reisetasche wieder packte, zog Slidell seine Handschuhe aus, holte ein Notizbuch und einen Bleistiftstummel aus der Tasche, blätterte mit feuchtem Daumen zu einer leeren Seite und notierte sich die Kenndaten des Hyundai. Auf den 4Runner zugehend, tippte er eine Nummer. Eine kurze Pause, ein sehr kurzer Wortwechsel, dann legte er auf. Mit dem Hintern an der Seitenwand wartete er.

Art schaute mir zu und stand jetzt so nahe, dass ich seinen Schweiß und die Zinksalbe riechen konnte, die er sich anscheinend auf einen Ausschlag geschmiert hatte. Ich zog eben den Reißverschluss der Tasche zu, als ein Song über eine gutherzige Frau aus Slidells Handy schepperte. Er meldete sich und klemmte sich den Apparat zwischen Kopf und Schulter, um zu schreiben. Als ich zu ihm kam, versprach er eben jemandem namens Carla in naher Zukunft ein Bier.

»Das Auto ist auf einen John Ito eingetragen.« Er steckte das Handy wieder in die Tasche.

»Ito.« Nicht der Name, den ich erwartet hatte.

»India. Tango. Oscar. Wie die Buchstaben auf dem Krawattenfutter.«

»Nicht Felix Wodjanow.«

Slidell schüttelte langsam den Kopf.

»Klingt japanisch.« Hatte Heavner recht, und ich lag falsch?

Schulterzucken.

»Okay.« Nachdem ich einmal durchgeatmet hatte, fragte ich: »Sonst noch was?«

»'ne Adresse in Morgantown. Ich überprüfe das, wenn wir zurück sind. Wie's aussieht, ist Ito in West Virginia versichert und gemeldet.«

»Vielleicht gibt es also gar keine Verbindung zu dem Gesichtslosen.«

»Genau. Ihre Leiche hat ja nur lettische Infos über gesunkene Schiffe und biochemische Waffen bei sich. Dasselbe Kauderwelsch im Kofferraum dieses Autos.« Mit dem Daumen zum Hyundai. »Keine Verbindung.«

Da ich Slidells Logik nichts entgegensetzen konnte, sagte ich nichts.

»Angenommen, Affordable Art sagt die Wahrheit – und er und ich werden uns eingehend über seine Wahrhaftigkeit unterhalten –, dann hat Ito heimlich hier geparkt und sich davongeschlichen, oder sein Mörder hat das Auto hier entsorgt.«

»Beide Szenarios deuten auf eine gute Ortskenntnis hin.«

»Nicht schlecht, Doc. Ich informiere Poston. Frage ihn, ob er einen John Ito kennt. Sag ihm, dass das Fahrzeug jetzt ihm gehört.«

Ich zog die Handschuhe aus und empfand unerwarteterweise Mitgefühl mit dem Sheriff von Cleveland County.

Slidell bestand darauf, dass wir unterwegs einen »Mampfstopp« einlegten. Der Abstecher zum Hog Heaven verlängerte die Fahrt um eineinhalb Stunden. Das Grillfleisch war gut, die Hushpuppies herausragend. Es war fast zwei, als er mich am Annex absetzte.

Ich rief sofort Pete an. Im Auto hatte ich es nicht tun können, weil mein verdammtes Handy mal wieder den Geist aufgegeben hatte. Seine Mailbox informierte Anrufer darüber, dass er bis Mitte des Monats nicht da sei. Die Soundeffekte waren entweder Gewehrsalut oder Knallfrösche. So patriotisch wie Art.

Ich bat ihn um Hilfe bei einer Übersetzung aus dem Lettischen. Blieb ziemlich vage, um ihn neugierig zu machen.

Neunzig Minuten später klingelte mein halb geladenes Handy. Weil ich vermutete, dass mein Trick funktioniert hatte, ging ich dran, ohne aufs Display zu schauen.

»Was zum Teufel glauben Sie eigentlich, wer Sie sind?«

Der Wutausbruch überraschte mich. Ich senkte die Hand, um aufzulegen.

Und sah den Namen der Anruferin.

»Dr. Heavner«, sagte ich mit leicht erhöhtem Puls.

»Was bitte soll diese Scheiße?« Im Hintergrund Laborgeräusche. Das metallische Klicken eines Ladetors. Das Piepen eines Transporters im Rückwärtsgang. Das schnelle, entschlossene Klacken von Absätzen auf Fliesen.

»Wie kann ich Ihnen helfen?«

»Haben wir das nicht besprochen? Habe ich meine Meinung

geändert und Sie um eine Konsultation gebeten? Habe ich, auf irgendeine Art, angedeutet, dass ich Ihre Mithilfe wünsche?«

»Tun Sie es?« Ich blieb vorsichtig neutral.

»Sie können sich nicht vorstellen, wie vehement ich sie nicht wünsche.«

»Tut mir leid, das zu hören.«

»Sagen Sie mir, dass es Unsinn ist.« So wütend, dass sie die Wörter fast spuckte. »Sagen Sie mir, dass Sie nicht in Cleveland County waren und in einem meiner Fälle herumgeschnüffelt haben.«

»Ich habe mich nach einem Auto erkundigt.«

»Mein Unbekannter geht Sie nichts an.«

»Also ist die Leiche immer noch nicht identifiziert?«

»Haben Sie mich nicht verstanden?«

»Haben Sie es bei CODIS probiert? NDIS?« Ich fragte nach dem Combined Index System, der Datenbank des FBI, und dem National Index System, dem Teil von CODIS, der Profile enthält, die von bundesstaatlichen, staatlichen und lokalen Forensikinstituten eingegeben wurde. Es dauert eine Weile, aber manchmal landet man einen Treffer.

Eine lange Sekunde des Schweigens, in der Heavner ihre Möglichkeiten abwog.

»Ich bin nicht verpflichtet, Ihnen irgendetwas zu sagen, Dr. Brennan«, sagte sie nun ach so gemäßigt. »Aber aus professioneller Höflichkeit und um Sie von weiteren Schritten abzuhalten, sage ich Ihnen jetzt, wir glauben, dass der Mann John Ito heißt. Aber dank Ihrer Einmischung wissen Sie das ja bereits.«

»Sie glauben immer noch, dass er Asiate ist.«

»Das tue ich.«

»Auf Grundlage von?«

»Es wäre unethisch von mir, persönliche Details über einen Verstorbenen herauszugeben.«

Ich musste mich schon sehr anstrengen, um sie nicht darauf hinzuweisen, dass sie genau das getan hatte. Im Radio. Und um nicht ihre Einschätzung der Herkunft des Mannes anzuzweifeln. Aber Heavner konnte nicht wissen, dass ich Fotos des Falls geschossen hatte. Oder dass Hawkins mir die Akte hatte zukommen lassen.

»Natürlich.«

»Wir sollten die Bestätigung in Kürze bekommen«, sagte Heavner kurz angebunden. »Ich gehe davon aus, dass Sie diese Information für sich behalten.«

»Wie es jeder Profi tun würde.«

Drei Piepser, dann Stille. Heavner wusste, dass ich mich sowohl auf die Gegenwart wie auf die Vergangenheit bezogen hatte.

Einen Augenblick saß ich da und überlegte. Hatte Heavner recht, und ich lag völlig daneben? Sie hatte die Autopsie des Mannes gemacht, jeden Zentimeter seiner Anatomie untersucht. Ich hatte nur die jpgs gesehen, die man mir geschickt hatte, und meine eigenen, hastig geschossenen Handyfotos.

Ich ging ins Gäste-/Arbeitszimmer und holte mir jedes Foto auf den Laptop. Druckte einige aus.

Während der nächsten Stunde untersuchte ich noch einmal die Merkmale des Gesichtsschädels. Nahm Maß, soweit es ging, und berechnete Indizes – Verhältnisse zwischen einer Dimension und einer anderen.

Irgendwann kam Birdie zu mir. Hüpfte auf den Schreibtisch und führte eine komplizierte Hygieneperformance durch, die auch die Stellen zwischen den Zehen einschloss.

Schließlich lehnte ich mich, noch überzeugter als zuvor, zurück.

MCME 304-18 hatte keine Vorfahren in Yokohama, Shanghai oder Pjöngjang.

Ich schaute auf die Uhr. 16:40. Noch kein Anruf von Slidell. Oder Pete.

Hauptsächlich, um etwas zu tun zu haben, ging ich online und suchte nach John Ito. Google. Facebook. LinkedIn.

Der Name war nicht selten. Ein Finanzberater in Hawaii. Ein Musikprofessor an der Carnegie Mellon University. Ein Student an der UNLV. Ein unabhängiger Landwirtschaftsspezialist in Ontario, Kanada. Was immer das sein sollte.

Was mich mehr interessierte, waren die Fotos. Jeder John Ito war Asiate.

Ich gab die Wortkombination »John Ito – West Virginia« ein. Bekam nichts.

Dann versuchte ich den Namen Felix Wodjanow.

Fand keinen einzigen Link. Nirgendwo.

Neugierig geworden, ging ich auf Truthfinder.com, eine Site, die behauptet, alle verfügbaren Informationen über jedes lebende Wesen in der westlichen Hemisphäre zu haben. Nachdem ich Felix Wodjanow als Name und West Virginia als geografischen Ort eingegeben hatte, klickte ich noch das Kästchen männlich an und sah dann fasziniert und zugleich entsetzt zu, wie der Monitor durch Datensätze rauschte. Verbrecherfotos, Onlineprofile, Adressinformationen, Sexualstraftaten, Verkehrsvergehen, Verhaftungsberichte, Telefonnummern, Gerichtsprotokolle, Verbrechen, Verwandte, Vergehen, Geburtsurkunden.

Nichts.

Ich löschte meinen Eintrag bei der Ortsangabe und versuchte es noch einmal.

Null.

Ich dachte eben darüber nach, als mein Handy klingelte. Diesmal schaute ich auf die Anruferkennung. Slidell.

»Yo!«

»Detective?«

»Kuriöser und kuriöser.« Das Zitat von Lewis Carroll überraschte mich. Wahrscheinlich Zufall, obwohl viersilbige Wörter für Slidell ziemlich beeindruckend waren.

»Ich höre.«

»Hab mich ein bisschen über diesen John Ito informiert.«

Knistern, dann Kauen. Etwas entferntere Geräusche, die für mich nach Bereitschaftssaal klangen. Telefone. Tastaturen. Stimmen. Ich zwang mich zum Warten.

»Die auf der Autozulassung angegebene Adresse ist falsch.«

»Ernsthaft? Das haben Sie so schnell herausgefunden?«

»Nee. Hab eine Stecknadel in die Luft geworfen und geschaut, wo sie auf der Karte landet.«

Wirf dir eine in den Arsch, dachte ich.

»Ein ehemaliger Flugplatz außerhalb von Morgantown«, sagte Slidell.

»Um ein Fahrzeug anzumelden, muss man doch einen gültigen Führerschein oder eine andere Art der Identifikation haben, oder?«, fragte ich.

Skinny stopfte sich wieder etwas in den Mund und kaute. Doritos, vermutete ich, ausgehend von dem feuchten Knirschen. Mitten im Mampfen: »Und einen Versicherungsnachweis. Die Zulassungsstelle überprüft das alles.«

»Dann ist es doch schwierig, ein Auto mit einer falschen Identifikation anzumelden, oder?«

»Schwierig schon, aber nicht unmöglich.«

»Reden Sie von Ghosting?« Ich meinte damit eine Art von Identitätsdiebstahl, bei dem das Profil eines Verstorbenen gestohlen wird. Normalerweise ist der »Ghoster« im gleichen Alter wie der »Ghost«, wäre diese Person noch am Leben, damit die Geburtsdaten auf den falschen Dokumenten glaubhaft sind.

»Wenn man die richtigen Quellen kennt, ist das machbar«, sagte Slidell.

»Sie glauben, John Ito ist ein Deckname?«

»Ich hab jemanden drangesetzt.«

»Wann kriegen Sie Bescheid?«

»Ich könnte ihn in den nächsten Tagen alle paar Minuten anrufen, um seine Eier auf Trab zu halten.«

Halblang, Brennan.

»Ich habe ein bisschen über Ito und Wodjanow recherchiert.« Ich berichtete ihm von meiner Internetsuche.

Ein paar Sekunden Saalgeräusche, dann: »Sind Sie jetzt gerade sehr beschäftigt?«

»Nichts, was nicht warten kann.«

»Dann schwingen Sie Ihren Hintern her.«

Das Charlotte Mecklenburg Police Department befindet sich im Law Enforcement Center, einem Beton-und-Glas-Komplex an der East Trade Street nördlich des Zentrums. Dank des kurzen Gastspiels der Democratic National Convention im Jahr 2012 und einem Sicherheitsbudget von 50 Millionen Dollar sieht das Erdgeschoss, früher eine offene Lobby, jetzt aus wie die Brücke eines Raumschiffs, das die Außenbereiche des Universums erkundet. Kreisrunde, hölzerne Barriere. Schusssicheres Glas. Monitore, die jeden Millimeter des Gebäudes zeigen, innen wie außen.

Nachdem ich mich eingetragen hatte, zog ich meine Sicherheitskarte durch und fuhr in den zweiten Stock. Direkt gegenüber dem Fahrstuhl zeigte ein Pfeil mit der Aufschrift *Eigentumsdelikte* nach links und ein anderer mit *Delikten gegen Personen* nach rechts. Über den Pfeilen das Hornissennest-Symbol des CMPD.

Ich trat durch eine Tür und bog nach rechts in einen Korridor ab, den erstaunlich wenige Detectives bevölkerten. Zwei in Hemdsärmeln und Krawatten, einer in einer Kaki-Hose und einem dunkelblauen Golfhemd mit dem Logo der furchtlosen Wespe. Kaki trug Kaffee. Aller drei trugen jede Menge Feuerkraft.

Ich ging an Verhörzimmern auf der rechten Seite des Ganges vorbei. Ein zweites Schild benannte eine Abteilung auf der linken Seite: *2200: Dezernat für Gewaltverbrechen*. Mord und Angriff mit einer tödlichen Waffe. Ich trat ein.

Jahrelang hatte Slidell einen begehrten Arbeitsplatz im hinteren Teil des Dezernats beansprucht. Jetzt hatte man ihn in eine Ecke neben dem Kopierer gesteckt. Sein Freiwilligenstatus bei der Einheit für Altfälle sicherte ihm diesen Platz.

Begleitet von derselben Symphonie, die ich dreißig Minuten zuvor durchs Telefon gehört hatte, schlängelte ich mich durch das Labyrinth aus Arbeitsnischen. Slidell saß an seinem Schreibtisch, den Telefonhörer zwischen Schulter und Ohr geklemmt. Als ich auf ihn zukam, legte er auf.

»Yo, Doc.« Er stand auf. »Hab was, das Ihnen Spaß machen dürfte.«

Slidell ging zum Aufzug. Ich folgte ihm wie ein gut abgerichtetes Hündchen. Schweigend fuhren wir nach oben. Slidells Blick klebte auf der beleuchteten Etagenanzeige.

»Wir fahren in die Forensik?« Ich erkannte das Stockwerk, das er gedrückt hatte. War sehr oft dort gewesen.

»DP.« Slidell benutzte das Kürzel für Dokumentenprüfung, eine der fünf Spezialabteilungen des Forensiklabors des CMPD. Aber warum?

Eine Frau erwartete uns, als die Tür mit einem Summen aufging. Winzig, mit kurz geschnittenen schwarzen Haaren und kakaobrauner Haut. Da ich sie nicht kannte, vermutete ich, dass sie neu war.

»Mittie Peppers.« Mir lächelten Zähne entgegen, die zu klein für ihren Mund waren. Sie sahen aus wie Minzbonbons auf ihrem Zahnfleisch.

»Temperance Brennan.« Ich erwiderte das Lächeln. Wir gaben uns die Hand. Ihr Griff hätte Pusteblumensamen zerquetschen können.

»Sie hat sich das Notizbuch angeschaut«, sagte Slidell. Zu Peppers: »Erzählen Sie's ihr.«

»Ich würde es ihr lieber zeigen.«

»Wir haben nicht den ganzen Tag Zeit.«

»Dauert auch nicht den ganzen Tag.« Kein Minzbonbon zu sehen diesmal. Mir gefiel diese Frau.

Peppers redete, während wir einen völlig leeren Gang entlanggingen. »Ich bin ja eher ein Technikfreak. Mein Herz gehört dem Digitalen – Internet und Cyberkriminalität –, aber ich bearbeite auch das gute alte Papier. Kennen Sie sich mit Dokumentenanalyse aus?«

»Die Untersuchung von Handschriften, Maschinenschriften, Tinten, Fälschungen.«

»Vorwiegend bearbeiten wir gefälschte oder manipulierte Schecks. Gelegentlich Drohbriefe, von Bankräubern geschriebene Zettel und so weiter und so fort. Aber durchgedrückte Schrift ist auch nicht selten.«

»Moment mal.« Mein Blick schnellte zu Slidell. »Sie haben durchgedrückte Schrift gefunden?«

»Neben dem Kauderwelsch über das sinkende Schiff.«

»Fähre«, korrigierte ich. Unnötig, aber ich war einfach sehr aufgeregt. »Also lag über dieser ersten Seite ein Blatt?«

»Ich dachte, ich hätte Rillen gesehen, ging mit der Taschenlampe drüber. Rief hier oben an.«

Peppers zog ihren Ausweis an einer Sicherheitstür durch, um in die Abteilung für Dokumentenprüfung zu kommen. Drinnen ging sie direkt zu einem blau-grauen Kasten mit einer flachen Platte obendrauf und der Beschriftung ESDG an der Vorderseite. Sah aus wie ein kleiner Kopierer, bis auf eine große Rolle transparenter Polyesterfolie auf der einen Seite.

»Können wir uns ans Wesentliche halten?«, grunzte Slidell, der nicht sehr subtil auf seine Uhr schaute.

Peppers ignorierte ihn. »Ich habe eine Technik benutzt, die man elektrostatische Detektion nennt. Klingt nach Hightech, ist aber keine Raumfahrttechnik.«

Im Kopf übersetzte ich die Buchstaben auf der Maschine. Elektrostatisches Detektionsgerät.

»Die Probe brauchte etwas mehr Feuchtigkeit. Nicht viel. Es war eine Außenseite, und die Umgebung im Kofferraum nicht zu trocken.« Peppers drückte auf einen Knopf, und das Gerät fing an, beherzt zu surren. »Vakuumpumpe«, erklärte sie laut über das Geräusch hinweg.

Ich nickte.

Peppers legte ein Blatt auf die Platte, zog Polyesterfolie darüber und schnitt das Stück von der Rolle ab. Nachdem sie einen Knopf mit der Beschriftung »Korona« gedrückt hatte, fuhr sie mit einem langen, rechteckigen Stab über die Folie.

»Die Korona schickt Hochspannungsladungen über die Folie.« Jetzt bewegten wir uns an der Grenze zum Schreien. »Die positiven Ladungen aus dem Stab werden vorwiegend von den Einkerbungen angezogen. Vereinfacht gesagt.«

Ich nickte noch einmal.

Nachdem sie die Korona ausgeschaltet hatte, kippte Peppers die Platte und schüttelte ein schwarzes Pulver aus einem Kanister auf die Folie. »Der Toner ist ähnlich wie der, der in Kopierern verwendet wird. Er ist negativ geladen.«

Ich nickte noch einmal und kam mir schon fast vor wie ein Wackeldackel. Aber ich wollte nicht schreien.

»Die Bereiche des Blatts mit der höheren elektrostatischen Aufladung ziehen mehr Toner an, sodass in den Einkerbungen dunkle Ablagerungen zu sehen sind.«

Ein paar Sekunden Schütteln, um den Toner zu verteilen und den Überschuss zu entfernen, dann schaltete sie die Vakuumpumpe aus. Es wurde stiller im Raum. »Schauen Sie.«

Ich trat näher.

Auf dem Papier waren in schnörkeliger, schwarzer Schrift die Wörter *Tatort Nicht Betreten* zu lesen. Ich schaute Peppers fragend an.

»Um Ihnen den Prozess zu demonstrieren, konnte ich nicht das echte Beweismittel benutzen, also habe ich diese Attrappe genommen. Als ich die echte Untersuchung abgeschlossen hatte, habe ich die Probe des Detectives fotografiert und konserviert.«

Das Minz-Lächeln. Von Slidell nicht erwidert.

Ich folgte Peppers zu einer Arbeitsfläche. Dort lag das Notizbuch, jetzt ohne die früheren Begleiter, bedeckt mit transparenter Klebefolie. Durch das Plastik konnte ich die lettischen Wörter *Nogrimšanas traģēdija* lesen. Und den Namen Felix Wodjanow.

Neben den Wörtern und dem Namen drei Zeilen, die zuvor nicht zu sehen gewesen waren. Fette Blockbuchstaben und Ziffern.

Ich las sie.

Und spürte, wie es mir kalt über den Rücken lief.

9

Die erste Zeile war eine Folge von zehn Zahlen, die mit sieben-null-vier begann. Die Vorwahl von Charlotte.

Die zweite Zeile war ebenfalls eine Telefonnummer.

Der Raum verschwand in einem geräuschlosen, weißen Nebel. Ich sah nichts als diese winzigen, schwarzen Ziffern und das tosende Grau des Blatts um sie herum.

Mein Hirn war ein Mahlstrom. Verwirrung, Fassungslosigkeit, Angst.

Kurz hatte ich das Gefühl zu schweben. Dann der Stich des Grauens. Wieder eine Migräne? Nein, das war anders.

Ich blinzelte. Drehte mich um. Slidell und Peppers schauten mich an, mit identischem Stirnrunzeln.

»Das ist meine Handynummer.« Ich war kaum zu hören.

»Ist sie«, sagte Slidell tonlos.

»Scheiße.« Keine Höchstleistung. Aber ich fühlte mich getroffen. Als hätte ein Fremder meine E-Mails gehackt oder in meiner Unterwäscheschublade gewühlt.

»Haben Sie sich zu oft in irgendwelchen sozialen Medien rumgetrieben? He Harmony? Snatch Match? Ein Eierkopf-Chatroom, in dem man über Knochen quasselt?«

Ich habe jahrelange Übung darin, Slidell zu ignorieren. Seine gefühllosen Bemerkungen an mir abprallen zu lassen. Normalerweise arbeitet die Erfahrung zu meinen Gunsten. Diesmal nicht.

»Allmächtiger!« Ich explodierte.

Slidell hob beschwichtigend die Hände. »Schauen Sie, dieser Penner hatte nun mal Ihre Nummer. John Ito oder wer auch immer das Auto da abgestellt hat. Dafür kann's jede Menge Erklärungen geben.«

»Stellen Sie mir nie wieder eine solche Frage.« Wut hatte meine Angst völlig verdrängt.

»Sagt Ihnen die dritte Zeile irgendwas?«

Ich schaute mir die Buchstaben- und Ziffernkombination an. JCOLE1013. Schüttelte den Kopf.

Ein kurzes Schweigen. Dann gab Peppers Slidell zwei Ausdrucke. »Ich behalte das Original hier, um es ordentlich zu konservieren.«

Slidell grunzte und ging zur Tür.

»Ist der immer so freundlich?«, fragte Peppers mit einem Nicken Richtung Skinnys sich entfernenden Rücken.

»Er ist ein Trampel, aber ein guter Detective. Danke, dass Sie das für uns gemacht haben.«

Wieder unten im Bereitschaftssaal, schaute der Trampel auf einen von Peppers' Ausdrucken und tippte dann eine Nummer in seinen Festnetzapparat. Aus dem Lautsprecher kam das blecherne Piepsen eines Verbindungsaufbaus. Ein Klingeln, dann eine Nachricht, die Wörter tief und trällernd, wie unter Wasser gesprochen.

»Nachrichten bitte kurz und nach dem Piepsen.«

Ein langes Piepsen, gefolgt von erwartungsvoller Stille.

Mit ärgerlichem Fingerstich unterbrach Slidell die Verbindung.

»Können Sie die Nummer zurückverfolgen lassen?«, fragte ich.

Ein Schulterzucken.

»Warum nicht?«

»Das Telefon ist wahrscheinlich ein Wegwerfding, bei Walmart gekauft und am nächsten Tag in einen Müllcontainer geschmissen.«

»Die Voicemail funktioniert aber noch.«

»Zeitverschwendung.«

Ich wusste, warum Slidell sich so dagegen wehrte. Er war jetzt ein Außenseiter. Kam nur in den Genuss dieses Arbeitsplatzes wegen seiner langen Dienstzeit und der freiwilligen Arbeit für die Altfallabteilung weiter unten am Gang. Er konnte nicht beliebig viele Gefallen in Anspruch nehmen.

Ich wollte schon etwas Bissiges sagen. Was nur wieder zu einem erbitterten Schlagabtausch geführt hätte. Stattdessen atmete ich einmal tief durch und setzte mich Slidell gegenüber auf einen Stuhl.

»Der Besitzer des Hyundai hatte zwei Telefonnummern –«

»Der Besitzer des Notizbuchs.«

»Die eine, die Sie eben gewählt haben«, sagte ich und deutete zum Telefon. »Und meine. Der Besitzer des Hyundai mag John Ito gewesen sein oder auch nicht. Oder Felix Wodjanow.«

»Oder Buck Bakers Großtante Maude.«

Ich hatte keine Ahnung, wer das war. »Der Besitzer des Hyundai mag in Cleveland County ums Leben gekommen und zu Schweinefutter geworden sein oder auch nicht.«

Slidell setzte sich bequemer hin. Lockerte seine bereits lockere Krawatte, legte einen Absatz auf eine offene Schreibtischschublade und fing an, mit dem Stuhl zu kippeln. Aber er hörte zu.

»Haben Sie in letzter Zeit irgendwelche Anrufe von Unbekannten bekommen?«, fragte er.

»Ich bekomme Dutzende Anrufe von unbekannten Nummern. Telefonverkäufer, die mir Versicherungen oder Dachreparaturen andrehen wollen. Auf Voicemail reagiere ich nicht.«

Aber ich wusste, worauf Slidell hinauswollte.

Ich zog mein Handy aus der Handtasche, scrollte zeitlich rückwärts und kontrollierte die roten Einträge, die verpasste Anrufe markierten. Gestern. Samstag. Mittwoch.

Freitag, 22. Juni. Vorwahl 681.

Ich gab die Nummer in eine Suchmaschine ein. Verifizierte den Ursprung des Anrufs.

»Freitag vor einer Woche rief mich jemand aus West Virginia an.« Ich öffnete meine Voicemail, um das Datum zu überprüfen. »Der Anrufer hinterließ keine Nachricht.«

»Der Hyundai wurde in West Virginia zugelassen«, sagte Slidell.

Unsere Blicke trafen sich, der meine erbat eine Einwilligung. Slidell nickte. Ich tippte die Nummer ein. Schaltete das Handy auf Lautsprecher und legte es auf den Schreibtisch.

Zweimal Klingeln, dann eine Stimme, roboterhaft, vielleicht mechanisch verzerrt, um den Sprecher zu verschleiern.

»Nennen Sie Ihren Namen, Datum und Zeit und eine kurze Nachricht.«

Ich schaute Slidell fragend an. Er hob den Daumen.

»Tut mir leid, dass ich Ihren Anruf verpasst habe. Bitte versuchen Sie es noch einmal. Sie haben meine Nummer.« Ich legte auf. Zu Slidell: »Dasselbe bei dem Kerl aus Charlotte?«

»Klar.« Er schob mir den zweiten Ausdruck zu.

Ich las die Nummer und wählte. Bekam dieselbe Nachricht wie Slidell. Sagte meinen Spruch auf.

»Ich muss mit Ihnen über einen gemeinsamen Freund sprechen. Sie wissen, wie Sie mich erreichen können.« Dann legte ich auf.

Mein Blick wanderte wieder zu Slidell. Fingertrommelnd starrte er auf Peppers' Ausdruck.

»Irgendwelche Geistesblitze zu dieser dritten Zeile?«, fragte er.

JCOLE1013.

Im Kopf schob ich die Buchstaben und Ziffern hin und her wie Kärtchen auf einer Tafel. Trennte die einen von den anderen. Teilte das erste Ziffernpaar vom zweiten ab. Trennte jeweils einen Buchstaben ab. Eine Ziffer. Kombinierte sie auf verschiedene Arten neu.

Irgendwann hörte ich, wie Slidell sich zurücklehnte und seine waghalsige Nummer mit dem Stuhl wiederaufnahm.

JCOLE? Ein Name? Gab es nicht einen Hip-Hopper namens J. Cole?

10-13. Ein Datum? Oktober 2013?

Slidell mir gegenüber spielte dieselben Spielchen.

Der Bereitschaftssaal wurde stiller, als Detectives in den Feierabend gingen, zu Verhören, zu vielversprechenden oder trügerischen Spuren. Über uns summte leise die Neonbeleuchtung. Mir gegenüber ächzte Slidells Stuhl protestierend.

Abrupt hörte das Knarzen auf, und die Vorderbeine des Stuhls knallten auf die Fliesen. »Wie hieß dieses vermisste Mädchen?«

Ich schaute hoch. Slidells Blick klebte auf dem Ausdruck, die Brauen darüber formten ein buschiges V.

»Was für ein Mädchen?«

»Vor vielleicht vier oder fünf Jahren.« Vielleicht 2013.

Wie viele in meinem Metier habe ich eine Herzschmerzliste. Einen quälenden Katalog toter oder verschwundener Kinder. Ich musste nicht lange Namen durchblättern. Slidells Hinweis landete sofort einen Treffer.

»Jahaan Cole.«

Eine oder zwei Hirnzellen britzelten grausam. Ein Gesicht blitzte auf. Abgebildet auf zahllosen Postern und in Stunden von Nachrichtensendungen. Ein Mädchen mit karamellbrauner Haut, lachenden Augen und wilden Dreadlocks, die von einem leuchtend pinkfarbenen Perlenband gebändigt wurden.

»War Cole nicht neun, als sie verschwand?«, fragte Slidell.

Wir rechneten beide nach. Geboren 2004. Verschwunden im Oktober 2013.

JCOLE1013.

Jahaan wurde zuletzt gesehen, als sie das Haus verließ, um ein Buch bei einem örtlichen Büchereistand am Ende des Blocks zurückzugeben, Laura Ingalls Wilders *Unsere kleine Farm*. Als Jahaan nicht mehr nach Hause kann, rief Brightie Cole die 911 an, um ihre Tochter als vermisst zu melden. Das Buch wurde tags darauf auf einem ländlichen Highway acht Meilen vom Zuhause der Coles entfernt gefunden. Jahaans Haarspange tauchte fünf Wochen später auf.

Die Medien starteten ihren üblichen Zirkus. Als nichts Neues mehr zu berichten war, brachen sie ihre Zelte ab und zogen weiter.

Neun Monate nach Jahaans Verschwinden kamen fragmentarische Überreste ins MCME. Die Nachrichtenmaschinerie sprang wieder an. Bis ich feststellte, dass die Knochen die eines *Vulpes vulpes* waren. Eines Rotfuchses.

Sechs Monate nach dem Fuchs-Fiasko fuhr ich mit einem Bergungsteam zum Feld eines Farmers in Gaston County. Wenn ich die Augen schließe, kann ich noch das Gewicht der Nachmittagshitze auf meiner Haut spüren. Das gemähte Gras riechen und die Motten im staubigen Sonnenlicht tanzen sehen.

Wieder atemlose Erwartung. Die Knochen waren menschlich, aber die eines älteren Mannes. Wieder gab es einen kurzen Medienhype, dann zogen die Kameras und Mikros weiter zu anderen traurigen Geschichten. Ich war zwar enttäuscht, dass wir den Fall nicht abschließen konnten, aber auch dankbar, dass noch Hoffnung für sie bestand.

Der Fall war inzwischen kälter als ein Gletschersee. Am Jahrestag von Jahaans Verschwinden gab es wieder ein paar Meldungen. Medien wandten sich mit Interviewanfragen an mich. Das alte Foto wurde herausgezogen. Ein paar Anrufe kamen herein, doch sie führten zu nichts. Jahaan Cole blieb eine VP. Eine vermisste Person.

»Warum zum Teufel sollte sich John Ito Ihre Nummer und

Notizen zu einem vermissten Kind aufschreiben?«, fragte Slidell ruhig.

Ich fuhr mir mit der Zunge über die Zähne. Hatte der Mann ohne Gesicht etwas über das Kind gewusst, das er mir sagen wollte?

Ich hatte keine Antwort.

Irgendetwas weckte mich.

Ich hatte geträumt, wieder so ein kompliziertes Szenario mit verknäulten Schatten und trüben Gestalten. Ich brauchte einen Augenblick, um mich daraus zu lösen und herauszufinden, wo ich war.

Birdie? Ich strich mit dem Arm über die Decke, ohne die Katze zu finden.

Mit pochendem Herzen horchte ich nach Geräuschen im ersten Stock. Im Hausflur. Hörte nichts außer dem vertrauten Rumoren des Annex.

Auf dem Nachtkästchen leuchteten Ziffern, 2:47 Uhr. Der Schlaf war flüchtig gewesen. Und kurz. Ich bezweifelte, dass er wiederkommen würde.

Trotzdem versuchte ich es.

Ich wandte mich vom Wecker ab und schloss die Augen.

Und sah die Fotos, die ich im Autopsiesaal geschossen hatte. Diejenigen, die eine unbekannte Quelle mir geschickt hatte.

John Ito? Felix Wodjanow? Jemand anders?

Die drängenden Fragen fingen wieder an zu wirbeln.

Wie war der Mann ohne Gesicht gestorben? Hatte er den Hyundai auf Arts Schrottplatz abgestellt, war er in den Wald gegangen und hatte sich dort das Leben genommen? Hatte er am Ufer des Buffalo Creek jemanden getroffen? Hatte diese Person ihn getötet?

Wenn der Gesichtslose ermordet worden war, dann von wem? Wie? Warum? Hatte der Mörder den Hyundai gefahren? Wenn ja, warum ihn dann bei Art lassen? Waren der Gesichtslose und sein Mörder gemeinsam eingetroffen? Wenn ja, wie war sein Mörder dann von dort wieder weggekommen? Hatte sein Tod irgendetwas mit der *Estonia*-Katastrophe zu tun?

Immer wieder, in endlosen Schleifen. Frage um Frage. Keine Antworten.

Ich stellte mir die Reisetasche im Kofferraum des Hyundai vor. Das Spiralbuch mit seinen Notizen über biochemische Waffen und ein Fährunglück. Die merkwürdige Ansammlung von Utensilien. Die etikettenlose Kleidung. Den Datenstick mit der kyrillischen Beschriftung.

Würde der Stick den Durchbruch liefern, den ich mir erhoffte? Namen? Adressen? Passwörter für E-Mail-Accounts? Mit einem Handy aufgenommene Selfies?

Akten zu einer streng geheimen Operation des russischen Auslandsgeheimdienstes? Zu russischen Maulwürfen in der CIA?

Mein Gott. Ich war zu viel mit Skinny zusammen.

Slidell hatte die Sache in die Hand genommen. Ich hatte seiner Argumentation zugestimmt. Der Sheriff von Cleveland County würde, falls interessiert, die Tasche und ihren Inhalt zur Untersuchung an das CMPD-Forensiklabor schicken. Kurz nach Fingerabdrücken abgesucht, würde er wahrscheinlich auch das Auto nach Charlotte schicken. Slidell beschleunigte ganz einfach den Ermittlungsprozess.

Slidells offensichtliche Kehrtwende hatte mich überrascht. Warum die plötzliche Bereitschaft, mir bei dem Mann ohne Gesicht zu helfen? Animositäten gegenüber Sheriff Poston? Oder hatte sein Gesinnungswandel etwas mit mir zu tun?

Das Notizbuch hatte durchgedrückte Einträge ergeben: zwei Telefonnummern, eines mit der Vorwahl von West Virginia und eine für mein Handy. Die Nummer aus West Virginia hatte mein Handy innerhalb der letzten zehn Tage angerufen. War es das? War Slidell durch die patriarchalische Vorstellung motiviert, ich bräuchte einen Beschützer? Der Gedanke gefiel mir nicht.

Hatte irgendjemand Slidell von meinem Aneurysma erzählt? Den Migräneanfällen? Auch dieser Gedanke gefiel mir nicht.

Ich stand auf und ging durch die türkis gefärbte Dunkelheit zum Bad. Ein Schluck kaltes Wasser, dann stand ich mit verschränkten Armen reglos da, während Fakten und Fragen in meinem Kopf kollidierten.

Die Nummer aus West Virginia hatte mein Handy am 22. Juni angerufen. Das Datum meines Migränealbtraums und des nächtlichen Spaziergangs. Die Nacht, in der ich mich von dem Mann im Trenchcoat hatte erschrecken lassen.

Aber war Trenchcoat wirklich da gewesen? Oder war er nur eine Nachwirkung der Kopfschmerzen?

Nein. Der Mann war real.

Waren meine Instinkte korrekt gewesen? Hatte Trenchcoat mich beobachtet? Mich verfolgt? War er John Ito? Felix Wodjanow? Waren der Besitzer des Hyundai und Trenchcoat derselbe Mann?

War der Mann, der über das Grundstück von Sharon Hall geschlichen war, derselbe, den man tot am Buffalo Creek gefunden hatte? Wenn ja, hatte er mich eine Woche vor seinem Tod angerufen. Warum? War er mir nach Hause gefolgt? Warum? Allem Anschein nach wollte der Mann in Kontakt mit mir treten. Um worüber zu reden? Die *Estonia*? Biochemische Waffen? Das ergab keinen Sinn. Ich hatte von beiden keine Ahnung.

Die Seite mit den durchgedrückten Telefonnummern enthielt auch einen Hinweis auf ein vermisstes Kind. Auf einen meiner Fälle. Was wusste der Mann über Jahaan Coles Verschwinden?

Was war der Grund für Slidells unerwartetes Interesse? Jahaan Coles Akte wurde zwar nicht mehr aktiv bearbeitet, blieb aber offen. Einer von Slidells seltenen Misserfolgen. Als Altfall fiel er nun eindeutig in seine Zuständigkeit.

Das passte alles nicht. Von dem durchgedrückten Code hatten

wir erst heute Abend erfahren, lange nachdem wir Affordable Art wieder verlassen hatten. Skinny hatte etwas anderes motiviert.

Fragen. Keine Antworten.

Jahaan Cole war verschwunden, lange bevor Margot Heavner die Bühne betrat. Noch zu Larabees Zeiten.

Ich stellte mir meinen früheren Chef vor, knochendürr und braun geröstet in Tausenden von Laufstunden. Dann grau und still auf der Intensivstation.

Larabee und ich hatten kaum über unser Privatleben gesprochen. Wir waren nicht nach Feierabend in Bars gegangen, hatte nicht im selben Softball-Team gespielt. Aber wir hatten gut zusammengearbeitet. Sein Tod hatte bei mir das Gefühl hinterlassen, über einem klaffenden Loch zu hängen.

Tränen brannten hinter meinen Lidern. Ich kämpfte nicht gegen sie an. Hoffte, einmal ordentlich weinen würde die Gefühle auslüften, die in mir wühlten.

Doch kein Erfolg. Ich saß einfach da, blinzelte ins Leere, und mein Hirn raste von Frage zu Frage.

Bedauerte ich meine Kritik an Heavner? Meine Verurteilung ihres Interviews mit Nick Body? Ich hatte so viele Prügel dafür einstecken müssen.

Wenigstens eine einfache Antwort. Nein, verdammt noch mal nein!

Heavner hatte vertrauliche Informationen in einer Radiosendung preisgegeben, die von einem narzisstischen Spinner moderiert wurde. Informationen, die die Familie des Opfers verletzt und vielleicht die Überführung des Mörders verhindert hatten.

Fetzen des Interviews lösten sich aus der dunklen Ecke, in der ich sie verstaut hatte. Heavner, die über Hardin Symes' Autismus sprach. Body, der Unsinn über die Risiken von Schutzimpfungen ausspuckte. Body, der die alarmierenden Zahlen ermordeter und verschwundener Kinder noch künstlich aufbauschte.

Meine Augen sprangen auf. Bis zu diesem Augenblick hatte ich es vergessen. Oder die Erinnerung so tief begraben, dass sie nicht mehr an die Oberfläche kommen konnte. Body hatte in seiner Tirade über vermisste Kinder auch Jahaan Cole erwähnt. Keine grausigen Details, nur als eins von vielen Beispielen dafür, dass die US-Regierung Kinder verschleppte.

Auf den kalten Fliesen sitzend, fröstelte ich plötzlich am ganzen Körper.

Margot Heavner hat Body kein einziges Mal widersprochen.

Und noch etwas machte mich wütend.

Der Mord an Hardin Symes war ein offener Fall.

Das Verschwinden von Jahaan Cole war ein offener Fall.

Der Mann ohne Gesicht war ein offener Fall.

Heavner zeigte dieselbe eigensüchtige Geringschätzung seiner Privatsphäre, die sie auch bei den anderen an den Tag gelegt hatte. Und sie griff über ihr Spezialgebiet hinaus. Der Mann war kein Asiate. Heavner irrte sich.

Mein Bauch sagte mir, dass der Mann auf meinem Rasen der Mann war, der als Fall MCME 304-18 in der Leichenhalle lag. Dass seine Leiche von Schweinen neben dem Buffalo Creek verwüstet worden war. Dass der Hyundai ihm gehörte. Dass er nicht John Ito war. Felix Wodjanow? Vielleicht, aber ein Bauchgefühl war noch kein Beweis.

Der Mann hatte meine Nummer gehabt und versucht, mich zu erreichen. Vielleicht wegen Jahaan Cole. Ich musste herausfinden, wer er war.

Heavner konnte mich mal. Ihre Warnungen. Ihre Drohungen. Ich würde dem Mann einen Namen geben, und wenn es mich umbringen sollte. Ihn denen zurückgeben, die sich da draußen fragten, wohin er verschwunden war. Dann würde ich abtreten.

Als ich zum Bett zurückkehrte, fand ich Birdie ausgestreckt, die Pfoten in der Luft, auf meinem Kissen liegend.

Ich schob die Katze beiseite. Sie kuschelte sich in meine Kniekehle.

Ich schlief ein mit dem Bild meines Berichts über den Fall MCME 304-18 auf Heavners Schreibtisch, mit meinem Institutsausweis obendrauf.

10

Freitag, 6. Juli

Drei Tage vergingen, in denen kaum etwas passierte.

Ryan war gebeten worden, in einem Fall zu ermitteln – dem Diebstahl eines Pferds namens Neville. Neville war von einem Weingut außerhalb von Bordeaux verschwunden. Er bot mir an, den Fall abzulehnen und stattdessen nach Charlotte zu kommen. Auch wenn es ernst gemeint war, deutete sein Tonfall doch darauf hin, dass er den Job wirklich wollte. Und das Honorar verdienen, das beträchtlich sein würde. Ich sagte ihm, er solle annehmen. Das bedeutete, er würde nach Frankreich reisen.

Katy skypte aus Bagram. Ich war mir nicht ganz sicher, warum sie wieder auf dieser Luftwaffenbasis war. Sie konnte nichts Genaues sagen, bestätigte aber, dass ihr Heimaturlaub im Oktober weiter fest eingeplant war. Sie versicherte mir, dass sie sich für keinen weiteren Einsatz in einem Kriegsgebiet melden würde.

Meine Schwester Harry flog mit einem Kerl namens Mookey nach Island. Mama ging mit Sinitch in die Berge.

Mein Blut strömte weiterhin durch die richtigen arteriellen Bahnen.

Die Hitzewelle rollte weiter über die Carolinas und erstickte Berge, Vorgebirge und Täler mit Temperaturen und einer Feuchtigkeit, die in Darwin oder Bangkok eher angemessen gewesen wären.

Den Independence Day verbrachte ich mit Fahnen und Wunderkerzen und Fastfood-Chicken am Lake Norman. Eine kurze Erholung von Tagen der Anspannung und Frustration.

Der Mann ohne Gesicht lag nun in der zweiten Woche auf einer Edelstahlbahre im Kühlraum der Leichenhalle. Noch immer namenlos.

Heavner rief nicht an. Auch Slidell nicht. Oder Pete.

Der Annex blieb nervenaufreibend still. Fortschritte machte ich lediglich mit dem Foto von dem Datenstick, das ich geschossen und dann dank Art und seiner Schrotflinte vergessen hatte. Das kyrillische Wort Медицинские bedeutete »medizinisch«. Ich hatte keine Ahnung, was das in diesem Zusammenhang zu bedeuten hatte.

Am Freitag dann eine Wende.

Der Tag fing an mit einer frühmorgendlichen E-Mail von Lizzie Griesser. Eine einzeilige Nachricht: *Kaktus-Zeit!*

Ich öffnete den Anhang. Und reckte allen Ernstes eine Faust in die Luft.

Natürlich ging Slidell nicht ans Telefon. Er erwiderte meinen Anruf um 9:30 Uhr.

Bevor ich ihm meine Neuigkeiten berichten konnte, legte er los.

»Scheißen Sie mich nicht an. Ich hab mich nicht gemeldet, weil ich beschäftigt war.«

»Sie haben den Namen Felix Wodjanow überprüfen lassen?«

»Kein Vermisstenbericht. Keine Fahndung. Keine Vorstrafen. Keine Militärakte. Keine Infos über Pass oder Visa. Keine Fingerabdrücke. Nichts in sämtlichen Datenbanken, die ich überprüft habe.«

»Keine zahnärztlichen oder ärztlichen Unterlagen.«

»Hören Sie mir zu?«

»Haben Sie den Radius erw –?«

»Bis Timbuktu und zurück. Örtlich, staatlich, national. Es ist, als würde dieser Trottel überhaupt nicht existieren.«

»Ist das ungewöhnlich?«

»Schon.«

»Könnte es sein, dass Wodjanow Ausländer ist?«

»Es gibt keine Aufzeichnungen darüber, dass jemand mit diesem Namen in die USA eingereist ist. Aber mein Spezialist hat den Datenstick geknackt. Wird mich eine Flasche Stoli kosten.« Slidell machte eine Pause. Um mich zu verwirren?

»Auf dem Ding war eine Datei, nicht passwortgeschützt, nicht verschlüsselt.«

»Keine Liste mit russischen Schläferzellen.«

»Eine Liste verschreibungspflichtiger Medikamente.« Ich hörte Papier rascheln. »Depacon, Zoloft, Seroquel und ein paar andere.«

Depacon ist ein Krampflöser, der manchmal als Stimmungsstabilisator benutzt wird. Zoloft ist ein Antidepressivum. Seroquel ist ein Antipsychotikum. »Wodjanow muss psychische Probleme gehabt haben«, sagte ich.

»Das Ding hatte auch Informationen über einen Arzt.«

»Name?«

»A. Yuriev. Er hat eine ärztliche Zulassung, macht aber meistens homöopathischen Wellness- und Stressbewältigungskram.«

»Wo praktiziert dieser Yuriev?« Ich war überrascht, dass meine Stimme so ruhig klang.

»Das wird Ihnen gefallen. Er gehört zum Personal einer buddhistischen Kurklinik am Rand von Winston-Salem. Eine Klitsche namens Sparkling Waters.«

»Ein Ashram?«

»Preist sich als spirituelles Erholungs- und Heilzentrum an. Was auch immer. Yuriev klingt für mich nicht sehr indisch. Ich telefoniere mal rum.«

»Nein«, warf ich vielleicht etwas zu schnell ein. »Wir sollten da hinfahren.«

»Der wird doch sicher nur diese Arzt-Patienten-Nummer abziehen.«

»Darum sollten wir hin. Yuriev überrumpeln.«

Keine Antwort.

»Wir müssen es versuchen. Felix Wodjanow könnte der erste Durchbruch im Fall Jahaan Cole sein.«

»Wir wissen nicht, wer den Code über das Kind in das Notizbuch geschrieben hat.«

»Haben Sie bessere Spuren?«

Wieder sagte er nichts.

»Ich habe etwas, das klären könnte, ob Wodjanow der Mann ohne Gesicht ist.«

»Was?«

»Ich erzähl's Ihnen unterwegs.«

Eine längeres, ausgesprochen zweifelndes Schweigen. Dann:

»Wehe, wenn das nicht gut ist.«

Slidell warf die Ausdrucke zur Seite. Ich fing sie, als er den Gang einlegte und vom Annex losbrauste.

»Sie machen mich fertig, Doc. Seit Jahren predigen Sie, dass DNS nur gut für Vergleiche ist.«

»Bis vor Kurzem war das auch noch so. Eine unbekannte Probe war nutzlos, wenn man keine Vergleichsmöglichkeit hatte. Einen Namen. Wir mussten wissen, zu welcher Familie, in welche Wohnung wir gehen sollten. Wessen Zahnbürste wir mitnehmen sollten.«

»Ja, ja, ich kenn das Prozedere.« Er ließ den rechten Zeigefinger kreisen. »Beamte sammeln Spuren von einem Tatort, einem Opfer oder einem Verdächtigen ein, dann vergleicht irgendeine Laborratte die Sequenzierung dieses Zeugs mit der Sequenzierung, die man einer unbekannten Person abgenommen hat. Die Profile passen zusammen oder eben nicht.« Noch einmal der Finger. »Eine Million zu eins dies, eine Million zu eins das.«

»Ja. Vergleichsergebnisse werden als statistische Wahrscheinlichkeiten angegeben, dass die Materialien von derselben Person oder einem Verwandten kommen.«

»Woher dann dieses Gesicht, das Sie von dieser Lizzie Wieauchimmer bekommen haben?«

»Lizzie Griesser.«

»Hat sie diese Bilder da angefertigt?«, fragte er mit einem Nicken zu den Blättern auf meinem Schoß.

»Und das Profil.«

»Echt?«

Weil ich das als Interessensbekundung verstand, nahm ich mir kurz Zeit, um eine möglichst einfache Erklärung zu formulieren.

»Die Einsatzmöglichkeiten der DNS gehen inzwischen über den reinen Vergleich hinaus. Lizzie und ihre Kollegen haben SNPs identifiziert, Einzelnukleotid-Polymorphismen –«

Slidell Ray-Bans schwangen in meine Richtung. »Tun Sie das nicht, Doc.«

»Denken Sie an Gene, die Gesichtszüge und -form beeinflussen, Haut-, Augen- und Haarfarbe, solche Sachen.«

»Wollen Sie damit sagen, was ich glaube, dass Sie sagen wollen? Dass Sie die Rasse einer unbekannten Person angeben können?«

»Diese Wissenschaftler denken lieber in Begriffen der biogeografischen Abstammung.«

»Indem sie von Blut, Samen, Spucke, Schweiß ausgehen – dem Üblichen?«

»Ja.«

»Leck mich am Arsch«, sagte Slidell, ganz offensichtlich nicht an den Details der Methode interessiert.

»Mithilfe von Algorithmen und mathematischen Modellen –«

Slidell übte wieder sein Kein-Fachchinesisch-Stirnrunzeln.

»– die ich Ihnen nicht erklären kann, erzeugen sie ein zusammengesetztes Bild des Unbekannten.«

»Wie diese kleinen Schönheiten da.« Slidell deutete mit dem Daumen auf die Seiten, die ich ausgedruckt hatte.

»Die Technik nennt man DNS-Phänotypisierung.«

»Und das funktioniert?«

»Sie wurde bereits erfolgreich zu Identifikationen in mehreren Fällen eingesetzt, die mir bekannt sind, darunter Serienmörder in Louisiana und Kalifornien und ein Doppelmord gleich hier in North Carolina. Das NCMEC nutzt bereits Bilder aus Lizzies Institut für seine Internet-Postings.« Ich meinte das National Center for Missing and Exploited Children, das landesweite Zentrum für vermisste und ausgebeutete Kinder.

»Jetzt halten Sie sich fest«, begann Slidell. »Die veröffentlichen schon seit Jahren Skizzen von nicht identifizierten Kindern.«

»Näherungen an das Aussehen der Gesichter, die ausschließlich von der Schädelform ausgehen. Normalerweise in Schwarz-Weiß. Die DNS-basierten Rekonstruktionen sind detaillierter, lebensechter und in Farbe.«

»Und warum springt dann nicht jeder Coroner und jedes Polizeirevier darauf an?«

»Weil es teuer ist.«

»Deshalb haben Sie Ihre allerbeste Freundin um einen Gefallen gebeten?«

»Lizzie und ich unterstützen einander beruflich«, erwiderte ich knapp. Wobei Skinny recht hatte, um der Wahrheit die Ehre zu geben.

Ich nahm das oberste Blatt zur Hand und betrachtete das Gesicht zum hundertsten Mal. Es war ziemlich realistisch, allerdings zu symmetrisch wie alle computergenerierten Bilder.

Der Mann schaute geradeaus, mit völlig ausdruckslosem Blick. Seine Augen waren blau-grau und dicht beieinander. Die Nase stach hervor und war über die gesamte Länge schmal, die Oberlippe ungewöhnlich lang, das Grübchen erstaunlich tief.

Die Haut des Mannes war blass, seine braun-schwarzen Haare waren hinten und über den Ohren kurz geschnitten, Details, die an der Leiche zu beobachten waren. Auch wenn die Gesichtsbehaarung nur auf Vermutungen basiert, hatte

Lizzie sich für mittelstarke Brauen und eine rasierte Wangen- und Kinnpartie mit nur leichtem Bartschatten entschieden.

Farbskalen unter dem Bild grenzten die Hautfarbe des Mannes auf sehr hell bis hell ein, die Augenfarbe auf blau bis grün und die Haarfarbe auf braun bis schwarz, alle mit einer Wahrscheinlichkeit von mehr als neunzig Prozent. Das Programm war sich ähnlich sicher, dass der Mann keine Sommersprossen hatte.

Ein Kästchen rechts oberhalb des Gesichts enthielt eine Karte, die Länder im nördlichen und östlichen Europa besonders hervorhob. Farbige Kästchen unter der Karte bestimmten die wahrscheinliche Herkunft als *europäisch: östlich 76,37 %, nördlich 20,98 %.*

Der Mann ohne Gesicht war eindeutig nicht asiatischer Abstammung.

»Soll ich Ihnen erklären, wie Lizzie zu diesem Profil kam?«, fragte ich Slidell.

»Nein.«

Na schönchen!

Nach neunzig Minuten auf dem summenden Highway bogen wir auf einen kleinen Parkplatz an einer Straße namens Sally Anne Lane ein, die von der NC Business 40 in südlicher Richtung abging. Wir waren knapp östlich von Winston-Salem. Glaubte ich. In Gedanken versunken, wie ich war, hatte ich nicht sehr auf die Umgebung geachtet.

Der Sparkling Waters Ashram sah aus wie eine Mischung aus einem Touristenresort in Goa und einem Sommerlager in Sheboygan. Gebäude in leuchtenden Farben mit komplizierten Holzverzierungen und Giebeldächern standen zwischen Virginia-Eichen und Kiefern, einigermaßen gut geschnittenen Hecken und bekiesten Fußwegen. Die meisten Gebäude waren einstöckig, eins hatte insgesamt drei Etagen. Dahinter gab sich schlammgrünes Wasser größte Mühe, das Versprechen des Einrichtungsnamens zu erfüllen.

»Man kann ihnen nicht vorwerfen, die Sicherheitsmaßnahmen zu vernachlässigen.« Slidell betrachtete den vier Meter hohen Zaun, der das Grundstück umgab. Ein Wachhäuschen mit Kuppeldach bewachte das einzige Tor.

Durch den Zaun konnte ich Menschen auf bunten Adirondack-Sesseln oder im Gras sitzen sehen, während andere auf den Pfaden schlenderten. Sie trugen helle Sommerkleidung, Yoga-Sachen oder bunte Roben oder Saris. Die meisten waren allein. Einer saß in einem Rollstuhl und hatte einen Mann in Weiß bei sich, der sich wie ein Pfleger oder Krankenwärter verhielt. Ich bewunderte das kollektive Durchhaltevermögen. Die Temperatur lag bei 33 Grad und stieg noch weiter.

Slidell und ich folgten Pfeilen, die zur Verwaltung zeigten, eine pinkfarbene, einstöckige Waschbetonschachtel auf der Parkplatzseite des Zauns. Kaschmirteppiche auf dem Boden, hinduistische oder buddhistische Kunst an den Wänden. Ein richtiger Mischmasch, Buddha, Shiva, Vishnu, ein Porträt von Ganesha auf einem Neonthron. Ich dachte an die kleine Steinversion des elefantenköpfigen Gottes zu Hause in meiner Kommodenschublade.

Eine Empfangsdame hob den Kopf, als wir eintraten. Ein Namensschild auf der Theke stellte sie als *E. Desai* vor.

»Kann ich Ihnen helfen?« E. Desai hatte einen Hängebusen und schlaffe Haut an den Oberarmen. Ihre Augen waren braun, die Haare schwarz und zu einem dünnen Zopf gebunden. Auch wenn ihre Füße nicht zu sehen waren, wusste ich, dass sie unter ihrem Sari vernünftige Sandalen trug.

»Wir würden gerne mit Dr. Yuriev sprechen.« Slidell zeigte ihr seine Marke und steckte sie dann wieder in die Tasche.

»Erwartet er Sie?« E. Desais Zähne waren künstlich und von einem spektakulären Weiß. Sie zeigte eine ganze Menge davon, als sie auf unsere Antwort wartete.

»Er wird uns empfangen.«

»Darf ich fragen, worum es geht?« Die Zähne machten keine Anstalten, sich zurückzuziehen.

»Nein«, antwortete Slidell, das Gesicht gerötet und verschwitzt.

Das überraschte sie. Ich nutzte den Moment, faltete den Computerausdruck auf und legte ihn auf die Theke.

»Kennen Sie diesen Mann?«

E. Desai schaute nach unten, und nun schien das Lächeln zum ersten Mal zu schwächeln. Dezidiert unseren Blicken ausweichend, wandte sie sich ab, drückte Tasten auf ihrem Tischtelefon und flüsterte: »Tut mir leid, Sie zu unterbrechen, aber hier ist ein Polizist, der Sie sprechen will.«

Pause.

»Einen gewissen Gast«, erklärte sie weiter, sehr leise, die Hand über dem Mundstück. Dann sagte sie etwas, das ich nicht verstand.

E. Desai legte eben den Hörer wieder auf – behutsam, als könnte er zerbrechen –, als ich im Rücken eine Luftdruckveränderung spürte. Wir drehten uns um.

Ein Mann stand da und musterte uns unbewegt. Durch den Türrahmen, in dem er stand, sah ich einen geschnitzten und bemalten hölzernen Schreibtisch. Darauf eine Bronze von Rabindranath Tagore, dem indischen Philosophen und Dichter. Ihm gegenüber zwei Mahagonisessel mit rotem Samtbezug. Dahinter ein Sessel, dessen Rückenlehne an einen männlichen Pfau in vollem Ornat erinnerte. Hinter dem Sessel Regale mit Elfenbeinintarsien, auf denen eine Sammlung von Objekten aus Silber und Messing stand. Auf dem Boden ein Agra-Teppich. In einer Ecke aufgestapelte Seidenkissen. Das Büro schien Besucher glauben machen zu wollen, dass sie sich eigentlich im Jaipur der Jahrhundertwende befanden.

Der Blick des Mannes wanderte zwischen Slidell und mir hin und her. Blieb ausdruckslos, als er an die Empfangsdame eine Frage richtete.

»Haben die Herrschaften sich ordnungsgemäß ausgewiesen?«

E. Desai nickte, die Lippen jetzt fest zusammengepresst.

»Ich bin Dr. Aryan Yuriev.« Yuriev war klein, mit lockigen, braunen Haaren, einer schiefen Nase und Unterlippe und einem sehr energischen Kinn.

»Wie kann ich Ihnen helfen, Detective…?« Yurievs Tonlage hob sich.

Slidell nahm das Bild von der Theke und hielt es in die Höhe. »Ich fasse mich kurz. Kennen Sie diesen Kerl?«

Yuriev schaute das Bild eine ganze halbe Sekunde an. Dann: »Haben Sie einen Gerichtsbeschluss, Sir?«

»Brauche ich einen Gerichtsbeschluss?«

»Sie überraschen mich, Detective«, erwiderte Yuriev, ohne überrascht auszusehen. »Wir wissen beide, dass es mir nicht gestattet ist, über einen Gast mit Ihnen zu sprechen.« Als er seinen Fehler erkannte, sagte er schnell: »Falls dieser Mann hier Gast war.«

»Und Sie glauben, dass Ihre ›Gäste‹« – Slidell malte Anführungszeichen in die Luft – »Anspruch auf Wahrung des Arztgeheimnisses haben?«

»Der Ashram bietet viele Dienste für Menschen, die spirituelle Heilung suchen. Dazu gehört auch medizinische Versorgung, sollte diese nötig sein. Das ist meine Funktion. Da ich zugelassener Arzt bin, sind meine Beziehungen mit meinen Patienten streng vertraulich.«

»Wie wär's, wenn ich Ihre Erinnerung auffrische.« Slidells Ton nahm eine mir wohlvertraute Schärfe an. Er vermutete, dass Yuriev log. »Sagt Ihnen der Name Felix Wodjanow irgendwas?«

Yuriev sagte nichts.

»Felix Wodjanow. Sie haben ihm Rezepte ausgestellt für –« Er hob die Hand und bewegte die Finger in meine Richtung.

»Depacon, Zoloft und Seroquel«, ergänzte ich.

Yuriev schaute weiter völlig gelassen.

Slidell wedelte mit dem Bild. »Was ist, wenn ich Ihnen erzählte, dass der Kerl tot ist? Sehen Sie dann Ihren Arztgeheimnis-Bullshit in einem neuen Licht?«

Als ich ein scharfes Einatmen hörte, drehte ich mich halb um. E. Desai mied noch immer jeden Blickkontakt, aber auf ihren Wangen breitete sich eine Röte aus.

Ein paar Sekunden vergingen, während Yuriev sich sein weiteres Vorgehen überlegte. E. Desai hinter mir war sehr still geworden.

»Sparkling Waters ist eine private Einrichtung, Detective. Sie haben keinen Gerichtsbeschluss. Ich habe Ihnen meine Haltung erklärt, und jetzt bitte ich Sie zu gehen. Sollten Sie dem nicht nachkommen, ist das Hausfriedensbruch, und ich rufe die Security, damit man Sie vom Anwesen entfernt.«

»Wir gehen. Aber auf eins können Sie sich verlassen, Arschloch.« Slidell klang jetzt gefährlich. »Ich komme zurück.«

»Dann werde ich Sie mit Freuden wieder empfangen.« Yuriev zeigte kurz ungesundes Zahnfleisch, legte die Handflächen aneinander, verbeugte sich leicht, kehrte in sein Büro zurück und schloss die Tür.

Slidell und ich gingen eben über den Parkplatz, als eine Stimme leise rief. »Warten Sie.«

Wir drehten uns um. Mit der Anmut eines aufgeschreckten Wombats stürmte E. Desai auf uns zu. Ich hatte recht gehabt, was die Sandalen betraf. Birkenstock.

Slidell schaute auf die Uhr. Eine Angewohnheit, um Frustration abzuleiten. Wir wussten beide, dass es Mittag war.

E. Desai kam näher, schwer atmend, das Gesicht jetzt einheitlich rot. Ich roch ihr Patschuli-Parfum und den Schweiß, den es eigentlich überdecken sollte.

Slidell verschränkte die Arme, spreizte die Füße und betrachtete sie ungeduldig. Ein Schweißfilm ließ sein Gesicht aussehen wie glänzendes, rotes Plastik.

»Er ist es«, sagte sie und warf einen schnellen Blick hinter sich. »Er war hier Gast.«

»Sind Sie sicher?« Mein Puls beschleunigte sich.

E. Desai nickte mit weit aufgerissenen Augen. »Ist er wirklich tot?«

»Was können Sie uns über ihn sagen?«, fragte ich.

»Ich habe mit den Gästen nichts zu tun.« Sie senkte leicht die Brauen. »Hieß er Wodjanow? O Gott.«

»Wann war er hier?«

»Mehr als einmal. Auf jeden Fall letztes Jahr.«

»War er nur wegen dem Mönchsquark hier? Oder hatte er was Ernsthaftes?«, fragte Slidell schroff. Die Sonne stand direkt über uns, ein weiß glühender Ball in einem Himmel mit nur sehr wenigen Wolken.

»Ich habe mit den G–«

»Warum hat Yuriev ihn behandelt?«

»Ich weiß es nicht. Ich schwöre es.«

»Haben Sie Kontaktdaten von Mr. Wodjanow?«, fragte ich sanft.

Sie schüttelte den Kopf.

»Telefonnummer? Adresse?«

Noch ein Kopfschütteln.

Slidell verlagerte sein Gewicht und stemmte die Hände in die Hüften. Unter den Achseln zeigten sich dunkelgrüne Halbmonde. Der Rest des Hemds ähnelte welkem Salat.

»Sie sollten mit Asia Barrow reden.« So leise, wie sie am Telefon gesprochen hatte. »Sie war seine Betreuerin.«

»War?«

»Sie macht jetzt was anderes.« Ein verstohlener Blick über die Schulter. Eine Ausflucht? Eine Lüge?

»Wissen Sie, wo Asia wohnt?«

»Ja.« Sie strich sich schweißfeuchte Strähnen aus der Stirn. »Ich kann Ihnen nicht sagen, warum.«

»Warum Asia?«, fragte ich und gab E. Desai meine Karte.

»Wenn irgendjemand was über Ihre Person weiß, dann ist es Asia.«

11

Slidell setzte mich am Annex ab und fuhr dann sofort ins Law Enforcement Center, weil er sich unbedingt die Akte Jahaan Cole noch einmal ansehen wollte. Da ich wusste, dass das Stunden, vielleicht sogar Tage dauern konnte, fuhr ich allein los, um Asia Barrow zu besuchen. Skinny hatte natürlich davon abgeraten. Ich hatte versprochen, vorsichtig zu sein und mich bei ihm zu melden.

Die Adresse, die E. Desai mir gegeben hatte, lag in Mooresville, aber nicht am teuren, von Bankern und Anwälten bevorzugten Seeufer, die für das Privileg, Jachten und Aufsitzmäher zu besitzen, gern die tägliche Ochsentour ins Stadtzentrum auf sich nahmen. Sondern im weniger beliebten, ländlichen Teil, viel zu weit östlich für jemanden, der nicht mit einem Traktor umgehen konnte.

Von der Interstate lotste mich die freundliche Navi-Dame aus meinem Handy auf eine zweispurige Straße, die sich durch Felder und ungepflegte Waldstücke schlängelte. Hier ein Farmhaus, dort ein Wohnwagen. Ein kompliziertes Umspannwerk. Nach dreizehn Meilen schickte sie mich auf eine Straße ohne jede Beschilderung. Ich fuhr durch eine Landschaft, die auf Satellitenbildern wie ein knubbeliger grüner Waldfinger aussehen musste. Nach zehn Minuten erhielt ich die Information, dass mein Ziel auf der rechten Seite lag.

Ein verrosteter Briefkasten stand schief in einem Winkel, der so sicher nicht beabsichtigt war. Keine Nummer, kein Name. Keine rote Fahne, die man aufrichten konnte, wenn man ausgehende Post hatte.

Ich schaute nach vorne und nach hinten. Sah nur Straßenbelag, der wie der Sand in einer Fata Morgana schimmerte. Kein Fahrzeug in Sicht.

Schlechte Idee? Wahrscheinlich.

Ich bog trotzdem ab.

Die Einfahrt bestand aus Erde, hier und da auch Kiesflecken. Lange zwei Minuten fuhr ich unter einer Mischung aus Kiefern und Laubbäumen entlang. Plötzlich senkte die Straße sich ab, änderte dann ihre Meinung und stieg scharf an.

Die wenigen, vereinzelten Wolken brauten sich nun zu größeren Gebilden zusammen. Während ich weiterschlich und mir wünschte, die furchtlose Navi-Dame wäre meine Begleiterin, sprenkelten Schatten meine Windschutzscheibe, ein Stakkato aus Dunkelheit und Licht, das durch die Nadeln und Blätter über meinem Kopf sickerte.

Nach einer weiteren Ewigkeit, oder dreißig Sekunden, erreichte ich die Kuppe eines Hügels.

Und bremste heftig. Den Fuß zitternd auf dem Pedal, griff ich nach meinem Wasser. Trank einen Schluck. Schraubte den Deckel wieder auf.

Am Ende einer länglichen Lichtung von etwa sechzig auf zwanzig Metern kauerte ein Gebäude. Es war klein, eher Hütte als Haus. Abblätternde grüne Farbe ließ mich an die Anolis-Eidechsen denken, die sich häuteten und ihre Haut an den Säulen des Annex' hinterließen. Blau-weiße Vorhänge hingen schlaff und deprimiert in Fenstern zu beiden Seiten einer abgesackten Haustür. Die Fenster standen offen, mit Fliegengittern davor. Die Tür war geschlossen und hatte ebenfalls ein Fliegengitter.

Entlang der Vorderseite verlief eine überdachte Veranda, die dem Architekturstil ein gewisses *je ne sais quoi* verlieh. Nicht so der Unrat, der sich darauf stapelte. Zeitungen, Roller und Räder, ein Eckschrank mit Fernseher, eine alte Klimaanlage. Aufgestapelte Tupperware-Dosen, deren Inhalt an schattenhaftes Getier erinnerte, das flüchten wollte.

Links der Tür stand ein Sessel aus Chrom und Leder. Neben dem Sessel ein Aschenbecher, wie er früher neben Aufzügen und in Hotellobbys gestanden hatte.

Auf dem Rasen, wenn da denn Gras gewesen wäre, lagen Dinge verstreut, die es nicht auf die Veranda geschafft hatten. Reifen, eine uralte Frigidaire-Waschmaschine. Eine blaue Toilettenschüssel, in der aufrecht ein Staubsauger stand. Ein Spielhaus aus Plastik in Form einer Burg, gesprungen und schlammverklebt.

Rechts des Hauses, am Ende der Einfahrt, wo ich gehalten hatte, stand ein kleiner Schuppen. Ein gedämpftes Brummen ließ vermuten, dass sich darin ein Generator befand. Ein schwarzer Chevrolet Silverado stand davor, die hintere Stoßstange direkt an der östlichen Wand. Der alte, ramponierte Pick-up passte gut in seine schäbige Umgebung.

Die Plastikflasche in meiner Hand gab ein lautes Knacken von sich. Erschrocken lockerte ich den Griff – ich hatte gar nicht gemerkt, wie fest ich sie umklammert hatte.

Warum dieses schlechte Gefühl? Das Grundstück war deprimierend – aber bedrohlich?

Ich kam mir ein bisschen töricht vor und stellte den Motor ab.

Aber war es überhaupt töricht? Was wusste ich denn schon über Asia Barrow? Ich war von einer Fremden hierhergelotst worden, die nicht übermäßig intelligent wirkte.

Laut E. Desai war Barrow die Betreuerin des Mannes ohne Gesicht, Felix Wodjanow gewesen. Seine Behandlung durch Yuriev, zusammen mit der Medikamentenliste auf dem Datenstick, deutete darauf hin, dass Wodjanow in einer Verfassung war, die Stimmungsaufheller, Antidepressiva und Antipsychotika erforderte. Barrow hatte Sparkling Waters aus Gründen verlassen, die E. Desai nicht verraten wollte.

Nicht gerade eine Wegbeschreibung zum Zodiac-Killer.

Nachdem ich Slidell eine Nachricht geschrieben hatte, stieg ich aus und schloss leise die Tür. Meine Schritte schrammten über staubige Erde, die ein Regenguss sicherlich in einen Schlammsee verwandeln würde. Über dem Surren des Generators hörte ich ein Windspiel, nicht das übliche, melodische Klimpern, sondern eher ein metallisches Scheppern, wie Motorteile, die nach Öl verlangten.

Als ich aufs Haus zuging, flog ein Rotschwanzbussard auf und kreiste tief am Himmel, gerahmt von einer Wolke, deren Bauch die Farbe einer Prellung hatte. Die Luftnummer trug nichts zur Beruhigung meiner Nerven bei.

Am Fuß der Treppe rief ich laut Hallo.

Keine Stimme. Keine Bewegung. Kein bellender Hund.

Fünf Stufen bis zur Veranda. Da ich keine Klingel sah, öffnete ich die Gittertür und klopfte.

Nichts.

Ich klopfte noch einmal.

Noch immer keine Reaktion.

Die Luft war so heiß, dass ich mir vorkam wie in einem Brennofen. Ich wischte mir den Schweiß vom Gesicht und trat ein paar Schritte zur Seite, vorbei an Klimaanlage und Fernseher. Die Augen mit beiden Händen beschattend, beugte ich mich vor und spähte durchs Gitter.

In der schmalen Lücke zwischen Vorhang und Fensterrahmen sah ich in einem Wandspiegel ein vielfarbiges Flackern. Der Spiegel war eingerahmt von einem Schweinebauch. Das dazugehörige Schwein lachte und tanzte.

Ein Fernseher lief. Irgendjemand war da drin bei Schweinchen.

Ich ging zur Hintertür und klopfte noch einmal, lauter diesmal.

»Wer zum Teufel sind Sie?«

Ich schnellte herum.

Auf halbem Weg zwischen Schuppen und Haus stand eine Frau, die Arme in die Seiten gestemmt. Ihre Haare waren kurz und angesichts des tiefen Brauns ihrer Haut um einige Grade heller gebleicht als erstrebenswert. Ihre Shorts waren schlabberig, ihr Judas-Priest-T-Shirt etwas enger als erstrebenswert. Aus einem aufgekrempelten Ärmel lugte eine Zigarettenpackung. Weiße Baumwollsocken lagen schlaff auf dem oberen Rand ihrer Stiefel.

»Tut mir leid, Sie zu stören. Ich bin auf der Suche nach Asia Barrow.«

Die Frau betrachtete mich argwöhnisch. »Was wollen Sie von ihr?«

»Ich würde ihr gerne ein paar Fragen stellen.«

»Worüber?« Ich schätzte die Frau auf Mitte vierzig, ihren Muskeltonus irgendwo im Rambo-Bereich.

»Einen Gast in Sparkling Waters.«

»Tja, dafür bräuchte man ganz schön Eier.« Die Frau starrte mich finster an.

»Sind Sie Asia Barrow?«

»Wer hat Ihnen diese Adresse gegeben?« Leichter Akzent, südlich gefärbt. Aus Georgia?

»Ms. Desai.«

»Diese blöde Kuh.« Entrüstetes Kopfschütteln.

»Sie behauptet, Sie zu kennen.«

»Sie ist meine gottverdammte Cousine.« Kurze Pause. »Geht's um diesen verlogenen Wichser, der behauptet, ich hätte ihm den Arm gebrochen?«

»Nein. Ich –«

»Ich sage überhaupt nichts dazu. Also, ich denke, Sie steigen besser wieder in Ihr Auto und verlassen mein Grundstück.«

»Ich würde mit Ihnen gerne über –«

»Vertreten Sie Sparkling Waters?«

»Ich bin keine Anwältin.«

»Wie Bullerei sehen Sie nicht aus.«

Meinen tatsächlichen Beruf würde ich ihr auf keinen Fall nennen und auch nicht sagen, dass ich für den ME arbeitete. Heavner könnte davon erfahren.

»Sie waren im Ashram angestellt?«, fragte ich.

»Bis die Schwanzlutscher mich gefeuert haben.«

»Darf ich fragen, warum?«

»Fragen können Sie, aber das heißt nicht, dass ich es Ihnen sage.« Barrow hängte die Daumen in zwei Gürtelschlaufen. Was ihren Bund so weit nach unten zog, dass durchtrainierte Bauchmuskeln zu sehen waren.

»Kennen Sie einen Mann namens Felix Wodjanow?«

Keine Antwort.

Ich zog das Phantombild aus meiner Schultertasche und hielt es in die Höhe. »Ist das Mr. Wodjanow?«

Nichts.

»Ich glaube, er war bei Dr. Yuriev in Behandlung.«

»Muss ich meine Schrotflinte holen?«

»Ihre Cousine meinte, Mr. Wodjanow wäre jemand gewesen, den Sie betreuten.«

»Ist das der Begriff, den sie verwendet hat?« Verächtliches Kopfschütteln.

»So ziemlich.«

»Meine Cousine hat nur Ziegenscheiße im Kopf.« Sie reckte das Kinn dem Bild entgegen. »Ist er in Schwierigkeiten?«

»Letzte Woche wurde in Cleveland County eine Leiche gefunden. Die Identifikation ist nicht bestätigt, aber wir glauben, dass der Verstorbene dieser Mann war.«

Ein kurzes Schweigen, gefolgt von einem langen Ausatmen. »Wie ist er gestorben?«

»Die Todesursache bleibt unsicher.« Ich hoffte sehr, dass sie nicht weiterfragte, wer ich denn eigentlich sei.

»Ich hab's mir gedacht, dass es mit diesem Kerl mal übel endet.«

»Warum sagen Sie das?«

»Wegen der Scheiße, auf die er stand.«

»Können Sie mir Genaueres sagen?«

»Glauben Sie wirklich, dass er tot ist?«

»Ist das Felix Wodjanow?« Ich hielt ihr noch einmal das Bild hin.

»Mein Kerl hat sich unter dem Namen F. Vance angemeldet. Aber ja, das ist er.«

»Das glaube ich, ja.«

Barrow ließ leicht die Schultern sinken. Dann richtete sie sich wieder auf und kam in meine Richtung. »Die Sonne röstet mir noch das Hirn.«

Ich trat zur Seite, ließ Barrow vorbeigehen. Sie öffnete beide Türen und hielt mir die Gittertür auf. Ich folgte ihr ins Haus.

Im Inneren war es so heiß und beengt, wie ich erwartet hatte. Aber die Luft roch sauber und leicht exotisch, nach Putzmittel und Gewürzen und Sandelholz.

»Limonade?«

»Das wäre nett«, sagte ich.

Zwei Türen gingen vom Hauptraum ab. Durch die rechte konnte ich in eine kleine Küche sehen. Durch die linke eine hohe, hölzerne Kommode und einen Teil eines Betts.

Der Boden war überall graues und blaues Linoleum. Vielleicht ausgesucht, damit er zu den Vorhängen passte. Wahrscheinlicher, weil er ein Sonderangebot im Baumarkt war.

Barrow deutete zu einer Polstergarnitur, die viel zu groß für den beengten Raum war, in dem sie stand.

Ich mied eine Steppdecke, die einen ziemlich wütend aussehenden Papagei zeigte, setzte mich aufs Sofa und schaute mich um. Die Vorhänge brauchten Aufmerksamkeit, ansonsten war alles makellos.

Meine Knie stießen an einen Überseekoffer, der als Couchtisch diente. Aus der Küche kamen die Geräusche eines auf- und wieder zugedrehten Wasserhahns, das Zischen einer Kühlschranktür, das Klimpern von Eis in einem Glas.

Hinter mir standen Bücherregale, die alles außer Bücher enthielten. Statuen von Pferden, Hunden, Elefanten. Drei oder vier Manifestationen von Ganesha. Zeitschriften. Gerahmte Fotos, die meisten von zwei kleinen Mädchen in verschiedenen Altersstufen. Eine Sammlung von Journalen oder Tagebüchern, nach Jahren beschriftet. Gegenüber der Couch und dem Koffer, zwischen denen ich klemmte, standen ein runder Metalltisch und zwei Rattanstühle. Auf dem Tisch wohnte eine Topfgeranie, die schon seit Jahren hinüber war. Ihre schwarzen, blattlosen Stängel ragten hoch wie dürre Klauen. Völlig irrational beschlich mich wieder ein ungutes Gefühl.

Barrow kam zurück, stellte zwei Gläser auf den Koffer und ging zu den Regalen. Sie zog eins der datierten Journale heraus, kam zurück und warf es auf den größeren der übergroßen Sessel.

»Vielen Dank«, sagte ich. »Ihr Zuhause ist sehr gemütlich.«

»Ist nur gemietet und beschissen. Bin nicht gern angehängt.«

Darauf hatte ich keine Antwort.

Wir tranken beide. Einige Augenblicke vergingen. Barrow strich mit dem Finger über die Kondensation auf ihrem Glas. Der Nagel war unlackiert, die Nagelhaut gerötet und eingerissen. Ich wartete ab, weil ich wollte, dass sie den Rhythmus vorgab.

»Felix Wodjanow, F. Vance, wie auch immer. Er war Kunde im Ashram.« Barrows Blick blieb auf der Limonade. »Kam mehr als einmal in den vier Jahren, die ich dort gearbeitet hab. War VIP, deshalb bekam er eine spezielle Behandlung.«

»Speziell?«

»Separate Unterkunft, Zimmerservice. Solche Sachen. Wenn Sie mich fragen, der kam für mehr als nur innere Reinigung und Yoga.«

»Soll heißen?«

Schulterzucken. »Keine Ahnung. Er war ein stiller Typ. Blieb für sich. Andererseits, Hitler mochte Hunde.«

»Das war ein merkwürdiger Kommentar«, sagte ich.

Ein längeres Schweigen entstand. Dann: »Ich glaube, Ihr Kerl war in irgendeine Scheiße verwickelt.«

»Fahren Sie fort.«

»Er war Russe. Hatte einen Akzent. Nur schwach, aber wenn man genau hinhörte, bekam man ihn mit.«

»Woher wissen Sie, dass er Russe war?«

»Dr. Yuriev ist halb Inder, halb Russe. Ich hab mal den Fehler gemacht, mich für die russische Seite zu interessieren, Sie wissen schon, damit er ein bisschen lockerer wurde. Er schwafelte ewig über Ruhm und Herrlichkeit von Rimski-Korsakow, Dostojewski und des Vaterlands. Hab's nie mehr gemacht. Wie auch immer, er und Ihr Kerl klangen ähnlich. Und ich glaube, Yuriev war der Grund, warum er in den Ashram kam.«

»Können Sie die Hitler-Bemerkung erklären?«

Barrow trank einen Schluck Limonade. Wischte sich mit dem Handrücken über den Mund und stellte das Glas ab. »Wenn Wodjanow in Sparkling Waters war, war hauptsächlich ich für ihn verantwortlich. Ich habe viel Zeit mit ihm verbracht, in Einzelgesprächen. Er wusste Dinge.«

»Dinge.«

»Ich führe eine Art Tagebuch. Schon seit der Highschool. Nichts Besonderes, nur irgendwelche Ideen, die mir in den Sinn kommen. Oder Ereignisse, an die ich mich später erinnern will.«

Schweigen, während Barrow in dem Tagebuch blätterte und den Eintrag fand, den sie suchte.

»Schon mal von einem Schiff namens *Estonia* gehört?«

»Eine Passagierfähre, die '94 in der Ostsee gesunken ist.« Die Katastrophe, die den Besitzer des Hyundai interessiert hatte. Des Notizbuchs.

»Genau die. Eine echte Schande. Fast neunhundert Menschen starben.« Barrow fuhr mit dem Finger die Seite entlang. »Wodjanow – wenn Sie sagen, dass das sein Name ist, nenne ich ihn so – wusste, dass dieses Schiff heftige Fracht an Bord hatte.« Ihr Finger stoppte. »Hier ist es. Neuartige sowjetische Raumfahrt- und Lasertechnologie. Was immer das auch ist. Wodjanow behauptete, das Schiff wurde versenkt, um zu verhindern, dass diese Fracht in den Westen gelangte.«

»Fahren Sie fort.« Meine Stimme war ruhig, der Puls nicht.

»Die ganze Geschichte erfuhr ich nie, aber es war klar, dass Wodjanow Zugang zu Geheiminformationen hatte.«

»Zum Beispiel?«

Barrows Blick senkte sich wieder auf das Tagebuch. Der Finger bewegte sich auf der Suche nach Informationen. »Er wusste, dass das Wrack fünf Tage nicht gefunden wurde, obwohl es vom Helikopter aus zu sehen war.« Der Finger suchte weiter. »Dass in der Ostsee während dieser ganzen Episode eine Art multinationaler Militärübung lief.« Weitersuchen. »Dass zwei U-Boote, ein schwedisches und ein sowjetisches, der *Estonia* folgten, als sie Tallinn mit Ziel Stockholm verließ. Fragen Sie mich nicht, wo diese Städte sind.« Der Finger wanderte zur nächsten Seite. »Dass nach dem Untergang dieses Schiffs die USA und Israel diese Laserscheiße und noch was anderes zu entwickeln begannen.« Der Finger wanderte weiter, dann stach er auf die Seite. »Infrarot-Strahlenwaffen.«

»Wodjanow hat darüber geredet?«

»Zwei, vielleicht drei Mal. Bevor Yuriev seine Medikation zusammengestellt hatte.«

»Sonst noch was?«

»Ich habe nicht alles aufgeschrieben. Aber warten Sie mal.« Lange Pause. »Er sagte noch, dass direkt nach dem Untergang von der Regierung angeheuerte Taucher stundenlang Kabinen aufbrachen, weil sie nach dem schwarzen Aktenköfferchen eines russischen Händlers von Raumfahrttechnologie suchten. Den Namen des Kerls habe ich mir nicht aufgeschrieben, aber Wodjanow hat ihn genannt. Er sagte, dass der Koffer schließlich in einer Kabine gefunden wurde, die einer der vermissten Kapitäne der Fähre benutzte. Und dass der Name des Händlers darauf stand.«

Es war, als hätte sich eine Sperre geöffnet und Barrow wäre endlich in der Lage, ihr Herz auszuschütten. Sie redete schubweise, während sie Wodjanows Äußerungen aus den Wörtern zog, die vor ihr auf der Seite standen.

»Jetzt kommt der Knaller. Haben Sie gewusst, dass die meisten der Opfer immer noch da unten sind? Anstatt zu versuchen, die Leichen zu bergen, engagierte die schwedische Regierung eine Seebergungsfirma, die darauf spezialisiert war, jetzt kommt's, nuklearen Abfall im Meer zu neutralisieren. Wodjanow kannte den Namen des Ladens. Ich habe ihn nicht aufgeschrieben. Er sagte, sie hätten dreihundertfünfzig Millionen Dollar ausgegeben, um das Schiff in Beton zu begraben. Bis heute darf in der Umgebung niemand tauchen.«

Barrows Blick hob sich, wanderte über meine Schulter. Ich fragte mich, ob sie sich ihren früheren Schützling vorstellte, vielleicht Leichen, die auf dem Meeresboden verfaulten.

Ich nahm an, dass sie fertig war: »Eins interessiert mich: Warum haben Sie Wodjanows Aussagen aufgeschrieben?«

»Ich war überzeugt, dass der Kerl eine Art russischer Agent war. Ich dachte mir, was soll's? Vielleicht kommt die Geschichte mir ja eines Tages gelegen.«

»Sie dachten, er ist ein Spion, weil –«

»Hören Sie mir nicht zu? Er hat vom Transfer geheimer sowjetischer Weltraumtechnologie in den Westen geredet.« Sie sprach langsam, betonte jedes Wort. »Über einen Anschlag, der genau das verhindern sollte.« Sie wurde lauter. »Über den Mord an neunhundert Menschen. Über eine Vertuschung, damit alle diese Menschen auf dem Meeresgrund blieben. Der Kerl wusste viel zu viel darüber. Und das ist noch nicht alles.«

Die Schweineuhr wählte genau diesen Augenblick, um zu grunzen. Wiederholte den Ton zwei Mal. Drei Uhr.

Ich wartete darauf, dass Barrow fortfuhr. Stattdessen lehnte sie sich zurück und fuhr sich mit der Hand durch die unvorteilhaften Haare: »Scheiße, ich weiß ja auch nicht.«

»Was ist da noch, das Sie nicht sagen?«, fragte ich behutsam.

»Das geht mich alles nichts an.« Jetzt mit deutlichem Unbehagen.

»Je mehr Informationen ich habe, desto besser sind die Chancen herauszufinden, was mit diesem Mann passiert ist.« Ich deutete auf das Computerbild.

Barrow senkte den Blick zu Wodjanows Gesicht.« Ein kurzes Zögern, dann: »Ich brauche eine Zigarette.«

Bevor ich reagieren konnte, stand sie auf, stellte das Tagebuch wieder ins Regal und marschierte zur Tür hinaus. Ich nahm das Bild und folgte ihr. Barrow hatte sich bereits eine angesteckt, als ich zu ihr auf die Veranda kam.

»Sie machen sich Sorgen, weil Sie glaubten, dass Wodjanow ein Spion war, Sie es aber nicht gemeldet haben?«

Barrow nahm einen tiefen Zug. Sie schnaubte, und Rauch drang ihr aus der Nase. »Komisch. Ich wollte Ihnen gerade sagen, dass ich Ihnen das alles erzähle, könnte mich meinen Job kosten. Wohl eher nicht.«

Tiefer Zug.

»Wodjanow durfte keinen Computer haben, kein Tablet oder Handy, nichts dergleichen. Ashram-Vorschrift. Ihr Technikkram bleibt draußen, wenn Sie einchecken. Eines Tages war ich in seinem Zimmer. Manchmal musste ich seinen Schlaf überwachen. Wusste nie, warum. Ich las gerade E-Mails auf meinem Laptop, als der Kerl aufwachte und mich um ein paar Minuten online bat. Scheiße, er war ruhig, klar, seine Medikamente oder seine Reinigung oder was auch immer wirkten.«

»Was nahm er?«

»Über meiner Gehaltsstufe. Dr. Yuriev kümmerte sich darum.«

»War das üblich?«

»Schätze schon, ja. Wie auch immer, das war, Sie wissen schon, bevor ich von dieser *Estonia*-Geschichte erfuhr. Er wirkte so traurig und einsam, und ich dachte mir, was soll's?«

»Verstehe.«

»Ein paar Tage später wollte ich meinen Browser löschen.«

Barrow zog Rauch in die Lunge, atmete aus. »Schon mal was vom Deep Net gehört?«

»Ja.«

»Wodjanow war drin gewesen. Ich muss gestehen, ich wurde neugierig und schaute mich ein bisschen um.« Barrow schnippte Asche weg. »Wie's aussah, stand der Kerl auf zwei Sachen.«

Ich hatte geheime Regierungseinrichtungen erwartet, vielleicht Atomreaktoren. Was sie sagte, schockierte mich.

»Verschwundene Kinder. Kinderpornografie.«

»Können Sie sich an spezielle Websites erinnern?«

Barrow schüttelte den Kopf. »Hätte am liebsten gekotzt dabei. Habe jeden Link gelöscht. Und den Browser geleert. Habe nichts in mein Tagebuch geschrieben.«

»Haben Sie ihn zur Rede gestellt?«

»Wozu? Eigentlich hätte er ja offline bleiben müssen, ich habe die Vorschriften verletzt und ihm Zugang gewährt. Ich habe die ganze Sache aus meiner Erinnerung gestrichen. Oder es wenigstens versucht. Mir geschworen, mich nie mehr von dem Arschloch über den Tisch ziehen zu lassen. War auch egal. Kurz danach war er schon wieder weg.«

»Das passierte bei seinem letzten Aufenthalt?«

»Nee, bei 'nem früheren.«

»Wann war er das letzte Mal in Sparkling Waters?«

Sie überlegte. »Ich habe ja immer noch ein paar Kontakte. Ich höre, er war Ende Mai, Anfang Juni zum letzten Mal da.«

»Wissen Sie, wo Wodjanow lebte?«

Barrow drückte ihre Zigarette am Stiefelabsatz aus. Nachdenklich hielt sie den Stummel in ihrer Hand. Dann riss sie ohne ein Wort die Tür auf und verschwand im Haus.

Zeit verging. Ich schwitzte. Ziemlich viel. Ich war mir sicher, dass Barrow mich einfach stehen gelassen hatte, als sie wieder auftauchte, die Tür mit einer Hand offen hielt und mir mit der anderen einen gelben Post-it-Zettel entgegenstreckte.

»Die haben Sie aber nicht von mir.«

»Danke.« Ein schneller Blick, dann steckte ich ihr Geschenk in meine Schultertasche.

»Wie ich's auch drehe und wende, ob Spionage, Schmuggel oder Kinderpornografie, es läuft darauf hinaus, dass dieser Kerl schlechtes Karma bedeutete. Mein Gewissen ist rein. Jetzt hab ich noch einiges zu tun.«

»Noch eine letzte Frage.«

Barrow blieb in der Tür.

»Wenn es nicht nur spirituelle Klausuren waren, was glauben Sie, warum Mr. Wodjanow Sparkling Waters besuchte?«

»Ich hab nie danach gefragt, warum die Leute ihr früheres Leben hinter sich lassen wollen. Trotzdem redeten einige darüber. Normalerweise Alkohol, Drogen, Stress in der Arbeit. Wodjanow erzählte mir, er leide an Taphephobie.«

Ich hob fragend die Augenbrauen.

»Der Kerl hatte Anfälle, in denen er eine Heidenangst davor hatte, lebendig begraben zu werden.«

12

Die Fahrt zurück zum Highway war ebenso deprimierend wie die Hinfahrt. Eher noch schlimmer. Die Wolken beschieden sich nicht mehr damit, kleine Allianzen zu bilden, sondern blähten sich auf und verdrängten die Sonne. Während ich über die Einfahrt und dann die schmale Straße holperte, fühlte ich mich umschlossen von Düsternis – grauer Wald, graue Straße, grauer Himmel durch graue Vegetation. Monet hätte die Landschaft vielleicht »Studie der Niedergeschlagenheit« genannt.

Der Stoßzeitverkehr ließ die nach Norden führenden Fahrspuren zu einem einzigen riesigen Stau verschmelzen. Zum Glück war ich in Richtung Charlotte unterwegs. Dennoch dauerte es eine Dreiviertelstunde, bis ich endlich vor dem Annex parkte.

Vom Auto zum Haus zu gehen fühlte sich an, als würde man durch ein Dampfbad marschieren. Ich schätzte den Barometerdruck auf eine Million.

Zuerst setzte ich mich an den Küchentisch, fischte den Post-it-Zettel aus meiner Tasche und schlug die Adresse nach. War ein bisschen überrascht.

Wenn Barrow recht hatte, dann hatte Wodjanow in einem Stadtteil gelebt, an dem ich auf dem Weg zur UNCC vorbeikam. Eine größtenteils von Latinos bewohnte Gegend mit einer robusten Bandenpräsenz. M-13, Sur-13, Ableger von beiden. Streit zwischen rivalisierenden Gangs schickte oft Menschen auf der Bahre durch die Tür des MCME.

Ich rief Slidell an. Landete auf seiner Voicemail und hinterließ eine Nachricht. Rufen Sie mich zurück.

Die Minuten schleppten sich vorüber. Eine halbe Stunde.

Ich fütterte Birdie und tigerte dann auf und ab. Unentschlossen. Obwohl ich die richtige Entscheidung kannte.

Ich nahm Dinge zur Hand. Legte sie wieder weg. Kehrte zum Tisch zurück. Zog ein Gänseblümchen aus einer Vase, zupfte Blütenblätter als Entscheidungshilfe ab, steckte den Stängel wieder zurück. Strich mit der Hand über ein Platzdeckchen. Spürte eine raue Stelle und säuberte sie mit spuckefeuchtem Daumen. Tigerte noch ein bisschen herum.

Mein Magen knurrte. Ich aß einen Becher Joghurt. Einen Pfirsich.

Es war still im Annex, bis auf das Klimpern von Birds Marken an der Schüssel. Das Ticken der Kaminuhr.

Da ich nicht stillstehen konnte, ging ich zum Fenster und schaute auf die Terrasse hinaus. Die Welt draußen war in ein unheimliches pflaumenfarbenes Licht getaucht. Die aufgeblähten und fleckigen Wolken bereiteten sich auf einen ernsthaften Bruch vor.

Erregt rief ich noch einmal Slidell an. Mit demselben Ergebnis.

Ignorierte er mich?

Dann ein spontaner Entschluss.

Trotz Regen würde es noch drei Stunden lang hell sein. Ich kannte mich ein wenig in Wodjanows Nachbarschaft aus. War hin und wieder auf einen Burrito oder eine Enchilada dort.

Ich hinterließ Skinny noch eine Nachricht. Zu der gehörte auch die Adresse.

Kurz aufs Klo, dann schnappte ich mir meine Tasche und machte mich davon.

Ich ignorierte die navigatorischen Ratschläge aus meinem Handy, fuhr bis zur Kreuzung Central Avenue und Eastway Drive und bog dann nach links ab. Düster wegen des bevorstehenden Sturms, doch noch zu früh für die auf Sommerzeit eingestellten Straßenlaternen, wirkte die Gegend unnatürlich dämmrig und schattig. Ich kam an einem Laden vorbei, in dem man Schecks einlösen konnte, einem Autoersatzteillager, Ladenzeilen mit Bodegas, Taquerias, Tattoo-Studios, Waffengeschäften und anderen kleinen Läden, alle mit vergitterten Fenstern und Türen. Die meisten waren mit Vorhängeschlössern verriegelt und dunkel. Nur hin und wieder leuchtete ein Fastfood-Laden noch in Neonfarben.

Da ich mit dem Gewirr der Straßen, die von der Hauptstraße abgingen, nicht vertraut war, folgte ich den robotischen Anweisungen der Navi-Dame. Ein paar Mal rechts, einmal links. Die Gegend wurde weniger zum Geschäfts- und mehr zum Wohnviertel. Ich kam an vielen Graffiti vorbei, die meisten in Spanisch. An einer bröckelnden Hauswand das Wort *Malditos* in Limonengrün.

Noch einmal rechts, dann schlich ich durch eine schmale Straße, die dicht an dicht mit schmucklosen Kästen aus den Dreißigern und Vierzigern vollgestopft war. Die dreckigen Ventilatorenkästen von Klimaanlagen ragten aus den Fenstern, und rostige Feuertreppen schlichen sich am Backstein hoch.

Die Navi-Stimme sagte mir, dass mein Ziel auf der rechten Seite lag. Ich fuhr zwischen zwei mindestens zwanzig Jahre alten Pick-ups an den Bordstein und suchte nach der Adresse auf Barrows Post-it-Zettel.

Die Ziffern 2307 hingen über dem Vordereingang des letzten Kastens in der Reihe. Er war kleiner als seine Brüder und beherbergte im Erdgeschoss etwas, das aussah wie ein Comic-Laden. Anzeigen priesen Drachen und Superhelden an. Metallgitter versperrten das einzige Fenster und die Tür des Ladens. Die Dunkelheit dahinter sagte mir, dass er für heute geschlossen war. Vielleicht für immer.

Das Haus Nummer 2307 stand an einer Ecke und hatte eine kleine, unbeleuchtete Straße zu seiner Linken. Ein schmaler Gehweg trennte es von seinem rechten Nachbarn. Ein grasgesäumter Bürgersteig trennte es von dem Bordstein, an dem ich stand.

Da ich annahm, dass die Mietwohnungen sich in den beiden oberen Stockwerken befanden, suchte ich die Fenster dort nach Lebenszeichen ab. Nur zwei waren beleuchtet. Beide waren mit gelben Rollos bedeckt. Hinter den Rollos zeichneten sich die kleinen Silhouetten der Fensterbretter, einer Pflanze, einer Vogelfigur und von Flaschen mit Shampoos oder Lotionen ab.

Ich stieg aus und schloss den Mazda ab. Aus der Ferne drang das Surren der Autos auf der Central Avenue. In der Nähe rhythmisches Quietschen. Ich suchte den Bürgersteig in beiden Richtungen ab.

Er war verlassen bis auf eine einzelne Frau, die einen Handkarren mit einem kaputten Rad zog. Sie blieb stehen, um mich anzustarren, das Gesicht in der Düsternis vor dem Sturm unergründbar. Ich eilte zu 2307.

Ich stand vor einer graffitiübersäten, braunen Metalltür rechts des Ladeneingangs. Sechs Klingelschilder, drei mit Namen. 1 Ramos, 5 Garcia, 6 Vance. Barrows Aussage entsprechend vermutete ich, dass Vance Wodjanow war. Wenn Wodjanow wirklich ein Mieter gewesen war.

Ich stand da und überlegte mir, was ich tun konnte. Willkürlich auf Knöpfe drücken? Slidell anrufen? Heimfahren und Feierabend machen? Ich war müde und hungrig. Und jeden Augenblick würde der Himmel seine Schleusen öffnen.

Ich zog eben mein Handy heraus, um Slidell anzurufen, als die Tür aufging und ein Mann herausrannte. Er war klein und drahtig und dunkel. Überraschte Augen musterten mich, dann stieß der Mann die Tür weit auf und eilte weiter. Seine genagelten Absätze klapperten über den Bürgersteig. Ich murmelte seinem Rücken ein Danke zu und schlüpfte hinein.

Die Luft fühlte sich feucht und klebrig auf meiner erhitzten Haut an. Ich roch Zwiebeln und Fett. Ich schaute mich um.

Das Haus war wie jeder schäbige Wohnblock. Schmuddelige, grüne Fliesen auf dem Boden. Rissige und abblätternde Farbe an den Wänden. Leere Dosen und ungewollte Werbezettel in den Ecken.

Ich zögerte ein paar wilde Herzschläge lang und ging dann zur Treppe. Sie war schmal und schlecht beleuchtet, da fast allen Lampen ein oder zwei Birnen fehlten.

Auf dem Absatz zum ersten Stock hörte ich hinter einer der drei grauen Metalltüren einen Fernseher. Der Tonfall eingespielten Gelächters deutete auf eine Sitcom hin. Ich nahm an, dass Mieter Ramos eine Serie schaute.

Ich ging weiter, und mein Schatten kroch über die Wand neben mir wie eine verschwommene, schwarze Schnecke. Je höher ich kam, desto drückender wurde die Hitze.

Im obersten Stock blieb ich wieder stehen. Dieselbe Anordnung wie unten. Ich atmete tief durch und schlich dann den Gang entlang. Vor Nummer 6 blieb ich stehen und horchte, ob von drinnen etwas zu hören war. Hörte nur das Pochen meines eigenen Herzens.

Und jetzt? Wodjanow war in der Leichenhalle, nicht hier.

Ich hatte keinen Schlüssel. Es beim Nachbarn versuchen, bei Garcia in Nummer 5? Bei Ramos? Vielleicht war einer der beiden der Hausmeister.

Ich gestand mir eben ein, was für eine spektakulär dumme Idee dieser ganze Ausflug gewesen war, als ein donnernder Knall Adrenalin durch jede meiner Körperzellen jagte. Mein Blick schnellte nach links, nach rechts. Nichts.

Ich wollte mich eben zum Gehen wenden, als eine Stimme mich erstarren ließ.

»Bleiben Sie, wo Sie sind.«

Eine Frau kauerte auf dem Treppenabsatz, den rechten Fuß auf meiner Höhe, den linken auf der Stufe darunter. Kurz und drahtig und in etwas Florales gehüllt, das aussah wie ein Zelt, keuchte sie und stützte sich aufs Geländer. An ihrem entblößten Handgelenk hingen genug Armreife für die Auslage eines Schmuckgeschäfts.

»Was tun Sie hier?«

»Tut mir leid, wenn –«

»Qué chingados?!« Was soll die Scheiße? Die Stimme belegt, mit einem Hauch von Verärgerung.

Aus der Nähe konnte ich sehen, dass das Make-up der Frau billig, zu dick aufgetragen und chancenlos gegen den Schweiß war. Ihre Haut glänzte mahagonifarben, ihr Haar polychromatisch, eine Mischung aus Farbtönen, die Aprikosen, Kirschen und Merlot bevorzugen. »Sind Sie Mrs. Ramos?«

»Und wenn?«

»Sind Sie die Hausmeisterin?«

Die Frau schniefte beleidigt. »Die Besitzerin.«

Ich zog das Computerbild von Felix Wodjanow aus der Tasche und hielt es in die Höhe. »Ist dieser Mann Ihr Mieter?«

Die Mascara-Augen verengten sich, verschwanden über zu rötlichen Wangen fast völlig. »Sind Sie von der Einwanderungsbehörde?«

»Nein.«

»Den Bullen? Egal. Ich kann die einen wie die anderen nicht leiden.« Ihre Sprechweise hatte einen merkwürdigen Tonfall, den ich nicht einordnen konnte. Es klang wie eine Mischung aus jamaikanischem Patois, Gangsta-Rap und spanischem Slang.

»Ich arbeite für den Medical Examiner.«

Leerer Blick.

»Den Coroner.«

Die Augen tauchten jetzt größer wieder auf. »Der Kerl ist tot?«

»Möglicherweise.«

»Maldito.«

»Wann haben Sie ihn zum letzten Mal gesehen?«

»Kann ich nicht sagen. Seine Miete kam regelmäßig in einem Umschlag unter meiner Tür. Verlässlich war der Kerl, das muss ich ihm lassen.«

»Was können Sie mir sonst noch über ihn sagen?«

»Was gibt's da zu sagen? Wenn die Mieter bezahlen, frage ich nicht lange, was sie treiben, wenn Sie wissen, was ich meine.«

»Hatte er ein Fahrzeug?«

»Hab nie eins gesehen.«

»Wie lange war er hier?«

Sie überlegte eine Weile. Oder tat nur so. »Vielleicht zwei Jahre.«

»Wie hat er diese Wohnung gefunden?«

»Das weiß ich nicht, und ich habe auch nicht gefragt. Wir sind registriert, wie jeder andere auch.«

Ich versuchte einen anderen Ansatz. »Erkundigen Sie sich über Bewerber? Verlangen Sie von Interessenten, dass sie Formulare ausfüllen?«

»Ich vermiete hier Wohnungen und manage nicht den Trump Tower.«

»Sie haben gesagt, dieser Mann wohnte zwei Jahre in diesem Gebäude.« Ich deutete auf das Bild. »Haben Sie –«

»Bin mir gar nicht sicher, ob er es tat.«

»Wie meinen Sie das?« Ich versuchte, mir meine Frustration nicht anmerken zu lassen.

»Ich habe den Mann kaum gesehen. Weiß nicht, ob er wirklich hier geschlafen hat. Ich mein ja nur.«

»In diesen ganzen zwei Jahren haben Sie beide nie miteinander gesprochen?«

»Ein paar Mal vielleicht.« Im süßlichen Licht der Treppenhausbeleuchtung wurde das Clownsgesicht jetzt argwöhnisch.

»Ich würde die Wohnung gern sehen.«

»Ni de coña.« Auf gar keinen Fall. Dass ich mich im Straßenspanisch ein bisschen auskannte, kam mir jetzt gelegen.

»Wie viel, damit Sie mich reinlassen?«, fragte ich mit gedämpfter Stimme, obwohl wir alleine waren.

»Die Verletzung von Mieterrechten könnte mich in die Klemme bringen.« Die Hand der Frau ging in die Höhe, die Innenseite nach oben, mit klimpernden Armreifen. Ich holte fünf Zehner aus meiner Brieftasche und legte sie darauf. Die Hand blieb, wo sie war. Ich legte noch zwei mehr drauf.

Die Frau holte einen Schlüsselbund aus den Tiefen der blumigen Falten und suchte einen Schlüssel aus. Nachdem sie ihre Wahl ins Schloss gesteckt hatte, drehte sie den Knauf und schob die Tür auf.

»Kann ja kaum schaden, wenn der Kerl tot ist. Bedienen Sie sich. Dann muss ich weniger ausräumen.« Nach diesen Worten schlurfte sie klimpernd die Treppe hinunter.

Mit einem Arm drückte ich die Tür auf, so weit es ging. Die herausströmende Luft roch nach Moder und altem Holz. Und noch etwas. Etwas, das einen Tumult der Bilder auslöste. Larabees lebloses Gesicht in der Nacht, als er angeschossen wurde. Schläuche. Piepsende Geräte.

Nachdem ich Gummihandschuhe angezogen hatte, beugte ich mich in die Wohnung und tastete mit der Hand die Wand ab. Spürte einen Lichtschalter und legte ihn um.

Eine Deckenlampe tauchte den Raum in ein gelbstichiges Ocker. Als ich den Kopf hob, sah ich eine dieser bernsteinfarbenen, zapfenförmigen Schirme. Ein großer Fleck umringte die angeschlagene Keramikfassung, die Farbe ähnelte getrocknetem Blut auf beunruhigende Weise.

Mein Blick machte die Runde.

Gegenüber der Tür war ein einzelnes Fenster mit einem zerrissenen und ausgebleichten, ganz heruntergezogenen Rollo. Unter dem Fenster waren auf einem metallenen Klapptisch eine Kochplatte, ein Kessel, eine kleine Bratpfanne, ein Dosenöffner, ein Geschirrset aus Teller, Tasse und Becher, alle in Rot, und ein Trio transparenter Plastikutensilien. Keine Ramen-Nudeln, keine Dosen mit Eintöpfen, keine Schachteln mit Käsemakkaroni. Nirgendwo etwas Essbares, nicht ein Brotkrumen.

Eine ramponierte Kommode mit nur drei Beinen lehnte schief an der rechten Wand. Ein Doppelbett stand an der linken, ein Kissen und eine grobe Wolldecke zusammengelegt am Fußende. Ein schäbiger orangener Teppich bedeckte den Boden zwischen den beiden Möbeln.

Überzeugt, dass niemand zu Hause war, betrat ich das Apartment.

Die Hitze war noch grausamer als im Treppenhaus. Ich schwor mir, schnell zu machen und gleich wieder draußen zu sein.

Zu beiden Seiten der Kommode waren zwei Türen, die sich in ein winziges Bad und einen, wie ich vermutete, begehbaren Schrank öffneten. Kein Fernseher. Kein Telefon.

Ich schaute ins Bad. Toilette ohne Deckel, Dusche mit transparentem Plastikvorhang. Kein Pflegeprodukt, kein persönlicher Gegenstand.

Ich kehrte ins Zimmer zurück. Strich mit der Hand über die Deckplatte der Kommode. Der Handschuh blieb frei von Fett und Staub. Ich schaute in die Schubladen. Alle leer. Keine Flusen, keine Fasern, keine Haare.

Die Zeltfrau hatte vielleicht recht. Das schäbige Apartment enthielt nichts, was auf eine Bewohnung hindeutete.

Einen Augenblick stand ich da und schaute mich um. Seit dem Betreten hatte mich das Gefühl nicht losgelassen, dass etwas nicht stimmte. Was? Wie ein Name, an den man sich nicht erinnern kann, lauerte der beunruhigende Eindruck unerreichbar unter der Oberfläche.

Ich ging von der Kommode zur zweiten Tür. Der Wandschrank hatte etwa einen halben Quadratmeter. Auf Drahtbügeln hingen zwei Kleidungsstücke: ein langärmeliges Hemd und eine beige Chino-Hose.

Ich strich mit der Hand über die Ablage, dann die Stange. Wieder blieb der Handschuh sauber.

Ein dritter Artikel hing an einem Haken in einer Ecke des Schranks. Ich streckte mich und nahm ihn vom Haken.

Andere Bilder explodierten vor meinem geistigen Auge. Eine dunkle Silhouette in den Schatten von Sharon Hall. Ein Gesicht, das mich aus einem fahlen Lichtkegel heraus anstarrte.

Die Erkenntnis beschleunigte meinen Herzschlag.

Das Kleidungsstück in meiner Hand war ein ausgewaschener grauer Trenchcoat. Identisch mit dem, den der Mann in der Nacht meines Migränetraums getragen hatte. Der Gesichtslose. Felix Wodjanow.

Trenchcoat war real.

Das Ding konfiszieren? Verdammt, ja. Die Besitzerin hatte mir erlaubt mitzunehmen, was ich wollte.

Ein Donnergrollen trieb mich zur Eile. Eine schnelle, letzte Durchsuchung, dann *adiós.*

Ich schaute hinter das Rollo, unter den Metalltisch, hinter die Kommode. Alle Oberflächen und Gegenstände waren makellos sauber.

War dies das Detail, an dem sich mein Unterbewusstsein festgebissen hatte? Ein schäbiges, leeres Apartment, doch jeder Zentimeter blitzeblank?

Ich ging auf die Knie, um unter das Bett zu schauen. So dicht am Boden war der Geruch stärker. Ich drehte mich um und roch an dem orangenen Teppich. Er stank.

Plötzliche Erkenntnis. Ich roch klinisches Desinfektionsmittel, wie ich es in der Nacht von Larabees Tod stundenlang in der Intensivstation eingeatmet hatte. Eines, das stark genug war, um Materialien zu zerstören, die DNS enthielten.

Zweite schockierende Erkenntnis.

Das Apartment und sein gesamter Inhalt waren gesäubert worden, damit keine Fingerabdrücke und auch sonst nichts mehr nachweisbar war, was seinen Bewohner identifizieren konnte. Wodjanow hatte alle Spuren von sich selbst zerstören wollen. Und er war raffiniert genug, um zu wissen, wie man das machte.

Aber warum?

Ich schoss eben Fotos, als das Klimpern von falschem Silber mich hochschrecken ließ. Ich drehte mich um und bemerkte Blumenmuster in der Lücke zwischen Tür und Stock. In einer Bewegung war ich auf den Füßen und draußen im Gang.

»Sie spionieren mir nach.«

»Regen Sie sich doch nicht gleich so auf«, blaffte Zeltfrau zurück.

»Erzählen Sie mir von dem Benutzer der Wohnung.«

»Habe nichts zu sagen.« Zeltfrau wurde fast von Donner übertönt, der noch lauter war als der erste.

»Vielleicht sollte ich ja doch ein Wörtchen mit der Einwanderungsbehörde reden.« Das war gemein, aber mein Geduldsfaden sehr dünn geworden.

Die Frau öffnete den Mund, aber es kam kein Ton heraus.

»Zwei Jahre«, sagte ich. »Sie müssen doch irgendetwas über ihn erfahren haben. Seinen Namen? Seine Heimatstadt? Seinen Beruf?«

Zwei Arme hoben sich kapitulierend und verrieten, dass das Zelt tatsächlich Ärmel hatte.

»*Dios mío!* Ich habe den Kerl doch kaum gesehen.«

»Hören Sie, Mrs. Ramos. Mrs. stimmt doch, oder? Ich versuche, Ihnen keinen Ärger zu machen. Eigentlich ist es mir ziemlich egal, wer in diesem Gebäude wohnt.«

»*Qué chingados.*« Anscheinend mochte sie den Ausdruck.

»Ernsthaft«, sagte ich.

Die Arme senkten sich, die Schultern ebenso. Dann missmutig: »Es heißt Ms., nicht Mrs. Señor Estupido hat vor acht Jahren den Löffel abgegeben. Ich habe sein Haus und den Namen behalten.«

Weil ich nicht so recht wusste, ob Beileids- oder Glückwünsche angebracht waren, sagte ich nichts.

»Wir stellen uns hier nicht groß vor, wenn Sie wissen, was ich meine. Leute kommen, Leute gehen, alle bleiben für sich. Ich habe mit Ihrem Kerl ein paar Mal gesprochen. Hörte ihn hin und wieder durch die Tür.«

Was hieß, sie hatte gelauscht. Wie bei mir. »Hat er telefoniert?«

»Woher soll ich das wissen? Könnte auch jemanden bei sich gehabt haben. Ich bin keine Anstandsdame, wenn Sie wissen, was ich meine. Was ich sagen kann, ist, dass er in einer fremden Sprache gesprochen hat.«

»Was für eine Sprache?«

»Nicht Englisch und auch kein Spanisch.«

»Können Sie sich an irgendwas erinnern, das er gesagt hat?«

Verständnisloser Blick.

»Wenn er Englisch sprach.«

»Meistens jammerte er darüber, dass er Sicherheit bräuchte. Als wäre das hier Guántanamo oder so was in der Richtung.« Ein dürrer Finger kam hoch. »Aber warten Sie. Eins hat sich mir eingeprägt. Er sagte einmal, dass sein Leben bald vorüber sei.«

»Wann war das?«

»Vor sechs, vielleicht sieben Monaten.« Sie breitete die Finger aus, die Innenflächen zu mir. »Mehr weiß ich nicht. Ich habe nicht nachgefragt.«

»Haben Sie ihn je mit jemand anderem gesehen?«

Ramos schüttelte den Kopf. »Wundert mich nicht. Der Kerl hatte eine Heidenangst.«

»Warum?«

Sie kniff verächtlich die Augen zusammen. »Er hat geglaubt, die Regierung sei hinter ihm her.«

»Die US-Regierung?«

»Hätte auch die bosnische sein können, soweit ich weiß.«

»Hat er das tatsächlich gesagt?«

»Ja. In seinem Gejammer über Privatsphäre. Ich habe meistens gar nicht zugehört.«

»Er schien wirklich Angst zu haben?«

»Eine Heidenangst. Hören Sie, ich muss ein Fenster zumachen, bevor dieser Sturm losbricht. Sonst bin ich die ganze Nacht am Wischen.«

»Vielen Dank, Mrs. Ramos. Sie haben mir sehr geholfen.«

»Und jetzt? Kann ich das Zimmer wieder vermieten?«

»Ich würde noch ein bisschen warten.«

»Scheiße.«

»Ich verstehe, dass Ihnen das lästig ist. Ich bin mir sicher, die Warteliste ist länger als mein Arm.«

Ramos zeigte mir den Stinkefinger. Er kam ganz offensichtlich von Herzen.

Der Sturm brach los, als ich zu meinem Auto rannte. Der Platzregen hielt alles, was die Wolken versprochen hatten.

Tropfnass entriegelte ich die Tür und warf mich hinters Steuer. Während ich mir Regen aus Gesicht und Haaren wischte, schaute ich durchs Beifahrerfenster zur Nummer 2307.

Über einem Marvel-Poster mit Doctor Strange sah ich Ramos' Silhouette in einem Fenster im ersten Stock. Sie redete am Handy. Während ich noch zusah, wanderte ihr Blick in meine Richtung. Sie starrte mich an. Und redete weiter.

Paranoia?

Oder redete sie über mich?

13

Freitag, 6. Juli–Samstag, 7. Juli

Der Platzregen war so heftig, dass ich an der Kreuzung mit dem Eastway Drive auf den Parkplatz von Wendy's fuhr. Ich dachte, ich würde den Regenguss aussitzen und mir einen doppelten Big Dave holen, bevor ich zurück zum Annex fuhr. Andere hatten hier auch zwischengeparkt. In ihren Fahrzeugen sahen sie durch die Regenwand und die beschlagenen Fenster aus wie zottelige Gespenster.

Während Tropfen auf Dach und Motorhaube prasselten wie Hufe bei einer Stampede, schaltete ich die Innenbeleuchtung an und beugte mich, noch immer verwirrt, über den kleinen Haufen Kleidungsstücke, den ich neben mich geworfen hatte. Wodjanow hatte alles Persönliche mitgenommen. Warum hatte er diese Stücke im Wandschrank gelassen? Hatte er vorgehabt zurückzukehren? Hatte er sie bei seinem überstürzten Aufbruch vergessen? Oder beschlossen, dass er sie nicht mehr brauchte?

Zu Hause würde ich die Sachen gründlich durchsuchen, doch um mir jetzt die Zeit zu vertreiben, fischte ich Gummihandschuhe und eine kompakte LED-Taschenlampe aus meiner Schultertasche. Zuerst durchsuchte ich die Taschen der Hemden und der Hose, weil ich an Hawkins' Fund bei der Autopsie dachte. Fand nichts. Mir fiel auf, dass alle Etiketten entfernt waren.

Als Nächstes breitete ich den Trenchcoat in voller Länge über den Beifahrersitz und meinen Schoß aus. Bei meinem Sprint von der 2307 hatte ich ihn als provisorischen Regenschirm benutzt, und jetzt fühlte er sich schwer und feucht an.

Der Stoff war Gabardine, der Schnitt von der Art, wie er

im Zweiten Weltkrieg vom britischen Militär verwendet worden war – ein Zweireiher mit breitem Kragen, Epauletten, Raglan-Ärmeln, Regenklappe und einem abgesteppten Gürtel mit D-Laschen. Die Machart wirkte vertraut, aber irgendwie ausländisch. Wieder suchte ich nach Etiketten. Sie waren alle verschwunden.

Ich strich mit der Hand über den Mantel. Spürte keine Klumpen oder Erhebungen. Ein schnelles Durchzählen erbrachte fünf Taschen, zwei auf beiden Seiten in Hüfthohe, eine innen, eine außen. Eine innen auf Brusthöhe.

Ein Blitz, dann wurde es wieder dunkel. Ich riss den Kopf hoch.

Die Welt vor der Windschutzscheibe war verschluckt von einer grün-grauen Undurchdringlichkeit, so dicht wie das Meer. Jenseits des glänzenden Asphalts ein schimmerndes Rechteck, von dem ich wusste, dass es das Restaurant war. Eine Nanosekunde, dann dröhnte der Donner.

Mithilfe des leistungsstarken Strahls der kleinen Taschenlampe durchsuchte ich die Brusttasche des Mantels. Da ich nichts sah, steckte ich die Hand hinein. Spürte nichts.

Ich machte mich an die rechten Hüfttaschen, die innere und die äußere. In der äußeren fanden sich nur Flusen und kleine Partikel, die Kiesel oder grober Sand hätten sein können. Die innere war völlig leer.

Weiter mit den linken beiden. Ich fand nichts in der Außentasche und untersuchte ihr Gegenstück, als das helle, kleine Oval tief drinnen einen merkwürdigen Schatten warf. Als ich genauer hinschaute, entdeckte ich auf dem Grund der Tasche eine Unregelmäßigkeit, einen etwa fünf Zentimeter langen Riss. In der Dunkelheit dahinter leuchtete im Lichtstrahl etwas Helles auf.

Während ich noch in die Tasche starrte, ließ die Stampede auf dem Dach etwas nach. Ich schaute hinaus. Die Welt tauchte wieder auf. Den Burger holen und nach Hause fahren? Den Mantel Slidell für eine offizielle, polizeiliche Untersuchung übergeben?

Auf keinen Fall. Die Blitzorgie war nichts gegen das Adrenalin, das in meinen Nerven zuckte. Ich musste wissen, ob etwas durch diesen aufgerissenen Saum gerutscht war.

Kaum atmend schob ich einen Finger hinein und bewegte ihn behutsam hin und her. Nach einer Weile war das Loch so groß, dass ich hindurchleuchten konnte.

Drei Gegenstände leuchteten weiß im groben Gewebe des Futters auf. Mit Daumen und Zeigefinger zog ich sie heraus und legte sie auf den feuchten Gabardine.

Papierfetzen, einer zerknüllt, zwei gefaltet.

Ganz behutsam öffnete und betrachtete ich alle drei.

Um 23:55 Uhr rief Slidell endlich an. Bevor er seine Tirade vom Stapel lassen konnte, berichtete ich ihm, was ich auf einem der gefalteten Zettel gefunden hatte. Und bei meiner anschließenden Internetsuche. Er hörte mir zu, und allmählich wich seine Wut der Neugier.

»Sind Sie sicher, dass das BRES heißt?«

»Ja. Und ich habe online Informationen darüber gefunden. Brown and Root Energy Services. Da war nicht viel, aber eine Site berichtete, dass nach dem Untergang der *Estonia* die offiziellen Taucher, die für die Arbeit an der Fähre engagiert worden waren, Angestellte von Rockwater waren. Rockwater ist eine Tochter von BRES. Die Taucher mussten Verträge unterschreiben, in denen sie sich zu lebenslanger Geheimhaltung ihrer Tätigkeiten am Wrack verpflichteten.«

»Das heißt nicht –«

»Mehreren Sites zufolge war Rockwater nicht der günstigste Anbieter für den Job.«

»Soll heißen, da wurde betrogen.«

»Wenn es stimmt. Und wenn ja, wer weiß, was das bedeutet? Wenn überhaupt was.«

»Aber das hat Ihren Typen Wodjanow interessiert.« Eine Pause, in der Slidell über die Auswirkungen nachdachte. »Und was ist seine andere fixe Idee?«

»Unter dem Akronym BRES stand MKUltra.«

»Klingt wie so ein weibisches Entgiftungsgesöff.«

»Die Abkürzung eines Codenamens für ein Bewusstseinskontrollprogramm der CIA.« Ich wusste das aus meiner langjährigen Arbeit in Montreal. Das schmutzige Geheimnis der McGill University und des Royal Victoria Hospital tauchte noch immer gelegentlich in Unterhaltungen auf.

»Jetzt machen Sie mal halblang.«

»Bei dem Projekt MKUltra wurden Experimente mit menschlichen Probanden angestellt, um effektivere Verhör- und Foltertechniken zu entwickeln.«

»Wir reden von Freiwilligen, oder?«

»Unwissende amerikanische und kanadische Bürger.«

»Reden Sie weiter.« Alle Leichtigkeit war aus Slidells Stimme verschwunden.

»Die CIA versuchte, den Geisteszustand der Probanden zu manipulieren, indem sie ihnen heimlich Drogen und andere Chemikalien, vor allem LSD, verabreichte. Außerdem wurden Hypnose, sensorische Deprivation, Isolation, verbaler und sexueller Missbrauch und verschiedene Formen von Folter benutzt. Kennen Sie die Fernsehserie *Stranger Things?«*

»Nein. Warum?«

»Egal.«

»Das ist alles ewig lang her, nicht?«

»Das Programm begann in den frühen Fünfzigern, wurde 1973 offiziell gestoppt.«

»Sie nehmen mich auf den Arm.«

Ich fasste zusammen, was ich erfahren und mir von diversen Sites notiert hatte.

»MKUltra wurde von der Scientific Intelligence Division der CIA organisiert und mit der Special Operations Division des U.S. Army Chemical Corps koordiniert. Das Programm bestand aus einhundertneunundvierzig Subprojekten, die die CIA an Universitäten, Forschungsstiftungen, Krankenhäuser, Gefängnisse, Chemiefirmen und dergleichen vergab.«

Ich kämpfte kurz mit meiner eigenen Handschrift.

»Die Forschung wurde in achtzig verschiedenen Institutionen betrieben, darunter vierundvierzig Colleges und Universitäten. Einhundertfünfundachtzig private Forscher nahmen ebenfalls teil.« Ich suchte mir nur das Wichtigste heraus. »Das Programm lief über Tarnorganisationen, auch wenn die Chefetagen einiger Institute über die Beteiligung der CIA Bescheid wussten.«

»Moment. Mal langsam. Wollen Sie damit sagen, die Regierung arbeitete an Bewusstseinskontrolle?«

»Ich sage gar nichts. Laut Oberstem Gerichtshof hatte das Programm die Aufgabe, ich zitiere, ›die Erforschung und Entwicklung von chemischen, biologischen und radiologischen Materialien, die in Geheimoperationen zur Kontrolle menschlichen Verhaltens anwendbar sind‹. Zitat Ende.«

»Das ist krank.«

»Ganz zu schweigen von illegal. Weshalb das Programm schließlich auch stillgelegt wurde.«

»Aber warum stocherte Wodjanow da drin rum?«

Da ich darauf keine Antwort hatte, berichtete ich Slidell von meinem Besuch bei Asia Barrow.

»Barrow denkt, Ihr Opfer war ein Spion?« Nicht die Strafpredigt, die ich erwartet hatte, weil ich allein nach Mooresville gefahren war.

»Ja.«

Motiviert von Slidells untypischer Gelassenheit, beschrieb ich meinen Besuch in Wodjanows Wohnung und meine Unterhaltung mit Ramos. Von dem Mantel mit der Beute im Futter hatte ich schon erzählt.

»Diese Vermieterin erzählt also, Ihr Opfer hätte jemandem

gesagt, dass er bald tot sein werde. Und dass er eine Heidenangst davor hatte, dass die Regierung versuchte, ihn umzubringen?«

»Ja.«

Stille, während wir beide darüber nachdachten.

»Was steht auf den anderen Fetzen?« Slidell sprach als Erster wieder.

»Der eine ist ein zerknüllter Zettel, sehr dünn und ziemlich verknittert. Es sind schwarze Spuren drauf, aber wenn das Tinte ist, ist sie zu ausgebleicht und verwischt, um irgendetwas zu erkennen.«

»Ein Job für Mittie Peppers.«

»Gute Idee. Auf dem dritten steht wohl eine Liste von Codes oder Kurzschrift. Buchstaben und Ziffern.«

»Wie JCOLE1013.«

»Ja.« Und nein.

»Irgendeine Idee, was sie bedeuten könnten?«

»Keine.«

Einen Augenblick lang dachten wir beide über dieselbe grauenvolle Möglichkeit nach. Andere Kinder? Keiner von uns sprach aus, was er dachte.

Ich war mir unsicher. Beschloss, es zu riskieren, da ich nun wusste, dass der Mann real gewesen war. »Kann ich Sie was fragen?«

Schweigen, weder er- noch entmutigend.

Ich erzählte Slidell von dem Herumtreiber im Trenchcoat auf dem Grundstück von Sharon Hall.

»Sie sind überzeugt, das war Ihr gesichtsloses Opfer Wodjanow?« Mehr Feststellung als Frage.

»Bin ich.«

»Und dass er Sie beobachtet hat.«

»Wir wissen beide, dass er in der Woche vor seinem Tod mein Handy angerufen hat.«

»Oder jemand mit Zugang zu seinem Handy.«

»Ja.«

»Ich hole gleich Montagfrüh die Zettel ab und bringe sie zur DP. Und Sie kaufen sich derweil ein hübsches Paar Schuhe, gehen wellnessen oder zum Essen mit den Mädels.«

»Soll heißen?«

»Am Wochenende keine cowboymäßigen Alleingänge mehr.«

Ich hasste den Gedanken, so viel Zeit zu verlieren. Und ich hasste Slidell, weil er mich so herumkommandierte und bevormundete. Aber nach dem langen Tag bewegte sich mein Verstand wie eine Schnecke, und es dauerte ewig, bis disparate Gedanken sich zusammenfügten. Eine nahende Migräne? Ich konzentrierte mich aufs Konzentrieren. Nichts. Mein Hirn feuerte nicht mehr wild um sich. Oder meine Augen. Meine Sicht war kristallklar.

»Wellness ist gut«, sagte ich unverbindlich.

Nach dem Auflegen ging ich nach oben und ließ mich ins Bett fallen.

Das letzte Geräusch, das ich hörte, war die Kaminuhr, die mit zwölf sanften Schlägen Mitternacht ankündigte.

Um Viertel nach fünf schreckte ich hoch. Der Annex war dunkel und still. Birdie war verschwunden.

Ich wusste, dass ich geträumt hatte, erinnerte mich aber an nichts. Hatte nur das beunruhigende Gefühl, dass jemand da draußen mich beobachtete. Ein Gefühl, das so intensiv war, dass ich aufstand und zum Fenster ging.

Das Grundstück von Sharon Hall war still und leer. Keine kauernden Silhouetten, keine fremden Umrisse. Nur vielschichtige Schatten, die sich hin und wieder in einer leichten Brise bewegten.

Wieder Paranoia? Nachwirkungen eines Albtraums?

Ich ging ins Bett zurück und zwang mich zu entspannen, Muskelgruppe um Muskelgruppe. Sagte im Kopf eines dieser Zähl-Mantras auf. Schüttelte das Kissen auf, drehte es um, drehte es wieder zurück, strampelte die Zudecke zurück. Dachte an Delfine. Meeresschildkröten. Wollte den Schlaf erzwingen.

Bilder von Wodjanow tanzten hinter meinen fest geschlossenen Lidern. Gesichtslos am Buffalo Creek. Kalt und leblos auf einer Bahre in der Leichenhalle. Im Trenchcoat auf meinem Grundstück.

Wodjanow war in Sharon Hall gewesen. Davon war ich jetzt überzeugt. Der Herumtreiber war keine nächtliche Illusion, hervorgerufen von meinen migränegestressten Nerven.

Als das Fenster langsam durchscheinend wurde, stand ich auf.

Ich schlüpfte in Shorts und ein T-Shirt, fasste die Haare zu einem Pferdeschwanz zusammen und schnürte meine Nikes. Kaum war ich bei der Tür draußen, wusste ich, dass Laufen keine gute Idee war.

Gegen meine Erwartungen hatte der Sturm es nicht geschafft, die Umklammerung durch die Hitze zu durchbrechen. Kurz nach Tagesanbruch lag die Temperatur bereits bei fast neunundzwanzig Grad. Nach dem Regen war die Luft schwül wie in einem Treibhaus.

Nach vierzig Minuten Plackerei kehrte ich erschöpft, verschwitzt und rot im Gesicht in den Annex zurück. Nach einer langen Dusche machte ich mir Kaffee und Zimttoast und setzte mich an den Tisch. Der Sport hatte ein bisschen geholfen, aber ich fühlte mich noch immer unruhig und angespannt. Um mich abzulenken, schaltete ich CNN ein. Merkte dann aber, dass ich Eierköpfe, die über den Schlamassel in Washington diskutierten, im Augenblick überhaupt nicht gebrauchen konnte.

Beim Essen landete mein Blick auf den Kleidungsstücken, die ich neben das Spülbecken geworfen hatte. Auf das Schneidbrett, auf dem ich die Papierfetzen zum Trocknen ausgebreitet hatte.

War ein Blick auf die Papiere bereits ein cowboymäßiger Alleingang? Was soll's? Ich hatte sonst nichts zu tun.

Ich stand auf, spülte mir Krümel von den Händen und trug das Brett an den Tisch. Dann holte ich eine Lupe aus dem Arbeits-/Gästezimmer und die Stablampe aus meiner Tasche.

Zuerst untersuchte ich beide Seiten der BRES/MKUltra-Notiz. Sah keine anderen Schriftzeichen. Keine Spuren, die auf die Herkunft des Fetzens hindeuteten. Der Zettel sah aus wie eine aus einem Notizbuch gerissene leere Seite.

Dann überflog ich die Codes. RABUK19 Schmierfleck 3. DALIHP2580. UATNOMI1793.

Ich dachte nach. War das Wodjanows Vorgehensweise? Nur Merkhilfen, die für ihn lesbar, für andere aber unverständlich waren? Ein Code für den Standort eines Fahrzeugs? Ein verschwundenes Kind? Eine geheime Regierungsoperation?

Hatte Wodjanow die Zettel in die Manteltasche gesteckt, um sie später wegzuwerfen? Waren sie durch die aufgerissene Naht gerutscht und so verlorengegangen? Wusste er gar nicht, was mit ihnen passiert war? Hatte er sie einfach vergessen?

Ich schoss mit meinem Handy ein paar Fotos. Das Display wurde schwarz, sprang Sekunden später wieder an. Ich schaute nach, ob die Fotos gespeichert waren. Waren sie nicht. Fluchend wiederholte ich den Vorgang. Diesmal waren die Fotos da. Eindeutig Zeit für einen Besuch im Apple-Laden.

Ich goss mir eben Kaffee ein, das Letzte, was ich brauchte, als Birdie in die Küche stolziert kam. Ein abschätzender Blick, dann tapste er zu mir und strich um meine Knöchel. Ich füllte seine Schüssel auf und kehrte an den Tisch zurück.

Obwohl noch immer verknittert und ausgebleicht und jetzt auf dem Brett klebend, war der dritte Fetzen etwas besser geworden. Das Papier war viel dünner als bei den BRES- oder Code-Fetzen, fast schon durchscheinend. Die schwarzen Flecken wirkten jetzt geordnet, das Muster beabsichtigt. Wie Schrift.

Ich schaltete die Taschenlampe an und hielt die Lupe über das Papier. Die schwarzen Flecke und Punkte wurden schärfer.

»Ja!«, rief ich plötzlich so begeistert, dass Birdie hochschrak.

Der Fetzen schien Teil einer Quittung zu sein. Die Flecken und Punkte waren eindeutig Tinte, vielleicht durch ein Kohlepapier gedrückt. Unter Vergrößerung ordneten sie sich zu einer unscharfen Adresse und einem unvollständigen Namen. Die letzten Buchstaben des Namens waren *ov.*

Die Lampe mit einem zusammengelegten Platzdeckchen fixierend, griff ich zu einem Stift. Dann hob und senkte ich die Linse, schrieb Ziffern und Buchstaben auf, sobald ich sie scharf erkennen konnte.

In weniger als fünf Minuten hatte ich ein paar Versionen, abhängig von meiner Interpretation eines Buchstabens und einer Ziffer. Eines war offensichtlich. Die Adresse war nicht die von Ms. Ramos' Gebäude.

Aber ich kannte die Postleitzahl.

Die Finger linkisch vor Aufregung, gab ich meine erste Interpretation in Google Maps ein. Bekam eine Fehlermeldung mit dem Vorschlag, es noch einmal zu versuchen.

Ich tat es. Zwei Mal.

Bei meinem dritten Versuch drehte sich Mutter Erde und zoomte heran. Ich schaltete auf Straßenansicht. Sah eine Landstraße. Ein Waldgebiet. Ein von Maschendraht umzäuntes Anwesen.

Volltreffer.

14

Ich habe nicht gerade das perfekte Gehör – bei akustischen Hinweisen bin ich eine Niete. Namen, Wegebeschreibungen, Songtexte. Aber man gebe mir etwas Visuelles – eine Karte, einen Tatort, ein Gesicht, ein Foto –, und mein Verstand registriert Daten mit unheimlicher Präzision.

Ich erkannte die Szenerie sofort. Die ländlichen Hauptstraßen mit Abzweigungen zu Farmen und in Sackgassen. Die Wohnhäuser am Straßenrand und die Familienbetriebe.

Als ich die richtige Adresse eingegeben hatte, hatte Google Earth mir eine Ansicht eines dicht bewaldeten Grundstücks, umgeben von einem Maschendrahtzaun, gezeigt. Ich zoomte heran und erkannte eine Zufahrt, die von der Teerstraße durch ein Tor zu einer Lichtung führte, in deren Mitte eine Felsformation aufragte. Dicht daneben ein kleines, heruntergekommenes Gebäude. Ich dachte an meine Reaktion, als ich das Anwesen zum ersten Mal gesehen hatte. Warum sich die Mühe mit dem Zaun machen?

Um acht war ich schon unterwegs. Hatte mir nicht die Mühe gemacht, Slidell anzurufen. Es war Samstagmorgen. Meine Nerven würden eine seiner Tiraden noch nicht aushalten können. Außerdem war das eine reine Erkundungstour.

Ich folgte der Route, die Slidell genommen hatte. Von Charlotte in den Westen, kurz über die Grenze, danach zurück nach Cleveland County, North Carolina.

Dieses Mal führte mich das Navigationssystem durch ein Gewirr von Nebenstraßen, die alle von der NC-198 abgingen. Nicht weit weg von Art's Affordable Garage und dem Buffalo Creek. In keiner Nähe von irgendwas, außer hin und wieder einem Frosch, einem Reh oder Eichhörnchen. Einem Wildschwein?

Eineinhalb Stunden nachdem ich den Annex verlassen hatte, dirigierte die verlässliche Navi-Dame mich auf eine unbeschilderte Straße. Minuten später meldete sie, dass ich mein Ziel erreicht hatte. Ich fuhr langsam vorbei und betrachtete die Anlage. Ziemlich genau das, was ich schon bei meiner Cyber-Aufklärung gesehen hatte: eine kurze Zufahrt, Bäume, jede Menge vier Meter hohen Zaun, der verzinkte Stahl von Wetter und Wind verdunkelt. Und noch ein zusätzliches Detail, ein Tastaturfeld neben dem Tor, das glänzend neu aussah.

Zwei Vorbeifahrten, ungefähr eine halbe Meile in jeder Richtung, nirgends auch nur ein Anflug von Beschilderung. Zu beiden Seiten erstreckten sich undurchdringliche Koniferen, Eichen und Buchen, die massiven Äste in die Höhe gereckt, ein Blätterdach, das die Sonne erstickte.

Die Straße schien von der Zeit vergessen, bis auf eine Hütte und zwei Wohnwagen dem Maschendraht gegenüber. Die Fenster der Hütte waren mit Sperrholz vernagelt, die Wände mit aufgesprühten Graffiti bedeckt, alle bildhaft, keines kunstfertig.

Die Bewohner des ersten Wohnwagens waren schon lange verschwunden. Alles Glas war zerbrochen, die Tür fehlte. Kudzuranken überwucherten jeden Zentimeter des Gefährts wie eine blättrige, grüne Decke.

Der zweite Wohnwagen erzählte eine andere Geschichte. Die Außenhülle war weiß mit braunen Streifen. Wände und Fenster wirkten frisch gewaschen. Eine hölzerne Rampe mit Geländer führte, mit einem rechtwinkeligen Knick, zu einer hölzernen Veranda vor der Seitentür des Wohnwagens. Ein rotes Vordach ragte vom Heck hervor. Darunter zwei Plastikstühle und ein kleiner Tisch, alle quietschgelb.

Konnte also durchaus sein, dass es Nachbarn gab. Davon unbeeindruckt, fuhr ich zu dem umzäunten Grundstück zurück, bog in die Einfahrt ein und stieg aus. Und kam mir vor, als hätte ich das Amazonasbecken betreten.

Einen Augenblick blieb ich stehen und horchte. Der Wald war gespenstisch stumm. Keine zirpenden Heuschrecken, keine zwitschernden Vögel. Keine ächzenden Zweige, keine raschelnden Blätter. Es war, als hätte sich jedes einzelne Lebewesen vor der Hitze verkrochen.

Ich schaute hoch. Die noch tief stehende Sonne schwelte hinter einem Schleier morgendlichen Dunstes. Der alte Spruch kam mir in den Sinn, dass nur verrückte Hunde und Engländer in der Hitze nach draußen gehen. Wie wahr. Ich würde nicht lange draußen bleiben.

Das Tor war ungefähr fünf Meter von der Straße entfernt. Als ich darauf zuging, war mir das Knirschen meiner Turnschuhe auf dem Kies bewusst. Die Möglichkeit, dass ich beobachtet wurde. Die Wildnis, die in jeder Richtung lauerte. Wildschweine.

Eine Sicherheitskamera hoch oben auf einer Metallstange hielt Wache wie ein starres Auge. Ich sah keinen Klingelknopf, keine Gegensprechanlage, nichts, was eine Kommunikation mit dem Dahinter ermöglicht hätte.

Ich hielt mich absolut still, suchte angestrengt nach irgendeinem Zeichen menschlicher Aktivität. Hörte keinen Generator, Sprinkler oder Rasenmäher. Keine zuknallende Tür. Keine Dialoge aus Radio oder Fernseher. Keine Stimme, die mich zum Stehenbleiben aufforderte.

Wenn da drinnen Leute waren, dann verhielten sie sich verdammt ruhig.

Ich hob wieder den Kopf. Die Kamera starrte herunter. Obwohl sie relativ neu wirkte, konnte ich nicht sagen, ob das System aktiv war oder nicht.

Ich schaute mir die Umgebung an. Mir fiel auf, dass es keine Strom- oder Telefonleitungen gab. Auf dem Tor ein Schild mit der Aufschrift: *Privatbesitz. Betreten verboten.* Ein nagelneues Tastaturfeld.

Hinter dem Tor führte die Zufahrt ungefähr zehn Meter weit durch Laubhölzer und Kiefern, dann versperrte ein Dschungel aus Blättern, Ästen und Kudzuranken den Blick. Auf dem Kies konnte ich keine Reifenspuren oder Ölflecke erkennen. Keine Mülltonnen, keine Hundehäufchen, kein Unrat. Nur Vegetation, die so dicht war, dass sie jedes Pixel Tageslicht aufzusaugen schien. Meine Frustration machte sich in einem von Herzen kommenden Fluch Luft.

Ich verließ den Kiesstreifen und ging durch das Gestrüpp am Rand des Banketts nach Norden. Schwirrende Wolken von Insekten stoben aus dem Unkraut und ließen mich meine Entscheidung, auf Socken zu verzichten, bereuen.

Hinter den dunklen Stämmen und den Schatten konnte ich rein gar nichts erkennen. Der Zaun war zwar verwittert, aber gut in Schuss. Stangen, ähnlich der am Tor, ragten in regelmäßigen Abständen hinter dem Zaun in die Höhe. Fast sechs Meter hoch, schienen sie keine Funktion zu haben. Rechteckige Verfärbungen an der Außenseite des Maschendrahtzauns deuteten auf entfernte Schilder hin. Was für ein Durchbruch.

Ein Marsch nach Süden ergab das gleiche Bild. Und noch mehr Insektenstiche.

Als ich dann wieder im Auto saß und darauf wartete, dass die Klimaanlage sich einschaltete, kratzte ich mich und überlegte, was ich als Nächstes tun sollte. Eine flüchtige Internetsuche zu der Adresse hatte nichts ergeben. Mein Besuch hier hatte sich als spektakulär unproduktiv erwiesen. Ich wusste nicht so recht, was ich eigentlich erwartet hatte. Einen Briefkasten mit der Aufschrift *F. Wodjanow, KGB?*

Mich juckte es, und ich war gereizt. Mein T-Shirt war feucht und klebte mir am Rücken. Trotzdem beschloss ich, noch einen letzten Versuch zu wagen, bevor ich den Ausflug zum Reinfall erklärte.

Wie es aussah, wurde ich erwartet. Oder der Bewohner hatte mich beobachtet.

Als ich die Gangschaltung auf Parken stellte, ging die Wohnwagentür auf, und ein Mann trat heraus. Der Stumpf eines Oberschenkels ragte aus einem Hosenbein schmuddeliger Camouflage-Shorts. Ein ausgewaschenes, rotes T-Shirt hing locker über einer dürren Brust. Ein blaues Kopftuch hielt Dreadlocks zusammen, die wohl seit der Belagerung von Khe Sanh nicht mehr gepflegt worden waren.

Dreadlocks sah mit undurchdringlichem Blick zu, wie ich ausstieg. Das Messer in der Scheide an seinem Gürtel übermittelte eine nicht sehr subtile Botschaft.

»Guten Morgen«, versuchte ich es mit meinem herzlichsten Lächeln.

Dreadlocks nickte, ein kaum erkennbares Senken des Kinns. Wobei sein ZZ-Top-Bart über die Hundemarken strich, die an seinem Hals baumelten.

»Ich bin Temperance Brennan.« Nur für den Fall, dass er sich für Namen interessierte.

Das einzige Geräusch war ein an- und abschwellendes Surren, das aus dem Wohnwagen drang. Ein Ventilator, vermutete ich.

»Ganz schön heiß, was? Man könnte Steaks auf dem Teer grillen.« *Mein Gott, Brennan.*

Nicht der Anflug eines Lächelns.

»Ich bin neugierig wegen Ihrer Nachbarn.« Ich deutete mit dem Daumen über die Schulter.

Dreadlocks musterte mich weiter.

»Vor einer Weile starb nicht weit von hier ein Mann. Ich versuche herauszufinden, wer er war.«

»Warum?«

»Ich helfe dem Medical Examiner«, sagte ich, weil ich das Gefühl hatte, dass eine Erwähnung der Polizei für seine Gesprächsbereitschaft nicht von Vorteil sein könnte. »Ich frage mich, ob Sie wissen, wer der Besitzer des Anwesens auf der anderen Straßenseite ist.«

Volle dreißig Sekunden bewegte Dreadlocks sich nicht. Von meinem Standpunkt aus konnte ich sehen, dass seine Zunge etwas mit seinen Schneidezähnen machte.

»Wir haben Grund zur Annahme –«

»Ich wusste, dass da eines Tages mal jemand kommen würde.« Eindeutig nicht aus der Gegend. Aus New York?

Bevor ich fragen konnte, was er meinte, packte Dreadlocks

das Geländer mit zwei Händen, denen insgesamt vier Finger und ein Daumen fehlten. Dann schwang er sich auf seinem Bein von der Rampe.

»Duncan Keesing mein Name.« Mit einem Nicken zu der quietschgelben Sitzgruppe: »Parken Sie sich dorthin.«

Ich tat es. Keesing folgte hüpfend, warf ein Klapphandy auf den Tisch, ließ sich auf einen Stuhl fallen und drehte ihn mir zu.

»Sie sind also nicht wegen der Katze hier?«

»Nein«, erwiderte ich überrascht. Keesing kam mir nicht vor wie ein Katzenfreund.

»Das Veteranenministerium hat mir 'ne Prothese verpasst. Macht mir höllische Schmerzen.«

»Tut mir leid.«

»Sie sagen also, Sie haben eine namenlose Leiche?« Keesings Gesicht blieb hinter seinem Bart unbewegt, aber seine Augen musterten mich neugierig. Merkwürdige, rostbraune Augen.

»Das ist korrekt.«

Keesing tippte sich mit intaktem Mittelfinger auf die Hundemarken auf seiner Brust. Der Nagel war lang und gelb und hatte einen Trauerrand. »Wenn ich mal den Löffel abgebe, wissen die Bullen genau, wer da am Boden liegt.«

»Das ist sehr clever.«

»Wenn deine Einheit in Vietnam deine Leiche zurücklassen musste, haben sie dir diese Schönheiten in die Zähne getreten.«

»Ja.« Wobei ich nicht wusste, ob das stimmte.

»Das ist der einzige Grund, warum ich ein Telefon habe.« Er tippte auf das Gerät. Das aussah, als wäre es in den Achtzigern hergestellt. Funktionierte aber wahrscheinlich besser als meins. »Habe niemand, der mich anruft. Aber wenn's mir mal schlecht geht, kann ich ein SOS funken.«

»Ich hoffe, dass das nie passiert.«

»Hab meine Nummer da auf den Deckel geschrieben. Sind jetzt zehn Ziffern. Das ist 'ne Menge zu merken.«

»Schlau.« Sie war mit Filzstift auf das Plastik geschrieben. Ich fragte mich, wann er je seine eigene Nummer würde anrufen müssen, sagte aber nichts.

»Sie glauben, der Tote ist der Spinner von da drüben?« Er drehte das Kinn zu dem umzäunten Grundstück.

Wie es inzwischen Routine war, zog ich das Computerbild von Wodjanow aus meiner Handtasche und hielt es ihm hin.

»Ja, Ma'am.« Keesing nickte. »Das ist der Kerl.«

»Sein voller Name ist Felix Wodjanow. Können Sie mir irgendetwas über ihn sagen?« Ich schlug nach einem Moskito, der auf meinem Arm Mittagspause machte.

»Nein, Ma'am.«

»Haben Sie je mit ihm gesprochen?«

»Haben ab und zu mal gequatscht.« Er betrachtete die Grafik. »Wodjanow, was? Das passt. Hab ihn Igor genannt.«

»Warum?«

»Hat geredet wie ein Russe.«

»Sie haben ihn nie nach seinem Nachnamen gefragt?«

»Musste ich nicht wissen.«

»Haben Sie das Anwesen auf der anderen Straßenseite je besucht?«

»Negativ.«

»Wissen Sie, warum da Überwachungskameras sind?«

»Negativ.«

»Wie lange leben Sie schon hier?«

»So an die zwölf Jahre.«

»Warum haben Sie Wodjanow einen Spinner genannt?«

»Der Kerl war völlig im Arsch, wenn Sie mir den Ausdruck verzeihen.«

»Können Sie das genauer erklären?« Ein Kumpel des toten Moskitos umkreiste mein Ohr. Ich wedelte ihn weg.

»Mann, ich weiß auch nicht. Vielleicht bin ich zu streng. Jeder hat so seine Leichen im Keller.«

Ich reagierte mit Schweigen, weil ich hoffte, Keesing würde es füllen. Was er auch tat.

»Der Kerl kam ab und zu mal vorbei, meistens abends, als wüsste er nicht, wo er sonst hinsollte, oder als wollte er nicht allein sein. Nicht sehr oft, nur hin und wieder. Schätze, er hat bei mir Licht gesehen und sich gedacht, bei einem alten Einsiedlerkrüppel ist er sicher.«

Keesing senkte den Blick, erinnerte sich vielleicht an das Grauen seiner Verletzung. Vielleicht an seinen Weg, der ihn hierher ans Ende der Welt gebracht hatte.

»Fahren Sie fort«, ermutigte ich ihn.

»Manchmal redete er wie ein Wasserfall, war völlig überdreht und zitterte richtig. Manchmal saß er nur da und brütete. Eine Weile dachte ich, er ist vielleicht ein Säufer. Roch aber nie was an ihm. Ich hab Probleme. Vielleicht hatte er ja auch welche. Vielleicht war er deshalb immer wie mit der Achterbahn unterwegs.«

»Wodjanow zeigte Stimmungsschwankungen?«

»Genau.« Er deutete mit dem, was von seinem Zeigefinger noch übrig war, auf mich. »Entweder im siebten Himmel oder am Boden zerstört.«

»Wenn er gesprächig war, worüber redete er dann?«

»Nur dummes Zeug«, sagte Keesing und schüttelte langsam den Kopf.

»Zum Beispiel?«, hakte ich gereizt nach. Die Mücken und die drückende Hitze machten mich langsam fertig.

Keesing zog die Schultern hoch, und sein gutes Bein zuckte.

»Tut mir leid«, sagte ich sanfter. »Bitte lassen Sie sich Zeit.«

Keesing drückte beide verstümmelten Hände auf das zitternde Knie. »Er hat gemeint, dass die Regierung schlimme Dinge tut. Und behauptet, er hätte Beweise.«

Ich spürte, wie mein Puls sich beschleunigte, drängte Keesing aber nicht.

»Hat gesagt, die CIA hätte geheime Labors im ganzen Land. Dass sie nach Mitteln und Wegen suchten, um die Gedanken der Leute zu kontrollieren, damit sie unter Druck zusammenbrechen. Wenn Sie mich fragen, die hätten das beim Vietcong anwenden sollen, als sie die Gelegenheit hatten.«

Ein langer Moskito-Augenblick. Ärgerlicherweise schien es Keesing nichts auszumachen, als Nahrungsquelle zu dienen.

»Hat Wodjanow je über Details gesprochen?«, fragte ich.

»Meistens hat er nur herumschwadroniert. Kann sein, dass der Kerl ein Junkie war.« Der Fingerstummel hob sich wieder. »Aber warten Sie. Einmal hat er Namen erwähnt. Die meisten haben mir nichts gesagt, aber ein paar sind hängen geblieben, weil ich da schon gewesen bin. Philadelphia und Montauk. Ja, an die erinnere ich mich. Und dann war da noch einer, der klang wie ein Science-Fiction-Film.« Pause. »Stargate. Das war's.«

»Hat er je MKUltra erwähnt?«, fragte ich ohne jede Betonung.

»Gut möglich. Einmal hat er behauptet, die Regierung würde eine Krankheit entwickeln, um die Chinesen auszurotten. Irgendwas, dass sie Masern und Mumps mischen, um einen Superbazillus zu erschaffen.«

»SARS?« Ich benutzte das Kürzel für das Severe Acute Respiratory Syndrome, das Schwere Akute Atemwegssyndrom. Ein tödlicher Ausbruch traf 2003 China und den Fernen Osten. Darüber hinaus wusste ich kaum etwas.

»Bingo. Er hat gesagt, es habe die Chinesen und die Kanadier getroffen, aber, und das hat so an ihm genagt, in Amerika habe es nur ganz wenige Fälle und keine Todesopfer gegeben.«

Warum sollte Wodjanow vertrauliche Informationen über die SARS-Epidemie haben? Ich schärfte mir ein, in diese Richtung ein bisschen zu recherchieren.

»Manchmal hat er sich sehr darüber aufgeregt, dass die Regierung geheime Militärbasen versteckt. Orte, die auf ganz bestimmten Karten hell aufleuchten. Mir kam das nicht sehr wahrscheinlich vor, wo ich doch Erfahrung im Militärdienst hab.« Keesing senkte sowohl Kopf wie Stimme und fügte hinzu:

»Der Kerl hatte auch Informationen über Operationen mit Kindern.«

»Was für Informationen?« Ein kleines Kribbeln an der Schädelbasis.

»Das habe ich nie so richtig verstanden, wollte es auch nicht hören. Irgendwas über Impfstoffe und dass Kinder in speziellen Lagern gehalten werden, um sie für irgendwas zu trainieren. Sex vielleicht.« Abscheu schlich sich in die rostfarbenen Augen. »Klang pervers, deshalb habe ich abgeschaltet.«

»Hat er gesagt –«

Keesing unterbrach mich mit erhobener Hand. »Nein, Ma'am. Ich will nicht über Missbrauch von Kindern reden.«

Ich beschloss, das Thema zu wechseln.

»Lebte Wodjanow eigentlich auf der anderen Straßenseite?«

»Woher soll ich das wissen? Um ehrlich zu sein, mir wär's lieber gewesen, er hätte mich in Ruhe gelassen.«

»Warum?«

»Er war irre.«

»Wann haben Sie Mr. Wodjanow für gewöhnlich gesehen?«

»Abends.«

»Hatte er ein Auto?«

»Roger.«

»Was für ein Fahrzeugtyp?«

»Alle möglichen.«

»Einen schwarzen Hyundai Sonata?«

Schulterzucken. »Vielleicht. Hab von Autos nicht viel Ahnung.«

»Haben Sie je eine andere Person gesehen, die das Anwesen betrat oder verließ?«

»Hören Sie, Lady. Ich bin kein Schnüffler und kein Spitzel. Ich kümmere mich um meinen eigenen Kram. Meistens habe ich nur halb zugehört. Weiß nicht so recht, warum. Schätze, der Kerl tat mir leid. Er wirkte irgendwie einsam.«

»Wann haben Sie Wodjanow zum letzten Mal gesehen?«

»Vor zwei, vielleicht drei Wochen. Kam her, um mir zu sagen, dass es ihm leidtue. Ich dachte, er meinte die Tatsache, dass er die Schilder auf diesem Straßenstück hier weggemacht hatte. Und zwar verdammt effektiv. Macht es den Leuten ziemlich schwer, uns hier draußen zu finden.« Er schien schon weiterreden zu wollen, überlegte es sich dann anders und verstummte.

»Was gibt's da noch?«

»Ist wahrscheinlich nichts.« Keesing kratzte sich am Kopf. Verschränkte die Arme. »Der Kerl war doch völlig gaga.«

Mein Blick wanderte an Keesing vorbei zur anderen Seite des Wohnwagens und fiel auf ein Fass mit einem aufgemalten Bild eines Krebses in einem Aquarium. Rosafarbene Muscheln am Ende jeder Schere. Vielleicht waren es auch Augen. Die verkohlten und abblätternden Stellen ließen das nur schwer erkennen.

»Haben Sie das da gemalt?«

»Ja, Ma'am.«

»Sehr schön.«

Ein seltener Windstoß bewegte die Blätter über meinem Kopf und warf Spinnwebschatten über Keesings Gesicht. Als ich schon dachte, er wäre jetzt endgültig verstummt, fing er noch einmal an, wieder mit leiser Stimme.

»Da Sie das Fass erwähnen, fällt mir noch was ein. An einem Abend vor vielleicht fünf oder sechs Jahren war ich draußen, um den Mülltonnendeckel festzumachen. Ich hatte es vergessen, musste dafür noch mal aus dem Bett. Wenn der Deckel nicht fest zu ist, haben die Waschbären am nächsten Morgen den Müll von hier bis ins nächste County verstreut. Wie auch immer, es war schon spät. Ein Auto fuhr vorbei. Wir haben hier nicht viel Verkehr, deshalb ist es mir aufgefallen. Das Auto fuhr auf die Einfahrt da drüben und lief im Leerlauf, während der Fahrer sich aus dem Fenster beugte, um das Tor zu öffnen.«

»War es Wodjanow?«

»Es war stockdunkel, also hab ich eigentlich fast nur Scheinwerfer und Rücklichter sehen können.« Keesing schluckte. Und noch einmal. »Aber ich schwöre bei Gott, ich habe ein Kind gesehen, das durch die Heckscheibe geschaut hat. Ein kleines Gesicht mit winzigen Händchen an den Wangen.«

Keesing ahmte den Anblick nach, ließ dann die Hände sinken und schloss die Augen, als hätte er Schmerzen. Schuldgefühle?

Ich wartete.

»Ich bin durch die Hölle gegangen. Ich erkenne Angst, wenn ich sie sehe.« Die rötlichen Augen bohrten sich in meine. »Dieses Kind sah total verängstigt aus.«

»Sind Sie sicher?«, fragte ich.

»Lady, ich bin mir gar nichts sicher außer dem Tod. Aber zu einer Sache stehe ich.«

Keesing lehnte sich zurück und strich sich mit verstümmelter Hand über den Bart.

»Dieser Typ war durchgeknallter als ein Sack voll Ratten.«

15

Solange mir die Unterhaltung noch frisch im Gedächtnis war, sprach ich Notizen in mein Handy. Dann fuhr ich los. Ich war unterwegs zur NC-198, als ein Lied von Les Cowboys Fringants aus dem Gerät plärrte.

»Monsieur le detective«, antwortete ich und klang dabei frischer, als ich mich fühlte.

»Madame … l'anthropol … « Ein zischendes Echo durchkreuzte Ryans Antwort.

»Was gibt's?«, fragte ich, fast schon schockiert darüber, wie froh ich war, seine Stimme zu hören. Es war schon eine Weile her, dass wir das letzte Mal miteinander gesprochen hatten.

»… Bordeaux heute Morgen …«

»Schon Glück mit dem Pferd gehabt?«

»... Neville glänzt noch immer durch unerlaubte Abwesenheit. Aber ich ... kleiner *garçon,* der ...«

»Diese Verbindung ist beschissen«, sagte ich.

»Soll ich noch mal ...«

»Weiß nicht, ob das was bringt. Ich bin auf dem Land unterwegs. Und mein Handy gibt demnächst den Geist auf.«

»Klingt, als wü... du durch Usbekistan...ren.«

»Komm mir fast so vor.«

»...üh am Samstagvormitt...?«

»Ich kann dich kaum hören.« Ich bremste für ein Eichhörnchen, das todesmutig über die Straße hoppelte. »Erklär ich dir später. Könnte ich dich jetzt um einen Gefallen bitten?«

»Bien sur, ma chou...«

»Ich will was über das Projekt MKUltra erfahren.«

»Das LSD-Experiment ... McGill?« Rauschen und die Entfernung überdeckten die Überraschung, die vielleicht in Ryans Stimme gelegen hatte.

»Ja.«

»Ich weiß ... Forschungen am Allan Memorial Institute ... Royal Victoria Hospital ... finanziert von der CIA und der kanadischen Regierung ...«

Ryans Stimme brach abrupt ab, und ein metallisches Sirren beherrschte die Verbindung.

»Das ist sinnlos«, sagte ich. »Ich bin bald wieder in der Zivilisation. Rufst du mich an, wenn du was hast?«

»Ich brauche ...«

Ein knisterndes Kreischen. Dann war die Verbindung unterbrochen.

Ich überquerte eben die Terrasse, als Les Cowboys schon wieder krächzten. Das Thermometer zeigte jetzt über achtunddreißig Grad an.

»Gutes Timing. Bin eben angekommen. Moment mal.«

Auf dem Heimweg hatte ich beim Supermarkt um die Ecke angehalten. Meine Einkäufe auf einem Knie balancierend, fischte ich die Schlüssel heraus, öffnete die Tür und betrat die Küche. Luft, die fast zwanzig Grad kühler war, machte mir Gänsehaut.

»Freut sich der Kater, dich zu sehen?«

»Keine Spur von ihm«, berichtete ich, während ich die Tüten auf die Arbeitsfläche stellte. »Er hasst Hitze.«

»Er geht doch nie nach draußen.«

»Ich habe es ihm erklärt.«

»Ich habe ein paar Informationen für dich.« Ryan fragte nicht, wozu ich sie brauchte. Das mochte ich an ihm. »MKUltra war eine ziemlich üble Geschichte.«

Ich goss mir Wasser aus einem Brita-Filter, den ich im Kühlschrank stehen hatte, in ein Glas. Mein persönlicher Kreuzzug. Ich weigere mich, zu den fünfzig Millionen Plastikflaschen beizutragen, die in Amerika jeden Tag weggeworfen werden.

»Der Montrealer Teil des Programms, mit der Bezeichnung MKUltra Subprojekt 68, wurde von einem in Schottland geborenen Arzt namens Donald Ewen Cameron geleitet. Die Experimente wurden Studien zur Bewusstseinskontrolle genannt. Meiner Ansicht nach war das schlicht Folter, die man als medizinische Forschung ausgegeben hat.«

Ich trank mein Glas leer und bewegte mich in der Küche hin und her, um Gemüse in Fächer und Dosen in Schränke zu räumen.

»Ich war noch ein Junge, als das rauskam«, fuhr Ryan fort. »Die Medien stürzten sich auf den LSD-Aspekt, aber offensichtlich kamen auch Barbiturate und Amphetamine zur Anwendung. Patienten wurden längeren Perioden der sensorischen Deprivation und des künstlichen Schlafs unterworfen. Cameron glaubte an die, wie er es nannte, Neustrukturierung und Neuanleitung des menschlichen Bewusstseins.«

»Was soll denn das heißen?«

»Cameron glaubte, dass psychische Erkrankungen entstünden, wenn falsche Reaktionen auf die Außenwelt erlernt wurden. Dass diese angelernten Reaktionen im Hirn Leitungsbahnen erzeugten, die zu abnormalem Verhalten führten. Und natürlich war Mommy daran schuld. Ich bin kein Psychologe, aber für mich klingt das wie kompletter Bockmist.«

»Bestenfalls«, stimmte ich ein, während ich mir das T-Shirt mit spitzen Fingern von der Brust zog. Dank der wunderbaren Klimaanlage fühlte die feuchte Baumwolle sich an wie kalte, nasse Tempos, die auf meiner Haut klebten.

»Elektroschocks wurden verwendet, um einen Patienten zu destrukturieren. Nicht wie üblich dreimal pro Woche, sondern zweimal täglich. Das sollte die falschen Leitungsbahnen zerstören, die von falscher mütterlicher Anleitung erzeugt worden waren.«

»Klingt wie Gehirnwäsche.« Ich fing an zu zittern. Vielleicht die Kälte. Vielleicht auch nicht.

»Aber wirklich.«

Ich schaltete auf Lautsprecher, legte das Handy weg und zog mir das feuchte T-Shirt über den Kopf. Anscheinend stöhnte ich dabei.

»Was tust du?«

»Mein Top war verschwitzt, also habe ich es ausgezogen.«

»Kannst du mir ein Selfie schicken?«

»Nein.«

»Dein BH muss doch auch feucht sein.«

»Wie lief diese sogenannte Behandlung ab?«

»Ist es das kleine, schwarze Spitzenteil?«

»Ryan.« Mit gespielter Strenge. »Mein Gott, wir reden gerade über Folter.«

»Klaro. Zur Vorbereitung der Destrukturierung wurde der Patient in einen Zustand drogeninduzierten Schlafs versetzt, normalerweise für eine Dauer von zehn Tagen. Danach lief die

Elektroschocktherapie etwa zwei Wochen. Einige Patienten erforderten auch extremere Formen der sensorischen Deprivation.«

»Mein Gott.«

»Cameron wollte, dass seine Probanden jedes Gefühl für Raum und Zeit, jedes Empfindungsvermögen verloren. Wenn sie nicht eigenständig gehen oder essen konnten oder inkontinent wurden, war das akzeptabel.«

Ich war zu angewidert, um etwas zu sagen.

»Nach der Destrukturierung kam der Prozess der psychischen Steuerung, der Neustrukturierung. Patienten wurden gezwungen, sich aufgenommene Botschaften über ihr Leben oder ihre Persönlichkeit anzuhören, manche positiv, andere negativ. Jetzt stell dir mal vor. Einige Botschaften wurden bis zu einer Million Mal wiederholt.«

»Klingt barbarisch.«

»Freundlich formuliert.«

Entsetztes Schweigen summte über den Atlantik. Dann fuhr Ryan fort.

»Die McGill-Experimente waren Teil des größeren MKUltra-Projekts, das von Sidney Gottlieb geleitet wurde.«

»Gottlieb war von der CIA?«, fragte ich nach, während ich Nudeln und Cornflakes auf ein Regal in der Vorratskammer packte.

»Ja. 1963 fasste die CIA ihre Ergebnisse in einem Handbuch zusammen. Es trug den Titel *KUBARK Counterintelligence Interrogation Manual,* das Verhörhandbuch zur Gegenspionage. Es wurde zur Grundlage der Verhörmethoden und Trainingsprogramme der Behörde.«

»Ein Folterhandbuch.« Ich ignorierte ein subtiles *Psst* aus meinem Unterbewusstsein.

»Ja.«

»Du hast es gesehen?«

»Ist frei verfügbar. Lass mich eine Passage aus den Anleitungen für CIA-Befrager vorlesen: ›Ergebnisse, die erst nach Wochen oder Monaten der Inhaftierung in gewöhnlichen Zellen erreicht wurden, können in Stunden oder Tagen reproduziert werden in einer Zelle, die kein Licht hat, die schallisoliert ist, in der Gerüche und so weiter eliminiert sind.‹«

»Klingt wie aus *Clockwork Orange.*«

»Nur dass wir hier von jüngster Vergangenheit sprechen. Nach dem elften September genehmigte Bushs Verteidigungsminister Donald Rumsfeld die Nutzung von Isolationseinrichtungen für bis zu dreißig Tage.«

»Der berühmte Krieg gegen den Terror.« Das Waschmittel kam unter das Spülbecken.

»Frierst du noch?«

»Ein bisschen. Aber besser als das Inferno draußen.«

»Sind deine Nippel –«

»Ich bin mit dem gesichtslosen Mann weitergekommen.« Ich setzte mich an den Tisch.

»Erzähl.«

Ich fasste meinen Ausflug mit Slidell nach Cleveland County zusammen. Der Code, der zu dem Hyundai bei Art's Affordable Garage geführt hatte. Die Reisetasche im Kofferraum, das Notizbuch mit seinen Verweisen auf die *Estonia*-Katastrophe, die Konfrontation mit Margot Heavner und ihr entrüsteter Anruf. Ohne Jahaan Cole zu erwähnen, berichtete ich von der durchgedrückten Schrift und Mittie Peppers' Wiederherstellung der Telefonnummern, darunter die meine. Ich erzählte ihm von meinen Erinnerungen an den Mann auf Sharon Hall in der Nacht meines Migränealbtraums, von meinem Verdacht, dass er der Gesichtslose gewesen war, und meiner Überzeugung, dass er mich kurz vor seinem Tod angerufen hatte.

Ryan war so still, dass ich schon fürchtete, die Verbindung wäre unterbrochen.

»Bis du noch dran?«

»Ich höre zu.«

Ich berichtete ihm von Lizzie Griessers DNS-basierter Gesichtsrekonstruktion. Von Dr. Yuriev in Sparkling Waters. Über meine Unterhaltungen mit E. Desai, Ms. Ramos und Duncan Keesing. Dass alle vier den Gesichtslosen anhand des Bildes als Felix Wodjanow identifiziert hatten – ein Name, der in dem Notizbuch im Hyundai auftauchte. Ich beschrieb die sterile Wohnung und das so merkwürdig gesicherte Anwesen in Cleveland County.

Als ich fertig war, waren vierzig Minuten vergangen.

Ryan nahm sich die Zeit, um alles zu verdauen, was ich gesagt hatte. Dann: »Ich nehme an, Slidell hat diesen Kerl Wodjanow durchs System laufen lassen.«

»Widerwillig. Hat rein gar nichts gefunden.«

»Wirklich? Überhaupt nichts?«

»Nada. Und ich habe mehrere Internet-Suchmaschinen durchprobiert. Mit demselben Ergebnis.«

»Wodjanow hat in dem Ashram den Untergang der *Estonia* erwähnt.«

»Mit Asia Barrow. Sie ist überzeugt, dass er ein Spion war.«

»Weil …«

»Ihrer Meinung nach hatte er viel zu viele Insiderinformationen.«

»Die Vermieterin meinte, Wodjanow hätte eine Heidenangst.«

»Ms. Ramos. Sie meinte, er hatte Angst, dass die Regierung ihn umbringen wollte.«

»Der Nachbar hielt ihn für verrückt.«

»Duncan Keesing. Ich fürchte, er leidet an einer posttraumatischen Belastungsstörung.«

»Keesing sagte, Wodjanow habe MKUltra erwähnt?«

»Unter anderem. Ich habe Notizen, die ich noch durchsehen will, wenn wir aufgelegt haben.«

»Nachdem du die Unterwäsche gewechselt hast.«

»Du bist pervers.«

»Du liebst es.«

Ich dachte an Augen so blau, dass sie die Haut wie ein Laser durchbohrten. Ich liebte es wirklich. Aber im Augenblick wollte ich, dass Ryan bei der Sache blieb.

»Warst du in letzter Zeit mit Slidell in Kontakt?«, fragte ich.

»Nein. Warum?«

»Als ich ihn um Hilfe gebeten habe, hat er den typischen Skinny rausgekehrt. Jetzt scheint er endlich mit an Bord zu sein.«

»Weil er Heavner eins auswischen will?«

»Zum Teil.«

»Du musst ihr berichten, was du herausgefunden hast.«

»Werde ich. Wie auch immer, Slidells wiedererwachter Eifer kommt nicht allein von seiner Abneigung gegen Heavner.«

»Ach so?«

»Im Jahr 2013 verschwand hier in Charlotte ein neunjähriges Mädchen namens Jahaan Cole. Slidell bearbeitete den Fall, konnte ihn aber nie lösen. Du weißt, wie ihn so was ärgert.«

»Ich glaube nicht, dass ›ärgern‹ dem gerecht wird.«

»Stimmt. Na jedenfalls, neben den beiden Telefonnummern hat die DP-Analyse auch eine dritte Zeile mit durchgedrückter Schrift aufgedeckt. Ein codierter Hinweis auf Cole.«

»Bist du sicher?« Der skeptische Ryan.

»Wir glauben es.«

»Slidell vermutet, dass Wodjanow mit dem Verschwinden des Mädchens zu tun haben könnte?«

»Er rollt den Fall neu auf.«

»Ausgehend von einer Zeile Gekritzel.« Niemand kann so neutral klingen wie Ryan.

»Slidell weiß es noch nicht, aber da könnte noch mehr sein. Keesing sagte, Wodjanow habe ihm von Experimenten mit Kindern erzählt.«

»Was für Experimente?«

»Hat er sich nicht angehört.«

»Er hat auch gesagt, Wodjanow wäre irre gewesen.«

»Hat er. Aber Folgendes beunruhigt mich wirklich. Keesing sagte, er habe eines Nachts ein Auto gesehen, das auf das umzäunte Anwesen fuhr. Ein Kind habe das Gesicht an die Heckscheibe gedrückt. Keesing sagte, das Kind habe völlig verängstigt ausgesehen.«

»Das ist nicht viel.«

»Asia Barrow sagte, sie habe Wodjanow einmal ihren Laptop benutzen lassen.«

»Ist das nicht verbot –«

»Schon. Aber sie hat es trotzdem getan. Danach wies der Browserverlauf Besuche auf zwei Arten von Sites aus. Websites über vermisste Kinder und welche mit Kinderpornografie.«

»Glaubst du, dass Wodjanow ein Pädophiler war?«

»Ich weiß nicht so recht, was ich denken soll.«

»Das sollte man sich auf jeden Fall genauer anschauen.« Nach einem kurzen Zögern: »Wenn du dich dazu in der Lage fühlst.«

»Lass gut sein, Ryan. Ich bin zäher als du.«

Nachdem ich geduscht und ein trockenes T-Shirt und Shorts angezogen hatte, aß ich ein Schinkensandwich, holte meinen Mac und stieg hinauf in das neue Arbeitszimmer. Die nackten Drähte erinnerten mich an meine säumigen Handwerker. Ich rief den Elektriker an. Keine Antwort. Natürlich nicht. Hinterließ eine Nachricht. Dasselbe beim Maler.

Dann startete ich einen Laptop-Nachmittag.

Zuerst schrieb ich eine lange E-Mail an Margot Heavner, in der ich skizzierte, was ich getan hatte, und ihr erklärte, dass der Gesichtslose Felix Wodjanow war. Ich hielt die Formulierungen herzlich und professionell. Übertrieb Slidells Rolle bei meinen Unternehmungen nur ein ganz klein wenig.

Dann nahm ich mir die anderen Begriffe vor, die Keesing erwähnt hatte. Und erfuhr Folgendes:

Das Philadelphia Experiment war ein angeblicher militärischer Test, durchgeführt 1943 von der U.S. Navy auf dem Philadelphia Naval Shipyard. Der Geleitzerstörer *USS Eldridge* (DE-173) wurde angeblich unsichtbar gemacht oder »für feindliche Geräte verhüllt«. Die Navy behauptet, dass kein solches Experiment je stattgefunden habe, und die Geschichte wird allgemein als Falschmeldung betrachtet.

Das Montauk Project war angeblich eine Reihe von geheimen Programmen der US-Regierung, die im Camp Hero, dem Luftwaffenstützpunkt bei Montauk, Long Island, durchgeführt wurden. Ziel der Forschungen soll die Entwicklung psychologischer Kriegsführungstechniken, darunter auch Zeitreisen, gewesen sein.

Star Gate Project war der Codename für eine geheime Einheit der U.S. Army, die 1978 in Fort Meade, Maryland, vom militärischen Nachrichtendienst und einer kalifornischen Firma namens SRI International gegründet wurde. 1991 wurden StarGate und seine Vorgänger- und Schwesterprojekte zusammengelegt und in Stargate Project umbenannt. Die Forschungen konzentrierten sich hauptsächlich auf das Potenzial psychischer Phänomene für militärische und zivile Anwendungen – etwa Fernwahrnehmung, also die Fähigkeit, Ereignisse und Orte aus großen Entfernungen zu sehen oder so Informationen zu beschaffen. Das Stargate Project wurde 1995 beendet und freigegeben, nachdem ein CIA-Bericht zu dem Schluss gekommen war, dass seine Ergebnisse keinen Nutzen für irgendeine Geheimdienstoperation hätten. Auch wenn es dort nie erwähnt wurde, inspirierte das Stargate Project das Buch und seine Verfilmung *Männer, die auf Ziegen starren*.

Nachdem ich mich über die Philadelphia-, Montauk- und Stargate-Programme informiert hatte, beschäftigte ich mich ein bisschen eingehender mit MKUltra. Während ich tippte und surfte, begannen Partikel einer Theorie durch mein Hirn zu schwirren.

Mit einem Suchwort-Modifikator versuchte ich die Begriffe »Impfstoff«, dann »SARS«.

Die Partikel verbanden sich langsam miteinander.

Ich versuchte denselben Modifikator mit »Estonia«.

Als ich mich ausloggte, leuchtete mein Monitor als Rechteck des Lichts in einem dunkel gewordenen Raum.

Die Theorie war vollständig ausgeformt.

16

Die Idee schnellte in meinem Schädel hin und her wie ein Puck zwischen Stadionbanden.

Das Hirn auf Hochtouren, prüfte ich noch ein paar andere Blickwinkel. Dann machte ich mich auf eine Tirade gefasst und rief Slidell an. War schockiert, als er tatsächlich abhob.

»Na, Sie lassen am Samstagabend ja richtig die Sau raus.« Grußlos konnte ich auch.

»Sie schwingen auch nicht gerade das Tanzbein, wenn Sie jetzt in meiner Leitung hängen.«

»Ich arbeite.«

»Ich lasse Sie für ein Empfehlungsschreiben vormerken. Oh, Moment mal. Sie sind ja gar keine Polizistin.«

»Haben Sie kurz Zeit?«

»Ich und Verlene schauen gerade einen Film. Irgendein Quark über zwei Leute, die sich hassen und sich dann per E-Mail verlieben.« Ein gedämpftes Geräusch, als würde er sich den Hörer an die Brust drücken. Dann war er wieder da. »Wehe, wenn das nicht gut ist.«

»Haben Sie schon Fortschritte bei Jahaan Cole gemacht?«

»Sie rufen an, um mich das zu fragen?«

Da ich seine Reaktion als abschlägige Antwort verstand, sagte ich: »Während Sie mit der Cole-Akte beschäftigt waren, habe ich mit ein paar Leuten geredet.«

»Habe ich Ihnen nicht gesagt, keine –«

Ich schnitt ihm einfach das Wort ab und berichtete ihm in etwa das, was ich schon Ryan erzählt hatte. Barrow, Ramos, das rätselhafte eingezäunte Areal nur Minuten von Art's Affordable Garage und dem Bach entfernt, an dem Wodjanows Leiche gefunden wurde.

»Ich war heute noch mal da draußen.«

»Was? Wo?«

»In Cleveland County. Habe mir das Anwesen angeschaut und dann mit dem Nachbarn gesprochen.«

»Sie sind also einfach in Ihr Auto gestiegen und –«

»Duncan Keesing. Ein kriegsversehrter Vietnamveteran, der in einem Wohnwagen auf der anderen Straßenseite wohnt.«

Die Veränderung in Slidells Atmung stimmte mich auf den Grad seiner Verärgerung ein.

»Ein bisschen komisch, aber Sie würden den Kerl mögen.«

»Gottverdammte Scheiße.« Nur knapp unter absoluter Empörung.

»Jetzt der Grund, warum ich anrufe. Wodjanows Betreuerin in dem Ashram hielt ihn für einen Spion. Seiner Vermieterin sagte er, die Regierung sei hinter ihm her. In meinen Augen weder das eine noch das andere.«

»Wovon zum Teufel reden Sie?«

»Kein Mantel und Degen. Keine Fatwa. Wodjanow stand auf Verschwörungstheorien.«

»Verschwörungstheorien«, schnaubte Slidell.

»Das Zeug schwirrt überall durchs Internet. Der Untergang der *Estonia* war beabsichtigt. Schutzimpfungen verursachen Autismus. Fluoridiertes Wasser ist eine kommunistische Verschwörung. Regierungen pflanzen Bürgern Identifizierungs-Chips ein. Die Erde ist flach. Die Spinner von der QAnon glauben an einen tiefen Staat, der den Präsidenten unterminieren will. Da draußen gibt's jede Menge hirnrissigen Quark.«

»Sie wollen damit sagen, dieser Geheimweltmist hat Ihren Jungen das Leben gekostet?«

»Ich weiß gar nicht sicher, ob ihn wirklich irgendwas das Leben gekostet hat. Haben Sie mit Margot Heavner gesprochen?«

»Das habe ich nicht vor.«

»Ich habe ihr eine E-Mail geschrieben und ihr erklärt, warum der Gesichtslose Felix Wodjanow ist. Habe noch keine Antwort. Deshalb wissen wir auch immer noch nicht, was die offizielle Todesursache ist.«

Ich wartete eine Pause ab, die sich anfühlte wie ein Monat, und war mir dann sicher, dass Slidell meine Theorie einfach vom Tisch wischen würde. Er tat es nicht.

»Wodjanow hatte sich Kinderpornos angesehen und Sites besucht, die verschwundene Kinder auflisten. Hat Jahaan Coles Namen in sein Notizbuch geschrieben. Ist mit einem verängstigten Kind mitten in der Nacht durch dieses Tor gefahren.«

Slidell hat viele Fehler. Er ist ungehobelt, vorurteilsbehaftet und aufbrausend. Aber wenn er konzentriert ist, frisst sein Hirn sich durch Daten wie eine Kreissäge durch Kiefernholz. Seine Zusammenfassung brachte es auf den Punkt.

»Also war dieser Penner ein Perverser«, fuhr er fort. »Schätze, Sie wissen nicht zufällig, wem dieses Anwesen gehört?«

»Nein.«

Slidell verdaute das ein paar Sekunden. Dann sagte er, mehr zu sich als zu mir:

»Kein Richter stellt einen Durchsuchungsbeschluss nur aufgrund von Hörensagen aus.«

»Wir könnten –« setzte ich an.

»Es gibt kein ›wir‹.« Geblafft. »Sie rühren sich nicht von der Stelle, während ich ein bisschen recherchiere.«

Ich verdrehte die Augen. Sinnlos, weil Slidell mich nicht sehen konnte.

»Ich meine es ernst. Wenn der Kerl bei Cole Dreck am Stecken hat, und vielleicht auch bei anderen, dann will ich, dass wir alles streng nach Vorschrift machen.«

»Darf ich mit meinem Computer weitermachen?«

»Aber sonst nichts, bis Sie wieder von mir hören. *Capito?*«

»Wenn Sie vielleicht mit ein bisschen mehr Herablassung reden könnten …«, sagte ich.

Tote Leitung.

Man fühlt sich beschissen als Exilant, der nicht nach Hause kann.

Um acht klingelte das Telefon erneut. Ich kam eben aus der Dusche und roch nach künstlichem Zitronen- und Ingweraroma. Zweimal duschen pro Tag? Nicht aus Gründen der Reinlichkeit oder Hygiene. Innerlich brodelnd vor banger Erwartung, Aufregung und Frustration, fühlte ich jeden Nerv in meinem Körper Amok laufen. Ich dachte mir, dass Kräuterextrakte und heißes Wasser mein System vielleicht neu starten könnten.

Überhastet vor Neugier, weil ich hoffte, dass Slidell aus irgendeiner Steuerdatei oder einem Grundbucheintrag vielleicht einen Namen gefischt hatte, rutschte ich aus und hätte mich beinahe auf den Fliesenboden gesetzt.

Es war Mama. Sie und Sinitch hatten sich gestritten, und ihre Stimmung war alles andere als aufgehellt.

»Dieser Mann weigert sich, zu irgendwas Stellung zu beziehen.«

»Habt ihr beide nicht vereinbart, dass ihr nicht über Politik sprecht?«, fragte ich, während ich mit einer Hand ein Handtuch um die Haare wickelte.

»Ich rede von unserer Hochzeit. Örtlichkeit? Thematik? Mein Gott, er hat nicht mal ’ne Meinung zu dem Land, in dem sie stattfinden soll. Kapiert er denn nicht, dass eine Hochzeit monatelange Planung erfordert?«

Hier war ich auf Sinitchs Seite. Sagte es aber nicht.

»Du klingst außer Atem, Liebes. Bist du okay?«

»Mama, hör auf.«

»Du musst darauf achten, dass du –«

»Der Arzt meinte, kann gut sein, dass ich dieses Aneurysma schon von Geburt an habe. Es ist nicht geplatzt und jetzt randvoll mit winzigen Platinspiralen.«

»Ich will doch nur –«

»Mama. Meine Arterien schmieden kein Komplott, um mich in meinem eigenen Blut zu ertränken.«

»Und warum dann die Kopfschmerzen?«

»Das finden wir schon noch heraus. Wie wär's, wenn wir über deine Chemo sprechen. Wie geht es *dir?«*

Entrüstetes Schnauben. »Was tust du gerade?«

»Ich komme eben aus der Dusche.« Und habe das zweite halb nackte Telefongespräch des Tages begonnen.

»Willst du mich lieber zurückrufen? Es ist nichts, was nicht warten kann.« Sollte heißen, ich will jetzt reden.

»Klar, Mama.«

Fünfzehn Minuten später, trocken und eingecremt, wählte ich ihre Nummer. Sie nahm sofort ab.

»Fühlst du dich wie neugeboren?«

»Eindeutig.«

»Diese Hitze ist absolut bestialisch.« Eis klimperte in einem Glas. »Ich hoffe, du verlässt dein nettes, kühles Haus nicht.«

»Hmm.«

»Hast du diese tolle Chantecaille-Vitalisierungscreme genommen, die ich dir zu Weihnachten geschenkt habe?«

»Ja. Noch mal danke.« Ich hatte keine Ahnung, was ich aufgeklatscht hatte. »Und, was ist das für ein Problem mit der Hochzeit?«

»Ach, das. Nichts. Sinitch ist ein Mann, und Männer haben eben so ihre Art.«

Die letzte Viertelstunde hatte offensichtlich Southern Comfort mitgestaltet.

»Und wir Mädchen die unsere.« Sie lachte, ein trällerndes Zwitschern, das in die Höhe stieg wie ein Drachen in einer plötzlichen Brise. »Morgen bereite ich ein italienisches Festmahl für ihn zu.«

Mama ist keine gute Köchin. Als Harry und ich noch klein waren, hatte sie sich ab und zu an den Herd gestellt. Ihre Tomatensauce schmeckt wie leuchtend rotes Nichts, ihre Salate wie welkes, grünes Nichts. Aber wir liebten es, wenn sie es versuchte. Dass hieß nämlich, dass sie dann an einem sonnigen Ort war, wie sie ihre guten Tage nannte. Oder dass ihre Medikamente richtig ausbalanciert waren – und sie sie auch nahm.

»Gutes Essen, guter Wein und nach dem Mahl ein bisschen Spaß. Dann frisst er mir aus der Hand.«

»Versuche, ihn nicht umzubringen.«

»Allmächtiger. Glaubst du, es ist zu viel –«

»Das war ein Witz. Er wird seinen Spaß haben.«

Wieder Eisgeklimper. Schluckgeräusche. Dann leise und verschwörerisch: »Was Neues bei deinem Gesichtslosen?«

»Wir haben eine Identifikation.« Ein plötzlicher Einfall. »Hör zu, Mama. Ich habe eine Internetfrage.«

»Ma spécialité.« Zu viel Begeisterung. Oder Whiskeylikör.

»Ich habe versucht, eine Person aufzuspüren, aber absolut nichts gefunden. Nichts in den sozialen Medien, keine E-Mail-Adresse, nichts mit den üblichen Suchmaschinen. Wie würdest du es anstellen, jemanden zu finden, der keine Spuren hinterlassen hat?«

»Weißt du irgendwas über ihn?«

»Ich habe Grund zu der Annahme, dass er ein Verschwörungstheoretiker ist.«

»Wie deine Erzfeindin.«

»Was?« Ich hatte keine Ahnung, was sie meinte.

»Diese schreckliche Frau, die das Interview mit diesem Schandmaul Nick Body gemacht hat.«

»Ach so.« Ich hatte es geschafft, Heavner weit in den Hintergrund zu drängen.

»Versuch's im Deep Web.« Als ich darauf nichts sagte: »Ich nehme an, du hast schon davon gehört?«

»Hat das nicht jeder?« Wobei ich das ganz und gar nicht dachte.

»Viele hören davon, nur wenige besuchen es.«

Ich wusste, dass das Deep Web von Privatsphärenverfechtern und Whistleblowern wie Edward Snowden und Julian Assange bevorzugt wurde. Dass es benutzt wurde, um Informationen zu sammeln, die normalen Usern verborgen blieben. Dass Asia Barrow sich darüber entsetzte. Darüber hinaus hatte ich keinen blassen Schimmer.

»Kannst du mir mehr darüber erzählen?«

»Das Deep Web, Deep Net, unsichtbares Netz oder Darknet – es hat viele Namen – enthält diejenigen Inhalte des World Wide Web, die verborgen sind und mit herkömmlichen Suchmaschinen nicht zugänglich sind. Es wimmelt vor Ungeziefer wie Nick Body.«

»Wie umfangreich ist es?«

»Ich habe Schätzungen gelesen, nach denen bis zu sechsundneunzig Prozent der Inhalte des WWW im Deep Web vergraben sind. Es wird behauptet, dass das Deep Web fünfhundert Mal größer ist als das Oberflächennetz.«

»Du willst damit sagen, dass nur vier Prozent der Web-Inhalte sichtbar und mit normalen Suchmaschinen zugänglich sind?«

»Ich nicht. Andere sagen es.«

»Wie kommt man da rein?«

»Du brauchst einen speziellen Deep-Web-Browser, wie zum Beispiel The Onion Router.«

»TOR.« Na also. Ich wusste doch etwas.

»Ja. TOR funktioniert so, dass es den Internetverkehr über Tausende Zwischenstationen umlenkt. TOR hat seinen Namen vom Begriff Onion Routing, das auf Schichten der Verschlüsselung verweist, wie die einzelnen Schichten einer Zwiebel. Ist das nicht drollig?«

»Ich weiß nicht, ob ich das so recht verstehe.«

»TOR verschlüsselt die Originaldaten eines Nutzers zusammen mit der IP-Zieladresse und schickt die Anfrage durch einen virtuellen Schaltkreis aufeinander folgender, beliebig ausgewählter TOR-Relais.«

Als ich nichts sagte:

»Stell dir vor, diese Zwischenstationen liegen an großen Schleifen. Jede Zwischenstation entschlüsselt eine Schicht der Codierung des Originals, das dann nur für die nächste Zwischenstation im Schaltkreis sichtbar ist.«

»Verschlüsseln und entschlüsseln, damit der Aufenthaltsort und die IP-Adresse des Nutzers anonym bleiben.«

»Es gibt noch andere Deep-Net-Browser. 12P, Freenet. Aber ich ziehe TOR vor.«

»Du hast ihn schon benutzt?« Meine fast achtzigjährige Mutter hört nie auf, mich zu überraschen.

»Natürlich.« Meine Mutter amüsierte sich über mich. »Es ist schwieriger, auf das wirklich tiefe, üble Zeug zuzugreifen. Das erfordert Kenntnis der URL, normalerweise ein Passwort.«

Im Hintergrund rief eine Stimme. Männlich.

»Moment mal.« Gefolgt von derselben gedämpften Hohlheit, die ich bei Slidell gehört hatte. Dann: »Showtime, Liebes.«

»Ich dachte, dein Anschlag war für morgen geplant.«

»Kostümprobe. Nur ohne Kostüm«, flüsterte Mama mit einem warm süßlichen Unterton, über den ich lieber nicht genauer nachdachte.

»Danke, Mama.«

Sie hatte recht. Ein paar Minuten an der Tastatur erbrachten folgende Fakten:

Das Deep Web enthält 7500 Terabytes Inhalt, verglichen mit 19 des Oberflächennetzes, und hat über 200 000 Sites. Das

Deep Web enthält 550 Milliarden Dokumente, verglichen mit 1 Milliarde des Oberflächennetzes, zwischen 400 und 500 Mal mehr öffentliche Information. 95 Prozent des Deep Net sind öffentlich zugänglich, ohne Gebühren oder Abonnements.

Als ich den Begriff TOR nachschlug, kam ich zu einer Site, die einen kostenlosen Download anbot. Mit einer gewissen Beklemmung klickte ich den lila Button. Binnen Sekunden gehörte der Browser mir. Ich meldete mich an, testete meine Netzwerkeinstellungen und erhielt die Freigabe. Der Suchbegriff »Verschwörungstheorie« brachte mich zu einer Seite, die Links auflistete, manche sagten mit etwas, andere nicht.

Stundenlang sprang ich von einer Site zur nächsten. Die Masse an Idiotie war erstaunlich.

Der übliche, banale Blödsinn. JFKs Mörder war kein Einzeltäter. Paul McCartney starb 1966. Die Mondlandung war ein komplexer Betrug, jedes Foto aufgenommen in einem Studio auf der Erde. 1947 war in der Area 51 in der Nähe von Roswell, New Mexico, ein von Außerirdischen gesteuertes Ufo abgestürzt.

Meine persönliche, von einem britischen Sportreporter stammende Lieblingstheorie behauptete, dass jeder mächtige Mensch in Wahrheit ein blutrünstiges, außerirdisches, formwandelndes Reptil sei. Eins mit Stern für Kreativität.

Schließlich stieß ich auf einen Verweis zu Nick Body. Da mir nichts Besseres einfiel, ging ich auf seine Website *Body Language* und hörte mir einige seiner archivierten Sendungen an. Zum Teufel damit, die Gebühr hatte ich ja sowieso schon bezahlt.

In einer behauptete Body, dass die Arzneimittelzulassungsbehörde und die Pharmariesen sich dazu verschworen hatten, die Menschen krank zu machen, indem sie ihnen Heilmittel vorenthielten, die sie bei ihren Forschungen entdeckt hatten. In einer anderen behauptete er, dass der Unfall, bei dem Prinzessin Diana ums Leben kam, vom britischen Geheimdienst im Auftrag der Königlichen Familie inszeniert worden war. In einer weiteren argumentierte er, das Konzept der globalen Erwärmung sei das Resultat von Forschungen, die aus ideologischen und finanziellen Gründen manipuliert worden seien.

In noch einer anderen deutete er an, dass viele der angeblichen Überlebenden von Massenschießereien tatsächlich bezahlte Krisenschauspieler seien. Das mochte so gewesen sein, legte er nahe, vor dem Nachtclub Pulse in Orlando, Florida, im Mandalay Bay Resort and Casino in Las Vergas, Nevada, in der Marjory Stoneman Douglas High School in Parkland, Florida, in der Santa Fe High School in Santa Fe, Texas, der Tree of Life Synagogue in Pittsburgh, Pennsylvania, und dem Borderline Bar and Grill in Thousand Oaks, Kalifornien.

Ich erkannte die rätselhafte Anspielung Duncan Keesings in einer fast unverständlichen Suada, die von Strava inspiriert war, einer mobilen Fitness-App, die von Radfahrern und Läufern benutzt wurde, um Entfernungen, Geschwindigkeiten und Routen aufzuzeichnen. Vor einigen Jahren hatte man entdeckt, dass Stravas globale Wärmekarten-Funktion versehentlich die Standorte von geheimen Militärbasen in den ganzen Vereinigten Staaten preisgab. Body regte sich darüber auf, dass die Regierung die Existenz solcher Einrichtungen sogar vor direkten Anwohnern verbergen konnte.

In einer besonders abstoßenden Hetzrede beharrte Body darauf, dass es den Holocaust nie gegeben habe. Dass es keine antijüdische Regierungspolitik gegeben habe. Dass keine Gaskammern benutzt worden waren. Dass die Zahl der tatsächlich Getöteten viel geringer war als die historisch akzeptierten fünf bis sechs Millionen.

Während ich Bodys Stimme raspeln hörte wie Sand durch ein Sieb, versuchte ich, mir den Grad an Gutgläubigkeit vorzustellen, der nötig war, um ihm die Gehässigkeiten abzukaufen, die er in die Welt spuckte. Um das Geheimnis seiner Popularität zu verstehen. Seine Wirkung fußte eindeutig nicht auf seiner Erkenntnistiefe oder seinem Intellekt.

Ich sprang weiter von Podcast zu Podcast, suchte mir willkürlich Themen aus, hörte mir Ausschnitte an.

Ölkonzerne. Die Industrie treibe die Preise in die Höhe und halte massive Reserven zurück, um die Illusion von Knappheit zu vermitteln.

Der elfte September. Die Türme hätten nur aufgrund des Aufpralls und des Kerosins nie einstürzen können. Die US-Regierung hatte bei dem Angriff mitgeholfen.

Energiewaffen. Die verheerenden Brände 2018 in Kalifornien waren von Lasern der Regierung ausgelöst worden.

Und so weiter und so fort. Zionisten, Schattenregierungen, Freimauer, Illuminati. Immer ein anderer Gegner, aber immer ein verbindendes Thema. Irgendeine Person oder Instanz hatte die Absicht, dem kleinen Mann zu schaden. Oder alles zu übernehmen.

Ich kehrte zur Homepage zurück und klickte Bodys *General Store* an. Fünf »Gangreihen«: *Survival-Ausrüstung, Wellness und Gesundheit, Sicherheit, Bildungsmedien, Unterstützt unsere Arbeit*. Ich klickte *Survival-Ausrüstung* an. Zum Angebot gehörten Lagercontainer, die einen atomaren Winter überstehen konnten, Wasserfilter, unzählige Typen von Funkgeräten, Taschenlampen, tragbare LED-Laternen mit Solarpaneelen, konservierte Lebensmittel und unzählige andere Dinge, die fast alle auch im Baumarkt oder bei Amazon zu bekommen waren.

Bodys *Bildungsmedien* umfassten die zu erwartende Ansammlung von Büchern und DVDs gegen Impfungen, gegen Klimawandel, gegen Liberalismus. Nicht überraschend waren auch seine eignen Podcasts auf CDs oder als MP3-Dateien käuflich zu erwerben.

Zum Angebot von *Wellness und Gesundheit* gehörte eine Auswahl an organischen Kräutern und Ölen, die mehr versprachen, als sie halten konnten. In der Rubrik *Sicherheit* war

Ramschware aufgelistet, die Sie und Ihr Heim garantiert beschützten oder mit denen man andere ausspionieren konnte. Da ich wusste, dass es nur um Geldbeschaffung ging, übersprang ich die letzte Rubrik.

Als Nächstes surfte ich durch Bodys Blogs. Fand noch mehr zu denselben Themen.

Ich wollte die Site schon angewidert schließen, als ich einen obskuren Verweis auf eine URL entdeckte, ähnlich denen, die Mama erwähnt hatte. In dem Rattenschwanz aus Buchstaben, Ziffern und Symbolen entdeckte ich das Wort *DeepUnder.* Die Domain-Endung war .onion.

Ich klickte auf den Link. Die Site brauchte Zeit zum Laden. Die Homepage zeigte das Banner *DeepUnder* und als Hintergrund einen umgedrehten Kegel wie ein auf den Kopf gestellter Vulkan. In der Mitte des Kegels blinkte ein Rechteck, das ein Passwort verlangte.

Scheiße.

Ich versuchte Verschwörung. Body und die üblichen Variationen, vorwärts, rückwärts, alles Mögliche. *Body Language,* häufige Begriffe und Formulierungen aus Bodys Podcasts und Blogs. Roswell, Area 51, Impfung, globale Erwärmung, 9/11, Dutzende Wörter, die Body in seinen Tiraden verwendet hatte.

Das Rechteck blinkte weiter.

Holocaust. Zionisten. Strava. Pharma. Twin Towers.

Nichts.

Ich tippte gerade »Mondlandung«, als das Licht flackerte, ausging und dann wieder ansprang. Ein Blick auf mein Handy zeigte mir, dass es kurz vor Mitternacht war. Mit dem Eingeständnis, dass ich so gut wie keine Chance hatte, zufällig auf das richtige Passwort zu stoßen, schaltete ich ab und ging zu Bett.

Ich lag im Dunkeln, und Verschwörungstheorien schwirrten durch mein überlastetes Hirn. Schließlich döste ich ein. Wachte zwei Stunden später schweißfeucht und zwischen zerknüllten Laken wieder auf.

Misserfolge nagen an mir. Wenn ich blockiert bin, kann ich nicht abschalten. Kann keine Ruhe geben. Ich war schon immer so gestrickt. In jungen Jahren war ich die ultimative Streberin, die immer die besten Noten haben musste, die auf die beste Universität ging, die schnellsten Zeiten schwamm. Die meisten Tennisspiele gewann. Angeboren? Angelernt? Weil ich die Erstgeborene war?

Obwohl ich mir nur selten gestatte, diese Erinnerung hervorzukramen, weiß ich tief drinnen doch, dass der Tod meines Bruders Kevin einen enormen Einfluss auf die Entwicklung meiner Psyche hatte. Hilflos musste ich zusehen, wie der winzige Junge, den ich so innig liebte, immer schwächer wurde und dann starb. Ich wurde Zeuge des erdrückenden Schmerzes, den meine Eltern durchlebten. Litt unter dem Zusammenbruch einer früher so glücklichen Familie. Ich habe keinen Zweifel, dass dieser Wendepunkt in meiner achtjährigen Welt Narben hinterließ, die sich bis heute auswirken. Vor allem wenn es um verschwundene und ermordete Kinder geht. Ich habe es erlebt. Ich kenne das Leid nach dem Verlust eines Kindes. Manchmal auf einer bewussten Ebene, manchmal auch unbewusst, steckt dieses Wissen hinter meiner sturen Beharrlichkeit.

Ich stand auf, kochte mir Pfefferminztee, kehrte ins neue Arbeitszimmer zurück und tippte auf die Tastatur. Mein Laptop sprang an. Das Rechteck verhöhnte mich immer noch.

Frustriert und weil mir nichts Besseres einfiel, versuchte ich die Begriffe, die Wodjanow interessiert hatten, offensichtlich ein weiterer Verschwörungstheoretiker. MKUltra. Montauk. Philadelphia. Stargate. Estonia.

Ich versuchte die Adresse, die auf dem zerknüllten Fetzen in der Tasche des Trenchcoats stand. Die Adresse von Ms. Ramos' Gebäude. Ich kam mir blöd vor. Diese hatten schließlich nur mit Wodjanow zu tun und waren folglich irrelevant.

Das einzige Licht im Zimmer kam von meinem Laptop und seinem Spiegelbild im Fenster hinter mir. Ich versuchte, wie ein Verschwörungstheoretiker zu denken. Hatte allerdings keine Erleuchtung.

Ich schaute auf mein Handy. Dachte an meine Unterhaltungen mit Ryan und Slidell. Meine letzte Internetsuche.

Eine blendende Synapse. Ein zusammengefaltetes Papier mit handschriftlichen Codes.

Heilige Scheiße. Konnte es das sein? Hatte Wodjanow vielleicht *DeepUnder* besucht?

Ich blätterte in den neu abgespeicherten Bildern auf meinem Handy.

Tippte UATNOMI1793.

Nichts.

DALIHP2580.

Kein Glück.

Mein Hirn spielte mit den Buchstaben. Konnte UATNOM vielleicht Montauk rückwärts und verkürzt sein? Und DALIHP Philadelphia? Das schien einleuchtend.

Ich versuchte RABUK1963, eine verkürzte Version des Namens des berüchtigten CIA-Handbuchs zusammen mit dem Jahr seiner Veröffentlichung.

Kein Erfolg.

Ich konzentrierte mich auf die Ziffern. Erkannte sofort ein Muster. Die beiden kompletten Vier-Ziffer-Sequenzen waren zwei der am häufigsten verwendeten Passwörter: 1793 – gegen den Uhrzeigersinn auf einem digitalen Ziffernblock, wenn man die vier Ecken benutzt. 2580 – genau durch die Mitte von oben nach unten. Eine weitere oft benutzte Kombination überkreuzt den Block und nimmt die Ecken.

Ich versuchte RABUK1973.

Das Rechteck verschwand. Die Seite verdunkelte sich und zoomte, was den Eindruck vermittelte, als würde man in einen rasenden Wirbel gesaugt. Einen Augenblick lang war ich desorientiert.

Tiefer Atemzug.

Ich fiel in ein schwarzes Loch, in dem der Glaube an Verrat, Verdunkelung und Täuschung das Bindeglied zwischen all jenen war, die hierherkamen.

17

Samstag, 7. Juli–Sonntag, 8. Juli
Der Name *DeepUnder* stand oben auf der Homepage in Feuerrot auf einem schwarzen Banner.

Darunter, in schwarzen Blockbuchstaben:

**WILLKOMMEN! SEI OFFEN!
SEI OHNE VORURTEIL!
SEI VORSICHTIG!!!**

Nach dieser enthusiastischen und auch etwas bedrohlichen Begrüßung erklärte ein Textblock den Zweck dieser Site:

Du bist einer von uns. Du bist hier, weil du die Wahrheit suchst. Wir sind hier, um sie dir zu enthüllen.
Wenn die Regierung versagt – Politiker, Richter, Lehrer und religiöse Führer –, ist es die Pflicht jedes Einzelnen, sich selbst und seine Familie zu schützen. Wissen ist der Schlüssel zum Überleben.
Diese Site liefert ein Format für Wahrheiten, die verkündet werden müssen. Wahrheiten über die Regierung, Akademiker, Wissenschaftler, Journalisten, Unternehmen, das Militär, die Eliten. Wahrheiten über Verdunkelung und Gier. Über jene, die unsere Gesundheit, unser Land, unseren Lebensstil zerstören wollen. Über jene, die ihre Mittäterschaft und ihre Doppelzüngigkeit vor uns verbergen wollen.
Hier wird alles enthüllt und frei diskutiert. Aber sei gewarnt. Die hier dargestellte Wahrheit ist wirklich angsteinflößend.

--- *Die Architekten von DeepUnder*
»Gewiss ist, dass es die Ruhmbegierigsten sind, die das größte Geschrei erheben über den Missbrauch des Ruhms und die Eitelkeit der Welt.«

Spinoza? War das Zitat ein Hinweis auf die Geisteshaltung der Seitenmacher? Oder gefiel den Schöpfern einfach nur der Klang der Worte?

Den rechten Rand bildete ein Register mit sieben Einträgen. *Die Bedrohung von außen. Die Bedrohung von innen. Die Bedrohung von oben. Die Bedrohung von unten. Die Wachhunde. Die Feinde. Fotos und Archive.*

Ich klickte mich durch die ersten vier Optionen. Jede öffnete ein Untermenü mit weiteren Wahlmöglichkeiten.

Der erste Tab lieferte Links zu Verschwörungstheorien, die mit der Übernahme der Vereinigten Staaten durch fremde Mächte zu tun hatten. Der zweite zu Theorien über US-amerikanische Komplotte. Der dritte zu Theorien über mächtige Personen, die Ereignisse um des persönlichen Vorteils willen manipulierten. Und der vierte schließlich zu Theorien über die Neuordnung der Gesellschaft durch einen Aufstand der unteren Klassen.

Ich kehrte zu *Bedrohung von innen* zurück, klickte auf *Sandy Hook* und fand eine Liste mit Wahlmöglichkeiten, darunter zwei Chatrooms. Da ich zum ersten keinen Zugang bekam, klickte ich den zweiten an.

2012 erschoss Adam Lanza zuerst seine Mutter, dann zwanzig Kinder und sechs Angestellte der Sandy Hook Elementary School in Newtown, Connecticut, und schließlich sich selbst. Das erschütternde Massaker war wochenlang in allen Medien.

Ich fand widerliche Dialoge, die die Authentizität des Vorfalls in Zweifel zogen. In einem Thread waren sämtliche Teilnehmer der Meinung, das Blutbad sei von der amerikanischen

Regierung inszeniert worden, um strengere Waffenkontrollgesetze durchzusetzen. In einem anderen waren die Schreiber überzeugt, der Vorfall sei »Fake News« und die Schießerei habe nie stattgefunden.

Ich saß im Dunklen, war mir meiner Atmung, meiner Finger auf den Tasten, meiner Augen auf dem Bildschirm bewusst. Am liebsten hätte ich den Deckel zugeknallt und wäre weggegangen. Stattdessen kehrte ich zur Homepage zurück und klickte *Wachhunde* an. Wie erwartet, gelangte ich zu einer Liste mit Verschwörungstheoretikern.

Manche sagten mir nichts. Andere kannte ich. Gary Allen. David V. Icke, das Genie hinter dem formwandelnden Echsenmenschen-Mythos. Alex E. Jones. Jim Marrs.

Ich klickte ein paar der Namen an. Alle führten mich zu Kurzbiografien mit Links zu Veröffentlichungen, Interviews, Fotos und, in einigen Fällen, Medienauftritten.

John Robinson war ein Spezialist für Geheimgesellschaften aus dem achtzehnten Jahrhundert. Steven M. Greer war Ufologe, der nach eigener Behauptung bereits Kontakt mit Außerirdischen gehabt hatte, und Gründer der Disclosure and Orion Projects. Jim Marrs, Experte für Verschwörungstheorien über JFK, trat liebend gern im Fernsehen auf.

Nick Body war der zweite auf der alphabetischen Liste. Ich klickte seinen Namen an. Ein Kästchen erschien und wies darauf hin, dass der Link gelöscht worden sei.

Ich dachte darüber nach. Hatte Body es geschafft, den Zugang zu Informationen über sich selbst zu blockieren? Niemand wusste, wo er lebte oder wo er seine Sendungen aufnahm. Wie schaffte er es nur, so weit im Hintergrund zu bleiben?

Warum diese Geheimniskrämerei? Manipulierte er sein Publikum, indem er sich mit einer Aura des Geheimnisvollen umgab? Oder war er nur um seine persönliche Sicherheit besorgt?

Meine Uhr zeigte 3:20. Mein Tee war kalt, mein Hals steif.

Ich kam mir vor, als hätte ich mich stundenlang durch eine pechschwarze Höhle getastet, wäre steile Anhänge hinuntergestolpert, um blinde Ecken herum, durch verwinkelte Passagen und enge Öffnungen. Immer wenn ich aufhören wollte, holte mich die Homepage mit ihren unerforschten Möglichkeiten wieder zurück.

Noch eine letzte. Dann ins Bett. Ich klickte auf *Fotos und Archive*.

Sah vieles, was mich wenig überraschte. Die Wagenkolonne, die Dealey Plaza, das Texas School Book Depository. Flugzeuge, die durch einen blauen Himmel auf zwei hohe Gebäude zuflogen. Mumifizierte Überreste von Aliens mit drei Fingern. Bigfoot. Atlantis. Vorgeschichtliche Astronauten.

Andere waren grausiger. Durchgesickerte Autopsiefotos von Anna Nicole Smith, Marilyn Monroe, Tupac Shakur, Elvis Presley. Überlebende der Bombenabwürfe von Hiroshima und Nagasaki. Opfer von Ebola, Rinderwahn, SARS, Aids.

Es gab Skizzen von Schutzbunkern, Fluchtplänen, unterirdischen Anlagen, Simulationen von Geschossflugbahnen. Karten zeigten den prognostizierten Fallout von radioaktiver Strahlung, die Ausbreitung von Pocken und Pest, die Verbreitungsrate von Rizin in Seen und Flüssen.

Ich sah Fotostrecken von Konferenzen, auf denen die globale Erwärmung geleugnet, die Existenz von außerirdischen Leben und Ufos propagiert, für New-Age-Lehren geworben, der Tod diverser Prominenter in Zweifel gezogen wurde. Andere Gründe, zusammenzukommen und Weisheiten auszutauschen, waren die Vergiftung von Babyprodukten durch die Regierung, die Erschaffung des H1N1-Virus und die Existenz von Sklavenlagern auf dem Mars.

Die Kongressfotos waren austauschbar. Sprecher an Pulten, Speisende an Tischen. Leute, die standen oder saßen, mit Drinks in der Hand, in die Kameras lächelnd. Oder auch nicht. Hin und wieder wurden Dargestellte mit Namen genannt, meistens nicht. Viele wirkten normal. Manche sahen ziemlich durchgeknallt aus. Ein paar Gesichter kannte ich von meinem Besuch bei den *Wachhunden*.

Ich wollte eben abschalten, weil mein Hirn schon taub war vor Erschöpfung, als mein Blick auf drei Bilder fiel.

Ein Foto zeigte einen Mann mittleren Alters hinter einem Podium, mit schütteren weißen Haaren, die seine rosa Kopfhaut kaum verdeckten, und Brillengläsern so groß wie Bagels. Über seiner linken Schulter ein Teil eines Spruchbands. – *ferenz zu MKUltra und Mind Control 2010*. Das zweite war eine Gruppenaufnahme, vermutlich nach einer Podiumspräsentation. Drei Männer, eine Frau, alle mit Namensschildchen auf der Brust. Ich erkannte niemanden.

Das dritte war ein Schnappschuss von vielleicht zwanzig Leuten, die dicht beieinanderstanden und nicht wussten, dass sie fotografiert wurden. Der Blickwinkel war nicht besonders, von den meisten waren nur Profile und Hinterköpfe zu sehen. Das Foto sah aus, als hätte jemand einfach das Handy oder eine Kamera hochgehalten und abgedrückt, ohne sich groß um die Bildqualität zu scheren.

Die Männer trugen billige Anzüge, die einzige Frau ein rotes Kleid von Walmart in Übergröße und falsche Perlen. Eine Party, ein Empfang oder dergleichen.

Am weitesten vom Objektiv entfernt und etwas abseits der Gruppe standen drei Männer, die nur von den Schultern aufwärts zu sehen waren. Sie waren ins Gespräch vertieft, hatten die Köpfe gesenkt und wussten nicht, dass sie fotografiert wurden. Zwei Gesichter waren frontal zu sehen, und ich fragte mich, ob einer von ihnen im Zentrum des Interesses des Fotografen gestanden hatte. Der dritte stand schräg da, sein Gesicht war nicht zu erkennen.

Der Mann auf der linken Seite war der größte der drei. Wahrscheinlich Mitte vierzig, mit einer militärisch anmutenden Brille und welligen braunen, seitlich gescheitelten und zurückgekämmten Haaren. Unter seinem Kinn war ein Textblock eingefügt. Darauf stand: *Yates Timmer.*

Der abgewandte Mann war kurz und stämmig und hatte dichte, schwarze Haare, die über den Kragen quollen. Ein Textblock gab seinen Namen mit *Nick Body* an.

Heilige Scheiße. Da war er, jünger als auf den neueren Fotos, die ich kannte.

Ich schaute zum dritten in dem Trio. Und schnellte auf meinem Stuhl nach vorne.

Es war Felix Wodjanow.

Ein Junikäfer am Fliegengitter. Ich stellte ihn mir vor, klein und bronzefarben im Mondlicht. Ich hatte ihm stundenlang zugehört, wie er hochkrabbelte, herunterfiel, mit einem summenden Klacken zurückkehrte. Immer und immer wieder versuchte – was zu tun? Sollten Junikäfer nach Sonnenuntergang nicht verschwunden sein?

War es ein einzelnes Insekt gewesen? Oder eine ganz Reihe von Tieren, die es versuchten, versagten, ersetzt wurden?

Mein Wecker zeigte 8:05 Uhr. Vor dem Fenster eine Montage aus Grün vor einem dunstigen Himmel.

Der Käfer war verschwunden.

War er real gewesen? Oder hatte ich ihn geträumt als eine Metapher für meine Frustration?

Man fühlt sich beschissen als Exilant, der nicht nach Hause kann.

Aber wenigstens hatte ich eine Spur. Eine potenzielle Spur.

Völlig aufgedreht von dem, was ich online gesehen hatte, überlegte ich, ob ich zu Slidell nach Hause fahren sollte. Wieder war es Sonntagmorgen. Ich bezweifelte, dass er einen Anruf von mir annehmen würde.

Stattdessen nahm ich mein Handy vom Nachtkästchen, ging auf *Persönliche Einstellungen* und schaltete die Anruferkennung ab. Dann wählte ich Slidells Nummer. Der Trick funktionierte.

»Ich habe diese Nummer auf jeder Nicht-Anrufen-Liste auf dem Planeten. Ab jetzt ist sie blockiert. Ich bin Polizist. Wenn ich noch einmal von Ihnen höre, wandern Sie in den Knast. Das können Sie ruhig der Scheißorganisation petzen, die Sie bezahlt.«

»Ich bin's«, sagte ich. »Bitte nicht auflegen.«

Slidell saugte scharf die Luft ein. Ich fiel ihm ins Wort.

»Felix Wodjanow kannte Nick Body.«

»Wovon um alles in der Welt reden Sie?«

»Ich habe ein Foto mit ihnen zusammen von 2010 gefunden.«

»Dieser Internetspinner und der Perverse?«

»Ja.«

»Wo?«

»Auf einer Konferenz zur Bewusstseinskontrolle.«

»Sie haben doch gesagt, Body mag keine Paparazzi.«

Ich erzählte Slidell vom Dark Web und der Site *DeepUnder*.

»Anscheinend hatte irgendjemand Body in der Menge entdeckt. Vielleicht ein Bewunderer, vielleicht ein Opportunist, der hoffte, mit dem Schnappschuss abzusahnen. Wer weiß? Ich habe Wodjanow anhand des Phantombilds erkannt.«

»Sind Sie sicher, dass er es war?«

»Ja. Also kannten die beiden sich.«

»Und die Verbindung ist dieser Verschwörungskäse?«

»Wodjanow stand auf so was. Verschwörungstheorien sind Bodys Lebenselixier.«

Slidell machte dieses Geräusch mit seiner Kehle.

»Sie waren mit einem dritten Mann namens Yates Timmer zusammen.«

»Was für ein Weichei heißt denn bitte Y –«

»Könnten Sie ihn mal überprüfen? Sehen, ob sich was ergibt?«

»Ich bin gerade auf dem Sprung, um an etwas zu arbeiten.«

»Eine Spur zu Jahaan Cole?«

»Nein. Ich schaue nach, ob der zweite Schütze vielleicht unter dem Stadion der Panthers begraben liegt.«

Ich sagte nichts.

Ein leidgeprüftes Seufzen. Dann: »Eine alte Frau, die in der Nachbarschaft der Coles wohnt, hat die Hinweishotline angerufen, um zu erzählen, dass ein Auto gegen zwei Uhr in der Nacht vor dem Verschwinden des Mädchens um den Block gekreist sei. Anscheinend schläft die alte Schachtel nicht mehr so gut. Na jedenfalls ist ihr Anruf offenbar durchgerutscht.«

»Durchgerutscht?«

»Es gibt keinen Hinweis auf einen Rückruf, keinen Befragungsbericht. Die Oma war damals dreiundachtzig. Kurz darauf haben ihre Kinder sie in ein Altenheim abgeschoben.«

»Betreutes Wohnen«, warf ich angemessen vorwurfsvoll ein.

»Wie auch immer. Ich werde mich mal mit ihr unterhalten.«

»Haben Sie schon mit ihr telefoniert?«

»Nein. Könnte sein, dass bei ihr schon ein paar Drähte durchgeschmort sind.«

Könnte auch sein, dass sie klarer im Kopf ist als du.

»Schauen Sie sich Yates Timmer an, wenn Sie zurück sind?«

»Klar. Ich bin mir sicher, in der Zwischenzeit werden Sie ihm im Weird Wide Web nachstellen.«

Das tat ich auch. Gleich nachdem ich Kaffee gekocht und die Katze gefüttert hatte.

Ich brauchte keinen Deep-Net-Browser, um Yates Timmer zu finden. Kein Passwort. Die Links zu seiner Website kannte sogar das gute, alte Google.

Timmer war Immobilienmakler, der Anwesen zu verkaufen hatte. Aber keine Häuschen im Grünen oder Eigentumswohnungen in der City.

Als ich durch seine Angebotslisten klickte, klappte mir buchstäblich die Kinnlade runter.

18

Timmers Firma nannte sich *Homes at the End of the World, LLP.* Die Homepage war ähnlich gestaltet wie *DeepUnder.* Das Register am oberen Rand bot vier Rubriken: *Über mich. Kontakt. Anwesen zum Verkauf. Videotouren durch die Anwesen.*

Darunter: *Ich bin spezialisiert auf den Erwerb und den Verkauf von Raketenbasen und unterirdischen Anlagen.*

Unter dieser überraschenden Aussage waren Vorher-/Nachher-Aufnahmen aus der Luft zu sehen. Links, militärisch karg wirkend, eine Flugabwehrraketenbasis, erbaut 1954, außer Dienst gestellt 1965. Rechts war dasselbe Anwesen 2014 zu sehen, jetzt üppig landschaftlich gestaltet mit von Hecken gesäumten Wegen, einer Auffahrt und einem Teich. In der Mitte der Anlage aus unerbittlich grünem Gras erhob sich eine flache, kaum über Bodenniveau ragende Erhebung mit Betondach.

Unter den Fotos ein Angebotstext:

Die Anwesen in meinem Portfolio bieten ein völlig neues Wohnkonzept: absoluten Schutz und höchste Sicherheit in naturnaher Umgebung. DIE FESTUNG IM GRÜNEN.

Unterirdische Bunker. Versteckte Raketensilos. In die Erde eingelassene Befehlsstände. Diese unterirdischen Festungen bieten das Äußerste an Sicherheit und Ungestörtheit. Sie garantieren Abgeschiedenheit und Sicherheit in gewalttätigen und unruhigen Zeiten. Nach dem Umbau sind solche Anlagen Häfen in jedem Sturm, sei es nun ein tatsächlicher Krieg oder einfach nur der Wahnsinn des 21. Jahrhunderts. Abseits ausgetretener Pfade und sicher vor Unheil sind sie wahrhaft Heime am Ende der Welt.

Entworfen vom Verteidigungsministerium und erbaut aus genug verstärktem Stahl und undurchdringlichem Beton, um einen nuklearen Angriff zu überstehen, gehören unterirdische Raketenbasen und Silos zu den stärksten Gebäuden der Welt. Solche Anlagen definieren den Begriff »Schutzraum« neu.

Und was für eine Investitionsgelegenheit! Angesichts des Klimawandels und der höchst unsicheren politischen Situation, sowohl zu Hause wie international, steigen diese geschätzten und in der Menge stark begrenzten Anwesen sehr schnell im Wert. Handeln Sie jetzt, und eins kann schon bald Ihnen gehören.

Als ich *Über mich* anklickte, bekam ich ein Foto von Yates Timmer. Dieselbe militärisch wirkende Brille. Aber die welligen Haare waren dünner, die Kleidung lässiger als bei der Konferenz zur Bewusstseinskontrolle acht Jahre zuvor. In Jeans, Safari-Jacke und Stiefeln stand Timmer mit verschränkten Armen und gespreizten Füßen in einer Tunnelröhre mit Wänden aus Wellstahl. Hinter ihm flankierten raketenförmige Wandlampen eine verstärkte Stahltür.

Eine Kurzbiografie beschrieb Timmer als pensionierten Armee-Ingenieur, der sich auf den Nischenmarkt der unterirdischen militärischen Anlagen spezialisiert hatte. Bis jetzt hatte er fast einhundert dieser Komplexe erkundet und mehr als vierzig Anwesen verkauft.

Timmer wurde als Experte für den Umbau von unterirdischen Anlagen zu Wohnhäusern beschrieben, nachdem er zwanzig Jahre damit zugebracht hatte, eine Raketenbasis in ein Heim umzubauen, das er World's End House nannte. Haus am Ende der Welt.

Ich klickte auf den Link www.worldsendhouse.com.

Vor mir auf dem Bildschirm hatte ich das Nachher-Foto von auf der Seite, die ich eben verlassen hatte. Und einen Überblick über die düstere Geschichte des Anwesens.

Das World's End House war 1954 Teil des Nike-Ajax-Projekts gewesen, eines Boden-Luft-Abwehrsystems. Nach ein paar Jahren wurde die Nike Ajax durch die verbesserte Hercules-Rakete ersetzt, und aus Nike-Ajax-Basen wurden Hercules-Basen. Eine allmähliche Reduktion der Nike-Aufstellung begann 1967, und 1975 war die ganze Sache dank der Abrüstungsverträge schließlich hinfällig.

World's End House ist jetzt ein elf Hektar großes Anwesen vierzig Meilen südlich von Manhattan, Kansas. Die Raketen sind längst verschwunden, und das Gebäude ist in ein Heim umgewandelt worden, in dem Yates Timmer seit 1998 lebt. Besichtigungstouren sind möglich, und das World's End House kann für besondere Anlässe gemietet werden.

Ich klickte die Video-Tour an.

Timmer kommentierte die Bilder, während die Kamera sich auf einer schwindelerregenden Stahltreppe auf und ab bewegte, dann über ausgedehnte offene Flächen schwenkte, vorbei an rostigen Metallgebilden, von deren Funktion ich keine Ahnung hatte, schließlich in Zimmer mit billigen Gemälden, industriell gefertigten orientalischen Teppichen und bunten Billigmöbeln kam, die sich inmitten der Meilen fensterlosen Betons bemühten, fröhlich zu wirken.

Wohnzimmer, Schlafzimmer, eine riesige Küche. Während Timmer durch die Anlage ging, erklärte er die ursprüngliche Funktion jedes Raums. Raketenmagazin. Sicherheitsraum für das Personal. Mechanikraum. Lagerbereich.

Nach zwanzig Minuten trat Timmer wieder in die Außenwelt, und zwar durch eine dreißig Zentimeter dicke Sprengschutztür. Hinter ihm fing die Kamera den kleinen Erdhügel ein, der jetzt das Relikt aus dem Kalten Krieg verdeckte, das er sein Zuhause nannte.

Das Video schaltete nun zu einer Montage von aufgegebenen Raketenbasen, die alle dem World's Ende House ähnelten. Während das Filmmaterial sich von einer Adresse zur nächsten bewegte, spulte Timmer seine Verkaufsmasche herunter, hob die Vorzüge des Lebens im Untergrund hervor und verheimlichte diskret Preise und Örtlichkeiten.

Manche Anwesen waren bewaldet, andere kahl. Manche waren landschaftlich gestaltet, andere noch so wie zu der Zeit, als das Verteidigungsministerium sie eingemottet hatte. Aber eine Konstellation gemeinsamer Merkmale verband sie alle.

In meinem Hirn feuerte glühend heiß eine Synapse.

Punkte verbanden sich. Eine Immobilienvision schälte sich heraus.

Ohne Timmers Schlussworte abzuwarten, wählte ich die auf dem Monitor angegebene Nummer.

Eine Stimme vom Band bestätigte, dass ich Homes at the End of the World erreicht hatte, entschuldigte sich für die Unerreichbarkeit und bat mich, Name und Telefonnummer zu hinterlassen. Ich tat es.

Ich zog mir Jeans, T-Shirt und Turnschuhe an, schnappte mir ein langärmeliges Hemd und eilte nach draußen.

Bilder zogen an mir vorüber, während ich zurück nach Cleveland County fuhr. Die Vogelperspektive von Google Earth auf das Grundstück gegenüber von Duncan Keesing. Der kleine Hügel in seiner Mitte. Die Überwachungskamera und das Tastaturfeld. Der übertriebene Zaun.

Zu den Bildern gesellten sich Fragen. Alte, aber auch neue.

War die Anlage eine aufgegebene Militärbasis? Die Wohnung in Ramos' Gebäude schien ausschließlich zur Lagerung bestimmt gewesen. Vielleicht als Safe House. War ein umgebauter Bunker Wodjanows eigentliches Zuhause? Fall ja, warum?

Keesing hatte gesagt, er stehe mit seinem Wohnwagen seit zwölf Jahren hier. Kannte er die Geschichte des Nachbargrundstücks? Falls ja, warum hatte er sie mir nicht erzählt?

Wodjanow kannte Yates Timmer. Hatte Timmer ihn das Anwesen nutzen lassen? Wer wurde im Grundbuchamt als Besitzer geführt?

Nick Body kannte Yates Timmer. Wo Body lebte und arbeitete, waren streng gehütete Geheimnisse. Konnte die Anlage Bodys Zuhause sein? Sein Studio? Nahm er dort vielleicht seine abscheulichen Podcasts auf?

Wodjanow hatte Body mindestens acht Jahre lang gekannt.

Die MKUltra-Konferenz hatte 2010 stattgefunden. Beide kannten Timmer. Alle drei interessierten sich für Verschwörungstheorien. War das die Verbindung? Oder reichten die Gemeinsamkeiten darüber hinaus?

Und wie zum Teufel würde ich durch dieses Tor kommen?

An dem umzäunten Grundstück angekommen, fuhr ich rückwärts in die Zufahrt und parkte mit der vorderen Stoßstange zur Straße. Ich zog mir das Hemd übers T-Shirt und stieg aus.

Unbeeindruckt vom freitäglichen Sturm hatte die Hitze die Ärmel hochgekrempelt und arbeitete eifrig an neuen persönlichen Bestleistungen. Für den Nachmittag waren rekordverdächtige vierzig Grad angesagt.

Mit ausgestreckten Armen stand ich da, voll im Blick der Kamera, und die Schweißdrüsen meldeten sich bereits. Wie beim ersten Mal fragte niemand nach dem Grund meiner Anwesenheit.

Das Tor erwies sich als einfach. Das Schloss war nicht ganz eingeschnappt.

Nachlässigkeit? Vertrauensseligkeit? Wie auch immer, das passte ins Bild. Wodjanow hatte sich umfangreiche Notizen gemacht und sie entweder mitgeführt oder im Auto gelassen. Er hatte die Schlüssel des Hyundai auf den Vorderreifen gelegt. Ein Verhalten, das weder ein Bedürfnis nach noch ein Talent für strikte Sicherheit oder geschickte Tarnung verriet.

Ausgehend von Google Earth schätzte ich die Entfernung bis zur Lichtung auf etwa fünfzig Meter und zum Erdhügel dahinter noch einmal zwanzig.

Bevor ich weiterging, hielt ich kurz inne, um Slidell eine Nachricht zu schreiben. Sie ließ sich nicht senden. Entweder kein Signal oder zu wenig Saft in meinem Handy.

Umkehren?

Auf keinen Fall. Meine Neugier war wie ein Kraftfeld, das mich vorwärtstrieb.

Mit dem Telefon in der Hand ging ich die Einfahrt hoch.

Das dichte Netz aus Blättern und Zweigen blockierte das Sonnenlicht, was die Temperatur senkte und eine Atmosphäre ständiger Dämmerung erzeugte. Obwohl die Luft alles andere als kühl war, bekam ich eine Gänsehaut.

Wieder wirkte der Wald rätselhaft still. Keine Heuschrecke sirrte im Laub. Kein Kleingetier raschelte im Unterholz. Kein Vogel flog auf.

Im Kies sah ich keine Reifenspuren, keine Furchen in den schmalen Streifen Erde zu beiden Seiten. Nichts, was auf ein Fahrzeug hindeutete.

Nach wenigen Minuten endete die Einfahrt in einem merkwürdigen Sechseck, bewachsen mit ziemlich optimistischem Rasen und Strauchwerk. Wo das Strauchwerk sich ausdünnte, sah ich Kies und hier und dort gerade graue Linien, wahrscheinlich alte Fußpfade oder Fahrspuren. Links die Überreste einer Hütte, mit einer gerade noch aufrechten, aber bedenklich schiefen Wand, und den drei anderen, die zu einem Haufen aus verrostetem Blech und verwitterten Bohlen zusammengestürzt waren. Am hinteren Ende des Sechsecks die merkwürdige Erhebung.

Ich blieb stehen, weil ich an Affordable Art und seine Remington dachte. Die Lichtung bot absolut keine Deckung. Wenn jemand hier und bewaffnet war, wäre ich ein leichtes Ziel.

Ich schaute auf die Uhr. 13:45.

»Hallo!«

Nichts.

»Ist jemand zu Hause?«

Wieder nichts.

Ich trat zwischen den Bäumen hervor. Der plötzliche Angriff der Sonne ließ mich die Augen zusammenkneifen.

Je näher ich kam, desto mehr Details erkannte ich. Die Erhebung war geformt wie ein Hangar. Obwohl eine darüberliegende Schicht aus Erde sie etwas aufweichte, waren die Konturen noch gut zu erkennen. Mein Archäologenauge sagte mir, dass das Ding eindeutig nicht das Werk von Mutter Natur war. Darauf deuteten auch die Stahlträger am Rand hin und das militärische Tarnnetz, das sich zwischen ihnen spannte.

Es gab keinen Zweifel daran, dass diese Erhebung menschengemacht war. Oder daran, was diese Tarnung zu bedeuten hatte. Jemand wollte, dass der Bau und daneben geparkte Fahrzeuge aus der Luft nicht zu erkennen waren. Der Trick hatte funktioniert. Auf Google Earth erschien die Anlage als unauffällige Erhebung.

Mich überfiel derselbe traurige Gedanke wie schon in Ms. Ramos' Gebäude. Falls dies wirklich Wodjanows Wohnsitz gewesen war, konnte er nicht hier sein. Er lag auf einer Bahre in der Leichenhalle des MCME. Heavners Leichenhalle.

Mit klopfendem Herzen ging ich die letzten Meter und trat unter das Tarnnetz. Die Schwärze verlangte von meinen verengten Pupillen eine schnelle Reaktion.

»Jemand zu Hause?«

Wieder keine Antwort.

Ich schaltete die Taschenlampenfunktion meines Handys ein und schlich vorwärts. Blieb alle paar Meter stehen, um zu horchen. Zu rufen.

Langsam passten meine Augen sich an. In einiger Entfernung vor mir erkannte ich eine Wand und darin einen rechteckigen Umriss, vielleicht eine Tür.

Während ich mich vorwärtsbewegte, sprangen Objekte aus der Dunkelheit in den Schein meines Displays. Ein Bagger, ein Frontlader, andere Maschinen, die man für landwirtschaftliche oder Bauarbeiten verwenden konnte. Ein verbogener Fahrradrahmen. Aufgestapelte Metallbehälter. Container. Jeder Gegenstand warf einen langen Schatten, bevor er mit der Dunkelheit verschmolz.

In weniger als einer Minute stand ich vor der Wand. Das

Rechteck war eine Sprengschutztür, ganz ähnlich der im World's End House.

Abschnittweise leuchtete ich über den Beton. Sah keine Klinken oder Riegel, keine Klingel oder Sprechanlage, keine Kamera. Klopfen war sinnlos. Dank Timmers Video wusste ich, dass die verdammte Tür dreißig Zentimeter dick war.

»Scheiße!« Mein Fluch wurde von der erstickenden Hitze und der Dunkelheit unter dem Tarnnetz verschluckt.

Ich war frustriert. Was hatte ich erwartet? Ein Willkommenstörtchen unter einer Glasglocke?

Einen sinnlosen Augenblick brachte ich damit zu, mich selbst für die hirnrissige Geisterjagd zu tadeln, wie Slidell es wohl genannt hätte. Dann widersprach ich mir selber, indem ich mir sagte, dass die Fahrt doch nicht umsonst gewesen war. Zumindest war jetzt klar, mit was für einem Anwesen wir es hier zu tun hatten.

Plötzlich erstarrte ich.

Ich drückte mir das Handy an die Brust und wurde völlig still.

Zehn Sekunden. Dreißig? Hatte ich mir das Geräusch nur eingebildet?

Dann hörte ich es wieder.

Gütiger Himmel!

Ich war nicht allein.

19

Da war jemand!

Oder etwas?

Kratz. Kratz.

Instinktiv hob ich die freie Hand vor den Mund.

Das Geräusch war verschwunden.

Die Stille war schlimmer. Unsichtbare Augen, die mich beobachteten. Ohren, die lauschten.

Mit klopfendem Herzen stand ich in der Dunkelheit, das Handy noch immer an der Brust.

Sollte ich abhauen? Noch mal versuchen, die Nachricht zu schicken? Vielleicht nahm mein Handy ja ein Signal aus dem Bunker auf.

Okay. Umgekehrte Reihenfolge.

Ich tippte aufs Display. Spürte ein Fadenkreuz auf dem Rücken. Meinem erleuchteten Gesicht.

Immer noch kein Netz.

Ich fluchte wieder, als ein Schatten aus dem nahen Container kroch, ein zigarrenförmiges Objekt zwischen den Kiefern.

In meinem Hirn blitzte ein Bild auf. Funkelnde Zähne. Ein blutiger Gänsekopf.

Eine Nanosekunde, dann Erleichterung. Das war kein waffenschwingender Spinner, der mich im Visier hatte. Aber was dann? Das Tier war zu nah am Boden für einen Hund. Zu groß für eine Ratte. Und was war mit der Cohiba?

Ich leuchtete mit dem Handy auf den Container.

Der Waschbär erstarrte. Die gebänderten Augen weit aufgerissen, gab er ein zitteriges Zirpen von sich und stürzte dann davon.

Das limbische Surren hätte mich fast zum Lachen gebracht. Fast.

In seiner Panik, sich aus dem Staub zu machen, hatte Groucho seine Beute fallen gelassen. Unscharf, ohne klare Konturen lag es im Staub. Neugierig ging ich darauf zu, um es mir genauer anzusehen.

Der Waschbär hatte keine Kubanische erwischt. Natürlich nicht. Er hatte nach Fressbarem gesucht. Ich bückte mich und hob seine Beute auf.

In meiner Handfläche lagen zwei Knochenfragmente, miteinander ungefähr fünfzehn Zentimeter lang. Beide hatten je ein ausgefranstes und ein scharfkantiges Ende.

Ich nahm das Handy zwischen die Zähne und hob die Fragmente ins Licht. Beide wiesen Spuren von Verkohlung auf, was auf Hitzeeinwirkung hindeutete. Die splitterigen Enden wiesen Scharten und Stiche auf, was auf Tierfraß hindeutete. Es ließ sich nicht bestimmen, was zuerst passiert war.

Die Ränder des scharfkantigen Bruchs waren hell und ohne Flecken, die Verletzung dürfte also noch ziemlich frisch sein. Ich versuchte, die beiden zusammenzufügen. Sie passten gut zueinander. Ich hatte Teilstücke des Schafts eines langen Röhrenknochens in der Hand, mit einem einzigen anatomischen Indikator, dem Fragment eines Gelenks. Die wellige Beschaffenheit sagte mir, dass das Glied noch im Wachstum gewesen war, als sein Besitzer starb.

Ein düsterer Gedanke stellte mir die Haare auf den Unterarmen auf.

Die geringe Größe des Knochens und die Form des Querschnitts waren vereinbar mit denen eines noch nicht ausgereiften menschlichen Schienbeins.

Mein Hirn kämpfte noch mit dieser grausigen Tatsache, als mein Blick auf einen winzigen roten Fleck in einem Riss der zerbrochenen Extremität fiel. War das Blut?

Als ich mir die Fragmente näher ans Handy hob, erkannte ich einen winzigen Fetzen eines roten, gepunkteten oder geblümten Gewebes.

Pfoten?

Hatte der Waschbär an den Überresten eines Kinds genagt? Hatte ich die Fetzen eines Teddybär-Schlafanzugs oder einer Superhelden-Unterhose vor mir?

Mit trockenem Mund und schweißfeuchten Fingern legte ich die Knochen ab, schaltete in den Kameramodus und machte mehrere Aufnahmen. Das Blitzlicht zuckte durch die Dunkelheit. Danach steckte ich mir die Fragmente in die Hemdtasche und ging zu dem Container, in dem der Waschbär gestöbert hatte.

Groucho hatte keine halben Sachen gemacht. Der Müll war

in alle Richtungen ausgebreitet, verstreut wie Trümmer nach einem Hurrikan.

Abfall. Der beste Freund des Detektivs.

Aus der Nähe sah ich, dass der Container aus Stahl und Plastik bestand, Räder hatte und an der Frontseite eine Klappe, die sich schräg aufstellen ließ. Die Klappe stand offen. Ein weiterer Hinweis auf Nachlässigkeit. Oder Kleinbärengeschicklichkeit.

Ich beugte mich darüber, um hineinzuspähen. Der Gestank wehte mir entgegen wie der Schirokko, eine Mischung aus Verflüssigung, Fermentierung, Fäulnis und Mikroben. Ich bedeckte Mund und Nase und leuchtete das Innere des Containers aus.

Grouchos Bande – das Ausmaß der Verwüstung deutete auf Komplizen hin – war professionell gewesen. Sie hatten alles zurückgelassen, was sie nicht essen oder aufgrund des Gewichts nicht bergen konnten. Einen Stuhl aus Metall und geflochtenem Kunstleder, einen Globus mit zerbrochenem Sockel, einen Lederschuh, Glühbirnen, leere Behältnisse – Windex, Mr. Clean, Clorox. Gatorade. Des Weiteren Pappkartons, Lumpen und Rohrstücke. Ich schoss ein paar Aufnahmen mit der Kamera und richtete mich dann wieder auf.

Weil ich auf Hinweise auf die Bewohner oder den Zweck des Bunkers hoffte, sah ich mir all die Dinge an, die auf dem Boden lagen. Sah angebissene Pizzastücke, Nudeln, die sich aufrollten wie bleiche Würmer, Ziploc-Beutel, aus denen unidentifizierbare Schlutze quoll.

Am anderen Ende des Durcheinanders lag ein ausgeweideter Plastiksack mit Kordelzug, dessen Inhalt sich ausbreitete wie ein kleines Trümmerfeld innerhalb des größeren. Dazu gehörten Folienpäckchen, Styroporbecher, Pappkörbe und Wachspapiere von Taco Bell, Burger King und Bojangles Diner. Von größerem Interesse war eine Aktenmappe aus Karton, fettfleckig und bedeckt mit verdorrten Bohnen, Pommes, Brot, Fleisch und Garnierungen.

Ich arbeitete mich zu der Mappe vor und klappte sie mit einem Plastikmesser auf. Drinnen waren die zerknüllten Reste von Zeitungsausschnitten, die meisten verkommen zu matschigen Klumpen, die aussahen wie platt gedrückter Tofu. Durch den Mund atmend, zog ich die beiden einzigen heraus, die noch so intakt waren, dass man sie lesen konnte. Jeder war aus einer größeren Seite herausgeschnitten worden, sodass weder das Datum noch der Name der Zeitung vorhanden waren.

In der Mitte des ersten Ausschnitts war das Porträtfoto eines blonden, grünäugigen Jungen. Lücken zwischen seinen Schneidezähnen deuteten auf ein Alter von sechs oder sieben Jahren hin. Der Junge schaute genau in die Kamera, mit einem steifen Lächeln und einer Topfpalme im Rücken. Ich nahm an, dass es ein Schulporträt war, vielleicht aus der zweiten Klasse.

Unter dem Foto die Erklärung: *Timothy Horshauser, nach fünf Jahren noch immer vermi…* Der Rest des Begleitartikels verlor sich unter einem Brei aus Ketchup, Senf und Mayo.

Der zweite überlebende Ausschnitt hatte noch Schlimmeres erlebt. Waschbären und Saucen hatten das halbe Foto und den ganzen Artikel zerstört.

Dennoch erkannte ich das Motiv auf dem Foto. Die karamellfarbene Haut, die von einem rosafarbenen Perlenband zusammengehaltenen Dreadlocks.

Jahaan Cole.

Wut entzündete sich wie ein Streichholz, das in meiner Brust aufloderte. Breitete sich aus wie ein Buschfeuer in trockenem Gras.

Ich spürte die winzige, heiße Flamme.

Die oberen Schneidezähne in der Unterlippe vergraben, breitete ich den feuchten Inhalt der Mappe aus und fotografierte ihn, ohne meine Motive im Dunkeln besonders gut erkennen zu können. Der Tunnel war heiß wie ein Backofen, das leise Klicken meines Handys das einzige Geräusch. Draußen, weit jenseits des Tarnnetzes, ein gedämpftes Jaulen, kurz da, dann wieder verschwunden.

Plötzlich erschien die Akkuwarnung auf dem Display.

Scheiße.

Noch ein paar Fotos, dann schob ich das schleimige Durcheinander vorsichtig wieder zusammen. Ich klemmte mir die Mappe unter den Arm, weil ich hoffte, dass die Zeitungsausschnitte, zusammen mit den Knochenfragmenten, für einen Durchsuchungsbeschluss reichen würden.

Als ich aus dem Netztunnel trat, zogen sich meine Pupillen wieder zusammen. Im Gehen schaute ich mich um, die Augen mit einer Hand beschirmend. Die Lichtung war leer und angefüllt mit der Stille, die jetzt überall herrschte außer in meiner Brust.

Die Sonne war tiefer gewandert und schickte ihre Strahlen schräg über die Baumwipfel. In den spätnachmittäglichen Schatten erkannte ich rechts von mir einen geschwärzten Zylinder von ungefähr eineinhalb Meter Höhe. Seine Wand bestand aus horizontalen Stahlbändern mit offenen Schlitzen dazwischen. Eine bewuchsfreie Zone breitete sich rings um die Tonne aus, eine Mischung aus Kies und Asche. Ich vermutete, dass das Ding eine kleine Verbrennungsanlage für zu Hause war. Irgendwie hatte ich sie auf meinem Weg zum Bunker übersehen.

Der Grund der verkohlten Knochen in meiner Tasche?

Ich machte den kurzen Abstecher. In zwei Metern Entfernung roch ich verbranntes Papier, rauchiges Holz und geschmolzenes Plastik. Nicht angenehm, aber nicht so schlimm wie das verfaulende organische Material, das ich eben hinter mir gelassen hatte.

Die Waschbären hatten auch hier ihren Zirkus veranstaltet, doch nicht mit derselben Begeisterung wie am Container. Vielleicht waren es aber auch menschliche Hände, die beim Beseitigen der Brandreste unachtsam gewesen waren.

Mehrere geschwärzte Brocken lagen durcheinander, zu verdreht und verbogen, um sie zu identifizieren. Nicht so ein kleiner, mit Klebeband umwickelter Beutel. Obwohl rußbedeckt und vom Schatten verdunkelt, erkannte ich den Stoff sofort. Keine Blumen oder Punkte. Hasen, die auf einem roten Feld Überschläge und Purzelbäume machten.

Ich ging auf die Knie, legte die Mappe weg und versuchte, den Daumennagel unter das Ende des Bands zu schieben. Von der Hitze stark versengt, gab es nicht nach. Ich zupfte stärker, immer und immer wieder, bis meine Schweißtropfen als kleine, dunkle Flecken auf die akrobatischen Häschen fielen.

Vergeblich. Ich machte weiter, ohne auf die Hitze und die fleischfressenden Insekten zu achten.

Schließlich gab eine Ecke nach. Millimeter um Millimeter ließ das Klebeband sich abziehen und hob dabei eine Platte an, die die Öffnung des Beutels bedeckte. Ich leuchtete ins Innere.

Zwei Schneide- und zwei Backenzähne lagen an der unteren Naht des Beutels. Die geringe Größe der ersteren und die knolligen Höcker der letzteren verrieten mir, dass die Zähne einem Kind gehört hatten.

Ich starrte in den Beutel, verblüfft, dass ich noch mehr belastendes Material gefunden hatte. War ich buchstäblich über die Beweise gestolpert, die ich brauchte, um einen Durchsuchungsbeschluss zu bekommen? War das besonders wahrscheinlich?

Am liebsten hätte ich den Beutel gepackt und wäre zum Auto gerannt, doch ich zwang mich dazu, in Gedanken die einzelnen Schritte der korrekten Vorgehensweise durchzugehen.

Die Beweisstücke an Ort und Stelle zu lassen wäre das Beste, aber viel zu riskant. Ich würde den Beutel mitnehmen. Aber bevor ich ihn vom Fundort entfernte, würde ich seine Herkunft dokumentieren. Zuerst mit Fotos – der Bunker, die

Lichtung, die Verbrennungstonne. Dann den Beutel so positioniert, dass der Inhalt zu sehen war.

Ich schaute auf mein Display. Der Akkubalken war besorgniserregend kurz und rot. Die Uhr zeigte 15:30.

Mit der Hoffnung, dass noch genug Saft da war, klickte ich auf die Kamera-App und ging rückwärts ein paar Schritte auf die Lichtung zurück. Ich konzentrierte mich eben auf die letzte Aufnahme, als ein länglicher Schatten über mein Motiv fiel. Menschlich, aber verzerrt. Irrationalerweise blitzten in meinem Kopf die Osterinselstatuen auf.

Ich wirbelte herum. Sah nichts.

Hatte ich mir den Schatten nur eingebildet?

Mein Blick schwenkte im Einhundertachtzig-Grad-Winkel über die Bäume, die Sträucher im Kies, die eingestürzte Hütte, die Verbrennungstonne, den Müll.

Verdammt!

Ich stürzte nach vorne, weil ich unbedingt wollte, dass ich mich geirrt hatte. Ich hatte es nicht.

Ungläubig starrte ich die Stelle an, wo ich die Mappe hingelegt hatte. Und die Stelle, wo ich den Beutel abgestellt hatte. Beides war nicht mehr da.

Ich hatte keinen Motor gehört, keine Schritte, überhaupt keine Bewegung. Wie war das möglich?

Und wer zum Teufel würde sie wegnehmen?

Und warum?

Ich zuckte innerlich zusammen, als ich an den Anpfiff dachte, den ich von Slidell bekommen würde.

Nach fruchtlosen zehn Minuten der Suche hob ich mein Handy für eine letzte Aufnahme. Es war tot.

Jetzt nichts wie weg.

Ich war eben durchs Tor getreten, als etwas Hartes mich am Hinterkopf traf. Ich wollte mich umdrehen, bekam aber einen Tritt ins Kreuz. Ich stürzte. Mein Handy fiel zu Boden und schlitterte über den Kies. Ein zweiter Tritt traf mich, schnell und hinterhältig, in die Seite. In meinen Rippen explodierte der Schmerz.

Keuchend, mit dem Geschmack von Erde im Mund und schwarzen Punkten vor den Augen, drehte ich mich auf den Rücken und schaute nach oben. Über mir stand eine Gestalt, eine dunkle Silhouette im kupferig orangefarbenen Licht der Sonne. Die Silhouette war schlank, mit einem langen, dünnen Gegenstand in der Hand und einer Baseballkappe auf dem Kopf. Das Geschlecht der Gestalt konnte ich nicht erkennen.

Ich versuchte aufzustehen. Ein Fuß trat mir auf die Brust.

»Was tun Sie hier, verdammt noch mal?« Die Stimme klang verzerrt, wie durch einen Ventilator gejagt.

Ich war so wütend, dass ich weder besonders vorsichtig noch von den Schlägen beeindruckt reagierte: »Wer zum Teufel will das wissen?«

»Geht Sie nichts an.« Etwas verwaschen. War der Kerl betrunken oder high?

»Ich bin von einer Behörde«, keuchte ich.

»Sie sind eine verdammte Lügnerin!«

Ohne groß nachzudenken, packte ich den Kerl am Knöchel und riss ihn zur Seite. Aus dem Gleichgewicht gebracht, stolperte Baseballkappe mit rudernden Armen rückwärts. Ich rappelte mich hoch und jagte ihm einen Ellbogen gegen die Schläfe. Er brach zusammen und lag reglos da.

Mein Blick wanderte wild umher. Sah sonst niemanden in der Nähe.

Baseballkappe lag mit dem Gesicht nach unten, seine Gesichtszüge konnte ich nicht sehen. Ich bemerkte Cowboystiefel, braun mit grünen, floralen Verzierungen und türkisen Nieten, ein weinrotes Football-T-Shirt, vielleicht von den South Carolina Gamecocks, und ausgewaschene Jeans. Eine lange, schwere Maglite-Taschenlampe lag am rechten Ellbogen des Kerls.

Keine Mappe. Keine Stelle an seinem Körper, wo er sie hätte verstecken können.

Scheiße!

Das T-Shirt war hochgerutscht und entblößte einen Streifen heller, sommersprossiger Haut. Wirbel so scharf wie Austernschalen. Vollgestopfte Gesäßtaschen.

Den Mistkerl filzen?

Ich spürte Feuer in den Rippen, eine Beule, die am Hinterkopf wuchs.

Oh, und wie.

Ich näherte mich vorsichtig, hob die Taschenlampe auf, und während ich sehr genau darauf achtete, ob der Kerl wieder zu sich kam, beugte ich mich über ihn und holte den Inhalt aus seiner rechten Jeanstasche. Drei Schlüssel, einer für einen Chevy, zwei wahrscheinlich für Türen. In der linken Tasche steckte ein Geldbeutel aus Kunstleder.

Noch immer kein Stöhnen, keine Bewegung.

Ich zog den Reißverschluss des Geldbeutels auf. Drinnen steckte ein beeindruckendes Bündel Geldscheine, das ich drinnen ließ. Um die Scheine herumgefaltet ein Zettel, den ich öffnete.

Wenn Sie das finden und weiterleben wollen, rufen Sie diese Telefonnummer an. Sofort.
Das meine ich todernst.
H. Kimrey.

Die Nummer hatte eine 704er Vorwahl.

Mein erster Impuls war, H. Kimrey in die Eier zu treten. Ihn aufzuwecken und Mappe und Beutel zu verlangen.

Eine vernünftigere Stimme übertönte die Wut.

Einen Augenblick lang stand ich nur da und sah zu, wie die magere Brust sich hob und senkte. Der Scheißer atmete also. Argwöhnisch kauerte ich mich hin und drückte ihm eine

Fingerspitze an den Hals. Spürte eine pumpende Schlagader. Roch alkoholisierten Schweiß.

Ich warf die Maglite, die Schlüssel und den Geldbeutel mit den Scheinen auf den Boden, hob mein Handy auf und steckte mir den Zettel in die Tasche. Ein schneller Blick zu den Bäumen und Sträuchern in der Umgebung, dann eilte ich zu meinem Auto.

20

Auf der Heimfahrt lud ich mein Handy auf und rief Slidell an. Nachdem ich ihm von meinem Tag und H. Kimreys Angriff berichtet hatte, schlug ich vor, er solle Sheriff Poston anrufen. Slidells Rhetorik stand meinen Erwartungen in nichts nach.

Als ich am Annex ankam, sah ich den silberfarbenen 4Runner in der Auffahrt. Mit hochrotem Gesicht sprang Slidell heraus und stürmte auf mich zu. Seine Hose war braun, seine Socken orange. Die Enden einer grün-braunen Krawatte hingen zu beiden Seiten seines offenen Kragens. Ich nahm an, er hatte sich für seinen Besuch bei Jahaan Coles Nachbarin so herausgeputzt.

»Ich glaub's einfach nicht«, rief er so wütend, dass er fast spuckte.

»Reicht das jetzt für einen Gerichtsbeschluss?«

»Grundgütiger. Sie sind der feuchte Traum eines jeden Strafverteidigers, wissen Sie das?«

»Deshalb brauchen wir den Beschluss ja unbedingt.«

»Haben Sie irgendwas mit den Ohren? Ist das der Grund, warum Sie nicht kapieren, was ich sage?«

»Mal halblang, Detective. Ich will nicht, dass Sie auf meinem Rasen einen Herzinfarkt kriegen.«

»Oder vielleicht ist das Problem in Ihrem Hirn.« Mit dem Zeigefinger an der Schläfe. »Vielleicht leben Sie in dem Wahn, dass Sie ein Fernsehbulle sind, der den großen Fall löst und vom Bürgermeister einen Orden kriegt!«

Ich gab nicht zu, dass Slidell vielleicht nicht ganz unrecht haben könnte. Dass er der Wahrheit ziemlich nahekam.

»Und machen Sie sich über mich mal keine Sorgen. Meine Pumpe ist in Bestform.«

Ich ging über die Terrasse und schloss auf. Slidell folgte mir dicht auf den Fersen, ich roch Wut und verschwitzte Synthetik.

Im Lauf der Jahre habe ich zwei Dinge über Skinny gelernt. Er kann es nicht ausstehen, wenn man ihn ignoriert. Und er kann es nicht ausstehen, wenn man besser ist als er. Heute strömte seine Wut aus beiden Quellen.

»Wollen Sie vielleicht was Kaltes zu trinken?«, rief ich über die Schulter.

»Geben Sie mir alles, was Sie haben. Und zwar sofort. Vielleicht, nur vielleicht, lässt sich dann irgendein Softie von Richter dazu überreden, die Tatsache zu ignorieren, dass alles, was ich ihm aufschreibe, alles andere als rechtmäßig erworben ist. Sondern von einer Zivilistin auf Spritztour unter den Nagel gerissen! Durchleben Sie zurzeit irgendeine Psychokrise? Sogar nach Ihren Maßstäben war Ihr Verhalten in letzter Zeit einfach nur durchgeknallt.«

Noch eine leidvoll erworbene Erkenntnis. Wenn Slidell den Empörten spielt, ist es am besten, ihm freien Lauf zu lassen. Ich hatte in Müll gewühlt, Beweise gefunden, die verschwundene Kinder betrafen, vielleicht Überreste von einem, den Großteil dieser Beweise wieder verloren, Schläge auf Kopf und Brust eingesteckt und war dann noch zwei Stunden von der Sonne geblendet Auto gefahren. Ich war dreckig und verschwitzt und bar jeder Geduld. Und hungrig.

»Stopp!« Ich drehte mich zu ihm um. Was mir einen Schmerz durch die Rippen jagte.

Slidell starrte mich an, und seine Kiefermuskeln zuckten.

»Setzen Sie sich.« Während ich den Pferdeschwanz anhob, der mir im Nacken klebte. »Ich gieße Ihnen Eistee ein.«

Er tat es. Ich tat es. Nachdem ich mir die Hände gewaschen hatte.

Wir nahmen beide große Schlucke. Danach holte ich mir Gummihandschuhe, zog einen an, gab Slidell den anderen und legte dann den Zettel und das größere Knochenfragment auf den Tisch. Ich wusste zwar nicht, warum, aber das kleinere ließ ich in der Tasche.

Slidell betrachtete Zettel und Knochen, berührte aber nichts. »Soll ich jetzt Beifall klatschen?«

»Haben Sie Kimrey überprüfen lassen?«

Slidell öffnete ein Foto in seinem Handy und zeigte mir das Display. Das Polizeifoto des Kerls, der mich angegriffen hatte.

»Das ist er«, sagte ich.

Die rechte Schulter nach oben gezogen, um sich Schweiß vom Kinn zu wischen, zog Slidell ein kleines Spiralnotizbuch aus seiner Brusttasche, befeuchtete den Daumen und blätterte.

»Vierunddreißigjähriger Kaukasier, schaffte vor Jahren mal den Abschluss an der Northwestern School of the Arts. War so 'ne Art Wunderkind auf der Geige.« Eine Pause, um seine Notizen zu entziffern. Oder zu entscheiden, was er verschweigen sollte. »Latte von Vorstrafen für Dealen und Straßenverkauf, immer nur Kleinkram, nichts Gewalttätiges. Hat ein bisschen Zeit im Jail North am Spector Drive abgesessen.«

Ich wartete.

»Das H steht für Hollister. Nennt sich Holly. Auf der Straße als Holly Molly bekannt. Anscheinend ist das seine Spezialität.« Slidell bezog sich auf die Droge Molly, die manche für reines MDMA, oder auch Ecstasy, halten, die meistens jedoch eine toxische Mischung aus diversen Laborchemikalien ist. »Das und Koks, Gras, was Sie wollen.«

»Haben Sie den Sheriff informiert?«

»Poston hat einen seiner Deputys vorbeigeschickt. Ihr Kerl

war verschwunden. Das Anwesen war gesichert, keine Spuren eines gewaltsamen Eindringens, keine Reaktion auf seine Rufe.«

Ich versuchte mich zu erinnern, ob ich das Tor richtig geschlossen hatte. Falls das überhaupt möglich war, da ich es ja schon offen vorgefunden hatte. Hatte keine Ahnung. »Anscheinend ist Kimrey wieder zu sich gekommen und gleich abgehauen.«

»Haben Sie so fest zugeschlagen?« Klang Slidell etwas beeindruckt?

»Ich glaube, er war betrunken.«

»Was zum Teufel hatte er da draußen zu suchen?«

Darauf wusste ich keine Antwort. »Haben Sie den Besitzer des Anwesens herausgefunden?«

»Eine verdammte Holdinggesellschaft. Die Namen von Einzelpersonen verschwinden in einem Haufen Vertragsmist.« Ruppig, aber kontrollierter. Slidell hatte wieder auf Polizist geschaltet. »Haben Sie ein Fahrzeug gesehen?«

»Nein. Aber ich habe nicht wirklich nach einem gesucht.« Ich erinnerte mich an das schwache, kurze Jaulen. »Falls Kimrey mit dem Motorrad gekommen ist, habe ich es vielleicht übersehen.«

»Sind Sie sicher, dass Kimrey sich den Beutel und die Mappe unter den Nagel gerissen hat?«

»Ich glaube schon.«

Slidells Gesicht machte etwas, das ich nicht wirklich beschreiben konnte. Wenigstens ging er mich nicht wegen meiner Ungeschicktheit an. »Zeigen Sie mal die Fotos.«

Ich sah zu, wie Slidell sich durch die Bilder wischte, ein paar mit Zeigefinger und benetztem Daumen vergrößerte. Danach: »Schicken Sie sie mir.«

»Werde ich.«

»Kimrey hat seinen Standplatz bei Eastway und Central.«

»Wodjanow hatte eine Wohnung in einem Gebäude dort in der Nähe. Haben Sie Kimreys letzte bekannte Adresse?«

»Wenn ich sie habe, werde ich sie Ihnen kaum auf die Nase binden.«

»Holen Sie Kimrey für eine Befragung aufs Revier? Sie müssen schnell sein. Er könnte das Zeug wegwerfen. Oder vernichten.«

»Auf den Gedanken wär ich nie gekommen.«

In diesem Augenblick hatte Birdie seinen Auftritt. Wir sahen beide zu, wie er um den Türrahmen herumschlich, Slidells Knöchel zweimal umkreiste und dann in der Vorratskammer verschwand. Aus irgendeinem Grund mochte die Katze Skinny sehr.

»Warum Berichte über verschwundene Kinder ausschneiden?«

Slidell hatte die Angewohnheit, laut zu denken. Das tat er jetzt auch, doch ich antwortete trotzdem. »Ich weiß es nicht.«

»Warum sie jetzt wegwerfen?«

»Wir wissen ja nicht, wie lange sie schon in dem Container lagen.«

»Sind Sie sicher, dass in dem Beutel Kinderzähne waren?«

Ich nickte.

»Sie waren in der Verbrennungstonne?«

»Ja.«

»Warum war sie nicht versengt?«

»Waschbären.«

Slidell hob fragend die Augenbrauen.

»Ich vermute, der feuchte Müll wurde erst gesammelt und dann zusammen zur Verbrennungsanlage geschafft. Vielleicht wurde einiges auch direkt dorthin gebracht. So oder so, die Waschbären haben vor der nächsten Verbrennung zugeschlagen.«

»Und einer von denen hat den Knochen wieder unters Tarnnetz geschleppt?« Slidell deutete mit dem Kinn auf das Fragment.

»Anscheinend.«

»Warum sollte dieser Trottel Kimrey das Zeug klauen, das Sie zusammengesammelt haben?«

»Ich weiß es nicht.« Das sagte ich ziemlich oft.

»Ist der Knochen menschlich?«

Ich hob frustriert die Handflächen.

»Kann man das mit DNS klären?«

»Ja. Aber Sie wissen ja, wie lange das dauert.«

Slidell strich sich mit der Hand übers Gesicht und lehnte sich zurück.

»Wie war Ihr Gespräch mit dieser Nachbarin der Coles?«

»Schillernd.«

»Soll heißen?«

»Ihr Name ist Cootie Clanahan. Sie hasst Trump, liebt Pearl Jam, NASCAR und die White Sox.«

»Wirklich.«

»Und Rosen. Bei ihr riecht's wie in einem verdammten Beerdigungsinstitut.«

»Was hat sie Ihnen erzählt?«, fragte ich, ohne auf diesen merkwürdigen Vergleich einzugehen.

»Sie erinnert sich an ein Auto, das an dem Abend vor dem Verschwinden des Cole-Mädchens um den Block kreiste. Behauptete, es wäre ein 2007er Ford Mustang, waldgrün, mit komischer Front. Das alte Mädchen steht voll auf Autos, wegen dieser NASCAR-Geschichte.«

»Komisch?«

»Hatte 'nen aufgemotzten Kühlergrill. Sie hat mir in einem Magazin, *Road and Track*, gezeigt, wie der 07er Mustang im Original aussieht. Sie hat's abonniert, können Sie das glauben?«

»Beeindruckend.«

»Sie wirkte glaubhaft, das muss ich zugeben. Komisch, aber glaubhaft. Außerdem hat sie noch was Bemerkenswertes gesagt.«

Ich wartete, während Slidell einen Schluck von seinem Tee trank.

»Am Ende der Straße, wo die Coles wohnen, ist ein Park. Clanahan konnte ihn von ihrem Fenster aus sehen. Schätze, sie hat viele Stunden mit der Nase an der Scheibe zugebracht. Wie auch immer, sie erinnert sich an einen Kerl, der ungefähr zur selben Zeit dort herumhing. Meinte, er hätte komisch ausgesehen.«

»Mit aufgemotztem Kühlergrill?«

»Wollen Sie hier die Komikerin spielen, oder soll ich fortfahren?«

Ich bedeutete ihm fortzufahren.

»Sie sagt, sie hat gesehen, wie dieser Kerl mit Jahaan und anderen Kindern redete.«

»Hat sie das der Polizei gemeldet?«

»Als die Beamten sie wegen des Mustangs nicht zurückriefen, hat sie es sein lassen. Dann ist sie weggezogen. Und jetzt kommt's. Vor ein paar Monaten hat sie Besuch von einem Mann bekommen. Sie fand es merkwürdig, dass er sie so lange nach dem Verschwinden des Mädchens aufgespürt hat, also hat sie das in ihrem Tagebuch vermerkt. Habe ich vergessen zu erwähnen. Cootie schreibt ihre Memoiren. Deshalb kann sie sich auch an alle Fahrzeugdetails erinnern. Der Kerl behauptete, Polizist zu sein, aber sie meinte, er hätte komisch ausgesehen.«

Ich verkniff mir einen Kommentar.

»Ich habe mir die Akte angeschaut. Da werden keine Ermittlungen in der Folge von Clanahans Anruf erwähnt. Das passt also. Nichts über die Nachverfolgung eines Tipps zu einem Mustang. Aber dann im Frühjahr, als sie ihren Angaben nach kontaktiert wurde, war der Fall schon eiskalt.«

»Niemand hat zu der Zeit Befragungen durchgeführt?«

»Kein Mensch hat überhaupt irgendwas getan.«

»Sah der komische Polizist aus wie der Kerl im Park?«

»Da war sie sich nicht sicher.«

»Okay«, sagte ich, weil ich nicht wusste, was ich sonst sagen sollte. »Okay.«

Für einige Sekunden kam das einzige Geräusch von Birdie, der in der Vorratskammer herumstöberte.

»Was ist mit dem Hyundai von Art's Affordable Garage?«, fragte ich.

»Wie ich befürchtet hatte, hat ihn Poston an uns übergeben. Der Schwachkopf ist zu –«

»Und?«

»Die Forensik hat nichts gefunden.«

»Keine Spuren? Keine Abdrücke?«

»Alles blitzsauber. Ebenso die Reisetasche und das Zeug darin. Das Auto ist auf einen John Ito registriert. Falscher Name, falsche Adresse. Sackgasse.«

»Was passiert mit dem Notizbuch?«

»Peppers behält es noch in ihrer Abteilung. Offenbar haben wir keinen Übersetzer für Lettisch, also wartet sie deswegen auf Sie.«

»Ich rufe Pete noch einmal an. Er ist anscheinend nicht in der Stadt. Aber ich wette, die Hinweise auf die *Estonia* sind nur Notizen für eine Verschwörungstheorie.«

Slidell nickte.

»Und jetzt?«

»Zuerst tüte ich Ihren Knochen ein und bringe ihn ins Labor.«

»Ist wahrscheinlich nicht menschlich.« Wobei ich Slidell tief in die Augen schaute. Er verstand, was ich meinte.

»Das heißt, man muss die ME damit nicht belästigen. Dann reiße ich einen Richter von seinem Sonntagabend-Gin los und –«

»Wir müssen unbedingt in diesen Bunker. Und zwar schnell.«

»Machen Sie sich nicht gleich ins Höschen. Angenommen, ich kriege einen Beschluss, und das ist eine gewagte Annahme, habe ich nicht vor, da überhastet reinzustolpern.«

»Ich habe einem Makler, der auf diese verlassenen militärischen Anlagen spezialisiert ist, eine Nachricht hinterlassen.«

»Wollen Sie mich verarschen?«

»Ich rufe ihn noch einmal an. Und mache mit meiner Cyber-Recherche weiter.«

»Ich werde Kimrey aufstöbern. Unterdessen will ich, dass Sie –« Mürrisch den Kopf schüttelnd, stand Slidell auf. »Warum mache ich mir überhaupt die Mühe?«

»Rufen Sie mich an, sobald Sie ihn gefunden haben.«

»Ja. Sie stehen ganz oben auf meiner Tanzkarte.«

Nachdem Slidell gegangen war, duschte ich, wusch mir die Haare und kratzte rußigen Schlamm aus den Nägeln. Der blaue Fleck auf meiner linken Seite verdichtete sich wie die Gewitterwolken vor dem freitäglichen Sturm.

Sauberer und eindeutig besser riechend, schob ich ein Spaghetti-Fertigdinner in die Mikrowelle und aß, während ich Timothy Horshauser googelte. Seine Geschichte hatte weniger Aufmerksamkeit erregt als die anderer verschwundener Kinder. Aber die Umstände waren schmerzlich vertraut.

Am 22. Mai 2014 verschwand der neunjährige Timothy John Horshauser, als er in Uniontown, Pennsylvania, auf einen Bus wartete. Horshausers Eltern waren geschieden. Janelle Horshauser, eine staatlich geprüfte Krankenschwester, zog ihren Sohn alleine groß. Paul Horshauser, Automechaniker, hatte wieder geheiratet und lebte inzwischen nördlich von New York. »Timmy« verschwand, während er sich in der Obhut seiner Tante mütterlicherseits, Brigitte England, befand.

Wie es zwischen ihnen eingespielt war, machte England für ihren Neffen Frühstück, damit ihre Schwester zur Frühschicht im örtlichen Krankenhaus fahren konnte. Kurz nach sieben Uhr fuhr England Jimmy zum Bus und dann weiter zu ihrem Job als Näherin in einer Änderungsschneiderei.

Timmy war der Erste an der Haltestelle. Niemand erinnerte sich, ihn in den Bus einsteigen oder darin sitzen gesehen zu haben. An diesem Tag kam er nicht zur Schule. Er wurde nie wiedergesehen.

Trotz intensiver Suche konnten weder der Junge noch seine Überreste gefunden werden. Die üblichen Personen wurden befragt – bekannte Sexualstraftäter, Lehrer, Familienmitglieder, Trainer, Busfahrer, jeder Mensch im Leben des Jungen. Kein Verdächtiger wurde je identifiziert oder angeklagt.

Der Zeitungsausschnitt war im *Herald-Standard* von Uniontown erschienen. Außerhalb der Heimatstadt des Jungen war kaum über sein Verschwinden berichtet worden.

Ich schickte Slidell eine E-Mail, um ihm zu erklären, was ich herausgefunden hatte. Und um ihn an die Papiere aus dem Trenchcoat zu erinnern, die er vergessen hatte mitzunehmen.

Als Nächstes recherchierte ich iPhone-Abstürze und Akkuversagen. Viele waren der Meinung, dass schwache Leistung auf eine ungenügende Speicherkapazität wegen zu vieler gespeicherter Fotos zurückzuführen sein könnte. Ich schaute nach. In meinem Uraltgerät befanden sich 33 207 Fotos und 297 Videos. Reine Faulheit. Ich brauchte keine Erinnerungen an Halloween 2002 auf Knopfdruck.

Aber was sollte ich tun? Alles in die Cloud schicken, wie die meisten Cyber-Nerds es vorschlugen? Viele der Fotos waren sensibles Material von Fällen, von denen einige noch in Bearbeitung waren. Waren meine Fotos im Cyberspace sicherer oder auf meinem Laptop, den ich allein kontrollierte? Da ich die gesetzlichen Bestimmungen zur Bildverwahrung nicht genau kannte, hatte ich keine Cloud-Back-ups gemacht.

Da ich mir bei der Antwort unschlüssig war, aber ganz sichergehen wollte, kopierte ich alles zur vorübergehenden Speicherung auf meinen Laptop. Danach googelte ich Anleitungen, wie man alle Daten im Speicher meines Handys löschen konnte. Mit zitternden Fingern führte ich sie aus.

Danach wandte ich mich den frisch gespeicherten Fotos in meinem Mac zu. Eigentlich erwartete ich gar nicht, von Slidell zu hören. Trotzdem hob ich alle paar Minuten den Kopf, um auf die Uhr zu schauen.

Mit dem Handy im Kameramodus hatte ich die Taschenlampenfunktion nicht aktivieren können, als ich unter dem Tarnnetz war. Blind zu fotografieren war nicht gut gelaufen. Viele Aufnahmen waren vom Ausschnitt her schlecht, unscharf oder zu dunkel, um etwas zu erkennen. Doch einige Schnappschüsse waren mir gelungen. Eine leere Dose Tomatensuppe von Campbell's. Eine zerdrückte Burrito-Tüte. Ein neonpinker Kinderturnschuh.

Mein Puls legte einen Zahn zu.

Konzentrier dich.

Vielleicht hatte die Enge dafür gesorgt, dass ich stillgehalten hatte, vielleicht hatte der Blitz in dem Kasten besser funktioniert – auf jeden Fall waren die Gegenstände im Container kristallklar eingefangen, Müll-Stillleben in einem tintigen Meer.

Ich arbeitete mich durch diese Serie, als mein Blick auf einen zerknitterten Waschlappen fiel, der weiß in dem Durcheinander aufblitzte. Aufgestickt war eine blaue Textzeile.

DeepHaven.

Das Logo oder der Name eines Frotteeherstellers? Ein Ort? Vielleicht ein Hotel oder dergleichen?

Die Suchmaschine lieferte mir Links zu mehreren Möglichkeiten. Eine Stadt in Minnesota. Eine Hypothekengesellschaft. Ein Ferienlager in New Hampshire. Eine Reihe Liebesromane.

Ich erkundete das Ferienlager. Folgte Links zu jedem Geschäft in Deephaven, Minnesota. Überflog unzählige Einträge zu Immobilien an Deephaven Courts, Deephaven Lanes und Deephaven Roads überall im Land. Nichts erschien besonders vielversprechend.

Aber Wiederholungen haben auch ihr Gutes. Den Namen immer und immer wieder zu sehen aktivierte Erinnerungen an meine Exkursionen im Darknet.

DeepHaven. Auf einem Waschlappen in einem Bunker in der Nähe des Bachs, an dem Wodjanows verstümmelte Leiche gefunden worden war.

DeepUnder. Wodjanow, Yates Timmer und Nick Body zusammen bei einer Konferenz über MKUltra und Bewusstseinskontrolle im Jahr 2010.

Ich glaube nicht an Zufälle.

Ich aktivierte den TOR-Browser und tauchte noch einmal in den *DeepUnder*-Strudel ein. Diesmal wählte ich jedoch keine der Rubriken an, sondern tippte »Nick Body« in das Suchfeld.

Der Monitor verdunkelte sich, wirbelte wie Tinte, die in einen Abfluss läuft, und füllte sich dann mit einer langen Liste. Ich überflog sie. Fand nichts als Links zu Bodys Podcasts und Blogs.

Unterschwellige Schmerzen krochen meinen Hinterkopf hoch. Eine Migräne? Nee. Falsche kraniale Postleitzahl.

Ich versuchte den Namen Felix Wodjanow. Der Cursor blinkte – verwirrt oder trotzig?

Yates Timmer. Wieder das Wirbeln. Langsam lud sich die Seite. Drei URLs waren aufgelistet. *Homes at the End of the World, LLP* und *World's End House.* Da ich die beiden schon kannte, klickte ich die dritte an.

Und starrte eine bildschirmfüllende Werbung an – eine Anzeige, die die Vorzüge unterirdischen Wohnens pries und die Investitionschance des Lebens versprach. Eine Atlas-F-Raketenbasis im Norden New Yorks bildete den Hintergrund für die kühne schwarze Botschaft in idyllischen Grüns und Blaus.

Interessierte wurden eingeladen, sich telefonisch bei Yates Timmer zu melden. Die Nummer war diejenige, unter der ich meine Voicemail hinterlassen hatte.

Am unteren Rand der Seite stand in außerordentlich winziger Schrift die überraschende Einladung: *Ernsthaft Interessierte sind nach DeepHaven eingeladen.* Die Adresse wurde in GPS-Koordinaten geliefert: 35° 20' 00" N 80° 59' 58" W. Neben der Adresse verlangten leere Rechtecke einen Benutzernamen und ein Passwort.

Obwohl ich wusste, dass es ein absoluter Schuss ins Blaue

war, schaute ich meine Fotos durch und begann mit den Passwörtern von dem zusammengefalteten Papierfetzen. RABUK1973. DALIHP2580 UATNOM1739. Kein Gewinner dabei. Dann fing ich an, beliebige Kombinationen einzugeben, obwohl ich wusste, dass es sinnlos war. Timmer, Body, Wodjanow, WorldsEnd. MKUltra. Body Language.

Ich machte das schon einige Minuten, als der Bildschirm plötzlich schwarz wurde. Nur kurz, dann war ich wieder auf der TOR-Homepage. Ich war hinausgeworfen worden.

Ich kehrte zu *DeepUnder* zurück und gab das Passwort ein, das ich benutzt hatte. Funktionierte nicht.

Ich steckte das Modem aus, um eine neue IP-Adresse zu bekommen, und passte die Einstellungen an. Wiederholte den Vorgang ein paar Mal. Ohne Erfolg.

Man hatte mich von der Seite verbannt? War ich aufgeflogen? Falls ja, was hatten sie über mich erfahren?

Und wie? War mein Laptop gekapert worden? So, dass man mich mit meiner eigenen Kamera ausspionieren konnte? Um mich heimlich aufzunehmen? Ich hatte schon von solchen Hackern gelesen. Und dass es den FaceTime-Bug gab, der es jedem erlaubte, einen Gruppenanruf zu machen, die eigene Nummer hinzuzufügen und so Zugang zu Audio und Video des Empfängers zu erhalten, ohne dass der Betreffende es mitkriegte. Hatte Apple das schon behoben? Hatte ich das Update heruntergeladen?

Ich schaltete den Laptop aus, knallte den Deckel zu und zog den Stecker. Irrational, ich weiß. Aber meine Frustration und meine Angst waren himmelschreiend. Und das Pochen in der Seite und an Hals und Hinterkopf machte die Sache auch nicht gerade besser.

Um meine ausgefransten Nerven und meine angeschlagenen Rippen zu beruhigen, nahm ich ein sehr langes, sehr heißes Bad. Dann kroch ich mit schrumpeligen Fingern und nach Honig und Apfelblüte duftend ins Bett und rief Ryan an.

Keine Antwort.

Ich hinterließ ihm eine Nachricht.

Zu spät, um sonst noch jemanden anzurufen.

Aus einer Laune heraus lud ich mir einen neuen Klingelton herunter.

Der Schlaf ließ sehr lange auf sich warten. Schließlich, angetrieben von einem Impuls, den ich nicht erklären konnte, stand ich auf, ging zur Kommode und durchsuchte im Dunkeln mit beiden Händen eine Schublade. Fand, was ich gesucht hatte. Glatt und rund, mit einem dicken Bauch, langem Rüssel und einem abgebrochenen Stoßzahn.

Ich kehrte ins Bett zurück, stellte die kleine elefantenköpfige Figur aufs Nachtkästchen und starrte ihr in die Augen. Sie starrte zurück. Ganesha. Der Gott der Anfänge. Der Beseitiger von Hindernissen.

Irgendwie fühlte ich mich danach leichter. Als Birdie sich an meine Knie kuschelte, kraulte ich ihm den Rücken und erklärte ihm, warum ich in letzter Zeit so angespannt war. Morgen sei Montag, versicherte ich ihm. Eine neue Woche. Alles werde besser werden. Ein Durchbruch in dem Fall stehe unmittelbar bevor.

Ein neuer Anfang.

Ich täuschte mich.

Bis hierher war es schlecht gelaufen. Ab jetzt sollte die reinste Hölle über mein Leben hereinbrechen.

21

Montag, 9. Juli

Ich wachte auf, weil Bob Marley mir riet, mir keine Sorgen zu machen. Mein Blick flog zum Wecker.

9:48 Uhr. Unmöglich.

Cause every little thing gonna be all right …

Ich griff nach meinem Handy. Slidell redete schon, bevor ich es ans Ohr bekam.

»– Sesselfurzerin meint, das reicht nicht, ich sollte –«

»Eine Richterin hat sich geweigert, einen Durchsuchungsbeschluss auszustellen?« Ich überbetonte die Wörter, um auch ja hellwach zu klingen.

»Nach ihrer Denke, und die ist in etwa auf derselben Höhe wie die von der senilen Rennmaus meines Cousins Blanton, stellen undokumentierte Fotos, ein Knochen zweifelhafter Herkunft und eine Geschichte vom Hörensagen noch keinen hinreichenden Verdacht dar.«

»Verdammt.«

»Sie hat mir, nicht sehr höflich, vorgeschlagen wiederzukommen, wenn ich mehr habe.«

»Dann machen wir das.«

»Wir? Ich kann mich nicht erinnern, dass Sie dagestanden sind und sich den Kopf haben abreiße –«

Ich berichtete ihm von dem Waschlappen, *DeepHaven,* den GPS-Koordinaten, die in Timmers Anzeige versteckt waren.

»Ich wette, Sie haben die überprüft.«

»Noch nicht.« Dass man mich aus *DeepUnder* hinausgeworfen hatte und ich jetzt in der Angst lebte, mein Mac könnte mich ausspionieren, erzählte ich ihm nicht. »Aber ich bin bewandert genug, um zu wissen, dass der Standort knapp südlich von Charlotte liegt.«

»Sie glauben, dass ist so eine Art Immobilienbüro?«

»Falls ja, wirbt er nicht sehr offensiv dafür.«

»Sie sagen, dieser Trottel verhökert alte Raketenbasen. Vielleicht muss ein Käufer erst überprüft werden, bevor er Genaueres erfährt.«

Das klang einleuchtend.

»Was ist mit Kimrey?«, fragte ich.

»Unauffindbar. Aber ich kriege ihn.«

»Was Neues über Wodjanow gefunden?«

»Nichts. Es ist, als hätte der Kerl nie existiert. Ich habe mir die Daten für die Wohnung in Ramos' Haus angeschaut. Sie haben recht. Der Mieter in Nummer sechs hatte keinen Kabelanschluss, kein Telefon, kein Internet. War auf einen Plausch mit der Vermieterin dort. Die ist vielleicht 'ne Nummer. Ramos behauptet, sie hätte den Kerl kaum je gesehen. Ein Nachbar hat mir die gleiche Geschichte erzählt.« Seiten wurden umgeblättert. »Hugo Garcia. Wie's aussieht, hat Wodjanow die Wohnung als Umschlagplatz oder als Safe House genutzt.«

»Umschlagplatz wofür? Safe wovor?«

»Woher zum Geier soll ich das wissen?«

»Warum die Wohnung mit Desinfektionsmittel reinigen?«

»Dieselbe Antwort.«

Ich wechselte die Richtung. »Was ist mit Cootie Clanahans Mustang-Spur?«

»Hab jemanden, der mir hilft, Zulassungsdaten durchzusehen. Wegen Personalmangel wird das wahrscheinlich den Rest unseres Lebens dauern.« Ich hörte die Frustration in seiner Stimme.

»Was ist mit der Holdinggesellschaft, der das Anwesen gehört?«

»Auch daran arbeite ich noch.«

Dreißig Minuten später sang Marley schon wieder.

Ich kannte die Nummer. Ich habe jahrzehntelang an diesem Ende der Leitung gearbeitet.

»Guten Morgen.« Oberfreundlich.

»Das ist kein Höflichkeitsanruf.«

»Es ist trotzdem ein guter Morgen«, flötete ich.

»Ich dachte, ich hätte Sie mehr als deutlich gebeten, sich nicht in Fälle einzumischen, die meinem Büro zugewiesen sind.«

»Sie haben meine zweite E-Mail erhalten.«

»Anscheinend habe ich mich nicht klar genug ausgedrückt.«

»Sind Sie der Wodjanow-Identifikation nachgegangen?«

»Wie zum Teufel sind Sie an eine Probe für einen DNS-Test gekommen?«

»Habe ich Ihnen erklärt, dass Detective Slidell und ich Wodjanows Auto durchsucht und persönliche Gegenstände konfisziert haben?« Zutreffend, aber irrelevant. Ich wollte Heavner ablenken. Der Trick funktionierte.

»Ich bin nicht verpflichtet, Ihnen das mitzuteilen. Ich tue es, um Ihnen die Unangemessenheit Ihres Verhaltens zu demonstrieren.« Bedeutungsschwangere Pause. »Es gibt keine Information darüber, dass ein Felix Wodjanow je Gast im Sparkling Waters Ashram war. Keine Informationen, wonach Dr. Yuriev je eine solche Person behandelt hat.«

»Er hat sich wahrscheinlich unter dem Namen F. Vance eingetragen.« Ohne jedes Trällern. »Mehr als einmal.«

Eisiges Schweigen.

»Fragen Sie Yuriev. Rufen Sie ihn an.«

»Sagen Sie mir nicht, wie ich meine Arbeit zu machen habe.«

»Tut mir leid. Ich wollte nicht –«

»Dr. Brennan, Ihre Aktionen sind mehr als nur schlichte Einmischung. Was Sie tun, könnte auf Behinderung hinauslaufen. Ich suche mir anwaltlichen Rat, um rechtliche Schritte gegen Sie einzuleiten. In der Zwischenzeit werde ich mich sowohl bei der American Academy of Forensic Sciences als auch beim American Board of Forensic Anthropology aus Gründen des Berufsethos über Sie beschweren.«

»Weil ich in *Ihrem* Fall den einzigen Durchbruch geschafft habe?«

»Ihre Aktionen waren nicht autorisiert und haben vielleicht eine offizielle Todesermittlung kompromittiert.«

»Meine *Aktionen* wurden von einem Mitglied der Altfallabteilung des CMPD abgesegnet.« Nicht so ganz.

»Wirklich?« Verächtliches Schnauben. »Das einzig Alte an diesem Fall ist Ihre Halsstarrigkeit.«

»Kann aber sein, dass der Tote in Ihrer Kühlung mit einer ganzen Reihe von verschwundenen Kindern zu tun hat.«

»Und mit dem Krokodil in der Kanalisation?«

Ich ignorierte Heavners Sarkasmus und fragte: »Wie ist Wodjanow gestorben?«

Blöde Frage. Auch wenn sie es wüsste, würde sie es mir nicht sagen.

»Das geht Sie nichts an.«

»Haben Sie einen kompletten Tox-Test gemacht?« Weiterfragen würde sie nur noch mehr verärgern, aber ich konnte nicht anders.

»Diese Information ist vertraulich.«

»Arbeiten Sie mit anderen lizenzierten Anthropologen außer mir zusammen?«

»Das ist nicht nötig.«

Ein paar Sekunden eisigen Nichts klirrten durch die Leitung. Kein Klappern oder Summen, keins der vertrauten Geräusche eines Autopsiesaals. Ich stellte mir Heavner in Larabees Büro vor. Er hatte ein Poster von Peter Max hinter seinem Schreibtisch hängen gehabt. Ich fragte mich, womit sie diese Wand geschmückt hatte.

Wenn man wütend ist, steigen die Herzfrequenz, der arterielle Druck und die Testosteronproduktion, der Ausstoß des Stresshormons Cortisol sinkt, und die linke Hirnhälfte gerät in hektische Aktivität. Der Gedanke an Dr. Edelstahl in Larabees Räumlichkeiten löste bei mir diesen ganzen Zirkus aus.

»Das ist jetzt zehn Tage her«, blaffte ich. »Wenn Sie die Todesursache hätten, dann hätten Sie doch wieder einen Ihrer Alphatier-Auftritte inszeniert. Das ist doch Ihr Ding, nicht? Sich zur persönlichen Beweihräucherung in den Medien aufspielen?«

»Wie können Sie es wa –«

»Na, und ob ich das wage.« Blut schoss in die winzigen Gefäße in meinen Wangen. »Ich wage es, diesen Mann zu identifizieren. Ich wage es, auch noch der kleinsten Spur nachzugehen, die das Schicksal dieser verschwundenen Kinder betrifft.«

Heavner bewegte den Hörer und sprach mit jemand anderem. Eine Männerstimme antwortete. Als ihr Mund zur Sprechmuschel zurückkehrte: »Jede weitere Diskussion ist sinnlos.«

Ich atmete tief ein, um darauf zu antworten. Heavner schnitt mir das Wort ab. »Sie sollten eins nicht vergessen, Dr. Brennan. Ich *bin* das Alphatier.«

Sie legte abrupt auf.

Eine Weile saß ich mit hochrotem Gesicht da und versuchte die Jahrzehnte an Professionalität zurückzugewinnen, die mir in dieser kurzen Unterhaltung abhandengekommen waren.

Die Quälerei ging den ganzen Tag weiter.

Mittags war Pete dran. Er war wieder in Charlotte mit Neuigkeiten, die er mir nur persönlich mitteilen konnte. Er klang sehr ernst und verkniff sich sein gewohntes Geplänkel. Seine Stimme machte mir Angst. Außer der Aussage, dass die Sache nichts mit Katy zu tun habe, konnte ich nichts aus ihm herauslocken. Wir vereinbarten, uns am folgenden Abend zum Essen zu treffen.

Dann war Mama an der Reihe. Sie und Sinitch hatten eine Reise nach Bhutan gebucht, um an ihrer Spiritualität und ihrer Wellness zu arbeiten und ihre Vorstellungen von einer gelungenen Hochzeit zu überdenken. Als ich sie nach Einzelheiten fragte, sagte sie, sie wollten buddhistische Meditationszentren besuchen und eine Heiße-Quellen-Therapie machen. Als ich sie fragte, ob diese Zentren auch auf ihre Chemotherapie eingestellt seien, versicherte sie mir, dass alles gut werde. Alles andere als beruhigt, rief ich die Praxis ihres Arztes an. Die nicht enden wollenden Anweisungen der Telefonzentrale sorgten dafür, dass – wie ich hätte schwören können – mir das Hirn aus dem rechten Ohr tropfte. Ich hinterließ eine Nachricht bei einem Roboter in einem Kellerloch, in das man durch eine Geheimtür in einer ausrangierten Besteckschublade gelangte.

Nachdem ich aufgelegt hatte, fragte ich mich: War das meine Schuld? Hatte ich ihr von dem Ashram erzählt? Ich glaubte nicht, war mir aber nicht sicher.

Ich las meine E-Mails, weil ich auf eine Konsultationsanfrage hoffte, die ein wenig zusätzliches Einkommen bedeuten würde. Fand aber keine. Zwischendurch dachte ich an einen Ausflug in den Apple-Laden, brachte aber die Energie nicht auf. Noch eine Wahrheit über mich. Ich hasse Einkaufszentren. Und Schlangestehen. Und dann war da noch die Frage des Geldes. Nachdem ich wieder einmal beim Maler und beim Elektriker angerufen hatte, brachte ich einige Zeit damit zu, vernachlässigten Papierkram aufzuarbeiten.

Im Verlauf des Nachmittags sickerte eine beunruhigende Frage durch meine Erregtheit. Warum hatte Heavner, angesichts ihrer offensichtlichen Feindseligkeit, mir überhaupt Informationen gegeben? Rührte ihre untypische Kollegialität von einem tiefer liegenden Motiv her? Brennan ein paar Krumen hinwerfen und sie den Fall lösen lassen, und dann kann Dr. Edelstahl sich darauf stürzen und den Erfolg als ihren reklamieren?

Gegen fünf, und nachdem ich die Kamera meines Laptops überklebt hatte, loggte ich mich bei WebMD ein und suchte nach dem Begriff Taphephobie. In Übereinstimmung mit Asia Barrows Charakterisierung wurde der Zustand als irrationale Angst davor definiert, lebendig begraben zu werden, auch als Angst vor einer Beerdigung aufgrund einer falschen Todeserklärung. Die Seite bot auch die folgenden Leckerbissen an:

Taphephobie kann ihre Ursachen in Kindheitserlebnissen haben, weil Eingesperrtsein tatsächlich selbst erlebt oder eine Darstellung davon gesehen wurde. Betroffene meiden häufig geschlossene Gebäude, weil sie einen Einsturz fürchten. Manche verweigern jede Narkose, aus Angst, fälschlich für tot erklärt und begraben zu werden. Zu verstärkenden Faktoren gehören psychische Störungen und Drogenmissbrauch.

Felix Wodjanow wurde wegen Taphephobie behandelt. Warum dann unterirdisch wohnen?

Nach einem telefonisch bestellten Lamm-Korma, das Birdie sehr schätzte, versuchte ich zu lesen. Meine Theorie war solide: Flucht in eine Welt, die ich verlassen konnte, wann ich wollte. Meine Durchführung war mangelhaft. Wut und Frustration hatten mich nervös gemacht, ich konnte mich nicht konzentrieren.

Kurz nach sechs kündigte Marley einen weiteren Anrufer an. Unterdrückte Nummer. Da ich mir dachte, dass meine Unruhe unmöglich noch schlimmer werden konnte, und vielleicht hoffte, bei einem arglosen Telefonverkäufer Dampf ablassen zu können, ging ich dran.

»Ich versuche, Dr. Brennan zu erreichen.«

»Am Apparat.«

»Ich arbeite für den *Charlotte Observer.*«

»Ich habe bereits ein Abo.«

»Ach, entschuldigen Sie. Ich hätte mich klarer ausdrücken müssen. Ich bin Reporter.«

»Wie heißen Sie?«, fragte ich argwöhnisch. Ich kannte fast alle Polizeireporter.

»Gerald Breugger.«

Gerry. Die Eidechse, die bei Heavners Pressekonferenz Fragen gestellt hatte.

»Sie sind Freiberufler«, sagte ich. »Sie sind nicht wirklich beim *Observer* angestellt.«

»Ja, aber sie bringen viele Artikel von mir.«

»Woher haben Sie diese Nummer?«

»Ich habe meine Mittel und Wege.«

Ich sagte nichts.

»Ich hatte eben ein langes Gespräch mit Dr. Margot Heavner.«

»Gratuliere. Und noch ein schönes Leben.«

»Bitte legen Sie nicht auf.«

Aus irgendeinem Grund tat ich es nicht. Selbsterhaltungstrieb?

»Ich arbeite an einem Artikel über den Zustand der forensischen Wissenschaft in North Carolina«, sagte Breugger. »Mein Aufhänger wird der Fall der von Schweinen gefressenen Leiche aus Cleveland County sein. Ich frage mich, ob Sie dazu Stellung nehmen wollen.«

»Denken Sie noch einmal über Ihre Verwendung des Wortes ›gefressen‹ nach.«

»Fahren Sie fort.«

»Ich bin fertig.«

»Stimmt es, dass die Leiche immer noch nicht identifiziert ist?«

»Kein Kommentar.«

»Dass die Todesursache noch unbekannt ist?«

»Kein Kommentar.«

»Dass die ME sich weigert, Sie an dem Fall zu beteiligen?«

»Kein Kommentar.«

»Stimmt es, dass Dr. Heavner eine Klage gegen Sie anstrengt?«

»Wer hat Ihnen das erzählt?«

»Sie wissen, dass ich meine Quellen nicht verraten darf.«

»Sie und Ihre Quellen dürfen sich mal schleunigst aus meinem Hinterhof verziehen.«

»Ich schreibe regelmäßig Artikel für die *New York Times,* die *Washington Post* und für *Daily Beast*. Ich habe diese Nummern gleich hier in meinen Kontakten.«

Diese verdeckte Drohung brachte mein emotionales Fass komplett zum Überlaufen. Mein Daumen drückte so fest auf die Auflegen-Taste, dass ich das Handy fast fallen gelassen hätte.

Ich saß da und versuchte, meinen Puls wieder zu beruhigen, als ich mich unvermittelt an Heavners Pressekonferenz erinnerte. Sie hatte nur einen Journalisten namentlich angesprochen. Gerry Breugger.

Ich überlegte eben, was das bedeuten könnte, als Marley schon wieder sang. Diesmal schaute ich mir die Nummer genau an.

Vorwahl vier eins fünf. Ich stellte mir einen anderen Schreibtisch, ein anderes Büro vor, mit *Dr. Pierre LaManche, Directeur* auf einer Tafel neben der Tür.

»Bonjour. Comment ça va?«, sagte ich zur Begrüßung.

»Tres bien, merci.« LaManche wechselte ins Englische, das so präzise war wie sein Französisch. »Ich entschuldige mich, weil ich so spät noch anrufe.«

»Wie schön, Ihre Stimme zu hören.«

»Geht es Ihnen nicht gut?« Seit Jahrzehnten mein Chef im *Laboratoire de science judiciaire et de médecine légale,* beherrschte LaManche es perfekt, auch noch die geringste meiner Stimmungsschwankungen zu interpretieren.

»Mir geht's gut.«

»Ach, Temperance. Sie klingen *peinée.«* Gequält? Betrübt? Wie auch immer, er hatte den Nagel auf den Kopf getroffen.

»Ich habe viel am Hals.«

»Was für ein Tal der Leiden, in dem wir unsere Arbeit tun. Aber ich bin ein alter Karren, nur rostiges Metall und quietschende Räder. Sie sind jung. Sie sollten glücklich sein.«

Die traurige Metapher half nicht, meine Stimmung zu heben. »Was gibt's?«

»Für Sie ist eine Vorladung eingetroffen. Erinnern Sie sich noch an den Pasquerault-Fall?«

»Natürlich.« Dorothée Pasquerault war verschwunden, während sie von einer Freiluftaufführung des Montreal Symphony Orchestra nach Hause gegangen war. Acht Tage später wurde ihre verwesende Leiche in einer Eishockeytasche gefunden, die am St. Lawrence River ans Ufer gespült worden war. Das Konzert war zur Feier des 375. Geburtstags der Stadt organisiert worden. Dorothée hatte ihren siebzehnten Geburtstag nicht erleben dürfen. Die Ermittlungen hatten zur Verhaftung ihres Ex-Verlobten geführt.

»Der Prozessbeginn ist für nächste Woche angesetzt. Die Auswahl der Jury sollte bis spätestens Dienstag abgeschlossen sein. Ihre Verfügbarkeit wurde ab Mittwoch angeordnet.«

»Okay.« Das Ganze war so weit weg von okay, dass ich mir nicht einmal ein Gerät ausmalen konnte, das eventuell die Entfernung zu messen vermochte.

»Ich habe Ihnen die Vorladung auf den Schreibtisch gelegt.«

»Danke.«

»Da sind auch noch einige *Demandes d'expertise* für Sie. *Pas d'urgence* in diesen Fällen.«

»Ich buche mir einen Flug.«

»A bientôt.«

»*Oui*. Bis bald dann.«

Ich kehrte zum Buch zurück und hatte fest vor, mich im Neuguinea der 1930er zu verlieren. Wieder schaffte ich es nicht. Die Vorladung lud mir eine neue Dringlichkeit auf. Ich würde spätestens Dienstag nach Montreal fliegen müssen. Und Felix Wodjanow lag immer noch auf seiner Bahre.

Ein und dieselbe Frage ging mir immer wieder durch mein verwirrtes Hirn. Hatte Wodjanow mich vor seinem Tod beschattet? Wenn ja, warum? Wie hatte er mich gefunden? Was hatte er mir sagen wollen?

Das Bild der geköpften Gans materialisierte sich auf der ungelesenen Seite. Ich dachte an den Schwarm, der versucht, sein Terrain zu behaupten. Eine Metapher, die passender war als LaManches Karren. Wie die Gänse kämpfte ich, um meine Karriere zu retten. Aus dem Exil zurückzukehren.

War es das? War mein Motiv reines Eigeninteresse? Oder lag mir Gerechtigkeit für Felix Wodjanow wirklich am Herzen? Für die Kinder, denen er vielleicht etwas angetan hatte? War Wodjanow Opfer oder Täter?

Immer so weiter. Und immer im Kreis. Slidells Misserfolg mit dem Durchsuchungsbeschluss. Heavners Entschlossenheit, mich beruflich zu ruinieren. Mamas lässige, vielleicht tödliche Einstellung zu ihrer Chemo. Gerry Breuggers Kenntnis von Heavners Kreuzzug gegen mich und seine mögliche Absicht, ihr bei dieser Kampagne zu helfen.

Wie viel wusste Breugger? Sein Anruf hatte mir mehr als alles andere die Gefährlichkeit meiner Lage vor Augen geführt. Sollten Heavners Vorwürfe wirklich Bestand haben, würde Breugger sich darauf stürzen wie ein Schakal auf einen Kadaver. Während ich seinen Fragen ausgewichen war, hatte ich mir ein Raubtier vorgestellt.

Und was zum Teufel war eigentlich mit Pete los?

Und wie immer, wann würde die nächste Migräne mich zu Boden strecken? Oder schlimmer noch, ein arterielles Problem? Wenn die winzige Blase wirklich platzen sollte, wie schlimm würde es werden?

Ein verirrter Gedanke ließ mich aufstöhnen. Slidell hatte recht, ich handelte in letzter Zeit viel zu überstürzt, ging zu viele Risiken ein. Den Streuner im Trenchcoat auf Sharon Hall zu verfolgen. Illegal Fotos und Proben von dem Gesichtslosen im MCME zu besorgen. Barrow, Ramos und Keesing alleine zu befragen. Das Anwesen in Cleveland County alleine zu erkunden. Rührte diese jüngste Tolldreistigkeit daher, dass ich mir neuerdings meiner Sterblichkeit wieder so bewusst war? Das Aneurysma kann jeden Tag platzen, also was soll's?

Ich ließ mir den Gedanken durch den Kopf gehen, prüfte, ob die Erleuchtung auch Bestand hatte. Waren meine cowboymäßigen Alleingänge eine sublimierte Reaktion auf meinen drohenden Tod? Oder war meine wütende Intensität bei diesem Fall nur eine Variation meines gewohnten Engagements für anonyme Opfer? Für misshandelte Kinder oder Kinder in Gefahr?

Warum diese ganze gottverdammte Innenschau? Die Selbstanalyse ist kein Spiel, das mir Spaß macht oder das ich besonders gut kann.

Ich warf das Buch durchs Zimmer und stand auf, um auf und ab zu gehen. Setzte mich wieder. Stand wieder auf, um das Buch aufzuheben und die Seiten glatt zu streichen. Ich kam mir nutzlos vor, aber zu unruhig, um an einem Fleck zu bleiben.

Um acht war ich das reinste Nervenbündel. Slidell hatte noch nicht angerufen. Es gab keine neuen Spuren. Diejenigen, die wir hatten, führten nirgendwohin. Die Uhr tickte. Ich stellte mir vor, ich wäre in einem Dampfdrucktopf ohne Ventil gefangen.

Mit der festen Absicht, nichts zu unternehmen, ohne mich mit Slidell abzusprechen, ging ich online und tippte Timmers GPS-Koordinaten ein. An einer haarfeinen Straße in der Nähe des Lake Wylie, South Carolina, tauchte eine rote Fahne auf. Meine Freundin Anne makelte seit Jahrzehnten in der Gegend Anwesen, meistens luxuriöse Häuser auf und bei einem Golfareal namens River Hills.

Ich drückte eine Kurzwahltaste.

»Ich kann dich kaum verstehen, Tempe.« Ein hohler Klang mit lauten Hintergrundgeräuschen. »Ich bin bei einem Knights-Spiel.«

»Kurze Frage?«

»Schieß los.«

»Kennst du die Lone Eagle Lane? In der Nähe von Lake Wylie?«

»Donegal Lane?« Geschrien.

»Lone. Eagle.«

Während Anne in Gedanken die Gegend absuchte, ließ eine Lautsprecherstimme einen markerschütternden Jubelschrei hören. Der Zuschauerlärm schwoll an, ebbte wieder ab.

»Ja. Lone Eagle verläuft hinter dem Naturreservat. Zufahrt zu ein paar altmodischen Cottages aus der Nachkriegszeit. Da wäre noch einiges möglich.«

»Am Wasser?«

»Ja.« Der Lärm wurde schwächer. Anne hatte eine ruhigere Ecke gefunden.

»Überrascht mich, dass da noch kein Bauentwickler Eigentumswohnungen hingestellt hat.«

»Die rufen mich die ganze Zeit an. Die Hausbesitzer sagen, sie sind ihr ganzes Leben lang ›an den Fluss‹ gegangen und haben kein Interesse an einem Verkauf.«

»Was gibt's da sonst noch?«

»Gar nichts, soweit ich weiß.«

»Schon mal was von einer Immobilienfirma namens DeepHaven gehört?«

»Aus der Marketingperspektive ein beschissener Name. Aber nein.«

»Könnte es vielleicht sein, dass ein Makler ein Büro an der Lone Eagle eröffnet hat?«

»Alles ist möglich, seit diese Neutronensterne kollidiert sind.«

»Was?«

»Die Gravitationswellen?«

»Viel Spaß noch beim Spiel.«

»Wir sind am Verlieren. Aber die Erdnüsse sind gut. Warum das Interesse an der Lone Eagle Lane?«

»Nur so.«

»Aha. Wenn die alten Knacker beschlossen haben zu verkaufen, will ich dabei sein.«

Ich holte mir die Gegend wieder als Satellitenaufnahme auf den Bildschirm. Meine Augen bestätigten, was die Karte und Anne gesagt hatten. Viel Ufer und viel gar nichts.

Obwohl ich wusste, dass die Idee reiner Wahnsinn war, beschloss ich vorbeizufahren. Was konnte es schaden?

Wieder ein Höflichkeitsanruf bei Slidell, dann Handy und Taschenlampe eingesteckt, und ich war unterwegs.

22

Wylie, eins von elf künstlichen Wasserreservoirs, die wie Klumpen am Catawba River hängen, bringt es auf 352 Meilen Ufer in beiden Carolinas. Die Allen Steam Station liegt am Nordende des Sees, in der Nähe von Charlotte. Die Catawba Nuclear Generating Station dominiert eine Halbinsel im südwestlichen Teil. Ich habe einmal einen Katastrophenplan der Atombehörde gelesen, der Strahlungswolkenausdehnung und Verseuchungspfade definierte. Ich muss wohl nicht erwähnen, dass Fische aus diesen Gewässern nicht auf meinem Speiseplan stehen.

Trotz der riesigen Reaktoren ist der See eine beliebte Wohn- und Erholungsgegend, eine schizoide Mischung aus neureichen Pseudovillen, Golfplatz-Enklaven, Alterssitzen sowie Wohnwagen und Hütten à la *Ein Duke kommt selten allein.* Viele Grill- und Bootszubehörläden.

Dreißig Minuten nachdem ich den Annex verlassen hatte, bog Slidell von der Shopton Road rechts ab. Ja, auch ich war schockiert. Er hatte binnen Minuten zurückgerufen. Bestand auf einen Teameinsatz. Ich hatte keine andere Wahl. Um ehrlich zu sein, war ich auch froh, die Sache nicht allein angehen zu müssen.

Die Dämmerung ging in die Nacht über, und alles um uns herum war monochrom grau. Ich war noch nie in dieser Gegend gewesen, wusste aber, dass das McDowell Nature Preserve und der Copperhead Island Park irgendwo im Süden lagen, während sich der Daniel Stowe Botanical Garden im Westen am anderen Ufer befand.

Nach links, dann wieder nach rechts. Die Straßen waren schlecht beleuchtet, man wohnte hier in bescheidenen Ranchhäusern und Bungalows. Einfahrten endeten unter Carports oder hörten einfach auf. Fahrräder lagen auf Rasen, die gemäht, aber nicht gärtnergepflegt waren. Verandalichter sprangen an. Weiter unten an der Straße spielten zwei Jungs Fußball. Ein Hund unbestimmbarer Rasse kläffte und sprang von einem Jungen zum anderen.

Ein kurzes Stück, dann erteilte meine Navi-App den Rat, rechts abzubiegen. Slidell tat es bei einem harmlosen, grünen Straßenschild: *Lone Eagle Lane.* Darunter der nicht sonderlich einladende Hinweis: *Sackgasse.*

Die Lone Eagle Lane war so leer und still wie ein verlassenes Filmset. Slidell hielt an. Als wir unsere Fenster herunterließen, umschloss uns die Luft wie Dampf aus einem Suppentopf. Ich roch Wasser, Benzin, Algen und Schlamm. Ein Hauch von Kiefer.

Auf meiner Seite ragte eine Wand aus alten Zypressen in die Höhe, nur hin und wieder durchbrochen von einer Hütte oder einem Schuppen. Auf Slidells Seite kauerten hinter einem schmalen Bürgersteig ein paar Cottages dunkel und mürrisch am Ufer.

Ein schneller Blick über die Schulter. Zwanzig Meter hinter uns trennte ein leeres Grundstück zwei Uferanwesen. Parallel zum rechten Rand des Grundstücks ragte eine leicht abfallende Betonplatte ins Wasser. Wellen leckten am unteren Ende der Platte, hör-, aber in der zunehmenden Dunkelheit nicht sichtbar.

»Bootsrampe«, sagte ich.

Slidell erwiderte nichts.

Wir merkten uns beide ihre Lage, dann schlich der 4Runner weiter.

Ich erkannte schnell, dass die Straße alles andere als verlassen war. Ob aus Naturschutz-, Traditions- oder sonstigen Gründen waren Lichter auf der Lone Eagle in heißen Sommernächten verpönt. Vielleicht sogar immer.

Trotz der selbst auferlegten Düsternis oder vielleicht gerade wegen ihr waren die Leute draußen auf ihren Veranden und Türschwellen, schaukelten, unterhielten sich, rauchten Zigaretten wie winzige orangene Leuchtkäfer. Die alten Knacker, die Anne erwähnt hatte. Ich spürte, dass unser Eindringen missbilligt wurde.

Während wir weiterfuhren, stieg die Straße leicht an. Ich konnte die feindseligen Blicke, die uns folgten, förmlich fühlen. Fünf Häuser, acht, elf. Plötzlich verkündete mein Handy, laut wie ein Schusswechsel, unsere Ankunft.

»Himmel Herrgott! Das war vermutlich noch im nächsten County zu hören.« Ich stellte das Gerät leiser und ließ mein Fenster hoch. Slidell fuhr langsam, blieb aber nicht stehen. Wir schauten beide nach links.

Das Cottage war gebaut wie alle anderen auch. Holzbau mit nur einer Etage, Klimaanlagen in den Fenstern, eine Veranda vorne, Carport auf der uns zugewandten Seite. Maschendrahtzaun hinten. Der erste Unterschied hatte mit Autos zu tun. Im Gegensatz zu den anderen, an denen wir vorbeigekommen waren, beherbergte diese Einfahrt eine kleine Flotte. Der zweite hatte mit Beleuchtung zu tun. Hinter verschlossenen Fensterläden schien jedes Zimmer beleuchtet zu sein. Der dritte hatte mit Nachbarn zu tun. Da es das letzte Anwesen in der versprochenen Sackgasse war, kam dahinter nur noch ein Hügel, der mit Stechpalmen und anderer unwirtlicher Vegetation bewachsen war.

Slidell steuerte daran vorbei, wendete und fuhr zurück. Nachdem er das Auto auf einem schmalen Streifen vor den Zypressen abgestellt hatte, beobachteten wir die Umgebung. Sahen keine menschliche Gestalt an einem Auto, im Hof oder auf der Veranda. Aber ein Prisma aus Regenbogenfarben glitzerte an den Rändern und durch die Schlitze der Läden vor den Fenstern auf der Straßenseite.

»Jemand ist zu Hause«, sagte ich.

Wortlos stiegen wir aus, überquerten Straße und Rasen und stiegen die Stufen hinauf. Ein Schild an der Tür verkündete: *Kein Einlass nach Beginn der Präsentation.*

Da ich keine Klingel sah, klopfte ich. Keine Reaktion.

Ich versuchte den Knauf. Die Tür war verschlossen. Ich schaute mir den Zaun an. Das einzige Tor war mit einem sehr großen Vorhängeschloss gesichert.

»Das war's«, sagte Slidell. »Wir sind hier weg.«

»Ich will wissen, was da drin los ist.«

»Der Hausbesitzer lädt uns nicht gerade ein. Und ich habe hier keine Zuständigkeit und keinen Grund –«

»Das ist unsere einzige Spur zu Wodjanow. Vielleicht zu diesen Kindern. Wir probieren etwas anderes.«

Ein leidgeprüfter Blick, dann drehte Slidell sich um und ging zum Auto. Ich folgte ihm, war mir allerdings sicher, dass er per Bleifuß zurück nach Charlotte wollte. Stattdessen fuhr er den Hügel wieder hinunter, vorbei an der Stelle, wo wir abgebogen waren. Er parkte an der Bootsrampe und schaltete den Motor aus.

»Wenn die nicht freiwillig aufmachen, sind wir hier fertig.«

»Roger«, bestätigte ich militärisch. Ich steckte das Handy in eine Tasche und die Taschenlampe in den Hosenbund und stieg aus.

Jetzt war es endgültig Nacht. Kein Mond. Keine Straßenlaterne. Um uns herum nur Dunkelheit und heiße, stehende Luft.

Eine kleine Kolonie von Neuronen drängte ebenfalls auf Rückzug.

Ohne die Warnung zu beachten, trat ich auf den Beton. Die Oberfläche war rutschig vor Algen, und ich musste mich vorsichtig bewegen. Slidell hinter mir schlitterte und fluchte herzhaft.

Beidseits der Rampe senkte das Land sich unspektakulär zu einem schmalen Streifen aus Felsen und Sand ab. Ihn einen Strand zu nennen wäre unfair Stränden gegenüber. Hölzerne Stege ragten von dem Streifen aus ins Wasser. An den meisten war ein Ruderboot oder ein Kanu festgebunden.

Wir arbeiteten uns zum Rand des Betons vor und weiter nach unten, dann gingen wir, die Taschenlampen nur wenig im Einsatz, um keine Aufmerksamkeit zu erregen, am Ufer entlang. Weit entfernt, auf der anderen Seeseite, funkelten fröhlich bunte Lichter. Hin und wieder bewegte ein Windhauch die schwüle Luft und trug das Murmeln von Wellen heran, die lustlos an Pfosten leckten, oder das gedämpfte Summen eines weit entfernten Außenbordmotors.

Als meine Augen sich angepasst hatten, sah ich, dass die Erde mit Unrat übersät war. Wenn ich die Lampe einschaltete, kroch der Strahl über tote Fische, leere Sonnencremetuben, die langen Tentakel von verdrehten Plastikeinkaufstüten.

Zehn Minuten nach der Rampe streckte sich ein felsiger Wellenbrecher dem Ufer zu wie ein langer, arthritischer Finger. Als ich darüber kletterte, hafteten sich Generationen von Algen an meine Kleidung. Wenn Slidell und ich Yates Timmer wirklich begegneten, würden wir aussehen wie Wesen aus einer dunklen Lagune.

Der Neigung der Lone Eagle Lane entsprechend stieg die Uferböschung nun steil an. Keuchend und schwitzend kämpften wir uns hoch. Auch wenn ich inzwischen schon weniger begeistert war, war ich doch fest entschlossen, diese Eskapade bis zum Ende durchzustehen.

»Das ist verdammt noch mal das Blödeste, in das Sie mich je hineingezogen haben.« Slidell atmete schwer. Ich hoffte, dass ich ihn nicht in einen Herzanfall hineingezogen hatte.

Die jetzt feuchten und sandigen Riemen meiner Sandalen scheuerten an Ferse und Rist. Meine Kleidung klebte an mir wie eine zweite Haut. Wie hatte mir die Entfernung im 4Runner nur so viel kürzer vorkommen können?

Hinter mir hörte ich Slidell knirschen und japsen. Ich war mir sicher, dass er jede Sekunde den Rückzug befehlen würde. Dann schnitt sich das Ufer unvermittelt landwärts ein, und die Böschung wurde noch steiler. Google Maps blinkte hell und verkündete stumm, dass wir die eingegebenen GPS-Koordinaten erreicht hatten.

Ich schaltete meine Taschenlampe ein und richtete sie aufs Wasser. Der Steg war größer als die meisten, ein Pontonboot war daran vertäut.

Als Slidells Strahl auf den Ponton fiel, schwenkte ich meinen nach rechts. Er landete auf einer schmalen Holztreppe. Ich ließ meinen Strahl über die Stufen hochwandern. Darüber hinaus konnte ich nicht schauen.

Gleichzeitig löschten wir unsere Lampen und horchten nach Bewegungen. Ich hörte nur Slidells Atem und das Blut, das in meinen Ohren pulsierte.

Mein Gott, Brennan. Der Kerl ist Immobilienmakler, nicht Polyphem. Er hat ein Partyboot.

Ein heftig unfreundlicher Blick, dann fing Slidell an, nach oben zu steigen. Er testete vorsichtig jede Stufe, bevor er sie mit seinem ganzen Gewicht belastete. Mit weißen Knöcheln das Geländer umklammernd, folgte ich.

Oben quakten unzählige Frösche amphibischen Klatsch. Vielleicht auch Zikaden. Ich riskierte eine Nanosekunde Licht. Slidell ebenfalls.

Von der Treppe führte ein Pfad zu einem Tor und dann über einen kleinen Hinterhof zum Cottage. Überraschenderweise stand die Hintertür einen Spalt offen. Ein violett-blauer Schein fiel durch die Lücke und beleuchtete eine Terrasse mit einem Weber-Grill und kantigen Umrissen, die aussahen wie Schaukelstühle und Gartensessel.

Das Tor war nicht verschlossen. Slidell hob den Riegel an und ging zur Terrasse.

»Hallo?«

Dasselbe Ergebnis wie vorne. Er rief noch einmal. Noch immer keine Antwort.

Slidell drückte die Tür auf. Wir traten beide hinein.

Wir standen in einer Küche, erhellt von in die Decke eingelassenen Zylindern. Klinkerboden, Spülbecken wie in einem Farmhaus, Edelstahlarmaturen. Der Kühlschrank stand direkt rechts neben uns. Durch eine Glastür sah ich Dosen mit Ossietra- und Beluga-Kaviar, geräucherte Entenbrust, *foie gras* und Krabbenfleisch. Genug Käse, um ganz Wisconsin zu ernähren.

In der Mitte des Raums stand ein Tisch aus Kiefernbrettern. Acht Platzdeckchen, acht Stühle, einer schräg herausgezogen, wie hastig verlassen. In der Mitte des Tisches eine Keramikvase mit einer voll erblühten rosa Calla.

Auf dem Deckchen vor dem schrägen Stuhl lag ein Klemmbrett. Ich ging hin, schaute darauf und sah eine Liste mit Namen, die bis auf zwei alle abgehakt waren. Neben dem Klemmbrett ein Kristallglas mit einer bernsteinfarbenen Flüssigkeit.

Slidell kam zu mir und nahm das Glas zur Hand. Schnupperte. »Aber hallo!«

Er streckte den Arm aus. Ich roch daran. Identifizierte Cognac oder Brandy.

Direkt vor uns, der Hintertür gegenüber und neben einem Wolf-Herd, war eine geschlossene Tür. Dahinter war etwas zu hören, das nach Stimmen vom Band klang, dem Tonfall nach ein Film- oder TV-Dialog.

Rechts der geschlossenen Tür erlaubte eine offene einen Blick in eine Vorratskammer. Wir gingen hinüber. Auf dem Boden standen Kisten mit Spirituosen und Wein. Macallan. Padron. Titos. Rémy Martin. Die Weine waren vorwiegend heimische Pinot noirs und französische Burgunder. Nur gute. Ich kannte mich aus. Leichte Rote waren einst das Gift meiner Wahl gewesen.

Godiva-Pralinen und andere Delikatessen füllten die Regale. Walkers Shortbread, Gläser mit Oliven und Cornichons, Zigarrenkisten mit der Aufschrift *Habana*.

»Sieht aus, als wollte da jemand eine Party schmeißen«, sagte Slidell leise.

»Und bei diesem Jemand sitzt das Geld recht locker.«

Dann ein Starkstromschlag Adrenalin. In einer Ecke lag ein Stapel Cocktailservietten, bedruckt mit königsblauer Schrift: DeepHaven.

»Heilige Scheiße.«

»Was?«

»Das erkläre ich später«, flüsterte ich, während ich die Servietten mit meinem Handy fotografierte.

Hinter der geschlossenen Tür redete immer noch die TV-Stimme. Während Slidell die Vorratskammer betrat, um den Inhalt zu inspizieren, eilte ich hin und hielt mein Ohr ans Holz. Verstand ein paar Wörter. Vielleicht Sicherheit? Vielleicht Bedrohung? Ich richtete mich eben neu aus, um besser hören zu können, als hinter mir eine Türangel quietschte. Ich wirbelte herum.

In der Tür stand ein Mann, die Füße ausgebreitet, die Finger noch am Hosenschlitz. Ein Plastikkärtchen auf seinem Hemd stellte ihn als *Bing* vor. Ein regenbogenbuntes Tattoo auf einem Unterarm zeigte ein fauchendes Reptil und darunter den Schriftzug *Florida Gators.*

Ein Ruck am Reißverschluss, und noch einer, dann gab Bing auf und stützte sich mit einer Hand am Rahmen ab. Er war groß und kräftig wie ein aus dem Leim gegangener Footballspieler. Eine schlaffe Kinnpartie und blonde Fransen, die vergeblich versuchten, Brauen zu bilden und seinen Schädel zu bedecken, verrieten, dass Bings aktive Tage schon lange her waren.

Mein Blick wanderte zu Slidell. Mit zusammengekniffenen Augen deutete er auf seine Marke und schüttelte den Kopf. Ich senkte das Kinn, hatte verstanden, dass er nicht als Polizist erkannt werden wollte.

»Die Tür war offen«, sagte ich, um den Mann nicht argwöhnisch zu machen. Slidell hörte von der Vorratskammer aus zu.

Falls Bing meine Anwesenheit nervös machte, ließ er es sich

nicht anmerken. Mich mit blutunterlaufenen Augen musternd, sagte er: »Musste pissen.«

»Verständlich.«

Die fransigen Brauen senkten sich, als mein algenverdrecktes Aussehen in Bings Hirn sickerte.

»Sind am Ufer entlang gegangen.« Um ihn abzulenken, deutete ich auf seinen offenen Reißverschluss. »Wollen Sie sich …?«

»'tschuldigung.« Nachdem er es endlich geschafft hatte, sich vollständig anzukleiden, sagte er: »Muss kontrollieren, ob Sie eingeladen sind.«

»Sicher.«

Bing ging zum Tisch, nicht gerade schwankend, aber doch deutlich unsicher. »Name?«

»Flora.« Einer der nicht abgehakten Namen.

»Sie sind nicht …«

»Ich bin eine Freundin von Flora. Sie meinte, es wäre schon okay, wenn ich an ihrer Stelle käme.«

Ein kurzes Zögern, dann: »Können Sie sich ausweisen?«

»Tut mir leid. Ich wollte meine Handtasche nicht mitschleppen. Die ist richtig groß. Sie wissen ja, wie Frauen sind.« Dümmliches Frauengrinsen. »Ich habe alles im Auto gelassen. Ich könnte natürlich den ganzen Weg zurückgehen und sie …«

Wieder verwirrte Brauen. Dann hob er einen Steroid-Arm und deutete zur geschlossenen Tür. »Sie können erst rein, wenn die drinnen fertig sind.«

»Also leiste ich Ihnen Gesellschaft?« Begleitet von einem flirtenden Lächeln. Errötend, was sein Aussehen nicht gerade verbesserte, schwenkte Bing den noch immer erhobenen Arm zum Tisch. Ich setzte mich.

»Die sind noch eine Stunde beschäftigt, vielleicht länger.«

»O je.«

»Darf ich der Lady einen Drink spendieren?« Der Trottel sagte das wirklich so.

»Ach bitte, Sir.« Ich auch.

Bing ging zu einer Vitrine, kam mit einem zweiten Glas und einer offenen Flasche Courvoisier zurück. Eine Schwade billigen Rasierwassers verströmend, setzte er sich neben mich. Das Holz ächzte bedenklich, während er uns je acht Zentimeter Cognac einschenkte.

»Ich wette, Sie haben Football gespielt«, sagte ich und suchte insgeheim nach Optionen für einen Fluchtplan.

»Verteidiger.« Er kippte sechs seiner acht Zentimeter.

»Wow.« Bewunderung vortäuschend, tat ich so, als würde ich trinken.

»Beim Bankdrücken schaffe ich immer noch drei fünfzig.«

»Erstaunlich.« Ich hatte keine Ahnung, was er meinte.

Bing versuchte, das Kinn auf die Hand zu stützen. Es rutschte ab. »Ups«, sagte er grinsend.

»Ups« sagte ich grinsend.

Bing trank sein Glas aus, füllte es nach und legte mir die Alligatorenhand auf den Arm. »Ich muss für heute Nacht absperren. Aber wenn Sie warten wollen, fahre ich Sie zu Ihrem Auto. Oder was auch immer.« Das schmierige Grinsen weckte in mir den Wunsch nach einer sofortigen Dusche.

»Das ist sehr freundlich.« Noch ein geheuchelter Schluck. »Ihr Chef muss ein wirklich netter Kerl sein, dass er so teuren Cognac mit Ihnen teilt.«

Bing zwinkerte. »Das bleibt unser kleines Geheimnis.«

»Ich wette, dank Ihres Jobs lernen Sie viele interessante Leute kennen.«

Bescheidenes Heben einer Schulter.

»Haben Sie mal Felix Wodjanow kennengelernt?«

Das Grinsen kühlte sich merklich ab. Ich hatte etwas Falsches gesagt.

»Ich habe nur gefragt, wei –«

»Wollen Sie noch Brandy?«, fragte er, während er die Hand zurückzog.

»Das ist sehr nett. Aber um ehrlich zu sein, ich hab's eher mit Scotch.«

»Moment.«

Als Bing davonschlurfte, kippte ich den Cognac in die Calla. Ein Blick auf die Liste verriet mir meinen Fehler.

»Tut mir so leid. Ich hätte keinen Nachnamen benutzen sollen«, sagte ich, als mein Glas mit Glenfiddich samt Flasche vor mir stand.

Bing wiederholte das einseitige Schulterzucken.

»Flora hat's mir gesagt.« Zerknirscht. »Ich hab's vergessen.«

»Für mich ist das keine große Sache. Sind nur die Hausregeln, Sie wissen schon.«

»Kommt nicht wieder vor.« Ich tat so, als würde ich die Lippen mit einem Schlüssel verschließen.

Einige Sekunden lang war die gedämpfte Unterhaltung hinter der Tür das einzige Geräusch.

»War Felix in letzter Zeit mal hier?«

»Schon seit 'ner ganzen Weile nicht mehr.« Dann eine Bemerkung, die Bing sich wohl nicht so genau überlegt hatte. »Den kleinen Bruder habe ich auch schon eine Weile nicht mehr gesehen.«

»Kleiner Bruder?« Ich hoffte, dass Slidell das alles mitbekam.

»Nick.«

O Mann!

»Natürlich«, sagte ich, um eine neutrale Stimme bemüht. »Nick ist ja so lustig.«

Die verquanzten Augen quollen vor, und der Stiernacken zog sich in die Länge. »Meinen Sie das ernst? Der Kerl ist ein Arschloch.«

»Finden Sie?«

»Scheiße, ja.«

In einem koketten Flüsterton ermutigte ich ihn. »Reden wir von demselben Nick?«

»Der Kerl ist 'ne Marionette.« Der Alkohol benebelte Bings

Verstand und verlangsamte seine Stimme. »Eine verdammte russische Marionette.«

Jetzt bloß nicht übertreiben.

»Was ist das gleich wieder für eine alte Geschichte mit Nick und Felix?«

»Ja.« Bing schnaubte feucht. »Sie haben beide als Wodjanow angefangen, okay? Aber Nick will nicht so ausländisch klingen, also macht er aus dem V ein B, weil das so geschrieben wird in dem Alphabet, das die Ruskies benutzen, und streicht den Rest. Aus Wodjanow wird Body.«

Wieder trank Bing sein Glas leer und knallte es auf den Tisch.

»Ja.« Ich nickte. »Das ist er.«

»Wahrscheinlich kommt er nicht mehr wegen dem Streit.«

»Body?« Ich formte den Namen nur mit den Lippen, sprach ihn nicht aus.

Bing schüttelte den Kopf. »Der große Bruder.«

»Felix.«

»Felix der Hinfaller.« Spöttisch: »Der Tollpatsch.«

»Mit wem hat er gestritten?«

»Kerl namens Twist. Ich war an dem Abend nicht da, aber so was spricht sich herum.«

»Wann war das?«

»So vor drei, vier Wochen, schätz ich.« Wieder senkte Bing die Brauen. »Ja. Am zwanzigsten. Ich hab an diesem Mittwoch nicht gearbeitet. Hab nicht so viele freie Tage.«

Der 20. Juni. Zwei Tage vor Wodjanows nächtlichem Besuch auf Sharon Hall.

Noch ein Schnauben. »Ich hab gehört, Felix hat Twist runtergeputzt. Ziemlich mutig von dem kleinen Schlappschwanz. Kann's ihm nicht verdenken. Twist ist noch so ein Widerling.«

»Warum sagst du das?«

»Der Wichser steht auf Kinderpornos. Also für mich ist jeder, der mit …«

Über Bings Schulter sah ich die geschlossene Tür zum Herd hin aufschwingen. Yates Timmer stand da, eine Hand auf dem Knauf, die militärische Brille auf mich gerichtet.

»Wer ist das?«

Bing schoss so schnell in die Höhe, dass sein Stuhl umkippte. »Eine Freundin von Flora.«

»Verstehe.« Ungerührt. »Ihr Name?«

Als Bing sich bewusst wurde, dass er nie gefragt hatte, versuchte er auszuweichen. »Ich wollt nur Herzlichkeit zeigen. So wie Sie's uns beigebracht haben.«

»Hast du einen Ausweis verlangt?«, fragte Timmer, den Blick noch immer auf mich gerichtet.

Bing stand stumm und mit offenem Mund da.

Ich stand auf.

Timmer musterte mich noch ein paar Sekunden. Dann: »Sind wir uns schon mal begegnet?«

»Nein.«

Bing warf mir einen wütenden Blick zu, oder versuchte es zumindest. Die plötzliche Bewegung zwang ihn dazu, einen Schritt zur Seite zu machen, um sein Gleichgewicht wiederzufinden.

»Warum sind Sie hier?«

»Ich interessierte mich für DeepHaven.«

»Was wissen Sie über DeepHaven?«

»Ich hatte gehofft, dass Sie mich informieren.«

»Sie sind eine Bekannte von Flora?«

Ich nickte.

»Ihr Nachname, bitte?«

Ich hatte keine Antwort.

»Sie kennt Felix und Nick.« Bing versuchte verzweifelt, sein Handeln zu rechtfertigen.

»Nimm Sie fest«, sagte Timmer.

Eine ganze Nation von Neuronen schrie Rückzug.

Slidell trat aus der Vorratskammer.

23

Montag, 9. Juli–Dienstag, 10. Juli

»Hier nimmt niemand irgendjemanden fest.« Slidells Ton war neutral, aber eisig.

Timmers Blick hinter der Armeebrille wurde hart. Er wandte ihn Skinny zu, sprach aber Bing an.

»Warum sind diese Leute in meiner Küche?«

Bings Reaktion kam, nicht ganz unerwartet, verzögert. »Ich hatte sie im Auge. Sie konnte nirgendwohin.«

»Und der Herr?«

»Ich – ich wusste gar nicht, dass er da ist.« Fahriges Achselzucken. »Ist mir durchgerutscht.«

»Durchgerutscht.« Wut stieg in Timmers Stimme hoch, drohte durchzubrechen.

»Ich musste mal pissen, okay? Sie haben mir gesagt, ich darf das Verkaufsgespräch nie unterbrechen. Da ich nicht durchs Wohnzimmer aufs Klo konnte, bin ich nach draußen gegangen.«

Timmer schaute mich über die rosa Calla hinweg an. Und zu dem Cognac und dem Scotch, die auf dem Tisch standen.

»Ich frage Sie noch einmal, Miss. Was wollen Sie hier?«

»Und ich antworte Ihnen noch einmal, Sir. Informationen über DeepHaven.«

»Wie haben Sie von diesem Ort hier erfahren?«

»Ihr griffiges Logo.«

»Wir machen keine Werbung.«

»Ich habe mir Ihre Website angeschaut. Und die World's End House Tour gemacht.«

»Sie interessieren sich für Wohnen im Untergrund?«

»Vielleicht.«

»Besuche hier sind nur mit Einladung möglich. Sie sollten mein Büro während der normalen Geschäftszeiten anrufen.«

»Das habe ich.«

Die Andeutung einer Pause, dann: »Sie behaupten in betrügerischer Absicht, eine meiner Kundinnen zu kennen. Sie dringen unter einem falschen Vorwand hier ein. Irgendwie habe ich Zweifel an Ihrer Aufrichtigkeit, Miss –«

»Wir sind hier fertig«, warf Slidell dazwischen, bevor ich antworten konnte.

»Ich könnte Sie beide festnehmen lassen.« Ein Anflug von Aggression lag in Timmers Stimme.

»Das wäre eine sehr schlechte Idee«, sagte Slidell. Und an mich gerichtet: »Gehen wir.«

Ohne Vorwarnung warf Bing sich in einem planlosen, linkischen und viel zu langsamen Satz auf Slidell. Skinny reagierte agiler, als ich ihm zugetraut hätte. In einer blitzschnellen Bewegung packte er Bing an der Schulter, und dessen Schwung zu seinem Vorteil nutzend, drehte er ihn um und warf ihn gegen die Wand.

Timmer zog sich hinter die Tür zurück.

Einen langen, schmerzhaften Moment lang hielt Slidell Bing fest und bog seinen Arm hinter dem Rücken hoch. Dann: »Wie gesagt, wir gehen jetzt.«

Bing grunzte und nickte, eine fleischige Wange an den Verputz gedrückt. Nach ein paar Sekunden ließ Slidell ihn los. Bing rutschte zu Boden, eine glänzende Spur aus Rotz und Sabber markierte seinen Fall.

Mit einem finsteren Blick in meine Richtung ging Slidell an mir vorbei zur Tür.

Der Rückweg am Strand entlang war kein Erlebnis, das ich gern wiederholen würde. Slidell war stinksauer. Auf mich. Auf Timmer. Und darauf, in einer Situation zu landen, die er nicht voll unter Kontrolle hatte. Aber vor allem auf mich.

»Das war gottverdammte Zeitverschwendung.«

»War es nicht. Wir haben einiges erfahren.«

»Ach ja? Wie zum Beispiel, dass ich mir Ihre bescheuerten Ideen nicht mehr anhören sollte?«

»Wir haben erfahren, dass Felix Wodjanow und Nick Body Brüder sind. Dass Wodjanow mit einem Kerl namens Twist in Streit geraten ist.«

Slidell rutschte und stolperte vorwärts. Ich wartete, bis er sein Gleichgewicht wiedergefunden hatte.

»Wir haben erfahren, dass es zwei Tage, bevor ich Wodjanow in meinem Vorgarten herumlungern gesehen habe, zu dem Streit gekommen ist.«

»Wenn der Kerl im Trenchcoat Wodjanow war.«

»Eine Woche nach dem Streit mit Twist ist Wodjanow tot.«

»Jaja.«

Wir gingen weiter, vorbei an Hinterhöfen und Cottages, die still waren wie Krypten. Durch schlammverkrusteten Unrat. Meine Atmung war ruhig, die Beine gestärkt vom vielen Joggen. Und dass es leicht abwärts ging, schadete auch nicht. Slidell neben mir hatte mehr zu kämpfen.

Dann hörte ich durch Slidells Keuchen und Stapfen ein Geräusch. Schritte? Folgten Timmer und Bing uns? Irgendjemand anders? Hatte Timmer die Polizei gerufen?

»Was war das?«

Wir erstarrten beide und lauschten nach Geräuschen vor oder über uns oder vom Wasser her. Ich hörte Stoff rascheln. Wusste, dass Slidell die Hand über der Waffe hatte.

Um uns herum war nur schwüle Stille.

Als wir über die algenschleimige Felsbarriere kletterten, überlegte ich. Hatte Timmer seine Schergen losgeschickt, um herauszufinden, wo wir parkten? Hatte er Schergen? Plante er einen Überfall auf den 4Runner? Spielte meine Paranoia wieder mit meinem Verstand?

Minuten später erreichten wir die Bootsrampe. Der 4Runner stand alleine im Dunkeln. Kein Bing, kein Timmer, keine Schergen.

Gott sei Dank.

Ein überraschender Stoß heiße Luft streifte meine Haut, als wir beide die Schräge hochstiegen und den Asphalt überquerten. Wenn Slidell nicht seiner Empörung über das eine oder das andere Luft machte, fuhren wir schweigend nach Charlotte. Was mir viel zu viel Zeit zum Nachdenken gab.

Hatte Timmer eine verdeckte Ermittlung befohlen? Er wollte doch sicher wissen, wer wir waren. Es war offensichtlich, dass er nicht die Polizei gerufen hatte. Hatte er Angst davor, sie in seinem Cottage zu haben? Vor Ermittlungen über seine Veranstaltung und die Teilnehmer?

Waren wir über etwas gestolpert, das finsterer war als nur ein Werbefilmchen über die Vorzüge einer unterirdischen Behausung?

Früh am nächsten Morgen rief Slidell mich an. Er verbrachte einige Zeit damit, noch einmal die Punkte hervorzuheben, über die er sich schon bei unserem nächtlichen Ausflug und der endlosen Heimfahrt ausgelassen hatte. Schließlich kam er zum Punkt.

»Die Jungs von der Sitte erkannten den Namen sofort wieder. Vincent Aiello. Online nennt er sich Twist.«

»Gute Arbeit.«

»Wissen Sie noch, dieses Darkweb-Dings, das Sie so toll finden?«

»Also, ich würde nicht sagen, dass ich –«

»Da drin gab's eine Kinderporno-Seite namens PlaySchool. Die Nutzer kamen mit so einem abgefahrenen Browser rein …«

»TOR?«

»Vielleicht, ja. Der vertuscht, was man im Netz so treibt, auf der Straße galt PlaySchool deshalb als nettes, sicheres Schlupfloch für Leute, die Kinderpornos anschauen und vertreiben wollen. Die Jungs von der Sitte sagen, es gab über hunderttausend Nutzer und Zehntausende von Posts, die mit dem sexuellen Missbrauch und der Ausbeutung von Minderjährigen zu tun haben.«

»Sie benutzen die Vergangenheitsform.« Ich ließ mir meinen Abscheu nicht anmerken.

»Vor zwei Jahren hat das FBI das Ding zugemacht. Sie haben den Urheber und Chefadministrator verhaftet, einen Wichser in Philadelphia namens Sammy Lowenstein, eine Busladung Kinderpornoproduzenten und ein paar Hundert Nutzer in den Vereinigten Staaten.«

»Mein Gott.«

»Krank, was? Das Positive daran ist, sie haben auch zweiunddreißig Kinder gerettet.«

»Wie passt Vincent Aiello da rein?«

»Ihr Junge Twist war Stammgast.«

»Heißt?«

»In den Foren hat er regelmäßig Inhalte gepostet.«

»Das FBI hat Aiello geschnappt?«

»Ja. Haben ihn wegen mehrerer Fälle von Beteiligung an einem Unternehmen zur Ausbeutung von Kindern verfolgt.«

»Ich hoffe, er bleibt hinter Gittern, bis ihm der Schwanz abfällt.« Jetzt troff meine Stimme vor Abscheu.

»Leider mussten alle Anklagen fallen gelassen werden.«

»Im Ernst?«

»Um TOR zu knacken, benutzten die Special Agents etwas, das das Justizministerium beschreibt als – Zitat – eine Ermittlungstechnik im Netz, die von einem Bundesgericht genehmigt wurde. Später entschied ein anderer Richter, das FBI müsse besagte Technik offenlegen, um weiter gegen Aiello vorgehen zu können. Das FBI sagte, ihr könnt mich mal. Der Scheißkerl kam frei.«

»Größere Fische?«

»Angeblich hat das Justizministerium Ermittlungen veranlasst, die noch laufen.«

»Aiello lebt hier in der Gegend?«

»Dilworth.«

»Was tut er?«

»Halten Sie sich fest. Der Kerl ist Anwalt.«

»Wollen Sie mich verarschen?«

»Freiberufler, macht irgendwas mit Patenten, arbeitet von zu Hause aus.«

»Frühere Verhaftungen?«

»Im Jahr 2010 wurde er angeklagt wegen einem Fall des Besitzes und drei Fällen des Transports von Kinderpornografie. Dadurch wurden die von der Sitte überhaupt erst auf ihn aufmerksam.«

»Lassen Sie mich raten. Er kam davon.«

»Wurde alles wegen eines Verfahrensfehlers verworfen. Anscheinend fand man das Zeug in seinem Auto, ohne hinreichenden Verdacht für die Durchsuchung.«

»Bing behauptete, Wodjanow hätte einen Streit mit Aiello gehabt. Habe ihn sogar körperlich angegriffen. Wegen dieses Vorfalls wurde er aus DeepHaven geworfen.«

»Worüber haben sie gestritten?«

»Sie wissen, was ich weiß.«

»Was zum Teufel ist DeepHaven eigentlich?«

»Ich dachte, es könnte ein Immobilienbüro sein. Jetzt bin ich mir nicht mehr so sicher.«

»Weil?«

»Warum eine so merkwürdige Örtlichkeit? Warum kein Geschäftsschild? Warum so viel Sicherheit? Warum nur die Vornamen von Kunden benutzen?«

Aus der Leitung kam eine Pause. Eine schwere. Dann fasste Slidell laut zusammen, was wir beide dachten.

»Aiello ist ein Pädophiler. Er lebte in Charlotte, als Jahaan Cole verschwand. Der Name des Mädchens steht in Wodjanows Notizbuch. Wodjanow gerät mit Aiello in Streit, und kurz darauf ist er tot.«

Ich nahm den Faden auf. »Aiello steht auf Kinderpornos,

schaffte es aber bis 2010, unter dem Radar zu bleiben, und dann noch einmal für die nächsten sechs Jahre. Er ist Anwalt, er ist vorsichtig, seit der Verhaftung durch das FBI mit Sicherheit noch mehr. Wir müssen ihn befragen, bevor er Wind von unserem Interesse bekommt.«

»*Wir* müssen gar nichts tun. Nur weil ich bereit war, mit Ihnen gestern Abend diesen kleinen Ausflug zu machen, sind wir nicht Starsky und Hutch.«

Das war zu erwarten. Ich machte trotzdem weiter.

»Können Sie sich Aiellos Akte beschaffen? Mit dem FBI reden? Mit dem Detective von der Sitte und dem Staatsanwalt von 2010?«

»Sie tun nichts, bis Sie von mir hören.«

»Ich –«

»Ich kann nichts versprechen. Seien Sie einfach bereit, wenn ich anrufe.«

Ich legte auf, aber der Abscheu legte sich nicht. Ich saß da wie angenagelt und suhlte mich in der verordneten Untätigkeit, als es an der Tür klopfte. Ich hob den Kopf. Durch das Fenster über dem Waschbecken sah ich einen Kastenwagen, durch das in der Tür eine Silhouette mit hängenden Schultern und einer weißen Kappe mit breitem Schild auf dem Kopf. Ich erkannte den langen verschollenen Maler. Fred? Frank?

Ich ließ Fred/Frank herein. Er war Mitte fünfzig, mit mürrischem Blick und einer pockennarbigen Haut, die aussah, als hätte er sein ganzes Leben in einem Keller verbracht. Wie schon bei unseren früheren Begegnungen vermutete ich, dass weder Freds/Franks Kappe noch der dazu passende Overall in letzter Zeit die Gesellschaft eines Waschmittels genossen hatten.

Fred/Frank und ich sprachen über den falschen Farbton. Nachdem er mir die neue Farbe gezeigt hatte und ich einverstanden war, stapfte er nach oben. Mehrere Gänge, um Leiter, Farbdosen, Pinsel, Abdeckplanen und andere Utensilien zu holen, dann verschwand er in dem neuen Arbeitszimmer.

Da ich mich an Freds/Franks Vorliebe für Sonnentee erinnerte, füllte ich einen großen Glaskrug mit destilliertem Wasser, warf eine Mischung von Beuteln mit Grüntee, Hibiskus und Pfirsich hinein, verschloss den Krug und stellte ihn auf die Terrasse. Gott bewahre, dass ich versagte, falls Fred/Frank Durst bekommen sollte.

Um zehn roch das Haus wie das Innere eines Schlots einer Chemiefabrik. Da ich nicht wusste, ob das normal oder ungesund war, beschloss ich, mich aus dem Staub zu machen.

Den ganzen Vormittag machte ich Besorgungen. Nach dem Mittagessen setzte ich mich an einen Artikel für das *Journal of Forensic Science* – im Gäste-/Arbeitszimmer im Erdgeschoss, mit geschlossener Tür, um die Dämpfe abzuwehren.

Gegen zwei ließ Trampeln auf der Treppe mich aufhorchen. Ich streckte rechtzeitig den Kopf durch die Tür, um Fred/Frank den Gang entlangrennen zu sehen.

»Alles fertig?«, fragte ich seine Rückansicht.

»Hab einen Anruf bekommen. Muss los.«

»Aber –«

Ich hörte die Küchentür auf- und wieder zugehen. Verärgert rollte ich ein Handtuch zusammen und stopfte es unter die Tür zum Arbeitszimmer im Obergeschoss. Der hastige Abgang kam mir besorgniserregend bekannt vor. Warum, fragte ich mich, hielt ich weiter an diesem Kerl fest?

Um sechs fuhr ich los, um Pete zum Essen zu treffen.

Dank seiner Neuigkeiten lösten sich Gedanken an launische Maler, verschwundene Kinder, Pädophile, gesichtslose Leichen und merkwürdige Bunker auf wie Nebel an einem heißen Sommermorgen.

Pete und ich hatten jung geheiratet und waren zwanzig Jahre lang zusammen gewesen. Dann kamen die Krankenschwester, die Maklerin, die Kollegin aus der Kanzlei. Da ich die Affären nicht einfach ignorieren konnte, trennte ich mich. Jahrelang standen meine schwelende Wut und sein Schuldbewusstsein zwischen uns. Der Groll und die Selbstvorwürfe sind jetzt verflogen. Wir vertragen uns wieder. Inzwischen sind wir bessere Freunde als während unserer Ehe.

Trotz der Temperaturen saß Pete auf der Terrasse des Toscana, seit Urzeiten unser Lieblingsrestaurant. Er trug Kakishorts, ein Baumwoll-Polohemd, Deckschuhe ohne Socken. Nichts Ungewöhnliches.

Pete lächelte, als er mich sah. Stand auf, als ich zum Tisch kam.

»Tempe.« Er war verreist gewesen, wir hatten seit einem Monat nicht mehr miteinander gesprochen. Wie immer weckte Petes Stimme schlummernde Erinnerungen. Kuscheln in einer Lesekabine in der juristischen Bibliothek, seine abgenutzte Lederjacke weich an meiner Wange. Seine weiß-golden schimmernden Haare unter dem Vollmond auf Barbados. Seine vor Freude strahlenden Augen, als er die kleine Katy hoch über seinen Kopf hob. Seine Augen weit aufgerissen vor Entsetzen, wie die der Dame neben ihm in unserem Bett.

»Hey, Pete.« Ich wischte die Erinnerungen beiseite.

»Du siehst fantastisch aus.«

Tat ich nicht. Ich hatte schnell ein Sommerkleid übergeworfen, meine einzige Inspiration, wie man der gnadenlosen Hitze beikommen konnte.

Pete schlang die Arme um mich. Meine Wange berührte sein Hemd, sein Aramis-Parfum stieg mir in die Nase, ein Duft, den er wohl immer behalte würde. Ich entspannte mich an seiner Brust. Einen Augenblick lang war alles wie früher.

Mein Gott! Meine überlastete Stresskurve machte aus mir eine schmachtende Jugendliche. Die hinterhältige Schwachstelle in meiner arteriellen Verdrahtung.

Genau, Brennan. Schieb alles auf das Aneurysma.

Ich trat einen Schritt zurück. Der Augenblick war vorüber. Wir setzten uns.

Dank einer langjährigen und hart erkämpfen Übereinkunft bemühen Pete und ich uns, alle unsere Unterhaltungen neutral zu halten. An diesem Abend sprachen wir über Katy. Mama. Die Aussichten der Hornets in der kommenden Saison. Als Pete nach meiner Arbeit fragte, schüttelte ich nur den Kopf. Als ich nach seinen Reisen fragte, meinte er nur, dazu gehörten ein Wohnmobil und Parklandschaften. Okay.

Beim Essen versuchte ich, nicht auf meine Uhr zu schauen. Mich zu fragen, was Slidell so lange machte. Hinter Petes Kopf flackerte eine schadhafte Birne in einer Laterne. Abwesend verfolgte ich ihren stotternden Abgang. Dachte wieder an den säumigen Elektriker. Beschloss, ihn zu nerven, bis die Arbeit im neuen Arbeitszimmer getan war.

Wir nippten an entkoffeinierten Espressi, als ich sagte: »Okay, Großer. Was ist diese Neuigkeit, die man nur unter vier Augen mitteilen kann?«

Petes Gesicht wurde kantig und straff. Ein kurzes Zögern, dann stellte er seine winzige Porzellantasse auf den winzige Porzellanunterteller. Ein leises Klicken war zu hören. Noch sehr viel später erinnerte ich mich an dieses merkwürdige, kleine Detail.

»Meine Reise war wegen Boyd.«

Petes merkwürdige Antwort. Sein ernster Ton und seine offensichtliche Anspannung. Mir wurde unbehaglich.

»Wegen dem Hund«, sagte ich.

»Ja.«

Wenn ich ängstlich bin, mache ich oft Witze. Auch jetzt. »Der Chow sorgt sich wegen der steigenden Gebühren für die Nationalparks?«

Ohne zu lächeln, fasste Pete nach meiner Hand. Diese Geste, die eigentlich trösten sollte, hatte die gegenteilige Wirkung.

»Boyd hat einen Hirntumor, Tempe. Ich habe ihn zu einem Spezialisten in Raleigh gebracht.«

»Einen Tumor.« Die Birne war tot, die Laterne jetzt ein trübes Zyklopenauge.

»Im Frontallappen. Er verliert rechts sein Augenlicht.«

Ich schluckte. »Wie wird man das behandeln?«

Pete drückte meine Hand fester.

Die kalte Leere breitete sich aus. Ich sagte nichts.

»Er liebte es, auf den Wanderwegen unterwegs zu sein«, sagte Pete. »Ich glaube, der Abadi war sein Lieblingspark.«

Ich nickte.

»Boyd hatte ein gutes Leben.«

Ich kann Gefühle nicht gut ausdrücken. Beileid aussprechen etwa. Ich sagte, was mir als Erstes in den Sinn kam.

»Er wird schon wieder.«

Meine naive Reaktion hing zwischen uns in der heißen Sommerluft. Wir wussten beide, dass es nie mehr so sein würde. Es würde qualvoll werden. Herzzerreißend. Unendlich traurig.

»Ich will ihn sehen.«

»Natürlich. Wir werden –«

»Jetzt.«

»Klar.«

Pete winkte nach der Rechnung. Bezahlte. Ich war zu bestürzt, um zu protestieren.

Ich folgte Pete in das Haus, das wir uns fast zwanzig Jahre lang geteilt hatten. Jetzt war es seins. Ich wartete, während er aufschloss.

Wir waren kaum durch die Tür, als Boyd in die Diele kam, die Ohren auf halbmast, die Zunge lila aus dem Maul hängend. Als er mich sah, zog der Hund seine gewohnte Show ab, nicht wie ein Berserker, aber doch ziemlich aufgeregt, umkreiste er mich und stupste mir mit der Schnauze gegen die Hände. Ich strich ihm über den Kopf und kraulte sein Nackenfell. Was sein Verhalten nicht gerade bändigte.

Auf Petes Vorschlag hin gingen wir alle ins Wohnzimmer. Ich nahm den angebotenen Kaffee an, viel zu sehr auf Boyd konzentriert, um über die Folgen spätabendlichen Koffeins nachzudenken. Während Pete in der Küche verschwand, ließ ich mich aufs Sofa fallen, beugte mich vor und breitete die Arme aus.

Boyd legte seinen Kopf auf mein Knie, schaute hoch und verzwirbelte die Augenbrauen. Ich schaute in seine traurigen, braunen Augen, und eine Million Erinnerungen stiegen in mir hoch. Mit Tränen kämpfend, fragte ich mich: Wusste der Hund, dass in seinem Kopf etwas nicht stimmte? Spürte er seinen bevorstehenden Verfall? Seinen Tod?

Projizierte ich meine eigenen Ängste auf den Hund? Mein neu erworbenes Bewusstsein für meine Sterblichkeit?

Pete und ich machten mit Boyd einen sehr langen Spaziergang. Ich blieb länger, als ich es hätte tun sollen. Als ich das Auto anließ, schaute ich auf die Uhr am Armaturenbrett. 23:37.

Ich weinte auf der ganzen Fahrt zum Annex.

Dort erwartete mich der nächste Schock.

24

Die Außenbeleuchtung war an, aber in ihrem Schein flatterte nicht die gewohnte Mottenschwadron. An meine Ohren drang kein leises Klicken von Flügeln an Lampenglas. Die Luft roch nach Petunien und Ringelblumen und frisch gemähtem Gras. Doch ein beißender Geruch überlagerte die florale Mischung.

Ein gespenstischer Schatten materialisierte sich aus der Dunkelheit am Hauseck. Der Boden zu beiden Seiten sah merkwürdig wellig aus, als wäre die Erde umgegraben, der Rasen zertrampelt und flach gedrückt.

Mein Verstand registrierte alle nicht zusammenpassenden Indizien. Lieferte mir keine Erklärung.

»Bird?«

Während die Katze auf mich zu tapste, suchte ich meine Umgebung ab. Noch immer keine Alarmglocken. Mein Blick fiel auf die Tür, die in die Küche führte. Dunkle Schlitze liefen an den Kanten entlang, wo eigentlich Tür an Rahmen hätte stoßen sollen.

Hatte der Wind die Tür aufgestoßen? Für alle, die in meinem Bereich arbeiten, ist Sicherheit wie eine zweite Natur. Wie Händewaschen mit Seife. Oder Atmen. Außerdem hatte es in der Vergangenheit schon Einbrüche gegeben. Ich würde nie vergessen abzuschließen.

Ernsthaft, Brennan? In letzter Zeit hast du dich aufgeführt wie ein Spatz, der mit einer Waldkatze in einem Käfig eingesperrt ist.

Pete war mit mir beim Essen gewesen und danach in seinem Haus. Katy war nicht in Charlotte. Mama fuhr nach Einbruch der Dunkelheit nicht mehr Auto. Niemand sonst in der Stadt hatte einen Schlüssel. Also wer?

Ich erschrak, als ich Fell an meinen Knöcheln spürte. Bückte mich und hob Birdie hoch.

»Guter Junge, bist beim Haus geblieben.«

Die Katze schnurrte und hob den Kopf. Ich vergrub meine Nase hinter seinem Ohr.

Mein Puls beschleunigte sich.

Er roch nach Asche.

Ein Bild der Verbrennungstonne bei dem eingezäunten Bunker blitzte vor mir auf.

Slidell alarmieren?

Der feinfühlige Detective würde entweder völlig durchdrehen, weil ich ihn so spät noch anrief, oder in Rekordzeit herbeistürzen, um mich zu beschützen. Bevor ich wählte, musste ich wissen, was zum Teufel eigentlich los war. Wenn überhaupt etwas los war.

Noch ein schneller Blick in die Runde, dann schob ich die Tür auf und trat ein. In der Dunkelheit lauerte keine Gestalt in

Skimaske. Jeder vertraute Umriss war an seiner normalen Position. Das Spülbecken, die Armaturen, der Tisch und die Stühle.

Aber der Rauchgeruch war unverkennbar.

Vor Nervosität drückte ich offenbar fester zu als beabsichtigt. Birdie knurrte und wand sich. Er stemmte sich mit vier Pfoten von meiner Brust ab, sprang zu Boden und schoss aus der Küche.

Licht?

Ich kannte den Schnitt der Wohnung. Ein Eindringling, falls einer da war, würde es nicht. Das war mein Vorteil.

Einerseits ängstlich, andererseits peinlich berührt, schlich ich durch die Dunkelheit. Das Esszimmer war leer. Das Wohnzimmer ebenso, die einzige Bewegung das sanfte Schwingen des Pendels der Uhr auf dem Kaminsims. Das einzige Geräusch ihr leises Ticken.

Aber warum so schwarz? Normalerweise lasse ich die Tischlampe in der Diele an. Hatte ich das auch noch vergessen?

Während ich mich langsam auf das Gäste-/Arbeitszimmer zubewegte, fühlte die Luft sich irgendwie falsch an. Zu schwer, zu warm. War die heiße Schwüle durch die offene Hintertür hereingedrungen? Und warum der Brandgeruch?

Ein kurzer Blick, dann schrillten die Alarmglocken.

Im Zimmer schillerten unzählige Lichtpunkte.

Das Licht einer Straßenlaterne sickerte durch ein zersplittertes Fenster hinter dem Sofa, funkelnde Glassplitter bedeckten die Möbel und den Teppich.

Birdie hockte auf einem Beistelltisch, ein blasser, zottiger Umriss in der schimmernden Düsternis. Er hatte die Schnauze gehoben, seine Nasenlöcher sogen den deplatzierten Geruch nach Blumen, Gras und Asche ein. Als er meine Anwesenheit spürte, drehte er mir runde, fragende Augen zu.

Ich hatte keine Antwort für ihn. Ein durch das Fenster geworfenes Geschoss? Aus Versehen? Mit Absicht? In dieser Polarlicht-Inszenierung lag nirgendwo ein fremdes Objekt.

Ein Einbruch?

War der Einbrecher noch im Haus?

Ich versuchte, mich so weit zu beruhigen, dass ich klar denken konnte.

Ruf Slidell an!, drängten argwöhnische Neuronen.

Ja.

Natürlich bekam ich nur die Voicemail dran. Ich hinterließ eine Nachricht.

Den Notruf?

Noch nicht?

Warum nicht?

Ich stand da, hielt den Atem an und lauschte nach Bewegungen oben. Hörte Schritte. Rascheln. Ein leises *Sssch.*

Keine Pistole, die gespannt wurde. Keine Halbautomatik, die geladen wurde. Das war gut.

Die alarmistischen Neuronen ignorierend, hob ich Birdie hoch und sperrte ihn in die Vorratskammer. Dann schnappte ich mir einen Hammer, kehrte in die Diele zurück und schlich die Treppe hoch. Mit jeder Stufe wurde der Rauchgeruch stärker.

Auf halbem Weg blieb ich stehen. Hörte ich wirklich Bewegungen? Oder waren die Geräusche eine neue, aus meiner Paranoia geborene Einbildung? Meiner unerträglichen Trauer um Boyd?

Oben auf dem Absatz explodierte meine Angst. Die Schritte und das Rascheln waren real und kamen von rechts.

Ich versuchte zu schlucken. Mein Mund war zu trocken.

Den Hammer fester umklammernd, schlich ich auf Zehenspitzen zum neuen Gemeinschaftsbüro.

Die Tür war offen, das zusammengerollte Handtuch beiseitegetreten. Auf dem Boden stand eine LED-Lampe und warf schräge Streifen aus Licht und Schatten nach oben.

Das Zimmer sah aus, als hätte eine Atombombe eingeschlagen. Die Süd- und die Westwand waren nur noch ein verkohltes Balkengerüst mit einer beschädigten Außenverkleidung. Geschmolzene Drähte hingen in dem nackten Rahmen und der geschwärzten Decke.

Beide Schreibtische waren zerstört, die patinierte Eiche des meinen verkohlt und geschwärzt, Ryans Glastisch gerissen und zersplittert. Die beiden Aktenschränke waren nur noch verkohlte Hüllen, die Schubladen von der enormen Hitze herausgedrückt. Was von meinen Berichten, Ausdrucken und Fotos noch übrig war, lag als feuchte Pampe auf dem Boden verstreut.

Der Gestank nach Rauch, versengtem Metall und geschmolzenem Plastik war so überwältigend, dass meine Augen zu brennen anfingen und mir Tränen über die Wangen liefen. Und darunter noch eine weitere, giftige Note. Farbe? Terpentin?

Ich dachte an das zerbrochene Fenster unten. Fragte mich wieder, ob es einen Eindringling gegeben hatte. Konnte diese andere Note, die ich roch, ein Brandbeschleuniger wie Gas oder Kerosin sein? War ich das Opfer einer Brandstiftung?

Inmitten der Trümmer entdeckte ich den Überrest von Ryans Guy-Lafleur-Wackelkopf, mein Foto von Katy, die Nebulon-Lampe, alles verbogen und verdreht. Meine gerahmten Diplome waren verzogen, das Glas gesplittert, die Dokumente zerrissen, alles mit Ruß bedeckt. An der ehemaligen Ostwand lehnte eine geschwärzte Metallleiter. Daneben standen an der Fußbodenleiste die verbrannten Farbdosen und was von Abdeckplane und Lumpen noch übrig war.

Ebenfalls inmitten der Trümmer stand mein Nachbar, bekleidet mit Bademantel, Pyjama und Turnschuhen. Eine Maske bedeckte seinen Mund, und ein Feuerlöscher klemmte zwischen Arm und Rippen.

»Walter?«

Er drehte sich um und zog die Maske herunter. »Ach, Tempe. Es tut mir ja so leid.«

»Was ist passiert?«

»Ich habe rübergeschaut und Rauch aus deinem Fenster kommen sehen.« Er deutete mit der Düse des Feuerlöschers in die Richtung. »Habe die Feuerwehr gerufen. Das war so gegen sieben.«

»Danke«, murmelte ich durch an die Lippen gepresste Finger.

»Einer der Feuerwehrleute meinte, das Feuer schien elektrische Ursachen zu haben. Ein fliegender Funke traf die Lumpen und die offenen Farben und Terpentindosen und *bumm.«* Untermalt mit explodierenden Fingern. »Anscheinend funktionierte der neue Rauchmelder nicht richtig.«

»Hast du ihnen die Tür geöffnet?«

»Im Ernst?«

»Okay.« Die erschrockene Hand senkte sich zu meiner Brust.

Ungläubig schaute ich mir die Verwüstung an.

»Sie meinten, das war eine dieser unwahrscheinlichen Situationen, in denen ein Feuer ausbricht, schnell wächst und unglaublich heiß wird, dann keinen Brennstoff mehr hat und ausgeht, ohne sich im Haus auszubreiten. Sie hatten einen Ausdruck dafür. Ich habe ihn vergessen.«

Ich nickte, die Augen noch immer auf dem Chaos.

»Aber du kannst dich entspannen. Alle Flammen sind aus und die Wände kühl. Ich habe alles kontrolliert. Ich habe dieser Crew nicht zugetraut, dass sie wirklich gründlich ist, deshalb habe ich alles kontrolliert, als der Löschzug weg war. Zweimal.« Er hob den Feuerlöscher. »Mein Großvater war Feuerwehrmann. Er hat immer gesagt, schlummernde Brandherde sind das Gefährlichste.«

Plötzlich ein beängstigender Gedanke.

Mein Blick schnellte zu meinem Arbeitsplatz. Das Netzteil war noch da, verklumpt und geschmolzen. Ein Häuflein Plastik, das früher mal die Maus war. Beide waren eingebettet in das verkohlte Holz, auf dem sie lagen.

Mein Computer war verschwunden.

Blinde Wut brach durch den Schock. »Gottverdammte Scheiße. Wo ist mein Laptop?«

»Wo hast du ihn hingestellt?«, fragte Walter mit hektisch suchendem Blick.

Ich ignorierte die Frage und das Knirschen von Glas unter meinen Sohlen, stürzte ins Zimmer und stöberte in dem Chaos. Walter stellte den Feuerlöscher ab und half mir.

»Schätze, er könnte auf dem Rasen liegen«, sagte er nach einigen fruchtlosen Minuten. »Sie haben ein paar Sachen aus dem Fenster geworfen.«

Ich rannte die Treppe hinunter, zur Tür hinaus und zur Rückseite des Annex'. Auf dem Rasen lagen Formen verstreut, in der Dunkelheit nicht zu identifizieren. Verzweifelt bewegte ich mich von Objekt zu Objekt und hoffte verzweifelt, dass mein Laptop irgendwie verschont geblieben war und jetzt hier in dem Durcheinander lag.

Ich hätte beinahe geweint, als ich ihn fand, einen Brocken aus geschwärztem Metall, geschmolzenen Tasten, faseroptischem Glas und Platinen. Erschüttert legte ich den zerstörten Mac wieder weg, eilte ins Haus zurück und stieg die Treppe hoch. Mit zitternden Händen fing ich an, beliebig Sachen aufzuheben und wieder wegzulegen. Papierfetzen. Büschel von Kissenfutter, Drahtklumpen.

Irgendwann sagte Walter noch einmal, dass es ihm sehr leid für mich tue, und wandte sich zum Gehen, wobei er noch anmerkte, er werde die Lampe später abholen. Ich achtete nicht auf ihn.

Wie hatte Fred/Frank nur so nachlässig sein können? Wie hatte ich so dumm sein können? Der kleine Raum war doch die reinste Brandfalle. Warum hatte ich nach seinem abrupten Abgang nicht nachgesehen? Warum hatte ich den Rauchmelder nicht persönlich getestet? Warum hatte ich den Stümper und Schwachkopf nicht ersetzt?

Vor lauter Selbstvorwürfen hörte ich den SUV-Motor nicht.

Die Klingel. Das Vibrieren meines Handys an meinem Hintern weckte schließlich meine Aufmerksamkeit. Ich ging dran.

»Sind Sie okay da drin?«

»Der beste Tag meines Lebens«, knurrte ich kochend vor Wut über mich selbst.

»Soll ich ein SWAT-Team rufen, oder kommen Sie zur Tür?«

Ich stapfte nach unten, ließ Slidell rein und führte ihn ins Arbeitszimmer.

»Ach du beschissene Scheiße.«

»Sehr poetisch. Legen Sie einen Beat und ein paar Trompeten drunter, und Sie haben einen Hit beisammen.« Gemein, aber ich hasste das alles. Hasste Fred/Frank und den ähnlich unfähigen Elektriker, der das alles verursacht hatte. Hasste mich selber, weil ich es hatte passieren lassen. Hasste Slidell, weil er in meinem Haus war. Weil er ein Zeuge der Katastrophe war.

Slidell rümpfte die Nase und verzog das Gesicht. »Ist das Verdünner, den ich da rieche?«

Ich schaute ihn nur böse an.

»Verluste?«

»Mein Laptop.«

»Was noch?«

»Die Rolex und der Schlüssel zur Jacht.«

Slidell ignorierte meine Bissigkeit. »Haben Sie eine Ahnung –«

»Schlechte Verdrahtung und Dämpfe«, blaffte ich.

»Haben Sie hier drinnen irgendwelche Wertsachen? Juwelen? Elektronik? Sachen, die Sie aus Versicherungsgründen dokumentieren müssen?«

»Reicht mein verdammter Laptop nicht?«

Mir fiel auf, dass die Brust von Slidells Hemd einen Schweißfleck von der Form eines Molchs hatte und dass die Glock in ihrem Halfter voll sichtbar war.

»Tut mir leid«, fügte ich hinzu. »Ich freue mich, dass Sie gekommen sind.«

»Ist ja kein Weltuntergang.« Er deutete mit dem Kinn auf den Unrat.

»Unseren Ermittlung hilft es jedenfalls nicht. Alles, was mit Wodjanow zu tun hat, ist verbrannt.«

»Ach ja?«

»Was das Feuer nicht zerstört hat, hat mein übereifriger Nachbar in Pampe verwandelt.«

»Was zum Beispiel?«

»Die MCME-Akte, die Joe Hawkins mir gegeben hatte. Die ausgedruckten Fotos. Meine Notizen. Die Fetzen aus Wodjanows Trenchcoattasche. Lizzie Griessers Phantomskizze und ihr Bericht. Ich hatte vor ein paar Tagen alles nach hier oben geschafft.«

»Ihre Freundin kann die Simulation doch einfach noch mal ausdrucken.«

»Darum geht's nicht.«

Slidell überflog die Szene mit professionellem Blick. Dann: »Kann's vielleicht sein, dass es nicht die Verdrahtung war?«

»Wie meinen Sie das?«

»Haben Sie in letzter Zeit jemanden verärgert?«

Das brachte ihm noch einen bösen Blick ein.

»Hat die Feuerwehr das Fenster eingeschlagen?«

»Das nehme ich an. Das tun sie doch immer, oder? Mit großen, männlichen Äxten?«

»Und wie klingt das? Jemand macht sich in die Hose, weil er nicht weiß, was wir schon alles rausgefunden haben. Und Sie sind ein leichteres Ziel als ein Polizist ...« Slidell ließ den Gedanken in der Luft hängen.

»Brandstiftung?«

Slidell antwortete nicht.

»Aber wer?«

»Sagen Sie's mir.«

»Wie konnte ich nur so blöd sein?« Der Überschuss an Adrenalin ließ mich schrill klingen. »So katastrophal leichtsinnig?«

»Lassen Sie die Theatralik, okay? Sie haben doch jede Menge Fotos auf Ihrem Handy, oder?«

»Ich hatte in letzter Zeit Akkuprobleme, also habe ich alles auf meinen Laptop überspielt.«

»Haben Sie Ihr Zeug nicht im Dunst oder im Nebel oder wie immer das heißt gesichert?«

»Nein.«

Slidell zog die Brauen hoch.

»Hören Sie, seit Larabees Tod bin ich ein bisschen durch den Wind. Und dass Wodjanow mich hier belauerte, hat auch nicht gerade geholfen.« Wenn er mich überhaupt belauert hat. »Nennen Sie es Paranoia oder was Sie wollen. Ich verschiebe nichts in die Cloud.«

»Haben Sie mir die Fotos von Ihrem Handy geschickt?«

»Nein.« Der Anruf von Gerry Breugger, die Vorladung, der Ausflug zum Lake Wylie, die Nachrichten über Boyd. Weil so viel passiert war, hatte ich die Bilder völlig vergessen.

Slidell nickte kaum sichtbar.

»Nackte Drähte. Flackernde Lichter. Offene Farbdosen und in Terpentin oder sonst was getränkte Lappen. Grundgütiger! Was habe ich mir nur dabei gedacht?«

»Also, wenn Sie meine Meinung hören wollen, so einfach ist das alles nicht.«

»Moment mal. Sie denken wirklich an Brandstiftung? Dass ich ein Ziel war?«

»Ich denke nur, dass es vielleicht nicht so einfach war.«

»Schwacher Trost. Ich hab schlicht die Sicherheit vernachlässigt. Kein Schloss an dieser Tür.« Eine schockierende Auswirkung traf mich schwer. »Wenn stimmt, was Sie sagen, ist alles, was wir hatten, jetzt in der Hand von … von … *wem?* Genau den Arschlöchern, denen wir nachgespürt haben?!«

»Ihr Laptop war doch passwortgeschützt, oder?«

»Natürlich. Aber ich glaube, er wurde erst kürzlich gehackt. Und selbst wenn nicht, jeder Technikfreak von der Highschool, der seinen Binärcode beherrscht, kann ein Passwort umgehen oder ändern. Mann, sogar *ich* weiß, wie man das macht!«

»Beruhigen Sie sich.« Slidell drückte die Hände nach unten.

Er hatte recht. Ich versuchte, wieder klar zu denken, schloss die Augen und atmete einmal tief ein. Bevor ich wieder ausatmete, noch eine Erkenntnis.

»Ich kann mich nicht erinnern, wann ich meinen Browser-Verlauf zum letzten Mal gelöscht habe. Wenn wirklich jemand eingebrochen ist, und wenn der Wichser sich in meinen Laptop gehackt hat, bevor er das Feuer gelegt hat, dann hat er meine Suche nach Wodjanow, Body, Timmer, MKUltra, die *Estonia* gesehen. Meine Ausflüge mit Google Earth und ins Darknet, zu DeepUnder, Homes at the End of the World, World's End House –«

»Schon verstanden.«

»Und was ist mit Joe Hawkins? Was, wenn der Kerl diese Akte gesehen hat? Joe könnte seinen Job verlieren, weil er sie mir zugesteckt hat. Vor Gericht kommen, falls Heavner beschließt, es auf die harte Tour zu machen. Was, wenn der Wichser die Sachen auf einen Stick oder sonst was geladen hat?«

»Geben Sie mir ein paar Möglichkeiten.« Slidell zog sein Notizbuch aus der schweißfleckigen Brusttasche.

Ich hatte keine Ahnung, was er meinte.

»Sagen wir, das war kein Unfall. Sagen wir, es war Brandstiftung. Geben Sie mir ein paar Szenarios. Wer? Warum? Auch wenn sie verrückt sind. Reden Sie einfach drauflos.«

»Ich habe mich mit Heavner angelegt, das lief nicht gut.« Halb als Witz, halb im Ernst.

»Motiv?«

»Weil sie Angst davor hat, dass ihre Inkompetenz ans Licht kommt? Vielleicht sogar, weil sie die Ermittlungen behindert hat? Es sind jetzt schon zwei Wochen, und Wodjanow ist immer noch nicht offiziell identifiziert, immer noch keine Todesursache.«

»Weiter.«

»Nick Body?«

»Warum?«

»Weil er Angst davor hat, als Betrüger entlarvt zu werden. Oder vor schlechter Publicity?«

»Der Scheißkerl lebt doch von schlechter Publicity.«

»Vielleicht hat Body herausgefunden, dass Sie und ich im Tod seines Bruders ermitteln. Vielleicht hat er gewusst, dass Felix was mit Jahaan Coles Verschwinden zu tun hatte. Mit anderen verschwundenen Kindern. Vielleicht war er verantwortlich für Wodjanows Tod.«

»Wer hat ihm den Tipp gegeben?«

»Er und Heavner sind alte Kumpel. Es hätte auch jemand von Sparkling Waters sein können. Dr. Yuriev? Asia Barrow? Holly Kimrey hat mich vor dem eingezäunten Gelände angegriffen. Vielleicht gehört das Grundstück ja Body. Vielleicht wird Kimrey bezahlt, um Bodys Drecksarbeit zu erledigen. Vielleicht hat Body Kimrey angeheuert, um mein Haus anzuzünden.«

Slidell schrieb, während ich redete.

»Vince Aiello?« Jetzt hatte ich einen Lauf, spuckte Wörter aus, ohne nachzudenken. »Vielleicht hat er befürchtet, dass er nach drei Ermittlungen wegen Pädophilie endgültig dran ist. Haben Sie heute mit ihm gesprochen? Ihm vielleicht unabsichtlich einen Hinweis gegeben?«

Slidell hob den Blick und kniff die Augen zusammen. Lassen Sie das.

»Yates Timmer war nicht sehr erfreut darüber, dass wir in seinem Cottage aufgetaucht sind.« Eine lehrbuchmäßige Untertreibung. »Vielleicht hat er Bing gestern Abend vom Lake Wylie hierher geschickt, wobei ich nicht glaube, dass der Kerl auch nur irgendwie fahrtüchtig war. Vielleicht war das Feuer ein Auftrag von Timmer. Er hätte den Annex beobachten lassen können. Sein Handlanger hat mich zum Essen mit Pete wegfahren sehen und zugeschlagen.«

»Motiv?«

»Keine Ahnung. Aber Timmers DeepHaven-Operation hat keine guten Vibes.«

Slidell wedelte ungeduldig mit den Fingern.

»Zu viele Sicherheitsmaßnahmen, zu wenig Transparenz für einen Makler.«

»Was er verhökert, ist ja nicht gerade Massenware.«

»Bunker und Raketensilos zu verkaufen ist völlig legal. Warum dann einen steroidalen Schläger anheuern?«

»Noch andere Ideen?«

»Gerry Breugger?«

»Wer zum Teufel ist Gerry Breugger?«

»Ein freier Journalist, der mich angerufen hat, weil er Informationen zum Fall Wodjanow wollte.«

»Würde Breugger so weit gehen?«

»Wenn er meint, dass die Geschichte seiner Wikipedia-Vita mehr Glanz verleiht.«

»Noch andere?«

Ich hob frustriert Hände und Schultern.

»Oder vielleicht einfach nur Terpentin und schlechte Verdrahtung.«

Eine Pause, in der wir beide uns umsahen. Slidell sprach als Erster wieder.

»Ich schicke jemanden vorbei, der Ihnen Sperrholz an dieses hier und das untere Fenster nagelt.«

»Das kann ich auch selber.«

»Er kann es schneller.«

»Danke.« Wie ich diese Opferrolle hasste.

»Soll ich morgen früh die Spurensicherung vorbeischicken? Die Jungs von der Brandermittlung?«

»Was soll das bringen?«, fragte ich.

»Kann nicht schaden herauszufinden, ob jemand das Büro angesteckt hat. Und nach Fingerabdrücken zu suchen.« Mit wenig Begeisterung. »Also nichts anf –«

»Schon verstanden.«

Nachdem Slidell weg war, rief ich Ryan an. Bekam nur Voicemail.

Erschöpft ignorierte ich Gesicht und Zähne und kroch ins Bett. Das Stichwort für mein Hirn, nach Sorgen zu suchen, in die es sich vertiefen konnte.

Irgendwann hörte ich Hämmern und nahm an, dass Slidells Handlanger meine Fenster sicherten. Birdie kam zu mir, als der Lärm wieder aufhörte, wahrscheinlich sauer darüber, dass sein Schlupfloch in die Wildnis verrammelt worden war. Ich strich ihm über den Kopf.

»Bin ja so froh, dass dir nichts passiert ist.« Gemurmelt, endlich schläfrig. »War unser Brandstifter ein Katzenfreund oder ein Fassadenkletterer? Hast du ihn verzaubert? Oder hast du dich versteckt und bist unbemerkt hinausgeschlüpft?«

Falsche Verdrahtung oder Eindringling?

Plötzlich war ich hellwach, überwältigt von einem furchterregenden Gedanken.

War Birdie unbemerkt hinausgeschlüpft, als das untere Fenster eingeschlagen oder die Hintertür geöffnet wurde? Oder hatte man ihn mit Absicht verschont?

Wenn letzteres zutraf, wollte man mir eine Botschaft senden, indem man Birdie unversehrt ließ? Eine Botschaft, die besagte, dass mein Eindringling ihn hätte mitnehmen oder töten können, es aber nicht getan hatte?

Hatte es überhaupt einen Eindringling gegeben?

Gab es überhaupt eine Botschaft?

Eine Botschaft, die mir zu verstehen gab, wer das Sagen hatte?

Eine Drohung?

Eine Drohung von wem?

Oder flackerte nur meine Paranoia wieder auf?

25

Mittwoch, 11. Juli

Die Spurensicherung stand um sieben vor der Tür. Und Slidells »Jungs von der Brandermittlung«. Als sie mit dem Büro-/Arbeitszimmer fertig waren, saugte ich die Glassplitter auf. Höchstwahrscheinlich ein Todesurteil für den Staubsauger, aber ich wollte es erledigt haben.

Danach schrieb ich LaManche auf meinem Handy eine E-Mail, in der ich vom Brand und dem Tod meines Laptops berichtete, und ihn bat, Kopien der Akte Pasquerault ans MCME zu schicken. Ich hatte vorgehabt, meine Berichte und Notizen nach dem Essen mit Pete durchzugehen. Nur noch eine Woche bis zu meiner Aussage, und ich wurde langsam nervös.

Als die Spurensicherung ihre Arbeit auch im oberen Büro abgeschlossen hatte, stöberte ich in dem verkohlten Chaos. Fand kein einziges lesbares Dokument oder brauchbares Foto. Was das Feuer nicht verschlungen hatte, war vom Wasser aus den Schläuchen und vom Schaum aus dem Feuerlöscher zerstört worden.

Slidell rief an, als ich eben den nächsten blauen Müllsack voller Schlutze in die Mülltonne stopfte.

»Aiello sitzt in einem Verhörzimmer ein paar Türen weiter.«

»Im Law Enforcement Center?«

»Nein, ich habe ihn ins Ritz gebucht.«

»Wie haben Sie ihn dazu gebracht herzukommen?«

»Hab ihm gesagt, sein Name sei bei einer Altfallermittlung aufgetaucht.«

»Wollte er denn keine Details wissen?«

»Ich habe ihm jede Menge Details versprochen, wenn er erst mal hier ist. Und da er ein aufrechter Staatsbürger ist, war er dazu bereit. Das und die Tatsache, dass ich die alte Anklage wegen Kinderpornos erwähnt habe. Vielleicht habe ich durchblicken lassen, dass ich mir einen Anruf bei der staatlichen Anwaltskammer überlege.«

»Wird er einen Anwalt mitbringen?«

»Er hat so was erwähnt. Und ich hab erwähnt, wie sehr ich hoffte, dass die Medien keinen Wind von unserer Unterhaltung bekämen.«

»Ich kann in zwanzig Minuten da sein.«

»Ich will Aiello eine Weile schwitzen lassen, damit er seine Erinnerungen in Ruhe durchgehen kann.«

»Wann wollen Sie anfangen?«

»Um elf.«

»Ich komme.«

Um 10:42 Uhr betrat ich die zweite Etage. Slidell war nicht an seinem Schreibtisch im Bereitschaftssaal der Abteilung Gewaltverbrechen. Er war nicht in der Altfallabteilung. Ein Detective Conover meinte, er sei bei einer Zeugenbefragung. Gab mir eine Wegbeschreibung, die ich nicht brauchte.

Meine Verärgerung verbergend, dankte ich Conover, eilte den Gang entlang und öffnete die Tür zu einem winzigen Raum, der etwa so groß war wie meine Vorratskammer. Ich ließ die Deckenbeleuchtung aus und ging zu einem erhellten Rechteck an der rechten Wand.

Durch den Spionspiegel sah ich in das angrenzende Verhörzimmer, eine exakte Kopie des Raums, in dem ich war. Dasselbe Wandtelefon, dieselben Aufnahmegeräte, dasselbe Behördenmobiliar.

An einer hoch in einer Ecke montierten Kamera brannte das rote Kontrolllämpchen nicht. Ich fragte mich, ob Aiello Filmaufnahmen verweigert hatte. Die Tonaufnahme lief. Einwände hin oder her, darauf hätte Slidell auf jeden Fall bestanden.

Slidell saß auf einem Stuhl, mit dem Rücken zu mir. Ein gelber Notizblock und ein Ordner lagen vor ihm auf dem Tisch, den seine Körpermasse größtenteils verdeckte.

Der Mann ihm gegenüber sah aus, als hätte er noch nie in seinem Leben Sport getrieben. Was, wie ich schätze, bis jetzt um die fünfzig Jahre gedauert haben dürfte. Seine Haare waren schmutzig blond, in der Mitte gescheitelt und hinter die Ohren gesteckt, seine Unterlippe war voller als die obere, was sein Gesicht aussehen ließ, als würde er permanent schmollen.

Aiello schob ein Formular über den Tisch, vermutlich irgendeine Verzichtserklärung. Warf einen Stift hinterher. Als Slidell sich vorbeugte, um beides an sich zu nehmen, erhaschte ich einen schnellen Blick auf Aiellos Augen, flaschengrün und völlig gefühllos.

Slidell war noch im Guter-Bulle-Modus.

»Okay, Vince. Ich bin froh, dass wir den juristischen Kram jetzt hinter uns haben. Ist es okay, wenn ich Sie Vince nenne?«

»Können wir zur Sache kommen?«

»Ich weiß Ihr Kommen sehr zu schätzen. Brauchen Sie irgendwas? Einen Kaffee? Eine Limo?«

»Ich brauche nichts.« Er schaute demonstrativ auf die Uhr. Die aus Gold und groß wie ein Kanaldeckel war.

Slidell schob Papiere hin und her, suchte eins aus und las es durch. Oder tat zumindest so. Lächelte und gab sich sehr freundlich.

»Sie wohnen in Charlotte seit … «

»1984.«

»Sie sind Anwalt, nicht?«

»Ja.«

»Sie helfen den Leuten dabei, ihre Investitionen zu schützen?«

»Ja.«

»Erzählen Sie mir davon.«

Aiello gab Slidell einen kurzen Abriss über amerikanisches Patentrecht. Exklusivrechte, Warenzeichen, beschränktes Monopol, bei allem tat Slidell so, als würde es ihn interessieren. Er schien sich Notizen zu machen. Legte schließlich den Stift weg.

»Sie wissen doch, dass man seine Badewanne nie richtig vollkriegt? Ich habe da eine Idee für eine Vorrichtung, die die Überlauföffnung blockiert, damit man richtig schön tief einsinken kann. Glauben Sie, so was könnte infrage kommen?«

Aiello listete fünf Voraussetzungen auf: Patentierbarer Gegenstand, Nützlichkeit, Neuheit, Nicht-Offensichtlichkeit und Funktionalität. Riet Slidell, ein Gebrauchsmuster zu beantragen und seine Vorrichtung als eine Maschine mit einem neuen, nützlichen Zweck zu beschreiben.

Slidell hörte zu und nickte übertrieben. »Danke. Das werde ich tun.« Dann, von einem Ausdruck ablesend: »Sie leben alleine, nicht?«

»Als ich das letzte Mal nachgeschaut habe, war das noch kein Verbrechen.«

»Sie haben Grundbesitz in Dilworth.«

»Das alles wissen wir doch beide.«

»Ein Haus an der Mount Vernon Avenue. Das ist in der Nähe des Latta Park, ja?«

»Wie gesagt, ich habe heute sehr viel zu tun. Worum geht's hier?«

»Wirklich netter Park. Bin früher dort mit meinem Hund spazieren gegangen.«

»Bitte verschonen Sie mich mit Ihrem Small Talk.«

»Okay.« Ein schnelles Lächeln. »Sagen Sie mir, was Sie über Felix Wodjanow wissen.«

»Über wen?« Eindeutig überrascht von der Frage.

»Felix. Wodjanow«, wiederholte Slidell langsam.

»Ich kenne den Mann nicht.«

»Ich glaube schon.«

»Da irren Sie sich.«

Aiello versuchte, die Arme vor der Brust zu verschränken. Die beteiligten Körperpartien waren zu groß für dieses Vorhaben. Die schlaffen Unterarme fielen auf die Armlehnen zurück, die seinen Oberkörper kaum umfassen konnten.

»Noch mal zu Wodjanow«, sagte Slidell. »Reden wir über seinen Bruder.«

»Wen?«

»Nick Body. Sie drei kennen sich doch durch Yates Timmer, richtig?«

»Ich habe all diese Namen noch nie gehört.«

»Timmers Schläger erzählt da eine ganz andere Geschichte. Laut Bing hatten Sie und Wodjanow einen Riesenstreit.«

»Sie sagten, Sie hätten eine Frage zu einem alten Fall.« Aiello sprach immer noch ziemlich hochnäsig, aber erste Risse zeigten sich.

»Alt genug ist er.«

»Was soll das heißen?«

»Kurz nach Ihrem Streit sah Wodjanow ziemlich alt aus.«

»Inwiefern?«

»Er wurde tot aufgefunden.«

»Das tut mir leid für den Mann.«

Slidell wechselte die Richtung. Ein alter Trick, um einen Zeugen zu überrumpeln. »Twist. Das ist ein komischer Spitzname. Wie sind Sie denn dazu gekommen?«

Sekunden vergingen. Aiello sah aus, als würde er die Betonblöcke in der Wand links von Slidell zählen. Oder sich eine Strategie überlegen.

»Wahrscheinlich nicht wegen Ihrer Tanzkünste«, sagte Slidell.

»Ha-ha. Bulle macht Witze.«

»Schätze, den verdanken Sie Ihrem Hobby.«

Die Schmolllippen strafften sich.

Slidell zog ein Foto aus seiner Akte und warf es über den Tisch. Aus dem Lautsprecher hörte ich ein zischendes Schlittern. Durch das Glas sah ich ein leuchtend rosa Perlenband aufblitzen.

»Jahaan Cole.« Slidells Stimme war plötzlich voller Abscheu. »Sie war neun, als irgendein degenerierter Scheißkerl sie aus dem Leben gerissen hat. Sie geilen sich auf, indem Sie nackte Kinder anstarren, *Twist*. Was sagen Sie jetzt?«

Aiellos Adamsapfel hüpfte in seiner fleischigen Kehle.

»Schauen Sie die Kleine an.« Slidell zeigte mit dem Finger auf das Bild.

Aiello schaute nach unten und schnell wieder weg.

»Was ist mit ihr passiert?«

»Ich habe keine Ahnung.«

»Ich denke, Sie lügen.«

»Okay, gut. Ich habe in den Nachrichten von ihr gehört.« Die Flaschenaugen waren jetzt rund und flach. »Jeder hat das. Wegen… Schwierigkeiten von früher… bin ich in die Hysterie mit hineingezogen und unrechtmäßig befragt worden. Ich hatte ein Alibi. Ich war gar nicht in Charlotte, als das Kind verschwand.«

Skinny kannte die Cole-Akte in- und auswendig. Wusste, dass Aiello nie ein Verdächtiger gewesen war. Ich verstand sein Motiv.

Die Stuhlbeine kreischten, als Slidell aufsprang und sich über den Tisch beugte. Als er wieder sprach, die Nase nur Zentimeter von Aiellos entfernt, klang seine Stimme leise und gefährlich.

»Das ist der Altfall, über den ich mit Ihnen sprechen wollte, Sie Wichser.« Spucketröpfchen spritzten auf Aiellos Gesicht. »Nur wird der nicht alt, solange ich dran bin. Also. Sollen wir dieses Päckchen mal aufschnüren? Oder vielleicht erinnern Sie sich doch plötzlich an Ihre Kumpel?«

Aiello hob die Hand, um sich den Speichel vom Gesicht zu wischen, überlegte es sich dann anders und ließ sie wieder sinken.

»Ich warte, Arschloch.«

Aiello saß kurz völlig still da, bevor er antwortete.

»Bitte gehen Sie ein Stück zurück.«

Slidell zögerte, ließ sich dann wieder auf seinen Stuhl fallen.

»Nick Body ist eine Radiopersönlichkeit. Ich bin mir sicher, Sie sind sich dieser Tatsache bewusst.«

»Er ist ein Furunkel auf der Arschbacke der Menschheit.«

»Er hat ein großes, landesweites Publikum, aber er meidet das Rampenlicht, wenn er nicht auf Sendung ist.« Aiello wählte seine Worte mit Bedacht. »Er achtet sehr auf seine Privatsphäre und lässt nur sehr wenige in seinen engsten Kreis. Ich gehöre nicht dazu.«

»Sie haben Body durch Timmer kennengelernt.«

»Habe ich, ja.«

»Timmer verkauft Immobilien.«

»Tut er.«

»Was ist DeepHaven?«

»Eins muss ich sagen, Detective. Sie haben da ja einiges ausgegraben.«

»Soll ich die Frage wiederholen?«

»DeepHaven ist eine Art privater Club.«

»Für Arschlöcher, die Body seinen Verschwörungsquark abkaufen?«

»Nichts dergleichen. Body und sein Bruder sind Mitglieder wie alle anderen auch.« Wieder eine Pause, um seine Worte zu wählen. »DeepHaven ist ein Versammlungsort für Leute mit denselben Anliegen wie Yates Timmer.«

»Spinner, die unter der Erde leben wollen.«

»Auch Edward Jenner wurde zu seiner Zeit als Spinner betrachtet. Jenner kennen Sie natürlich, oder?« Mit einem arroganten Heben der Augenbrauen. »Pockenschutzimpfung?«

»Erzählen Sie was über Wodjanow.«

Aiello sagte nichts.

»Brauchen wir da auch eine kleine visuelle Gedächtnishilfe?«, fragte Slidell scharf. »Ich habe eine. Ist nicht schön.«

»Ich kannte den Mann kaum.«

»Sie haben mit ihm gekämpft.«

»*Er* hat *mich* angegriffen.«

»Stand Wodjanow auf Kinderpornos wie Sie?« Slidells Gesicht war rot – Tendenz zu Dunkelrot. »Haben Sie zwei sich zusammengetan, um Babys ohne Windeln anzuglotzen?«

Aiellos Blick kehrte zu den Betonblöcken zurück.

»Warum hatte Wodjanow Informationen zu diesem Mädchen?« Slidell schnappte sich Coles Foto und funkelte sein Gegenüber böse an.

»Wenn Sie sich beruhigen und ein bisschen auf Distanz gehen, sage ich Ihnen, was ich weiß.« Wieder schaffte er es nicht, die Arme zu verschränken. »Aber bei DeepHaven darf niemand davon erfahren.«

»Diese Kretins sind die geringste Ihrer Sorgen.«

Wieder eine Formulierungspause. »Felix Wodjanow war wahnhaft und unehrlich.«

»Das müssen Sie erklären.«

»Ein Beispiel. Er mochte maßgeschneiderte Kleidung, die er sich aber nicht leisten konnte, deshalb hat er Resale-Ware gekauft. Sie wissen, wovon ich spreche?«

Slidell wusste es wahrscheinlich nicht, aber er nickte.

»Dann hat er die Etiketten herausgeschnitten, damit es keiner merkte.« Aiello strich sich sein Hemd glatt. »Er hat sich billigen Tabak gekauft und ihn in schicke europäische Dosen umgefüllt.«

»Ich habe einen Neffen, der auch so angeberisch ist. Das macht ihn aber nicht zu einem Perversen.«

»Wodjanow war außerdem paranoid. Er hat nur bar bezahlt, hatte keine Kreditkarten, kein Handy, hat sich permanent neue Nutzerkonten erstellt und sie wieder gelöscht. Hat Decknamen verbraucht wie andere Tempo-Taschentücher.«

»Wo wohnte er?«

»Weiß ich nicht. Bei DeepHaven stellt man keine Fragen nach dem Privatleben der anderen.«

»Und doch hat er Ihnen erzählt, wo er seine Klamotten kauft.«

»Gefragt habe ich ihn nicht danach.«

»Hatte der Kerl einen Job?«

»Er hat Recherchen für Bodys Blogs und Podcasts gemacht. Anscheinend war der kleine Bruder zu geizig, um den Lebensstil zu unterstützen, den der große Bruder anstrebte.«

»Warum haben Sie ihn geschlagen?«

»Wie gesagt. Reine Selbstverteidigung.«

»Warum ist er Sie angegangen?«

»Das ist eine lange Geschichte.«

Ein tiefer Seufzer.

»Anfang letzten Monats haben Leute mir gesteckt, dass irgendjemand nach mir suchte. Ich hatte keine Ahnung, wer. Oder warum.«

»Leute?«

»Nachbarn, ein Mandant, der Gärtner.«

»Fahren Sie fort.«

»Eines Tages hab ich einen Mann auf dem Bürgersteig vor meinem Haus gesehen. Er stand einfach da und starrte das Haus an. Es war Felix Wodjanow.«

Erinnerungsblitz. Ein Gesicht im Licht einer Straßenlaterne auf einem Parkplatz von Sharon Hall.

»Was wollte er?«

Aiello verschränkte die Finger und kniff sie so fest zusammen, dass sie weiß wurden.

»Er hat mir immer Fragen nach Kindern gestellt. Ich weiß nicht, warum er sich dafür interessiert hat oder warum er sich mich ausgesucht hatte.«

»Was für Kinder?«

»Verschwundene Kinder.«

Slidell deutete noch einmal auf das Cole-Foto, das wieder auf dem Tisch lag.

Aiello nickte. »Und andere.«

»Was für andere?«

»Ich erinnere mich an keine Namen.«

»Verarschen Sie mich nicht.«

»Das tue ich nicht.« Aiello schwitzte jetzt sichtbar. Durch den Filter des Spiegels wirkte seine Haut kränklich gelb. »Er hat mich mehrmals beschuldigt, Kinder zu entführen und zu belästigen. Und verschwinden zu lassen.«

»Was hat ihn wohl auf diesen Gedanken gebracht?«

»Der Mann war verrückt.«

»Und da ist da noch diese lästige Verhaftung, die Sie sich eingefangen haben.«

»Ich bin nie verurteilt worden.« Mürrisch. »Niemand versteht das. Fotos anschauen ist nicht das Gleiche wie Kinder belästigen.«

»Erzählen Sie mehr.« Ich konnte Slidells Gesicht nicht sehen, wusste aber, dass er Mühe hatte, sich zu beherrschen.

»Eine Weile hat er dieses ganze Thema sein lassen. Dann hat er, wie gesagt, vor ungefähr sechs Wochen mit dieser Beschattung angefangen. Ich sehe ihn vor meinem Haus und stelle ihn zur Rede. Er sagt, er werde mich dazu zwingen, ehrlich mit ihm zu sein. Ihm zu sagen, was mit diesen Kindern passiert ist. Ich sage ihm, er soll sich zum Teufel scheren. In DeepHaven hat er es dann wieder probiert. Da habe ich ihn geschlagen.«

Slidell starrte Aiello lange an. Dann: »Rühren Sie sich nicht vom Fleck.«

»Ich muss wirklich –«

Slidell fasste seine Papiere zusammen, stand auf und ging zur Tür. Ich traf ihn im Gang.

»Was denken Sie?« Er wischte sich das Gesicht mit einem grau verwaschenen Tuch, das er aus einer Gesäßtasche gezogen hatte.

»Er hat nie gefragt, wie Wodjanow gestorben ist.«

»Das ist Ihnen auch aufgefallen?«

»Trotzdem, mein Bauch sagt mir, dass er die Wahrheit sagt.«

»Aber nicht die ganze.«

»Genau.« Die Zeiger der Wanduhr zeigten auf die Zwölf

und die Fünf. »Hören Sie, ich habe noch einiges aufzuräumen. Und eine Akte auszudrucken und zu lesen, bevor ich nächste Woche in den Zeugenstand trete.«

»Gehen Sie«, sagte er, während er das Tuch wieder in die Tasche steckte. »Ich lasse diesen Wichser seine Geschichte noch ein paar Mal erzählen. Um zu sehen, ob sie stimmig bleibt, wenn er mit dem Rücken zur Wand steht.«

Eine Welle feuchter Luft umfing mich, als ich das Gebäude verließ. Verfolgte mich auf dem Weg zum Auto.

Zehn Minuten später war ich im MCME. Die Lobby war fast leer, was für einen Mittwochnachmittag im Juli nicht ungewöhnlich war. Eine ältere Dame saß gekrümmt auf einem Stuhl und weinte leise in ein lavendelblaues Taschentuch. Ein Todesermittler blätterte in Papieren auf einem Klemmbrett.

Ich zog meine Kennkarte durch, ging durch die Bio-Schleuse in den gesicherten Teil der Einrichtung und dann direkt zu meinem Büro. Keine Spur von Heavner. Gemischte Gefühle deswegen. Ein Teil von mir wollte sie zur Rede stellen. Ein anderer wollte ein weiteres Scharmützel mit Doktor Tod vermeiden.

An meinem Schreibtisch loggte ich mich in meinen Computer ein und öffnete mein E-Mail-Konto. Nichts von LaManche. Ich beschäftigte mich mit anderen Nachrichten und Anfragen, anderen Aufgaben. Die Pasquerault-Akte traf schließlich so gegen vier ein. Nachdem ich die wichtigen Passagen heruntergeladen und ausgedruckt hatte, loggte ich mich aus und verließ das Gebäude.

Ein gar nicht so schneller Abstecher zum Tierarzt, um eine Packung mit Birdies Lieblingsfutter abzuholen, das anscheinend in einer Halle am Rand von Dubrovnik gelagert wurde. Um fünf war ich wieder im Annex.

Nach einem Glas Sonnentee, den ich von draußen geholt und in den Kühlschrank gestellt hatte, schlug ich die Pasquerault-Akte auf und sortierte die einzelnen Komponenten zu Stapeln auf dem Küchentisch.

Ich las eben meinen Bericht der Skelettautopsie, als Dorothée Pasquerault meine Hintertür öffnete.

26

Donnerstag, 12. Juli

Geräusche umwirbelten mich, eine Kakofonie aus Piepsen und Klicken und Summen und Klingeln.

Und Stimmen, die meisten gedämpft, eine energisch, fast hektisch.

Ich roch klimatisierte Luft und Desinfektionsmittel.

Mein Kopf pochte. Meine Brust brannte. Mein Unterarm kribbelte.

Ich versuchte, mich aufzusetzen. Spürte Druck auf den Schultern, sanft, aber entschieden. Legte mich wieder zurück.

»Sie ist wach.«

Schritte klickten, hart und schnell.

Ich öffnete die Augen.

Licht versengte meine Sehnerven, schmerzte wie der Stromstoß aus einem Taser.

Über mir hing ein Gesicht, eine Landschaft aus nebligen Hügeln und Tälern. Langsam kristallisierte die Landschaft zu einem erkennbaren Muster.

»Sie kommen wieder ganz in Ordnung, Doc.« Bemühte Ruhe, die Anspannung verriet.

Ich konnte Slidell nur anstarren, nicht sprechen.

»Ich habe nach der Schwester geklingelt.« Dann über die Schulter gebellt: »Wo bleibt die verdammte Schwester?«

»Wasser.« Mein Mund war trocken wie ein kalifornischer Vorgarten im August.

Slidell redete mit jemandem. Bekam die Erlaubnis. Von irgendwoher kam ein Plastikbecher. Ich saugte an dem Strohhalm, als hätte ich noch nie Flüssigkeit getrunken.

Synapsen blitzten auf. Dorothée Pasquerault im Gegenlicht in meiner Hintertür. An meinem Auto stehend, während Fliegen Stoßstange und Motorhaube umschwirrten.

»Wie … spät?«

»Fast vier.«

O Gott. Wie konnte das sein?

Als ich versuchte, im Geiste die Aufnahmen des Nachmittags zurückzuspulen, spuckte mein Hirn einen Mischmasch aus visuellen, taktilen und olfaktorischen Eindrücken aus. Bilder eines schrill blauen Pfads durch psychedelisch grüne Vegetation zu einer offenen Sprengschutztür, die in eine pechschwarze Leere führte. Ein winziges, grünes Leuchtfeuer, das mich durch ein endloses Gewirr tiefschwarzer Dunkelheit zu sich winkte. Meine Finger, die sich über Beton voller Moos, verdrehte Röhren und rostspuckende Metallbeschläge tasteten. Meine Nase, die Urgerüche registrierte – modrige Erde, verrottendes Gewebe, längst verstorbene Wesen.

War ich nach Cleveland County gefahren? War ich in Wodjanows Bunker hinabgestiegen?

Slidell begriff, wie verwirrt ich war. »Es ist Donnerstagmorgen. Sie waren für fast zehn Stunden weg.«

Wie konnte das sein?

»Was ist passiert?«, krächzte ich.

»Ein Kerl, der mit seinem Pudel Gassi ging, fand Sie an der hinteren Mauer von Sharon Hall. Harcourt, das ist der Kerl, behauptet, dass Larry, das ist der Pudel, nach einer Stelle zum Pissen gesucht und Sie unter einer Hecke erschnuppert hat. Weil er geglaubt hat, dass Sie entweder betrunken oder tot sind, hat er den Notruf gewählt Das war so gegen zwei in der Früh. Fragen Sie mich nicht, warum der Hund zu dieser Zeit pissen musste.« Ziemlich hektisch, Slidell war offensichtlich angespannt. »Harcourt sagt, er ist bereit, eine Aussage zu machen. Bei Larry bin ich mir nicht so sicher.«

War ich so lange draußen herumspaziert oder hatte ich mich

dort hingelegt? War ich nach Cleveland County gefahren, schließlich zurückgekehrt und an der Mauer zusammengebrochen? Hatte jemand mich dorthin und wieder nach Hause gebracht? War dies das Ergebnis verheerender Kopfschmerzen? Von Medikamenten? Ich konnte mich nicht erinnern, irgendwas genommen zu haben. Ein Hinweis auf eine Verschlechterung? Auf eskalierende Symptome? Auf einen Schlaganfall?

Ich hatte nicht den geringsten Schimmer. Meine Erinnerungen waren Flocken in einem Schneesturm, herumgewirbelt vom Wind und dann zurückgelassen, um in meinem Kopf zu schmelzen. Lebhaft, doch sehr surreal. Ein katastrophales, grelles Chaos.

»Wie haben Sie davon erfahren?«

»Ich bin vorbeigekommen, um Ihnen ein paar Neuigkeiten zu berichten. Ihre Tür war offen, Ihre Tasche auf der Küchenanrichte, Ihr Auto in der Einfahrt. Das war komisch, trotz der schrägen John-Wayne-Nummern, die Sie in letzter Zeit abgezogen haben. Ich hab Sie zur Fahndung ausschreiben lassen und schließlich erfahren, dass ein Notarzt Sie hierhergebracht hat.«

»Meine Katze?«

»War sauer. Ich hab sie gefüttert.«

Die Metallringe des Trennvorhangs ratschten über die Stange. Eine Schwester kam zu mir. Ihr Name war Georgia. Sie sah aus wie El Chapo mit schlechter Laune.

Georgia schaute auf einen Ausdruck, kontrollierte eine Infusion und die piependen Maschinen. Kam dann zu mir.

»Notaufnahme?« Blöde Frage.

»Genau, Süße. Wir bringen Sie wieder auf die Beine.«

»Ich leide an Migräne. Kann sein, dass ich was genommen habe, weil ich einen Anflug gespürt habe.«

Georgia maß meinen Puls. Ihre Finger waren stark und kühl. »Was immer Sie umgehauen hat, es hat keine Spuren hinterlassen.«

Meine letzten bewussten Erinnerungen waren fragmentarisch. Das Feuer. Die Aiello-Befragung. Die Pasquerault-Akte. Die Hitze. Der Sonnentee.

Scheiße. Könnte es das sein? Der Krug hatte viel zu lange draußen gestanden. Könnte irgendwas den Tee kontaminiert haben? Könnte sich jemand daran zu schaffen gemacht haben? Der Einbrecher, Brandstifter?

»Ich nehme keine Drogen.« Absurd, aber ich hatte das überwältigende Bedürfnis, Georgia zu überzeugen, dass ich nichts für die Überdosis konnte.

»Wie auch immer. Sie werden's überleben.«

Georgia schüttelte mein Kissen auf, strich das Laken glatt und eilte dann davon, um andernorts Freude zu verbreiten.

Ich lag still da. Doch jedes Schädelgefäß pochte. Alles hatte so real gewirkt. So lebendig. Was stimmte wirklich? Was war nur eine wilde Oper, die die launische kleine Blase in meinem Hirn komponiert hatte? Und die Chemikalien, die in meinen Adern strömten?

»Besser?« Slidell beugte sich wieder über mich, jetzt ein kleines bisschen weniger theatralisch.

Ich trank den Rest des Wassers. Stellte den Becher auf das Kästchen, das man an mein Bett geschoben hatte. Setzte mich auf und hätte mich fast übergeben. Schluckte.

»Ich habe Ryan angerufen. Er ist –«

»Das haben Sie nicht!«

»Entspannen Sie sich. Er wollte direkt herfliegen, aber ich habe es ihm ausgeredet. Ihm versichert, dass Sie okay sind.«

»Ich brauche meine Sachen«, sagte ich.

»Sie werden die Nacht über hierbleiben. Da ist eine ziemliche Beule auf Ihrer Birne. Der Doc meint, vielleicht haben Sie sich den Kopf angeschlagen und jetzt eine Gehirnerschütterung.«

»Zu Hause erhole ich mich schneller.«

»Sie sagen, mindestens vierundzwanzig Stunden –«

»Mein eigenes Bett wäre mir lieber.«

»Ich habe neue Erkenntnisse.«

»Im Ernst? Worüber?«

»Sie müssen versprechen, bis morgen stillzuhalten. Sonst stürzt Ihr System am Ende wieder ab.«

»Tun Sie mir das nicht an, Detective.«

»Ihre stationäre Aufnahme wird schon vorbereitet. Sie kriegen Haferschleim zum Frühstück. Vielleicht Wackelpudding. Ich glaube, es gibt immer Wackelpudding.«

Ich schaute ihn so böse an, wie ich konnte. Slidell erwiderte den Blick.

Da mein Kopf schier explodierte, gab ich schließlich nach. Außerdem musste ich zugeben, dass eine Beobachtung meiner zerbeulten Birne wahrscheinlich ratsam war.

»Was soll dieser Durchbruch sein?«, fragte ich gereizt.

»Zwei Durchbrüche.«

Ich hob ungeduldig die Hand. Dabei sah ich, dass meine Nägel erdverkrustet waren.

»Heavner hat einen zweiten, umfassenderen Toxikologietest anstellen lassen.«

»Und Ihnen die Ergebnisse verraten?«

»Nach einiger Überzeugungsarbeit.« Slidell rieb sich das Kinn. Hakte die Daumen in die Hose. »Wodjanow hatte genug China Girl intus, um halb New Hampshire zu töten.«

Slidell benutzte einen der vielen Slangausdrücke für Fentanyl, den synthetischen Cousin von Heroin und aufgehenden Stern in der Drogenszene.

Ein paar Hintergrundinformationen. In der Medizin wurde Fentanyl ursprünglich als Anästhetikum eingesetzt, doch schnell wurde auch seine Wirksamkeit als Schmerzmittel erkannt. Die Drogendealerszene, Innovationen gegenüber immer aufgeschlossen, wurde darauf aufmerksam und fasste Interesse. Da Fentanyl hundertmal stärker ist als Morphium und immer noch viel wirksamer als Heroin, warum den Stoff dann nicht als Mittel zur Kostensenkung benutzen? Beide Drogen existieren als weißes Pulver. Verschneide die eigentliche Ware mit dem billigeren Produkt, und du vervielfachst deinen Warenbestand.

Tragischerweise erwies sich diese unternehmerische Vision als tödlich. Die harten Fakten: Dreißig Milligramm Heroin können einen Menschen töten. Von der China Lady braucht es nur drei.

Warum der Unterschied? Grundlegende Chemie. Beide Stoffe binden sich an den µ-Opioid-Rezeptor im Hirn. Aber Fentanyl durchdringt Fett viel besser, eine Substanz, die im Kopf erstaunlich reichlich vorkommt. Es kommt schneller an, und wenn es erst mal gelandet ist, bindet es sich so fest an den Rezeptor, dass schon die geringste Menge die Wirkungskette auslöst, die der Körper als so angenehm empfindet. Und das Endergebnis: Fentanyl ist jetzt ein ruchloses Raubtier, das in der Straßen Amerikas und vermehrt auch in Europa auf Beutesuche geht.

»Okay«, sagte ich. »Heavner hat jetzt also die Todesursache. Was gibt sie als Todesart an?«

»Unbestimmt.«

Es gibt nur fünf Möglichkeiten für die Todesart: Mord, Selbstmord, Unfall, natürlich, unbestimmt. Ausgehend allein vom Toxikologiebericht, konnte ich ihr nicht widersprechen.

Ich sagte: »Es ist unwahrscheinlich, dass Wodjanow sein Auto bei Art's versteckte, zum Buffalo Creek wanderte und sich dort versehentlich eine Überdosis setzte.«

»Darüber reden wir, wenn Sie sich erholt haben.«

»Jetzt.«

»Okay. Würde ich auch so sehen. Wir sind also wieder am Anfang. Der Kerl hat entweder Selbstmord begangen, oder ein anderer hat ihn umgebracht.«

»Wenn Wodjanow Selbstmord begangen hat, ist die Frage, warum? Wenn ihn jemand ermordet hat, ist die Frage, wer?«

Und auch warum, natürlich, aber meine Gedanken wurden mit jedem Piepsen des Monitors verschwommener.

»Die andere Sache ist keine große Überraschung.«

Ich hatte vergessen, dass es zwei waren.

»Man hat die Fingerabdrücke, die in Ihrem Haus sichergestellt wurden, durch die Datenbanken laufen lassen, hauptsächlich diejenigen, die in den beiden Studios gefunden wurden. Keine Ergebnisse. Die meisten waren von Ihnen, die ja zum Abgleich schon gespeichert sind.«

»Keine Treffer im IAFIS?«

»Lokal, North Carolina, angrenzende Staaten, in keinem System hat sich irgendwas ergeben.«

»Der Rest wird sich als Familie und Freunde erweisen. Vielleicht meine Handwerker.«

»Ich werde mit diesen Kollegen reden wollen.«

»Okay.«

»Und wie Sie gesagt haben: Wenn jemand eingebrochen ist, um Feuer zu legen, hat er wahrscheinlich Handschuhe getragen.«

»Man muss umsichtige Planung bewundern.«

Slidell ignorierte das. »Die Brandermittler haben außer dem Lack und dem Terpentin keinen anderen Brandbeschleuniger gefunden. Aber sie finden das Ausbreitungsmuster merkwürdig.«

»Merkwürdig?«

»Das Zeug war überall verteilt.«

»Also sind unsere Täter wahrscheinlich schlechte Verdrahtung und ein nachlässiger Maler.«

Glaubte ich das wirklich?

Was glaubte ich überhaupt?

Zwanzig Minuten später schob ein Pfleger mich in einen Aufzug, dann einen Korridor entlang in ein Zimmer, das so vorhersehbar war, dass mir nichts auffiel. Mit seiner Hilfe schaffte ich die etwa zwanzig Meilen lange Strecke von der

Rolltrage bis zum Bett. Eine Decke wurde mir übergelegt. Das Licht gedimmt. Schritte entfernten sich. Luftzug deutete darauf hin, dass jemand die Tür schloss. Einige Zeit später raschelten Schläuche, Hände berührten mein Handgelenk.

Neben mir hätte eine Bombe explodieren können, ich hätte nicht reagiert. Mein Körper war angezählt.

Nicht so mein Blut oder mein mit Medikamenten malträtiertes Hirn. Da sie eine Gelegenheit witterten, bestürmten mich Fragen und Bedenken mit unvermindertem Eifer.

Ein Bild jagte das nächste. Manche aus den so unerklärlich fehlenden zehn Stunden. Pulsierende Wände. Ein Stahltunnel, der sich verengte, um mich wie ein Kokon zu umschließen. Meine Finger, die durch tintige Schwärze tasteten, auf der Suche nach einem Handgriff, einem Hebel, einer Kette. Fleisch, das mir von den Händen schmolz und Knochen bloßlegte wie die des gesichtslosen Mannes, gelb und roh.

Wie die Gesichtsknochen des gesichtslosen Mannes.

Andere Bilder stammten aus der laufenden Ermittlung. Ein Wodjanow im Trenchcoat. Eine Jahaan Cole mit Pferdeschwanz. Ein Timothy Horshauser mit Zahnlücke. Ein aggressiver Aiello. Ein Studio voller Glassplitter. Ein ausgebranntes Büro.

Hatte man mich ins Visier genommen? Wurde ich beobachtet? Wenn ja, von wem? Warum? Welche Gefahr stellte ich dar? Hatten wir es mit Regierungsgeheimnissen zu tun? Zwielichtigen Immobilien? Verschwundenen Kindern? Mord?

War die Gefahr, die von mir ausging, die sensationelle Entlarvung von Margot Heavner als inkompetent oder korrupt? Von Vince Aiello als Pädophiler? Nick Body als Betrüger? Wodjanow als Ermöglicher? Oder Dealer?

Die Entdeckung eines Mörders?

Oder war das alles nur ein Produkt meiner schadhaften Schaltkreise?

Und wie passte Yates Timmer da rein?

Zwei Wochen waren vergangen seit der Entdeckung von Wodjanows Leiche. Slidell und ich hatten überhaupt keine Ermittlungsergebnisse vorzuweisen.

Zu allem Überfluss hatte ich auch noch ein entsetzlich schlechtes Gewissen.

Joe Hawkins hatte mir vertrauliche Informationen zugespielt. Die Akte konnte bei dem Einbruch gelesen, vielleicht sogar gestohlen worden sein. Falls es einen Einbruch gegeben hatte. Lizzie Griesser hatte eine Analyse durchgeführt, ohne eine Gegenleistung zu verlangen. Ihre Gesichtsrekonstruktion war ebenfalls zerstört, vielleicht von jemand anderem gesehen oder heruntergeladen worden.

Aus einem unausgegorenen Misstrauen gegenüber der Cyber-Sicherheit hatte ich nichts in der Cloud gespeichert. Keine Chance, dass Heavner Einsicht in ihre Notizen gewähren würde, und Joe Hawkins würde ich keinem weiteren Risiko aussetzen. Ich konnte Lizzie um eine Kopie ihres Berichts bitten, aber das könnte sie in Gefahr bringen.

Plötzlich ein angsteinflößender Gedanke.

War Gerry Breugger in mein Haus eingebrochen? Hatte er den Annex angezündet, um seine Spuren zu verwischen? Um mich und Slidell bei unserer Ermittlung zu behindern? Brauchte der Reporter so dringend eine Geschichte?

Die Auswirkungen wären grauenhaft.

Wenn Breugger alles publik machte, könnte Joe gefeuert werden, seine lange Karriere würde in Schimpf und Schande enden. Würde Lizzie dasselbe Schicksal erleiden? Würde ihr Arbeitgeber Kunden verlieren, weil er nicht mehr vertrauenswürdig schien?

Meine Karriere war im freien Fall. Riss ich meine Freunde mit in den Abgrund?

Ich stellte mir Kreise vor, die sich um mich herum ausbreiteten. Einen Welleneffekt, ausgelöst von meinen Handlungen.

Konnten Migräneanfälle neben Halluzinationen auch Panik,

Paranoia und Gefühle der Hoffnungslosigkeit auslösen? Konnten es das Aneurysma und die daraus folgende Embolisation? Oder hatte man mir Drogen eingeflößt? War meine Unruhe das Nebenprodukt eines schlechten LSD- oder Ecstasy-Trips? Waren meine Ängste gerechtfertigt?

Waren Slidell und ich jemandem oder etwas auf der Spur?

Einem lange versteckten Regierungsgeheimnis?

Einem Immobilienschwindel?

Einem Medienbetrug?

Einem Kinderschänder?

Einem Mörder?

27

Freitag, 13. Juli

Nirgendwo erholt man sich schlechter als in Krankenhäusern.

Dennoch musste ich letztendlich den Rest dieser und noch die nächste Nacht dortbleiben. Als meine medizinische Vorgeschichte aufkam, wurde mein Neurologe benachrichtigt. Er ordnete ein Kernspintomogramm, eine Magnetresonanz-Angiografie, ein EEG und weitere Untersuchungen an, »nur um sicherzugehen«.

In beiden Nächten wurde ich wiederholt von einer Stablampe geweckt, die mir in die Augen leuchtete. Jeweils in den frühen Morgenstunden wurde ein Arzt wegen irgendeiner farbcodierten Krise gerufen. Rollwagen klapperten. Lautsprecher quäkten.

Um sieben Uhr am Freitagmorgen fing ich an, um meine Entlassung zu betteln, weil ich unbedingt Birdie aus der Obhut meines Nachbarn Walter befreien wollte.

Die Rädchen drehten sich im Tempo der tektonischen Plattenverschiebung.

Um acht nahm man mir die Infusion ab.

Um halb neun wurde mir ein Frühstück auf mein Tischchen gestellt. Wieder kein Wackelpudding.

Um halb zehn wurde das Tablett abgeräumt. Ich fragte nach meinen Sachen, ohne zu verraten, dass ich mich aus dem Staub machen wollte.

Um vierzig nach neun kam Ryan mit einem Strauß in der Größe eines Hereford-Rinds durch die Tür. Gemischte Gefühle durchströmten mich. Glück? Beschämung? Verärgerung?

»Wow.« Mehr brachte ich nicht heraus.

»Wow? Wie in wow-toll? Oder in wow-o-nein?«

Ryan schaute sich um, legte die Blumen schließlich aufs Fensterbrett. Sie passten kaum drauf. Dann kam er zu mir, um mich zu küssen.

»Natürlich bin ich froh, dich zu sehen. Es ist nur so eine Überraschung.« Wir hatten früh am Donnerstag telefoniert und waren übereingekommen, dass es nur eine Beule am Kopf war und Ryan in Frankreich bleiben sollte.

»Still sitzen hat nicht funktioniert. Ich musste dein lächelndes Gesicht mit eigenen Augen sehen.«

Mein lächelndes Gesicht tat alles andere als das.

»Was ist mit Neville?«, fragte ich.

»Ich habe ein paar Sachen angestoßen. Fliege zurück, wenn eine dieser Spuren was bringt.« Großes Ryan-Grinsen. »Also. Wann kommst du hier raus?«

»Jeden Augenblick. Sonst hecken wir einen Fluchtplan aus.«

Ryan salutierte. »Ich bin Polizeibeamter. Ich kann kein illegales Manöver gutheißen.«

Um halb elf erschien eine Plastiktüte mit *T. Brennan, Zi. 1203* auf der Außenseite. Ich öffnete die Zugschnur und stellte erleichtert fest, dass der Schlüssel in einem schlammverkrusteten Sportschuh steckte. Ein stilles Dankeschön an Slidell. Ich zog eben meine Jeans heraus, als ein Stationsarzt dazukam. Oder ein Klinikarzt. Oder ein Klempner. Auf seinem Namensschild stand Gursahani.

Nach einer kurzen Untersuchung und Empfehlungen für mein weiteres Wohlergehen informierte mich Gursahani, dass Dr. Bernard, mein Neurologe, auf dem Weg sei. Und dass Bernard mich entlassen würde.

Als Gursahani gegangen war, warf ich Ryan einen trotzigen Blick zu.

»Denk nicht mal dran«, sagte er, konfiszierte den Beutel und ließ sich auf den einzigen Stuhl im Zimmer fallen.

Mit verschränkten Armen sank ich wieder aufs Kissen.

»Willst du drüber reden, was passiert ist?«, fragte Ryan nach einigen Augenblicken des Schweigens.

»Ich *weiß* nicht, was passiert ist«, sagte ich etwas zu schnippisch. Ich war nicht zum Plaudern aufgelegt.

»Okay. Wie wär's damit?« Er deutete auf meine Augen. »Deckel zu.«

»Warum?«

»Damit du mir sagen kannst, woran du dich erinnerst. So vertreiben wir uns die Wartezeit.«

Nachdem ich die Augen verdreht hatte, schloss ich sie. Nach dieser Ermutigung schwirrte ein Durcheinander aus zusammenhangslosen Szenen wie Leuchtspurgeschosse durch meinen Kopf. Fragmentiert. Chaotisch. Ich sortierte sie kurz und hoffte, sie würden zumindest eine Art von Chronologie ergeben.

»Ich ging eben die Pasquerault-Akte durch, als Dorothée erschien und mir sagte, dass ich einen Fehler gemacht hätte.«

»Das muss ziemlich beängstigend gewesen sein.«

»Glaubst du?«, sagte ich mit noch immer geschlossenen Augen. »Dorothée und ich fuhren zu dem Bunker in Cleveland County. Alles war gleich, nur übertrieben – die Farben zu grell, die Vegetation zu dicht, die Hitze zu drückend, die Schatten verwirrend. Es war, als würde ich mich durch die Szenen eines hyperbunten Films kämpfen, der in Zeitlupe läuft.«

»Ich weiß, was du meinst.«

»Dorothée verschwand durch die Sprengschutztür. Ich folgte ihr, obwohl ich Angst hatte. Irgendwie konnte ich mich nicht umdrehen. Es war, als wäre ich angetrieben von dem Drang, meinen Fehler zu korrigieren.«

Ich hielt inne. Ryan wartete.

»Unter der Erde war die Dunkelheit so absolut, dass ich mich vorwärtstasten musste. Dann sah ich in der Ferne diesen winzigen grünen Punkt. Er schien mir zu winken. Doch je mehr ich darauf zuging, desto weiter schien er sich zu entfernen … Das bringt doch nichts, Ryan.«

»Doch, schon.« Wieder deutete Ryan auf meine jetzt offenen Augen. Ich tat ihm den Gefallen.

»Ich tastete mich durch tintig schwarze Tunnel in klaffende Abgründe voller flirrender Neonlichter mit pulsierenden Wänden und schwankenden Böden und Decken.«

Ich schluckte und schloss die Augen. Bei der Erinnerung an diesen Tumult wurde mir übel.

»Irgendwann war ich in einem Durchgang, zuerst geduckt, dann auf allen vieren kriechend, dann zusammengerollt. Der Raum zog sich zusammen, und ich wusste, ich musste raus. Oder aufwachen. Aber ich konnte beides nicht.«

Meine Lider sprangen auf. Ich schaute Ryan an. »Ich weiß nicht, ich dachte, es ist, als wäre man in einer umgekippten Snus-Dose gefangen. Merkwürdiger Gedanke.«

Ryan wiederholte den Fingerbefehl.

»Irgendwann sah ich dann Jahaan Cole.« Mit geschlossenen Augen. »Sie redete von ihren Knochen. Flehte mich an, etwas zu tun.«

Mein Magen verkrampfte sich.

»Das reicht«, sagte ich, denn ich hatte keine Lust mehr, durch diesen Albtraum zu irren.

»Okay«, sagte er.

Zwanzig Minuten später kam Bernard lächelnd herein, morgendlichen Elan und gute Laune versprühend.

»Wie geht's unserer Patientin heute Morgen?«

»Bereit zum Aufbruch.«

»Und aufbrechen dürfen Sie auch. Alle Ergebnisse sehen hervorragend aus. Ihr Aneurysma war nicht unartig. Es gibt keinen Hinweis auf eine ischämische Attacke oder einen Minischlaganfall. In Ihrem Blut und Ihrem Urin war nichts Ungewöhnliches zu finden.«

»Was hat das zu bedeuten?«

»Nicht viel. Die Symptome, die Sie beschrieben haben – Halluzinationen, eine scheinbare ›außerkörperliche Erfahrung‹ –, sind vereinbar mit den Wirkungen von LSD, aber Acid kann bei einem Standard-Drogentest nicht festgestellt werden. Was anderes hat man in der Notaufnahme nicht gemacht.«

Ich wollte Bernard unterbrechen. Er ignorierte mich.

»Und hätten Sie LSD zu sich genommen, wären fünfzig Prozent des Stoffes innerhalb von fünf Stunden ausgeschieden worden, der Rest in den nächsten fünfzehn.«

»Ich nehme keine Drogen.«

»Verstehe. Nicht mein Fachgebiet.« Bedeutungsschwangeres Brauenheben zuerst in meine, dann Ryans Richtung. »Vergiftung?«

»Vergessen Sie die Gehirnerschütterung. Und die Beule. Hätte das Ganze einfach nur ein Riesen-Migräneanfall sein können?«

»Ungewöhnlich, aber möglich ist alles. Haben Sie gespürt, dass Kopfschmerzen im Anmarsch sind? Hatten Sie kurz davor Ihre verschriebenen Medikamente genommen?«

»Auch daran kann ich mich nicht erinnern.«

»Wenn es eine Migräne war, was hätte sie auslösen können?«, fragte Ryan.

Bernard zuckte die Achseln. »Es ist schwer, einen einzigen Faktor zu isolieren.«

Das brachte doch alles nichts. Ich wollte nur noch weg.

»Gut.« Ich schwang meine Beine über die Bettkante. »Kann ich jetzt gehen?«

Bernard gab mir ähnliche Ratschläge zur Entlassung wie Gursahani und verabschiedete sich. Er war kaum durch die Tür, als ich Ryan den Beutel entriss und ins Bad eilte.

Meine Sachen waren nicht gerade adretter geworden in den Stunden, die sie zusammengerollt wie Linguine verbracht hatten. Nachdem ich Erde und Unrat abgewischt hatte, so gut es ging, zog ich mich an. Dann wusch ich mir das Gesicht und schrubbte mir die Nägel. Meine Hände kribbelten. Meine Sicht verschwamm, als ich zusah, wie die Erdreste als bräunliche Brühe im Abfluss verschwanden.

Während ich mir die Haare zusammenband, erhaschte ich einen Blick in den Spiegel.

Ich konnte mich nicht erinnern, je so ausgezehrt ausgesehen zu haben. Die Wangen waren hohl, die Tränensäcke schwer, die Haut aschfahl. Meine Haare klebten fettig braun am Schädel. Die Kombination ließ mich zehn Jahre älter aussehen.

Ich starrte mein Gesicht an. Es starrte zurück. Ich, ein Jahrzehnt in der Zukunft.

Hatte ich noch zehn Jahre? Wenn ja, was würden sie bringen?

Ich musste Ryan zugutehalten, dass er sich nicht hatte anmerken lassen, wie schlimm ich aussah. Wenn er es jetzt tat, würde ich ihn auf die Bretter schicken. Zumindest bildlich.

Ryan sagte gar nichts. Wortlos legte er mir den Arm um die Schultern, nahm die viehischen Blumen und führte mich hinaus in den Gang.

Ich lehnte den obligatorischen Rollstuhl ab, was nicht gut aufgenommen wurde. Ein Wortwechsel folgte. Ryan suchte den Blick eines Pflegers und schüttelte unauffällig den Kopf, während er mich auf den Aufzug zuschob. Der Mann wich zurück.

Unten im Foyer rief Ryan ein Uber-Auto. Zehn Minuten später schloss ich den Annex auf. Die Pasquerault-Akte war vom Küchentisch verschwunden, meine Schultertasche von der Arbeitsfläche. Beides fand ich in der Vorratskammer. Noch eine schlaue Reaktion von Slidell.

Zu meinem Entsetzen war mein Handy nicht in meiner Handtasche! Rote Signalflagge in meiner Brust. Ich hatte nie Gelegenheit gehabt, Slidell die Fotos zu schicken. Stimmte nicht ganz. Ich hatte es einfach nicht getan. Voller Panik suchte ich überall, weil ich wusste, welche Strafpredigt mich erwartete. Schließlich gab ich auf, weil ich mir sicher war, dass es sinnlos war.

Ryan hatte drei Nachrichten auf meinem Festnetz hinterlassen, die letzte um 6:00 Uhr am Donnerstagmorgen. Slidell hatte ihn offensichtlich über mein Verschwinden und mein Wiederauftauchen informiert. Während ich sie abhörte und löschte, ging er nach oben, um den Schaden zu begutachten.

Birdie war sauer, wie erwartet. Und hatte einen Mordshunger. Nachdem ich ihm eine doppelte Portion spendiert hatte, genoss ich eine lange, heiße Dusche. Ich machte das in letzter Zeit ziemlich häufig. Nur ein Unterschied: Ryan half mir beim Einseifen und Abspülen. Dann zogen wir uns, gründlich sauber, in mein Bett zurück, um meine Verletzungen zu begutachten und meine Schmerzen zu lindern. Keine gemischten Gefühle bei dieser Unternehmung.

Nach dieser sehr befriedigenden Übung in den Federn machte Ryan ein Nickerchen, erschöpft vom langen Nachtflug. Ich holte mir Maske und Handschuhe und setzte meine Ausgrabungen im oberen Büro fort.

Neunzig Minuten später hatten sich meine schlimmsten Befürchtungen bestätigt. Nach all meinen ermittlerischen Bemühungen hatte ich rein gar nichts vorzuweisen. Ein rettungslos zerstörter Laptop, kein Handy, keine Akte, keine Fotos, keine Notizen. Nichts Konkretes, das Wodjanow oder sonst jemand mit Jahaan Cole in Verbindung brachte. Oder irgendeinem anderen verschwundenen Kind.

Was mir blieb, waren die Erinnerungen in meinem Kopf. Aber wie zuverlässig waren die? Würden sie gefiltert durch einen Migräneanfall oder einen Drogennebel zu mir zurückkommen?

Ich bin Wissenschaftlerin. Ich überprüfe Hypothesen ausgehend von Dingen, die ich betrachten, messen, wiegen und fotografieren kann. Doch ich hatte keine mehr übrig.

Konnte ich meinen gespeicherten Wahrnehmungen vertrauen? Konnte ich Reales und Nichtreales unterscheiden?

Testlauf.

Ich schloss die Augen. Wieder explodierten psychedelische Bilder.

Ein wiederauferstandenes Mordopfer.

Ein azurblauer Pfad.

Eine winzige, smaragdgrüne Kugel.

Regenbogen-Irrsinn.

Luftloses Gefangensein.

Ein flehendes Kind.

Heilige Scheiße!

Ich schoss in mein Schlafzimmer und riss die oberste Kommodenschublade auf.

Ja!

Gursahani und Bernard hatten beide von der Benutzung eines Fahrzeugs oder schweren Geräts für mindestens achtundvierzig Stunden abgeraten. Aus Hochachtung vor ihrem Fachwissen ließ ich Ryan fahren.

Um 15:00 Uhr waren wir am UNCC. Obwohl das Sommersemester noch in vollem Gange war, wirkten Rasenflächen und Fußpfade ziemlich verlassen. Einen erstklassigen Parkplatz zu finden war ziemlich einfach.

Auf dem Weg vom Parkdeck zum Gebäude der bioanthropologischen Fakultät sahen wir keine Studenten, die einander Frisbees zuwarfen oder ihre Hunde ausführten. Keine Erstsemester, die miteinander quatschten. Hier und dort ein Doktorand, den die Last eines übervollen Rucksacks niederdrückte, oder ein Dozent mit einer abgenutzten Aktentasche unterm Arm. Die letzteren kannte ich meistens. Einer, ein Physikprofessor, wünschte mir einen ereignislosen Freitag, den 13.

Im Inneren des Friday Building herrschten dankenswerterweise arktische Temperaturen. Wir fuhren mit dem Aufzug in den vierten Stock, und ich schloss die Tür zum Institut auf. Nachdem ich die Deckenbeleuchtung angeschaltet hatte, benutzte ich einen zweiten Schlüssel, um einen Metallschrank zu öffnen. Ryan setzte sich auf einen Stuhl und schaute mir schweigend zu.

Ich holte ein kleines Schneidegerät aus dem obersten Fach des Schranks, die Art, wie sie von den meisten DNS-Laboren benutzt wird, und schnappte mir ein Päckchen mit Schleifpapier. Ich brachte die Sachen zu einem Arbeitsplatz, hob die Schutzhülle vom Mikroskop, legte mir einige Objektträger zurecht und setzte mich. Ryan zog sein Handy heraus und fing an zu scrollen.

Nachdem ich mir Handschuhe übergezogen hatte, holte ich eine kleine Tupper-Dose aus meiner Handtasche und nahm den einzigen, in ein Papiertuch gewickelten Gegenstand darin heraus. Das schlanke Segment eines Röhrenknochens sah besorgniserregend weniger substanziell aus als in meiner Erinnerung.

Ich legte den Objektträger ins Mikroskop und beugte mich über das Okular. Nach ein paar Anpassungen von Licht und Vergrößerung wurden Details sichtbar.

Die Verkohlung war oberflächlicher, als ich befürchtet hatte, als ich den Splitter neben dem Müllcontainer in Cleveland County zum ersten Mal gesehen hatte. Zahnspuren wurden sichtbar, die im Halbdunkel unter der Tarnabdeckung nicht zu erkennen gewesen waren.

Ich schob das Schienbeinfragment in seiner gesamten Länge

durch das Mikroskop und so wurde, Millimeter um Millimeter, Detail um Detail erkennbar. Dann nahm ich es heraus, maß und fotografierte es und freute mich über meine Voraussicht, mit der ich Slidell das Fragment vorenthalten hatte.

»Skinny hat dich das behalten lassen?« Ryan schaute mir wieder zu.

»Nicht unbedingt«, sagte ich.

Dann: Showtime.

Nachdem ich mehrere Schleifpapierblätter eingeweicht hatte, setzte ich ein dünnes, sehr scharfes Schneidblatt in die Handkreissäge ein. Ein schneller Schnitt durch die Mitte des Schafts, dann trennte ich eine Reihe vertikaler Scheiben ab. Ich reihte sie sorgfältig auf einem Tablett auf und fing an, sie zu polieren, zuerst mit grober, dann mit immer feinerer Körnung.

Als mir die dünnen Scheiben angemessen glatt und, na ja, dünn erschienen, schob ich die erste Probe unter die Linse, stellte die Vergrößerung auf 100 X und maximierte die Helligkeit, damit das Licht die Scheibe durchdringen konnte.

»Erklär mir, wonach du suchst.« Ryan hatte den Raum durchquert und stand hinter mir.

»Die menschliche Kortikalis –«

»Der dichte Teil an der Außenseite.«

»Ja. Er besteht aus Havers-Systemen oder Osteonen, jedes mit einem Mittelkanal, umgeben von konzentrischen Schichten oder Lamellen aus kompaktem Knochengewebe. Unter Vergrößerung sieht das so aus.« Ich deutete zu einem Poster, das neben der Tür an der Wand hing.

»Sieht aus wie eine Mondlandschaft voller dicht stehender Vulkane.«

»Genau. Die Knochen von Huftieren haben eine geflecht- oder säulenartige Struktur. Unter Vergrößerung sieht das eher so aus.« Ich deutete zu einem zweiten Poster.

»Sieht aus wie Wurstscheiben mit Bläschen darin.«

Ich hatte das noch nie so betrachtet, konnte ihm aber nicht widersprechen. Kaum atmend, beugte ich mich wieder über das Okular und stellte die Schärfe ein.

»Scheiße.«

»Was?«

»Alles nur Wurst.«

»Das heißt?«

»Ausgehend von der ungefähren Größe und Form des kompletten Knochens, glaube ich, dass er zu einem *Odocoileus virginianus* gehörte.«

»Und das wäre?«

»Bambi.«

»Ein Weißwedelhirsch.«

Ich nickte, und in mir kreisten die Gefühle und wussten nicht, wo sie landen sollten. Glücklicherweise stammte der Knochen nicht von einem unreifen, menschlichen Skelett.

»Das ist also kein Kind«, sagte Ryan.

»Nein. Aber auf die Schneide- und Backenzähne in diesem verklebten Beutel trifft das nicht zu.«

»Diese Zähne stammen eindeutig von einem Kind?«

»Ja. Verdammt noch mal!« Viel zu barsch.

»Ist ja nicht das Ende der Welt.« Ryan legte mir beruhigend die Hand auf die Schulter.

»Ist es schon. Welche Beweise habe ich denn? Dieses Fragment war meine letzte Hoffnung, und es stammt von einem Tier. Die menschlichen Zähne wurden weggenommen, bevor ich Fotos machen konnte. Ich habe die Akte und die Artikel über verschwundene Kinder fotografiert, aber diese Fotos sind mit meinem Laptop verschwunden.«

»Du hast –«

»Ich habe null.«

Das Institut summte leise.

»Ich weiß, was du brauchst«, sagte Ryan und streckte die Finger aus.

»Wie kannst du jetzt an Sex denken?«

»Gehen wir.«

Frustriert packte ich zusammen, und wir verließen das Gebäude.

Und entdeckten, wo die gesamte Bevölkerung Charlottes diesen heißen und stickigen Freitag, den 13., verbrachte.

28

Der Apple Store in der SouthPark Mall war gesteckt voll. Ryans Vorstellung von der Erfüllung meiner Bedürfnisse, keine weiteren nachmittäglichen Freuden. Während ich Knochen sägte, hatte er dort angerufen.

Ich nannte der Dame in dem offiziellen roten Shirt meinen Namen. Ein Bildschirm zeigte meine Position in der Schlange als Nummer siebenundzwanzig. Eine Stunde später wurde diese Nummer angezeigt.

Nach zwanzig Minuten Diskussion verließ ich den Laden mit einem brandneuen MacBook Air und dem neuesten iPhone, beide ausgestattet mit jeder Innovation, die der vernetzte Mensch zu brauchen glaubt.

Ein Hoch auf Kreditkarten.

Wieder zu Hause, fing ich an, mit telefonischer Hilfe des Apple Support und Ryans Vorschlägen, alle alten Akten und die Fotos herunterzuladen, die ich in der Cloud gespeichert hatte – fast alles private –, und diverse wichtige Apps zu installieren. Dann initiierte ich mein neues Handy, was das alte deaktivierte.

Zwei Stunden später war es so weit – zwar mit schmerzlich vermisstem Inhalt, aber funktionstüchtig.

Der unaufhaltsame Fortschritt der Zivilisation.

Zuerst hinterließ ich Slidell eine Nachricht. Ich bin zu Hause. Ich habe Neuigkeiten. Rufen Sie mich an.

»Und jetzt«, ermutigte mich Ryan. »Öffne ein neues Dossier über den Gesichtslosen.«

»Was soll denn das bringen?« Ich klang wie ein schmollendes Kind. »Ich habe doch nichts zum Reintun.«

»Doch. Hast du schon.«

Ich schaute ihn nur an.

»Gib alles ein, was du im Kopf hast.«

Widerwillig musste ich mir die Logik seines Vorschlags eingestehen. Aber nicht laut.

»Und was tust du in der Zwischenzeit?«, fragte ich.

»Ich habe eine lange Liste von Anrufen, die ich erledigen muss.«

»An einen Mann wegen einem Pferd.«

»So was in der Richtung.«

Ich öffnete auf dem Laptop ein neues Dokument und nannte es *Zeitschiene.* Dann fing ich an, aus dem Gedächtnis Daten einzugeben.

ZEITSCHIENE

22. Juni: Mitternacht. Temperance Brennan beobachtet einen Mann im Trenchcoat auf Sharon Hall.

29. Juni: Eine anonyme Quelle schickt Brennan Bilder einer Leiche in Cleveland County.

30. Juni: Brennan erneuert ihre Kritik an Margot Heavner. Heavner beruft eine Pressekonferenz zu ME 304-18 ein (dem gesichtslosen Mann aus Cleveland County), gibt fälschlicherweise an, dass ME 304-18 asiatischer Abstammung sei. Brennan macht Fotos von ME 304-18 und entnimmt eine DNS-Probe. Hawkins lässt Brennan Kopien von Dokumenten zukommen. Lizzie Griesser erklärt sich bereit, eine inoffizielle Phänotypenanalyse von ME 304-18 vorzunehmen.

1. Juli: Brennan findet Fehler in Heavners Notizen (Alter, Abstammung), stellt an der Leiche Quetschungen fest, die von Heavner übersehen wurden. Brennan entziffert codierte Notizen, die bei ME 304-18 gefunden wurden.

2. Juli: Brennan entdeckt auf Rückseite eines beim Mann ohne Gesicht gefundenen Zettels Bezüge auf den Untergang der Fähre *Estonia*/bio-chemische Waffen. Skinny Slidell und Brennan finden Hyundai in Art's Affordable Garage, in der Nähe des Bachs, wo ME 304-18 gefunden wurde, eine Reisetasche im Kofferraum. Reisetasche enthält: a) weitere Notizen in Lettisch und Russisch, einige zu *Estonia*/biochemische Waffen; b) Namen Felix Wodjanow/John Ito. c) Speicherkarte mit russischer Beschriftung. Slidell stellt fest, dass John Ito ein Deckname und der Hyundai auf eine nicht existierende Adresse in Virginia registriert ist.

2. Juli: Slidell entdeckt durchgedrückte Schrift, schickt ausgerissene Seite an Mittie Peppers vom CMPD-Forensiklabor für eine Analyse. Die Untersuchung ergibt: a) Brennans Handynummer, b) zweite Telefonnummer, Vorwahl 704, c) Hinweis auf verschwundenes Kind, Jahaan Cole. Brennan und Slidell stellen fest, dass Wodjanow kurz vor seinem Tod versucht hat, Brennan zu kontaktieren.

6. Juli: Brennan und Slidell stellen fest, dass Wodjanow in keiner Datenbank zu finden ist, kein Internetprofil hat. Brennan erhält von Griesser Phänotyp-Gesichtsrekonstruktion. Slidell findet auf Speicherkarte Name eines Arztes und eines Ashrams. Slidell und Brennan fahren nach Sparkling Waters. Aryan Yuriev ist unkooperativ. Empfangsdame E. Desai identifiziert Wodjanow anhand der Rekonstruktionsskizze. Sagt, Wodjanow habe sich unter dem Namen F. Vance eingetragen.

6. Juli: Brennan befragt Wodjanows/Vances Betreuerin im Ashram, Asia Barrow. Barrow sagt, Wodjanow/Vance habe an Taphephobie gelitten. Barrow verrät, Wodjanow/Vance habe auf ihrem Laptop Kinderpornografie und verschwundene Kinder recherchiert. Barrow sagt, Wodjanow sei ein russischer Agent gewesen. Brennan befragt Vermieterin von Wodjanow/Vance, Marguerite Ramos. Ramos identifiziert Wodjanow/Vance, sagt, er hätte eine Heidenangst gehabt, dass die Regierung ihn umbringen wolle.

7. Juli: Brennan findet Gegenstände in Mantel, der in antiseptisch sauberer Wohnung entdeckt wurde: Liste mit Codes, Infos über Projekt MKUltra, Quittung, die zu umzäuntem Anwesen in Cleveland County führt. Brennan fährt zu Anwesen, kommt aber nicht hinein. Brennan befragt Nachbarn Duncan Keesing, Keesing identifiziert Wodjanow, sagt, er sei verrückt gewesen. Sagt, wenn high, habe Wodjanow über MKUltra und andere Geheimoperationen gesprochen. Keesing wurde Zeuge, wie ein verängstigtes Kind auf das umzäunte Anwesen gefahren wurde. Brennan erfährt von Ryan mehr über MKUltra. Brennan schickt Heavner eine E-Mail, liest Bodys Blogs zu Verschwörungstheorien, hört seine Podcasts an.

8. Juli: Brennan besucht Darknet, die Site DeepUnder, a) alte Infos und Fotos über Verschwörungstheorien; b) Foto von Wodjanow mit Body und Yates Timmer. Brennan besucht Seite Homes at the End of the World. Brennan kehrt zu umzäuntem Anwesen zurück, findet: a) Akte mit Zeitungsausschnitten über verschwundene Kinder, b) Hinweise auf DeepHaven (Foto später angesehen), c) kindliche Zähne, d) Knochenfragmente. Wird angegriffen. Slidell lässt den Namen Holly Kimrey überprüfen: Rotlichtmilieu/Drogendealer.

9. Juli: Brennan und Slidell fahren zu DeepHaven (Lake Wylie). Maklerbüro/Privatclub. Treffen Bing, Timmer.

Erfahren: a) Felix Wodjanow ist älterer Bruder von Nick Body, b) Wodjanow kämpfte mit Vince Aiello, alias Twist, der von DeepHaven verbannt wurde, c) Aiello hat einen Ruf bezgl. Kinderpornografie.

10. Juli: Feuer im Haus von Brennan. Einbruch/Brandstiftung? Unfall? Laptop und alle zur Wodjanow-Ermittlung gehörenden Materialien zerstört.

11. Juli: Slidell befragt Aiello, Patentanwalt mit zwei Verhaftungen wegen Kinderpornografie. Aiello sagt, Wodjanow war a) paranoid, b) beschuldigt ihn der Entführung und des Verkaufs von Kindern, lässt Anschuldigungen plötzlich fallen, c) hatte ihn kurz vor seinem Tod erneut beschattet. Brennan hat Migräneanfall oder wird vergiftet/mit Drogen betäubt und verschwindet für zehn Stunden.

12. Juli: Heavner sagt Slidell, dass Wodjanow an einer Fentanyl-Überdosis starb.

13. Juli: Brennan schneidet dünne Scheiben von Knochenfragment ab, das in umzäuntem Anwesen/Bunker in Cleveland County gefunden wurde. Wildknochen.

Ich überflog die Zeitschiene. Sie reflektierte zum größten Teil meine und Slidells Aktivitäten. Viel Arbeit, wenige Ergebnisse.

Als Ryan zurückkehrte, sah er mich zusammengesunken dasitzen und stirnrunzelnd den Monitor anstarren.

»Versuch's aus einem neuen Blickwinkel«, schlug er vor.

»Aus welchem?«

»Rekonstruiere die Bewegungen deines Gesichtslosen. Zeichne auf, was Wodjanow in den Wochen vor seinem Tod gemacht hat.«

»Leider weiß ich davon nur sehr wenig.«

»Immer raus damit.«

»Laut Asia Barrow war Wodjanow wiederholt wegen Stress

aufgrund von Taphephobie in Sparkling Waters, wurde zum letzten Mal Ende Mai oder Anfang Juni entlassen.«

Irgendwas klopfte in meinem Oberstübchen an. Was? Ich versuchte, es hereinzulassen, doch es wollte nicht. Ich fuhr fort.

»Laut Vince Aiello fing die Beschattung durch Wodjanow Ende Mai oder Anfang Juni wieder an und lief mehrere Wochen.«

»Zufall?«

Ich zuckte die Achseln. Wer weiß?

»Weiter.«

»Laut Bing hatten Wodjanow und Aiello ihre Auseinandersetzung in DeepHaven am 20. Juni. Am 22. Juni sah ich Wodjanow auf Sharon Hall herumschleichen. Am 29. Juni wurde er tot nach einer Fentanyl-Überdosis aufgefunden.«

Wir dachten beide über die Daten nach, versuchten, ein Muster zu finden. Ryan sagte als Erster etwas.

»Nachdem er den Ashram verlassen hatte, versuchte Wodjanow wiederholt, Aiello zu kontaktieren. Belästigte ihn später wieder wegen Informationen über verschwundene Kinder.«

»Ja. Außerdem beobachtete Wodjanow mich.«

»Warum?«

»Um mir Informationen zu geben? Oder mich nach Informationen zu fragen?«

»Bezüglich?«

»Keine Ahnung.«

»Was hätte in Wodjanow den Wunsch wecken können, eine forensische Anthropologin und einen Patentanwalt mit Gefallen an Kinderpornografie zu kontaktieren? Ist während seines letzten Aufenthalts in Sparkling Waters vielleicht was passiert?«

»Felix Wodjanow war Nick Bodys älterer Bruder«, sagte ich, weil ich auf Ryans Frage keine Antwort hatte.

»Nick Body, der egomanische Provokateur.«

»Ja. Neuer Blickwinkel. Wie wär's, wenn wir uns Body ansehen?«

Wir schauten uns noch einmal die Zeitschiene an. Fanden nicht den geringsten Hinweis auf Aufenthaltsorte oder Handlungen von Wodjanows jüngerem Bruder.

Ich setzte mich auf und dachte darüber nach. Über die Stunden, die Slidell und ich mit Wühlarbeit verbracht hatten.

Trug ich Scheuklappen? Übersah ich ein fettes, wichtiges Indiz?

Ich definierte Beweise als das, was ich hatte. Das, was ich verloren hatte. Objekte. Bilder. Aber was war mit diesen winzigen Tatsachen, die ein Leben bezeugten? Die persönlichen Details, die in Millionen von Archiven in Dutzenden von Ländern verwahrt wurden?

»Wodjanow hat so gut wie keinen Fußabdruck im Internet hinterlassen«, sagte ich. »Slidell und ich haben beide über diesen Kerl recherchiert. Er war in keiner einzigen Datenbank.«

»Der kleine Bruder?«

»Gleiche Geschichte. Body hat ein öffentliches Profil, aber er schafft es, sein Privatleben geheim zu halten. In der heutigen vernetzten, digitalisierten Welt ist diese Art von Anonymität fast unmöglich.«

Eine Erkenntnis. Das Nichtvorhandensein von Daten kann so wichtig sein wie das, was da ist. Das Nichtvorhandensein *ist* ein Beweis.

Ich richtete mich auf und tippte auf die Leertaste.

»Neuer Versuch mit Body?«

Ich nickte.

Zuerst besuchte ich noch einmal *Body Language*. Warum auch nicht? Die Gebühr hatte ich bereits abgedrückt. Body war so ekelerregend wie in meiner Erinnerung. Ich schaltete von einer Tirade über Betrug bei der letzten Wahl zu der Behauptung, die jüngsten Waldbrände in Kalifornien seien das Ergebnis einer Regierungsverschwörung, um Land für ein schnelles Transportsystem zu roden, als mein neues Handy einen ankommenden Anruf meldete.

29

»Wo zum Teufel waren Sie bitte?«

»Es gab keinen Wackelpudding zum Frühstück.«

»Verdammt noch mal! Können Sie nicht wenigstens einmal still auf Ihrem Hintern sitzen bleiben?« Slidells Stimme klang wie Batteriesäure, die sich durch Rost fraß. Der Stress und die Erschöpfung darin deuteten an, dass er die ganze Nacht wach gewesen war.

»Ja, mir geht's schon besser. Danke der Nachfrage.«

Mein Blick fand Ryan. Ich formte den Namen Slidell mit den Lippen. Er bedeutete mir, dass er wieder nach oben gehe, und wedelte mit seinem Handy. Ich nickte.

»Ryan gut angekommen?«

»Ja. Ich habe mir ein neues Handy und einen Laptop gekauft.« Von meiner Eskapade in die Histologie zu erzählen hätte bedeutet, dass ich ihm die Vorenthaltung des Knochenfragments hätte beichten müssen. Auf gar keinen Fall.

»Haben Sie Ihr Handy verloren?«

»Oder jemand hat es gestohlen. Es war nicht mehr in meiner Handtasche. Übrigens, danke, dass Sie die und die Akte verstaut haben. Und dass Sie mir die Schlüssel ins Krankenhaus gebracht haben.«

»Wie's aussieht, hat vielleicht doch irgendein Arschloch Ihre Hütte angezündet.«

Ich unterbrach ihn nicht.

»Die Spurensicherung hat einen Fingerabdruck gefunden, der da nicht hingehört.«

»Wo?«

»Auf dem Sims vor Ihrem Küchenfenster.«

»Haben Sie einen Treffer?«

»Holly Kimrey.«

»Im Ernst?«

»Im Ernst.«

»Haben Sie ihn gefunden?«

»Werden wir. Wenn der kleine Schwachmat dieses Feuer gelegt hat, reden wir von Einbruch, Brandstiftung, tätlichem Angriff, vielleicht Totschlag, versuchtem Mord –«

»Ich glaube nicht, dass irgendjemand mich töten wollte.«

»Wissen Sie, wo Sie in diesen zehn Stunden waren?«

Ich wusste es nicht. »Haben Sie den Sonnentee testen können?«

»Der Krug war im Spülbecken. Wahrscheinlich haben Sie das Zeug verschüttet oder in den Abfluss gegossen, das ist also nicht mehr möglich.«

»Verhören Sie Kimreys Kumpane? Andere Dealer? Prostituierte?«

»Ich wüsste nicht, wie ich ohne Sie meinen Job erledigen könnte.« Eine kleine, müde Pause, dann: »Wir stochern in jedes Loch. Schnappen uns jede Schlange, die auftaucht.«

»Wie kann jemand einfach so verschwinden?«

»Sie haben es ja auch geschafft.«

»Wenn Kimrey in mein Haus eingebrochen ist und es angezündet hat, bezweifle ich, dass er es aus eigenem Antrieb gemacht hat. Was glauben Sie, wer ihn angestiftet hat?«

»Kann ich nicht sagen. Aber ich kann Ihnen sagen, dass der kleine Scheißer Verbindungen zu dem Bunker hat, den Sie so unbedingt durchsuchen wollen.«

Vielleicht durchsucht habe? Ich konnte mir nicht sicher sein. War ich tatsächlich dort gewesen? Oder waren meine Erinnerungen Hirngespinste, hervorgebracht von meinem eigenen, rebellischen Blut? Von einem schlechten LSD-Trip?

»Kimrey überfällt Sie auf dem Land, jetzt taucht sein Fingerabdruck an Ihrem Haus auf.« Slidell fuhr fort. »Könnte für einen Gerichtsbeschluss reichen.«

»Haben Sie herausgefunden, wem das eingezäunte Anwesen gehört?«

»Wir arbeiten daran. Hören Sie, ich sitze nicht nur da und drehe Däumchen. Während Sie sich Ihre Gehirnerschütterung ausgeschlafen haben –«

»Mögliche Gehirnerschütterung.«

»- oder Ihren LSD-Trip, habe ich mir einige Ihrer anderen Kumpels vorgenommen. Marguerite Ramos ist für mich nicht gerade Bürgerin des Jahres.«

»Sie haben noch einmal mit Ramos gesprochen?«

»Das trifft's so ziemlich. Ich habe *zu* ihr gesprochen. Diesmal hat sie kaum einen Ton gesagt.«

»Vielleicht habe ich ihre Zunge gelockert, weil ich die Einwanderungsbehörde erwähnt habe.« Darauf war ich nach wie vor nicht stolz.

»Meiner Seel, an so etwas Verschlagenes würde ich nicht mal denken.«

Ich verkniff mir eine Antwort.

»Ramos sagte, der Kerl in Nummer sechs hieß Vance. Und dass Vance ein zuverlässiger Mieter war und dann weggezogen ist. Sie meinte, vielleicht in die Slowakei. Den Namen Felix Wodjanow hat sie noch nie gehört.«

»Sie sagte mir, sie habe mehrmals mit Wodjanow gesprochen. Und Telefongespräche aufgeschnappt. Sie sagt, er habe Angst um sein Leben gehabt.«

»Das habe ich alles erwähnt, um ihrer Erinnerung auf die Sprünge zu helfen. Wie's aussieht, ist das Gedächtnis der *señora* nicht mehr *bueno.«*

»Warum diese Kehrtwende?«

»Wird noch besser. Ich bin nach Mooresville gefahren, um Barrow zu besuchen.«

»Bei mir war sie mitteilsamer als Ramos.«

»Wie's aussieht, versucht Schwester Schwatzbase, ihren Horizont zu erweitern.«

»Sie hat auch gemauert?«, fragte ich, ohne zu erwähnen, dass Asia Barrow gar keine Krankenschwester war.

»Das Haus war vernagelt, der Generator abgeschaltet, der Pick-up nirgendwo zu sehen.«

»Barrow ist verschwunden?«

»Ja.«

»Haben Sie ihre Cousine befragt?« Hier passte etwas nicht zusammen. »Die Empfangsdame im Ashram.«

»E. Desai hat letzten Dienstag ihren Dienst quittiert. Und zwar telefonisch.«

»Warum?«

»Persönliche Gründe. Übrigens, das E steht für Eunice. Und noch mal übrigens, die neue Empfangsdame lässt Eunice aussehen wie Alfred Einstein.«

»Haben Sie Yuriev befragt?« Wieder machte ich mir nicht die Mühe, Slidell zu korrigieren.

»Der gute Doktor war nicht da. Aber er steht ganz oben auf meiner Liste.«

»Der Ashram muss doch Kontaktdaten in Desais Personalakte haben.«

»Eunice lebt allein in Winston-Salem, seit vier Jahren. Oder hat dort gelebt. Der Vermieter war nicht gerade begeistert, als er sah, dass sie ihre Sachen gepackt und sich ohne Ankündigung aus dem Staub gemacht hat.« Ich wollte ihn unterbrechen, aber Slidell fuhr fort. »Ihr Handy wurde auch abgemeldet. Am Dienstag, dem Tag ihrer Kündigung.«

»Gütiger Himmel.« In meinem Kopf bimmelten Alarmglocken. »Also: Ramos redet nicht, und Kimrey, Barrow und Desai sind verschwunden.«

»Yep.« Slidell klang ziemlich frustriert.

»Barrow hatte dieses Haus nur gemietet. Sagte, sie sei nicht gern angebunden. Vielleicht haben sie und ihre Cousine beschlossen, einfach weiterzuziehen.«

Slidell sagte nichts.

»Oder vielleicht hat jemand ihnen Angst gemacht.«

»Dieser Gedanke ist mir auch schon gekommen.«

»Haben Sie mit Yates Timmer gesprochen? Nick Body?«

»Meine anderen Spitzenreiter, direkt hinter Yuriev.«

»Sie könnten sich Duncan Keesing noch mal vornehmen. Der Veteran, der gleich gegenüber wohnt.«

»Der ist sauber.«

»Sie waren bei Keesing?«

»Er behauptet, er weiß nichts über Wodjanow – abgesehen von dem, was er Ihnen erzählt hat. Schon gar nichts über Body. Sagt, von Yates Timmer hätte er noch nie gehört. Ich glaube ihm.«

»Und jetzt?«, fragte ich etwas sanfter.

»Sie sagten, Sie hätten Neuigkeiten.«

»Haben Sie die DNS-Ergebnisse zu dem Knochen bekommen, den ich dem Waschbären abgenommen habe?«

»In welchem Traum leben Sie denn?«

»Je mehr ich darüber nachdenke und mir das Fragment vorstelle, desto weniger glaube ich, dass es menschlich ist.«

»Egal. Wir haben Kolonien auf dem Mond, bevor wir ein Ergebnis bekommen.«

»Irgendwelche Entwicklungen zu Jahaan Cole?«

Erst Schweigen, dann ein Seufzen. »Nein.«

»Sie halten mich wegen dem Gerichtsbeschluss auf dem Laufenden?«

»Hm-hm.«

»Ist das ein Ja?«

»Versprechen Sie mir eins, Doc.«

Ich sagte nichts.

»Beschäftigen Sie sich irgendwie, fummeln Sie an Ryan herum, bis Sie von mir hören.«

Fummeln klang gar nicht so schlecht. Bei Mama schien es auf jeden Fall zu wirken. Aber Ryan hatte eigene Sorgen, saß jetzt mit seinem Laptop im Schlafzimmer.

Keine Papierakten. Keine gespeicherten Bilder oder Dokumente. Keine materiellen Beweise. Von den meisten Zeugen abgeschnitten.

O Mann.

Ich fütterte die Katze und setzte mich dann wieder an meinen duften neuen Laptop. Nachdem ich mich eingeloggt hatte, lud ich mir den TOR-Browser herunter und tauchte im Darknet ab.

Keine Überraschung. *DeepUnder* blockierte mich immer noch.

Ich suchte eine Weile, fand nichts Neues über Yates Timmer. Überhaupt nichts über Nick Body.

Wer war dieses arrogante Großmaul, das sich immer im Schatten versteckte? Ich beschloss, wiederaufzutauchen und ein wenig mehr Zeit mit seinen Podcasts und Blogs zu verbringen. Einige seiner Tiraden waren noch toxischer, als ich mir vorgestellt hatte.

Im letzten Jahrzehnt war Body vor allem bei zwei Themen besonders vehement gewesen. Episoden, die mit Kindern zu tun hatten. Episoden, die mit medizinischem Fehlverhalten zu tun hatten. Hin und wieder schafften es seine wahnsinnigen Theorien, beide Elemente zu verbinden.

Ich begann mit Titeln, die mit Fehlverhalten durch Manipulationen im Gesundheitswesen zu tun hatten.

Es gab zahlreiche Variationen zum Übel von Schutzimpfungen. In altbewährter Manier behauptete Body, dass Impfungen Autismus verursachten. In einem etwas kreativeren Winkelzug beschuldigte er Bill Gates, hinter einer Verschwörung zu stehen, die Immunisierung zur Bevölkerungskontrolle benutzte. In einer anderen Serie von Tiraden bestand er darauf, dass die Regierung Kindern bei Schutzimpfungen heimlich Funkidentifikations-Chips einspritze.

Viele von Bodys Ergüssen konzentrierten sich auf Krankheiten. Immer und immer wieder kehrte er zum Thema Regierungsverschwörung zurück. Ein Beispiel: Er behauptete, die

Ebola-Epidemie in Westafrika sei ein von den USA durchgeführter Test von biologischen Waffen gewesen. Dass SARS eine Bazillenattacke gegen die Chinesen gewesen sei. Dass Aids von den Mächtigen in den Vereinigten Staaten erschaffen und verteilt worden sei. Dass die Anthrax-Angriffe nach dem elften September von der Regierung inszeniert worden seien. Dass das Verbot von DDT ein Komplott zur Entvölkerung der Erde durch die Ausbreitung von Malaria gewesen sei. Dass Chorea Huntington verursacht werde durch eine Mikrobe und die Regierung das bekannte Heilmittel unterdrücke. Und, mein persönlicher Liebling, dass chemikalienbelastete Kondensstreifen am Himmel verantwortlich für Ausbrüche von Rinderwahnsinn seien.

Hin und wieder schaute Ryan rein, um zu fragen, wie es mir gehe. Um mir ein Getränk oder eine Rückenmassage anzubieten. Um zu sagen, er fahre weg, um fürs Abendessen einzukaufen.

Als ich mich aufrichtete, waren die Fenster dunkel, und mein Magen knurrte. Ich ging durch den Annex, kontrollierte die Alarmanlage und schaltete Lichter ein. Ich war eben damit fertig, als Ryan mit Pizza zurückkehrte.

Birdie kam dazu, als ich den ersten Schnitt setzte. Ich gab ihm ein winziges Stückchen und Ryan und mir selbst je ein großes. Während wir Teig kauten und Käse einsaugten, berichtete ich ihm Schnipsel dessen, was ich gelesen und gehört hatte.

»Bodys Theorien sind absurd, seine Argumente lächerlich, ohne jedes Detail oder plausibles Beweismittel.« Meine Kritik.

»Dein persönlicher Liebling?«

Ich nannte ihm ein halbes Dutzend idiotischer Beispiele.

»Der Kerl hat Millionen treuer Anhänger.«

»Das dürfte leider wahr sein. Und die gutgläubigen Trottel lachen nicht. Was hat dich heute so beschäftigt?«

»Hab einen Tipp bekommen, dass Neville unterwegs nach Marseille ist.«

»Und du gehst davon aus, dass das Pferd die Passage nicht selbst gebucht hat.«

»Wohl eher nicht.«

»Ich weiß sehr zu schätzen, dass du die lange Reise auf dich genommen hast. Aber eigentlich musst du nicht hier bei mir bleiben.«

»Ich will sicher sein, dass du wieder ganz gesund bist, bevor ich zurückfliege.«

»War ich das je?«

Ryan wackelte mit der Hand. Vielleicht, vielleicht auch nicht.

»Mir geht's bestens.«

»Ein Merry Prankster.«

»Ganz vorn im Bus.« Ich spielte Ryan seine Anspielung auf LSD-Fan Ken Kesey zurück.

»Im Ernst. Wie fühlst du dich?«

»Spitzenmäßig.« Was sogar stimmte. Obwohl ich eigentlich erschöpft sein müsste, fühlte ich mich voller neuer Energie. Ein Nebenprodukt der Gehirnerschütterung? Der Medikamente, die ich im Krankenhaus bekommen hatte? Des mit Drogen versetzten Tees?

»Skinny war außer sich, bis du wieder aufgetaucht bist.«

»Er reißt sich den Arsch auf, um herauszufinden, was hier passiert ist. Hat er dir gesagt, dass die Spurensicherung vor dem Küchenfenster einen Fingerabdruck gefunden hat?«

»Ich habe heute noch nicht mit Skinny gesprochen.«

Ich erzählte Ryan von Holly Kimrey. Kam eben zum Ende, als sein Handy klingelte.

»Was dagegen, wenn ich drangehe?«

»Natürlich nicht. Und bitte, buch dir einen Flug, wenn's nötig ist.«

Noch immer zu aufgedreht für Schlafen oder Fummeln, kehrte ich an meinen Laptop zurück und ertrug eine zweite Runde Body, diesmal zu seinem anderen Lieblingsthema. Episoden, die mit Kindern zu tun hatten.

Ein paar der Theorien waren schon jahrzehntealt. Kinder, die wegen ihrer Organe entführt und getötet wurden, eine wertvolle Ware auf dem Schwarzmarkt. Kinder, die entführt und als Sexsklaven, Hausbedienstete oder Farmarbeiter verkauft wurden. Kinder, die entführt wurden, um in satanischen Ritualen als Opfer zu dienen. Kinder, die entführt wurden, um sie in Experimenten der CIA zu verwenden.

Viele Theorien waren neu, andere so haarsträubend, dass es kaum vorstellbar war, wie auch die Gutgläubigsten sie ihm abnehmen konnten. Kinder wurden entführt und auf den Mars transportiert, um dort in Arbeitslagern der NASA zu schuften. Kinder wurden entführt und in Konzentrationslager gebracht, die von der Katastrophenschutzbehörde als Vorbereitung auf die Verhängung des Kriegsrechts und des Tötens von Millionen Amerikanern eingerichtet worden waren. Kinder wurden entführt und nach Jonestown geflogen, in das verlassene Lager, in dem Jim Jones und die Mitglieder des Volkstempels Massenselbstmord begangen hatten.

Auch wenn es ein grässliches Erlebnis war, erfuhr ich eine Sache, die vielleicht nützlich sein konnte. Margot Heavners Verrat an Hardin Symes war kein Einzelfall von Indiskretion. Dr. Edelstahls Interview war nur eines von vielen während einer besonders virulenten, zweijährigen Periode, in der Body auf das Thema ermordete oder verschwundene Kinder fixiert schien. Und er hielt sich nicht zurück. Wer. Wo. Wann. Manche Fälle waren mir bekannt, andere nicht.

Podcast um Podcast. Blog um Blog. Immer dieselbe Botschaft. Wie ein tollwütiger Eiferer verspritzte Body Verschwörungshumbug, warnte Eltern vor der Gefahr, ihre Kinder zu verlieren.

Um zwei Uhr hatte ich genug. Angewidert klappte ich den Laptop zu. Birdie und Ryan lagen bereits im Bett. Ich kroch dazu und schloss die Augen, nun endlich geistig und körperlich erschöpft.

Doch Bodys Stimme hämmerte weiter durch die Müdigkeit. Namen: Hardin Symes. Jahaan Cole. Timothy Horshauser. Bilder: Junge Gesichter auf grobkörnigen Abzügen. Ein neon-pinkfarbener Turnschuh tief in einem Müllcontainer. Milchig-weiche Zähne in einem verklebten Beutel.

Fragen flatterten wie die Motten, die mein Terrassenlicht umkreisten.

Ein codierter Hinweis zu Jahaan Cole in Wodjanows Notizbuch. Warum?

Artikel über Jahaan Cole und Timothy Horshauser auf dem umzäunten Grundstück. Warum?

Body, der auf *Body Language* wütete und Angst um Kinder schürte. Elterliche Paranoia anfachte. Warum?

Ich setzte mich im Dunkeln auf.

Konnte es das sein?

Die Vorstellung war so wild, dass sie einen Käfig brauchte.

Ich rannte wieder in die Küche und klappte den Mac noch einmal auf.

Bei Tagesanbruch war ich mir sicher, dass das Muster real war.

Und entsetzt, weil es meinen Verdacht bestätigen konnte.

30

Samstag, 14. Juli

Um 8:45 Uhr stand Slidell in meiner Küche. Ich trug ihm und Ryan meine Theorie vor.

»Ihr kennt doch beide das National Center for Missing and Exploited Children, nicht?« Das Nationale Zentrum für verschwundene und ausgebeutete Kinder.

»Deren Seite bringt Infos über verschwundene Kinder.« Slidells Gesicht sah aus wie zerknitterte Wäsche, die auf die Maschine wartete.

Ich nickte. »NamUs?«

»Das gleiche.«

»Listet NamUs nicht auch unidentifizierte Überreste auf?«, fragte Ryan.

»Ja. Damit Ermittler versuchen können, unbekannten Leichen einen Namen zu geben.«

»Cole ist auf beiden«, sagte Slidell. »Na und?«

»Und es gibt noch viele andere Organisationen, manche regional, andere landesweit«, ergänzte ich.

»Hören Sie, ich war auf allen –«

»Ich habe mehrere Stunden damit verbracht, Statistiken zu checken, verschwundene Kinder nach Datum, Ort und so weiter zu sortieren. Ich habe auch eine Analyse von Bodys Podcasts und Blogs nach Thema, nach Sendungsdatum und so weiter gemacht. Dann habe ich eine Kreuztabellierung angestellt.«

»Wie konnten Sie diesen Idioten so lange ertragen?«

»Mit Standhaftigkeit.« Und einem Tanker voller Kaffee. »Von 2012 bis 2014 war Body besessen vom Thema verschwundene und ermordete Kinder. Ich könnte euch eine tägliche Aufschlüsselung geben, aber vertraut mir für den Augenblick einfach.«

»Worauf wollen Sie hinaus?« Slidell versuchte erst gar nicht, seine Ungeduld zu verbergen. Zumindest nicht sehr effektiv.

»Von 2012 bis 2014 gab es einen starken Anstieg von Berichten über verschwundene Kinder in den Medien und anderswo.«

»Der Kerl spielt mit der Paranoia«, sagte Ryan.

»Seine Ergüsse kamen sowohl nach wie vor den Vermisstenfällen.«

»Wollen Sie damit andeuten, Body hätte seine Zuhörer verleitet, sich Kinder zu schnappen?« Slidell hätte nicht zweifelnder klingen können.

»Lassen Sie mich ausreden.«

Die Wäsche sortierte sich etwas um, aber Slidell hielt den Mund.

»Ich habe diese Vermisstenfälle auch nach Geografie und Jahr geordnet.« Ich befolgte mein KUSS-Prinzip: Kein unnötiger Schnickschnack. »In der Zeit, in der Body Verschwörungstheorien über Kinder lancierte, hatten die meisten Staaten typische Anzahlen von Vermisstenmeldungen, Kindsmorden und dergleichen. In nur zwei Staaten stiegen diese Zahlen steil an.« Ich schob ein Blatt über den Tisch, damit beide es sehen konnten. »West Virginia und North Carolina.«

Vier Augen senkten sich auf den Ausdruck. Überflogen die herzzerreißende Auflistung von Namen. Und kamen wieder hoch. »Was wollen Sie damit sagen?«, fragte Slidell.

»Jahaan Cole verschwand zu einer Zeit, als Body über Kinder als Zielobjekte schwadronierte. Timothy Horshauser. Die anderen auf dieser Liste. Kinder, die verschwanden und nie wiedergefunden wurden.«

»Hast du nicht gesagt, dass Horshauser in Pennsylvania lebte?«, fragte Ryan.

»Uniontown ist nur dreißig Meilen von Morgantown in West Virginia entfernt.«

Ryan begriff sofort. »Wodjanow meldete seinen Hyundai unter dem Namen John Ito in Morgantown an. Er lebte in Charlotte unter dem Namen F. Vance. Er hat Verbindung zu beiden Orten.«

»Er hatte Jahaan Coles Namen in seinem Notizbuch.«

Slidell verschränkte die Arme und hörte zu.

»Ich habe in dem umzäunten Anwesen in Cleveland County Kinderzähne gefunden. Artikel über Cole und Horshauser. Ich habe einen Kinderschuh in dem Müllcontainer fotografiert.«

»Wollen Sie damit was sagen, oder rekapitulieren Sie nur?«, fragte Slidell scharf.

»Wir wissen, dass Wodjanow für seinen Bruder arbeitete.«

»Und?«

Ich schluckte. War kurz davor, etwas zu sagen, das für Worte fast zu entsetzlich war.

»Was, wenn Body und Wodjanow Kinder verschleppten, um den Leuten Angst einzujagen?« Um eine Atmosphäre der Angst zu erzeugen und die Leute zu *Body Language* zu treiben.

»Das ist ziemlich extrem.« Ryan, viel diplomatischer als Slidell.

»Ich will's ja nur mal so in den Raum stellen. Nur in zwei von fünfzig Staaten stiegen die Fallzahlen bei vermissten Kindern in der Zeit an, als Body zum Thema wütete. Genau in den Staaten, die man mit Wodjanow und seinem Bruder in Verbindung bringen kann.«

Unsere Blicke trafen sich. Ryans Augen waren eisblau und besorgt, Slidells rot geädert und verquollen. Ein Augenblick, dann senkte Skinny den Blick wieder auf die Seite vor ihm.

»Ich kann mich erinnern, dass die meisten dieser Vermisstenmeldungen übers Netz kamen. West Virginia ist eine andere Zuständigkeit. Ich frage mal rum, versuche, die Ermittlungsleiter in den jeweiligen Fällen zu kontaktieren.«

»Was ist mit dem Durchsuchungsbeschluss?«, fragte ich.

»Da läuft immer noch nichts. Die Richterin meint, ich habe nicht mehr als einen Toten und ein Anwesen, das mich nervös macht.«

»Soll das ein Witz sein? Kimrey hat mich angegriffen –«

»Vor dem Tor. Sie braucht stärkere Indizien, die auf kriminelle Aktivität auf dem Anwesen hindeuten. Natürlich kann ich nicht erwähnen, dass Sie hinter dem Tor waren, schließlich war das unbefugtes Betreten und so weiter.«

»Schon was Neues, wem das Grundstück gehört?«

»Warte ich jeden Augenblick drauf.« Slidell erhob sich mit einer Langsamkeit, die seine Erschöpfung verdeutlichte. »Hatte gestern einen amüsanten Moment.«

Ich wartete, alles andere als amüsiert.

»Hab einen Anruf von Cootie Clanahan bekommen.«

»Jahaan Coles alte Nachbarin«, erklärte ich Ryan.

»Cootie hat sehr ernsthaft über meine Fragen nachgedacht.

Ihr ist ein Detail an dem verdächtigen Polizisten wieder eingefallen, der in diesem Frühling bei ihr an die Tür geklopft hat. Sie sagt, der Kerl habe mit Akzent gesprochen. Sie vermutet Schwedisch, vielleicht Norwegisch.«

»Russisch?«

Slidell zuckte die Achseln.

»Glauben Sie, es hätte Wodjanow sein können?«

»Kurz vor seinem Tod hat er Sie und Vince Aiello beobachtet.«

»Warum sollte er mit Coles Nachbarin sprechen?«

Slidell zuckte noch einmal die Achseln, ein träges Heben einer Schulter.

»Sie könnten Cootie ja Lizzies Gesichtsrekonstruktion zeigen, vielleicht erkennt sie ihn wieder«, schlug ich vor.

»Nachdem ich mich mit diesen Kindern beschäftigt habe.«

Wenn ich frustriert bin, bin ich ziemlich hart in meiner Selbsteinschätzung. Nachdem Slidell gegangen war, saß ich eine Zeit lang da und erstellte ein mentales Register aller Böcke, die ich in dieser Ermittlung geschossen hatte. Und noch eines mit all den Dingen, die ich getan hatte, um mich selber in die Katastrophe zu stürzen. Kam mir vor wie ein Verlierer.

Ryan ging weg, kam einige Zeit später zurück und setzte sich neben mich. Ein paar Sekunden spürte ich seinen Blick auf meinem Gesicht. Dann beugte er sich zu mir und flüsterte mir ins Ohr: »Kann ich irgendwas tun, um dich aufzumuntern?«

Ich spürte seine Lippen an meinem Ohr. Die Hitze seines Körpers neben meinem.

»Verlockendes Angebot.« Meine Stimme klang belegt. »Aber ich muss mich konzentrieren.«

Ryan hob die Augenbrauen und zeigte sein freches Schuljungenlächeln.

Ich legte ihm die Hand auf die Brust. Zwischen uns knisterte es. Ich schob ihn nicht weg.

»Ich bin ja bald wieder weg«, schnurrte er.

»O Mann, Ryan.«

Er nahm meine Hände und zog mich auf die Füße. Ließ eine Hand los und öffnete die ersten zwei Knöpfe meiner Bluse.

»Du hast einen schrecklich schlechten Einfluss auf mich«, sagte ich. Während ein winziges Lächeln meine Mundwinkel in die Höhe zog, knöpfte ich die nächsten beiden auf.

Wir eilten nach oben.

Unser kleiner Tanz in den Laken vertrieb jede negative Stimmung. Als ich wieder angezogen war und an meinem Laptop saß, konnte ich wieder logisch denken.

In meinem Herzen wusste ich, dass sich alles um das umzäunte Anwesen drehte. Dass es sehr wichtig war, legal Zutritt zu bekommen.

Ryan blieb oben und verfolgte die Spur, die er bei seinem geklauten Pferd gefunden hatte.

Da ich nicht sicher war, welche Kleinigkeit den Richter oder die Richterin umstimmen würde, öffnete ich ein leeres Dokument und gab jedes Detail aus jeder Befragung an, die ich durchgeführt oder beobachtet hatte – soweit ich mich daran erinnerte. Desai. Yuriev. Barrow. Keesing. Bing. Aiello. Dann ging ich meine Notizen noch einmal durch. Ein zweites Mal. Nach diesem zweiten Mal blieb ich bei Duncan Keesing hängen.

Keesing war Zeuge gewesen, als ein verängstigtes Kind auf das umzäunte Anwesen gefahren wurde. Wann war das? Passte das Datum zu einem der verschwundenen Kinder auf meiner Liste? Wenn ich einen Zusammenhang aufzeigen konnte, wäre das dann vielleicht der rauchende Colt, den die Richterin sehen wollte?

Als Slidell Keesing befragte, leugnete er, mehr über Wodjanow zu wissen. Sollte ich noch mal nach Cleveland County fahren?

Als Harry und ich noch Kinder gewesen waren, hatten wir beide oft Stunden allein verbracht. Vor allem wenn Mama mal wieder einen »schlechten Tag« hatte. Isoliert in einem winzigen, geheimen Kämmerchen neben unserem Schlafzimmer dachten wir uns Gedankenspiele aus, erzeugten lange Ketten von Gedächtnisübungen – Listen von Wörtern, Zahlen, Namen von Staaten oder Gemüsesorten – und präsentierten die Listen dann der anderen, damit sie sie aus dem Gedächtnis aufsagte. Punkte für Genauigkeit. Punkte für Tempo.

Ich schloss die Augen, so wie ich es vor langer Zeit in diesem Kämmerchen gemacht hatte. Stellte mir Keesings Handy vor. Die auf den Deckel gemalten Ziffern. Dank der ganzen Übungsjahre war die Ortsvorwahl einfach. Auch die Vermittlungsstelle. Die nächsten drei Ziffern, weil sie ein Muster bildeten: 2-4-6. Doch sosehr ich mich auch bemühte, die letzte Ziffer wollte mir nicht einfallen.

Ich tippte eine Kombination aus zehn Ziffern. Bekam eine Frau namens Tammy. Probierte es noch einmal. Die Voicemail von Bill und Irene. Bei meinem fünften Versuch antwortete ein Mann.

»Ja.« Überrascht, vielleicht besorgt.

»Duncan Keesing?«

»Wer will das wissen?«

»Hier ist Temperance Brennan. Ich war am letzten Samstag bei Ihnen?«

»Woher haben Sie diese Nummer?«

»Sie haben sie mir gezeigt.« Was indirekt auch stimmte. »Wissen Sie noch? Sie sagten, es sei Ihre Notfallnummer.«

»Hätte nie gedacht, dass Sie anrufen würden.«

»Ich hoffe, das ist kein schlechter Zeitpunkt.«

»Hab noch nie erlebt, dass es einen guten Zeitpunkt für schlechte Nachrichten gibt.«

»O nein, Sir. Ich habe keine schlechten Nachrichten. Ich habe mich nur gefragt, ob ich Ihnen noch eine Zusatzfrage stellen könnte.«

Wattige Luft. Dann miaute laut eine Katze.

»Mr. Keesing?«

»Bin dran. Überlege mir nur gerade, ob Sie die Erste sind, mit der ich über diese Sache rede.«

»Ich habe über dieses Kind auf dem Rücksitz des Autos nachgedacht, das Sie auf das Nachbargrundstück haben fahren sehen. Wissen Sie vielleicht noch, an welchem Tag das war?«

»Verdammt, Lady. Das habe ich Ihnen erzählt?«

»Haben Sie, Sir.«

Wieder eine Pause, dann: »Sie reden hier von vor drei, vier Jahren.«

»Ich weiß, Sir. Aber es wäre sehr hilfreich, wenn Sie es genauer datieren könnten.«

»Hilfreich bei was?«

»Einer Ermittlung.«

»Ist dieser Kleinen was passiert?« Keesing wurde lauter.

»Über Details darf ich leider nicht sprechen.«

»Ist das der Grund, warum der fette Bulle bei mir vorbeigekommen ist?«

»Hm.«

Sachen klapperten, dann stieß die Katze einen durchdringenden Schrei aus.

»Verdammt, Sarge. Trottel.« Zu mir: »Muss Schluss machen. Die Bimmelei hat meine Katze ganz kirre gemacht.«

»Wenn Ihnen noch was einfällt, könnten Sie mich dann anrufen?«

»Ja, ja.«

Ich gab Keesing meine Nummer. Vielleicht schrieb er sie sich sogar auf.

Ich legte auf.

Ich wandte mich wieder der Zeitschiene zu. Den Befragungen. Wie zuvor schaute ich immer wieder auf die Uhr, weil ich auf einen Anruf von Slidell wartete. Wieder mal.

Ich konzentrierte mich jetzt auf Felix Wodjanow. Das Opfer. Den Gesichtslosen.

Ich ging die Befragungen durch, pflückte mir Fakten und Beobachtungen raus.

Gegen eins kam Ryan nach unten. Schepperte im Kühlschrank herum. Stellte dann zwei Sandwiches auf den Tisch. Eine Cola light für mich, ein Grolsch-Bier für ihn.

»Läuft's gut?«

»Na ja.«

»Erzähl.«

Tat ich. Zwischen Bissen und Schlucken.

»Barrow meinte, Wodjanow sei ein Spion gewesen. Ramos meinte, er habe eine Heidenangst davor gehabt, umgebracht zu werden. Keesing und Aiello hielten ihn für verrückt.«

»Es gibt Bekanntes und Unbekanntes und Dinge zwischen den Pforten der Wahrnehmung.«

»Rod Serling?«

»Aldous Huxley. Oder vielleicht auch Jim Morrison.«

»Okay. Also. Barrow sagte, Wodjanow, alias Vance, sei mehr als einmal in Sparkling Waters gewesen. Dass sein Problem Taphephobie gewesen sei. Dass er für sich blieb. Dass ausschließlich Yuriev sich um seine medizinische Versorgung kümmerte und ihm seine Medikamente verabreichte.«

»War das ungewöhnlich?«

»Keine Ahnung.« Ich schob eine zweifelhafte Zutat im Mund hin und her. »Ist das Rote Bete?«

»Ja.«

»Auf Schinken und Käse?«

»Erzähl weiter.«

»Wodjanows Leiche wurde in der Nähe des Anwesens in Cleveland County gefunden. Vielleicht lebte er in dem Bunker. Ist Taphephobie vereinbar mit unterirdischem Wohnen?«

»Nicht wirklich.«

Ich stellte mir meine Autopsiefotos von MCME 304-18 vor. Das zerfleischte Gesicht, der verstümmelte Bauch. Die Quetschungen, die Heavner übersehen hatte.

»Wodjanows Leiche zeigte diverse Hämatome in unterschiedlichen Phasen der Heilung.«

»Von Stürzen? Schlägen?«

»Wer weiß?«

»Wie alt war Wodjanow, als er starb?«

»Ich schätze ihn auf Ende vierzig, Anfang fünfzig.«

Ein Gedanke klopfte tief unten in meinem Unterbewusstsein an. Ich versuchte, ihn an die Oberfläche zu zerren, schaffte es aber nicht.

»Was haben die anderen sonst noch so über Wodjanow gesagt?«

»Keesing meinte, er sei manchmal ganz überdreht und zitterig gewesen. Spekulierte darüber, woran das liegen könnte. Bing nannte ihn Felix den Hinfaller. Den Tollpatsch. Machte sich über ihn lustig.«

Klopf. Klopf.

»In den Wochen vor seinem Tod versuchte Wodjanow, mehrere Personen zu kontaktieren. Vince Aiello. Mich.«

»Vielleicht diese Cootie Clanahan?«

»Vielleicht.«

Klopf! Klopf!

»Wodjanows Datenstick listete Depacon, Zoloft und Seroquel auf.«

»Sind diese Medikamente sinnvoll für die Behandlung von Taphephobie?«

Ich hörte Ryans Frage kaum. In meinem Kopf verbanden sich Datenbytes.

Quetschungen. Unsichere Bewegungen. Mittleres Alter. Stimmungsaufheller.

In einem blendenden Moment absoluter Klarheit brach der Gedanke sich Bahn.

Da brat mir einer den fettesten aller Störche!

»Was?«

»Gib mir nur ein paar Minuten.«

Während die Finger über die Tastatur flogen, sprang ich von Seite zu Seite. Irgendwann hörte ich Ryan nach Autoschlüsseln fragen, die Tür auf- und zugehen.

Dreißig Minuten später war ich so aufgeregt, dass ich kaum still sitzen konnte.

Ich wusste, warum Wodjanow in Sparkling Waters gewesen war.

Ich wusste, dass er sich umgebracht hatte.

Ich wusste, warum.

31

Es war genau dieser Moment, in dem sich alles überstürzte. Wenn Ryan geblieben wäre, hätte ich vielleicht vorsichtiger agiert. Hätte vielleicht einen spektakulären Fehler vermieden.

Er tat es nicht. Obwohl sein Angebot aufrichtig war, versicherte ich ihm, dass meine Hirngefäße und alle anderen Systeme wieder voll auf der Höhe seien, und bestand darauf, dass er nach Frankreich zurückkehrte, weil ich wusste, dass er Neville unbedingt wieder auf die Spur kommen wollte. Viel Diskussion, auf Englisch und Französisch, und am Ende gewann ich. Ryan hatte erst vor Kurzem den Polizeidienst quittiert, seine Karriere als Privatdetektiv steckte noch in den Kinderschuhen. Er musste sich einen Ruf erarbeiten. Das war das Argument, das ihn überzeugte.

Ich fuhr Ryan zum Flughafen und erklärte ihm unterwegs meinen Durchbruch. Er verhöhnte mich nicht, sang aber auch kein Halleluja. Er hörte nur zu, schaute mich hin und wieder an und nickte. Ich glaube, er war in Gedanken schon bei dem verdammten Pferd.

Wieder zu Hause, wählte ich alle dreißig Minuten Slidells Nummer. Wollte es eben zum vierten Mal tun, als das Handy in meiner Hand klingelte. Ich schaute auf die Anruferkennung und nahm ab, ohne recht zu wissen, was mich erwartete.

»Mr. Keesing. Das ging schnell.«

»Ja, Ma'am. Bin ins Grübeln gekommen. Sie wissen schon, über diese Kleine. Ihre Frage hat mich nicht mehr losgelassen, und seit Ihrem Anruf hatte ich keine Ruhe mehr.«

»Ich weiß Ihre Besorgnis wirklich zu schätzen.«

»Ich bringe eben den Müll vom Mittagessen hinaus, und plötzlich kommt's mir. Duncan, du Trottel. Du hast dieses Kind auf das Fass gemalt.«

»Wie bitte?«

»Ist zwar nichts wert, aber ich habe da ein bisschen gemalt und gezeichnet. Sie haben es gesehen.«

Plötzlich blitzte es vor mir auf. Kein Krebs in einem Aquarium, sondern ein Heckfenster? Keine Klauen, sondern Pferdeschwänze? Keine Muscheln, sondern eine Kette?

»Sie haben Ihre Erinnerung an das Kind auf das Fass gemalt?«

»Ja, Ma'am, habe ich. Das kleine Gesicht, das da aus diesem Auto schaute. Schätze, ich wollte da einfach was aufzeichnen, nur für den Fall. Und das Fass war neu und brauchte eine Verschönerung.«

Ganz ruhig. Verscheuch ihn nicht.

»Erinnern Sie sich zufällig an das Datum?«

»Ja, Ma'am, ich hab das da hingeschrieben, ganz klein, unter ihrem Kinn. Es ist früher passiert, als ich gedacht habe.« Ich hörte ein Rascheln, als würde das Telefon von einer Hand in die andere genommen. »Das war 2013. Im Herbst, schätz ich, weil der Monat mit einer Eins anfängt. Und ich erinnere mich, dass die Blätter sich verfärbten.«

»Und der Tag?« Mein Puls beschleunigte sich immer mehr.

»Der Rest der Ziffern ist weggerostet. Wundert mich, dass überhaupt irgendwas gehalten hat. Um ehrlich zu sein, ich habe Farbe benutzt, die nicht mehr die frischeste war. Hilft Ihnen das weiter?«

»Sogar sehr. Wäre es okay für Sie, wenn jemand vorbeikommt und sich Ihr Fass anschaut? Ein paar Fotos macht?«

»Warnen Sie die, das Ding stinkt wie ein Güllefass, und sie sollen auf Schlangen aufpassen.«

»Das mache ich.«

Ich beendete das Gespräch. Ich musste nichts nachschlagen. Jahaan Cole verschwand im Oktober 2013.

Einen Augenblick lang saß ich still da, um meine Nerven zu beruhigen, dann rief ich Slidell an. Diesmal ging er dran.

»Verdammt noch mal. Kapieren Sie denn nicht, dass ich zu tun habe?«

Ich berichtete ihm, was ich von Keesing erfahren hatte. »Sie sollten jemanden da rausschicken, der seine Aussage aufnimmt und das Fass fotografiert.«

»Sobald ich kann.«

»Er meinte, das Fass sei relativ neu. Vielleicht können Sie das genaue Verkaufsdatum herausfinden. Selbst wenn das nicht klappt, dürfte das, was er gesehen hatte, für einen Durchsuchungsbeschluss reichen.«

»Sind Sie jetzt auch noch Juristin?«

Ich ignorierte das. »Sind Sie mit der Liste der vermissten Kinder weitergekommen?«

»Kann jetzt nicht reden.« Unruhe im Hintergrund. Stimmen. Plärrende Telefone. Ich vermutete, dass Slidell im Bereitschaftssaal saß und dort die Hölle los war. »Geben Sie mir Ryan.«

»Zu spät. Er ist schon unterwegs nach Frankreich. Wir müssen Yuriev grillen.«

Ein mattes Seufzen.

»Wodjanow war nicht wegen Taphephobie im Ashram«, sagte ich. »Das war nur ein Vorwand –«

»Ich hab im Augenblick keine Zeit für Sie.«

»Was?« Ich konnte nicht glauben, was ich eben gehört hatte.

Keine Reaktion am anderen Ende. Ich spürte, dass Slidell überlegte, was er tun sollte. Schließlich: »Es gibt noch eins.«

»Noch eins was?«

»Verschwundenes Kind. Ein achtjähriges Mädchen. Ist nicht mein Fall. Offensichtlich. Aber der Ermittlungsleiter hat mich gebeten mitzuhelfen.«

»Mein Telefon hat noch gar keine automatische Suchmeldung angezeigt.«

»Wird gerade erst rausgegeben.«

»Was ist passiert?«

Blättern war zu hören. »April Siler, blonde Haare, grüne Augen, siebenunddreißig Kilo, eins zweiundvierzig groß. Zuletzt trug sie weiße Shorts und ein rot-grün gestreiftes Top. Verschwand von einem Sportplatz hinter der Carmel Middle School. Die Mutter schaute dem jüngeren Bruder beim Baseballspielen zu. Auf dem Gelände wimmelte es von Eltern, Kindern, vielen Mannschaften, die zu der Zeit spielten, deshalb konnte das Mädchen unbewacht umherstreifen. Nach Ende des Spiels war sie nirgendwo zu finden.«

»Wann war das?«

»Der Anruf kam sechzehn dreißig gestern Nachmittag rein.«

»Warum die verzögerte Suchmeldung?«

»Sah aus wie eine Entführung durch einen Elternteil ohne Sorgerecht. Wie sich zeigte, war das nicht der Fall. Der Vater ist in Denver, schon seit Mittwoch.«

»Unmengen von Leuten in der Nähe, und jemand verschleppt am helllichten Tag ein Kind?«, plärrte ich viel zu barsch. Slidell konnte schließlich nichts dafür. Aber als Überbringer der Nachricht bekam er die Prügel ab.

Ich lauschte wieder Schweigen. Einem längeren diesmal, einem viel längeren.

»Muss Schluss machen.« Barsch.

»Halten Sie mich auf dem Laufenden«, bat ich, jetzt wieder beherrschter.

»Okay.«

»Sie müssen dieses Kind finden.«

»Das weiß ich.«

Nach dem Auflegen holte ich mir ein Glas Eistee. Im Laden gekauft, nicht auf der Terrasse zubereitet. Kippte es hinunter. Atmete ein paar Mal tief durch, um die Birne wieder frei zu bekommen.

Die Birne riet zu Zurückhaltung.

Die Pumpe drängte aufs Gegenteil.

Der Sparkling-Waters-Ashram wirkte noch so sommerlagerklösterlich wie vor zwei Wochen. Derselbe Sicherheitszaun, dieselben Kameras, dasselbe Wachhäuschen. Ich ignorierte das alles und ging direkt zu dem geduckten rosa Kasten, in dem die Verwaltung untergebracht war.

E. Desais Nachfolgerin hob den Kopf, als ich durch die Tür trat. Blonde Haare, nicht aus einer Flasche, sondern echt, aquamarinblaue Augen und so blasse Haut, dass sie fast durchscheinend wirkte. Der Name auf dem Schild auf der Empfangstheke lautete jetzt: Z. Kantzler.

»Willkommen in Sparkling Waters.« Kantzler strahlte ein Lächeln, das ihre Vorgängerin stolz gemacht hätte. »Kann ich Ihnen helfen?«

»Ich möchte gerne zu Dr. Yuriev.«

»Tut mir sehr leid.« Sie schaute beeindruckend zerknirscht. »Der Direktor ist im Augenblick nicht im Haus. Kann ich Ihnen weiterhelfen?«

»Wann erwarten Sie ihn zurück?«

»Haben Sie einen Termin?«

Ich drehte mich um. Yurievs Tür war geschlossen. Ich ging hinüber und drehte den Knauf. Das Büro war abgesperrt.

Kantzler sprang auf, und die Räder ihres Stuhls protestierten gegen den unvermittelten Schubs nach hinten. Es war ein sanftes Geräusch, aber auch feindselig auf seine Art.

»Sie dürfen da nicht rein!«

Kantzler stand da und lächelte nicht mehr.

»Ist er schon im Feierabend?«, fragte ich.

Ihr Blick wanderte zum vorderen Fenster. »Sein Auto ist noch da.«

»Der weiße Mercedes?« Ich folgte ihrem Blick.

Die Aquamarine schnellten zurück, getrübt von Sorge, vertrauliche Informationen preisgegeben zu haben. »Weiß Dr. Yuriev über Ihren Besuch Bescheid?«

»Nein.«

»Vielleicht möchten Sie einen Termin vereinbaren.«

»Nein.«

»Darf ich ihm Ihren Namen nennen?«

»Nein.«

Ich stürzte zur Tür hinaus, was Kantzlers nächste Frage belanglos machte.

Es war vielleicht zwei Grad kühler als bei meinem ersten Besuch. Was knapp siebenunddreißig Grad bedeutete. Draußen zu warten war also keine Option.

Ich stieg ins Auto und ließ den Motor an. Die Tankanzeige stand auf halb voll. Da ich nicht wusste, wie lange diese Menge Benzin reichen würde, drehte ich die Klimaanlage herunter, stellte mich hinter den Mercedes und richtete mich auf Warten ein.

Zwanzig Minuten später kam Yuriev mit großen Schritten den Pfad hoch. Er trug eine Aktentasche und ein beiges Leinensakko an einem Finger über der Schulter. Seine Hose war hellbraun, sein Hemd so weiß, dass es Schneeblindheit zu verursachen drohte. Tief in den Sitz gekauert sah ich ihm nach.

Anstatt auf den rosa Kasten zuzugehen, bog Yuriev vom Pfad ab und steuerte auf den Mercedes zu. Fünf Meter entfernt öffnete er per Funksignal die Schlösser und ließ den Kofferraumdeckel aufseufzen.

In diesem Augenblick begriff ich, dass ich keinen Plan hatte. Ihm auf dem Parkplatz gegenübertreten? Er könnte einfach ins Auto steigen und davonfahren. Ihm folgen? Und dann?

Yuriev ging zum Heck und legte Sakko und Aktentasche in den Kofferraum. Der geöffnete Deckel verdeckte ihm die Sicht auf mein Auto. Ohne weiter nachzudenken, reagierte ich.

So schnell und so verstohlen wie möglich öffnete ich meine Tür, schlich geduckt über die Lücke zwischen den Fahrzeugen und schlüpfte auf den Beifahrersitz des Mercedes.

Der gute Doktor setzte sich mit dem Hintern zuerst und seitlich hinein und drehte sich erst dann so, dass er die Füße neben die Pedale stellen konnte. Als er mich aus den Augenwinkeln heraus bemerkte, schrie er leise auf. Seine Schultern schnellten hoch, und beide Hände schossen in die Luft. Sie zitterten.

»Nehmen Sie mein Auto!« Ohne mich anzusehen.

»Ich will das Auto nicht.« Stimmte nicht ganz. War schon ein anderes Kaliber als meins.

»Nehmen Sie meine Brieftasche. Meine Uhr.«

»Ich bin es«, sagte ich.

Nichts als ein schnelles, hicksendes Keuchen.

»Schauen Sie mich an.«

»Wenn ich es tue, müssen Sie mich töten.«

»Wenn Sie es nicht tun, knalle ich Sie gleich ab.«

Yuriev drehte so langsam den Kopf, dass ich schon dachte, er wäre auf seinem Hals festgerostet. Sein Kinn war nach unten geneigt und zeigte deutlich weniger Entschlossenheit als bei unserer ersten Begegnung.

Ich wackelte mit allen zehn Fingern, um zu demonstrieren, dass ich unbewaffnet war.

Yuriev schien unsicher, zumindest im ersten Augenblick. Dann ließ er Schultern und Hände sinken, und seine Augen wurden steinhart.

»Sie«, sagte er.

Ich lächelte bestätigend.

»Sie waren mit diesem ungehobelten Detective hier. Der

sich nach einem Mann erkundigt hat, der, wie er behauptete, hier Gast gewesen sein soll.« Yuriev sah irgendwie anders aus. Nicht nur das Kinn. Oder spielte mir das Licht einen Streich?

»Felix Wodjanow«, sagte ich. »Alias F. Vance.«

»Wie ich schon erklärt habe, verbietet mir die ärztliche Verschwiegenheitspflicht jedes Gespräch über einen Gast in meiner Obhut. Falls das je der Fall gewesen sein sollte.« Sein Gesicht war symmetrischer als in meiner Erinnerung, die Nase zentraler über der Oberlippe.

»Wodjanow ist tot«, sagte ich.

»Ich kenne den Mann nicht.« Yuriev artikulierte jede Silbe, indem er den Mund wie in Zeitlupe bewegte. Und dabei sehr schlechtes Zahnfleisch entblößte.

Eine aufblitzende Erinnerung.

Eine plötzliche Erkenntnis. Wie bei der Kernfusion – zwei Atome verschmelzen, um etwas Neues zu bilden.

»Ich glaube schon«, sagte ich.

»Ich muss Sie jetzt bitten zu –«

»Ich glaube, Sie beide hatten eine Vorliebe für Snus.«

Yuriev sagte nichts, aber ein übertrieben heftiges Hicksen deutete auf Überraschung hin.

»Göteborgs Rapé? Ist das Ihre Lieblingsmarke?«

Die Steinaugen verengten sich.

»Wodjanow starb mit einer Dose Göteborgs Rapé in seiner Tasche. Und mit einem Datenstick, auf dem Ihr Name verzeichnet war.«

»Was wollen Sie?«

»Die Wahrheit.«

»Dass ein Mann Snus nahm?«

»Felix Wodjanow starb an einer Überdosis Fentanyl.«

Auf dem Pfad erschien eine Frau. Sie trug blaugrüne ärztliche Kluft und sah aus, als wäre sie schon eine ganze Woche wach. Wir sahen sie beide über den Gehweg trotten, das Gesicht gesenkt und vor Hitze gerötet. Kurz kramte sie in ihrer

Schultertasche, dann stieg sie in einen ramponierten Camry und fuhr zum Ausgang.

»Ich glaube, Wodjanow hat sich umgebracht«, sagte ich. »Und ich glaube, Sie wissen, warum.«

Yurievs Augen blieben stur auf die Windschutzscheibe gerichtet. Seine Miene verriet nichts.

»Er wurde nie wegen Taphephobie behandelt, oder?«

»Was wollen Sie damit sagen?«

»Felix Wodjanow hatte Huntington.«

Ich meinte Chorea Huntington, eine fortschreitende Störung des Gehirns. Typischerweise zeigen sich erste Anzeichen für die Krankheit in der Mitte des Lebens. Gewichtsverlust. Veränderungen der Körperkoordination. Zappelnde Bewegungen, die nicht kontrolliert werden können. Langsamkeit oder Steifheit. Konzentrationsstörungen. Depressionen oder Gereiztheit.

Wenn die Krankheit fortschreitet, oft über Jahrzehnte hinweg, werden die Symptome schlimmer. Die Leidenden lassen Dinge fallen, stürzen, haben Schwierigkeiten beim Sprechen oder Schlucken. Viele schaffen es nicht mehr, ihr Leben zu organisieren.

»Hier ist meine Vermutung: Wodjanows Krankheit beeinträchtigte zunehmend seinen Alltag. Er zeigte abnormale Bewegungen, die er nicht länger verstecken konnte. Er stolperte oder stieß gegen Sachen. Hatte Gedächtnisprobleme.«

»Wie kommen Sie darauf?« Yurievs Ton war etwas weicher geworden.

»Ich habe Autopsiefotos studiert. Wodjanows Leiche zeigte Prellungen in unterschiedlichen Stadien der Heilung. Ich habe Notizen gesehen, die er für sich selber geschrieben hatte. Informationen, die er zu vergessen fürchtete.«

»Ein solcher Zustand ist nie die Schuld des Patienten. Warum ihn also verstecken?«

»Wieder meine Vermutung. Ich muss zugeben, dieser Teil

ist Spekulation. Wodjanow hat für seinen Bruder Nick Body gearbeitet. Ich nehme an, Sie kennen ihn?«

Yurievs Kiefermuskeln spannten sich an, doch er sagte nichts.

»Dank Ihrer Ausbildung dürfte Ihnen bekannt sein, dass Huntington durch eine Mutation in einer von zwei Kopien eines Gens namens Huntingtin verursacht wird. Dass zwar auch spontane Mutationen auftreten können, doch Chorea Huntington in den meisten Fällen von einem Elternteil weitergegeben wird. Dass, da dieses Gen dominant ist, das Kind einer betroffenen Person ein Risiko von fünfzig Prozent hat, diese Krankheit zu erben.«

»Ich bin mir der erbbedingten Natur von Huntington durchaus bewusst. Was hat das mit Felix und seinem Bruder zu tun?«

»Body hat jahrelang die Theorie propagiert, dass Huntington durch eine Mikrobe verursacht wird. Dass es ansteckend ist und von Mensch zu Mensch weitergegeben werden kann.«

»Das ist doch absurd. Man kann sich nicht mit Huntington bei jemandem anstecken.«

»Natürlich ist es absurd. Aber Body und seine Konföderation von Spinnern beharren darauf, dass sich das Problem lösen lässt, wenn man das Leiden als Infektionskrankheit betrachtet. Sie behaupten, andere Forscher wüssten das und würden dieses Wissen unterdrücken.«

»Aus welchem Grund?« Etwas weniger vehement.

»Entweder weil sie fürchten, dass ihre Theorien falsch sind, oder aus verschiedenen anderen, niederträchtigeren Gründen.«

»Nick Body ist ein ungewöhnlicher Mann.«

»Lassen Sie mich meine Spekulation noch einen Schritt weitertreiben. Ich glaube, Body wollte eine vernünftige Behandlung für seinen Bruder, aber er konnte nicht bekannt werden lassen, dass er einer allgemein anerkannten medizinischen Vorgehensweise folgte. Wenn das herauskäme, würde er aussehen wie ein Betrüger. Und hier kommen Sie ins Spiel.«

Yuriev verweigerte noch immer jeden Blickkontakt.

»Ich nehme an, dass Wodjanow unter dem Namen F. Vance immer wieder nach Sparkling Waters kam. Nicht wegen einer Taphephobie, sondern wegen seiner Huntington-Erkrankung. Jetzt meine Frage an Sie: Warum haben Sie da mitgespielt?«

»Prominente checken oft unter einem Decknamen in Hotels und Krankenhäuser ein. Das schützt ihre Privatsphäre. Und ist nicht illegal.«

»Ist das alles? Mitfühlende Vertraulichkeit? Oder waren Ihre Motive weniger edelmütig?«

»Wie können Sie es wagen?«

Nun drehte er mir endlich sein Gesicht zu.

»Im Verlauf unserer Ermittlungen haben der ungehobelte Polizist und ich Beweise gefunden, die darauf hindeuten, dass Wodjanow Kinder misshandelte. Vielleicht auf Anweisung seines Bruders.«

»Zu welchem Zweck?«

»Um Angst zu erzeugen und Bodys Podcasts und Blogs Anhänger zuzutreiben. Vielleicht wussten Sie davon. Vielleicht –«

»Nein!«

»Wussten Sie, dass Wodjanow vor seinem Tod versuchte, mit mehreren Personen Kontakt aufzunehmen? Er verfolgte einen Mann und verlangte Informationen über Kinder, die vermisst oder ermordet worden waren. Er verfolgte auch mich, vielleicht um mir Informationen über ein vermisstes Kind zu geben. Es kann sein, dass er eine alte Dame besuchte und sich als Polizist ausgab. Ich glaube, ihn quälte ein starkes Schuldgefühl. Die Krankheit machte sein Leben unerträglich. Er wusste, dass es nur noch schlimmer werden würde. Ich glaube, er wollte Wiedergutmachung leisten, bevor er Selbstmord beging.«

Schweigen füllte den engen Raum.

Nach einer sehr langen Pause setzte Yuriev zum Sprechen an.

»Sie sehen das völlig falsch.«

Und dann lieferte er mir das fehlende Teil des Puzzles.

32

»Es war nicht Felix.«

Die Sonne berührte den Horizont und tauchte den Innenraum in ein sanftes Orange. »Es war der Bruder.«

»Body hatte Huntington?«

»Nein, nein. Damit haben Sie recht.« Yurievs Gesicht sah aus wie eine Sandsteinmaske. »Und Nick Body ist mir verdammt egal.«

»Sehr mitfühlend.«

»Darf ich?« Er tippte sich mit dem Finger an die Oberlippe. »Es beruhigt mich.«

Ich zuckte die Achseln.

Er nahm die blaue Blechdose von der Mittelkonsole, holte mit Daumen und Zeigefinger ein kleines, weißes Päckchen heraus und drückte es sich ans Zahnfleisch.

»Ich werde mich nicht entschuldigen. Es ist mein einziges Laster.«

Yuriev schloss die Augen und konzentrierte sich auf seine Atmung. Ich spürte, wie er sich ein wenig entspannte. Als er weitersprach, klang seine Stimme fester.

»Es ist außerdem korrekt, dass Felix sich das Leben genommen hat. Seine Symptome waren so schwer geworden, dass er nicht mehr leben wollte. Bei seinem letzten Besuch im Ashram bat er mich, ihm beim Selbstmord zu helfen. Ich weigerte mich. Er bat mich, ihm Medikamente zu verschreiben, die er selbst überdosieren konnte. Ich verweigerte ihm auch diese Bitte.«

Ich nickte und fragte mich, wie viel von dem ich Glauben schenken konnte.

»Sie sind eine sehr scharfsinnige Frau, Dr. Brennan. Brennan stimmt doch, nicht?«

»Der ungehobelte Detective hat mir sehr geholfen. Sein Name ist übrigens Slidell.«

»Felix war bei seinem Bruder angestellt, um zu recherchieren. Er reiste durch die Welt, fand unkonventionelle Ideen und suchte nach Beweisen, um sie zu bekräftigen.«

»Unkonventionell?«

Yuriev nickte zustimmend. »Einige Ideen waren kontroverser als andere.«

»Zum Beispiel?«

In den nächsten drei Minuten gab Yuriev Material wieder, das ich bereits aus den Blogs und Podcasts kannte. Ich hörte zu, vor allem, um seine Aufrichtigkeit abzuschätzen.

Seine Augen blieben auf die Windschutzscheibe gerichtet. Kein einziges Mal suchte er wieder Blickkontakt. Kein einziges Mal zeigte er auch nur den Anflug einer Gefühlsregung. Kein einziges Mal erwähnte er das Thema Kinder.

»Und Bodys hirnrissige Theorien über die Entführung von Kindern?«, fragte ich, als er fertig war.

»Ich lehne sie ab.«

»Wie jeder mit einem höheren IQ als ein Pilz. Aber Wodjanow hatte keine Skrupel, die verrückten Tiraden seines Bruders zu unterstützen. Bodys Aufstachelung zu Hass und Angst.«

»Nennen Sie es Schwäche, nennen Sie es einen Makel. Felix war seinem Bruder ergeben.«

»Die meisten Leute lieben ihre Geschwister. Aber die meisten setzen auch Grenzen, was sie bereit sind, für sie zu tun.«

»Ich werde Ihnen jetzt ein paar Tatsachen mitteilen, die Felix über seine Kindheit erzählt hat. Er ist jetzt tot. Ethisch ist es mir also gestattet, das zu tun. Und ich glaube, er würde es auch gutheißen, da diese Dinge Erkenntnisse über seinen Charakter liefern können. Vielleicht auch über den seines Bruders.«

Yuriev nahm sich einen Augenblick, um seine Gedanken zu ordnen. Oder um seinen Moralkodex zu überprüfen.

»Felix und Nick wurden im Abstand von vier Jahren von einer Frau namens Tatjana Janowa geboren. Tatjana floh Ende der Sechziger aus Petropawlowsk, Kamtschatka, nachdem sie, im Anschluss an die Totgeburt eines Kindes, von ihrem Geliebten verlassen worden war. Obwohl ohne Schulabschluss, ohne Ausbildung und ohne Englischkenntnisse schaffte es Tatjana über das Beringmeer und zu einer winzigen Gemeinschaft von Altgläubigen in Nikolaewsk auf der Halbinsel Kenai in Alaska.«

»Wie hat sie das geschafft?«

»Laut Felix war seine Mutter eine sehr kräftige Frau. Sie rasierte sich die Haare, trug Männerkleidung und heuerte auf einem Fischkutter an. Ich schätze, die Grenzkontrollen waren damals nicht so streng. In Nikolaewsk traf Tatjana einen arbeitslosen Bergmann namens Aleksandr Wodjanow. Das Paar heiratete, und nach Felix' Geburt machten sie sich auf den Weg in den Süden zum unteren achtundvierzigsten Breitengrad in der Hoffnung, dort Arbeit zu finden. Am 2. Mai 1972 kam Aleksandr zusammen mit neunzig anderen Bergleuten bei einem Feuer in der Sunshine Mine in Kellogg, Idaho, ums Leben. Nun zum dritten Mal allein, verarmt und schwanger, war Tatjana wieder gezwungen, sich ausschließlich auf ihren praktischen Verstand zu verlassen.

Ich habe einige, wahrscheinlich unwichtige, Details vergessen, aber in Idaho tat sich Tatjana wieder mit einem Bergmann zusammen, und die Familie landete schließlich irgendwo in West Virginia. Ich weiß nicht, wie der Mann hieß oder was mit ihm passierte – nur, dass er trank, gewalttätig war und sich schließlich aus dem Staub machte.«

Als Yuriev nicht weiterredete, fragte ich: »Was ist mit Tatjana passiert?«

»Felix sagte, sie ist noch am Leben und jetzt in irgendeiner Einrichtung für betreutes Wohnen in der Nähe von Morgantown, West Virginia.«

»Ich verstehe, wie schwierig das Leben für Tatjana und ihre Kinder gewesen sein muss. Aber inwiefern ist das relevant?«

»Tatjana hat ihren Jungs ein altes russisches Sprichwort eingeprägt.«

Yuriev griff in die Tasche, zog Stift und Papier heraus, schrieb etwas darauf und gab mir den Zettel. Ich las: всевозможное.

Ich schaute Yuriev fragend an.

»Tu, was getan werden muss«, übersetzte er. »Für Felix bedeutete das, alles Nötige zu tun, um seinen kleinen Bruder zu beschützen. Er nahm den Auftrag wörtlich, interpretierte ihn so, dass er totale Loyalität und Hingabe bedeutete.«

»Detective Slidell und ich vermuten, dass Felix' Unterstützung von Nick weit über brüderliche Unterstützung hinausging.«

»Für den Fall, dass Sie Felix zu streng beurteilen, bedenken Sie, dass Tatjanas Erziehungsmethoden geradezu brutal waren. An einem Haken in der Küche hatte sie einen großen Holzlöffel, und sie drohte ständig, ihn zu benutzen. Was sie auch tat. Einige Beispiele. Als Nick mit drei Jahren eine Vase zerbrach, wurden er und Felix geschlagen und mussten dann auf den Scherben knien. Als Nick mit vier ins Bett machte, kam der Löffel zur Anwendung, und dann mussten die Brüder tagelang den uringetränkten Pyjama um den Hals tragen. Als Nick mit sechs mit einer blutigen Nase vom Spielplatz nach Hause kam, schlug Tatjana Felix und befahl ihm dann, sich stundenlang unter eine eiskalte Dusche zu stellen. Als die Brüder ein streunendes Kätzchen ins Haus schmuggelten, wurden sie geschlagen –«

»Ich kann mir ein Bild machen.«

»– und mussten dann zusehen, wie Tatjana das Kätzchen bei lebendigem Leib kochte. Felix wurde dann gezwungen, den Kadaver um den Hals zu tragen, wie damals den Pyjama.«

Ich war zu entsetzt, um etwas zu erwidern.

Yuriev verstummte. Vielleicht um die Wirkung des eben Gesagten abzuschätzen. Vielleicht um seinen Snus zu genießen. Dann: »Es ist meine professionelle Überzeugung, dass Felix nicht in der Lage war, einem Kind etwas anzutun.«

»Warum der Versuch, mit Fremden in Kontakt zu treten, bevor er seinem Leben ein Ende setzte?«

»Die meisten Menschen verspüren am Ende ihres Lebens Bedauern.«

»Die meisten reden mit einem Rabbi oder einem Priester.«

»Felix war kein schlechter Mensch. Er wollte mit einem reinen Gewissen sterben.« Yuriev holte Atem, als wollte er noch etwas hinzufügen, überlegte es sich dann anders und schloss die Lippen.

»Fahren Sie fort.«

Was er nicht tat.

»Detective Slidell kann Sie zum Reden zwingen«, sagte ich.

»Nein. Kann er nicht.«

Da hatte er mich erwischt. Was mir nicht gefiel.

»Wer bezahlte für Wodjanows Besuche in Sparkling Waters?«

»Mr. Body.«

»Hat er seinen Bruder je besucht?«

»Nie.«

»Erwähnte Wodjanow je Hardin Symes? Oder Jahaan Cole? Timothy Horshauser?«

»Nein.«

Die harten, kleinen Augen verkniffen sich leicht. Dann entspannten sie sich wieder. Ich vermutete, dass Yuriev log.

»Das sind Kinder, die ermordet wurden oder spurlos verschwanden. Ihre Eltern haben keine Ahnung, was mit ihnen passiert ist.«

»Tut mir sehr leid –«

»Wodjanow unterstützte seinen Bruder beim Ausschlachten dieser Tragödien.«

Yurievs Haltung versteifte sich. Sein Gesicht wich immer mehr in den Schatten zurück.

»Detective Slidell und ich haben den Verdacht, dass Felix' Unterstützung über das bloße Ausschlachten hinausging.«

»Ist das eine Frage?«

»Hier ist eine: Schon mal was von Holly Kimrey gehört?«

»Nein.«

»Yates Timmer?«

»Nein.«

Weitere Lügen?

»Seit gestern wird wieder ein Kind vermisst.« Kein Grund, das zur Sprache zu bringen, aber dieser arrogante Mistkerl brachte mich auf die Palme. »Ihr Name ist April Siler. Sie ist acht. Wissen Sie was über sie?«

Yurievs Finger verkrampften sich ums Lenkrad. »Warum belästigen Sie mich derart?«

»Weil ich Sie für einen verdammten Lügner halte.«

Ein tiefes Seufzen. Ein leichtes Kopfschütteln. Dann: »Felix war ein sehr umsichtiger Mann. Dass er aus seiner Kindheit erzählte, war für mich sehr überraschend, auch wenn es im Rahmen eines Betreuungsgesprächs passierte. Normalerweise sprach er wenig über persönliche Angelegenheiten oder Bekannte. Aber es gab einen Namen, den er gelegentlich erwähnte. Auch ein Angestellter seines Bruders. Floy Unger.«

Nicht die Antwort, die ich erwartet hatte. »Wozu war Unger angestellt?«

»Soweit ich es verstanden habe, erhielt er die Podcasts als Audiodateien, decodierte sie, codierte sie, was auch immer man eben damit tut, und bereitete sie für die Sendung auf. Ich glaube, neben Felix war er einer der wenigen Menschen, die direkten Kontakt mit Mr. Body hatten.«

»Und?« Wieder spürte ich, dass Yuriev etwas verschwieg.

»Ich habe nur Felix' Version. Seine persönliche Meinung. Ich bin Mr. Unger nie begegnet.«

»Fahren Sie fort.«

»Aus Felix' Bemerkungen muss ich schließen, dass dieser Mann abscheulich ist.«

»Abscheulich?«

»Unehrlich und zu Gewalt fähig.«

»Was wollen Sie damit sagen?«

»Wenn irgendjemand Kindern etwas antat, dann Unger.«

»Könnten Sie sich präziser ausdrücken?«

»Jede weitere Bemerkung wäre reine Spekulation.« Wieder eine Pause, in der Yuriev durch die Scheibe starrte. Oder sie anstarrte. »Lesen Sie Mr. Bodys neueste Blogs. Hören Sie sich seine Podcasts an.«

»Das werde ich.«

Ich betrachtete Yurievs Profil. Er hatte natürlich recht. Als Wodjanows behandelnder Arzt war er an die Schweigepflicht gebunden. Trotzdem war ich sauer.

»Noch eine Frage«, sagte ich. »Ihrer professionellen Meinung nach, was treibt Mr. Body an?«

Ein langer Augenblick, dann: »Ich vermute, dass Mr. Body das Motto seiner Mutter auf eine ganz andere Art in die Tat umsetzte.«

»Soll heißen?«

»Er tut, was nötig ist, um Erfolg zu haben und Geld zu machen.«

»Wissen Sie, wo ich Floy Unger finden kann?« Sonst fiel mir keine Frage mehr ein.

Yuriev nickte langsam.

Auf dem Nachhauseweg fragte ich mich: Warum so wenig Gefühlsregung? War Yuriev von Natur aus kalt? Oder hatten die Jahre der Behandlung von Gestörten und Depressiven den Mann völlig ausgelaugt?

Ich rief Slidell an, während ich im Baoding auf meine Bestellung zum Mitnehmen wartete. Natürlich antwortete der Herr Detective nicht.

Nachdem ich mein Cashew-Hühnchen und das Hunan-Rindfleisch mit meinem Katzenkumpel geteilt hatte, tat ich, was Yuriev vorgeschlagen hatte. Danach fühlte ich mich, als wäre ich durch Abwasser geschwommen.

Slidell rief an, als ich die kleinen weißen Kartons im Kühlschrank verstaute.

»Ein schlechtes Gen, das ein schlechtes Protein erzeugt, das einen krank macht und die Hirnzellen abtötet.«

»Ja.« Klasse, Skinny. Eine knappere Definition von Chorea Huntington hatte ich noch nie gehört.

»Und man kriegt es von einem Elternteil.«

»Normalerweise.«

»Und es bringt einen um.«

»Tut es.«

»Das ist scheiße.«

»Ziemlich.«

Ich berichtete von Bodys neuesten Ausbrüchen.

»Also steht die Welt kurz vor dem Untergang.«

»Atomkrieg, Naturkatastrophe, Pandemie. Suchen Sie sich was aus. Und eine neue Schrulle. Der Mistkerl behauptet, sein Bruder wurde ermordet.«

»Warum?«

»Weil Felix geheime Informationen über die Entführung von Kindern durch die Regierung entdeckt hatte.«

»Das ist doch Blödsinn.« Slidell klang so angewidert, wie ich mich fühlte.

»Ist es.«

»Was ich damit meine, warum schießt er in diese Richtung?«

»Typischer Medientrick. Vor einem Skandal an die Öffentlichkeit gehen.«

»Aber warum?« Zusätzliche Stunden ohne Schlaf hatten Slidells Laune nicht verbessert.

»Woher zum Teufel soll ich das wissen?« Meine auch nicht. Wir bewegten uns beide auf schrill zu. »Vielleicht denkt er, dass wir ihm auf die Pelle rücken. Vielleicht denkt er, dass Heavner bald den Toxikologiebericht veröffentlicht.«

»Wird sie?«

»Glauben Sie, sie erzählt mir das?« Als ich meinen Ton hörte, schwächte ich ihn ein wenig ab. »Was Body auch provoziert haben mag, diese Tiraden lassen seine früheren klingen wie Yoga-Meditation.«

»Was halten Sie von Yuriev?«

»Der Mistkerl kannte die Namen dieser Kinder.«

»Hat er das zugegeben?«

»Nein. Aber ich konnte es spüren.«

»Aha.«

»Hören Sie, alles fügt sich zusammen. Cole, Horshauser, vielleicht dieses neue Mädchen.«

»Das ist aber weit hergeholt.«

»Body wärmt seinen Kreuzzug über Kindesentführungen wieder auf. *Voilà!* Noch ein Kind verschwindet in seinem eigenen Hinterhof.«

»Haben Sie wirklich Wodjanow wegen dieser Entführungen in Verdacht?«

»Ich weiß nicht, was ich glauben soll.«

»April Siler hat er sich eindeutig nicht geschnappt.«

»Nein. Yuriev erwähnte einen Kerl namens Floy Unger.«

»Moment mal.«

Ich hörte ächzende Sprungfedern, dann langsames Tippen mit zwei Fingern.

»Unger ist im System. Das FBI hat gegen ihn wegen Investmentbetrugs ermittelt. Moment.« Wieder Tastenklappern. »Er hat Gelder gesammelt, um in sturmverwüsteten Gegenden Wohnungen zu bauen, und versprach eine Rendite von zwanzig Prozent. Die erste Welle von Investoren wurde ausbezahlt, aber mit dem Geld der späteren Opfer.«

»Klingt wie ein Schneeballsystem.«

»Dann ist da noch was wegen Hochstapelei und Vorschussbetrug.«

»So was wie diese nigerianische E-Mail-Nummer?«

»Ja. Blieb allerdings nicht viel hängen. Saß mal kurz in Butner wegen Aktienbetrugs.«

»Klingt, als wäre Unger ein reiner Wirtschaftskrimineller.«

»Nicht ganz. 2009 wurde Unger wegen tätlichen Angriffs angeklagt. Hat sich eines geringeren Vergehens schuldig bekannt und musste deshalb nicht vor Gericht.« Eine längere Pause. »Seitdem nichts.«

Ich hörte das Sirren eines Druckers. Unglückliche Sprungfedern. Wunderte mich über die Abwesenheit von Hintergrundlärm.

»Schon Fortschritte bei Siler?«

»Wir haben eine solide Spur. Ein Zeuge behauptet, er habe das Mädchen mit einer Frau mit Baseballkappe den Sportplatz verlassen sehen. Eine andere behauptet, sie hätte gesehen, wie das Mädchen in einen Transporter verfrachtet wurde. Dieselbe Beschreibung.«

»Hat sich jemand das Nummernschild notiert?«

»Nein.« Bleischwer vor Müdigkeit. »Ich helfe beim Telefondienst. Ist auch nicht gerade ein Knüller. Das Mädchen wurde von Zigeunern verschleppt. Ist bei Nonnen oben in Boone weggesperrt. Wurde nach Roswell gebracht, damit Aliens ihre Eingeweide studieren können. Da draußen laufen vielleicht ein paar Spinner herum.«

»In der Tat.«

»Aber ich habe ein paar Informationen über dieses Anwesen gefunden. Sie hatten natürlich recht. Hinter diesem Zaun befindet sich ein unterirdisches Atlas-F-Raketensilo.«

»Moment. Sie reden von Cleveland County?«

»Nein. Von dem Nonnenkloster in Boone.«

»Köstlich. Wem gehört das Gelände?«

»Ursprünglich Uncle Sam. In den Achtzigern wurde das Anwesen verkauft von – Moment, damit ich das auch richtig hinbekomme.« Mehr quietschende Federn. »Das Formerly Used Defense Site Program. FUDS. Das Militär ist unschlagbar, was Buchstabensuppe angeht.«

»Wer hat es gekauft?«

»Eine Beteiligungsgesellschaft mit dem schönen Namen DeepHaven Ventures, LLC.«

»Und wem gehört die?«

»Das Ding hat Unmengen von Tochtergesellschaften, alles GmbHs und ähnliche Konstrukte, aber nur zwei Hauptinvestoren. Sitzen Sie?«

Am liebsten hätte ich durch die Leitung gegriffen und Slidell mit seiner Plastikkrawatte erwürgt. Stattdessen wartete ich.

»Nick Body und Yates Timmer.«

»Verdammte Axt.«

»Verdammte Axt.«

»Ich sag's Ihnen ja. Hier schließt sich der Kreis.«

Ich hörte nichts außer dem rasselnden Atem in Slidells Nase. Schließlich: »Für Unger ist kein Bewährungshelfer eingetragen, die letzte bekannte Adresse stammt von 2009. Irgendeine Idee, wie wir diesen Typen aufspüren können?«

»Yuriev hat mir eine Adresse genannt. Könnte allerdings eine falsche Fährte sein.«

»Geben Sie sie mir.«

Ich tat es.

»Ich schicke einen Streifenwagen hin und lasse ihn herschaffen.«

»Mit welcher Begründung?«

»Pinkeln in der Öffentlichkeit. Weil er seinen Schmuseleguan nicht angemeldet hat.«

»Es ist schon fast Mitternacht.«

»Ich lass mir was einfallen.«

»Sagen Sie mir Bescheid, wenn Sie ihn haben?«

»Klar.«

»Und dann?«

»Unger schmort über Nacht, genießt morgen Frühstückspfannkuchen. Dann reiße ich ihn auf wie eine Dose Sardinen.«

»Wann morgen?«

»Um elf.«

Ich schwor, um zehn in der Zentrale zu sein.

Ich bin Pragmatikerin. Karma, Schicksal, Bestimmung, wie man das auch nennen will – ist nicht meins. Doch als ich so angespannt im Bett lag, wurde ich das Gefühl nicht los, dass meine Zukunft auf mich zuraste wie eine Abrissbirne. Zwei widersprüchliche Vorahnungen kämpften um die Vorherrschaft.

Die erste: Der Selbstmord des gesichtslosen Mannes war die Tat eines Menschen, dessen einzige Schuld brüderliche Loyalität und der Besitz eines böswilligen Gens war. Der ganze Rest war das Produkt meiner überhitzten Fantasie. Wodjanow und Body waren schamlose Betrüger, aber keine Kriminellen. Meine Karriere in Charlotte würde bald enden.

Die zweite: Slidell und ich würden den Namen des Gesichtslosen aufdecken und das Netz des Bösen enthüllen, das Wodjanow und sein Bruder gesponnen hatten, Antworten für die Eltern vermisster Kinder finden, vielleicht April Siler retten und Margot Heavner als die selbstherrliche Scharlatanin bloßstellen, als die ich sie kannte. Die Herrschaft der Zombie-Ameise würde bald enden und ich aus dem Exil zurückkehren.

33

Sonntag, 15. Juli

In den Gängen der Abteilung Gewaltverbrechen herrschte Stille. Das lag zum Teil am Sonntagvormittag, zum Teil aber auch daran, dass alle unterwegs waren, um April Siler und die Frau mit der Baseballkappe zu finden. Es ist ein Klischee, aber Klischees existieren aus guten Gründen. Bei Kindesentführungen sind die ersten achtundvierzig Stunden entscheidend. Die Uhr tickte auf zweiundvierzig zu.

Slidell war nicht im Bereitschaftssaal. Ich saß an seinem Schreibtisch, trank meinen Starbucks und zappelte ungeduldig. Um zwanzig nach zehn tauchte er auf und sah aus, als hätte er die Nacht in einem Müllcontainer verbracht. Wahrscheinlich hatte er ein bisschen geschlafen, ohne das Gebäude zu verlassen.

Slidell hatte Unger bereits aus der Arrestzelle hochholen lassen. Zusammen gingen wir zu demselben Verhörraum, in dem am vergangenen Mittwoch schon Vince Aiello gesessen hatte. Unterwegs erklärte er mir, dass Unger denke, man werfe ihm vor, Senioren mit einem Immobilienrententrick betrogen zu haben. Er trug einen gelben Notizblock und vermutlich Ungers Akte. Außerdem hatte er eine Aktenattrappe bei sich, ganz ähnlich der, die er auch für den kinderpornoliebenden Patentanwalt mitgebracht hatte. Ich hoffte, die Nummer funktionierte bei diesem Kerl besser.

Ich ging in denselben Raum, von dem aus ich Aiello beobachtet hatte, und stellte mich vor dasselbe Spionglasfenster.

Licht an. Aufnahmegerät an. Es war, als würde ich den zweiten Take einer Filmszene sehen. Heute leuchtete das kleine Kameraauge rot. Und der männliche Hauptdarsteller sah anders aus.

Floy Unger erinnerte an eine Bohnenstange – lang und dürr, mit einer Hautfarbe wie eine Toilettenschüssel. Sein Schädel war bedeckt mit fettigen, braunen Haaren, die alles andere als Langlebigkeit versprachen, sein Körper mit weiten Shorts, Flip-Flops und einem Polohemd.

Außerdem trug Unger Handschellen. Ich fragte mich, ob Slidell sie ihm abnehmen lassen würde. Er tat es nicht. Kein schlechter Ansatz. Der Kerl wirkte verdammt selbstsicher. Sollte er ruhig ein bisschen nervös werden.

Slidell ließ Unger irgendein Formular unterschreiben. Steckte es in die Aktenattrappe.

»Sollte ich mir einen Anwalt besorgen?«

»Brauchen Sie einen Anwalt?«

»Ich habe nichts Unrechtes getan.«

Slidell blätterte in den Papieren in seiner Akte, tat so, als würde er lesen. »Kennen Sie eine alte Dame namens Mary Ellen Hopper?«

»Nein. Wer ist das?«

»Sandra Sarah Lee?«

»Nein.« Unger hob beide Schultern, als wollte er seine Glaubwürdigkeit betonen.

»Carl Prendergast?«

»Hören Sie, ich bin sauber. Seit Jahren raus aus der Nummer.« Ungers Stimme ließ mich an den Grund eines verlassenen Brunnens denken. Dunkel und feucht und hohl. Aus dem Körper eines so klapperigen Mannes klang sie irgendwie falsch.

»So so.« Slidell, die Skepsis in Person.

»Ich habe jetzt einen neuen Job. Neue Kompetenzen.«

»Kompetenzen.«

»Ich arbeite mit dem Internet.«

»Wir alle arbeiten mit dem Internet.«

»Ich bin bei einer Medienpersönlichkeit angestellt.«

»Erzählen Sie mir mehr darüber.«

Unger ließ den Blick auf seine Hände sinken, die flach auf dem Tisch lagen. Seine Handgelenke sahen aus wie zwei blasse Zweige, die aus den Schellen ragten.

»Ich kann nicht ins Detail gehen.«

»Ach ja? Was wird dieser große Star denn tun, wenn Sie nicht auftauchen, weil Sie im Knast sitzen?«

Die knochigen Finger berührten sich. Verschränkten sich. Mich schauderte bei dem Gedanken, dass sie ein Kind packten.

Slidell blätterte in Ungers Register, überflog seinen Verhaftungsbericht.

»Erzählen Sie mir von Penelope Koster.« Im Gegensatz zu den zuvor Erwähnten eine reale Person.

»Was ist mit ihr?« Seine Finger verkrampften sich.

»2009 behauptete Koster, Sie wären bei ihr eingedrungen und hätten ihr die Nase und zwei Rippen gebrochen.«

»Sie ist eine verlogene Schlampe.«

»Sie haben sich schuldig bekannt.«

»Eines geringfügigen Vergehens. Ich habe mich selbst verteidigt.«

»Sie behauptet, Sie hätten sie verfolgt.«

»Sie behauptete auch, sie würde die nächste Taylor Swift werden.«

Slidell wartete lange, bevor er weiterredete.

»Sie sind ein Betrüger, Floy. Ich glaube, Sie wollen jetzt auch mich betrügen.«

»Ich sag's Ihnen doch, wegen dieser Rentengeschichte haben Sie den Falschen.«

»Vielleicht, vielleicht auch nicht. Aber ich kann Sie für sehr lange Zeit wegsperren.«

Unger hob die Hände und spreizte sie so weit, wie die Handschellen es erlaubten. »Was wollen Sie eigentlich von mir, Detective?«

Slidell griff zu seinem Stift und zog den Block heran. »Erzählen Sie mir von Nick Body.«

Wenn Unger überrascht war, versteckte er es sehr gut. »Von wem?«

Slidell beugte sich vor und senkte die Stimme. »Ich hatte schon mit vielen Betrügern zu tun, Floy. Die meisten viel schlauer als Sie, Floy. Sie haben meine Zeit verschwendet. Ich mag keine Leute, die meine Zeit verschwenden.«

»Ich –«

»Sie haben genau eine Minute, um mir die ganze Wahrheit zu sagen. Dann schicke ich Sie wieder in die Zelle und überlege mir lange und ausführlich, welche Punkte ich Ihnen zur Last lege.«

Mit einem leisen Klacken fielen die Handschellen wieder auf den Tisch. Unger starrte auf sie hinunter. Oder auf seine Hände. Durch das Glas betrachtete ich sein öliges Schädeldach und fragte mich, ob Yuriev vielleicht *mich* über den Tisch gezogen hatte.

Slidell wartete, während Sekunden des Schweigens verstrichen. Schließlich drehte er sich um und griff nach dem Telefonhörer.

»Schicken Sie jemanden, um das Arschloch in Zimmer drei abzuholen.«

»Nein. Warten Sie!« Unger hob die Hände und zeigte Slidell als Geste der Unterwerfung die Handflächen.

Slidell stand auf. »Ich habe keine Lust mehr, meine Zeit mit Ihnen zu vergeuden, Floy.«

»Okay. Ich arbeite für Nick Body.«

»Ich höre.«

»Mr. Body ist besessen von seiner Privatsphäre. Alles, was ich hier sage, muss streng vertraulich behandelt werden.«

»Aha.«

Slidell wählte noch einmal und sprach in den Hörer. »Verschieben Sie die Abholung.« Dann zog er seinen Stuhl heraus und setzte sich wieder.

»Bevor ich rede, könnten wir vielleicht irgendeinen Deal schließen? Immunität oder so was?«

»Immunität wofür?«

»Ich meine ja nur.«

»Hier ist Ihr Deal. Wenn Sie absolut ehrlich zu mir sind, lasse ich Sie frei.« Eine ziemlich leere Drohung. Slidell musste Unger binnen achtundvierzig Stunden unter Anklage stellen oder freilassen. Es überraschte mich, dass der Trottel das nicht wusste.

Unger hob die Arme. »Können Sie mir die abmachen?«

»Nein.« Slidell kam direkt zur Sache. »Haben Sie Body geholfen, Kinder zu entführen, um seiner Seite Nutzer zuzutreiben?«

»Was? Das ist ja verrückt.« Aufrichtig schockiert oder eine oscarreife Vorstellung.

»Hat sein Bruder es getan?«

»Nein.«

»Kennen Sie Felix Wodjanow?«

»Ja. Nein.« Er ließ die Hände sinken. »Ich meine, ich habe ihn ein paar Mal getr –«

»Hat er?« Slidell benutzte eine Sperrfeuertaktik, um Unger dauerhaft zu verunsichern.

»Hat er was?«

»Kinder entführt?«

»Nein.«

»Wer tut es dann?«

»Ich habe keine Ahnung.«

»Warum?«

»Warum was?«

»Warum verschleppen sie diese Kinder?«

»Ich weiß es nicht.«

»Sie wissen nicht, warum sie sie verschleppen?«

»Ich weiß nicht, dass sie es tun.«

»Lebt Body in einem aufgegebenen Raketensilo in Cleveland County?«

Diesmal konnte Unger seine Überraschung nicht verbergen. »Er hat dort eine improvisierte Wohnung. Lebt ab und zu mal dort. Die Anlage ist mir unheimlich.«

»Warum?«

»Sie ist tief unter der Erde. Man muss weit runter –«

»Warum hält er sich dort auf?«

»Sein Bruder hat irgendeine Krankheit. Body hat Angst, dass er sie auch hat.«

»Und hat er sie?«

»Ich verliere meinen Job, wenn das rauskommt.« Inzwischen klang Unger gar nicht mehr so selbstsicher, sondern verdammt beunruhigt.

»Hat er sie?« Messerscharf.

»Ich weiß es nicht.«

»Hält er sich deshalb versteckt?«

Unger zuckte die Achseln.

»Warum gehen Sie dorthin?«

»Wenn Body im Bunkermodus ist, nimmt er unter der Erde auf. Manchmal hat er Probleme.«

»Haben Sie auf dem Anwesen je Kinder gesehen?«

»Einmal.«

»Junge oder Mädchen?«

»Mädchen.«

»Beschreiben Sie es.«

»Ich weiß nicht. Die Kleine war auf dem Grundstück. Ich kam nicht nahe genug ran, um sie wirklich zu sehen.«

»Kleinkind? Teenager?«

»Mittlere Größe. Vielleicht sieben oder acht. Mit Kindern kenne ich mich nicht so gut aus.«

Ich ballte die Fäuste.

Slidell feuerte weiter. »Was genau machen Sie für Body?«

»Seinen Podcast organisieren.«

»Ist das alles?«

»Mit der IT helfen. Ein paar geschäftliche Angelegenheiten.«

»Was zum Teufel soll das heißen?«

»Ich helfe ihm bei einigen Investments.«

»Klingt, als würde man einem Besoffenen die Schlüssel zur Bar geben.«

»Ist alles legal.«

»Erzählen Sie mir von DeepHaven Ventures.«

Unger erstarrte. Ein kurzes Zögern, dann: »Ich bin nicht wegen Betrugs an Senioren hier, oder?«

»Ich stelle hier die Fragen.«

Unger saß stumm da und überlegte, welche Möglichkeiten er hatte.

Slidell sah ihn lange an und schob dann seinen Stuhl zurück.

Unger beschloss, es mit Altbewährtem zu versuchen. Die eigene Haut retten. »DeepHaven Ventures ist eine Beteiligungsgesellschaft. Die Struktur ist kompliziert.«

Slidell griff zum Stift und hielt ihn über den Block.

Unger wartete kurz, um sich zu sammeln. »Body und ein Mitinvestor –«

»Yates Timmer.«

Knappes Nicken. Inzwischen wunderte er sich über gar nichts mehr. »Body und Timmer haben in den Bau von unterirdischen Wohnanlagen investiert.«

»In aufgegebenen Raketensilos?«

»Man nennt sie Survival Homes. Ist ein boomender Markt.«

»Der Himmel wird uns auf den Kopf fallen. Ich hab's kapiert. Wie funktioniert das Ganze?«

»Body und Timmer hatten wenig eigenes Geld, also gründeten sie eine Beteiligungsgesellschaft, DeepHaven Ventures, LLC. Wollen Sie konkrete Zahlen?«

»Später.«

»Sie haben beide geringe Summen gestellt und dann Investoren dazu gebracht, viel größere Summen als Gegenleistung für Anteile an dem Projekt beizutragen. Sie haben eine Bank, die mittels einer gesicherten, rückgriffsfreien Hypothek weiteres Geld zuschießt. Können Sie mir folgen?«

Slidell nickte und schrieb. Ich bezweifelte, dass er es tat.

»Ein Prozentsatz des durch den Verkauf von Einheiten erzielten Geldes wird an Tochterfirmen mit den Namen DeepHaven I, LLC, und DeepHaven II, LLC, gezahlt.«

Unger interpretierte Slidells Miene als Verwirrung.

»Betrachten Sie es so. Die Beteiligungsgesellschaft gestattet es Body und Timmer, nur kleine Summen zu binden, um die Kontrolle über ein Multi-Millionen-Projekt zu gewinnen.«

»Haben Sie sich den Plan ausgedacht?«

»Ich habe das Konzept der Beteiligungsgesellschaft nicht erfunden.«

»Wo sind diese ›Homes‹?«

»DeepHaven I ist ein umgebautes Atlas-Raketensilo in West Virginia.«

»Beschreiben Sie es.«

Unger setzte nun zu einer Art Verkaufspräsentation an. Was mich auf die Frage brachte, ob er am Lake Wylie gewesen war an dem Abend, als wir in Timmers Party platzten.

»Zusätzlich zu elf Stockwerken mit Wohneinheiten und einem Penthouse bietet der Komplex auch einen Swimmingpool, einen Hundepark, ein Theater, einen Gemischtwarenladen, ein Klassenzimmer, eine Einkaufspassage, eine Bibliothek, einen Schießstand, eine Kletterwand und eine Hydrokulturfarm.«

Slidell unterbrach ihn nicht.

»Der Komplex hat eine redundante Infrastruktur für Strom, Wasser, Luft und Nahrung – alles, was nötig ist für ein bequemes und längerfristiges Überleben außerhalb des Systems.«

»Kann man sicher in einem Laden leben, wo früher Atomsprengköpfe aufbewahrt wurden?« Slidell war, fast gegen seinen Willen, fasziniert.

»Vor Beginn der Bauarbeiten wurde die Anlage vom State of West Virginia, vom Army Corps of Engineers und der Umweltschutzbehörde untersucht und als geeignet für die Erschließung befunden.«

»Und wie rollt der Rubel so?«

»DeepHaven I ist vollständig abverkauft, DeepHaven II ist bereit zum Umbau.«

»Warum die Verzögerung?«

»Einige Investoren haben sich zurückgezogen, und die Vorabverkäufe laufen zäh.«

»Zäh.«

»Bis jetzt wurde nur eine einzige Wohnung verkauft.«

»Für Timmer und Body wird die Luft dünn?«

»Und wie.«

Eine schnelle Richtungsänderung. »Hält Body sich gegenwärtig auf dem Anwesen in Cleveland County auf?«

»Nein.«

»Wo lebt er?«

»Keine Ahnung.« Ungers Blick wanderte nach unten und nach links, ein sicheres Zeichen für eine Lüge.

»Haben Sie eine Telefonnummer?«

»Nein. Ich bekomme die Dateien elektronisch. Wenn er reden muss, was selten vorkommt, ruft er mich an.«

»Wer ist Holly Kimrey?« Slidell schlug schon wieder einen Haken.

Unger lehnte sich zurück. Kratzte mit einem Daumennagel am anderen.

»Ich warte«, sagte Slidell.

»Holly Kimrey ist Bodys Laufbursche.« Freudloses Schnauben. »Und sein Dealer.«

»Body nimmt Drogen?«

»Seine Nase verbrennt mehr Kohle als sein DeepHaven-Projekt.«

Slidell saß sehr still da und überdachte vermutlich Ungers Aussage. Dann tat er genau das, was ich auch getan hätte.

Ein paar irreführende Fragen noch, dann griff Slidell zum Telefon und befahl Ungers Freilassung.

34

Die nächsten drei Stunden schienen mindestens drei Tage zu dauern. Dann löste sich der ganze verdammte Schlamassel sang- und klanglos auf.

Slidell griff zum Telefon und bat darum, dass Unger erst später freigelassen wurde, damit er seine Beschattung organisieren konnte. Dann forderte er Verstärkung an. Nachdem er aufgelegt hatte, befahl er mir – wie zu erwarten gewesen war –, auf meinem Hintern sitzen zu bleiben. Ich erwiderte, dass er das vergessen könne. Er schimpfte auf dem ganzen Weg nach unten.

In der Lobby warteten zwei Uniformierte, ein Kerl, der als

Ice-T hätte durchgehen können, und eine Frau, die wohl schon als Gewichtheberin geboren wurde. Torrance und Spano.

Als ein grober Plan geschmiedet war, gingen Torrance und Spano hinaus und stiegen in ihren Streifenwagen. Als Slidell und ich dann zu seinem 4Runner liefen, rief er oben an, um das Okay zu geben. Zwölf Minuten später tauchte Unger auf, sein Handy am Ohr. Nach sechs Minuten fuhr ein roter Ford Fiesta auf den Parkplatz. Ich hörte Unger den Fahrer fragen, ob sein Name Olaf sei.

»Das Taxi sieht scheiße aus«, murmelte Slidell.

»Ist wahrscheinlich ein Uber.«

Zwei blutunterlaufene Augen schnellten in meine Richtung. »Ich bin kein Trottel. Ich kenne Uber.«

Fast richtig, dachte ich.

Unger stieg ein, und Olaf reihte sich in den Verkehr ein. Slidell wartete zehn Sekunden, folgte dann. Torrance und Spano klebten an unserer Stoßstange.

Es war früher Nachmittag am Tag des Herrn in Dixie, der Verkehr nach Norden war deshalb eher spärlich. Um nicht bemerkt zu werden, hielt Slidell mehrere Fahrzeuglängen Abstand. Kein Problem. Der Fiesta stach heraus wie eine Maraschinokirsche auf Rädern.

Fahrer und Passagier waren durch die Heckscheibe als Silhouetten zu sehen. Die Körperbewegungen deuteten auf eine angeregte Unterhaltung hin, Ungers Kopf überragte Olafs um fast einen halben Meter.

Slidell fuhr schweigend, schmollte oder konzentrierte sich auf die Straße. Vielleicht ging er im Kopf die Logistik durch.

Olaf bog stadtauswärts auf die Central Avenue ab, nach einer Weile links auf die Plaza und schließlich rechts auf die Belvedere, was ihn ins Viertel Plaza-Midwood führte.

»Verdammt!« Slidell schlug mit der flachen Hand aufs Lenkrad.

»Was?«

»Die Kröte fährt nach Hause.«

»Woher wissen Sie das?«

»Dort haben wir ihn letzte Nacht verhaftet.«

»Vielleicht will er sein Auto holen.« Oder vielleicht lagen wir falsch, und Unger führte uns gar nicht zu Body.

Der Fiesta bog noch mehrmals ab und schlängelte sich durch Straßen mit Bungalows aus Holz und Backstein, die vor einem Jahrhundert gebaut worden waren und Charlottes ersten Mittelschichtsvorort gebildet hatten. Die Preise sind bescheiden, deshalb wohnen viele Uniangestellte in dem Viertel. Hin und wieder war ich auf einer Party hier gewesen, doch die von Yuriev angegebene Adresse hatte ich nicht wiedererkannt.

Eine Viertelstunde nachdem er das Gelände des Law Enforcement Center verlassen hatte, hielt Olaf vor einem der größeren Häuser in dieser Straße, ein zweistöckiges Gebäude mit einer breiten vorderen Veranda, eingefasst von verzweifelt durstigen Azaleen. In der Einfahrt stand ein silberner Jaguar XF.

Slidell hielt zwanzig Meter vor Ungers Haus. Torrance und Spano überholten uns und fuhren ein gutes Stück weiter oben an den Bordstein.

Unger stieg aus dem Fiesta und ging ins Haus. Olaf fuhr davon.

»Verdammt!« Wieder schlug Slidell aufs Lenkrad.

»Können Sie bitte damit aufhören«, sagte ich, nicht weniger gereizt als Skinny.

Wenig später kam Unger wieder heraus. Er trug jetzt eine Kaki-Hose statt der Shorts, Bootsschuhe statt der Flip-Flops. Seine Haare waren immer noch fettig. Ich sah ihn mit seinen Stelzenbeinen zum Jaguar gehen und sich hineinfalten. Er erinnerte mich an einen Spazierstock.

Ein schneller Blick in den Rückspiegel, dann fuhr Unger aus der Einfahrt und brauste die Straße hoch. Slidell legte den Gang ein und raste hinter ihm her. Ich stützte mich am Armaturenbrett ab und sah die Welt viel zu schnell auf mich zukommen. Hoffte, dass uns kein Kind oder Beagle in die Quere kam.

Unger fuhr die Strecke zurück, die wir aus der Innenstadt genommen hatten, und bog schließlich auf den Freedom Drive ein, der nach einer leichten, entschuldigenden Kurve zur Moores Chapel Road wurde. Nach ein paar Meilen bog er nach links in die Sullins ein und gleich danach noch einmal rechts. Als Slidell um die Ecke fuhr, verschwand der Jaguar nach links.

Scheiße! Hatte er uns entdeckt?

Slidell bog ebenfalls ab.

Der Jaguar war auf halber Höhe des Blocks, fuhr jetzt langsamer und schien nicht vor uns fliehen zu wollen. Erleichtert lehnte ich mich zurück und betrachtete meine Umgebung durchs Beifahrerfenster.

Wir rollten durch eine weitere Wohngegend, diese hier war jünger als das Viertel, das wir eben verlassen hatten. Die Häuser waren alle einstöckig und uniform auf ziemlich schlichte Art und Weise. Außenverkleidungen in schäbigen Pastelltönen. Lackierte oder gebeizte Türen. Carport links oder rechts. Was Wohnviertel angeht, schien dies das untere Ende der architektonischen Nahrungskette zu sein.

Unger bog wieder ab. Wie zuvor blieb Slidell ein wenig zurück und folgte dann. Nach hundert Metern fuhr der Jaguar scharf rechts in eine kleine Straße, die als Sackgasse endete.

Kurz vor der Kreuzung hielten wir und musterten die Umgebung. Zwei Häuser standen einander gegenüber an einem Betonkreis, jedes flankiert von leeren Grundstücken. Eins war erbsengrün und hatte ein Erkerfenster, eine frei stehende Garage und eine kleine Eingangsveranda, auf der eine Bank von Kmart ein rot-schwarzes Rennrad an die Wand drückte. Das andere war grau und hatte keine dieser Nettigkeiten.

Der Jaguar stand vor dem erbsengrünen. Auf einem Briefkasten an der Bordsteinkante stand *Schneller.* Auf dem des Nachbarn *Russak*. Unger stieg aus dem Jaguar und stieg zu

Schnellers Haustür hoch. Einen Daumen auf die Klingel, die Tür ging auf, und er verschwand im Inneren.

Slidell drückte Tasten und sprach dann in sein Handy.

»Geben Sie diese Adresse mal ein.« Er sagte sie auf. Pine Lily Court Nummer vier.

Die Antwort wurde von Slidells Kopf erstickt. Ich hörte gedämpftes Knistern. Dann mehr Plappern. Wieder die Stimme, eine hohe, wahrscheinlich Spano, ein längerer Bericht.

»Was gibt's dazu?«

Ich verstand keine Silbe.

»Kein Straßenzugang?«

Knappe Antwort. Nein, nahm ich an.

»Position halten.«

»Was?«, fragte ich, als Slidell aufgelegt hatte.

»Seit der Erbauung '97 ist das Haus auf den Namen Otto Schneller eingetragen. Keine Hinweise auf irgendwelche Anrufe an diese Adresse. Keine Beschwerden von den Nachbarn. Schneller hat keine Vorgeschichte, keine Register.«

Obwohl der Tag drückend und feucht war, hatte Slidell das Bedürfnis nach frischer Luft. Wir saßen mit halb geöffnetem Fenster da, atmeten die Gerüche von faulendem Müll, Kohlebriketts und Chlor, das nicht gegen abgestandenes Poolwasser ankam, ein. Und natürlich von Slidells versagendem Deo und dem schweißgetränkten Hemd.

Fünf Minuten. Zehn.

Wie Slidell sagen würde, Beschattungen sind nicht gerade Actionknaller. Mein Blick wanderte über das Anwesen, nahm Details auf.

Bäume begrenzten das Anwesen vielleicht zwanzig Meter hinter dem Haus. Unter einer Dachtraufe hing ein riesiges Wespennest. Neben der Tür war in einem Schubkarren eine grüne Decke zusammengeknüllt. Ein Gartenspaten lag quer über der Wanne, mit frischer Erde auf dem Blatt.

Das passte irgendwie nicht.

Ich erweiterte mein Blickfeld.

Weder auf der Straße, in der wir standen, noch auf dem Pine Lily Court passierte irgendetwas. Keine Kinder auf Rädern oder Roller. Keine Nachbarn, die Autos wuschen, Rasen mähten oder Unkraut jäteten. Die einzigen Geräusche waren Slidells Daumen, die auf das Lenkrad trommelten, und das beharrliche Sirren von Heuschrecken.

Dann, durch das Trommeln und Sirren, ein gedämpftes Schnurren.

Ich wollte eben etwas sagen, als Slidells Handy sich meldete. Diesmal drückte er sich das Ding nicht so fest ans Ohr. Ich verstand fast alles.

»Motorrad nähert sich ...ehr schnell. Wenn ... Ihr Standort, geschätzt ...eniger als zwei Minuten.«

»Verstanden.«

Slidell reagierte schnell. Binnen Sekunden stand der 4Runner mit der Schnauze zur Straße in einer Einfahrt gegenüber.

Aus dem Schnurren wurde ein Jaulen. Dasselbe Jaulen, das ich am Bunker gehört hatte? Kurz darauf kam ein Motorrad den Block hoch, bog auf die Pine Lily ein und rollte den Fußweg hoch, der zu Nummer vier führte. Der Fahrer trug ausgewaschene, abgeschnittene Jeans, Cowboystiefel und einen glänzend blauen Helm.

Ich sah den Fahrer den Motor abstellen und den Seitenständer herunterklappen. Mein Kinn straffte sich. Die Stiefel waren braun mit grünen, floralen Verzierungen und türkisen Nieten.

»Das ist Holly Kimrey«, sagte ich.

»Sind Sie sicher?«

»Ja.«

Kimrey stieg ab und nahm den Helm vom Kopf. Seine Haare hatten die Farbe alter Roter Bete, oben stachelig und an den Seiten mit irgendeinem Öl nach hinten gestrichen. Sein Gesicht konnten wir nicht sehen.

Die Art, wie er sich voller angespannter Energie bewegte,

machte mich nervös. Kimrey legte den Helm auf den Sitz und schloss die Tür zu Nummer vier auf. Während ich das triste Vorstadthaus betrachtete, hatte ich Schwierigkeiten, mir vorzustellen, dass das Nick Bodys Zuhause war. Konnte der aufgeblasene Hitzkopf wirklich in so einer banalen Umgebung leben?

Und eine noch grausigere Vorstellung. Könnte April Siler in diesem Haus sein? Vergraben im Garten oder im Wald dahinter? Waren wir kurz davor, einem Monster gegenüberzutreten? Oder war das alles ein furchtbares Missverständnis?

Wieder griff Slidell nach seinem Handy.

»Ich gehe rein. Sie und Torrance sichern die Rückseite für den Fall, dass sich jemand aus dem Staub machen will.«

Gemurmelte Antwort.

»Roger.« Zu mir: »Nehmen wir uns diesen Penner vor. Ich übernehme das Reden, okay?«

»Ist es okay, wenn ich atme?«

Während wir die Sackgasse überquerten, fiel mir auf, dass Slidell sein Schulterhalfter zurechtrückte. Diese Vorsichtsmaßnahme deutete auf einen Grad der Anspannung hin, der ähnlich hoch war wie meiner.

Slidells Klopfen wurde mit einer Vorhangbewegung im Erkerfenster beantwortet. Niemand kam an die Tür. Er klopfte noch einmal, diesmal fester, mit geballter Faust.

»Verschwinden Sie.« Eine verzerrt klingende Stimme, wahrscheinlich Kimrey.

»Polizei. Aufmachen.«

»Hauen Sie ab.«

»Können Sie vergessen.«

»Was soll dieser Mist?«

»Eine kleine Party, und das Motto ist: Machen Sie die verdammte Tür auf.«

»Warum sollte ich?«

Slidell hob seine Marke und schwenkte sie vor dem winzigen Fenster auf Augenhöhe.

»Wie wär's, wenn wir über einen Gerichtsbeschluss reden?«

»Wie wär's, wenn wir über einen Mord reden?«

»Was soll das?«

»Leider ganz schön heiß hier draußen.«

Die Tür öffnete sich so weit, wie es die Sicherungskette zuließ, gerade genug, damit Kimrey Slidell mustern konnte. Anscheinend beeindruckte ihn, was er sah. Mit der Begeisterung eines lebenden Toten schloss er die Tür, nahm die Kette ab, trat einen Schritt zurück und zog die Tür gerade so weit auf, dass wir hindurchgehen konnten.

Freunde sagen mir, der Annex braucht mal eine Renovierung. Die Ausstattung hier war so altmodisch, dass sie Vinylstiefel und einen Pillbox-Hut hätte tragen sollen. Der L-förmige Raum war eng und vollgestellt mit einem Übermaß an Möbeln, die ihre besten Zeiten längst hinter sich hatten. Pendellampen hingen in den Ecken von der Decke. Der Boden war mit olivfarbenem Flauschteppich bedeckt.

Direkt vor uns, am hinteren Ende des L, befand sich eine Essecke mit einem Sideboard, einem Tisch und Stühlen, die alle so taten, als wären sie aus Ahorn. Unter dem Fenster am hinteren Ende stand ein Metallregal. Eine drohnengroße Fliege stieß immer wieder an die Scheibe. In einer Ecke lehnte ein Spazierstock mit Derbygriff und lederner Schlaufe.

Das Wohnzimmer lag rechts, am Fußende des L. Eine goldfarbene Tapete mit Blumenmuster schmückte eine Wand. Die anderen waren nackt, bis auf billige Poster von großen Kunstwerken. Van Goghs *Sternennacht,* Monets *Sonnenaufgang,* Botticellis *Geburt der Venus.*

Ein Flachbildfernseher verdeckte einen Großteil des Erkerfensters. Dem Fernseher gegenüber stand vor der blumigen Tapete eine Sitzgruppe mit beiger Brokatpolsterung. Passende Lehnsessel rahmten das Sofa zu beiden Seiten, davor stand ein Couchtisch aus Billigchrom und Glas. Auf identischen Beistelltischchen standen identische Lampen, bestehend aus einem pfingstrosenfarbenen Keramiksockel und einem Quastenschirm in Kaugummirosa.

Bis auf den Fernseher sah das ganze Haus aus wie in der Zeit erstarrt. Großzügig gerechnet, würde ich sagen, in den Sechzigern.

Eine grüne Bäckereischachtel stand offen auf dem Couchtisch. Verstreute Brösel und Zuckerkörnchen deuteten auf den kürzlichen Verzehr von Donuts hin.

Floy Unger saß auf dem Sofa, die knochigen Knie ausgestellt, die gefalteten Hände dazwischen hängend. Er sah müde aus. Und noch etwas. Verängstigt?

Holly Kimrey lümmelte in dem Sessel, der zu uns schaute, die Beine ausgestreckt, die Knöchel übereinandergeschlagen, den Blick auf die Reste eines Donuts mit Schokoglasur geheftet. Ihm gegenüber saß ein Mann, reglos, mit dem Rücken zu uns. Ich sah dichte, schwarze Haare und einen sonnenverbrannten Nacken, der auf ein künftiges Melanom hindeutete.

In meinem Bauch ballte sich eine Faust.

Würde ich jetzt gleich dem berüchtigten Nick Body gegenübertreten?

35

»Gehört sonst noch jemand zu dieser kleinen Freakshow?« Slidell ließ den Blick durch das Zimmer und über das Trio wandern.

Unger starrte weiter einen Punkt irgendwo zwischen seinen Knien an. Kimrey fixierte das Gebäck. Der Schwarzhaarige sagte nichts.

»Ich rede mit euch, Leute.« Slidell fauchte beinahe.

Unger zuckte zusammen. Sonst zeigte keiner eine Regung.

Slidell warf mir einen »Sie bleiben hier«-Blick zu und setzte sich dann, die Hand über der Glock, in Bewegung, um das Haus zu durchsuchen. Ich sah ihn durch die Essnische in die

Küche gehen, dann wieder den Gang hinunter, wo vermutlich Schlaf- und Badezimmer lagen. Sekunden später war er wieder zurück. Ein kurzes Nicken in meine Richtung, dann ging er über den fiesen Flauschteppich auf den unglücklichen Brokatsessel zu, alle Sinne aufs Höchste gespannt.

Ich ging zu ihm hinüber und erhaschte so den ersten Blick auf den Mann, der mit dem Rücken zu uns saß. Trotz der zusätzlichen Jahre, der sonnenverbrannten Haut und der etwas schlankeren Figur erkannte ich in ihm den dritten Mann auf der MKUltra-Konferenz. Der Mann bei Felix Wodjanow und Yates Timmer. Nick Body.

»Holly hat mir schon erzählt, dass ihr beide ein richtiges Traumpaar seid.« Eine raue Stimme tief aus Bodys Kehle.

Ich schaute aus dem Augenwinkel zu Kimrey. Aus der Nähe wirkte er älter, als ich mir vorgestellt hatte. Ich bemerkte geplatzte Äderchen auf seinen Wangen, feine Fältchen um Augen und Mundwinkel. Einen schwachen Bartschatten.

»Wir tun, was wir können.« Sarkasmus färbte Slidells Stimme.

»Ich weiß, dass Sie Polizist sind.« Body hob das Kinn in meine Richtung. »Aber wer zum Teufel ist sie?«

»Ihr schlimmster Albtraum.« Die straffen Schultern und der barsche Ton verrieten mir, dass Slidell jetzt im Chuck-Norris-Modus war.

»Lustig.« Bodys gesamte Körperhaltung verströmte Arroganz.

»Warum haben Sie Ihrem Lakaien befohlen, ihr Stadthaus anzuzünden?« Slidell deutete mit dem Kinn auf Kimrey.

»Ich habe keine Ahnung, wovon Sie sprechen.«

»Ich glaube schon.«

»Holly ist mein Assistent, sonst nichts.«

»Ich habe nachgeschaut. Ihr Assistent hat ein langes, sehr volles Register.«

Body zuckte die Achseln, ein eckiges Heben einer fleischigen Schulter.

»Der Idiot hat Fingerabdrücke hinterlassen.«

»Was soll der Mist?« Anscheinend war Kimrey doch nicht so auf den Donut fixiert, wie es schien.

»Polizisten deponieren Beweise«, sagte Body. »Hört man immer wieder.«

»Fingerabdrücke sind schwer zu deponieren.«

»Erzählen Sie das O.J. Simpson.« Body hängte lässig den Arm über die Rückenlehne, als wäre er nicht im Geringsten besorgt.

Die gespielte Gleichgültigkeit löste bei mir einen so starken Abscheu aus, dass ich nicht länger schweigen konnte. »Warum haben die Leute, die ich nach Ihnen befragt habe, die Stadt verlassen oder plötzlich ihre Zunge verschluckt?«

»Das ist Ihnen aufgefallen?«

»In der Tat.«

»Ich habe sie bezahlt.«

»Warum?«

»Um diese Eingriffe zu beenden.«

»Was wollten Sie damit erreichen?«

»Was wollten *Sie* damit erreichen?«

»Die Wahrheit.«

Als Body grinste, strafften sich die Lippen über den Schneidezähnen und bogen sich an den Winkeln nach unten. Es war ein Grinsen wie das einer Viper, wenn eine Viper grinsen könnte.

»Haben Sie Ihren Bruder ermordet?«, fragte ich.

Eisiges Schweigen.

»Sind diese Fragen zu schwer für Sie, Nick? Ich könnte auch kürzere Sätze verwenden.« Das Adrenalin schoss mir wie Starkstrom durch den Körper.

»Ich habe meinen Bruder geliebt.«

»Auch seine Chorea-Huntington-Erkrankung?«

»Sie sind gründlich.« Eisig.

»Bin ich.« Noch eisiger.

»Ich habe Felix angefleht, es nicht zu tun. Er wollte nicht hören.«

Slidell neben mir verströmte Anspannung aus jeder Pore.

»Trotzdem muss es eine Erleichterung gewesen sein.« Ich bedrängte ihn weiter, weil ich eine Schwachstelle spürte. »Seine Krankheit hätte peinlich werden können. Hätte Sie Anhänger kosten können. Vielleicht Investoren in Ihr Raketensiloprojekt.«

Wieder Schweigen. Das Grinsen war verschwunden.

»Schweine haben ihn angefressen, wissen Sie?« Grausam, ich weiß, aber mein Adrenalin hatte das Kommando übernommen.

»Red nicht so über meinen Bruder, du Schlampe.« Bodys Kiefer verspannte sich bis hinunter zu seiner Kehle.

»Yuriev hat die Krankheit verschleiert.« Ich preschte weiter vor. »Ist Heavner mit an Bord, um die Todesart zu beschönigen?«

»Wer?«

»Margot Heavner. Ihre Busenfreundin, Dr. Edelstahl.«

Unger schien von dem Fixpunkt zwischen seinen Knien zurückzukehren. Sein Blick wanderte zu Body, auf seinem Gesicht spiegelte sich ein innerer Konflikt. Body kniff warnend die Augen zusammen. Unger wandte sich ab.

»Dr. Heavner ist Investorin für eines meiner Projekte«, sagte Body. »Das ist alles.«

»Wir wissen alles über DeepHaven«, sagte ich mit neutraler Stimme und ausdruckslosem Gesicht, um meinen Abscheu zu überdecken. Und den Schock.

Slidell riss nun der Geduldsfaden, er übernahm wieder. Er machte einen Schritt auf Body zu. »Sie benutzen Ihre Show, um Lügen zu verbreiten und Ihre wertlosen Safe Houses zu verscherbeln. Sie blasen jeden Unsinn raus, der Ihnen in den Sinn kommt.«

»Ja.« Wieder dieses Viperngrinsen. »Das tue ich.«

Slidell hatte keine Lust mehr, um den heißen Brei herumzureden. »Wo ist das Kind, Body?«

»Was für ein Kind?«

»Oder sollte ich besser Kinder sagen?«

»Sie sind doch verrückt.«

»Jahaan Cole. Timothy Horshauser. Soll ich weitermachen?«

»Ich kenne die Fälle dieser Kinder. Ich habe ihr Verschwinden öffentlich diskutiert. Darüber hinaus weiß ich absolut nichts.«

»Ich glaube doch.«

»Haben Sie auch nur den geringsten Beweis für diese lächerlichen Anschuldigungen?«

Slidell starrte ihn mit einem solchen Hass an, dass ich an einen Wasserspeier denken musste.

»Nein, Detective«, trällerte Body. »Und Sie werden auch nie einen haben.«

»Das reicht. Ihr haltet mich hin, und ich vergeude hier meine Zeit. Ich verhafte euch Schwachköpfe, alle drei.«

»Weswegen?«, fragte Kimrey empört und wütend.

Slidell zog ein pinkfarbenes Plüscheinhorn aus der Tasche und warf es Body zu. Als ich das sah, schoss es mir wie ein Blitz durch den Körper.

»Geht Ihnen bei Kinderspielzeug einer ab, Nicky?« Ich machte mir nicht mehr die Mühe, meinen Abscheu zu verbergen. »Reiben Sie gern Ihren Lümmel an Plüschtierchen?«

»Wie können Sie es wagen!«, rief Body mit hochroten Wangen.

»In letzter Zeit ein paar Gräber gebuddelt? Was werden wir in Ihrem Garten wohl so finden?«

»Was soll der Mist!« Kimreys Vokabular war offensichtlich weniger umfangreich.

»Ihr seid alle dran.« Slidell schaute böse von einem zum anderen. »Drogen. Betrug. Einbruch. Brandstiftung. Entführung. Wie klingt versuchter Mord?«

In diesem Augenblick lief die Sache aus dem Ruder.

Kimrey schnellte aus seinem Sessel hoch und schoss durchs Zimmer. Da ich direkt im Weg war, bekam ich den Schlag ab. Ein Ellbogen in die Rippen warf mich gegen den Fernseher. Der Bildschirm barst. Betäubt vom Schlag stand ich keuchend da, meine Lunge verkrampfte. Aus dem Augenwinkel sah ich Unger erstarrt dasitzen, wie gelähmt vor Unentschlossenheit.

Ganz anders Body. Im selben Augenblick stemmte er sich hoch und ging um den Couchtisch herum, um an Slidell vorbeizukommen.

»Bin dran!«, krächzte ich und stolperte hinter Kimrey her.

Hinter mir hörte ich Slidell losspringen. Ein Aufkeuchen, als er sich Body in die Brust rammte. Fleisch, das auf Brokat klatschte. Knochen an Verputz. Splitternde Keramik.

Kimrey rannte zum Eingang und riss die Tür weit auf. Sie stieß gegen die Wand und prallte wieder zurück.

In meinem Rücken ein animalisches Grunzen, ein keuchendes Wimmern, das Klicken von Handschellen. Erschrockene Bewegung, ein gebellter Befehl von Slidell. Ein schrilles Kreischen von Unger. Ein Krachen, wahrscheinlich die zweite Lampe, die sich zu ihrer Kollegin gesellte.

Die Tür wieder zu öffnen kostete Kimrey wertvolle Zeit. Als ich nach draußen rannte, erreichte er eben sein Motorrad. Ich stürzte auf ihn zu und rammte ihn, zuerst mit der Hüfte, dann der Schulter, legte mein ganzes Gewicht und all meine Wut in diesen Angriff.

Der Helm flog durch die Luft, das Motorrad kippte um. Kimrey machte einen Hechtsprung auf den Rasen, doch ich klebte an ihm wie ein Blutegel an einer Kröte. Im Fallen sah ich kurz zu Spanos Streifenwagen am Bordstein. Er war leer.

Kimrey wand sich und robbte auf den Ellbogen vorwärts, während er mit seinen schicken Stiefeln nach hinten austrat. Ich hielt ihn so fest, dass ich die Anspannung seiner sehnigen Muskeln, die Härte seiner Knochen darunter spürte. Zentimeter um Zentimeter schleifte er uns über das Gras. Meine Arme brannten vor Anstrengung, doch ich klammerte mich fest, drückte das Gesicht in seinen Rücken.

Einen halben Meter. Noch einen. Kimrey war nur wenig schwerer als ich, aber seine Verzweiflung gab ihm mörderische Kräfte. Langsam glitten meine Arme an seinem Rücken hinunter.

Das grelle Sonnenlicht, die drückende Schwüle, das holpernde Schleifen über das ausgedörrte Gras. Die Quälerei schien ewig zu dauern. Dann senkte sich Kimreys rechte Schulter, während sein Arm sich streckte. Ich hörte ein Scharren, und seine Kehle saugte Luft ein, während sein Oberkörper sich drehte.

Der Aufprall des Helms sagte mir, was meine Ohren zu erklären versucht hatten. Schmerz raste von meiner Stirn die Wirbelsäule hinunter.

Anscheinend hatte ich meine Umklammerung gelockert. Kimrey schnellte hoch wie eine Springfeder. Ich stolperte hinter ihm her, auf unsicheren Beinen, aber beharrlich.

Kimrey hatte zwei Möglichkeiten. Das Motorrad aufstellen oder auf die Bäume zu rennen. Das Wäldchen würde ihm nicht viel bringen. Er musste sich auf seine Maschine verlassen.

Er stemmte eben sein Rad hoch, als ich ihn mit seinem eigenen Trick zu Boden schickte. Mit aller Kraft, die ich noch aufbringen konnte, schwang ich den Helm am Kinnriemen in Halbkreis und traf Kimrey seitlich am Schädel. Er sackte zu Boden und lag reglos da, benommen, aber bei Bewusstsein.

Ich spürte Blut heiß und zäh über mein Gesicht tröpfeln.

Durch die offene Tür hörte ich Slidell in sein Handy bellen.

»Brauche Hilfe hier draußen!«, schrie ich.

Ich wollte eben noch einmal schreien, als Spano um die Hausecke gerannt kam. Mit einer effektiven Bewegung drehte sie Kimrey auf den Bauch und legte ihm Handschellen an.

»Verstehen Sie, was ich sage?«, fragte Spano.

»Leck mich«, erwiderte Kimrey.

»Brauchen Sie medizinische Hilfe?« Weniger freundlich.

»Verpiss dich.«

Angewidert wandte ich mich ab. Mein Blick fiel auf die offene Garagentür. Auf die Schubkarre mit der Decke und dem erdverkrusteten Spaten. Ich schaute zum Hinterhof und dem Wäldchen dahinter, und fast überwältigt von Traurigkeit hatte ich nur einen einzigen Gedanken. April Siler könnte noch irgendwo da draußen sein. Andere vermisste Kinder.

Ich strich mir eben mit dem Handrücken Blut und Schweiß vom Gesicht, als Slidell in der Tür erschien, einen merkwürdigen Blick auf seinem hochroten Gesicht. Als unsere Blicke sich kreuzten, schüttelte er langsam den Kopf.

Was? Ich hob die Hände.

»Habe eben einen Anruf wegen Siler erhalten.« Ein tiefer Atemzug. Eine Pause voller sich widersprechender Gefühle. »Man hat sie gefunden.«

Trotz der Hitze wurde mein Körper kalt. Anscheinend schwankte ich. Slidell fasste mich am Arm und führte mich zu der Bank auf der Veranda.

»Sie brauchen Wasser«, sagte er.

Bevor ich etwas einwenden konnte, eilte er ins Haus. Um Zeit zu schinden, bevor er das Undenkbare aussprechen musste?

Minuten vergingen. Mein Puls und meine Atmung normalisierten sich.

Slidell kam eben mit einem Plastikbecher in der Hand die Veranda entlang, als ein Transporter des CMPD in die Sackgasse einbog. Zwei Uniformierte stiegen aus, einer groß, der andere klein. Während der Große die Hecktür öffnete, ging Slidell zu ihnen.

Spano führte Kimrey zu dem Transporter und half ihm beim Einsteigen. Der Kleine verschwand im Haus, kam Augenblicke später mit einem Unger in Handschellen, das linke Auge zugeschwollen, wieder heraus und steckte ihn ebenfalls hinter Gitter.

Torrance führte Body über den Rasen, auch er mit Handschellen hinter dem Rücken gefesselt, als ein burgunderroter Kia Optima in den Pine Lily Court einbog und hinter Ungers Jaguar anhielt. Alle Anwesenden schalteten in erhöhten Alarmzustand.

Die Beifahrertür des Optima ging auf, und ein Mädchen hüpfte heraus. Sie trug Sandalen, ein gelbes Kleid mit lächelnden Sonnen und silberne Seepferdchen-Ohrringe. Ihre Haare waren schwarz, die Lippen glänzend rosa, die Augen kornblumenblau. Ich schätzte sie auf zwölf oder dreizehn.

Ich schaute zu Slidell. Seine Aufmerksamkeit war ganz auf das Kind gerichtet.

Das Mädchen strahlte und zeigte makellose Zähne, an die Brust gedrückt hielt sie eine Plastiktrophäe – eine Figur vor dem Sprung vom Startblock.

Das Mädchen fing an zu hüpfen, und ihr Kleid schwang im Rhythmus ihrer Bewegungen. Als ihr die Szene bewusst wurde, stutzte sie. Der Transporter. Die Polizisten. Der Mann in Handschellen mit der urinbefleckten Hose.

Die Kornblumenaugen weiteten sich, als aus dem Tag ein Albtraum wurde. Sie blieb stehen. Die glänzenden Lippen zitterten. Beruhigten sich, um ein einziges Wort zu bilden.

»Daddy?«

36

Sonntag, 15. Juli–Dienstag, 17. Juli

In diesem Sommer las und dachte ich viel über das menschliche Gehirn nach. Über das komplexe, knapp drei Pfund schwere Organ mit hundert Milliarden Neuronen, die sich zu mehr als hundert Billionen Synapsen verzweigen. Über die einhunderttausend Meilen Blutgefäße im Gehirn. Neuroanatomen haben den Furchen und Windungen und Lappen Namen gegeben:

Großhirn, Kleinhirn, Hypothalamus und Medulla oblongata. Sie haben die Teile seziert, den neuralen Pfaden nachgespürt, die elektrischen und chemischen Eigenschaften analysiert. Trotzdem versteht noch niemand so richtig, wie dieses Ding funktioniert. Bei meinem eigenen war ich auf jeden Fall ratlos.

Das Scharmützel bei Bodys Haus existiert in meiner Erinnerung als wüstes Durcheinander von Sinneseindrücken. Anblicke. Geräusche. Gerüche. Schmerz. Viel Schmerz.

Und ein kristallklarer Schnappschuss.

Der entsetzte Schrei eines Kindes. *Daddy!* Body, der sich bei diesem Wort umdrehte, einen Blick abgrundtiefer Bestürzung auf dem Gesicht. Derselbe Blick gespiegelt im Gesicht des Mädchens.

Auf dem Revier durften Body, Unger und Kimrey sehen, dass Yates Timmer ebenfalls die Gastfreundschaft des CMPD genoss. Jeder war in einem separaten Verhörzimmer untergebracht. An diesem Tag und am nächsten beobachtete ich die Befragungen, bewegte mich von einem Fenster zum anderen, während Slidell von Zimmer zu Zimmer wechselte.

Die vier »Personen von Interesse« mauerten kurz, doch nach einer Weile belasteten sie sich gegenseitig. Allerdings zaghaft, nicht skrupellos nach dem Motto: Jeder rettet seinen eigenen Arsch. Wie wir es erwartet hatten. Eher wie Petzen auf dem Spielplatz, die uns harmlose Brösel hinwarfen. Ein paar Informationen kamen zum Vorschein. Wir hatten mehr erhofft.

Das Kind mit der Trophäe war AvaLeigh Tayman, Bodys Tochter. AvaLeighs Mutter hatte Body vor Jahren verlassen und danach wieder geheiratet. Man muss wohl nicht erwähnen, dass zum Scheidungsvertrag eine monströse Verschwiegenheitsklausel gehörte. Deshalb waren ihre Namen in keiner meiner Internetsuchen aufgetaucht.

AvaLeigh besuchte gelegentlich das umzäunte Anwesen in Cleveland County. Die Zähne und der rosa Turnschuh gehörten ihr. Wahrscheinlich war sie das Kind, das Duncan Keesing im Heckfenster des Autos gesehen hatte. Das Kind, dessen Gesicht er auf das Fass gemalt hatte.

Das Haus am Lake Wylie war ein Verkaufsbüro für Timmers Sammlung von ausrangierten Militärsilos und -bunkern. Und ein Clubhaus für die »Wohnungsbesitzer« seiner beiden unterirdischen Komplexe. Dort wurden marktschreierische Verkaufsveranstaltungen abgehalten. Und auch gesellschaftliche Ereignisse. Kinoabende. Steaks auf dem Grill. Cocktails am See.

Laut Body war sein Motiv für eine Investition bei Timmer rein finanzieller Natur. Laut Timmer waren die Gründe seines Partners komplexer. Da Body Angst hatte, dass er die Huntington-Mutation in sich trug, plante er, sich in den Untergrund zurückzuziehen, falls Symptome auftauchten.

DeepHaven I war ein echter Erfolg. Wie Unger bei seiner früheren Befragung gesagt hatte, war der zwölfstöckige unterirdische Komplex belegt und völlig ausverkauft. Timmer erzählte dieselbe Geschichte. Dokumente bestätigten, dass sie stimmte.

Und noch ein unerwarteter Knüller. Vor sechs Jahren hatte Margot Heavner, während der Serie ihrer Live-Interviews auf *Body Language,* eine kleine Einheit gekauft, deren Preis von eineinhalb Millionen deutlich herabgesetzt worden war als Gegenleistung für Insiderinformationen aus der Leichenhalle, vor allem zu Fällen, die mit Kindern zu tun hatten.

Für mich schien ein unterirdischer Zufluchtsort nicht zu Heavner zu passen. Ich hätte angenommen, dass sie ihr Erspartes eher für Botox und Luxusschuhe ausgeben würde. Slidell kam das auch so vor. Als er sie befragte, gab Dr. Edelstahl zu, dass das Geld, nicht das Überleben, ihre Motivation war. Sie hatte vor, die Einheit mit Profit zu verkaufen, bis jetzt aber noch keinen Interessenten gefunden.

Schätze, Heavners Moralvorstellungen waren noch mieser, als ich erwartet hatte. Dafür war ihre Gier nach Reichtum umso stärker.

Bei DeepHaven II war die Sache anders. Das Projekt verschlang Unsummen, und kein Mensch kaufte. Laut Timmer und auch Unger hatte die Propaganda mit den verschwundenen Kindern bei Phase eins gut funktioniert. Wieso, wusste keiner. Die Leute kauften Bunker aus vielerlei Gründen: Angst vor einem Finanzcrash, einem Rassenkrieg, einem Atomschlag, einer Seuche. Ein Survival Home ist eine Option, die die meiste Zeit leer steht. Wenn der große Wumms kommt, kann man sich unter die Erde verkriechen. Aber warum eines kaufen aus Angst, seine Kinder zu verlieren?

Ob gerechtfertigt oder nicht, Body glaubte, dass der Trend real war, also wurde eine ähnliche Kampagne auf die Beine gestellt, um Phase II zu promoten. Body benutzte seine Blogs und Podcasts, um unter seiner Hörer- und Leserschaft Panik zu erzeugen. Was er zu seiner Verteidigung hervorbrachte, war erbärmlich. Na und? Gegen ein bisschen Panikmache gebe es ja wohl kein Gesetz.

Sooft ich einer Sitzung mit der großmäuligen Witzfigur zuhören musste, hatte ich mit meiner Ungläubigkeit zu kämpfen. Und meinem Ekel. Body war kein Verteidiger des kleinen Mannes, wie er sich selbst darstellte. Der marktschreierische Scharfmacher war in Wirklichkeit eine Koksnase mittleren Alters mit Schulden bis über beide Ohren. Er lebte nicht in dem Lebkuchenhäuschen am Pine Lily Court, sondern in einem ausgedehnten Anwesen in einer Gegend mit ausgedehnten Anwesen in der Nähe von Weddington, südlich von Charlotte. Eine Immobilie, die unter dem Namen einer anderen Beteiligungsgesellschaft registriert und weit über Wert mit Hypotheken belastet war. Kein so ruchloses und gefährliches Profil, wie ich vermutet hatte. Dennoch, der große Zauberer war auf so vielen Ebenen ein Betrüger, dass meine Instinkte mir sagten, dass da noch mehr dahintersteckte.

Felix Wodjanow hatte im Lauf der Jahre viele Rechercheaufträge erhalten, die *Estonia*-Affäre und die verschwundenen und ermordeten Kinder waren nur zwei davon. Nichts Teuflisches. Nichts Grausames. Kein Kind war je misshandelt worden von irgendjemand, der mit *Body Language* oder DeepHaven zu tun hatte. In diesem Punkt blieben alle vier standhaft.

ITO war der Markenname einer Krawatte, die Mitte der Neunziger in Japan verkauft worden war. Die Firma, gegründet von einem unternehmungslustigen Highschool-Jungen, stellte nur eine sehr begrenzte Charge her, bevor sie bankrottging. Die inzwischen sehr seltenen Krawatten sind heute ein Vermögen wert. Wodjanow hatte sich eine besorgt, Gefallen an dem Namen gefunden und ihn als einen seiner vielen Decknamen verwendet.

Die Wohnung in Ramos' Gebäude war vorwiegend als Lager für Akten angemietet worden, die Body außer Haus und versteckt verwahren wollte. Felix Wodjanow hatte in dem Haus am Pine Lily Court gelebt. Otto Schneller war ein Cousin der Wodjanows. Weil er seine Anonymität und die seines Bruders wahren wollte, hatte Body Schneller dazu überredet, als Gegenleistung für einen Besuch in den USA die Immobilie auf seinen Namen registrieren zu lassen. Ein geringes Risiko, so schien es. Otto war siebenundachtzig und lebte in Minsk.

Wieder sagte mir mein Bauch, dass mehr dahintersteckte. Warum all diese Sicherungen? Warum die Geheimhaltung? Das alles stank wie eine alte Forelle.

Alle bestätigten, dass Wodjanow den Hyundai bei Arts Werkstatt abgestellt hatte. Dass er die Hinweise zum Standort seines Autos aufgeschrieben hatte, vielleicht für sich selbst. Er hatte die Nachricht codiert, wie es seine Gewohnheit war. Vielleicht hatte er die Gegend mehrmals besucht, bevor er seinen endgültigen Abschied inszenierte.

Eine der Nummern, die sich auf eine leere Seite des Notizbuchs durchgedrückt hatte, war die eines Wegwerfhandys, das kurz Holly Kimrey gehört hatte. Keiner der vier wusste, warum Wodjanow meine Nummer auf derselben Seite notiert hatte. Oder den Hinweis auf Jahaan Cole. Behaupteten sie zumindest.

Dies wurde von Yuriev geklärt. Und es erklärte auch seine Reaktion, als Coles Name während unseres Gesprächs in seinem Auto fiel. Auf mehrmaliges Nachfragen gab der Herr Doktor zu, dass Wodjanow einmal von einem Interview gesprochen hatte, das eine forensische Anthropologin namens Temperance Brennan am vierten Jahrestag von Coles Verschwinden gegeben hatte. Daher hatte Wodjanow mich als Person ausgesucht, die er kontaktieren wollte.

Yurievs Verbindung zu Body und Wodjanow kam über einen Schachclub, der von Exilrussen favorisiert wurde. Der Arzt hatte nichts zu tun mit Wodjanows Selbstmord, hatte sogar versucht, seinen Patienten davon abzubringen. Letztendlich gab er es aber auf, weil er wusste, dass die Zukunft für Felix nur noch Elend bereithielt. Obwohl Kimrey es leugnete, deuteten sowohl Body wie Unger an, dass er das Fentanyl beschafft hatte.

Warum Taphephobie? Yuriev und Wodjanow hatten das Paradox amüsant gefunden.

An dem Tag, als ich die Akte fand, hatte Kimrey eine Ladung Drogen beim Bunker auszuliefern. Er war überzeugt, dass Wodjanow sie dort in den Müllcontainer geworfen hatte, und reimte sich zusammen, dass Felix hatte aufräumen wollen, bevor er sich umbrachte. Er hatte gesehen, wie Felix den Inhalt anderer Schachteln verbrannte, wahrscheinlich diejenigen, die er in Ramos' Gebäude aufbewahrt hatte. Da er nicht wusste, wer ich war und was ich mit der Akte oder dem Zahnbeutel vorhatte, klaute Kimrey beides. Außerdem hatte er eine Heidenangst, dass ich wegen seiner Nachlässigkeit auf das Grundstück gelangt war und wollte nicht, dass sein Chef erfuhr, dass er das Tor offen gelassen hatte.

Ausgehend von Details, die man mühsam aus allen vier Befragten herauskitzeln musste, ergab sich langsam ein Bild von Wodjanow. Ein Mann, der Nick Body treu ergeben war, doch immer im Schatten seines jüngeren Bruders stand. Ein Mann, der sich den Anschein eines Lebensstils schuf, den er sich gar nicht leisten konnte – Kleidung aus zweiter Hand, Kunstkopien. Ein Mann, der mit seinem körperlichen und geistigen Verfall zu kämpfen hatte, der stolperte und fiel und sich selbst Notizen aufschrieb, um seine Gedanken beisammenzuhalten. Um Passwörter zu retten, die er sich nicht merken konnte. Ein Mann, der von einigen seiner Taten gequält wurde und Wiedergutmachung leisten wollte, bevor er seinem Leben ein Ende setzte.

Aber keiner hatte irgendwas mit Misshandlungen von Kindern zu tun. Auf gar keinen Fall. Niemals. Entweder sagten die vier die Wahrheit, oder ihre schauspielerischen Leistungen waren grandios.

Bis Montagnachmittag hatten sich Body, Unger und Timmer alle mit Anwälten versorgt. Während Slidell die Verhöre übernahm, die jetzt von Rechtsbeiständen laufend unterbrochen und verlangsamt wurden, durchsuchten Kollegen das Haus am Pine Lily Court, Bodys Haus in Weddington und den Bunker. Den ganzen Tag über bimmelte Slidells Handy. Jedes Mal verließ er den Raum, um zu telefonieren. Jedes Mal waren die Nachrichten entmutigend. Nichts tauchte auf, was irgendeinen der Männer mit vermissten oder ermordeten Kindern in Verbindung brachte.

Slidell ordnete auch Ermittlungen zu *Body Language* an. Die Seite erzielte zwar gewisse Einkünfte mit Werbung, aber Slidell wollte wissen, wie Body es schaffte, seinen Lebensstil zu finanzieren. Wie erwartet, waren die Unterlagen wirr und alles andere als transparent.

Bis Montagabend hatten weder die Durchsuchungen noch die Befragungen oder die Recherchen zu den Finanzen irgendeinen Hinweis auf kriminelle Aktivitäten ergeben. Aufgescheucht wie eine kleine Armee wütender Wespen, verlangten die Anwälte, dass Slidell ihre Mandanten freilasse.

Ich ballte die Fäuste, als ich zusehen musste, wie das schmierige Trio frei wie der Wind das Law Enforcement Center verließ. Die kleine Stimme in meinem Hinterkopf kreischte sinnlosen Widerstand.

Holly Kimrey hatte nicht so viel Glück. Die Satteltasche an seinem Motorrad gab einen ganzen Katalog von Pharmazeutika preis, Bodys Dealer würde also weiterhin die Gastfreundschaft des Mecklenburg County genießen. Zusätzlich bereitete der Bezirksstaatsanwalt eine Anklage wegen Einbruchs und Brandstiftung in meinem Haus vor. Eine Durchsuchung von Kimreys Wohnung hatte Gegenstände zutage gefördert, die auf Brandstiftung hindeuteten, was immer das zu bedeuten hatte. Und mein Handy. Das war wohlgemerkt ziemlich eindeutig. Das alles reichte für eine Verurteilung, aber der Staatsanwalt hoffte, Kimrey würde umfallen und Body als Hintermann des Ganzen nennen.

Um halb acht fuhr ich müde und entmutigt nach Hause.

Ein paar Stunden mit der Pasquerault-Akte, dann fiel ich ins Bett. Natürlich konnte ich nicht schlafen.

Der Gesichtslose wollte mir nicht aus dem Kopf gehen.

Warum hatte Felix Wodjanow ausgerechnet mich kontaktieren wollen? Mein Handy angerufen? Er hatte das Interview gesehen, kannte meine Rolle in dem Cole-Fall, aber wie hatte er herausgefunden, wo ich wohnte? Wie war er an meine Nummer gekommen? Was hatte er vor seinem Tod sagen oder fragen wollen?

Er hatte Jahaan Coles Namen in sein Notizbuch geschrieben. Vielleicht sich als Polizist ausgegeben, um mit Cootie Clanahan zu reden. Artikel über Cole und Timothy Horshauser ausgeschnitten und aufbewahrt. Hatte er Informationen über ein Kind oder alle beide? War er an ihren Misshandlungen beteiligt gewesen?

Warum hatte Wodjanow dieses eine russische Wort geschrieben?

Schluss. Ende. Worauf bezog er sich damit? Auf das lettische Buch, aus dem der Fetzen gerissen worden war? Seine Beteiligung an den hasserfüllten Reden seines Bruders? An der Misshandlung von Kindern? Sein Leben?

Pete hatte das Buch überflogen und mir berichtet, dass es 2003 veröffentlicht worden war, um die Theorie, die *Estonia* sei absichtlich versenkt worden, zu propagieren.

Felix Wodjanow. Ein Spion? Ziel eines Mordanschlags? Total durchgeknallt?

Ein Pädophiler? Ein Mörder?

Was war real? Was nicht?

1983 wurde die Mutation für Chorea Huntington auf dem vierten Chromosom lokalisiert. Inzwischen war die Diagnose anhand einer Blutprobe möglich. Body verweigerte den Test.

Nick Body. Ein Wichtigtuer und Betrüger? Ein an Huntington Erkrankter? Ein Mann, der grundlos in Angst lebt?

Ein Pädophiler? Ein Mörder?

Was war real? Was nicht?

War ich wirklich zu diesem unterirdischen Bunker gefahren? Oder war das Erlebnis nur eine migräneinduzierte Halluzination? Hatte mein eigenes, dreipfündiges Arrangement aus Elektrizität, Chemie, Schaltkreisen und Zellen sich dazu verschworen, mich zu Fall zu bringen? Hatten meine ungezogenen Arterien mein Blut gegen mich selbst in Wallung gebracht?

Hatte man mir Drogen eingeflößt? Hatte Kimrey meinen Tee mit Ecstasy oder LSD versetzt?

Was war real? Was nicht?

Hatte Kimrey mein Haus angezündet? Er leugnete jede Beteiligung. War das Feuer ganz einfach ein Resultat schlechter Verkabelung, die durch Funkenflug einen chemiegetränkten Lappen entzündet hatte? Falls ja, warum dann der Fingerabdruck auf meinem Fenster?

Was war real? Was nicht?

Ich schlief die ganze Nacht schlecht. Wachte immer wieder auf, schaute auf die Uhr. Ich versuchte es mit Atemübungen, atmete langsam ein und ließ dann die warme Harmonie bis in Finger und Zehen strömen. Nichts half. Ich bin wirklich eine Niete, wenn's darum geht, den inneren Frieden zu finden.

Wenn ich wach war, lief in meinem Kopf ein Film mit dem Titel *Wodjanow und Body.* Oder an der Decke. Oder in der Dunkelheit dazwischen. Wieder und wieder führten mich die Szenen zur immer gleichen Schlussfolgerung. Body musste Dreck am Stecken haben. Warum sonst diese ganzen Sicherheitsvorkehrungen? Warum ein Feuer im Annex in Auftrag geben? Wenn es denn Brandstiftung gewesen war. Warum Zeugen einschüchtern, damit sie nicht mit mir reden? Wenn nicht Kindesentführung, was war dann seine Sünde? Ich war überzeugt, Body führte noch Schlimmeres im Schilde als populistische Aufwiegelei.

Bodys Podcasts schlichen sich ebenfalls in meine Gedanken und drehten mein Hirn noch mehr auf. Meine Wut darüber, dass dieser Mistkerl auf freiem Fuß war, das Viperngrinsen auf seinem Gesicht.

Bei Tagesanbruch war ich überzeugt, dass irgendwo in diesem ganzen Theater ein Hinweis versteckt sein musste. Ich schwor mir, ihn zu finden, bevor ich die Stadt verließ, stand auf und ging nach unten.

Einen Becher Kaffee und ein Schälchen Müsli später fuhr ich meinen Laptop hoch. Als ich online war, ging ich direkt zu *Body Language,* zahlte wie immer die Gebühr, diesmal mit einer nicht zurückzuverfolgenden Prepaid-Karte, die ich bar in einem Walmart gekauft hatte. Dann beantwortete ich die obligatorischen Profilfragen, stellte mich jedoch nicht als mich selbst vor, sondern als zweiundvierzigjährigen, männlichen Weißen. Eigentlich wusste ich nicht so recht, warum. Vielleicht um mir zu beweisen, dass auch ich ein Cyber-Schnüffler sein konnte?

Die Seite erschien auf dem Bildschirm, einschließlich der Tabs zu den Podcasts, Blogs und zum General Store. Alles, wie ich es in Erinnerung hatte. Ich beschloss, es mit den Audiodateien zu versuchen. Ging sie durch, fing mit den neusten an und arbeitete mich in der Zeit rückwärts.

Um zehn explodierte mir schier der Schädel. Sosehr ich den öligen Mistkerl auch festnageln wollte, jetzt brauchte ich eine Pause. Einen frischen Becher Kaffee, dann kehrte ich zu Bodys Homepage zurück, und weil mir nicht Besseres einfiel, ging ich zum General Store, um mir das Warenangebot anzuschauen.

Ich starrte auf die Seite.

Blinzelte.

Blinzelte noch einmal.

Die Seite sah, wie? Komisch aus?

Ich spürte die vertraute, adrenalinbefeuerte Angst. Verschworen sich die lästigen Gefäße schon wieder gegen mich? Stürmten da Kopfschmerzen heran?

Sollte ich Medikamente nehmen?

Nein. Noch nicht.

Ich schloss die Augen. Wartete. Öffnete sie. Konzentrierte mich auf den Bildschirm.

Das war nicht die altbekannte Aura – die blitzend-flirrenden Bildränder, die das schwarze Loch einer Migräne ankündigten. Mein Sehvermögen war gut. Die Seite war scharf und klar. Sie sah nur irgendwie falsch aus.

Ich klickte auf die Rubrik, unter der die Podcasts verkauft wurden. Fand nichts, was anders war als bei meinem letzten Besuch. Ich dachte darüber nach, als hektisches Klopfen sich in meine Konzentration schlich.

Mama spähte durch die Hintertür, mit besorgtem Gesicht, die Nase an die Scheibe gedrückt. Ich stand auf, um sie hereinzulassen.

»Was ist denn los, Liebling? Ich merke doch an den Falten

auf deiner reizenden Stirn, dass was nicht stimmt. Hast du einen Anfall?«, fragte sie, stellte eine abgedeckte Kasserolle auf die Arbeitsfläche und befühlte mir mit einer flinken Bewegung die Stirn.

»Mir geht's gut, Mama. Wirklich. Wo ist Sinitch?«

»Betreibt eine ernsthafte Selbstprüfung.«

»Ihr habt euch gestritten?«

Sie rümpfte die Nase. »Der Gentleman hat für die nächste Zeit alle Spielplatzprivilegien verloren, und dabei sollten wir es belassen.«

Damit war ich total einverstanden.

»Ich habe dir eine Spinat-Gruyère-Quiche gebracht. Bei deinem Zustand ist es unumgänglich, dass du vernünftig isst.« Ihr Blick fiel auf den Laptop. »Woran arbeitest du? Hat es mit dem armen Mann zu tun, der von den Wildschweinen angenagt wurde?«

»Indirekt.« Und dann, weil ich vom Thema meines »Zustands« ablenken wollte: »Darf ich dich was fragen?«

»Schieß los.«

»Was könnte dazu führen, dass eine Website irgendwie komisch aussieht?«

»Die Frage ist ungefähr so klar wie Pilzsuppe. Drück dich präziser aus.«

»Ich habe die Seite erst vor Kurzem besucht. Wenn ich jetzt draufgehe, sieht es zwar nicht so aus, als hätte sie ein Update bekommen oder sei irgendwie umgestaltet worden. Aber sie sieht einfach … komisch aus.«

»Zeig her.« Sie stellte ihre Louis-Vuitton-Tasche auf den Tisch und zog sich einen Stuhl neben meinen.

Ich tat es. Und beschrieb die Verbindung zwischen Wodjanow und Nick Body.

»Wie hast du dich immer eingeloggt?«

Ich erklärte es ihr.

Sie zog einen Laptop aus ihrer Tasche, holt sich Bodys Seite auf das Display, und während ihre Finger so flink über die Tasten flogen wie die jedes Profihackers, erklärte sie mir, was sie tat.

»Ich stelle mich als siebenundsiebzig Jahre alte Frau vor.«

»Warum?«

»Weil ich genau das bin, Liebling. Aber, wichtiger noch, wenn deine Wahrnehmung präzise und meine Vermutung korrekt ist, dann erkläre ich dir die Bedeutung.«

»Ich übernehme sehr gerne die Gebühr.«

»Schon passiert.«

»Wie?«

»Cyber-Währung.«

Ich fragte nicht nach.

Als Mama drin war und sich zum General Store durchgeklickt hatte, betrachteten wir beide die Bilder, unsere Augen sprangen zwischen den Monitoren hin und her.

»Da«, sagte ich und deutete mit dem Finger auf meinen. »Diese Sets mit archivierten Podcasts. Auf meinem werden sie angeboten, auf deinem nicht.«

»Aha.« Mit tanzenden Fingern verglich sie das auf den Monitoren präsentierte Angebot. »Lass mich deinen Laptop sehen.« Ein paar Tastenkombinationen. Dann: »Malware.«

»Malware?« Ich wusste, was das war, war mir aber nicht so sicher, worauf sie hinauswollte.

»Sie benutzen eine Art bösartigen Virus, so etwas wie DNSChanger, um die Computer gewisser Besucher auf der Site zu infizieren.«

»DNSChanger?«

»Ich hole ein bisschen aus. Aber du musst dich wirklich über das Netz schlaumachen, Liebling.« Kurze Pause. »DNS, das Domain Name System, ist ein Internetservice, der benutzerfreundliche Namen wie zum Beispiel BodyLanguage.com oder ESPN.com in numerische Adressen verwandelt, die Computern gestatten, untereinander zu kommunizieren. Ohne DNS und die

DNS-Server, die von Internet-Providern betrieben werden, könnten wir keine Website besuchen oder E-Mails verschicken.«

»Verstanden.« Das hatte ich auch.

»Ein Malware-Programm wie DNSChanger leitet einen arglosen Nutzer auf einen Schurkenserver um, was es Hackern gestattet, die Netzaktivitäten des Nutzers zu manipulieren.«

»Damit ich das auch richtig verstehe: Wenn der Nutzer eines infizierten Computers den Link für eine Website anklickt, also zum Beispiel BodyLanguage.com oder ESPN.com, wird er von der Malware auf eine andere Website umgeleitet.«

»So in der Richtung. Vor ein paar Jahren hat das FBI einen Ring von Internetbetrügern hochgenommen, der vom Baltikum aus weltweit Millionen von Computern infiziert hatte.«

»Warum?«

»Weil die Hacker so die viele Milliarden schwere Internet-Werbeindustrie manipulieren konnten. Das ist faszinierend. Willst du die Details hören?«

»Später. Warum meinen Computer infizieren und deinen nicht?«

»Anscheinend benutzen sie einen Algorithmus, der nur bestimmte Besucher auswählt. Wenn das eingegebene Profil passt, wird dieser Computer infiziert und umgeleitet.«

»Zu einem Schurkenserver, den sie kontrollieren.«

»Ja.«

Ich dachte darüber nach.

»Ein zweiundvierzigjähriger Mann wird umgeleitet, eine siebenundsiebzigjährige Frau nicht.«

Mama führte den Gedanken zu Ende. »Zu einer modifizierten Site, die Podcast-Sets anbietet. Zu sehr hohen Preisen, wenn ich das bemerken darf. Wer würde so viel zahlen, um sich dieses Gewäsch anzuhören?«

Mein Hirn arbeitete im Turbomodus.

»Was für eine Art von Dateien sind diese Podcasts?«, fragte ich.

Ein paar Tasten klackerten. »MP3-Dateien.«

Einige Sekunden lang starrten wir beide die Monitore an. Dann keuchte Mama auf, scharf und schnell, ihre Augen groß wie Radkappen. Mit Mascara.

»Was?«

»Ich glaube, ich weiß, welche Teufelei Body im Schilde führt.«

37

Dreißig Minuten später führte Slidell uns durch die Sicherheitsschleusen und ins Kriminallabor. Mittie Peppers traf uns vor der Abteilung für Dokumentenprüfung. Nicken zur Begrüßung. Keine Höflichkeiten. Die Spannung reichte, um den defekten Mars-Rover wieder zu starten.

Peppers ließ uns durch die Tür und führte uns vorbei an der wunderhaften EDTA-Maschine zu einem Haufen von Computern an einer hinteren Wand.

»Halten Sie das für verrückt?«, fragte ich. »Was ich am Telefon gesagt habe?«

»Überhaupt nicht.«

»Kennen Sie den Prozess, den meine Mutter angesprochen hat?«

»Steganografie? Klar.«

»Und finden Sie die Malware-Theorie plausibel?«

»Lassen Sie mich mal Ihren Computer sehen.«

Ich tippte mein Passwort ein und gab ihr meinen Mac. Sie setzte sich an einen der Monitore und fing an, meine Tastatur zu bearbeiten. Slidell stand hinter ihr, angespannt wie ein Patient vor einer Wurzelbehandlung.

Sekunden vergingen. Volle fünf Minuten. Ich kaute an einem Daumennagel, so aufgeregt wie an dem Tag, als ich wegen der durchgedrückten Schrift zu Peppers gekommen war.

»Oh ja. Sie haben sich da einen fiesen kleinen Mistkerl eingefangen.«

»Verdammt.«

»Dieses Gerät scheint brandneu zu sein.«

»Hab's erst letzten Freitag gekauft.« Nachdem mein altes wegen meiner eigenen Dummheit verbrannt war.

»Haben Sie mit diesem hier schon Bodys Seite besucht?«

Ich nickte, denn die Wut in mir kochte so heiß, dass ich meiner Stimme nicht traute.

»Ich kann die Malware entfernen, wenn wir fertig sind.«

»Dafür wäre ich Ihnen sehr dankbar. Gehen Sie auf Body-Language.com.«

Sie tat es.

»Ich habe mich als zweiundvierzigjähriger Mann angemeldet. Benutzen Sie dieses Profil, gehen Sie dann zum General Store und zur Rubrik mit den Podcasts.«

Sie tat es. Ich deutete auf das Podcast-Set. Beschrieb ihr, wie es zuvor auf meinem Laptop aufgetaucht war, aber nicht auf Mamas. Peppers loggte sich in einen der Laborcomputer ein, meldete sich bei *Body Language* als dreiunddreißigjährige Frau an, wobei sie Slidell versprach, bei der Altfallabteilung eine Kostenerstattung zu beantragen, und klickte den entsprechenden Tab im General Store an. Kein Podcast-Set. Pepper bestätigte, dass ein Algorithmus in der Malware einige Nutzer zu einem Schurkenserver und dann zu einer modifizierten Version der Seite schickte, auf der diese Sets an ein in den Augen der Betreiber der Site sehr spezielles Kundensegment verhökert wurden.

»Erklären Sie mir die Steganografie«, bat ich. »Wie funktioniert das?«

»Und zwar ohne Fachchinesisch, die Damen«, warf Slidell etwas ruppig ein.

Die Damen verdrehten die Augen.

»Sie haben schon von Chiffrierung gehört, nicht?«, setzte Peppers an.

»Codierung«, sagte ich.

Peppers nickte. »Wenn wir von Chiffrierung reden, meinen wir damit, etwas unlesbar zu machen. Der Geheimcode ist für alle sichtbar, aber wer den Schlüssel nicht hat, kann ihn nicht lesen. Bei der Steganografie geht es darum, eine Botschaft so zu verstecken, dass niemand weiß, dass sie überhaupt vorhanden ist.«

»Wie Schreiben mit unsichtbarer Tinte.« Mama hatte diese Analogie benutzt.

»Genau. Sagen wir, Sie wollen irgendeine Information in einem anderen Dokument verstecken, in einem Bild vielleicht. Man macht das, indem man unauffällig einzelne Pixel umstellt …«

Peppers brach mitten im Satz ab. Drehte sich vom Bildschirm weg, um zu sehen, ob wir ihr folgen konnten.

»Pixel sind die winzigen Quadrate, aus denen ein Bild besteht.« Als ich Slidell grummeln hörte, beließ ich es dabei.

»Ein Pixel ist für das menschliche Auge kaum sichtbar, kann aber von einem Computer sehr leicht entdeckt werden«, fuhr Peppers fort. »Indem man ganz subtile Anpassungen vornimmt, kann man ganze Textpassagen verstecken. Zum Beispiel muss man nur die Farb- und Helligkeitswerte von vier aufeinanderfolgenden Pixeln verändern, um das Wort TAXI zu verstecken. Das ist jetzt sehr vereinfacht.«

»Sie reden vom Verstecken von Text«, sagte ich. »Könnte man auch ein Bild in einem anderen verstecken?«

»Ja. Da die Intensitätswerte nur leicht verändert werden, erzeugt die Steganografie so dezente Abweichungen, dass sie mit dem bloßen Auge nicht entdeckt werden können. Die einzige Möglichkeit, um festzustellen, ob ein Bild ein steganografiertes ist, bestünde darin, zwei scheinbar identische Bilder zu vergleichen. Aber auch dann gibt es, wenn man den Verdacht hat, dass eines modifiziert sein könnte, keinen schnellen Weg, um festzustellen, welches das unschuldige ist und welches der Träger.«

»Weiter, weiter.« Slidell deutete ungeduldig auf den Bildschirm. »Wenn Body Dreck am Stecken hat, will ich ihn so bald wie möglich festnageln.«

»Kann man Text oder Bilder auch in Audiodateien verstecken?«, fragte ich und spürte dieselbe dumpfe Angst wie zuvor, als Mama diese Idee ins Gespräch gebracht hatte.

»Ja. Man macht sich das Prinzip zunutze, nach dem der Algorithmus MP3 – das ist das Kürzel für mathematischer Prozess – analoge Audiodaten in digitale umwandelt und komprimiert. Ihre Geheiminformation wäre dann nicht nur versteckt, sie wäre auch chiffriert, sodass es sehr schwer ist, sie zu entdecken und zu entziffern.«

»Und man kriegt Programme, die so was machen?« Ich war so aufgeregt, dass ich dumme Fragen stellte.

»Im Netz wimmelt es von solchen Apps. MP3Stego zum Beispiel versteckt Sachen in Musikdateien. SkyDe ist eine steganografische App für Skype. Dann gibt's noch COAGULA –«

Slidell schnitt ihr das Wort ab. »Brennan glaubt, dass dieser Penner Body möglicherweise Kinderpornos in irgendwelchem Zeug in Umlauf bringt, und zwar in dem Zeug, das er auf seiner Seite verkauft. Und sie vielleicht in diesen Podcasts versteckt.«

»Ist das möglich?«, fragte ich, weil ich eine Bestätigung wollte. Oder vielleicht auch nicht.

»Viel Steganografie wird mit Apps auf mobilen Geräten gemacht. Was Sie da meinen, würde Computer an beiden Enden voraussetzen. Der Käufer lädt sich den Podcast herunter – die MP3-Datei, übrigens eine der häufigsten Audiodateien. Normalerweise würde er die mit einem Audioplayer auf seinem Computer abspielen, iTunes auf einem Mac zum Beispiel. Bei der Anordnung, die ich im Sinn habe, würde der Käufer die Datei mit einem speziellen Programm öffnen, das der böse Bube und der Käufer gemeinsam haben, nennen wir es Play Inside.«

»Was Body verwendet hat, um Bilder oder Videos zu verstecken.«

»Ja. Der Käufer öffnet Play Inside und wählt den heruntergeladenen Podcast in diesem Programm aus. Eine zusätzliche Sicherheitsmaßnahme könnte sein, dass man ein Passwort braucht, um die Datei in diesem Programm zu öffnen.«

»Body hat Techniker, die so einen Kram basteln können.« Slidell stand viel zu nah an meinem Rücken.

»Jeder fixe Erstsemester könnte das.« Peppers schaute mich mit hochgezogenen Augenbrauen an und drehte sich dann wieder zu Slidell um. »Sind Sie in Spendierlaune, Detective? Sollen wir eins von diesen Dingern in unseren Einkaufskorb tun?«

»Aber hundertprozentig!«

Wir schauten uns das Angebot an, wählten eine Podcast-Sammlung mit dem Titel *Unsere Kinder sind in Gefahr* aus. Peppers kaufte das Set und lud es auf einen Laborcomputer herunter. Dann startete sie, mit rasenden Fingern, denen ich nicht folgen konnte, ein Programm und öffnete die erste MP3.

»Der DSSS-Algorithmus zum Verstecken der Steganografie –«, setzte sie an.

»DSSS?«, hakte ich ein, weil ich sichergehen wollte, dass ich auch alles verstand.

»Direct Sequence Spread Spectrum. Das ist eine technische Methode, die für Handys und andere digitale Signale verwendet wird.«

»Weil eine MP3 auch nichts anderes ist als ein digitales Signal.«

»Genau. Der DSSS-Algorithmus kann beliebige Geräusche in Audiodateien einfügen.« Weitere Tastenkombinationen. »Die Software, die ich jetzt verwende, analysiert Geräusche, sucht nach extrem unauffälligen Variationen, beliebige Geräusche wie Blips, die kaum nachweisbar, aber Hinweise auf eine mögliche Stegano-Version einer Ursprungsdatei sind.«

Auf dem Bildschirm erschienen Unmengen von Anzeigen, gleitenden Balken und blinkenden Lichtern. Peppers beobachtete sie, während sie auf Hinweise für eine Manipulation horchte. Dann schüttelte sie langsam den Kopf.

»Ich werde die Geschwindigkeit reduzieren. Eine Verlangsamung kann Geräusche enthüllen, die nicht zum Fluss der Musik oder der Stimme oder was auch immer passen, Verzerrungen, die beim Abspielen mit normalem Tempo nicht zu hören sind.«

Sie tippte einen Befehl ein. Ein paar Sekunden, dann: »Da. Hören Sie das?« Sie hatte die Augen geschlossen, um sich besser konzentrieren zu können, und hob jetzt den Zeigefinger.

Unbewusst beugte ich mich vor. Hinter mir spürte ich, dass Slidell sich dichter an meinen Stuhl drückte. Und sich vorbeugte, sodass sein Atem heiß meinen Nacken streifte.

Zuerst nichts. Dann hörte ich es. Kleine Rucke in Bodys rauer Stimme. Hier und dort eine schnelle, etwas tiefere oder höhere Note.

»Ja.« Mit pochendem Herzen. »Was ist das? Können Sie entschlüsseln, was da versteckt wurde?«

»Leider nein. Ich kann Ihnen sagen, dass diese Datei eine weitergehende Analyse erfordert, um festzustellen, ob etwas da ist, aber ohne sehr viel mehr Recherche kann ich Ihnen nicht sagen, was es ist.« Peppers lehnte sich zurück und drehte sich zu mir um. Sie wirkte weniger enthusiastisch als skeptisch.

»Was ist?«

»Das Problem ist, die ganze Sache wirkt ziemlich sperrig.«

»Sperrig?«

»Ich bin mir nicht sicher, ob eine solche Audiodatei genug Platz –« Sie hakte Anführungszeichen um das letzte Wort – »für ein ganzes Bild, geschweige denn ein Video hat. Vermutlich könnte man ein Bild auf mehrere MP3-Dateien verteilen, aber …« Sie klang nicht sehr überzeugt.

»Reden Sie weiter.«

»Okay, sagen wir, ein Käufer zahlt für ein ganzes Bündel Podcasts. Sie sind teuer, aber nicht unverschämt. Wie viel könnte Body mit einer solchen Operation verdienen? Als Verteiler für Kinderpornos wäre es einigermaßen sicher und würde ihm eine gewisse Distanz gewähren. Und die Bilder wären schwer zu entdecken. Aber ist das profitabel?«

Obwohl mein Hirn mit Hochdruck arbeitete, gingen meine Gedanken in dieselbe Richtung.

»Ach du heilige Scheiße.« Slidell richtete sich auf wie eine Marionette, die an Fäden hochgerissen wurde. Fuhr sich durch die Haare. »Wollen Sie damit sagen, dass wir gegen diesen Mistkerl immer noch nichts in der Hand haben?«

»Ich bleibe dran«, sagte Peppers und hob beschwichtigend die Hände.

Leider wirkungslos. Mit einem letzten Knurren drehte Slidell sich um und stürmte mit wehenden Nüstern hinaus. Er sah aus, als würde er den Erstbesten anbellen, der ihm in die Quere kam.

Als ich die Polizeizentrale verließ, war ich überwältigt von Wut und Selbstvorwürfen. Body würde davonkommen, und zum Teil war das meine Schuld. Was, wenn ich mehr getan hätte? Schlauer gewesen wäre? Heavner früher angegangen wäre? Duncan Keesing mehr unter Druck gesetzt hätte? Gewissenhafter bei der Datensicherung meines Laptops gewesen wäre? In diesen verlorenen Bildern etwas entdeckt hätte? Nicht so verdammt fixiert gewesen wäre auf den Zustand meines Hirns?

Und mir lief die Zeit davon. In ein paar Stunden schon musste ich in eine Maschine nach Montreal steigen. Auf der Fahrt nach Hause hatte ich das Gefühl, mich mit zehn zerfetzten Nägeln an meine geistige Gesundheit zu klammern.

Um zwölf nach fünf rief Mittie Peppers an. Ich erinnere mich an diese Zeit so gut, weil ich auf die Zeitanzeige auf meinem

Handy geschaut hatte. Anscheinend hatte die Beklommenheit mir die Leuchtziffern ins Gedächtnis gebrannt.

Ich war eben mit Packen fertig, was zehn Minuten gedauert hatte. Da mir die Begeisterung für Mode und Make-up fehlte, hatte ich willkürlich Sachen in einen kleinen Koffer geworfen. Ein schlichtes Kostüm fürs Gericht. Ansonsten, was mir gerade in die Finger kam.

»Ich hab's.« Im Gegensatz zu vorher klang Peppers jetzt ziemlich enthusiastisch.

»Haben Sie es geschafft, ein Bild zu öffnen?«

»Nicht unbedingt. Können Sie noch mal reinkommen?«

»Darauf können Sie Gift nehmen.«

Slidell kam gleichzeitig mit mir an. Wir fuhren zusammen hoch. Er roch besonders reif, sogar für seine Verhältnisse. Das Eau de Toilette der Frustration und des Schlafmangels.

Als wir im Labor waren, verlor Peppers keine Zeit. Wir versammelten uns vor demselben Computer, dann sagte sie: »Body versteckt keine Bilder. Er versteckt Links und Passwörter.«

Wir starrten beide ihren Hinterkopf an.

»Eine zweistufige Konstruktion. Die Botschaft in dem Stegano-Podcast ist eine URL, viel weniger Bytes als ein Bild.« Sie deutete auf eine Textzeile auf dem Bildschirm. »Wenn der Käufer das Spezialprogramm benutzt hat, um den Link zu decodieren und auf seinem Computer darzustellen, muss er die URL kopieren oder anklicken, und der Browser springt zu einem anderen Fenster.«

»Das ist unglaublich. Wie sind Sie –«

»Machen Sie's auf.« Slidells gebellter Befehl war wie ein Schlag, schnell und schmerzhaft.

»Das ist nicht so einfach«, sagte Peppers. »Als zusätzliche Sicherung verlangt Body ein Passwort, um auf die URL zugreifen zu können.«

»Himmel Herrgott noch mal!«

»Keine Angst, Detective. Nach vielen Versuchen, mit deren

Details ich Sie nicht belasten werde, habe ich den Mistkerl geknackt.«

Peppers kehrte nun zu der *Body Language*-Homepage zurück und deutete auf das Tab *Unterstützt unsere Arbeit.* »Ich will auch hier nicht ins Detail gehen, aber der Käufer kann das Passwort, das ebenfalls im Podcast versteckt ist, entschlüsseln, indem er hier eine Spende über 5000 Dollar tätigt.«

»Das erklärt die Profitabilität.« Mein Mund und meine Kehle fühlten sich rau und trocken an.

»Genau.«

»Und was bekommen diese Maden für ihr Geld?«

Peppers kehrte zum Ursprungsbildschirm zurück und deutete auf eine Textzeile, die mir bisher noch nicht aufgefallen war. »Das ist unser Passwort. Sagen Sie Ihrem Chef Bescheid. Meine Abteilung wird es Ihrer in Rechnung stellen.«

»Tun Sie es!«, blaffte Slidell.

Peppers klickte auf den Link. Der Bildschirm wechselte zu der neuen URL. Ein rechteckiges Kästchen verlangte ein Passwort. Sie gab die 5000-Dollar-Textzeile ein.

Wieder veränderte sich der Bildschirm. Ein Video startete. Nein, kein Video. Ein Live-Stream, in Echtzeit ausgestrahlt.

Ich konnte mich nicht rühren, nicht atmen, nicht einmal blinzeln. Adrenalin raste durch jedes Gefäß meines Körpers.

38

Mittwoch, 18. Juli–Donnerstag, 19. Juli

Ich musste nie in den Zeugenstand. Als ich die Stufen des Palais de Justice hochstieg, bekannte Dorothée Pasqueraults Mörder sich schuldig, und der Prozess wurde vertagt. Später erfuhr ich, dass der Mistkerl zu fünfzehn Jahren verurteilt worden war. Weniger Zeit, als Dorothée auf diesem Planeten hatte atmen dürfen.

Um zehn hatte ich das Gerichtsgebäude schon wieder verlassen, fuhr mit der Metro bis Papineau und ging dann die letzte halbe Meile bis zum *Édifice Wilfrid-Derome* zu Fuß. Das Wetter war kühl und regnerisch. Eine erfreuliche Abwechslung zu dem Treibhaus, das ich in Charlotte verlassen hatte.

Meine Absicht war es, den Stress der letzten zwei Wochen abzuschütteln, indem ich in mein Quebecer Leben eintauchte. In das, was mich im *Laboratoire de science judiciaire et de médecine légale* erwartete. Das ging gründlich in die Hose.

Mein Quebecer Leben war noch da und freute sich, mich wiederzusehen. Mein Schreibtisch mit der quietschenden Schublade und dem zerkratzten Holz. Mein Ausblick auf die rue Parthenai und den Fleuve St-Laurent zwölf Stockwerke unter mir. Fälle, so vertraut wie mein Handrücken. Verwitterte Friedhofsknochen. Ein partielles Skelett in einem aufgegebenen Faultank. Ich beschloss, mich auf die Toten zu konzentrieren, die meine Aufmerksamkeit verlangten.

Doch sosehr ich mich auch bemühte, ich konnte mich nicht konzentrieren. Zum Teil war es Müdigkeit und Erschöpfung. Mein Flug war natürlich verspätet gelandet. Bis ich mich durch Zoll und Einwanderung gekämpft, ein Uber gerufen hatte und es vom Pierre Elliott Trudeau ins *Centreville* geschafft hatte, war es deutlich nach Mitternacht.

Um halb zwei gab ich auf und machte mich auf den Heimweg. Ich meine, in meine neue Quebecer Unterkunft.

Da mir die gähnende Leere der Vorratskammer einfiel, schaute ich kurz bei einem Nudelladen an der Peel-Metrostation vorbei und war dann um zwei bei meiner Eigentumswohnung. Unserer Eigentumswohnung. Auch wenn Ryan nicht da sein würde. Er hatte noch spät am Donnerstag angerufen, um zu sagen, dass er erst am Freitag nach Montreal zurückkehren werde. Neville war mit seiner sehr dankbaren Besitzerin wiedervereint, ein Weinbergarbeiter hinter Gittern, und in Marseille saß ein Kerl auf einem ganzen Haufen Hafer.

Nachdem ich mit dem unvertrauten Aufzug hochgefahren war, schloss ich die Tür auf und warf meine Aktentasche auf die unvertraute Anrichte in der glänzenden, hochmodernen Küche. Viel Marmor und Edelstahl.

Die Wohnung war angenehm ruhig. Ich schwor mir, mindestens bis zum Sonnenuntergang wach zu bleiben, schälte mich aus meinem gerichtstauglichen Kostüm, zog meine Jogginghose an, aß mein Pad-Thai und suchte auf dem Tablet nach Nachrichten aus Charlotte. Fand die Informationen, die ich suchte.

April Siler war am Leben und wohlauf. Das wusste ich bereits. Slidell hatte es erfahren, als Kimrey im Haus am Pine Lily Court versucht hatte abzuhauen. Die Freundin des Vaters hatte April an einem Tag in ihren Transporter gelockt, an dem Daddy in Denver war, und ihm so ein Alibi gegeben. Sie hatten vor, das Mädchen in einem Privatjet nach Costa Rica zu schaffen, wo die Freundin ein Anwesen besaß.

Ich erfuhr, dass Papa mit seiner Süßen jetzt in Haft war und April zu Hause bei ihrer Mama.

Halleluja. Ein Happy End.

Eigentlich zwei.

Am Montag und Dienstag, während Slidell seine Verdächtigen mit Fragen bestürmte, durchsuchte ein Spurensicherungsteam das Haus am Pine Lily Court und ließ dabei Leichenspürhunde über das Grundstück und durch das angrenzende Wäldchen laufen. Ein Golden Retriever namens Hilda schlug bei einer verdächtigen Senke an. Die Ausgrabung ergab allerdings, dass die Senke nur das flache Grab eines jüngst verstorbenen Opossums war.

Fertig vor Erschöpfung, nachprozesslicher Enttäuschung und der metabolischen Anstrengung, mein eigenes Körpergewicht an Kohlehydraten zu verdauen, gab ich meinen Schwur auf, bis zum Sonnenuntergang wach zu bleiben. Nachdem ich mich über den Gang in das unvertraute Schlafzimmer geschleppt hatte, zog ich die unvertrauten Vorhänge zu und fiel in das unvertraute Riesenbett. Und schlief so einsam und still wie die Toten, die ich in meinem Labor zurückgelassen hatte.

Das Bimmeln eintreffender Nachrichten weckte mich. Groggy griff ich nach meinem Handy. 17:52 Uhr. Ich hatte kaum zwei Stunden geschlafen.

Beide Nachrichten waren von Slidell. In der ersten berichtete er, dass die Durchsuchung des Bunkers in Cleveland County noch in vollem Gange sei. Er hatte ein paar Fotos mitgeschickt. Das Anwesen sah aus wie auf den Vorherfotos von Timmers World's End House.

Die zweite bestand aus drei Wörtern. *Habe Body. Rückruf.*

Ich ging auf Kurzwahl.

»Wo haben Sie ihn gefunden?« Ich kam direkt zur Sache, so wie Slidell selbst.

»Der Vollpfosten hat sich in einem Nebentunnel in seinem unterirdischen Shangri-La versteckt. Anscheinend ist Atlas Acres doch nicht so narrensicher.«

»Und Timmer?«

»Wir können ihn nicht mit irgendwas in Verbindung bringen, das Peppers entdeckt hat. Außerdem weiß ich, wo ich ihn finden kann. Sein Anwalt hat mir versichert, dass sein Mandant nirgendwohin geht.«

»Unger?«

»O ja, bei seiner Vorgeschichte bin ich mir sicher, dass er Dreck am Stecken hat. Bei dem, was die bis jetzt rausgelassen haben, dürften sie übereinander herfallen wie die Luchse.«

»Was hat Peppers sonst noch herausgefunden?« Ich fühlte brennendes Eis unter meinem Brustbein bei der Erinnerung an die abscheuliche Szene, die sich auf ihrem Bildschirm abgespielt hatte.

»Die Nummer hat ziemlich genau so funktioniert, wie sie gesagt hat. Es waren keine Stegano-Bilder in den Audiodateien versteckt. Es waren Passwörter und Links zu einer Seite, die

Videos in Echtzeit zeigt.« Slidells Stimme wurde düster von Abscheu. »Man lädt den Link herunter, kauft das Passwort und kann dann live und in Farbe zusehen, wie Kinder missbraucht werden. Die Käufer sind Tausende von Meilen entfernt, die juckt das nicht. Keine Schuldgefühle. Außerdem können die Perverslinge ihrem Sport frönen, ohne Dateien auf ihrem Computer speichern zu müssen. Halt deinen Browserverlauf sauber, dann bist du fein raus. Das dachten die Trottel zumindest.«

»Live-Streams von woher?«

»Den Philippinen. Irgendeine Stadt nördlich von Manila. Eins muss ich sagen, die Sittenjungs da drüben sind sofort drauf angesprungen, als wir sie kontaktierten. Haben sich Gerichtsbeschlüsse besorgt und den Kerl festgenommen, der die Webcam in seinem eigenen Haus betrieb. Bis jetzt haben sie ein Dutzend Kinder im Alter von sechs bis fünfzehn Jahren identifiziert.«

»Die Kinder sind okay?«

»Woher soll ich denn das wissen? Sie sind jetzt beim Sozialdienst, oder was es da drüben eben gibt. Hier kommt der Teil, der einem das Herz zerreißt. Mein Kontakt sagte, viele von den Verhafteten sind Angehörige der Kinder.«

»Im Ernst?«

»Er sagte, die Eltern leben in Armut. Sie haben keine Jobs, keine Hoffnung, im Leben irgendwas zu erreichen. Für ein paar Hundert Dollar lassen sie zu, dass ihre Kinder sexuell missbraucht werden, für das Vergnügen von ein paar Perversen auf der ganzen Welt.«

»Ist das weitverbreitet?« Die kalte Hitze strömte durch meinen ganzen Körper.

»Ja. Das FBI übernimmt. Und Uncle Sam bekommt viel Hilfe beim Ausräuchern dieses Abschaums. Großbritannien, Australien und Deutschland sind schon mit an Bord.«

»Unger hat die IT für Body eingerichtet?« Ich war erfreut über die gelassene Ruhe in meiner Stimme.

»Mit Sicherheit.«

»Womit müssen die Kerle rechnen?«

»In Augenblick Besitz und Vertrieb von Kinderpornografie und Ausbeutung Minderjähriger im Zusammenhang mit Kinderpornografie. Der Staatsanwalt reißt sich den Arsch auf, um sicherzustellen, dass diese Drecksäcke die Höchststrafe bekommen.«

»Wie das Urteil auch ausfällt, es wird nicht genug sein.« Wenn sie überhaupt Zeit absitzen müssen, dachte ich, als mir einfiel, wie Aiello davongekommen war.

»Ist es nie«, pflichtete Slidell mir bei.

»Irgendwas zu Jahaan Cole oder Timmy Horshauser? Zu irgendeinem der Kinder?« Ich kannte die Antwort, konnte mir aber die Frage nicht verkneifen.

»Nein.«

Ein langes, schweres Schweigen drang durch die Leitung. Dann: »Heavner ist weg.«

»Und tschüss.« Das wusste ich bereits aus anderen Kanälen. Im Licht des Skandals und ihrer Verbindung zu Body war Dr. Edelstahl als Chief Medical Examiner des Mecklenburg County zurückgetreten. Die Suche nach einem Ersatz hatte begonnen.

»Hier ist noch ein Leckerbissen für Sie. Wissen Sie noch, diese Fotos, die Sie aufs Handy bekommen haben? Diejenigen, die diese ganze Sache losgetreten haben?«

»Ja.« Ich konnte mich nicht erinnern, Slidell von den Fotos erzählt zu haben, aber anscheinend hatte ich es. Oder vielleicht hatte er über Ryan davon erfahren.

»Heavner hat sie geschickt.«

»Was? Unmöglich. Warum? Woher wissen Sie das?« Ich war so schockiert, dass ich plapperte.

»Nach dem Body-Fiasko hat man Heavners Computer durchsucht. Anscheinend hat sie ein spezielles E-Mail-Konto benutzt, um mit einem Reporter namens Breugger zu kommunizieren.«

»Gerry.« Die Eidechse. Der einzige Journalist, den sie bei ihrer Pressekonferenz mit Namen angesprochen hatte.

»Wie auch immer. Sie hat Breugger mit Informationen versorgt, wahrscheinlich in der Hoffnung, ihren Namen in den Zeitungen zu sehen.«

»Ich wette, sie hat Brennan statt Breugger angeklickt, als beide Namen auf der Vorschlagsliste für Empfänger auftauchten.«

»Ist das nicht der Gipfel der Ironie? Heavner verschickt Bilder, weil sie auf den großen Ruhm hofft, und kippt sich stattdessen einen simmernden Kessel Scheiße über den Kopf.«

Fetzen eines Gesprächs tauchten aus der Vergangenheit auf. Paulette Youngman, reflektiertes Designerlicht auf einem Glas ihrer altmodischen Brille. *Moralischer Kompass gehackt von der Gier nach Ruhm und öffentlicher Bewunderung.*

Noch ein Happy End. Zumindest für mich. Mein Exil hatte hoffentlich bald ein Ende.

»Was jetzt?«, fragte ich.

»Peppers und die IT-Jungs schauen sich Bodys Computer genau an. Und Ungers. Ich nehme mir ein Handy vor, das aufgetaucht ist, als ich mit der Spurensicherung in dem Unterschlupf in Weddington war. Wie's aussieht, hat Body es ausschließlich für Persönliches genutzt. Das Ding ist nicht mal passwortgeschützt. Keine Überraschungen in den Kontakten, keine Fotos, E-Mails oder Nachrichten. Kaum was im Anrufsverzeichnis – meistens seine Tochter.«

»Irgendwelche ungewöhnliche Software?«

»Da sind ein paar Programme, von denen ich keine Ahnung habe, was die sind. Gleich nach diesem Anruf schicke ich Peppers das Gerät.«

»Schicken Sie mir Screenshots der Apps?« Ich machte mir keine großen Hoffnungen, aber was soll's? Ich hatte sonst nichts Dringendes, und ein Smartphone kann sehr viel über eine Person aussagen.

»Wie macht man das?«

Ich erklärte ihm die Tastenkombination und wie man die Bilder verschickt. Noch ein kurzer Informationsaustausch, dann legten wir auf.

Ich saß mit überkreuzten Beinen auf dem Bett und dachte über unser Gespräch nach. Ich hoffte inständig, dass es dem Staatsanwalt gelingen würde, Unger und seinen Chef zur Rechenschaft zu ziehen. Für mich war es genauso befriedigend, eine Schlange wie Body von der Straße und aus dem Netz und dem Äther zu holen, wie einen Mörder ins Gefängnis zu bringen. Ich wusste, dass es Slidell genauso ging. Trotzdem wurde ich das Gefühl nicht los, dass wir noch etwas übersehen hatten. War Body eines Verbrechens schuldig, das noch heimtückischer war als Kinderpornografie? Warum Zeugen bestechen? Warum das Risiko eingehen, Kimrey mit einem Brandanschlag auf mein Haus zu beauftragen? Mich zu vergiften?

Dennoch freute ich mich sehr über Slidells Informationen. Und über die Tatsache, dass er weitergrub und sich die Zeit genommen hatte, mich ins Bild zu setzen. Unbeantwortete Fragen gingen mir nur noch ein paar Minuten durchs Hirn, bevor ich wieder einschlief.

Am nächsten Morgen, nachdem ich fast zwölf Stunden mit hochgezogener Decke geschlafen hatte, machte ich eben Kaffee, als Nachrichten auf meinem Handy landeten – weitere Informationen von Slidell. Ich ging ins Wohnzimmer und schaute durch das vom Boden bis zur Decke reichende Fenster. Der Anblick der Sonne, die im Osten hinter der grauen Skyline aufging und die Hochhäuser und Backsteinbauten an der rue Sherbrooke rötlich bronzefarben tönte, erinnerte mich daran, dass es früher Morgen war. Und Skinny war bereits wach und auf Touren?

Ich ging mit meinem Becher zu einem der weißen Ledersessel vor dem Fenster. Um diese Zeit war der Verkehr auf der Sherbrooke noch schwach. Ich schaute hinaus, sah Fahrzeuge auf mich zu- und dann wieder wegfließen. Ein einsamer Radler strampelte auf dem leeren Bürgersteig. Entlang der Straße blinkten rot die Fenster, spiegelten das Farbenspiel der *soleil*. In einigen der vorhanglosen Räume brannte Licht. Ich saß da, nippte am Kaffee und dachte kurz an das Leben hinter diesen Fenstern.

Noch ein bisschen Koffein, dann nahm ich mein Handy zur Hand, sah, dass es tatsächlich Slidell war, der mir geschrieben hatte, und öffnete seine Nachrichten.

Zwei Screenshots zeigten die Apps auf Bodys Handy. Alle bis auf zwei waren Standardausrüstung – Einstellungen, Kalender, Kontakte, Textnachrichten und so weiter. Eine der beiden speziellen Apps war ein Programm, das Telefonverkäufer blockieren sollte. Ich hatte dieselbe auf meinem Handy.

Der andere Sonderling war orange mit zwei Tipis, eins aufrecht und weiß, das andere umgedreht und pfirsichfarben. Ich starrte das Icon an, und tief in meinem Unterbewusstsein spürte ich ein Kribbeln. Ich hatte das Symbol schon mal gesehen. Aber wo?

Ich besuchte den App-Shop. Suchte. Fand es nicht. Die App war keine, die gerade im Trend war. Und ich hatte kein Schlüsselwort, keine griffige Formulierung, womit ich suchen konnte.

Mein Blick wanderte zu der Szene tief unter mir. Der Radler hatte vor dem Souvenirshop des Musée des Beaux-Arts angehalten. Er kauerte neben seinem Hinterrad und stellte etwas ein, das nur Radfahrer verstehen.

Das Kribbeln schickte willkürlich Bytes in die Weiten meines Hirns. Keesings Hinweis auf »Orte, die auf ganz bestimmten Karten hell aufleuchten«. *Body-Language*-Geschwafel über eine Fitness-App, die die Lage von geheimen Militärbasen anzeigte. Eine verbogene Fahrradfelge unter einem Tarnnetz. Ein

Rennrad an der Hauswand im Pine Lily Court. Bodys sonnenverbrannter Nacken.

Beschleunigung. Superkollision an einer dieser Billionen Synapsen im Hirn.

Kaum atmend machte ich den App-Shop wieder auf und suchte mit dem Stichwort »Fahrradfahren«.

Ich erkannte das Icon sofort. Strava, eine mobile Fitness-App, die Radfahrer und Läufer nutzen, um Entfernungen, Geschwindigkeiten und Routen zu dokumentieren. Larabee hatte sie genutzt, um seine Läufe aufzuzeichnen.

Ganz ruhig, Brennan. Könnte auch gar nichts sein.

Ich stürzte zu meinem Laptop.

Zwei Stunden später hämmerte ich Slidells Nummer in mein Handy.

39

»Können Sie bitte aufhören, mich anzubellen, und mir zuhören?«

»Tu ich ja. Aber was Sie sagen, ergibt keinen Sinn.«

»Haben Sie die Strava-Website auf Ihrem Computer offen?« Slidells ungehobelte Art und meine eigene Aufregung ließen kaum Platz für Höflichkeiten.

»Ja. Aber –«

»Der Nutzer loggt sich mit einem Smartphone, einer Apple-Watch, einem Fitbit oder sonst irgendwas ein.« Ich erklärte ihm die Anwendung noch einmal. Langsam. »Während er Rad fährt oder –«

»Sie wollen damit sagen, dass Body das gemacht hat?«

»Er hat ein verifiziertes Konto«, erklärte ich um Beherrschtheit bemüht. »Während Body fährt, bestimmt das GPS seinen Standort und zeichnet seine Route auf.« Ich wählte einfache Worte, wie ich es im Gespräch mit Skinny gewohnt war.

»Hat er nicht unzählige Datenschutzeinstellungen, um zu verdecken, wohin er fährt?«

»Strava gewährt jedem registrierten Nutzer Zugang, Informationen über Routen sind deshalb allgemein zugänglich.« Zur Erklärung: »Profile sind standardmäßig öffentlich. Datenschutzeinstellungen werden zwar angeboten, aber Body hat sie nicht genutzt.«

Keine Antwort. Ich nahm an, dass Slidell auf seinen Bildschirm starrte.

»Ich habe ein Konto eingerichtet, ein Profil erstellt –«

»Diese Agnes Pipehead.«

»Ja.«

»Wie zum Teufel sind Sie auf den Namen Agnes –«

»Dann bin ich nach draußen gegangen und herumgewandert, um die Genauigkeit des Programms zu testen. Was Sie sehen, ist der öffentlich zugängliche Routenbericht, der von Strava auf meinem Konto erzeugt wurde.«

»Diese roten Kringel.«

»Ja. Jetzt tun Sie Folgendes.« Ich erklärte ihm, wie er auf Bodys Profil kam. Dann, wie er die gespeicherten Routen aufrufen konnte. Ich wartete, während ich langsam Tasten klicken hörte. Schließlich:

»Body hatte seit 2013 ein Konto.«

»Mindestens so lange.«

»Er hat Unmengen von Ausflügen gespeichert.«

»Hat er. Öffnen Sie folgenden.« Ich gab ihm weitere Anweisungen, wartete dann und war mir sicher, dass Slidell sofort schalten würde. Er tat es.

»Gottverdammt noch mal!«

Die Routenkarte zeigte eine Gegend, die Skinny und mir schmerzhaft vertraut war. Einen Straßenabschnitt. Eine Ecke mit einem Bücherstand, der ein Exemplar von Wilders *Unsere kleine Farm* anbot.

»Body ist auf seinem dürren Arsch durch Jahaan Coles

Nachbarschaft gestrampelt.« Schwelende Wut in seiner Stimme.

»Ist er.«

Ich wartete langes, erregtes Atmen ab. »Der Staatsanwalt wird sagen, dass das gar nichts zu bedeuten hat.«

»Schauen Sie auf das Datum.«

»6. Oktober 2013. Verdammte Scheiße.«

»Vier Tage, *bevor* Cole verschwand.«

»Also auch wenn der Staatsanwalt sich querlegt, könnte ich die Information benutzen, um einen der Wichser dazu zu bringen, dass er sich in die Hose macht.«

»Genau.«

»Wodjanow hat den Hyundai in West Virginia angemeldet, gleich ums Eck von der Gegend, in der der Horshauser-Junge verschwand. Haben Sie irgendwas gefunden, das Body damit in Verbindung bringt?«

»Nicht auf Strava.« Ich hatte nachgesehen.

»Ich bin dran.«

Und Skinny war weg.

An diesem Abend um neun rief er wieder an, und er klang wie das reinste Nervenbündel.

»Ich habe abwechselnd Unger und Body bearbeitet, habe den einen schmoren lassen, während ich den anderen in die Mangel genommen habe. Sie wissen schon, die Schwachstelle finden und weiterbohren. Zuerst hab ich halblang gemacht, dann die Daumenschrauben angezogen, nach Cole gefragt, Andeutungen zu seinen Strava-Spritztouren gemacht, Kleinigkeiten wie die Todesstrafe und die Lebenserwartung von Kindermördern im Knast erwähnt.«

»Und?« Ich wollte neue Informationen, keinen Bericht über Slidells Verhörtaktik.

»Bingo.«

»Sie haben ein Geständnis?«

»Bis ihre Windbeutel von Anwälten endlich auftauchten, wollten beide einen Deal aushandeln. Ich habe nichts versprochen, aber angedeutet, dass was laufen könnte, wenn einer ihrer Mandanten was anzubieten hätte.«

Ich wartete eine Pause ab, während Slidell irgendein kompliziertes Manöver machte, wahrscheinlich den Kopf drehte, um die Spannungen in seinem Nacken zu lösen.

»Das Wichtigste: Laut Unger hat Body sich Cole geschnappt mit der Absicht, sie ein paar Tage festzuhalten und dann wieder freizulassen. Das ging schief, und die Kleine starb. Wie wir vermutet hatten, wollte Body die Publicity, um Hörer für seine Scheißpods zu gewinnen, Misstrauen in die Regierung zu erzeugen und den Verkauf seiner unterirdischen Unterschlupfe anzukurbeln. Unger gibt zu, die Operation mit den Kinderpornos auf die Beine gestellt zu haben, behauptet aber, mit Kindesentführung hätte er nichts zu tun. Bodys Version unterscheidet sich in einigen Schlüsselpunkten.« Triefend vor Sarkasmus. »Er sagt, er hätte mal ganz nebenbei etwas in der Richtung fallen gelassen, dass es doch perfekt sei, wenn ein Kind verschwinden und die Öffentlichkeit deswegen durchdrehen würde. Er behauptet, dass Unger, weil er ein Trottel sei, ihn beim Wort genommen und die Sache durchgezogen hätte, was er so nie beabsichtigt hätte. Er behauptet, dass Unger ihm erzählt hätte, was er getan hatte, dass die Kleine gestorben wäre und er sich der Leiche entledigt hätte. Body behauptet, er hätte überhaupt erst danach von der Entführung erfahren.«

»Wem glauben Sie?« Meine Ungeduld brach sich Bahn.

»Ihr Strava-Zeug scheint Ungers Version zu stützen. Aber wer weiß das heute schon genau?«

»Timothy Horshauser?«

»Beide leugnen, irgendetwas über ihn zu wissen.«

In mir blitzten Emotionen auf, Gefühle, die um Vorherrschaft kämpften. Abscheu. Erleichterung. Wut. Traurigkeit.

»Glauben Sie, dass einer von beiden verraten würde, wo Jahaans Leiche liegt?«

»Beide behaupten, nichts darüber zu wissen. Ich glaube, da ist ein gewisser anwaltlicher Rat im Spiel. Lieber diese Information zurückhalten, um einen besseren Deal zu kriegen. Aber denken Sie sich nichts. Ich hol das schon aus ihnen raus. Wenn ich mit denen fertig bin, ist dieser Fall fester eingepackt als der Pimmel einer Mumie.«

»Gute Arbeit, Detective. Vielleicht kann die Familie Cole endlich damit abschließen.«

»Ja.« Deprimiert. »Vertrauen Sie mir, Doc. Einer dieser Scheißkerle kriegt die komplette Ladung ab. Vielleicht beide.«

Eine kurze Pause, dann fragte ich: »War Timmer beteiligt?«

»Nein.«

»Was ist mit Wodjanow?«

»Laut Unger war Wodjanow weder in die Kinderpornografie noch in Jahaan Cole eingeweiht. Der Kerl war nur ein Handlanger, der Scheiße für Bodys Shows ausgebuddelt hat. Dann ist er irgendwann im letzten Herbst über etwas gestolpert. Unger wusste nicht so recht, was es war oder wie er dazu kam. Wodjanow fing an herumzuschnüffeln, Leute zur Rede zu stellen –«

»Vince Aiello.«

»Wodjanow war immer bereit, Body zu unterstützen, hat nie Fragen gestellt. Aber mit Kindern herumzumachen, das war für ihn anscheinend eine rote Linie. Weil er sich schier in die Hose gemacht hat vor Schuldbewusstsein, hat er beschlossen herauszufinden, was er konnte, Ihnen alles zu geben und sich dann umzubringen.«

»Warum hat er aufgegeben, bevor er mit mir reden konnte?«

»Letztendlich konnte er sich vielleicht nicht dazu überwinden, seinen kleinen Bruder zu verraten.«

Unverlangt kam mir ein Satz in den Sinn. *Tu, was getan werden muss.* Wie unterschiedlich war dieser Leitspruch doch von

Tatjanas beiden Söhnen interpretiert worden. Felix, der fürsorgliche Förderer. Nick, der egomanische Psychopath.

Ein langes, melancholisches Schweigen hing zwischen Slidell und mir. Ich vermutete, dass Slidells Gedanken in dieselbe Richtung gingen wie meine, dass er an die bevorstehende Unterhaltung mit Jahaan Coles Mutter dachte. Wir wussten beide, wie willkommen Slidells Nachricht sein würde, auch wenn sie herzzerreißend war. Das Wissen über das Schicksal eines vermissten Kindes, wie trostlos es auch sein mochte, ist immer noch besser als die Qual des Nichtwissens.

Slidell redete als Erster wieder. »Das ist alles. Ich nehme mir diese Wichser jetzt wieder vor, fange mit Body an. Der war jetzt so lange aus der Schusslinie, dass ihm der Schweiß aus allen Poren fließen muss. Ich wette, er wird sehr bald mit allem rausrücken.«

»Danke, dass Sie mich auf dem Laufenden halten. Das bedeutet mir sehr viel.«

»Jaja.«

Nach dem Auflegen ging ich zu dem Sessel am Fenster. Setzte mich und schloss die Augen. Atmete ein paar Mal tief durch, um meine Gefühle unter Kontrolle zu bekommen. Nach einer Weile hatte sich mein Puls wieder so weit beruhigt, dass ich ans Schlafen denken konnte.

Ich wusste, ich würde jetzt für sehr lange Zeit nicht mehr so tief schlafen können wie letzte Nacht. Dass in den meisten Nächten rasende Gedanken, Erinnerungsfetzen und unzusammenhängende Szenen durch mein Hirn taumeln würden. Dass ich immer und immer wieder Heavner, Body, Timmer und die anderen sehen würde. Wodjanow mit seinem zerfleischten Gesicht und dem ausgeweideten Körper. Das umzäunte Anwesen, den unterirdischen Bunker.

Ich wusste, dass mich auch weiterhin Kopfschmerzen quälen würden. Sorgen wegen meines Aneurysmas. Aber ich konnte es durchstehen. Die Ärzte würden mir helfen. Zusammen würden wir die angemessene Mischung aus Medikamenten und Neuausrichtung meines Lebens finden.

Ich wusste, ich würde mit meinen Erinnerungen an die grotesken Charaktere und Ereignisse im Umkreis des gesichtslosen Mannes kämpfen. Um irgendwann objektiv Realität von Illusion trennen zu können.

Was war real? Was nicht?

Mein Blick wanderte über die Dinge, die Ryan und ich ausgesucht hatten. Der Barwagen aus Acryl. Die geschwungene Bogenlampe über meinem Kopf. Die Lithografie von Chihuly an der Wand. Ich stellte mir den Annex vor, wo die Reparatur des ausgebrannten Arbeitszimmers im Gange war.

Ich stand auf, ging ins Schlafzimmer, zog einen Gegenstand aus meinem Köfferchen und kehrte zum Fenster zurück. Der warme, rötlich braune Sonnenuntergang umschloss die kleine, elefantenköpfige Gottheit in meiner Hand. Ganesha, der Entferner von Hindernissen. Der Gott der Anfänge. Auch mit nur einem Stoßzahn. Einen sehr langen Augenblick schaute ich ihn einfach nur an. Er schaute zurück. Herausfordernd?

Okay, alter Freund. Ich nehme an. Ich werde mein Leben mit Ryans teilen und einen neuen Kurs setzen. Der uns stärker verbinden würde? Oder ein trauriges Ende nehmen? Schwer zu sagen.

Weit unten auf der Sherbrooke blökte eine Hupe. Eine andere antwortete.

Meine Gedanken wanderten wieder zu Body. Er behauptete, er dürfe jede hirnrissige Theorie oder giftige Unwahrheit ausspucken, die er wolle. Leider hatte er recht. Und das war nicht zum Besten für die Welt. Aber er durfte nicht den Missbrauch von Kindern begünstigen, nur um die kranken Lüste von Pädophilen zu befriedigen. Sich die Taschen vollstopfen, indem er die Verletzbarkeit von Menschen ausnutzte, die in Armut lebten. Kindern etwas antun. Zum Glück hatten Slidell und ich dazu beigetragen, ihm das Handwerk zu legen.

Jahaan Cole war tot, wo ihre Leiche lag, bis jetzt noch unbekannt. Unger oder Body war verantwortlich. Vielleicht beide. Ich war zuversichtlich, dass Slidell das noch herausfinden und der Gerechtigkeit Genüge tun würde.

Timothy Horshauser blieb vermisst. Wie andere auch. Body und seine Kumpane behaupteten, über ihr Verschwinden nichts zu wissen. Vielleicht taten sie es wirklich nicht. Vielleicht doch. Vielleicht würden wir das nie herausfinden.

So viel Unbekanntes. Aber eins war sicher. Slidell und ich würden nicht aufhören, aufmerksam hinzuschauen. Trotz seines Gepolters, seiner Grobheit und seiner schlechten Anzüge war Slidell einer von den Guten.

Ich würde weiter nach Klarheit, nach Antworten suchen. Nach Gesundheit. Nach Glück mit Ryan.

Und immer würde ich nach den vermissten Kindern suchen.

AUS DEN FORENSISCHEN AKTEN VON DR. KATHY REICHS

Das Gesicht des Bösen bietet einen kurzen Blick in die Entomologie dank des beiläufigen Verweises auf *Ophiocordyceps camponoti-balzani,* die Zombie-Ameisen. (Ernsthaft. Schauen Sie nach.) Warum hier über Ameisen reden? Weil ich selber ein bisschen wie die kleinen Krabbler bin, immer die Fühler ausgestreckt und auf der Jagd nach frischer Beute, sei es nun ein Fall aus dem Institut, ein Artikel in einer Zeitung oder einem Journal, oder ein Vorfall, von dem ein Kollege mir erzählte. Alles, was ich tue, lese oder sehe, kann Material für den nächsten Roman mit Temperance Brennan sein.

Mein Schreibprozess entwickelt sich in drei Phasen. Zuerst kommt die Ameisenphase, wenn mein Hirn Leckerbissen sammelt und speichert. Einige Informationen kommen gerade zur rechten Zeit und sind so zwingend, dass das Buch sich praktisch von selbst schreibt. Andere Dinge müssen eine Weile reifen, sich mischen und kreuzbefruchten, bis die Idee für einen Handlungsstrang aus dem zerebralen Mischmasch entsteht. Dann wechsle ich in die Papierphase, mache Listen, zeichne Diagramme, notiere Entwürfe und teste, ob die Geschichte die Kraft für ein Buch hat. Was ist, wenn *das* passiert?, frage ich mich. Was, wenn *das?* Was für ein Umfeld? Was passiert sonst noch im Leben unserer Heldin? Wenn dieses ganze Verweben und Verdrehen und Nebeneinanderstellen erledigt ist, wenn alle Fragen der Plausibilität beantwortet sind und ein potenzieller Gewinner feststeht, geht's weiter zur Computerphase. Hintern auf dem Stuhl, Augen auf dem Bildschirm, Finger auf der Tastatur.

Das Gesicht des Bösen war da keine Ausnahme. Das Ameisensammeln fing schon vor Jahren an, als eine Freundin mir von ihren Überlegungen zum Untergang der Fähre *Estonia* erzählte. Weil sie zu viel mit ihrem neuen Job beschäftigt war, um die Tragödie weiter zu studieren, bot sie mir ihren Fundus an Recherchematerial an. Zwar interessiert, aber nicht in der Lage, diesen grundlegenden Antrieb zu finden, der einen Handlungsstrang in Schwung bringt, ließ ich die Idee fast ein Jahrzehnt lang liegen.

Was ebenfalls in meinen grauen Zellen schlummerte, war ein Artikel, den ich über den Somerton Man gelesen hatte, eine reale Todesermittlung und inzwischen ein sehr alter Fall. Die Leiche des Somerton Man wurde im Winter 1948 am Strand von Adelaide entdeckt, und der Fall wird als eines von Australiens »größten Geheimnissen« beschrieben. Aus seiner Kleidung waren alle Etiketten herausgeschnitten worden. In einer Hosentasche fand sich ein Fetzen mit einem persischen Satz, der »Es ist beendet« bedeutete. Ermittler konnten den Fetzen zu einem Buch zurückverfolgen, das durchgedrückte Schrift enthielt – Telefonnummern und Codezeilen. Die Theorien waren weit gefächert. War der Somerton Man ein Nachkriegsflüchtling? Ein ermordeter Spion des Kalten Krieges? Ein exzentrischer Einheimischer, der sich eine Überdosis verpasst oder das Leben genommen hatte? Bis zum heutigen Tag sind der Name des Herrn und die Todesursache unbekannt.

Spannende Anregungen. Ich konnte mir finstere Verbindungen zu dem *Estonia*-Vorfall vorstellen. Aber der Somerton Man hatte ein Gesicht und Zähne und Finger. Einer Leiche, die in Tempes Institut ankommt, können solche Identifikationsmerkmale durchaus abgehen.

Ein weiterer Leckerbissen, der in meiner »alten Birne« schlummerte, wie Skinny Slidell sagen würde, war ein Mordfall, den ich Mitte der Neunziger bearbeitet hatte: Die Überreste, die man in einem dichten Waldgebiet gefunden hatte, waren stark verwest und verstreut aufgrund von Tierfraß durch Bären. Meine Skelettautopsie deutete auf eine weiße Frau in ihren Vierzigern hin. Das Profil passte zu einer einheimischen Frau, die seit Monaten vermisst wurde. Der Freund des Opfers, ein kurz davor auf Bewährung freigekommener Verbrecher, wurde schließlich des Mordes verurteilt.

Auch wenn es bei Weitem nicht mein einziger Fall war, der mit Tierschäden an Knochen zu tun hatte, berührte der Fall dieser Frau mich doch tief. Jeder Mord ist Unrecht, aber der an ihr schien es doppelt zu sein. Sie hatte für die Freilassung ihres Mörders aus dem Gefängnis gekämpft. Er hatte ihr gedankt, indem er ihr das Leben nahm.

Die vom Bären beschädigten Überreste lieferten nützliche Elemente für einen Temperance-Brennan-Fall: keine Gesichtsmerkmale, keine Zähne, keine Fingerabdrücke. Aber für diesen Roman wollte ich meine Heldin in Dixie haben, nicht in den nördlichen Wäldern oder in Südaustralien. Zwar haben wir in North Carolina auch Bären, doch eine wirkliche Plage sind hier die Wildschweine.

Ich stellte mir eine Tragödie vor, um die sich Theorien von Verrat drehten. Ein Toter, der rätselhafte Hinweise bei sich trug. Eine Leiche ohne Identifikationsmerkmale. Dieses Trio konnte funktionieren. Aber was war mit dem Kontext? Was passiert mit unserer Heldin?

In der Erzählung *Tempe Brennans erster Fall* erfuhren die Leser vom Tod von Tim Larabee, dem langjährigen Medical Examiner des Mecklenburg County. Warum nicht dieses Unglück aufnehmen und einen Spannungsbogen von der Art erschaffen, wie ihn auch die Drehbuchautoren von *Bones* einsetzen? Wie wirkt sich dieser Verlust auf Tempe aus? Ist die neue Chefin eine Verbündete? Weiß die neue Chefin Tempes Fachwissen zu schätzen? Oder will diese Person ganz im Gegenteil Böses? Guter Stoff. Zum nächsten Punkt.

Mein neunzehntes Brennan-Buch fing ich zu einer Zeit an, als Blogger und extremistische Talkshows das Internet und die Fernseh- und Radiosender mit hasserfüllten Dialogen, unbegründeten Verschwörungstheorien und gefährlichen Fehlinformationen verseuchten. Als seriöse Journalisten sich verpflichtet fühlten, die Äußerungen der Mächtigen einer Tatsachenprüfung zu unterziehen. Als die Begriffe »Fake News« und »alternative Fakten« in den normalen Sprachgebrauch eingingen. Als Zuhörer und Leser beständig gezwungen waren, die Verlässlichkeit der Medien und der Medienkritiker in Zweifel zu ziehen.

Im ganzen Land herrschte eine Atmosphäre des Argwohns und des Zweifels. Was ist real und was nicht? Ein zeitgenössischer Hintergrund. Aber ich wollte dieses Gefühl der Unsicherheit auf eine persönliche Ebene bringen.

Zu diesem Zeitpunkt traf ich eine schwierige Entscheidung. Wie Tempe bin ich auch eine Person, die sehr auf Privatsphäre bedacht ist, die nicht gerne Geheimnisse verrät oder über Gefühle spricht. Doch ich würde dieses Muster durchbrechen. Ich würde mit meinen Lesern eine Herausforderung teilen, der ich mich kürzlich stellen musste. Ich würde ein Stück von mir selbst zu einem Aspekt der Geschichte machen.

Wie einige von Ihnen wissen mögen, habe ich letztes Jahr kein Buch herausgebracht. Es gibt einen Grund, warum ich mir eine Auszeit nahm.

Vor noch nicht allzu langer Zeit wurde bei mir ein noch nicht geplatztes zerebrales Aneurysma diagnostiziert. Nach seiner zufälligen Entdeckung überwachten die Ärzte mein Hirn, wie die NASA Asteroiden verfolgt. Es gab jährliche Magnetresonanzangiografien und gelegentliche Kernspintomografien, einfache Prozeduren, um nach Hinweisen auf Veränderungen zu suchen. Eine Weile war alles bestens, alles dort, wo es sein sollte. Dann beschloss das kleine Bläschen, seine Form zu verändern. Ich musste mich einer Embolisation unterziehen, einer Prozedur, in der winzige Metallspulen injiziert werden, um einen Blutfluss durch die Arterienwand zu blockieren. Seit dem Eingriff habe ich hin und wieder Migräneanfälle, ansonsten ist aber alles gut.

Fazit: Ich habe eine Hirnanomalie und Kopfschmerzen, unsere Heldin hat das heimtückische Duo also ebenfalls. Mache ich mir Sorgen wegen des Aneurysmas? Nicht viele. Tut es Tempe? Ein bisschen mehr. Und ihre Ängste wegen ihres Geisteszustands spiegeln das zentrale Thema von *Das Gesicht des Bösen.* Was ist real und was nicht? Was passiert, wenn die Verlässlichkeit des eigenen Urteilsvermögens infrage gestellt wird?

In Tempes Fall: Was passiert, wenn ihr alle harten Fakten – ihr Handwerkszeug – genommen werden? In Kapitel 27 denkt sie: »Ich bin Wissenschaftlerin. Ich überprüfe Hypothesen ausgehend von Dingen, die ich betrachten, messen, wiegen und fotografieren kann. Doch ich hatte keine mehr übrig. Konnte ich meinen gespeicherten Wahrnehmungen vertrauen? Konnte ich Reales und Nichtreales unterscheiden?«

Also. Man nehme eine Katastrophe auf See, zwei getrennte forensische Fälle, eine Atmosphäre, die von volksverhetzender Propaganda und Fake News bestimmt wird, eine stressige Arbeitssituation und einen persönlichen, gesundheitlichen Schicksalsschlag. Man füge einen Computerabsturz samt nicht funktionierendem Back-up-Medium und einen unheimlichen Kerl, der mitternachts im eigenen Hinterhof herumschleicht, hinzu. Gut durchmischen. Tada! *Das Gesicht des Bösen.*

DANKSAGUNG

An der Entstehung eines Buches ist eine ganze Armee von Leuten beteiligt – und mindestens ein Trupp an der Entwicklung einer Geschichte.

Andra Purkalitis machte mich auf die Kontroversen in Bezug auf den Untergang der Fähre *Estonia* aufmerksam und überließ mir großzügig ihr gesamtes Recherchematerial zu dem Thema. Jutta Rabes *Die Estonia. Tragödie eines Schiffsuntergangs* und Andrew Wilsons *The Hole* bin ich als Quellen verpflichtet.

Dr. Jennifer Newman war die Expertin, an die ich mich mit Fragen zum Thema der Steganolyse wenden konnte.

Captain Harold W. Henson und Detective W.C. Hastings vom Charlotte-Mecklenburg Police Department lieferten mir Informationen über hispanische Gangs in Charlotte. Danke, ihr zwei!

In den USA gilt meine Hochachtung allen, die für mich bei Scribner so schwer gearbeitet haben: Nan Graham, Roz Lippel, Brian Belfiglio, Abigail Novak, Katie Rizzo, Kyle Kabel und Beckett Rueda. Und vor allem meinem unermüdlichen Lektor Rick Hogan.

In Kanada bin ich Kevin Hanson, Laurie Grassi und Felicia Quon verpflichtet.

In Großbritannien besteht das Team Reichs aus Ian Chapman, Suzanne Baboneau, Gill Richardson, Polly Osborn, Pip Watkins, Richard Vlietstra und Harriett Collins.

Dank an Dan Ruffino in Australien und an Rahul Srivastava in Indien.

Ebenfalls danken möchte ich meinen Repräsentanten Deneen Howell und Robert Barnett für ihre klugen Ratschläge.

Paul Reichs gab mir wertvolle Anregungen, als das Manuskript noch in den Kinderschuhen steckte.

Zu guter Letzt – im besten Sinne – möchte ich meinen langjährigen LeserInnen für ihre Treue und ihre Geduld in meinem Pausenjahr danken. Und ein dickes, herzliches Willkommen an alle neuen Besucher in Tempes Institut. Ich liebe euch alle und hoffe, euch schon sehr bald wiederzusehen.

Werkverzeichnis der von Kathy Reichs erschienenen Titel

> Bonusmaterial

HEYNE <

1 Über die Autorin

Himmel oder Hölle? Wiedergeburt oder ein großes Nichts? Wie das Leben nach dem Tod aussieht, darüber kursieren viele Gerüchte. Kathy Reichs kann uns zumindest den Anfang ein wenig detaillierter beschreiben – er sieht in etwa so aus: CCCC-2006020277. Jegliche Art von sterblichen Überresten, die in ihrem Labor landen, bekommt zuallererst eine solche Fallnummer. Kathy Reichs ist als forensische Anthropologin für rechtsmedizinische Institute tätig – das eine in Montreal, Kanada, das andere in Charlotte, North Carolina. Was heißt das? »Pathologen sind Spezialisten, die weiches Gewebe – Fleisch, Muskeln, Organe – bearbeiten«, erklärt Reichs. Quincy also, und Boerne. »Anthropologen sind auf die Knochen spezialisiert. Gerade Verstorbene oder relativ intakte Leichen kommen zum Pathologen – ein Skelett in einem flachen Grab, ein verkohlter Körper in einem Fass, Knochenfragmente in einer Häckselmaschine, ein mumifiziertes Baby in einem Koffer auf dem Dachboden zum Anthropologen.«

Mit vielen Fragen, die danach beantwortet werden müssen, hat sich Reichs schon während des Archäologiestudiums beschäftigt. Wer ist gestorben, wie und wann? Ein unauslöschliches Erlebnis machte aus der Feldforscherin eine Kriminaltechnikerin. »Zur forensischen Anthropologie kam ich, weil mich Ermittler, die einen Kindsmord untersuchten, um Mithilfe baten. Ein fünfjähriges Mädchen, das man entführt, ermordet und in einem Wald in der Nähe von Charlotte verscharrt hatte.

Der Mörder wurde nie gefunden. Die Ungerechtigkeit und die Brutalität dieses Falles veränderten mein Leben. Das Leben eines kleinen Mädchens war mit heimtückischer Gleichgültigkeit beendet worden. Ich verabschiedete mich von den uralten Knochen, wechselte zur Forensik und habe das nie bereut.« Und wann immer sie Zeit hatte, schrieb sie. Ihre Romanreihe um die forensische Anthropologin Tempe Brennan – der erste erhielt 1997 den Arthur Ellis Award for Best First Novel – erschien in über 30 Ländern, Gesamtauflage 120 Millionen. In der Fernsehserie BONES – Die Knochenjägerin, von Reichs kreiert und mitproduziert, geht Tempe Brennan ebenfalls auf Verbrecherjagd. Zusammen mit Patricia Cornwell hat Reichs die forensische Anthropologie von einer Nischendisziplin zu einem weltweiten Phänomen geschrieben. Ein Brennan-Roman im Jahr, seit Kurzem auch einer für die Jugendbuchreihe VIRALS, Lesereisen, Drehbücher studieren – die Fiktion hat sich für Reichs zur Vollzeitbeschäftigung ausgewachsen. Trotzdem unterrichtet sie weiterhin Studenten an der University of North Carolina, sie berät das FBI in Sachen Spurenerkennung und -sammlung sowie die Royal Canadian Mounted Police in Kanada. Als Reichs ihren neuen Beruf antrat, waren nicht mehr als fünfzig zertifizierte forensische Anthropologen in Kanada und den USA tätig. Inzwischen zählen die Kollegen immerhin knapp an die achtzig. Kathy Reichs legt großen Wert darauf, dass ihr Ziel – den Toten Gerechtigkeit widerfahren zu lassen – auch in ihren Werken nicht zur pathetischen Selbstbeweihräucherung oder zum actionüberfrachteten Hokuspokus verkommt. »Ich wollte keine Superheldin zeigen«, so Reichs über ihr Alter Ego Tempe Brennan. »Ich wollte eine Figur schaffen, die Schwächen und Fehler hat und die sich im Alltag mit Neonlicht, Formularen und Überstunden herumschlägt.«

Tote lügen nicht

Tempe Brennan ist forensische Anthropologin in Montreal. Skelette und verweste Körperteile gehören zu ihrem Alltag. Als die 23-jährige Isabelle missbraucht, erdrosselt und zerstückelt in Müllsäcken aufgefunden wird, erinnert sich Tempe an einen Fall ein Jahr zuvor. Sie versucht, die beiden Verbrechen mit drei weiteren Leichen in Verbindung zu bringen.

Knochenarbeit

Grauenvolles erwartet Tempe Brennan, als sie in den kleinen Ort St. Jovice gerufen wird: ein niedergebranntes Haus mit sieben Leichen, zwei davon Babys, denen das Herz fehlt. Nur zu gern widmet sie sich deshalb ihrem anderen Auftrag - der Exhumierung der Ordensschwester Elisabeth Nicolet zwecks postumer Heiligsprechung. Doch erst liegt die Nonne in einem falschen Grab, und dann entdeckt Tempe gemeinsam mit Detective Ryan eine entsetzliche Parallele zu dem Fall von St. Jovice.

Lasst Knochen sprechen

Ein ermordetes Mädchen, die Überreste zweier Motorradfahrer nach einem Bombenanschlag und der ausgegrabene Schädel einer jungen Frau - damit hat Tempe Brennan im wahrsten Sinne des Wortes alle Hände voll zu tun. Doch als sie einen brisanten Zusammenhang zwischen den Toten und zwei verfeindeten Motorrad-Banden erahnt, gerät nicht nur Tempe in Lebensgefahr. Leider entwickelt auch ihr Neffe Kit ein verhängnisvolles Faible Motorräder...

Durch Mark und Bein

Flug 228 der TransSouth Air ist über Swain County, North Carolina, abgestürzt. Man betraut Tempe Brennan mit der Identifikation der Opfer, die zum Großteil sehr jung waren: Mitglieder und Fans eines College-Fußballteams. Bei Nachforschungen zu einem zusätzlichen grausigen Fund in der Nähe des Unglücksortes, einem einzelnen Fuß, der auf Grund seiner Verwesung und seines Alters nicht von einem der Passagiere stammen kann, wird Tempe von höchster Stelle behindert.

Knochenlese

Ein kleines Dorf in Guatemala: Als Tempe Brennan in den Brunnenschacht hinabsteigt, ahnt sie, dass sie am Grund ein grausiger Fund erwartet. Hier wurden vor Jahrzehnten die Leichen von über zwanzig Bewohnern eines kleinen Dorfes verscharrt, Frauen und Kinder, die ein Militärkommando kaltblütig hingerichtet hatte. Noch während die Opfer des Massakers geborgen werden, bekommt Brennan zu spüren, dass die Machthaber in Guatemala, damals wie heute, ein schreckliches Geheimnis hüten.

Mit Haut und Haar

Der Sommer ist brütend heiß in Charlotte, North Carolina. Gerade will Tempe Brennan vor der Hitze in den wohlverdienten Urlaub fliehen, als auf einer verlassenen Farm Überreste von brutal abgeschlachteten Schwarzbären gefunden werden. Doch das ist noch nicht alles. Zwischen den skelettierten Pranken stößt Tempe auf menschliche Knochen und damit auf die Spur von Schmugglern, die mit dem Töten von Wildtieren blutiges Geld verdienen. Wer ihnen zu nahe kommt, muss um sein Leben fürchten. Tempe ermittelt.

Totenmontag

Was könnte frostiger sein als ein kanadischer Dezembersturm? Tempe Brennan wird an einem tristen Montagmorgen zu einem Fundort in Montreal gerufen, der ihr das Blut in den Adern gefrieren lässt. Verscharrt in einem Kellergewölbe liegen die Leichen dreier junger Frauen. Nicht eine Gewebefaser, kein Fetzen Kleidung geben Aufschluss darüber, wann und warum diese Mädchen sterben mussten. Dank akribischer Ermittlungen und weiblicher Intuition kommt Tempe einem Verdächtigen auf die Spur. Doch sie muss auf alles gefasst sein, denn ihr Gegner ist an Kaltblütigkeit nicht zu übertreffen.

Totgeglaubte leben länger

Die Leiche eines zwielichtigen Importeurs beschert Tempe Brennan Überstunden im Labor. Die Schusswunde am Kopf deutet auf Selbstmord hin, doch die Gerichtsmedizinerin kann ein Gewaltverbrechen nicht ausschließen. Ihre Untersuchungen nehmen eine unerwartete Wendung, als ein Fremder ihr das Foto eines uralten Skeletts aus Israel zusteckt und beteuert, es sei der Schlüssel zum Tod des streng religiösen Mannes. So stößt Tempe auf ein Geheimnis, das älter ist als die Bibel …

Hals über Kopf

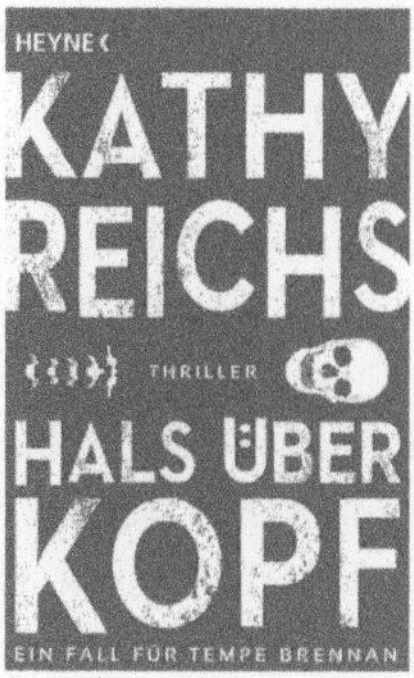

Was wie ein harmloser Exkurs auf eine idyllische Ferieninsel beginnt, endet für Tempe Brennan in einem Albtraum. Archäologische Grabungen im Sand von Dewees Island, South Carolina, fördern nicht nur bestattete Ureinwohner zutage, sondern auch eine Leiche, die erst vor wenigen Jahren am Strand verscharrt worden sein kann. Damit nicht genug: In einem Sumpfgebiet auf dem Festland werden kurz darauf die Überreste eines vermeintlichen Selbstmörders entdeckt. Eigenartige Einkerbungen an den Halswirbeln der Toten sagen Tempe, dass eine makabre Verbindung zwischen den beiden Fällen bestehen muss.

Knochen zu Asche

Eines Tages war sie verschwunden – ohne ein Wort des Abschieds. Als junges Mädchen musste Tempe Brennan erleben, wie ihre beste Freundin Evangeline unter mysteriösen Umständen zum Vermisstenfall wurde. Dreißig Jahre später reißt ein Skelettfund im kanadischen Neuschottland alte Wunden auf. Hängen diese Knochen mit Evangelines Verschwinden zusammen? Ein kleines vergilbtes Versbuch, das Tempe entdeckt, könnte die Antwort verraten.

Der Tod kommt wie gerufen

Ein verlassenes Haus in Charlotte, North Carolina, ein neuer Einsatz für Tempe Brennan: Neben Kupferkesseln, einem toten Huhn und seltsamen Artefakten liegt der abgetrennte Kopf eines Mädchens. Blitzartig geht ein Gerücht um: Ritualmord! Ein bibelfester Politiker auf Stimmenfang verdächtigt okkulte Kreise und ruft nach Vergeltung. Noch während Tempe den Tatort untersucht, bahnt sich in Charlotte eine gnadenlose Hexenjagd an.

Das Grab ist erst der Anfang

Tempe Brennan ermittelt bei einer Reihe seltsamer Todesfälle: Drei Frauen wurden ermordet, alle auf grausame, aber verschiedene Weise. Doch Tempe kann schließlich die Handschrift eines Serienkillers erkennen. Umso schockierter ist sie, als man ihr vorwirft, sie habe eine Autopsie manipuliert und ein Verbrechen vertuscht. Was Tempe nicht weiß: Ihre Arbeit wird sabotiert. Von jemandem, der sie um jeden Preis scheitern sehen will ...

Blut vergisst nicht

Ein Mann, der nicht ein-, sondern gleich zweimal den Tod gefunden zu haben scheint, gibt Tempe Brennan Rätsel auf. Seine Spur führt nach Hawaii. Hier wird Tempe prompt mit den von Haien verunstalteten, seltsam tätowierten Überresten eines Kleindealers konfrontiert. Das Inselparadies wird für Tempe schnell zum heißen Pflaster. Denn die örtlichen Drogenhändler reagieren auf neugierige Ermittlerinnen so instinktiv wie Haie auf einen blutigen Köder.

Fahr zur Hölle

In Charlotte, Tempe Brennans Heimatstadt, ist die Hölle los. 200.000 NASCAR-Fans sind auf dem Weg zum Charlotte Motor Speedway und dem großen Rennwochenende. Auf einer Müllhalde nahe der Anlage wird in einem Teerfass eine Leiche gefunden. Ist es die lange vermisste Cindi? Ihre Ermittlungen führen Tempe ins Fadenkreuz einer Verschwörung. Sie arbeitet fieberhaft daran, den Fall schnell aufzuklären. Doch sie weiß: Das Böse holt dich immer ein.

Knochenjagd

Tempes neuester Fall beginnt wie ein Albtraum: In einer verlassenen Wohnung liegt, eingewickelt in ein Handtuch, die Leiche eines Neugeborenen. Und bald tauchen noch zwei weitere tote Babys auf. Die fieberhafte Jagd nach der Mutter beginnt. Ist sie überhaupt die Mörderin? Ihre Spur führt Brennan und ihren Kollegen Ryan tief in die kanadische Einöde – und in das Revier eines eiskalten Killers ...

Totengeld

Der Tod einer jungen Frau, deren Leiche achtlos am Straßenrand deponiert wurde, bereitet Tempe Brennan schlaflose Nächte. Der Teenager könnte ohne Papiere ins Land gereist sein, eine Spur, die Tempe zu dem Geschäftsmann John-Henry Story führt. Doch der starb Monate zuvor bei einem mysteriösen Brand. Und dann ist da noch der Fall eines Schmugglers, der kuriose mumifizierte Artefakte in die USA schleust. Besteht eine Verbindung zwischen dem toten Mädchen und dem lukrativen illegalen Handel? An Tempes neustem Fall ist nichts so, wie es zunächst scheint. Nur auf eines kann die Todesermittlerin sich verlassen: Die Knochen kennen die Wahrheit.

Knochen lügen nie

Tempe Brennan kann mit ihrer Arbeit für die Gerichtsmedizin Tote nicht wieder lebendig machen, doch zumindest kann sie den Mordopfern Gerechtigkeit widerfahren lassen. Nur in einem einzigen Fall entkam ihr ein Killer: Anique Pomerleau, eine junge Frau, die selbst traumatische Misshandlungen hatte durchleben müssen. Und die sich an der Welt rächte, indem sie Mädchen entführte, quälte, tötete. Jetzt, zehn Jahre später, tauchen in Montreal die Leichen mehrerer vermisster Teenager auf. Tempe erkennt das Mordmuster: Anique ist zurück. Sie will ein letztes Mal Rache nehmen.

Die Knochenjägerin

»Tempe Brennans erster Fall«
Es ist Dezember, und an der Universität von North Carolina sitzt Temperance Brennan an ihrer Doktorarbeit. Als zwei Cops ihr Labor betreten, ändert sich Brennans Leben schlagartig. Die Detectives Slidell und Rinaldi untersuchen den gewaltsamen Tod eines Arztes.
Dieser Kurzroman von 90 Seiten erschien zum ersten Mal und exklusiv in »Die Knochenjägerin - Vier Fälle für Tempe Brennan«. Der Sammelband enthält darüber hinaus die bislang als E-Books erschienenen Kurzromane »Fährte des Todes«, »Wasser des Todes« und »Gletscher des Todes«.

Die Sprache der Knochen

Eine junge Frau ist verschwunden. Ihre Familie behauptet, es gehe Cora gut. Doch die verstörte Stimme, die Forensikerin Tempe Brennan auf einer Aufnahme hört, spricht eine andere Sprache. Und wirft Fragen auf. Woher stammt die Tonaufzeichnung? Ist Cora aus freien Stücken abgetaucht? Oder vermisst, weil sie Opfer eines Verbrechens wurde? Die Knochen einer Leiche, die Tempe noch nicht identifiziert hat, scheinen eine Geschichte von Coras Verschwinden zu erzählen, die noch viel grausamer ist, als Tempe befürchtet hat ...

Das Gesicht des Bösen

In der drückenden Hitze von Charlotte, North Carolina, erhält Tempe Brennan eine Reihe von rätselhaften Nachrichten, Fotos von einer Leiche ohne Gesicht und Hände. Wer ist dieser Tote, und warum schickt man ausgerechnet ihr diese Bilder? Um Antworten auf diese und andere Fragen zu finden, muss Tempe den vorgeschriebenen Dienstweg verlassen – ihre neue Vorgesetzte hegt einen tiefen Groll gegen sie und will sie um jeden Preis von dem Fall fernhalten.

3 Die VIRALS-Reihe

Tote können nicht mehr reden

Die vierzehnjährige Tory Brennan ist die Nichte der berühmten forensischen Anthropologin Tempe Brennan. Mit ihr teilt sie zwei Dinge: den Instinkt für Verbrechen – und den unbedingten Willen, diese aufzuklären ...
Auf einer einsamen Insel findet Tory die vergrabenen Knochen eines vor etwa 30 Jahren verstorbenen jungen Mädchens. Torys Versuch, gemeinsam mit ihren Freunden die Identität des Mädchens zu lüften, erweist sich als gefährlicher als erwartet.

Nur die Tote kennt die Wahrheit

Das Forschungslabor, in dem Tory Brennans Vater arbeitet, soll geschlossen werden. Tory weiß: Will sie nicht umziehen und von ihren Freunden getrennt werden, muss sie Geld beschaffen – und zwar eine beträchtliche Summe, um das Labor vor dem Aus zu retten. Wie der Zufall es will, stößt Tory in dieser Situation auf geheime Dokumente, die auf den legendären Piratenschatz der Anne Bonny hinweisen. Tory beschließt, das Unmögliche zu versuchen, und den jahrhundertealten Spuren zu folgen.

Jeder Tote hütet ein Geheimnis

Tory und ihre Freunde Shelton, Ben und Hi entdecken einen Geocache, in dem eine wunderschön verzierte Schatulle steckt. In ihr befindet sich ein geheimer Code, den Shelton mithilfe seiner Superkräfte knackt. Es ist ein Hinweis von dem mysteriösen Spielleiter, der die Virals herausfordert, die Suche fortzusetzen und einen noch wertvolleren Schatz zu finden. Die Freunde stellen sich der Herausforderung – und finden eine täuschend echte Bombenattrappe und eine mehr als düstere Nachricht des Spielleiters.